古典文學研究資料彙編

红楼夢資料彙編

上册

一粟 編

圖書在版編目(CIP)數據

紅樓夢資料彙編/一粟編. —北京:中華書局,1964. 1
(2024. 5 重印)
(古典文學研究資料彙編)
ISBN 978-7-101-04051-7

Ⅰ.紅… Ⅱ.一… Ⅲ.《紅樓夢》研究-研究資料
Ⅳ. I207. 411

中國版本圖書館 CIP 數據核字(2003)第 118590 號

責任編輯:傅璇琮
責任印製:陳麗娜

古典文學研究資料彙編
紅樓夢資料彙編
(全二册)
一 粟 編
*
中 華 書 局 出 版 發 行
(北京市豐臺區太平橋西里 38 號 100073)
http://www.zhbc.com.cn
E-mail:zhbc@zhbc.com.cn
三河市鑫金馬印裝有限公司印刷
*
850×1168 毫米 1/32 · 21⅛印張 · 6 插頁 · 450 千字
1964 年 1 月第 1 版 2024 年 5 月第 12 次印刷
印數:53901-55100 册 定價:88.00 元

ISBN 978-7-101-04051-7

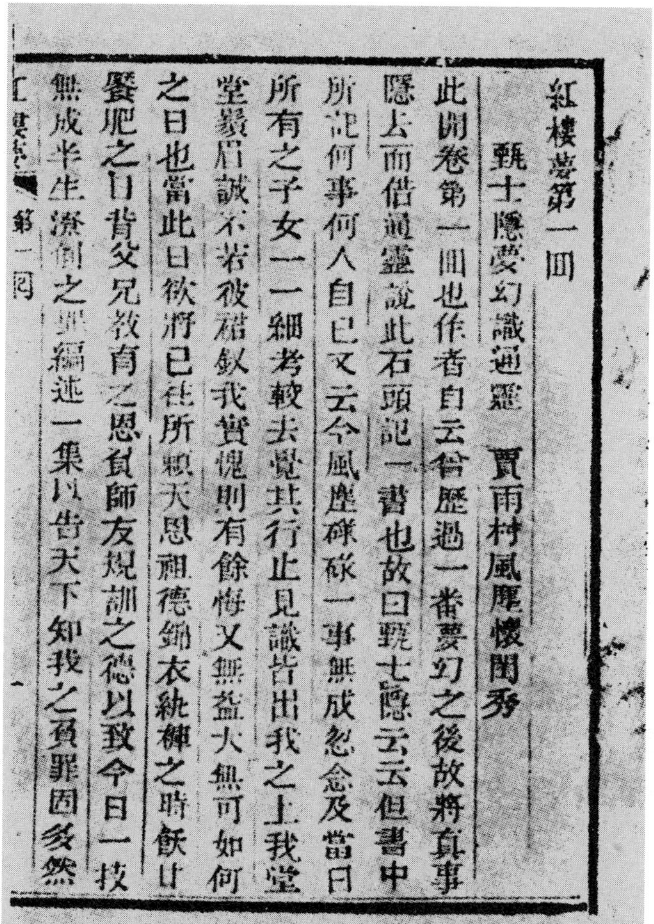

紅樓夢第一回

甄士隱夢幻識通靈　賈雨村風塵懷閨秀

此開卷第一回也作者自云曾歷過一番夢幻之後故將真事隱去而借通靈說此石頭記一書也故曰甄士隱云云但書中所記何事何人自己又云今風塵碌碌一事無成忽念及當日所有之女子一一細考較去覺其行止見識皆出我之上我堂堂鬚眉誠不若彼裙釵我實愧則有餘悔又無益大無可如何之日也當此日欲將已往所賴天恩祖德錦衣紈袴之時飫甘饜肥之日背父兄教育之恩負師友規訓之德以致今日一技無成半生潦倒之罪編述一集以告天下知我之負罪固多然

程甲本《紅樓夢》書影

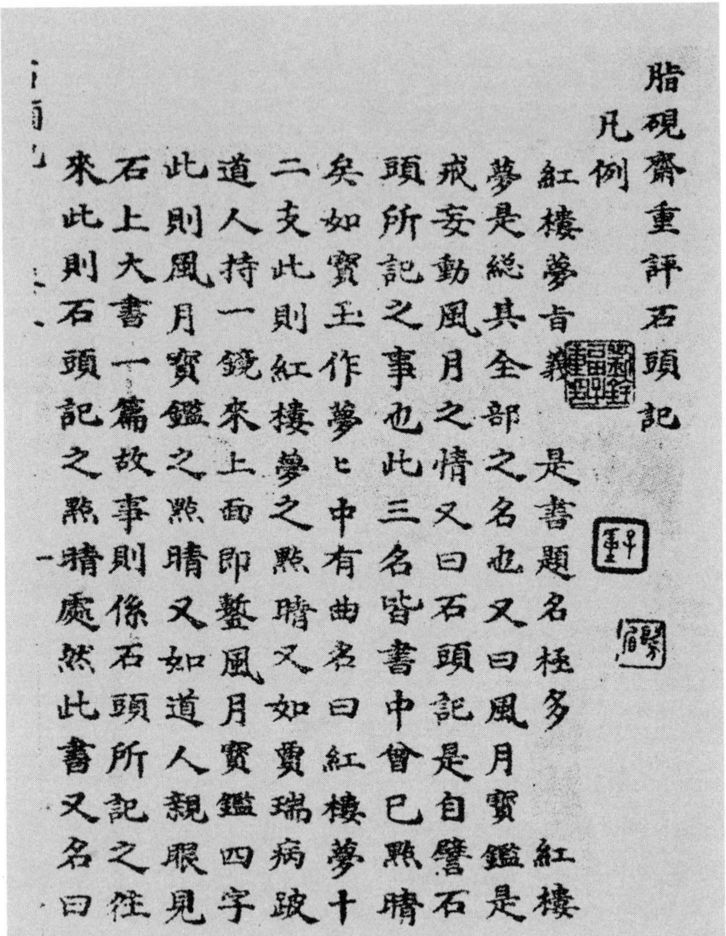

脂硯齋重評石頭記

凡例

紅樓夢旨義　是書題名極多紅樓夢是總其全部之名也又曰風月寶鑑是戒妄動風月之情又曰石頭記是自譬石頭所記之事也此三名皆書中曾已點睛矣如寶玉作夢々中有曲名曰紅樓夢十二支此則紅樓夢之點睛又如賈瑞病跛道人持一鏡來上面即鏨風月寶鑑四字此則風月寶鑑之點睛又如道人親眼見石上大書一篇故事則係石頭所記之往來此則石頭記之點睛處然此書又名曰

甲戌本《脂硯齋重評石頭記》書影

賈寶玉像　　　　改琦作

(據《紅樓夢圖詠》複製)

林黛玉像　　　　改琦 作

(據《紅樓夢圖詠》複製)

重印説明

《古典文學研究資料彙編》爲我局上世紀五十年代起規劃之大型叢書，數十年來，陸續出版二十餘種。然時日睽遠，多已售罄。今應學界需求，爰擇其要者，據舊紙型重付印製。復請原編者審閱，凡有修訂及增補，則筆諸後記。又叢書中所收各書，原或題「某某卷」，或題「某某詩文彙評」，爲稱引方便，兹將書名統一改作「某某資料彙編」，各書中縫則不作改動。繇此而致之不便，讀者幸鑒及之。

中華書局編輯部

二〇〇三年十二月

編輯說明

本書輯錄了從乾隆到「五四」止大約一百六十年間有關《紅樓夢》及其作者的評論和考據方面的主要資料。雖然遠不完備，但代表一定時期的一定政治傾向和文化觀點的典型的東西，都已經容納進去了。希望這些資料能够提供學術界參考，備研究「五四」以前中國社會上對《紅樓夢》所抱的態度、見解及其發展變化，從而進一步分析批判之用。

共分六卷：

卷一是關於曹雪芹和高鶚的材料。曹雪芹的家世、上代以及周圍環境的材料非常繁多，本書只收直接涉及本人的。除了較有參考價值的以外，酌選幾種出於誣蔑的，且曾起過毒害的作用的說法。顯然僞託而又無甚影響的東西，例如《曹雪芹先生傳》之類，一概未收。高鶚的材料比較簡單，幾乎都加選輯；爲了便於讀者掌握，稍稍變通一下，把「五四」以後的僅有的幾種也算上，這在全書是唯一的例外。

卷二包括《紅樓夢》的各種版本的序跋，續書、戲曲和仿作的序跋，尚有其他幾篇小說的序跋也有論及《紅樓夢》的，因體裁相同，也就附列於此卷。

卷三爲專著，即專門評論或考據《紅樓夢》的作品。分量最大。在長篇之中，除了比較重要的以外，一般只予節録。

卷四勉強可説是雜記。計有筆記題識、詩注曲話、日記尺牘、公文善書等等，內容頗雜。實際上，即所謂「紅學」的一個主要構成部分。後出重複者不録。暫難判斷著作前後的，選録其一；間有因後説較備而棄前取後的情况。

卷五爲詩詞。在中國古典小説名著裏面，沒有再比《紅樓夢》擁有這末數量豐富的歌詠的了。無疑這也是文學評論的一種形式，反映着讀者當時的思想和着眼所在。把有關《紅樓夢》的續書、戲曲、專著、詩詞等等的卷首題詞，以及追和《紅樓夢》原作的詩詞剔除不計，至少還有三千首。今選存一小部分。

卷六爲文論。清末民初，由於小説在文學上地位的改變和提高，報刊上經常出現概論中國小説的文章，直到新文化運動初起，不斷地圍繞着《紅樓夢》等小説有所評述。本書盡量只節取文章中的有關片段。附帶選收「五四」前夕論小説的專書兩種，因爲其中評述《紅樓夢》特別多。

每一類中，基本上力求按照寫作年份排列，並根據原始資料輯録。間有未逮，則暫存疑，或從轉引。

《紅樓夢》自從一出世以來，就遭遇着來自社會上各個角度的種種不同的評價。這些評價無不鮮明地打上了階級烙印，但它們是如此複雜紛紜，其表達方式有時又如此隱晦曲折，要想作出一個全面、深刻的分析，不是輕而易舉的事。

最早有機會看到這部小說的宗室、貴族，不是站在正統的道學立場，武斷它「非傳世小說」，就是從本階級的利益出發，只知欣賞書中描寫的豔情笑語，感嘆其聚散盛衰，即所謂「風月繁華」、「色空夢幻」等思想。

在中下層之所以博得衆多讀者的衷心愛好，理由就不一樣。據說乾隆五十九年（一七九四）以前，即京版流行江浙的頭兩年，杭州有一個商人的女兒因酷愛《紅樓夢》以致癡狂而死。這應該是事實。當時才二十多歲的一位青年作家曾經記載了下來，還詳細闡述自己對《紅樓夢》的看法，提出在資本主義萌芽時期比較難得的愛情理論。接着，又有常州的一個書生，寢食俱廢，匝月連看七遍，長嘆悲啼，心血耗盡而死。這類事例，不是個別的，與後來鴛鴦蝴蝶派所捏造或宣傳的消閒之作不可一律對待。儘管這些在封建制度壓迫下的男男女女，動機未必正確，行爲不足效法，但精神生活發生這末巨大的影響，却強烈地反映出他們或她們雖然憧憬着婚姻的自由美滿而又無力衝破禮教網羅的慘酷的命運。乾嘉時期對《紅樓夢》留下詩詞的，頗多女性，特別是青年寡婦，或者也可以幫助說明這一點。前人固然無法理解《紅樓夢》所批判和否定的是整個封建社會和整個封建統治階級，但能夠粗淺地認識到它痛社會之混濁、哀婚姻之不自由者，不乏其人。這在當時，不失爲代表進步一面的主導的傾向。

《紅樓夢》受到廣泛和熱烈的歡迎，還表現在戲曲和說唱方面。它那驚人的藝術魅力和耀眼的思想光輝一開始就吸住了不少劇作家和曲藝作家。他們感覺靈敏，反應迅速，各出機杼，汲取書中情節，改編成爲許多著名的折子和段子。撇開其中不健康的因素，總的看來，對《紅樓夢》的進一步傳播，深入民間，確實起了重要的作用。

同時，必須強調指出，它在那漫長的歲月中，不幸蒙受了幾無休止的誣蔑和歪曲。

作爲中國古典小説的現實主義高峯的傑作，《紅樓夢》突出地刻劃了封建社會的黑暗和殘酷，有力地暴露了統治階級的醜惡和虛僞，熱烈地鼓舞了叛逆者的反抗以及對於合理的、幸福的生活的追求。正是這種偉大的思想內容和社會意義，引起了頑固的封建主義者的階級仇恨。他們誹謗之爲「奸盜邪淫」之書，加以誘壞身心、有傷風化等等罪名，把官場中一切貪污腐敗、鑽營傾軋的現象都算在它的賬上，甚至對曹雪芹肆意進行人身攻擊，説他無子送終即「編造淫書之報」，詛咒他在地獄中受苦，諸如此類的迷信果報之談，適足暴露他們的卑鄙無恥和驚惶失措。儘管他們憑藉反動勢力，三令五申地施行禁毁，結果仍然枉費心機，事實本身給出了最嚴峻的回答。封建政權滅亡了，《紅樓夢》却在全國範圍內，自黑龍江至廣東，自台灣至新疆，包括少數民族地區，無處不有它的足跡。

由於作者的世界觀的局限性，《紅樓夢》不可避免地羼雜着若干封建色彩，沾染了佛教的影響，流露出對於沒落的貴族家庭的惋惜留戀。比較狡猾的統治階級分子明知道它是禁不了的，只有以釜底抽薪的辦法來連根燒斷它，於是利用這些消極成分，千方百計地閹割塗飾，企圖削弱它的深遠的影響。就在這層意義上，許多人直接或間接地爲此目的盡力服務。他們説《紅樓夢》歸美君親，寓意勸懲，有裨於「世道人心」，因此硬拿性理、金丹等等荒唐無稽之談來解釋它，或則紛紛續貂，使之淪於與宣揚禮教和宿命論的濫調爲伍。他們侈談書中的豔情，玩弄陳腐筆墨歌頌風月繁華，追求庸俗和低級趣味，或則大肆渲染色空觀念，鼓吹頽廢思想，甚至與叔本華的悲觀哲學相結合，以「無生主義」爲人類的最終歸宿。

另有一些人，對所謂「眞人眞事」猜謎索隱，穿鑿附會，進行煩瑣考證，把從順治初到乾隆末的人物事蹟盡量拉了進去，其憑空虛構的謬論不下十種之多。結果，只能是完全抹殺了《紅樓夢》的眞正的社會意義。某些詩文，在說明書中的形象性格、詞句情節以及創作手法等方面，未嘗沒有絲毫參考價值，但是把小說當作謎語來猜，咬文嚼字，極盡鑽牛角尖的能事，因而產生不少離奇古怪的說法，也程度不等地使它沉浸在災難的深淵。

在晚清文學運動時期，由於優秀的古典小說的影響愈益擴大，《紅樓夢》開始從社會意義上漸被重視。可是，資產階級改良派和革命派所發表的文學見解，其所肯定的人道主義之類，無非是屬於資產階級意識形態以內的東西，目的僅在於使人們培養資產階級的個性。到了「五四」運動興起，胡適之流雖然還沒有公開暴露他的反動的政治面目（其第一篇《紅樓夢考證》的初稿作於一九二一年），當時打着提倡白話的旗幟，然而即便就這一點點文學體裁問題而論，早在幾年前就已經有人着重地指出《紅樓夢》等白話小說的重要性，本來不是什麼新鮮的主張。我們更應該注意到，那時提倡白話的代表人物（連同堅決反對白話的林紓在內），對於《紅樓夢》的評價既沒有超出資本主義範疇，而且在全盤接受西方文化之下，一致認爲它遠比不上外國小說，甚至居然貶抑它不成其爲眞有價值的文學。如果對「文學革命論」者的僅有的些微成就作過高的估計，無疑也是不符合事實的。

本書收集的資料下限到一九一九年爲止，但不包括「五四」運動時期在內。關于後者及更後來的資料，當另續編。以上的簡短而粗疏的介紹，不過表示在編輯過程中的一些極膚淺的感觸而已。

解放後，在黨的領導下，全國轟轟烈烈地進行了批判《紅樓夢》研究中的資產階級思想的運動，大力掃除了胡適及索隱派的遺害流毒，樹立起從無產階級立場、以馬克思列寧主義美學觀點對《紅樓夢》重新評價的正確方向。這一場嚴重而尖銳的思想鬥爭並沒有結束。許多工作，如對二百年來的《紅樓夢》研究的徹底的總清算等等，尙待展開和深入。現值這位封建社會的偉大作家逝世二百周年之際，這本資料只是在紀念的意義上貢獻一份綿薄的力量，拋磚引玉，那才是我所誠摯和殷切地期待着的。

一　粟

一九六三年一月二十四日

目次

卷一

敦誠

敦敏

張宜泉

卷　二

卷三

卷四

卷五

卷　六

卷一

敦誠

【寄懷曹雪芹(霑)】 少陵昔贈曹將軍，曾曰魏武之子孫。君又無乃將軍後，於今環堵蓬蒿屯。揚州舊夢久已覺(雪芹曾隨其先祖寅織造之任)，且著臨邛犢鼻褌。愛君詩筆有奇氣，直追昌谷破籬樊。當時虎門數晨夕，西窗剪燭風雨昏。接䍦倒著容君傲，高談雄辯虱手捫。感時思君不相見，薊門落日松亭樽(時余在喜峯口)。勸君莫彈食客鋏，勸君莫叩富兒門。殘盃冷炙有德色，不如著書黃葉村。(《四松堂集》抄本，詩集卷上)

編者按：《四松堂詩鈔》抄本，無自注，「且著」作「時著」，「虱手捫」作「手虱捫」。《四松堂集》嘉慶刊本卷一，「破籬樊」作「披籬樊」。鐵保《熙朝雅頌集》首集卷二十六收此，無自注，「君又無乃」作「嗟君或亦」，「久已覺」作「久已絕」，「破籬樊」作「披籬樊」。

【贈曹雪芹】 滿徑蓬蒿老不華，舉家食粥酒常賒。衡門僻巷愁今雨，廢館頹樓夢舊家。司業青錢留客醉，步兵白眼向人斜。何人肯與猪肝食？日望西山餐暮霞。(《鷦鷯庵雜記》抄本)

編者按：《四松堂詩鈔》抄本，「何人肯」作「阿誰買」。《四松堂集》抄本，詩集卷上，題作「贈曹芹圃」，注：「即雪芹」，「何人肯」作「阿誰買」。

【佩刀質酒歌】 秋曉遇雪芹於槐園，風雨淋涔，朝寒襲袂。時主人未出，雪芹酒渴如狂。余因解佩刀沽酒而飲之。雪芹歡甚，作長歌以謝余，余亦作此答之。】我聞賀鑑湖，不惜金龜擲酒壚；又聞阮遙集，直卸金貂作鯨吸。嗟余本非二子狂，腰間更無黃金璫。秋氣釀寒風雨惡，滿園榆柳飛蒼黃。主人未出童子睡，斝乾甕澀何可當？相逢況是淳于輩，一石差可溫枯腸。身外長物亦何有？鸞刀昨夜磨秋霜。且酤滿眼作軟飽，誰暇齊鬲分低昂。元忠兩褥何妨質，孫濟緼袍須先償。我今此刀空作佩，豈是呂虔遺王祥。欲耕不能買犍犢，殺賊何能臨邊疆，未若一斗復一斗，令此肝肺生角芒。曹子大笑稱快哉！擊石作歌聲琅琅。知君詩膽昔如鐵，堪與刀穎交寒光。我有古劍尚在匣，一條秋水蒼波涼。君才抑塞倘欲拔，不妨斫地歌王郎。（《四松堂集》抄本，詩集卷上）

編者按：《四松堂集》刊本卷一，同。《四松堂詩鈔》抄本，「襲袂」作「襲衣」。《熙朝雅頌集》首集卷二十六收此，「欲耕不能」作「欲耕不值」。

【輓曹雪芹】四十蕭然太瘦生，曉風昨日拂銘旌。腸迴故壠孤兒泣（前數月伊子殤，因感傷成疾），淚迸荒天寡婦聲。牛鬼遺文悲李賀，鹿車荷鍤葬劉伶。故人欲有生芻弔，何處招魂賦楚蘅？

開篋猶存冰雪文，故交零落散如雲。三年下第曾憐我，一病無醫竟負君。鄴下才人應有恨，山陽殘笛不堪聞。他時瘦馬西州路，宿草寒煙對落曛。（《鷦鷯庵雜記》抄本）

【輓曹雪芹甲申】四十年華付杳冥，哀旌一片阿誰銘？孤兒渺漠魂應逐（前數月伊子殤，因感傷成疾），新婦飄零目豈瞑？牛鬼遺文悲李賀，鹿車荷鍤葬劉伶。故人惟有青山淚，絮酒生芻上舊坰。（《四松堂集》抄本，詩集卷上）

編者按：《四松堂詩鈔》抄本同。

【荇莊過草堂命酒聯句，即檢案頭聞笛集爲題，是集乃余追念故人錄輯其遺筆而作也】 常侍山陽意，王孫舊雨情。遺文尋故笥荇莊，老淚灑枯荆近遭汝猷弟之痛。忍對黄公酒松堂，空懷張翰羹。擁衾悲九日，荇莊。亡弟莊九日卧病。分袂記孤城記丁丑春日汝猷曾別於榆關。是處青山恨松堂，年來白髮生。風簷頻檢篋，雨夜獨移檠。淚向西州落荇莊，魂猶南浦驚。人琴亡子敬松堂，金石感明誠。修短同歸盡荇莊，控摶誰所令。諸君皆可述松堂，我輩漫相評。讌集思疇昔荇莊，聯吟憶晦明。詩追李昌谷，松堂。謂曹芹圃。詞邁柳耆卿謂紫樹。繡佛尋蘇晉，荇莊。謂秀崖。工書擬伯英謂周廷尉。珍收米海岳，松堂。廷尉得范忠貞公家藏南宫一品石，諸同人賞之聽雨樓，各有跋語。乩降許飛瓊謂璞翁將軍嘗有是癖。懶過嵇中散，荇莊。謂寅圃。狂於阮步兵亦謂芹圃。劉伶曾荷鍤，松堂。謂羅介昌。徐邈但銜槍謂復齋。武有花敬定，荇莊。謂明益庵在蜀中沒於戰事。文如陸士衡謂貽謀。春船天上坐松堂，活火夜來烹。箇爲看花折荇莊，驢多踏雪行。高岩捫古翠松堂，小部度新聲。翦燭敲寒漏荇莊，彈棋罷夜枰。秋風醒大夢松堂，今雨散佳盟。宿草荒原迥荇莊，遺墟故宅更。椎兒登馬鬣松堂，弔客作驢鳴。細檢生前句荇莊，空留身後名。感懷良自苦，有酒且同傾松堂。

（《四松堂詩鈔》抄本）

編者按：《四松堂集》抄本，詩集卷下，同。

【聞笛集自序】 二十年來，交游星散，車笠之盟，半作北邙煙月。每於斜陽策蹇之餘，孤樽聽雨之夜，未嘗不興山陽愁感。追思平昔，邈若山河。因檢篋笥，得故人手跡見寄者，或詩文，或書翰，若干首，錄輯成編，覽之如共生前揮麈。或無詩文書翰，但舉其生平一二事，與余相交涉者，亦錄之。名曰《聞笛集》。每一披閱，爲之泫然。（《四松堂集》抄本，文集卷上）

編者按：《四松堂集》刊本卷三同。

【哭復齋文】嗚呼！昔與先生言生寄死歸之理，至明至切，又何有於巨室之寢，噭噭然哭之也哉？然其中不能無恨焉。自宗黌學校之興，人才輩出。先生以後起之秀，掉鞅文場，歲終射策，每列優等，而視之蔑如也。隨罷去，賦閒居者二十年。設先生早膺一命，積年遷擢，必能高步巖廊，發其所蘊，以表見於世，豈不爲吾宗一代之偉人歟！不然，即眞能遂其棲遁之志，遐蹤高蹈，扁舟草履，與農圃漁樵爲侶，亦不失爲天隨、元眞者流。乃今日徒結抑鬱之懷，抱落拓之感，品高境狹，所遇無歡，致坎坷死於牖下，且不得下壽。此僕之重爲先生恨者。先生亦有遺恨耶？嗚呼哀哉！先生每以向平婚嫁爲念，嘗曰：「如獲所願，何必定游五岳，但青鞋裋褐，徜徉乎一邱一壑之間，棄妻子如敝屣，吾生足矣。」今竟何如，人世事又安可過計哉？前月二十九日，先生約我輩泛舟潞河，盡一日歡笑，爾時猶能醻數杯，戲歌漁家雜曲，雖體羸息緩，神色尚飛眉宇間。即前數日，猶共諸子宴於南園，時已不能飲矣，然尚笑談竟夕。何八日不晤，遽成永訣？益悟生死之際，速於轉轂，豈止雍門之感而已哉！昔人云：「海內第一知己已去，復何心世緣！」僕邇日惟杜門却跡，嗒然兀坐，偶有讌召羣集，輒淚出酒腸，不樂而罷。人生鬱鬱，誰能遣此？未知先生與寅圃、雪芹諸子相逢於地下，作如何言笑，可話及僕輩念悼亡友之情否？冥冥漠漠，益增惝恍惆悵耳！僕近輯故友之詩文，凡片紙隻字寄宜閒館者，手爲錄之，名曰《聞笛集》。惟先生翰墨爲多，時一披閱，儼然如相對揮塵。此猶是舊時結習未除。先生今日達觀返化，仙塵殊絶，所思自異，安肯復向五濁世界中生憂愁煩惱緣，然則我輩曳紼之悲，登床之感，亦何爲哉？從此即過西州門，亦不痛哭而返也。有情無情，是耶非耶？嗚呼哀哉！

（《四松堂集》抄本，文集卷下）

編者按：《四松堂集》刊本卷四同。

【寄大兄】　二十六日出京，泥淖載塗，車幾反側者數四。夜宿南廳旅舍，伏枕不能寐，起燃燭，見壁間有題句，末云「日教雙淚溼青衫」，後書「茨湖居士」。不知茨湖爲何人，亦不知所淚者何事，豈亦如弟之所遭耶？因感而和之，云：「早知大患緣身在，無奈悲心逐老添。私念半生多少淚，萬痕燈下看青衫。」抵南村，便覓一古庵下榻。榻近頹龕，夜間即借琉璃燈照睡。僧既老且聾，與客都無酬答，相對默然。昔人云：「今如退院僧，於小村庵折脚鐺中煮糙米飯吃，亦足了一生矣。」頗類弟今日形景，更何所計慮哉！亦不敢過於悲感，強自節制，殊不大損眠食。然不能決然斬情者，正如王阿龍每還臺必痛哭於王悦舊送處耳。嵩兄近遭此，見之老眼又添許多淚漬。臞仙於此事較遠，或亦不無悲悼。前者庵宿，夜半有僕人狼狽叩門，云日暮行大雨中，輛浮於水，曳紼者水沒於腰，遂不能前，露處荒草中。是夜聞之，又增一慟。二十九窀穸既畢，仍歸庵中，繞庵皆大水，非乘筏不得往來。庵前多白楊樹，雖無風雨日，蕭蕭然孤坐一室，易生感懷。每思及故人，如立翁、復齋、雪芹、寅圃、貽謀、汝猷、益庵、紫樹，不數年間，皆蕩爲寒煙冷霧。曩日歡笑，那可復得？時移事變，生死異途，所謂此中日夕只以眼淚洗面也。即前在樂安堂，倘自聯床相慰藉，今於荒村野寺，狐嘯蛩吟之際，蒲團佛火，隻影孤檠，即此數日前恍如一劫，不幾夢中說夢，何時出此幻境耶？因悟夙孽皆因，奚逃惡果，慧鋒無利，焉斬情根，故於悲泣之餘，又增一重公案。雖欲急懺，都無是處，奈何奈何！日月跳丸，半百將至，「鬢髮蒼浪牙齒疎，不覺身年四十七」，樂天豈為弟咏乎？人北回，聊書近況奉寄，兄不廑念是幸。（《四松堂集》抄本，文集卷上）

編者按：《四松堂集》刊本卷三同。

余昔為《白香山琵琶行》傳奇一折，諸君題跋，不下幾十家。曹雪芹詩末云：「白傅詩靈應喜甚，定教蠻素鬼排場」，亦新奇可誦。曹平生為詩大類如此，竟坎坷以終。余挽詩有「牛鬼遺文悲李賀，鹿車荷鍤葬劉伶」之句，亦驢鳴弔之意也。（《四松堂集》抄本，《鷦鷯庵雜志》）

編者按：《四松堂集》刊本卷五《鷦鷯庵筆麈》同。

敦　敏

【芹圃曹君霑別來已一載餘矣。偶過明君琳養石軒，隔院聞高談聲，疑是曹君，急就相訪，驚喜意外，因呼酒話舊事，感成長句】　可知野鶴在鷄羣，隔院驚呼意倍慇。雅識我慚褚太傅，高談君是孟參軍。秦淮舊夢人猶在，燕市悲歌酒易醺。忽漫相逢頻把袂，年來聚散感浮雲。（《懋齋詩鈔》抄本）

【題芹圃畫石】　傲骨如君世已奇，嶙峋更見此支離。醉餘奮掃如椽筆，寫出胸中磈礧時。（《懋齋詩鈔》抄

本）

【贈芹圃】 碧水青山曲逕遐，薜蘿門巷足煙霞。尋詩人去留僧舍，賣畫錢來付酒家。燕市哭歌悲遇合，秦淮風月憶繁華。新愁舊恨知多少，一醉毷氉白眼斜。（《懋齋詩鈔》抄本）

編者按：「白眼斜」係貼改，原作「讀楚些」。《熙朝雅頌集》首集卷二十六收此，題作「贈曹雪芹」，「僧舍」作「僧壁」，「哭歌」作「狂歌」，「風月」作「殘夢」，末句作「都付酕醄醉眼斜」。

【訪曹雪芹不值】 野浦凍雲深，柴扉晚烟薄。山村不見人，夕陽寒欲落。（《懋齋詩鈔》抄本）

編者按：《熙朝雅頌集》首集卷二十六收此，同。

【小詩代簡寄曹雪芹】 東風吹杏雨，又早落花辰。好枉故人駕，來看小院春。詩才憶曹植，酒盞愧陳遵。上巳前三日，相勞醉碧茵。（《懋齋詩鈔》抄本）

【河干集飲題壁兼弔雪芹】 花明兩岸柳霏微，到眼風光春欲歸。逝水不留詩客杳，登樓空憶酒徒非。河干萬木飄殘雪，村落千家帶遠暉。憑弔無端頻悵望，寒林蕭寺暮鴉飛。（《懋齋詩鈔》抄本）

張宜泉

【懷曹芹溪】 似歷三秋闊，同君一別時。懷人空有夢，見面尚無期。掃逕張筵久，封書畀雁遲。何當常聚會，促膝話新詩。（《春柳堂詩稿》，光緒刊本）

【和曹雪芹西郊信步憩廢寺原韻】 君詩曾未等閒吟，破刹今遊寄興深。碑暗定知含雨色，牆隤可見補

雲陰。蟬鳴荒逕遙相喚，蛩唱空厨近自尋。寂寞西郊人到罕，有誰曳杖過煙林？（《春柳堂詩稿》刊本）

【題芹溪居士姓曹名霑，字夢阮，號芹溪居士，其人工詩善畫】愛將筆墨逞風流，廬結西郊別樣幽。門外山川供繪畫，堂前花鳥入吟謳。羹調未羨青蓮寵，苑召難忘立本羞。借問古來誰得似，野心應被白雲留。（《春柳堂詩稿》刊本）

【傷芹溪居士其人素性放達，好飲，又善詩畫，年未五旬而卒】謝草池邊曉露香，懷人不見淚成行。北風圖冷魂難返，白雪歌殘夢正長。琴裹壞囊聲漠漠，劍橫破匣影鋩鋩。多情再問藏修地，翠疊空山晚照涼。（《春柳堂詩稿》刊本）

紅樓夢

空空道人聽如此說，思忖半晌，將這《石頭記》再檢閱一遍，因見上面雖有些指奸責佞、貶惡誅邪之語，亦非傷時駡世之旨；及至君仁臣良、父慈子孝，凡倫常所關之處，皆是稱功頌德，眷眷無窮，實非別書之可比；雖其中大旨談情，亦不過實錄其事，又非假擬妄稱，一味淫邀豔約、私訂偷盟之可比；因毫不干涉時世，方從頭至尾，抄錄回來，問世傳奇。因空見色，由色生情，傳情入色，自色悟空，遂易名爲情僧，改《石頭記》爲《情僧錄》。至吳玉峯題曰《紅樓夢》，東魯孔梅溪則題曰《風月寶鑑》。後因曹雪芹於悼紅軒中披閱十載，增删五次，纂成目錄，分出章回，則題曰《金陵十二釵》；並題一絕云：「滿紙荒唐言，一把辛酸淚，都云作者癡，誰解其中味？」（「甲戌」本，第一回）

空空道人忙問何人。那人道：「你須待某年某月某日某時，到一個悼紅軒中，有個曹雪芹先生，只說賈雨村言，托他如此如此。」說畢，仍舊睡下了。那空空道人牢牢記着此言，又不知過了幾世幾劫，果然有個悼紅軒，見那曹雪芹先生正在那裏翻閱歷來的古史。空空道人便將賈雨村言了，方把這《石頭記》示看。那雪芹先生笑道：「果然是『賈雨村言』了！」空空道人便問：「先生何以認得此人，便肯替他傳述？」那雪芹先生笑道：「說你空空，原來肚裏果然空空。既是假語村言，但無魯魚亥豕以及背謬矛盾之處，樂得與二三同志，酒餘飯飽，雨夕燈窗，同消寂寞，又不必大人先生品題傳世。似你這樣尋根究底，便是刻舟求劍、膠柱鼓瑟了。」那空空道人聽了，仰天大笑，擲下抄本，飄然而去。一面走着，口中說道：「原來是敷衍荒唐！不但作者不知，抄者不知，並閱者也不知。不過游戲筆墨，陶情適性而已。」後人見了這本傳奇，亦曾題過四句偈語，為作者緣起之言更進一竿云：「說到辛酸處，荒唐愈可悲，由來同一夢，休笑世人癡！」（程乙本，第一百二十回）

脂硯齋等評

雪芹舊有《風月寶鑑》之書，乃其弟棠村序也。今棠村已逝，余覩新懷舊，故仍因之。

若云雪芹披閱增刪，然後〔則〕開卷至此，這一篇楔子又係誰撰？足見作者之筆狡獪之甚。後文如此處者不少。這正是作者用畫家煙雲模糊處，觀者萬不可被作者瞞弊〔蔽〕了去，方是巨眼。

能解者方有辛酸之淚，哭成此書。壬午除夕，書未成，芹為淚盡而逝。余嘗哭芹，淚亦待盡。每意覓青埂峯，再問石兄，余不遇獺〔癩〕頭和尚何！悵悵！

今而後，惟願造化主再出一芹一脂，是書何本〔幸？〕，余二人亦大快遂心於九泉矣。甲午八日〔月〕淚筆。（以上均「甲戌」本，第一回）

秦可卿淫喪天香樓，作者用史筆也。老朽因有魂托鳳姐賈家後事二件，嫡是安富尊榮坐享人能想得到處，其事雖未漏，其言其意則令人悲切感服，姑赦之，因命芹溪删去。（「甲戌」本，第十三回）

此回未成，而芹逝矣，嘆嘆！丁亥夏，畸笏。（「庚辰」本，第二十二回）

乾隆二十一年五月初七日對清。缺中秋詩，俟雪芹。（「庚辰」本，第七十五回）

永忠

【因墨香得觀紅樓夢小說弔雪芹三絶句姓曹】　傳神文筆足千秋，不是情人不淚流。可恨同時不相識，幾回掩卷哭曹侯。

顰顰寶玉兩情癡，兒女閨房語笑私。三寸柔毫能寫盡，欲呼才鬼一中之。

都來眼底復心頭，辛苦才人用意搜。混沌一時七竅鑿，爭教天不賦窮愁。（《延芬室稿》稿本，第十五册）

編者按：詩上有弘旿眉批曰：「此三章詩極妙。第《紅樓夢》非傳世小說，余聞之久矣，而終不欲一見，恐其中有礙語也。」

明義

【題紅樓夢曹子雪芹出所撰《紅樓夢》一部，備記風月繁華之盛。蓋其先人爲江寧織府；其所謂大觀園者，即今隨園故址。惜其書未傳，世鮮知者，余見其鈔本焉。】佳園結構類天成，快綠怡紅別樣名。長檻曲欄隨處有，春風秋月總關情。

怡紅院裏鬥嬌娥，娣娣姨姨笑語和。天氣不寒還不暖，曈曨日影入簾多。

瀟湘別院晚沉沉，聞道多情復病心。悄向花陰尋侍女，問他曾否淚沾襟。

追隨小蝶過牆來，忽見叢花無數開。儘力一頭還兩把，扇紈遺却在蒼苔。

侍兒枉自費疑猜，淚未全收笑又開。三尺玉羅爲手帕，無端擲去復拋來。

晚歸薄醉帽顏欹，錯認猧兒喚玉狸。忽向內房聞語笑，強來燈下一回嬉。

紅樓春夢好模糊，不記金釵正幅圖。往事風流眞一瞬，題詩贏得靜工夫。

簾櫳悄悄控金鉤，不識多人何處遊。留得小紅獨坐在，笑教開鏡與梳頭。

紅羅繡纈束纖腰，一夜春眠魂夢嬌。曉起自驚還自笑，被他偷換綠雲綃。

入戶愁驚座上人，悄來階下慢逡巡。分明窗紙兩璫影，笑語紛絮聽不眞。

可奈金殘玉正愁，淚痕無盡笑何由。忽然妙想傳奇語，博得多情一轉眸。

小葉荷羹玉手將，詒他無味要他嘗。碗邊誤落脣紅印，便覺新添異樣香。

拔取金釵當酒籌，大家今夜極綢繆。醉倚公子懷中睡，明日相看笑不休。

病容愈覺勝桃花，午汗潮回熱轉加。猶恐意中人看出，慰言今日較差些。

威儀棣棣若山河，還把風流奪綺羅。不似小家拘束態，笑時偏少默時多。

生小金閨性自嬌，可堪磨折幾多宵。芙蓉吹斷秋風狠，新誄空成何處招？

錦衣公子茁蘭芽，紅粉佳人未破瓜。少小不妨同室榻，夢魂多箇帳兒紗。

傷心一首葬花詞，似讖成眞自不知。安得返魂香一縷，起卿沉痼續紅絲？

莫問金姻與玉緣，聚如春夢散如煙。石歸山下無靈氣，總使能言亦枉然。

饌玉炊金未幾春，王孫瘦損骨嶙峋。青蛾紅粉歸何處？慚愧當年石季倫。（《綠煙瑣窗集》抄本）

【和隨園自壽詩韻十首（錄一首）】　隨園舊址即紅樓，粉膩脂香夢未休。定有禽魚知主客，豈無花木記春秋。西園雅集傳名士，南國新詞咏莫愁。豔煞秦淮三月水，幾時衫履得陪遊。新出《紅樓夢》一書，或指隨園故址。（《隨園八十壽言》，嘉慶刊本，卷五）

袁　枚

康熙間，曹練亭爲江寧織造，每出，擁八騶，必攜書一本，觀玩不輟。人問曰：「公何好學？」曰：「非也。我非地方官，而百姓見我必起立，我心不安，故藉此遮目耳。」素與江寧太守陳鵬年不相中，及陳獲罪，乃密疏薦陳，人以此重之。其子雪芹撰《紅樓夢》一部，備記風月繁華之盛。明我齋讀而羨之。當時紅樓中有某校書尤豔，我齋題云：「病容憔悴勝桃花，午汗潮回熱轉加。猶恐意中人看出，強言今日較差些。」「威儀棣棣若山河，應把風流奪綺羅。不似小家拘束態，笑時偏少默時多。」（《隨園詩話》，乾隆五十七年刊本，卷二）

編者按：道光四年刊本作：「其子雪芹撰《紅樓夢》一部，備記風月繁華之盛。中有所謂大觀園者，即余之隨園也。當時紅樓中有女校書某尤豔，雪芹贈云」云云。

丁未八月，余答客之便，見秦淮壁上題云：「一溪煙水露華凝，別院笙歌轉玉繩。爲待夜涼新月上，曲欄深處撤銀燈。」「飛盞香含豆蔻梢，冰桃雪藕綠荷包。榜人能唱湘江浪，畫槳臨風當板敲。」「早潮退後晚潮催，潮去潮來日幾回。潮去不能將妾去，潮來可肯送郎來？」三首深得竹枝風趣。尾署：「翠雲道人」。訪之，乃織造成公之子嘯厓所作，名延福。有才如此，可與雪芹公子前後輝映。雪芹者，曹練亭織造之嗣君也，相隔已百年矣。（同上，卷十六）

西清

《紅樓夢》始出，家置一編，皆曰此曹雪芹書，而雪芹何許人，不盡知也。雪芹名霑，漢軍也。其曾祖寅，字子清，號楝亭，康熙間名士，累官通政。爲織造時，雪芹隨任，故繁華聲色，閱歷者深。然竟坎壈半生以死。宗室懋齋（名敦敏）、敬亭與雪芹善。懋齋詩：「燕市哭歌悲遇合，秦淮風月憶繁華」，敬亭詩：「勸君莫彈食客鋏，勸君莫叩富兒門，殘杯冷炙有德色，不如著書黃葉村」，兩詩畫出雪芹矣。（《樺

葉逃聞》，鄧之誠《骨董瑣記》卷八引，一九五五年三聯書店版）

裕瑞

【後紅樓夢書後】雪芹二字，想係其字與號耳，其名不得知。曹姓。漢軍人，亦不知其隸何旗。聞前輩姻戚有與之交好者。其人身胖頭廣而色黑，善談吐，風雅游戲，觸境生春。聞其奇談娓娓然，令人終日不倦，是以其書絕妙盡致。聞袁簡齋家隨園，前屬隋家者，隋家前即曹家故址也，約在康熙年間。書中所稱大觀園，蓋假託此園耳。其先人曾爲江寧織造，頗裕，又與平郡王府姻戚往來。書中所託諸邸甚多，皆不可考，……又聞其嘗作戲語云：「若有人欲快覩我書，不難，惟日以南酒燒鴨享我，我即爲之作書」云。（《棗窗閒筆》，稿本）

毛慶臻

作俑者曹雪芹，漢軍舉人也。由是《後夢》、《續夢》、《復夢》、《翻夢》，新書疊出，詩牌酒令，鬥勝一時。然入陰界者，每傳地獄治雪芹甚苦，人亦不恤。蓋其誘壞身心性命者，業力甚大，與佛經之昇天堂正作反對。嘉慶癸酉，以林清逆案，牽都司曹某，凌遲覆族，乃漢軍雪芹家也。余始驚其叛逆隱情，乃天報以陰律耳。傷風教者，罪安逃哉？然若狂者，今亦少衰矣。（《一亭考古雜記》，光緒十七年石印本）

梁恭辰

《紅樓夢》一書，誨淫之甚者也。乾隆五十年以後，其書始出。……此書全部中無一人是眞的，惟屬筆之曹雪芹實有其人。然以老貢生槁死牖下，徒抱伯道之嗟，身後蕭條，更無人稍爲矜恤，則未必非編造淫書之顯報矣。（《北東園筆錄》四編，同治五年刊本，卷四）

夢癡學人

《紅樓夢》一書，作自曹雪芹先生。先生係內務府漢軍正白旗人，江寧織造曹練亭公子。嘉慶初年，此書始盛行。嗣後遍於海內，家家喜閱，處處爭購。……不通文墨，是吾鄉本來面目。……著《紅樓夢》者，吾鄉人也。（《夢癡說夢》，光緒十三年刊本）

汪　堃

《紅樓夢》一書，始於乾隆年間……相傳其書出於漢軍曹雪芹之手。嘉慶年間，逆犯曹綸，即其孫也。滅族之禍，實基於此。（《寄蝸殘贅》，同治十一年刊本，卷九）

陳其元

此書乃康熙年間江寧織造曹練亭之子雪芹所撰。練亭在官有賢聲，與江寧知府陳鵬年素不相得，及陳被陷，乃密疏薦之，人尤以爲賢。至嘉慶年間，其曾孫曹勛，以貧故，入林清天理教。林爲逆，勛被誅，覆其宗。世以爲撰是書之果報焉。（《庸閒齋筆記》，同治十三年刊本，卷八）

伊園主人

【紅樓夢】　作《紅樓夢》之曹雪芹眞有其人，其子孫陷入王倫逆案，伏法，無後。同鄉殷秋樵所云，異日詳之。（《談異》，光緒十五年刊本，卷二）

英　浩

《紅樓夢》，又名《石頭記》，四函□册。曹雪芹名□□編。或云內務府旗人，堂主事。或解云：此小說特爲刺大學士明珠貪貨無厭而作，其榮國、寧國二府指明珠之祖爲葉赫貝勒，一清家努，一楊家努，兄弟，後隸本朝者。裕思元有《棗窗閒筆》一卷，皆評論七種《紅樓夢》之作，云雪芹書成，旋亦故矣。或又有論者云：此書暗中寓誨淫之意，其後人於嘉慶年隨八卦教匪案內被誅，亦其報也，可不畏哉！又《天咫偶聞》云：內務府漢軍高蘭野名鶚，乾隆乙卯傳臚，亦放宕之士，《紅樓夢》一書蘭野所爲也。錄存備考證。（《長白藝文志》，稿本，小說部集類）

葉德輝

【納蘭成德刻通志堂經解之二】　今小說有《紅樓夢》一書，其中寶玉，或云即納蘭。是書爲曹寅之子雪芹孝廉作，曹亦內府旗人。以同時人紀同時事，殆非架空之作。（《書林清話》，一九二〇年刊本，卷九）

楊鍾羲

懋齋名敦敏，字子明，其贈曹雪芹云：「尋詩人去留僧壁，賣畫錢來付酒家。」（《雪橋詩話》，一九一四年刊本，卷六）

高鶚

【操縵堂詩稿跋】　冷邨五古，頗近韓、柳。七言略似《長慶集》中語。五言絶，寒香若無，吹毫欲活。五言律體，秋水爲神，蒼玉作骨。昔人論詩，所謂木葉盡脱，石氣自淸，冷村五律，其庶幾乎！七言絶，神韻脱續，瓣香應在鳳洲、滄溟七子。七律亦圓潤，不落小婢面孔。讀竟浮白，惜不令南施北宋得見此也。時乾隆四十七年壬寅小陽月。（盛昱、楊鍾羲《八旗文經》，光緒二十七年刊本，卷二十三，題跋丙）

【滿江紅（辛丑中秋。是歲五月丁先府君憂；六月内人病，至是瀕危。草土餘生，神魂顛倒，援筆製此，亦長歌當哭之意耳。）】　死別生離，怎生過今年今夜。怕説起芳筵酌桂，玉爐焚麝。莪蓼枝延荒塚草，杜鵑血印香羅帕。這天付兩件乍淒涼，誰同話？　堂上酒，紅珠瀉；房中宴，春酥炙。歎匆匆過了，幾番傳舍。縱有鷄聲誰耐舞，放教蝶夢從他化。對蒼蒼獨立復何言，西風下。

【南鄉子（戊申秋雋，喜晤故人）】　甘露灑瑤池，洗出新妝換舊姿。今日方教花並蒂，遲遲，終是蓮台大士慈。　明月照相思，也得姮娥念我癡。同到花前攜手拜，孜孜，謝了楊枝謝桂枝。

【金縷曲（即賀新郎）（不見畹君三年矣。戊申秋雋，把晤燈前，渾疑夢幻，歸來欲作數語，輒怔忡而止。

十月旬日，燈下獨酌，忍酸製此，不復計工拙也。〕】　春夢年來慣，問卿卿今宵可是，故人親見。試剪銀燈攜素手，細認梅花妝面。料此夕羅浮非幻。一部相思難說起，儘低鬟默坐空長嘆。追往事，寸腸斷。　尊前強自柔情按，道從今新歡有日，舊盟須踐。欲笑欲歌還欲哭，剛喜翻悲又怨。把未死蠶絲牽戀。那更眼波留得住，一雙雙淚滴珍珠串。愁萬斛，怎拋判？（《蘭墅硯香詞》，稿本）

編者按：《蘭墅硯香詞》，現存《篋存草》一種，共四十四闋，自乾隆三十九年甲午至五十三年戊申止，戊申季冬訂。今選錄三闋。

【德者本也財者末也】　知德與財本末之辨，而先慎之道明矣，蓋惟德本而財末，故先慎德而此有財也。慎德之君子，其知本者乎！傳者意謂事不究其輕重之故，不知功之所由始也；理不明乎先後之機，不知效之所由成也。故吾言君子之有人士財用也，其效成於有德，而其功實始於慎德。事有輕重，理有後先，相因而不相蒙，平天下者，不可不辨也。夫吾之所謂德者，深之為身心性命之大原，廣之為天下國家所託命，豈第曰財用所自來哉！然即有財而觀，而其油然滋息者，致為深厚矣。且如君子之慎德也，自格致誠正以來，凡所為擴其明聰，祛其偽妄，閑其性情，無日不以單心宥密為兢兢。寧惟是結天下之人心，收天下之物力乎？乃何以共球集，筐篚貢，萬邦輻輳，莫不助其順而輸其誠。阜財解慍之盛理，原根勅幾無怠之心；則壤成賦之隆規，實出祗台德先之主。蓋有立乎其大者矣。審是而知慎德之君子，其惕惕乎萬幾之先、四海之命、百世之基者，殆罔非首庶物而培元氣也。事舉其所最重，理居其所獨先，所以斂時錫福，而必原於惟皇建極、惟皇作極者此也，本也。而至吾所謂財者，上之爲朝廷度支之常經，下之爲閭閻日用之恆產，豈不亦有德所必需哉！然既因德而有，而其自然發生者，非關強致矣。且如君子而有德也，至人士財用之有，亦必思持其久遠，悉其源流，防其壅蔽，無事不於體國經野爲汲汲。夫豈徒崇清淨之虚名，廢財成之實政乎？乃觀於王心一，主德純，宵旰憂勤，初不聞重征而厚斂。聖神文武之帝德，敷之即九功九叙之治；關睢麟趾之美意，衍之即周官周禮之精。蓋有善推所爲者矣。審是而知有財之君子，其歷歷於安危之象、治亂之幾、禍福之原者，固早已審權衡而明遠計也。事既在所宜輕，理又從乎其後，所以治隆上軌，而必稱其不言有無、不計多寡者此也，末也。

德不僅爲財之本，夫人知之，亦易言。財不得便以爲末，對德言，乃爲末，然此層頗難清晰。蓋財一也，而聚財與生財異。顧近脈則背遠脈，照遠脈又礙近脈。此處須要説得融洽，方爲圓相。主題係本上文而言，不得脱離上文，亦不得再衍上文，用筆亦宜斟酌也。自記。（《蘭墅十藝》，稿本）

編者按：《蘭墅文存》、《蘭墅十藝》共收作者八股文二十七篇，自乾隆五十二年至嘉慶十二年止。此爲最後一篇，末葉有「紅樓夢外史」印。那清安《梓里文存》亦收八股文四篇，署：「鑲黄旗漢軍，高鶚，蘭墅，乾隆乙卯科」，均乾隆六十年作。高鶚尚有手抄本《唐陸魯望詩稿》，分《蘭墅摘鈔古體》、《蘭墅選鈔今體》二部分，封面自題：「蘭墅手抄詩」，首數頁據傳係其小女所寫。

【紅香館詩草序】　余與麟見亭爲忘年交。其太夫人以江南名族，歸曙墀先生，二十餘年，事親以孝，教子有方，貞靜幽嫻，無慚四德，至善畫工詩，乃其餘事。余内親多稱之者。則夫人固以德重者也。區區一集，又奚足增夫人之品價哉？今秋見亭出此帙示余。余學殖久落，豈敢率爾點定，然披讀一過，老眼頓明。見集中如除夜諸作，孝思肫摯；示兒一律，議論深純；其他即景抒情，徵題賦物，麗而能清，華而不縟，非繪句絺章者比。吾於是而知夫人之遐福未有艾也，吾於是而益信見亭之爾雅温文其來有自。甲戌之秋八月既望鐵嶺高鶚序。（惲珠《紅香館詩草》卷首，嘉慶二十一年刊本）

張問陶

【冬日將謀乞假出齊化門哭四妹筠墓妹適漢軍高氏，丁未卒於京師】似聞垂死尚吞聲，二十年人了一生。拜墓無兒天厄汝，辭家久客鬼憐兄。再來早慰庭幃望，一痛難抒骨肉情。寄語孤魂休夜哭，登車從我共西征。

窈窕雲扶月上遲妹江上對月句，傷心重檢舊烏絲。閨中玉暎張元妹，林下風清道韞詩。死戀家山難瞑目，生逢羅刹早低眉。他年東觀藏書閣，身後誰修未竟辭。

一曲桃夭淚數行，殘衫破鏡不成妝。窮愁嫁女難爲禮，宛轉從夫亦可傷。人到自憐天亦悔，生無多日死偏長。未知綿惙留何語，侍婢捫心暗斷腸。

我正東遊汝北征，五年前事尚分明。那知已是千秋別，猶悵難爲萬里行。日下重逢惟斷冢，人間謀面剩來生。繞墳不忍驅車去，無數昏鴉亂哭聲。（《船山詩草》，嘉慶二十年刊本，卷五，《松筠集》）

【贈高蘭墅鶚同年傳奇《紅樓夢》八十回以後俱蘭墅所補】無花無酒耐深秋，灑掃雲房且唱酬。俠氣君能空紫塞，豔情人自說紅樓。逶遲把臂如今雨，得失關心此舊遊。彈指十三年已去，朱衣簾外亦回頭。（《船山詩草》，卷十六，《辛癸集》）

國朝歷科題名碑錄

乾隆乙卯：……賜同進士出身第三甲九十名：高鶚，漢軍鑲黃旗內務府人。（道光刊本）

王家相

嘉慶六年辛酉科順天鄉試：……內閣中書高鶚，字蘭墅，漢軍鑲黃旗人，乙卯進士。（《清祕述聞續》，光緒十三年刊本，卷十三，同考官類一）

嘉慶十八年：……高鶚，鑲黃旗漢軍人，乾隆乙卯進士，由掌江南道升刑科。（《國朝六科漢給事中題名錄》，光緒三年刊本）

陳康祺

嘉慶辛酉，京師大水，科場改九月。詩題「百川赴巨海」，乃謝康樂《擬建安七子・陳思王》一首，取天下歸仁意。闈中罕得解。前十本將進呈，韓城王文端公以通場無知出處爲憾。房考高侍讀鶚搜遺卷，得定遠陳黻卷，亟呈薦，遂得南元。（《燕下鄉脞錄》，光緒七年刊本，卷一）

薛玉堂

【蘭墅文存題詞】　相與十三載，論文愜素心。學隨年共老，識比思逾深。秋水遠浮櫂，空山獨鼓琴。霓裳嘗日詠，笙磬愧同音。

才士粲花舌，高僧明鏡心。如何言外意，偏向此中深。不數《石頭記》，能收焦尾琴謂汪小竹。攜將皖江去，山水和清音。

嘉慶丁卯臘月將之廬州司馬任，次徐廣軒同年韻二首，題奉蘭墅年大兄大人笑正。愚弟薛玉堂。行色匆匆，不能篇注數語，殊可恨也。樽酒細論，願以異日，長毋相忘。玉堂又記。（《蘭墅文存》，稿本，卷首）

蘇芳阿

嘉慶十四年……高鶚，鑲黄旗漢軍人，乾隆乙卯進士，由内閣侍讀考選江南道御史，刑科給事中。（《國朝御史題名》，同治八年刊本）

惲珠

高儀鳳，字秀芝，漢軍人，給事中鶚女。按鶚字蘭墅，别號紅樓外史，乾隆乙卯進士，與大兒麟慶同官中書，爲忘年交，贈句有云：「終賈暫教遲侍從，絲綸原不負文章。眞靈位業依然在，愧我頭顱鬢已霜。」嘉慶甲戌大兒爲余刻《紅香館集》，蘭墅曾製序焉。（《國朝閨秀正始集》，道光十一年刊本，卷二十）

麟慶

【鴻雪因緣圖記】　余之官中書也，吾母繪紫薇夜月便面以賜，題曰：「金帖傳名，青錢入選，薇省深沈，鳳池清淺。夙夜勿怠，匪躬蹇蹇，叨列清班，勉躋通顯。」麟慶拜受。尋兼充文淵閣檢閱、國史館分校，因得讀中秘之書。每入直，在典籍廳辦事。廳前有芍藥一池，年久枯萎，壬申四月忽發數枝。沈春皋前輩濡筆作圖，邀高蘭墅侍讀名鶚，漢軍進士，後官給事中、蔣雲簪、李滸庭、桂一山三舍人及余賦詩。即席成二律，一曰：「禁苑頻經雨露滋，翻階紅藥逞妍姿。身隨芳影依鸞樹，春引恩波到鳳池。金帶舊徵元老品，玉盤新頌舍人詩。雲箋到處催題詠，官閣梅花憶昔時。」二曰：「綽約丰神引興賒，殿春仍許鬥春華。綸扉香暖辰聯袂，瑣闥風清午放衙。遺種休嫌分野圃，託根爭羨傍天家。自慚小技雕蟲手，采筆思紛五色花。」尋都城傳爲韻事。（道光二十九年刊本，第一集，《鳳閣吟花》）

道光癸未、癸巳麟慶奉安先考妣事畢，作宦江南，今十載矣，始得重來數土，慨聞僾見，悲愴罔極。告退後，過酒仙橋。憶曾遇瑞丈培齋名生，滿洲舉人，官四川道於此，出對曰：「跨鶴酒仙應入座。」余適見一人策蹇來，因對曰：「騎驢詩客或題橋。」近視之，高蘭墅也，相與大笑。今均宿草離離矣，因書楹帖，懸以誌感。（同上，第三集，《仙橋數土》）

鐵珊

施耐菴作《水滸傳》，子孫三世皆啞。袁于令撰《西樓記》，患舌痒證，自嚼其舌，不食不言，舌盡而死。高蘭墅撰《紅樓》，終身困阨。王實甫作《西廂》，至「北雁南飛」句，忽仆地，嚼舌而死；金聖嘆評而刻之，身陷大辟，且絶嗣。（《增訂太上感應篇圖說》，光緒十五年刊本，子册，篇首）

震　鈞

張船山有妹嫁漢軍高蘭野鶚，以抑鬱而卒，見船山詩集。按蘭野，乾隆乙卯玉殿傳臚，亦有詩才。世行小說《紅樓夢》一書，即蘭野所爲。余嘗見其書詩册，有印曰「紅樓外史」，則其人必放宕之士矣。蘭野能詩，而船山集中絶少唱和，可知其妹飮恨而終也。（《天咫偶聞》，光緒三十三年刊本，卷三）

英　浩

吏治輯要，一册。

鐵嶺高鶚編。字蘭野，內務府漢軍□□旗人，由傳臚授中書。（《長白藝文志》，稿本，政治集類）

恩　華

三合吏治輯要，不分卷（滿蒙漢文）。

漢軍高鶚著，通瑞譯。鶚字蘭墅，隸內務府鑲黄旗，乾隆乙卯進士，由內閣侍讀考選江南道御史，刑科給事中，張船山妹夫。蘭墅有小印曰「紅樓外史」。通瑞俟考。（《八旗藝文編目》，一九四一年印本，史部，政治）

楊恩壽

《紅樓夢》爲小說中無上上品。向見張船山贈高蘭墅有「豔情人自說紅樓」之句，自注蘭墅著有《紅樓夢》傳奇，余數訪其書未得，所見者僅陳厚甫先生所著院本耳。（《詞餘叢話》，光緒三年刊本，卷三）

王國維

《紅樓夢》一本（見楊恩壽《詞餘叢話》），國朝高□□著。高字蘭墅，名里不詳。（《曲錄》，一九二七年印本，卷五）

楊鍾羲

高鶚，字蘭墅，隸內務府鑲黃旗漢軍，乾隆乙卯三甲一名進士。高玥乘亭、高瑛東岡、高芬芸圃，均有集。（《八旗文經》，卷五十九，作者考丙）

蘭墅名鶚，乾隆乙卯進士。世所傳曹雪芹小說，蘭墅實卒成之，與雪芹皆隸漢軍籍。（《雪橋詩話》，卷九）

惲珍浦太夫人刻《紅香館集》，紅樓外史高蘭墅給諫曾爲製序。蘭墅女秀芝，名儀鳳，亦工吟詠，顧塔哈遺懷云：「怕看春草當窗綠，別後珠簾盡日垂」，語極可誦。（同上三集，卷五）

李葆恂

近人《桐陰清話》中引船山詩注云，《紅樓夢》小說自八十回後皆高蘭墅鶚所補。予按鶚漢軍旗人，乾隆乙卯進士，官給事中，嘗自號紅樓外史，其卽因曾補是書之故歟？（《舊學盦筆記》，一九一六年刊本，《紅樓外史》）

李　放

曹霑，號雪芹，宜從孫。《繪境軒讀畫記》云：「工詩畫，爲荔軒通政文孫。所著《紅樓夢》小說，稱古今平話第一。嘉慶時，漢軍高進士鶚酷嗜此書，續作四十卷附於後，自號爲紅樓外史。光緒初，京朝士大夫尤喜讀之，自相矜爲紅學云。惜文獻無徵，不能詳其爲人。惟宗室敦敏有贈雪芹詩云：『尋詩人去留僧壁，賣畫錢來付酒家』，差可想見其高致云。」（《八旗畫錄》，一九一九年印本，後編，卷中）

趙爾巽等

高鶚，字蘭墅，亦漢軍旗人，乾隆六十年進士，有《蘭墅詩鈔》。（《清史稿》，《文苑傳》二，李鍇傳附）

奉　寬

【蘭墅文存與石頭記（節錄）】　故老相傳，撰《紅樓夢》人爲旗籍世家子。書中一切排場，非身歷其境不能道隻字。作書時，家徒四壁，一几、一杌、一禿筆外，無他物。姓名未詳。又云：成親王府園亭點綴，與《紅樓夢》中大觀園同，即故大學士明珠第，今醇親王府。最近內務府老友張博儒君文厚談，其同事恆泰君，姓高氏，內府鑲黄旗籍，官護軍參領，寓地安橋東拐棒胡同。家貧，歲底結棚鬻年糕於橋頭，人呼橋高。今已物故。嘗自言《紅樓夢》乃其先人所作。蓋高蘭墅後人也。（載一九三一年《北大學生》第一卷第四期）

卷二

戚蓼生

【石頭記序】 吾聞絳樹兩歌，一聲在喉，一聲在鼻；黄華二牘，左腕能楷，右腕能草。神乎技矣！吾未之見也。今則兩歌而不分乎喉鼻，二牘而無區乎左右，一聲也而兩歌，一手也而二牘，此萬萬所不能有之事，不可得之奇，而竟得之《石頭記》一書，嘻！異矣。夫敷華掞藻，立意遣詞，無一落前人窠臼，此固有目共賞，姑不具論。第觀其蕴於心而抒於手也，注彼而寫此，目送而手揮，似譎而正，似則而淫，如《春秋》之有微詞，史家之多曲筆。試一一讀而繹之：寫閨房則極其雍肅也，而豔冶已滿紙矣；狀閥閲則極其豐整也，而式微已盈睫矣；寫寶玉之淫而癡也，而多情善悟不減歷下琅琊；寫黛玉之妬而尖也，而篤愛深憐不啻桑娥石女。他如摹繪玉釵金屋，刻畫薌澤羅襦，靡靡焉幾令讀者心蕩神怡矣，而欲求其一字一句之粗鄙猥褻，不可得也。蓋聲止一聲，手止一手，而淫佚貞靜，悲戚歡愉，不啻雙管之齊下也。噫！異矣。其殆稗官野史中之盲左、腐遷乎？然吾謂作者有兩意，讀者當具一心。譬之繪事，石有三面，佳處不過一峯；路看兩蹊，幽處不踰一樹。必得是意，以讀是書，乃能得作者微旨。如捉水月，祗挹清輝；如雨天花，但聞香氣。庶得此書絃外音乎？乃或者以未窺全豹爲恨，不知盛衰本是迴環，萬緣無非幻泡。作者慧眼婆心，正不必再作轉語，而萬千領悟，便具無數慈航矣。彼沾沾

爲刻楮葉以求之者，其與開卷而寤者幾希！德清戚蓼生曉堂氏。（有正本《紅樓夢》，卷首）

夢覺主人

【紅樓夢序】　辭傳閨秀而涉於幻者，故是書以夢名也。夫夢曰紅樓，乃巨家大室兒女之情，事有眞不眞耳。紅樓富女，詩證香山；悟幻莊周，夢歸蝴蝶。作是書者藉以命名，爲之《紅樓夢》焉。嘗思上古之書，有三墳、五典、八索、九邱，其次有《春秋》、《尚書》、志乘、檮杌，其事則聖賢齊治，世道興衰，述者逼眞直筆，讀者有益身心。至於才子之書，釋老之言，以及演義傳奇，外篇野史，其事則竊古假名，人情好惡，編者託詞譏諷，觀者徒娛耳目。今夫《紅樓夢》之書，立意以賈氏爲主，甄姓爲賓，明矣眞少而假多也。假多即幻，幻即是夢。書之奚究其眞假，惟取乎事之近理，詞無妄誕，說夢豈無荒誕，乃幻中有情，情中有幻是也。賈寶玉之頑石異生，應知琢磨成器，無乃溺於閨閣，幸耳關雎之風尚在；林黛玉之仙草臨胎，逆料良緣會合，豈意摧殘蘭蕙，惜乎摽梅之歎猶存。似而不似，恍然若夢，斯情幻之變互矣。天地鍾靈之氣，實鍾於女子，詠絮丸熊、工容兼美者不一而足，貞淑薛姝爲最，鬟婢嫋嫋，秀穎如此，列隊紅妝，釵成十二，猶有寶玉之癡情，未免風月浮泛，此則不然；天地乾道爲剛，本秉於男子，簪纓華胄、垂紳執笏者代不乏人，方正賈老居尊，子姪躋躋，英年如此，世代朱衣，恩隆九五，□□□□□□□，不難功業華褒，此則亦不然。是則書之似眞而又幻乎？此作者之闢舊套開生面之謂也。至於日用事物之間，婚喪喜慶之類，儼然大家體統，事有重出，詞無再犯，其吟咏詩詞，自屬清新不落小說故套;言語動作之間,飲食起居之事,竟是庭闈形表,語謂因人,詞多徹性,其詼諧戲謔,筆端生活未墜村編俗俚。此作者工於叙事,善寫性骨也。夫木槿大局,轉瞬興亡,警世醒而益醒;太虛演曲,預定榮枯,乃是夢中說夢。說夢者誰?或言彼,或云此。既云夢者,宜乎虛無縹緲中出是書也,書之傳述未終,餘帙杳不可得;既云夢者,宜乎留其有餘不盡,猶人之夢方覺,兀坐追思,置懷抱於永永也。甲辰歲菊月中浣夢覺主人識。(「甲辰」本《紅樓夢》,卷首)

舒元煒

【紅樓夢序】 登高能賦,大都肖物爲工;窮力追新,只是陳言務去。惜乎《紅樓夢》之觀止於八十回也。全册未窺,悵神龍之無尾;闕疑不少,隱斑豹之全身。然而以此始,以此終,知人尙論者,固當顚末之悉備;若夫觀其文,觀其竅,閒情偶適者,復何爛斷之爲嫌。矧乃篇篇魚貫,幅幅蟬聯,漫云用十而得五,業已有二於三分。從此合豐城之劍,完美無難;豈其探赤水之珠,虛無莫叩。爰夫譜華胄之興衰,列名媛之動止,匠心獨運,信手拈來,情□乎文,言立有體,風光居然細膩,波瀾但欠老成,則是書之大略也。董園子偕弟澹遊方隨計吏之暇,憩紹衣之堂,維時溽暑蒸,時雨霈,苔衣封壁,乘□□問字之賓;蠹簡生春,搜篋得卧遊之具。迹其錦心繡口,聯篇則柳絮團空;洎乎譎波詭雲,四座亦冠纓索絕。處處淳于炙輠,行行安石碎金。□□斷香零粉,忽尋聲而獲爨下之桐;雖多玄□□,□□□□□□□□□。筠圃主人瞿然謂客曰:「客亦知升沉顯晦之緣,離合悲歡之故,有如是書也夫?吾悟矣，二子其爲我贊成之可矣。」於是搖毫擲簡，口誦手批。就現在之五十三篇，特加讐校；借鄰家之二十七卷，合付鈔胥。核全函於斯部，數尚缺夫秦關；返故物於君家，璧已完乎趙舍。（君先與當廉使並錄者，此八十卷也。）觀其天室永絲蘿之締，宗功肅霜露之晨，乘朱輪者奚止十人，珥金貂者儼然七葉。庭前舞彩，膝下含飴，大母則宜仙宜佛，郎君乃如醉如癡。御潘岳之板輿，開園暇日；承華歆之家法，密室朝儀。劉氏三姝，謝家羣從，雅有荀香之癖，時移徐淑之書。林下風清，山中雪滿，珠合於浦，星聚於堂。絳蠟筵前，分曹射覆；青綾帳裏，索笑聯唫。王茂宏之犢車，頗傳悠謬；鄭康成之家婢，綽有風華。耳目爲之一新，富貴斯能不朽。至其指事類情，即物呈巧，皎皎靈台，空空妙伎。鎔金刻木，則曼衍魚龍；範水模山，則觸地邱壑。儼昌黎之記畫，雜曼倩之答賓，善戲謔兮，姑謀樂也。代白丁兮入地，褫墨吏兮燃犀。歡娛席上，幻出清淨道場；脂粉行中，參以風流裙屐。放屠刀而成佛，血濺夭桃；借冷眼以觀時，風寒落葉。凡茲種種，吾欲云云，足以破悶懷，足以供清玩。主人曰：「自我失之，復自我得之，是書成而升沉顯晦之必有緣，離合悲歡之必有故，吾滋悟矣。鹿鹿塵寰，茫茫大地。色空幻境，作者增好了之悲；哀樂中年，我亦墮辛酸之淚。昔曾聚於物之好，今仍得於力之强。然而黃壚回首，邈若山河（痛當廉使也）；燕市題襟，雨分新舊。辨酸醎於味外，公等洵是妙人；感物理之無常，我亦曾經滄海。羊叔子峴首之嗟，於斯爲盛；蓋次公仰屋之嘆，良不偶然。斗筲可飲千鍾，且與醉花前之酒；黃粱熟於俄頃，姑樂遊壺內之天。」客曰善。於是乎序。乾隆五十四年歲次屠維作噩且月上浣虎林董園氏舒元煒序并書於金臺客舍。（「已酉」本《紅樓夢》，卷首）

程偉元

【紅樓夢序】《紅樓夢》小說本名《石頭記》，作者相傳不一，究未知出自何人，惟書內記雪芹曹先生删改數過。好事者每傳抄一部，置廟市中，昂其值得數十金，可謂不脛而走者矣。然原目一百廿卷，今所傳祇八十卷，殊非全本。即間稱有全部者，及檢閱仍祇八十卷，讀者頗以爲憾。不佞以是書既有百廿卷之目，豈無全璧？爰爲竭力搜羅，自藏書家甚至故紙堆中無不留心，數年以來，僅積有廿餘卷。一日偶於鼓擔上得十餘卷，遂重價購之，欣然繙閱，見其前後起伏，尚屬接筍，然漶漫不可收拾。乃同友人細加釐剔，截長補短，抄成全部，復爲鐫板，以公同好，《紅樓夢》全書始至是告成矣。書成，因并誌其緣起，以告海內君子。凡我同人，或亦先覩爲快者歟？小泉程偉元識。（程甲本《紅樓夢》，卷首）

高　鶚

【紅樓夢序】予聞《紅樓夢》膾炙人口者，幾廿餘年，然無全璧，無定本。向曾從友人借觀，竊以染指嘗鼎爲憾。今年春，友人程子小泉過予，以其所購全書見示，且曰：「此僕數年銖積寸累之苦心，將付剞劂，公同好。子閒且憊矣，盍分任之？」予以是書雖稗官野史之流，然尚不謬於名教，欣然拜諾，正以波斯奴見寶爲幸，遂襄其役。工既竣，并識端末，以告閱者。時乾隆辛亥冬至後五日鐵嶺高鶚敘并

書。（同上，卷首）

程偉元、高鶚

【紅樓夢引言】　一、是書前八十回，藏書家抄錄傳閱幾三十年矣，今得後四十回合成完璧。緣友人借抄，爭覩者甚夥，抄錄固難，刊板亦需時日，姑集活字刷印。因急欲公諸同好，故初印時不及細校，間有紕繆。今復聚集各原本詳加校閱，改訂無訛，惟識者諒之。一、書中前八十回抄本，各家互異；今廣集核勘，準情酌理，補遺訂訛。其間或有增損數字處，意在便於披閱，非敢爭勝前人也。一、是書沿傳既久，坊間繕本及諸家所藏祕稿，繁簡歧出，前後錯見。即如六十七回，此有彼無，題同文異，燕石莫辨。茲惟擇其情理較協者，取爲定本。一、書中後四十回係就歷年所得，集腋成裘，更無他本可考。惟按其前後關照者，略爲修輯，使其有應接而無矛盾。至其原文，未敢臆改，俟再得善本，更爲釐定，且不欲盡掩其本來面目也。一、是書詞意新雅，久爲名公鉅卿賞鑒，但創始刷印，卷帙較多，工力浩繁，故未加評點。其中用筆吞吐，虛實掩映之妙，識者當自得之。一、向來奇書小說，題序署名，多出名家。是書開卷略誌數語，非云弁首，實因殘缺有年，一旦顛末畢具，大快人心，欣然題名，聊以記成書之幸。一、是書刷印，原爲同好傳玩起見，後因坊間再四乞兌，爰公議定值，以備工料之費，非謂奇貨可居也。壬子花朝後一日小泉、蘭墅又識。（程乙本《紅樓夢》，卷首）

王希廉

【紅樓夢批序】《南華經》曰：「大言炎炎，小言詹詹。」仁義道德，羽翼經史，言之大者也；詩賦歌詞，藝術稗官，言之小者也；言而至於小說，其小之尤小者乎？士君子上不能立德，次不能立功立言，以共垂不朽，而戔戔焉小說之是講，不亦鄙且陋哉！雖然，物從其類，嗜有不同，麋鹿食薦，蝍且甘帶，其視薦帶之味，固不異於粱肉也。余菽麥不分，之無僅識，人之小而尤小者也。以最小之人，見至小之書，猶麋鹿蝍且適與薦帶相值也，則余之於《紅樓夢》愛而讀之，讀之而批之，固有情不自禁者矣。客有笑於側者曰：「子以《紅樓夢》爲小說耶？夫福善禍淫，神之司也；勸善懲惡，聖人之教也。《紅樓夢》雖小說，而善惡報施，勸懲垂誡，通其說者，且與神聖同功，而子以其言爲小，何徇其名而不究其實也？」余曰：「客亦知夫天與海乎？以管窺天，管內之天，即管外之天也；以蠡測海，蠡中之海，即蠡外之海也。謂之無所見，可乎？謂所見之非天海，可乎？並不得謂管蠡內之天海，別一小天海，而管蠡外之天海，又一大天海也。道一而已，語小莫破，即語大莫載；語有大小，非道有大小也。《紅樓夢》作者既自名爲小說，吾亦小之云爾。若夫禍福自召，勸懲示儆，余於批本中已反覆言之矣。」客無以難，曰：「子言是也。」即取副本藏之而去。因書其言，以弁卷首。道光壬辰花朝日吳縣王希廉雪薌氏書於雙清仙館。（《新評繡像紅樓夢全傳》，道光十二年雙清仙館刊本，卷首）

張新之

【妙復軒評石頭記自記】　閑人自幼喜讀《石頭記》，與同學董子蕉鄰相劇談，每得所觸發。是時談者多，而與閑人談者則寥寥，以所見之違衆也，然亦未敢遽著筆。洎道光戊子歲，有黑龍江之行，客都護署，清淨岑寂，鉛槧外乃及之，而心定神閒，覺妙義紛來，如相告愬，評因起。及辛卯春，得廿回，綱舉目張，歸京矣，擾擾緇塵，亦遂止。次年夏，銘子東屏相與談，有同見，乃是書之知己也，乞借觀，三閲月，屢索未還，而失之云。原評二十回，從此不知所終，心目懸懸，無非石頭變現也。閲八歲庚子，短童長劍，作南游，歷覽山川名勝，舟中馬上，是書未嘗一日離。明年秋，至閩之莆田，其蕭散安閒與龍沙等，評復起，以十餘年之瀦蓄，較前評，思若湧，而少懶，故著墨日無多。迨乙巳，復歸京，僅將五十卷，亦既鳥倦知還矣，思卒業而杜門，究不能。及戊申，得八十五卷，適不獲已，爲台灣之行，客都署，亦既衰且病，已喜日不過出數言，餘一無事事，眠食靜息，而是評遂以成。伏念閑人不文，本不敢出以問世，特以斯評能救本書之害，於作者不爲無功，觀者不爲無益，人心世道有小補焉，則災梨棗也無不宜。力有未逮，姑俟之，其將來成之北，成之南，或仍歸於泯滅無所聞，則非閑人所敢知矣。爰記起訖於卷末。東屏銘子，名岳，以乙未榜下，令官江西，具巨眼，能文者，後亦音相梗，有答索評札，宜附存，以見鳩鴉尚有遺羽爾。道光三十年歲次庚戌一陽月太平閑人自述。

〔附銘東屏書〕　寸心如結，思挹清風；半面才逢，恍同舊雨。花拈一笑，名悟三生，不嫌曼倩滑稽，且賞張顛醉趣。曲終略舉，同病相憐，一自瞻韓，逢人說項矣。《紅樓夢》批點，向來不下數十家，驥未見尾，蛇虛畫足，譬之笨伯圓夢，強作解事，搔痒不著。讀大作，覺一掃浮雲，廬山突出也，惜未歸全璧，令人悶死。專望於公餘閒暇，少吃些酒，少睡些覺，將百二十回全行批出，內翰功名，春婆說夢，漫謂外書之不可傳世也。第與閣下半生潦倒，冠劍隨人，一裹青氈，窮愁欲嘔，必欲奮迹青雲，再思著作，榮世、名世，二者兼之，非前生大作好不能也。批本再留數十日，欲擬一小序，質之閣下，驥尾附蠅，定當許我云云。（《妙復軒評石頭記》，抄本，卷首）

五桂山人

【妙復軒評石頭記序】　予賦性迂拙，小說家無所好，於《紅樓夢》之淫靡煩蕪，尤鄙之，廣衆中有談者，其豔羨津津，直入□之洗耳退。歲辛丑，客莆田，張新之至自京，落拓湖海，一窮人也。既察之，覺放曠不羈中，却恬退安定。其自號太平，有以夫！遂樂與談，風晨月夕無不俱，十三經二十一史，滔滔然，淵淵然，互相考，所見大致不徑庭，而其諧可喜，其戇可畏也。偶及《紅樓夢》，突稱之曰：「好。」予曰：「吁！以子之識，而乃好《紅樓夢》乎？其書大可燒也。」曰：「以子之識，而乃燒《紅樓夢》乎？恐子之窮於措大也。子所不能燒，而我能燒之，燒燒之火，且將人人贈一炬。」笑而啓以篋，出評本，薄薄帙，捉余讀，格格拒；強讀及數行，振振駭；讀既終，而欣欣油油有所會，曰：「三百篇固各自蔽一言，《紅樓夢》固不淫靡煩蕪，而整齊嚴肅也。」遂因新之之所好而好之，轉有甚惜其躭逸喜游，嗜酒多睡，評甫廿餘卷，其將何日成？迨甲辰，得五十卷，新之亦遂歸京矣。南北六千里，後會何敢期，而往來問訊中，未嘗不以《紅樓》評爲勉勗。閲四年，新之竟後來，意外之逢可喜，而尤喜《紅樓夢》評之窺全璧也。遽詢之，而仍止八十卷。同游台灣，居郡署，稍暇，即促之，閲一載，百二十回竟脱稿。噫嘻！以數十年未成之書，而一旦成之，洗作者蒙不潔，而新讀者之耳目，换讀者之心思，於以破撮戲法者之包藏訣，舉平日所爲慕者、所爲□者、所爲喜者、所爲怒者，不拍案叫絶而各爲愉快者乎？雖然，以新之茸闒阘珊，非山人之督課，是書未必成，則讀者之受贈無窮，即謂受之山人也無不可。而新之不來，則何自而督課之，此其中有默相者焉，其殆不欲以《紅樓夢》毒天下乎？於山人乎何與！抑又於新之乎何與！道光三十年庚戌一陽月五桂山人跋。（同上，卷首）

鴛湖月癡子

【妙復軒評石頭記序】　宋儒注《易》，專主理説，而惜多籠統語，不若漢儒，以大象爲宗，後人有譏其穿鑿者，不知六十四卦，三百八十四爻，俱從無中生有，求其所以然之故，終不可得。若但説理，何以龍潛狐濟，妄傳怪誕之詞；格帝享王，侈作誇張之語。觀大象所指，及虞氏九家逸象，參以康成爻辰，京房納甲，若者爲某事，若者爲某物，然後知聖人作《易》，並非無故敷陳。説者謂《易》爲卜筮之書，漢儒去古未遠，必得眞解，豈有意袒漢抑宋哉？《紅樓夢》一書，無稽小説，作者洋洋灑灑，特衍出百二十回絶妙文字，而此百二十回中，有自相矛盾處，有不着邊際處，有故作罅漏處，初視之，若漫不經意者。然太平閑人乃正於此中得間，爲一二拈出，經以《大學》，緯以《周易》，較之金氏聖歎評《三國》、《水滸》、《西廂記》，似聖歎尚爲其易，而閑人獨爲其難。何也？聖歎之評，但評其文字之絶妙而已；閑人之評，並能括出命意所在。不啻親造作者之室，日接作者之席，爲作者宛轉指授，而乃於評語中爲之微言之，顯揭之，罕譬曲喻之。似作者無心於《大學》，而毅然以一部《大學》爲作者之指歸；作者無心於《周易》，而隱然以一部《周易》爲作者之印證。使天下後世直視《紅樓夢》爲有功名教之書，有禆學問之書，有關世道人心之書，而不敢以無稽小說薄之。即起作者於九京而問之，不引爲千古第一知己，吾不信也。是書作於雍、乾間，去閑人之生，不過數十寒暑，與漢儒之去文王、周公、孔子，吾不知其年代之遠近若何，而言之鑿鑿，如鏡鏡形，如燭燭物。猶有以穿鑿爲言，吾雖不能爲閑人辨，而終不敢謂閑人非爲作《紅樓夢》之功臣，而反爲讀《紅樓夢》之罪人也。故以漢儒注《易》爲比。彼但豔稱聖歎之評《三國》、《水滸》、《西廂》，而不知閑人之一片苦心，竟等諸敗壞《易》學之王輔嗣可也。咸豐元年小春望前一日鴛湖月癡子跋於台陽水流觀音寓齋。（同上，卷首）

紫琅山人

【妙復軒評石頭記序】□□陰陽消長之義，皆以男女言，示人以易知也。然身世吉凶之兆，邦家治亂之機，□□□出乎此？《繫辭》云：「有不善未嘗不知，知之未嘗復行」，此不遠復之所以爲復也。其終於不善者，不善而不知耳。古者著人之不善，無非望人之復善耳。莫不善於淫奔，而《風》詩采之；莫不善於弑逆，而《春秋》筆之。可以知作者之苦心矣。作者洋洋灑灑千萬言，一往天下後世之知者愚者，口之耳之目之，而其隱寓於語言文字之中，以待默會於語言文字之外者，又逆料天下後世必有人焉，能得其指歸之所在。笑我罪我，皆所弗計，而書不盡言，言不盡意，譬諸黄鐘寶鼎，與土鼓瓦缶顛倒於富而貧、貴而賤之家，玩弄於婦孺之手，或數世或十百世，而終有識者出也。先生於此書，如夢遊先天後天圖中，絪緼化生，一以貫之，頭頭是道。著之於書，俾見者聞者，恍然神山之上，巨石洞開，睹列仙眞面目，向之所見爲瓦礫泥沙，顛倒而玩弄之者，一變而爲寶藏光氣，竦然以敬，怡然以解，心目皆快，渣滓去，嗜慾清，明善復初，見天地之心，此其時乎！蓋反不經而爲經，則經正而邪滅，而因以挽天下後世文人學士之心於狂瀾之既倒，功不在昌黎下。嗚呼！遊説滑稽，太史公弗去也，先生之志，將毋同。紫琅山人謹識。（同上，卷首）

劉銓福等

【脂硯齋重評石頭記跋】《紅樓夢》雖小説，然曲而達，微而顯，頗得史家法。余向讀世所刊本，輒逆以己意，恨不得起作者一譚。睹此册，私幸予言之不謬也。子重其寶之。青士、椿餘同觀於半畝園並識，乙丑孟秋。

《紅樓夢》非但爲小説别開生面，直是另一種筆墨。昔人文字有翻新法，學梵夾書；今則寫西法輪齒，仿《考工記》。如《紅樓夢》實出四大奇書之外，李贄、金聖歎皆未曾見也。戊辰秋記。

近日又得妙復軒手批十二巨册，語雖近鑿，而於《紅樓夢》味之爲深矣。雲客又記。

此批本丁卯夏借與綿州孫小峯太守，刻於湖南。

李伯盂郎中言翁叔平殿撰有原本而無脂批，與此文不同。

《紅樓夢》紛紛效顰者無一可取，唯《癡人説夢》一種及二知道人《紅樓夢説夢》一種尚可玩，惜不得與佟四哥三弦子一彈唱耳。此本是《石頭記》眞本，批者事皆目擊，故得其詳也。癸亥春日白雲吟客筆。

脂硯與雪芹同時人，目擊種種事，故批筆不從臆度。原文與刊本有不同處，尚留眞面，惜止存八卷。海內收藏家更有副本，願抄補全之，則妙矣。五月廿七日閱又記。（「甲戌」本《紅樓夢》，卷末）

孫桐生

【妙復軒評石頭記叙】 少讀《紅樓夢》，喜其洋洋灑灑，浩無涯涘，其描繪人情，雕刻物態，眞能抉肺腑而肖化工，以爲文章之奇，莫奇於此矣，而未知其所以奇也。丙寅寓都門，得友人劉子重貽妙復軒《石頭記》評本，逐句梳櫛，細加排比，反復玩索，尋其義，究其歸，如是者五年。乃曠然廢書而嘆曰：至矣哉！天下無一本之文固若是哉！文章者，性情之華也。性情不深者，文章必不能雄奇恣肆，猶根底不固者，枝葉必不暢茂條達也。世庸有苟作之文，撏撦敷衍，支離失實，無底裏可顧，無命意可求，非竭則萎，烏能斯愛而斯傳哉？蓋立言不根理要，既不能發揮古今之名理，焉能饜飫乎天下之人心？事有必然無疑者，然作者難，識者不易。自得妙復軒評本，然後知是書之所以傳，傳以奇，是書之所以奇，實奇而正也。如含玉而生，實演明德；黛爲物欲，實演自新。此外融會四子六經，以俗情道文言，或用借音，或用設影，或以反筆達正意，或以前言擊後語。尤奇者，教養常經也，轉託諸致禍蔑倫之口；仙釋借徑也，實隱闢異端曲學之非。就其涉，可以化愚蒙；而極其深，可以困賢智。本談情之旨，以盡復性之功，徹上徹下，不獨爲中人以下說法也。至其立忠孝之綱，存人禽之辨，主以陰陽五行，寓以勸懲褒貶，深心大義，於海涵地負中自有萬變不移、一絲不紊之主宰，信乎其爲奇傳也。奇而不究於正，惟能照風月寶鑑反面者，乃能善用其奇也。是書之作，六十年來，無眞能讀眞能解者，甚有耳食目爲淫書，亦大負作者立言救世苦心矣。得太平閑人發其瞶，振其聾，俾書中奥義微言，昭然若揭，範圍曲成，人倫日用，隨地可以自盡。善乎其注文妙眞人也曰：「人之所以妙，妙在眞，能眞，斯爲人而不爲獸。」即此數言，可括《石頭》全部。惟作者姓名不傳，訪諸故老，或以爲書爲近代明相而作，寶玉爲納蘭容若。以時事文集證之或不謬。其曰珠曰瑞，又移易其輩行而錯綜之。若賈雨村，即高江邨也。高以諸生，覓館入都，主於明僕，由是進身致通顯。若平安州則保定府之別名，李御史即郭華野之易姓，而特以眞事既隱，正令人尋踪按跡而無從。蓋作文之妙，在縹緲虛無間，使人可望不可即，乃有餘味。若一徵諸實，則劉四罵人，語多避忌，而口誅筆伐，亦不能暢所欲言矣。篇後有曹雪芹刪定數過云云，曹雪芹或以即曹銀台寅之公子，其胡老明公三子也。考其時，假館容若，擅宏通、稱莫逆者，則有梁藥亭、姜西溟、顧梁汾諸君子，不能實指爲某人草創、某人潤色也。至書中言寶玉中第七名舉人，查進士題名碑，成德中康熙十五年丙辰科二甲第七名進士，言舉人者，隱之也。又按顧梁汾《彈指詞》金縷曲後注云：「歲丙辰，容若年二十二，一見予，即恨相識晚，塡詞見贈，有『後身緣恐結它生裏』，極感其意，而殊訝爲不祥。後竟卒於乙丑五月，讖語果符。」是容若得年三十有一耳。考時代暨書中事蹟，信爲演容若也無疑。他若太平閑人爲仝君卜年，評本並未注名，亦無別號，不佞冥搜苦索於意言之表而得之，因別號而實以人，何嘗評者之借以爲名也。評者不自爲名，又何有於作者？是謂亙古絕今一大奇書也可。然能識奇書，評奇書，使天下後世皆知爲奇書，不致以奇書爲淫書，而誤於奇書，則太平閑人亦一天下之奇人也已。同治癸酉季秋月下浣飲眞外史孫桐生叙於臥雲山館。（《繡像石頭記紅樓夢》，光緒七年臥雲山館刊本，卷首）

【妙復軒評石頭記跋】　謹按太平閑人，姓仝名卜年，山西平陸人，嘉慶辛未進士，道光末官福建台灣太守。其以太平爲別號者，蓋取陸放翁詩「已卜餘年見太平」意也。此君一字磵南。聞其學問淵雅，博通古今，著述頗富。評《石頭記》一書，穿天心，躡月窟，廣大精微，表章絕業，洵足與原書並傳不朽，而有功世道，不致使愚昧者誤入歧途，尤見所學之正，與救世之慈，似此庶不愧立言二字矣。原評未有正文，予爲逐句排比，按節分疏，約三四年，始編錄就緒。間亦有未安未確處，容再詳訂另注。閒居多暇，安章宅句，手自鈔錄，日盡四五紙，孜孜矻矻，心力交瘁。自壬申暮春經始，至丙子十一月二十日竣事，無間寒暑者，五年有奇，獲成此一種大觀，並以備他年剞劂之用，庶不沒作者評者一番苦心云爾。時光緒二年歲在丙子十一月二十日，巴西懺夢居士鈔竣自誌於其眞閣。（同上，卷首）

華陽仙裔

【金玉緣序】　天名離恨，僅看一現之曇華；地接長安，擬種連枝之芍藥。絳珠幻影，黛玉前身，源竭愛河，慧生頑石。紅樓夢醒，猶疑人月團圓；碧簡灰飛，誰信滄桑顛倒。儘許情根蟠結，原爲烏有之談；直教慧劍精瑩，難割鴛儔之累。此間以眼淚洗面，旁觀方手倦支頤。似空似色，疑假疑眞，如曹雪芹《石頭記》原編，繼以沈青士《紅樓夢》諸賦。端相正面者，墮風月寶鑑之情魔；別具會心者，即玉茗傳奇之性理。乃復夢中說夢，癡不勝癡，圖繪傳神，評贊索隱，斷以《春秋》之筆，凝爲水墨之魂。太虛幻境，偏多杜史之才；新誌《齊諧》，亦有臥遊之樂。彼姑妄言，我參別解。一人一贊，一卷一圖，或合或分，生漸生悟。茶初酒半，燈爐香温，其求諸南華之解脫乎，抑寄諸北苑之丰神乎？則此卷之旖旎蕭疏，殆有勝於博弈之百損而無一益也已。光緒十四年小陽月望日華陽仙裔識。（《增評補像全圖金玉緣》，光緒十年同文書局石印本，卷首）

逍遥子

【後紅樓夢序】　曹雪芹《紅樓夢》一書，久已膾炙人口，每購抄本一部，須數十金。自鐵嶺高君梓成，一時風行，幾於家置一集。同人相傳雪芹尚有《後紅樓夢》三十卷，遍訪未能得，藝林深惜之。頃白雲外史、散花居士竟訪得原稿，並無缺殘。余亟爲借讀。讀竟，不勝驚喜。尤喜全書歸美君親，存心忠孝，而諷勸規警之處亦多；即詼嘲跌宕，亦雅令而有雋致。杜陵云：「庾信文章老更成」，又云：「晚節漸於詩律細」，玩此細筋入骨，精意添毫，洵爲雪芹愜意筆也。爰以重價得之，與同人鳩工梓行，以公同好。譬如斷碑得原碑，缺譜得全譜，凡臨池按拍家，共此賞心耳。逍遙子漫題。（《後紅樓夢》，乾、嘉間刊本，卷首）

鄭師靖

【續紅樓夢序】《紅樓夢》爲記恨書，與《西廂記》等。顧讀者不附崔、張酸鼻，而咸爲寶、黛拊心者，續與未續之分也。然離而合之易，死而生之難。雪塢秦都闢，以隴西世胄，有羊郗風。韜鈐之暇，不廢鉛槧。覼然謂余曰：「是不難。吾將爇返魂香，補離恨天，作兩人再生月老，使有情者盡成眷屬，以快閱者心目。」未操筆，他氏已有《後紅樓》之刻，事同而旨異。雪塢乃別撰《續紅樓夢》三十卷，著爲前書衍其緒，非與後刻爭短長也。余讀之竟，恍若游華胥，登極樂，闖天關，排地戶，生生死死，無礙無遮，遂使吞聲飲恨之《紅樓》，一變而爲快心滿志之《紅樓》，抑亦奇矣。雖然，豈徒爲夢中人作撮合哉？夫謝豹傷春，精衛塡海，物之愚也，而人效之；鯤絃莫續，破鏡難圓，天之數也，而人昧之。要惟不溺於情者，能得其情之正；亦惟不泥於夢者，始博夫夢之趣。雪塢之以夢續夢，直以夢醒夢耳。嗟乎！夢有盡而情無盡，雖猶是游戲筆墨，而無怨無曠之抱負，已覘其概，此眞十州連金泥、續絃膠也。彼續《西廂》之誚梟脛貂尾者，又烏足並論？書以質之雪塢，以爲然否？秀水弟鄭師靖藥園拜題。（秦子

忱《續紅樓夢》，嘉慶四年抱甕軒刊本，卷首）

秦子忱

【續紅樓夢弁言】《紅樓夢》一書，膾炙人口者數十年，余以孤陋寡聞，固未嘗見也。丁巳春，余偶染瘡疾，乞假調養，伏枕呻吟，不勝苦楚。同寅中有此，即爲借觀，以解煩悶。匝月讀竣，而疾亦賴是漸瘳矣。然余賦性癡愚，多愁善病，每有夸父之迂，杞人之謬。疾雖愈，而於寶、黛之情緣終不能釋然於懷。夫以補天之石，而仍有此缺陷耶？公暇過東魯書院，晤鄭藥園山長，偶及其故。藥園戲謂曰：「子盍續之乎？」余第笑而頷之，然亦不過一時之戲談耳。迨藥園移席於滕，復致書曰：「《紅樓夢》已有續刻矣，子其見之乎？」余竊幸其先得我心也。因多方購求，得窺全豹。見其文詞浩瀚，詩句新奇，不勝傾慕。然細玩其叙事處，大率於原本相反，而語言聲口，亦與前書不相吻合，於人心終覺未愜。余不禁故志復萌，戲續數卷，以踐前語。不意新正藥園來郡，見而異之。一經傳說，遂致同寅諸公，羣然索閱。自慚固陋，未免續貂，俯賜覽觀，亦堪噴飯，又何敢自匿其醜而不博諸公一撫掌也耶？

嘉慶三年九月中浣雪塢子忱氏題於兗郡營署之百甓軒。

【附凡例】一、書中所用一切人名脚色，悉本前書內所有之人。蓋續者，續前書也，原不宜妄意增添。惟僧道二人，在大荒山空空洞焚修，若無童子伺應，似屬非宜，故添出一松鶴童子，此外悉仍其舊。

一、前《紅樓夢》書中如史湘雲之壻，以及張金哥之夫，均無紀出姓名，誠爲缺典。茲本若不擬以姓名，仍令閲者茫然。今不得已妄擬二名，雖涉穿鑿，君子諒之。一、書内諸人一切語言口吻，悉本前書，概用習俗之方言。如昨兒晚上、今早早起、明兒晌午，不得不换昨夜、今晨、明午也。又如適才之爲剛才兒，究竟之爲歸根兒，一日兩日之爲一天兩天，此時彼時之爲這會子那會子，皆是也。以一概百，可以類推。蓋士君子散處四方，雖習俗口頭之方言，亦有各省之不同者，故例此則以便觀覽，非敢饒舌也。一、前《紅樓夢》書中，每每詳寫樓閣軒榭、樹木花草、床帳鋪設、衣服飲食古玩等事，正所以見榮、寧兩府之富貴，使讀者驚心炫目，如親歷其境，親見其人，親嚐其味。兹本不須重贅，不過於應點染處略爲點染。至於太虚幻境，與天曹地府皆渺茫冥漠之所，更不必言之確鑿也。一、前《紅樓夢》開篇先叙一段引文，以明其著《紅樓夢》所以然之故，然後始入正文，使讀者知其原委。兹續本開篇即從林黛玉死後寫起，直入正文，並無曲折，雖覺突如其來，然正見此本之所以爲續也。雖名之曰《續紅樓夢》第一回，讀者只作前書第一百二十一回觀可耳。一、《後紅樓夢》書中因前書卷帙浩繁，恐海内君子，或有未購，及已購而難於攜帶，故又叙出前書事略一段，列於卷首，以便參考。鄙意不敢效顰，蓋閲過前書者，再閲續本，方能一目了然。若前書目所未覩，即參考事略，豈能盡知其詳。續本縱有可觀，依舊味同嚼蠟，不如不叙事略之爲省筆也。（同上，卷首）

蘭皋居士

【綺樓重夢楔子】《紅樓夢》一書，不知誰氏所作。其事則瑣屑家常，其文則俚俗小説，其義則空諸一切，大略規仿吾家鳳洲先生所撰《金瓶梅》，而較有含蓄，不甚着跡，足饜讀者之目。丁巳夏，閒居無事，偶覽是書，因戲續之，襲其文而不襲其義，事亦少異焉。蓋原書由盛而衰，所欲多不遂，夢之妖者也；此則由衰而盛，所造無不適，夢之祥者也。循環倚伏，想當然耳。夫人生一大夢也，夢中有榮悴，有悲歡，有離合，及至鐘鳴漏盡，遽然以覺，則惘惘焉同歸一夢而已。上之游華胥，錫九齡，帝王之夢也；燕鈞天，搏楚子，侯伯之夢也；下而化蛺蝶，爭蕉鹿，宦南柯，熟黃粱，紛紛擾擾，離離奇奇，當其境者，自忘其爲夢，而亦不知其爲夢也。蘭皋居士，曠達人也。猶憶夢爲孩提，夢作嬉戲，夢肄業，夢遊庠，夢授室，夢色養，夢居憂，夢續娶，夢遠遊，夢入成均，夢登科第，夢作宰官，臨民斷獄，夢集義勇，殺賊守城，既而夢休官，夢復職，夢居林下，迢迢長夢，歷一花甲於兹矣，猶復夢夢。然夢中說夢，則眞自忘其爲夢，而並不知其爲夢者也。世有愛聽夢囈者，請以《紅樓續夢》告之。（蘭皋居士《綺樓重夢》，嘉慶刊本，楔子）

小和山樵

【紅樓復夢自序】　或問曰：「夢可復乎？」余應曰：「可。」子曰吾不復夢見周公，由此觀之，大聖人之夢，復周公之夢而夢之者也。有周公、孔子之夢，而七十子之徒相繼而相續，夫然後孟子闡而繼之，昌黎承而續之，而程、周、朱、許諸賢相將而復，而周公、孔子之夢於是充乎天地，貫於古今，而人之生於世者，無不感周孔之夢，而知君臣父子夫婦兄弟朋友之道，化於夢而知孝悌忠信禮義廉恥之節。聖人之夢，豈非天地間之大夢乎？李青蓮曰浮生若夢，而曰叙天倫樂事，可見夢之爲夢，實倫常之綱領，生於夢者，正不可須臾離於夢也。釋氏曰如夢幻泡影，以夢而冠諸泡影之首，蓋以泡影爲虚渺之物，而夢則具倫常，行禮義，人民城郭，聲音笑貌，可得指而名之也。是以雪芹曹先生以《紅樓夢》一書梓行於世，即李青蓮所謂叙天倫之樂事而已。天倫，人之所同，而樂之之夢境不一，斷無彼人之夢，而我亦依樣葫蘆夢之之理。雪芹之夢，美人香土，燕去樓空；余感其夢之可人，又復而成其一夢，與雪芹所夢之人民城郭，似是而非，此誠所謂復夢也。倫常具備，而又廣以懲勸報應之事，以警其夢，亦由夫七十子之續之耳。若以他人之夢，即而夢之，此爲夢之所必無者。蛇畫成而添以足，難乎其爲蛇矣。雪芹有知，必於夢中捧腹曰：「子言是也。」夢既成而弁數言於簡首。時嘉慶四年歲次己未中秋月書於春州之蓉竹山房，紅樓復夢人少海氏識。

【附凡例】一、此書本於《紅樓夢》，而另立格局，與前書迥異。一、書中無違礙忌諱字句。一、此書雖係小説，以忠孝節義爲本，男女閲之，有益無礙。一、此書照依前書繪圖，以快心目。一、書中因果輪迴報應，驚心悦目，借説法以爲勸誡。一、書中不用生僻字樣，便於涉覽。一、此書雅俗可以共賞，無礙於處世接物之道。一、前書僅寫大觀園，無暇他顧；此則無事不書，無家不叙，細微周密，未嘗遺漏。一、前書人物事實，每多遺其結局；此則無不成其始終。一、此書以祝爲主，以賈爲賓，主詳而賓略，閲者勿嫌其疎於賈宅。一、前書垂花門以内，房屋不甚明晰，除大觀園外，使讀者不分方向。若垂花門以外，更不知廳房幾進，樓閣若干，名曰榮府而已。一、前書榮府，應以賈政爲主，寶玉爲佐，而書中寫賈政似若贅瘤，乃《紅樓夢》之大病。一、此書內外房屋，四界分明，閱之如身在境中。一、此書仿《聊齋》之意，爲花木作小傳，非若小説家一味佳人才子，惡態可醜。一、前書八十回後，立意甚謬，收筆處更不成結局，復之以快人心。一、此書以大觀園起，以大觀園結，首尾相應，前後呼吸照應周到。一、書中每於一事一人承接起伏之處，毫無痕迹。一、此書無公子偷情，小姐私訂，及傳書寄柬、惡俗不堪之事。一、書中嘻笑怒駡，信筆發科，並無寓意譏人之意，讀者鑒之。一、讀此書不獨醒困，可以消愁，可以解悶，可以釋忿，並可以醫病。一、前書詞曲，過於隱僻，不但使讀者悶而難解，抑且無味，不若此書叙事叙人，賞心快目。一、此書仍前書口語，惟姑娘間有稱小姐者，因鄉俗之稱，無礙於正文，姑存而不改。一、此書開首先寫珍珠，作通篇之引線，以寶釵作串插之金針，以彩芝作結，章法井然，異於前書。一、篇中難免錯落顛倒之處，卷帙浩繁，魯魚亥豕，望閲者諒其疎漏。一、此書以榮府作起，以榮府作結，點《紅樓夢》本題，終不離於賈氏。一、卷中無淫褻不經之語，非若《金瓶》等書以色身説法，使閨閣中不堪寓目。一、此書共計百回，事繁而雜，如提九蓮燈，本於一線，不似他書，頭緒一多，不遑自顧。一、凡小説內，才子必遭顛沛，佳人定遇惡魔，花園月夜，香閣紅樓，爲勾引藏奸之所。再不然，公子逃難，小姐改妝，或遭官刑，或遇強盜，或寄迹尼庵，或羈棲異域。而逃難之才子，有逃必有遇合，所遇者定係佳人才女，極人世艱難困苦，淋離盡致，夫然後才子必中狀元，作巡按，報仇雪恨，娶佳人而團圓。凡小説中舍此數項，無從設想。此書百回，另成格局。一、此書收筆，結而不結，餘韻悠然，留爲海內才人，再爲名花寫照，琪花瑤草，香色常存也。（小和山樵《紅樓復

夢》，嘉慶十年金谷園刊本，卷首）

海圃主人

【續紅樓夢楔子】 話說人生天地間，不過出處兩途：出而輔君濟世，顯親裕後，若皋、夔、伊、望，爲帝臣王佐，尚已；即蕭、曹、房、杜，宋明之名卿鉅望，彪炳史策者，皆足垂旂常而光竹帛； 至不得志而迹寄山林，癖痼煙霞，巢由輩之高尚，後世隱君子亦多繼之，《易》所謂潛德而隱者，處之道也。他則混迹緇流，託身丹士，似亦別有說焉，然其累劫修來，如葛稚川、呂純陽者，恐未一二覯矣。 雪巢貫頂，丈六金身，又豈易易！ 幾乎名教中有樂地，未始非竿頭之獨有進步。 曩者曹雪芹先生有感而作《石頭記》一書，別名爲《紅樓夢》者，寄感慨於和平，寓貶褒於懲勸，趨俚入雅，化腐爲新，洵哉價重當時，名噪奕世矣。 其尤奇者，緣之所限，迹不必合，而情之所繫，境無終睽，爲千古才士佳人另開生面，而終以空諸所有結之。 讀是編者，茫茫千載，誰是知心；茫茫此生，孰與同調？ 海圃主人三復讀焉，而不自已。 夏午晝長，爰輯四十回，導虛歸實，筆墨全仿前集，因顏之曰《續紅樓夢》云。 正是：「情生情滅情何寄，種此情緣別有因。 春色枝頭春不見，擲花何處又逢春。」（海圃主人《續紅樓夢》，嘉慶刊本，楔子）

夢夢先生

【紅樓圓夢楔子】 「槐黃冠蓋鬧如雲，圓夢先生夕又醺。 夢到圓來渾未了，圓從夢裏總無分。 從他婢學體多澀，奈此兒嬉意自勤。勘破三生歸結案，安牀架屋笑紛紛。」這首詩乃太平年間有一夢夢先生做的。先生少年本號了了，因讀到「人生若大夢，何苦勞其生」兩句，他就絕意功名，不談經史，逢人只說夢話，因自改此號。一日忽夢到一座紅樓裏面，見一姓高的在那裏說夢話，悲歡離合，確當世態，實在聽之不倦。因即繞這樓四面去聽，說夢的不止一家，較那姓高的所說相去遠甚。正在吟詩納悶，忽見來了警幻仙子，對他笑道：「夢者覺也，覺者夢也，有了《圓覺經》，豈可沒有《圓夢傳》！我現有三十卷《圓夢傳》，你快拏去頂禮罷。」那先生接來打開看時，只見卷中子目：……端的有頭有尾，前書所有盡有，前書所無盡無，一樹一石，一人一物，幾於杜詩韓碑，無一字無來歷。却又心花怒發，別開生面，把假道學而陰險如寶釵、襲人一干人都壓下去，眞才學而爽快如黛玉、晴雯一干人都提起來。眞個筆補造化天無功，不特現在的《復夢》、《續夢》、《後夢》、《重夢》都趕不上，就是玉茗堂《四夢》以及關漢卿《草橋驚夢》也遜一籌。先生不禁拍案道：「有此一夢，何必更圓？有此一夢，何必不圓？」要知端的怎樣圓法，正文分解。（夢夢先生《紅樓圓夢》，嘉慶十九年紅薔閣刊本，楔子）

犀脊山樵

【紅樓夢補序】稗官者流，卮言日出，而近日世人所膾炙於口者，莫如《紅樓夢》一書，其詞甚顯，而其旨甚微，誠爲天地間最奇最妙之文。竊謂無能重續者，不圖歸鋤子復有此洋洋灑灑四十八回之作也。余在京師時，嘗見過《紅樓夢》元本，止於八十回，叙至金玉聯姻，黛玉謝世而止。今世所傳一百二十回之文，不知誰何傖父續成者也。原書金玉聯姻，非出自賈母、王夫人之意，蓋奉元妃之命，寶玉無可如何而就之，黛玉因此抑鬱而亡，亦未有以釵冒黛之説，不知傖父何故強爲此如鬼如蜮之事，此眞別有肺腸，令人見之欲嘔。歸鋤子乃從新舊接續之處，截斷横流，獨出機杼，結撰此書，以快讀者之心，以悦讀者之目。余因之而重有感矣。夫前書乃不得志於時者之所爲也。榮府羣豔，以王夫人爲之主，乃王夫人意中則以寶釵爲淑女，而襲人爲良婢也。然寶釵有先奸後娶之譏，襲人首導寶玉以淫，是淑者不淑，而良者不良，譬諸人主，所謂忠者不忠，賢者不賢也。又王夫人意中疑黛玉與寶玉有私，而晴雯以妖媚惑主，乃黛玉臨終有我身乾淨之言，晴雯臨終有悔不當初之語，是私固無私，惑亦未惑，譬諸人臣，所謂忠而見疑，信而被謗也。歸鋤子有感於此，故爲之雪其冤而補其闕，務令黛玉正位中宮，而晴雯左右輔弼，以一吐其胸中鬱鬱不平之氣，斯眞鍊石補天之妙手也。其他如香菱，如鴛鴦，如玉釧，如小紅，如萬兒，如齡官，一切實命不猶之人，慈悲普度，俾世間更無一怨曠之嗟，此元人所云「願天下有情人都成眷屬」，即聖賢所云「王如好色與百姓同之」者也。前書事事缺陷，此書事事圓滿，快心悦目，孰有過於此乎？犀脊山樵序。

【附叙略】一、傳奇之續，無不自卷終後再開生面，未有將前書截棄者。然續傳明翻前事，亦盡屬子虛烏有之談，則與其勉強湊合，毋寧直截了當，似不妨補以剪裁之法，閲者幸勿哂其荒謬。一、此書寫黛玉回生，直接前書九十七回，自黛玉離魂之後寫起。凡九十七回以前之事，處處照應；以後則各寫各事。如賈母、王熙鳳、鴛鴦、趙姨娘諸人，書中照常列叙。一、院宇房屋及大觀園台榭山坡、汀橋路徑，逐一跟照前書叙寫，並無舛錯。一、此書寫榮國府親族門客僕婢等，皆係前書所有之人，故黛玉之孀無氏，叔與弟無名，以名似有若無，不添蛇足。一、前書寫屋宇之軒昂，陳設之富有，服飾之華麗，器具之美備，肴饌之精工，以及下人伺候之規矩整肅，鋪張筆墨，已盡致極妍。此書不過約略其詞，不事重複，以避數見不鮮。一、此書首回寫警幻仙議補離恨天，則前書未了情緣自必一一補之。而寶玉又推己及人，如小紅、萬兒、齡官諸人，俾得各如所願。至死於前書九十七回以前之金釧、尤三姐、司棋等人，不能盡令回生，只可禮懺超度，以酬死者，歸結前書而已。一、林黛玉係書中之主，警幻仙之抽改十二釵册，全爲黛玉起見，自必籌及所以位置之處，使揚眉吐氣，一雪前書之憤恨。推專顧主而不顧賓，終留缺陷，非補之之意也。故十二釵册既改，而寶釵不死，不足以快人心，寶釵死而不生，亦不足以快人心。一、晴雯係死於前書七十七回中，屍腐已久，若寫作與黛玉先後回生，或亦如寶釵之借體，未免印板文字，故書中有補叙一段。（歸鋤子《紅樓夢補》，嘉慶二十四年藤花榭刊本，卷首）

嫏嬛山樵

【補紅樓夢序】　太上忘情，賢者過情，愚者不及情，故至人無夢，愚人無夢。是莊生之栩栩夢爲蝴蝶，彼猶是過情之賢者，不能如太上之忘情，亦不能如至人之無夢者也。是鍾情者，正賢者之過情者也，亦正夢境纏綿之甚焉者也。不知莊周之爲蝴蝶，蝴蝶之爲莊周，然則夢生於情，抑情生於夢耶？古人云：「情之所鍾，正在我輩。」故情也，夢也，二而一者也。多情者始多夢，多夢者必多情，猶之善爲文者，文生於情，情生於文，二者如環之無端，情不能出乎情之外，夢亦不能出乎夢之外。昔晉樂令云：「未嘗夢乘車入鼠穴，擣虀啖鐵杵，皆無想無因故也。」無此情即無此夢也，無此夢緣無此情也。妙哉！雪芹先生之書，情也，夢也；文生於情，情生於文者也。不可無一、不可有二之妙文，乃忽復有後、續、重、復之夢，則是乘車入鼠穴、擣虀啖鐵杵之文矣。無此情而竟有此夢，癡人之前尚未之信，矧稍知義理者乎？此心耿耿，何能釋然於懷。用敢援情生夢、夢生情之義，而效文生情、情生文之文，爲情中之情衍其緒，爲夢中之夢補其餘，至於類鶩類犬之處，則一任呼馬呼牛已耳。嘉慶甲戌之秋七月既望嫏嬛山樵識於夢花軒。（嫏嬛山樵《補紅樓夢》，嘉慶二十五年刊本，卷首）

訥山人

【增補紅樓夢序】《紅樓夢》一書，不知作自何人，或曰曹雪芹之手筆也，姑弗深考。然其書則反復開導，曲盡形容，爲子弟輩作戒，誠忠厚悱惻，有關於世道人心者也。顧其旨深而詞微，具中下之資者，鮮能望見涯岸，不免墮入雲霧中，久而久之，直曰情書而已。夫情書，何書也？有大人先生許其傳留至今耶？於以知其不解矣。予嘗欲闡其義而弗克。予友嫏嬛山樵先獲此志，成《補紅樓夢》一書，凡四十八卷，剞劂竣而予始見。卷中凡前此之妄爲續貂者，亦弗盡屏，特取其近是者而紉補之。分別段落，大旨揭然，使天下之子弟合前《紅樓夢》而讀之，有以知若此則得、若彼則失者，眞《紅樓夢》之大功臣也。梨棗既成，遠近爭購，予欲贊一詞而又弗克。昨山樵袖出一編示予，曰新成之《增補紅樓夢》也。予始而疑，既而信，欣然讀之，則是另一筆仗。凡世之稗官野史，引用舊例，無不化腐爲奇，又盡補前書之所未及，如海市蜃樓，愈變愈幻。雖僅三十二回，與前之四十八回，實有藕斷絲縈之妙，一歸於教人爲善而已。玄之已玄，補而又補，予以爲媧皇之石不在怡紅而在嫏嬛山樵也。是爲序。時嘉慶庚辰秋七月既望訥山人就月書於萬物逆旅之片雲台。（嫏嬛山樵《增補紅樓夢》，道光四年刊本，卷首）

花月癡人

【紅樓幻夢自序】　同人默菴問余曰：「《紅樓夢》何書也？」余答曰：「情書也。」默菴曰：「情之謂何？」余曰：「本乎心者之謂性，發乎心者之謂情。作是書者，蓋生於情，發於情；鍾於情，篤於情；深於情，戀於情；縱於情，囿於情；癖於情，癡於情；樂於情，苦於情；失於情，斷於情；至極乎情，終不能忘乎情。惟不忘乎情，凡一言一事，一舉一動，無在而不用其情。此之謂情書。其情之中，歡洽之情太少，愁緒之情苦多。何以言之？其歡洽處，如花解語、玉生香、識金鎖、解琴書、撕扇、品茶、折梅、詠菊等事，誦之爽脾，不過令人歎豔；其悲離處，如三姐戕、二姨殀、葬花、絕粒、洩機關、焚詩帕、誄花、護玉、晴雯滅、黛玉亡、探春遠嫁、惜春皈依、寶玉棄家、襲人喪節各情，閱之傷心，適足令人酸鼻。凡讀《紅樓夢》者，莫不爲寶、黛二人咨嗟，甚而至於飲泣，蓋憐黛玉割情而殀，寶玉報情而遁也。余嘗究心是書。」默菴曰：「子可知是書乃紅樓中一夢耳。」余曰：「然。」彼則曰：「子曷不易其夢，而使世人破涕爲歡，開顏作笑耶？」余曰：「可。」於是幻作寶玉貴，黛玉華，晴雯生，妙玉存，湘蓮回，三姐復，鴛鴦尙在，爨人未去，諸般樂事，暢快人心，使讀者解頤噴飯，無少欷歔。凡人居六合之中，困苦悲離，富貴利達，無非夢幻泡景，是以癡人說夢，細玩紅樓，乃奇夢也，烏得而語之？今摭其奇夢之未及者，幻而出之，綜託之於夢幻，故名之曰《幻夢》云。時道光癸卯秋花月癡人書於夢怡紅舫。（花月癡人《紅樓幻夢》，道光二十三年疏影齋刊本，卷首）

西湖散人

【紅樓夢影序】大凡稗官野史，所記新聞而作，是以先取新奇可喜之事，立爲主腦，次乃融情入理，以聯脈絡，提一髮則五官四肢俱動，因其情理足信，始能傳世。《紅樓夢》一書，本名《石頭記》，所記絳珠仙草受神瑛侍者灌溉之恩，修成女身，立願託生人世，以淚償之。此極奇幻之事，而至理深情，獨有千古。作者不惜鏤肝刻腎，讀者得以娛目賞心，幾至家絃戶誦，雅俗共賞，咸知絳珠有償淚之願，無終身之約，淚盡歸仙，再難留戀人間；神瑛無木石之緣，有金石之訂，理當涉世，以了應爲之事。此《紅樓夢》始終之大旨也。海内讀此書者，因絳珠負絕世才貌，抱恨夭亡，起而接續前編，各抒己見，爲絳珠吐生前之夙怨，翻薄命之舊案，將紅塵之富貴，加碧落之仙姝，死者令其復生，清者揚之使濁，縱然極力鋪張，益覺擬不於倫。此無他故，與前書本意相悖耳。今者雲槎外史以新編《紅樓夢影》若干回見示，披讀之下，不禁欲絕。前書一言一動，何殊萬壑千峯，令人應接不暇。此則虛描實寫，傍見側出，回顧前蹤，一絲不漏。至於諸人口吻神情，揣摹酷肖，即榮府由否入亨，一秉循環之理，接續前書，毫無痕跡，眞製七襄手也。且善善惡惡，教忠作孝，不失詩人温柔敦厚本旨，洵有味乎言之。余聞昔有畫工，約畫東西殿壁，一人不知天神眉宇，別具神采，非侍從所及，畫畢睹之，愧悔無地。此編之出，儻令海內曾續《紅樓夢》者見之，有不愧悔如畫工者乎？信夫前夢後影，並傳不朽。是爲序。咸豐十一年歲在辛酉七月之望西湖散人撰。（雲槎外史《紅樓夢影》，光緒三年聚珍堂刊本，卷首）

李春舟

【紅樓夢傳奇序】　今世豔稱《紅樓夢》，小說家之別子也。其書有正有續，積卷凡百五六十。前夢未圓，後夢復入，雖有佳夢，何其多也？吾友仲子雲澗，似玉茗才華，游戲筆墨，取是書前後夢，削繁就簡，譜以宮商，合成新樂府五十六劇。關目備，情韻流，可使尋其夢者一炊黍頃而無不了然。黃粱耶？仙枕耶？抑何簡妙乃爾耶！夫辭尚體要久矣，昔李延壽芟五代八書之蕪，成南北二史；歐、宋修唐書，事則增而文則減，其斯爲文人之巨筆與？今仲子有此妙才，試取古今大事記，提綱挈領，成一家言，又豈徒占夢中之夢云爾哉！於是督序，遂書以廣之。河間春舟居士題。（紅豆邨樵《紅樓夢傳奇》，嘉慶四年綠雲紅雨山房刊本，卷首）

仲振奎

【紅樓夢傳奇自序】　壬子秋末，臥疾都門，得《紅樓夢》於枕上讀之，哀寶玉之癡心，傷黛玉、晴雯之薄命，惡寶釵、襲人之陰險，而喜其書之纏綿悱惻，有手揮目送之妙也。同社劉君請爲歌辭，乃成葬花一折，遂有任城之行，厥後碌碌，不遑搦管。丙辰客揚州司馬李春舟先生幕中，更得《後紅樓夢》而讀之，大可爲黛玉、晴雯吐氣，因有合兩書度曲之意，亦未暇爲也。丁巳秋病，百餘日始能扶杖而起，珠編玉籍，概封塵網，而又孤悶無聊，遂以歌曲自娛，凡四十日而成此。成之日，挑燈漉酒，呼短童吹玉笛調之，幽怨嗚咽，座客有潸然沾襟者。起步中庭，寒月在天，四無人語，遥聞宿鳥隨枝，飛鳴切切，而余亦頹然欲臥矣。所慨劉君溘逝，無由寄質一編，以成夙諾，不幾乎挂劍墓門而重傷余懷乎？劉君名宗梁，四川人。嘉慶三年歲在戊午且月望日紅豆邨樵自序於小竹西。（同上，卷首）

萬榮恩

【醒石緣自序】幼閱臨川先生四夢，心甚樂之，竊嘆浮生一度，不過夢境中耳，戲劇中耳。功名靡定，無非幻境浮漚；富貴何常，不啻電光石火。梅邊叫畫，眞苦口之瀾翻；花下墜釵，直婆心之棒喝。半瓶綠釀，淳于生蟻夢槐柯；一枕黄粱，邯鄲道鷄鳴茅店。每欲嗣厥芳音，別開生面；怎奈渺無佳話，未展吟懷。前忽於歲晚殘冬，購得《紅樓夢》一部，披卷覽之，喜其起止頓挫，節奏天成，擊節再三，流連太息者久焉。因不揣愚陋，譜作傳奇，但其中卷帙浩繁，難以盡述。倘欲枝枝節節而爲之，正恐歌榭舞台，曲未終而夕陽已下；紅裙翠袖，劇方半而曙色忽升。雖曰窮態極妍，究非到處常行之技，故極加删校，仍不失爲洋洋灑灑之文。庶幾哉，見試紅兒，冀妍白雪，而世之覩斯編者，演斯劇者，瓊筵綺席之間，檀板金尊之際，僅以爲逢場之游戲也可，直以爲盡人之點化也亦可。率爾操觚，願諸君子幸諒之焉。嘉慶庚申花朝青心居士自記。（青心居士《醒石緣》，嘉慶八年青心書屋刊本，卷首）

聽濤居士

【紅樓夢散套序】《石頭記》爲小說中第一異書，海内爭傳者已數十載，而旗亭畫壁，鮮按紅牙。顧其書事跡紛繁，或有夫己氏強合全部作傳奇，即非製曲家有識者所爲，況其抒詞發藻，又了不足觀歟！荆石山民向以詩文著聲，暇乃出其餘技，作散套示睞。夫曲之一道，使村儒爲之，則墮《白兔》、《殺狗》等惡道，猥鄙俚褻，即斤斤無一字乖調，亦非詞人口吻；使文人爲之，則宗《香囊》、《玉玦》諸劇，但矜餖飣，安腔檢韻，略而勿論，又化爲鉤輈格磔之聲矣。今此製選辭造語，悉從清遠道人四夢打勘出來，益復諧音協律，窈眇鏗鏘，故得案頭俊俏，場上當行，兼而有之。凡善讀《石頭記》者，必善讀此曲，固不俟余言爲贅也。乙亥竹醉日聽濤居士書。（荆石山民《紅樓夢散套》，嘉慶二十年蟾波閣刊本，卷首）

吳　雲

【紅樓夢傳奇序】《紅樓夢》一書，稗史之妖也，不知所自起。當四庫書告成時，稍稍流布，率皆抄寫無完帙。已而高蘭墅偕陳某足成之，間多點竄原文，不免續貂之誚。本事出曹使君家，大抵主於言情，颦卿爲主腦，餘皆枝葉耳。花韻庵主人衍爲傳奇，淘汰淫哇，雅俗共賞，幻圓一齣，挽情瀾而歸諸性海，可云頂上圓光，而主人之深於禪理於斯可見矣。往在京師，譚七子受偶成數曲，弦索登場，經一冬烘先生呵禁而罷。設今日旗亭大會，令唱是本，不知此公逃席去否？附及以資一粲。嘉慶己卯中秋後一日蘋庵退叟題。（花韻庵主《紅樓夢傳奇》，嘉慶二十四年刊本，卷首）

許鴻磐

【三釵夢自序】《紅樓夢》小說膾炙人口，續之者似畫蛇足，其筆墨亦遠不逮也。近有傖父合兩書爲傳奇，曲文庸劣，無足觀者。臨桂朱蘊山别爲《十二釵》十六折，思有以勝之，脱稿示余，未見其能勝也（蘊山後刻其《十二釵》，將此四折中之斷夢、醒夢借刻其中，然意亦不相入也）。余謂讀《紅樓夢》以爲悲且恨者，莫如晴雯之逐、黛玉之死、寶釵之寡。乃别出機軸，以三人爲經，以寶玉爲緯，倣元人百種體，爲北調四折，曰劫夢，曰悼夢，曰斷夢，曰醒夢，因謂之《三釵夢》。夫晴雯之逐，夢也；黛玉之死，亦夢也；寶釵之先溷塵而後證果，則夢之中又演夢焉。嗟乎！人生如夢耳，余亦在夢中，乃爲不知誰何之人攄其悲，平其恨，囈語耶？抑癡人之説夢耶？六觀樓主人自題。（六觀樓主人《三釵夢》，同治十三年刊本，卷首）

尤夙眞

【瑤華傳序】余一身落落，四海飄零，亦自莫知定所。由楚而至豫章，再由豫章而游三浙，今且又至八閬矣。每到一處，輒傳有《紅樓夢》一書，云有一百餘回。因回數煩多，無力鐫刊，今所流傳者皆係聚珍板印刷，故索價甚昂，自非酸子紙裹中物可能羅致，每深神往。抵閩後，竊見友人處有一函置於案側，詢之曰《紅樓夢》，不覺爲之眼饞。再四情懇，而允假六日，遂珍重攜歸閱之。費去五日夜心神，得其全部要領，似與從前耳聞閱者之贊美大相逕庭。偶於廣座談及，而大衆似有以盲人目我者，心竊疑之。及於漳郡得晤吾里香城，乃余丱角交也。知其素多著作，當詢增得新搆幾許，即檢示四五種，皆余所未睹者。內有《紅樓夢外史》在焉，惜未告成，然大局已定。因借香城之所定，即決我之疑團。僅止二本，於二三時中即閱竟，不及掩卷而拉香城拜之曰：「吾至今日始知兩目之猶未盲也，子何先得我心之所同然耶？」香城詢故，余述知所由，不覺相對捧腹，共嘆世之自謂不盲者盡屬耳食之徒，其精粗美惡究未了了於此中也。余又翻一種，標其目曰《瑤華傳》，略窺卷首大旨，似乎有味，亦乞攜歸細閱焉。自始至終，僅有四十回，每回之數較之《紅樓夢》長有數頁，情節比之《紅樓夢》更爲煩冗。敍事之簡明，段落之清楚，不待言矣，抑且起因發覺，盡非扯淡。因共談論，如《紅樓夢》之因由，無非爲青埂山下女媧氏煉剩之一石，僧道等欲扶持其下凡歷劫，既上古經女媧氏煉就之石，非若血氣修煉所成，而有違天地生意，致必須歷劫者。至絳珠草得受此石之甘露灌溉，欲隨下凡，以眼淚酬還其惠，此更屬無謂。歷劫兩字之義並未考究得實，亦將搖筆伸紙而著書，不亦荒誕乎？請閱香城所著《瑤華傳》，其造意爲雄狐欲取百女之紅，而得成幻形之術，於是劍仙怒而斬之，即按國法，亦難饒恕，於理實爲純正。迨狐鬼思過服善而皈依，劍仙始生哀矜而收錄，仍責償夙孽，方能超度爲仙，不因皈依收錄，便置夙孽於不問也。如狐鬼而不爲皈依，即入輪迴，如投胎後，不償夙孽，不修功行，仍還狐鬼之原，蓋理勢然也。試問靑埂山下之石，若不歷劫，豈不令其爲石乎？抑絳珠草不將眼淚哭還，豈不令其爲草乎？凡著書立說，須要透得出一個理字，旣無理字透出，其情何由而生？若屛絕情理而著書，則吾不知其所著何書矣。玆細閱《瑤華傳》，甚嫌其少，故閱之不已；又於每回之後，妄加評語，其灰蛇伏線處猶恐難明者，特爲拈出之，蓋由得其情而愛其文也。若《紅樓夢》，但嫌其繁，不覺其有情，致其生出枝節，未見其一一收羅。余非薄於彼而厚於此，諸君子悉具慧眼，兩書具在，何妨細爲考核，以證余言之然否。嘉慶己未歲中秋前六日茂苑閬仙尤夙眞漫題於雅言堂寓邸。（丁秉仁《瑤華傳》，道光二十五年愼修堂刊本，卷首）

周永保

【瑤華傳跋（節錄）】　最可厭者，莫如近世之《紅樓夢》，蠅鳴蚓唱，動輒萬言，汗漫不收，味同嚼蠟。世顧盛稱之，或又從而續之，亦大可怪矣。乙丑之春得見香城先生《瑤華傳》抄本一册，乃喟然嘆曰：天下未嘗無才也，其湮沒於剞劂所不及者豈少也哉！……非胸中別有邱壑，筆下可走虬龍，其孰能與於此？眞四大奇書之的派也。豈散漫蕪穢之《紅樓夢》所能夢遊其境者哉！……嘉慶十年三月下浣錫山霏軒弟周永保拜跋。（同上，卷首）

觀鑑我齋

【兒女英雄傳序(節錄)】　然世之稗史充棟折軸，愜心貴當者蓋寡。自王新城喜讀說部，其書始寖寖盛，而求其旨少遠、詞近微、文可觀、事足鑑者，亦不過世行之《西遊記》、《水滸傳》、《金瓶梅》、《紅樓夢》數種。蓋《西遊記》爲自治之書，邱眞人見元門之不競，借釋教以警元門，意在使之明心性、全軀命，本誠正以立言也。《水滸傳》、《金瓶梅》、《紅樓夢》同爲治人之書：一則施耐庵見元臣之失臣道，予盜賊以愧朝臣，意在敎忠，本平治以立言也。一則王鳳洲痛親之死寃且慘，義圖復仇雪恥，又不得手仇人而刃之，不獲已影射仇家名姓，設爲穢言，投厥所好，更酖其篇頁，思有以中傷之，其苦心苦於臥薪呑炭，是則意在教孝，本修身以立言也。一則曹雪芹見簪纓鉅族、喬木世臣之不知修德載福、承恩衍慶，託假言以談眞事，意在敎之以禮與義，本齊家以立言也。是皆所謂有所爲而作，與不得已於言者也。間嘗竊計之，顧安得有人焉，於誠正修齊平治而外，補出格致一書，令我先覩爲快哉？繼復熟思之，數書者雖立旨在誠正修齊平治，實託詞於怪力亂神。《西遊記》其神也，怪也；《水滸傳》其力也；《金瓶梅》其亂也；《紅樓夢》其顯託言情，隱欲彌蓋其怪力亂神者也。……吾友以爲妄，曰：「子眞有嗜痂癖者矣。試即以子之言證之。《西遊記》誠爲自治之書，不與餘三書等。餘三書者，《水滸傳》以橫逆而終於草莽，《金瓶梅》以斲喪而終於潰敗，《紅樓夢》以恣縱而終於困窮：是皆託微詞，伸莊論，假風月，寓雷霆，其有裨世道人心，良非鮮淺，以視是書之游談掉弄，詎足與之上下牀哉？……」

吾正告之曰：「……且如《西遊記》、《水滸傳》、《金瓶梅》，亦幸遇悟一子、聖嘆、竹坡諸人讀而批之，中人以下乃獲領解耳。《紅樓夢》至今不得其人一批，世遂多信爲談情，乃致悞人不少。……」（燕北閒人《兒女英雄傳》，光緒四年聚珍堂刊本，卷首）

汪大可

【淚珠緣書後（節錄）】 《紅樓》以前無情書，《紅樓》以後無情書，曠觀古今，《紅樓》其矯矯獨立矣。吾則一語以剖茍：《紅樓》之前未有作者，《紅樓》之後無敢作者，非無作者，作者不能脫《紅樓》窠臼耳。故曰：作《紅樓》者易，作《紅樓》以後書者難。夫天下人之情一也，《紅樓》之言情，至矣盡矣，《淚珠緣》何出《紅樓》之右耶？曰：《紅樓》之情曰矯情，《淚珠緣》之情曰人之同情，情固一也，而所施於人者異矣。（天虛我生《淚珠緣》，光緒三十三年萃利公司版，卷末）

臥虎浪士

【女媧石敘（節錄）】 海天獨嘯子以學期試驗之暇，謂我曰：「余將作一小說，名之曰《女媧石》，君以爲何如？」余曰：「請道其故。」海天獨嘯子曰：「我國小說，汗牛充棟，而其尤者，莫如《水滸傳》、《紅樓夢》二書。《紅樓》善道兒女事，而婉轉悱惻，柔人肝腸。讀其書者，非入於厭世，即入於樂天，幾將曰英雄氣短，兒女情長矣。是書也，余不取之。《水滸》以武俠勝，於我國民氣大有關係，今社會中尙有

餘賜焉。然於婦女界，尚有餘憾。……」(海天獨嘯子《女媧石》，光緒三十一年東亞編輯局版，卷首)

劉　鶚

【老殘遊記自叙(節錄)】《離騷》爲屈大夫之哭泣，《莊子》爲蒙叟之哭泣，《史記》爲太史公之哭泣，《草堂詩集》爲杜工部之哭泣；李後主以詞哭，八大山人以畫哭；王實甫寄哭泣於《西廂記》，曹雪芹寄哭泣於《紅樓夢》。王之言曰：「別恨離愁滿肺腑，難陶洩。除紙筆，代喉舌，我千種想思向誰說？」曹之言曰：「滿紙荒唐言，一把辛酸淚。都云作者癡，誰解其中意？」名其茶曰「千芳一窟」，名其酒曰「萬豔同杯」者，千芳一哭，萬豔同悲也。吾人生今之時，有身世之感情，有家國之感情，有社會之感情，有種教之感情。其情感愈深者，其哭泣愈痛。此洪都百鍊生所以有《老殘遊記》之作也。棋局已殘，吾人將老，欲不哭泣也得乎？吾知海內千芳，人間萬豔，必有與吾同哭同悲者焉。(洪都百鍊生《老殘遊記》，光緒三十三年神州日報版，卷首)

林　紓

【孝女耐兒傳序(節錄)】中國說部，登峯造極者無若《石頭記》。叙人間富貴，感人情盛衰，用筆縝密，著色繁麗，製局精嚴，觀止矣。其間點染以清客，間雜以村嫗，牽綴以小人，收束以敗子，亦可謂善於體物。終竟雅多俗寡，人意不專屬於是。若迭更司者，則掃蕩名士美人之局，專爲下等社會寫照，奸獪駔酷，至於人意所未嘗置想之局，幻爲空中樓閣，使觀者或笑或怒，一時顛倒至於不能自已，則文心之邃曲寧可及耶！余嘗謂古文中敘事，惟敘家常平淡之事爲最難著筆。《史記·外戚傳》述竇長君之自陳，謂姊與我別逆旅中，丐沐沐我，飯我乃去，其足生人惋愴者，亦只此數語。若《北史》所謂隋之苦桃姑者，亦正仿此，乃百摹不能遽至，正坐無史公筆才，遂不能曲繪家常之恆狀。究竟史公於此等筆墨亦不多見，以史公之書亦不專爲家常之事發也。今迭更司則專意爲家常之言，而又專寫下等社會家常之事，用意著筆爲尤難。（林紓譯《孝女耐兒傳》，光緒三十三年商務印書館版，卷首）

【塊肉餘生述前編序（節錄）】　史、班敘婦人瑣事，已綿細可味矣，顧無長篇可以尋繹。其長篇可以尋繹者，惟一《石頭記》，然炫語富貴，敘述故家，緯之以男女之豔情，而易動目。若迭更司此書，種種描摹下等社會，雖可噦可鄙之事，一運以佳妙之筆，皆足供人噴飯，英倫半開化時民間弊俗，亦皎然揭諸眉睫之下。使吾中國人觀之，但實力加以教育，則社會亦足改良，不必醉心西風，謂歐人盡勝於亞，似皆生知良能之彥，則鄙人之譯是書爲不負矣。（林紓譯《塊肉餘生述前編》，光緒三十四年商務印書館版，卷首）

卷三

周春

【閲紅樓夢隨筆】（紅樓夢記）　乾隆庚戌秋，楊畹耕語余云：「雁隅以重價購鈔本兩部：一爲《石頭記》，八十回；一爲《紅樓夢》，一百廿回，微有異同。愛不釋手，監臨省試，必攜帶入闈，閩中傳爲佳話。」時始聞《紅樓夢》之名，而未得見也。壬子冬，知吳門坊間已開雕矣。兹苕估以新刻本來，方閲其全。相傳此書爲納蘭太傅而作。余細觀之，乃知非納蘭太傅，而序金陵張侯家事也。憶少時見爵帙便覽，江寧有一等侯張謙，上元縣人。癸亥、甲子間，余讀書家塾，聽父老談張侯事，雖不能盡記，約略與此書相符，然猶不敢臆斷。再證以《曝書亭集》、《池北偶談》、《江南通志》、《隨園詩話》、《張侯行述》諸書，遂決其無疑義矣。案靖逆襄壯侯勇長子恪定侯雲翼，幼子寧國府知府雲翰，此寧國、榮國之名所由起也。襄壯祖籍遼左，父通，流寓漢中之洋縣，既貴，遷於長安，恪定開閫雲間，復移家金陵，遂占籍焉。其曰代善者，即恪定之子宗仁也，由孝廉官中翰，襲侯十年，結客好施，廢家貲百萬而卒。其曰史太君者，即宗仁妻高氏也，建昌太守琦女，能詩，有《紅雪軒集》。宗仁在時，預埋三十萬於後園，交其子謙，方得襲爵。其曰林如海者，即曹雪芹之父楝亭也，楝亭名寅，字子淸，號荔軒，滿洲人，官江寧織造，四任巡鹽。曹則何以廋詞曰林？蓋曹本作𣍘，與林並爲雙木。作者於張字曰掛弓，顯而易見；於林字曰雙木，隱而難知也。嗟乎！賈假甄眞，鏡花水月，本不必求其人以實之，但此書以雙玉爲關鍵，若不溯二姓之源流，又焉知作者之命意乎？故特詳書之，庶使將來閱《紅樓夢》者有所考信云。甲寅中元日黍谷居士記。

賈雨村者，張鳴鈞也，浙江烏程人，康熙乙未甲科，官至順天府尹而罷。首回明云雨村湖州人，且鳴鈞先曾褫職，亦復正合。此書以雨村開場，後來又被包勇痛駡，乃《紅樓夢》中最着眼之人，當附記之。十月既望又書。

（紅樓夢評例）新正閉戶不拜年，粗閱此書一過，元旦起至初三日午後畢。時從盧抱經學士借《十三經注疏考證》，約望後即寄還，緣急於看考證，此書無暇圈點也。

閱《紅樓夢》者既要通今，又要博古；既貴心細，尤貴眼明。當以何義門評十七史法評之。若但以金聖嘆評四大奇書法評之，淺矣。

余所作七律八首、記一篇，杭越友人多以爲然，傳抄頗廣。有欲再用金喟批法付梓，勢必盡發陰私，不必增此罪過矣。

看《紅樓夢》有不可缺者二，就二者之中，通官話京腔尚易，諳文獻典故尤難。倘十二釵册、十三燈謎、中秋即景聯句，及一切從姓氏上着想處，全不理會，非但辜負作者之苦心，且何以異於市井之看小說者乎？一笑。乙卯正月初四日炙硯書。

（紅樓夢約評）黛玉二字，未詳其義。或云即碧玉之別，蓋取偸嫁汝南之意，恐未必然。案香山詠新柳云：「須教碧玉羞眉黛，莫與紅桃作麴塵」，此黛玉兩字之所本也。我聞柳敬亭本姓曹，曹既可爲柳，又可爲林，此皆作者觸手生姿，筆端狡獪耳。

妙玉獨不知其姓。宋時有女童林妙玉，楊升菴《丹鉛錄》云，女進士者林妙玉也，淳熙九年女童林妙玉求試經書，四十三件並通，時年十二歲，賜爲孺人，或云賜爲進士。妙玉蓋本於此。

尤三姐之死輕於鴻毛，鴛鴦之死重於泰山，圖中有三姐而不圖鴛鴦，不知此書之旨者也。

開卷云說此《石頭記》一書者，蓋金陵城吳名石頭城，兩字雙關。

以甄賈爲緣起，蓋本於玉溪生賈氏宓妃一聯，宓妃指甄后也。

此書曹雪芹所作，而開卷似依託寶玉，蓋爲點出自己姓名地步也。曹雪芹三字既點之後，便非復寶玉口吻矣。

又將孔梅溪題曰風月寶鑑，陪出曹雪芹，乃烏有先生也。其曰東魯孔梅溪者，不過言山東孔聖人之後，北省人口語如此。

林如海即曹楝亭。案楝亭非科甲出身，由通政使出差外任，此曰探花者假也，曰蘭台寺大夫者眞也。書中半眞半假，往往如此。漢時蘭台令史主章奏。

錢竹汀宮詹云，金陵張侯故宅，近年已爲章攀桂所買，章曾任江蘇道員。

全書大旨及賈氏一門，俱從冷子興口中叙明，而議論寶玉所擬古人，拉雜不倫，作者因出雨村口中，所以如此耳。此書於一切陳設排場，及每人穿着插戴，無不極意摹寫，是學耐菴。

「花氣襲人知驟暖，鵲聲穿竹識新晴」，陸放翁佳句也。寶玉用襲人以名花大姐，二字甚韻。後來政老以爲淫詞豔曲，由政老不知詩之故。

李紈爲李守中女。案李廷樞字守中，江寧人，順治丁亥進士，官翰林。然宮裁必非守中女，或孫女，或曾孫女耳。究之，總是半眞半假，悟此方可閱此書。

雨村授應天府，仍南京舊名，亦半眞半假。下倣此。

「白玉爲堂金作馬」，金馬暗用張騫故事。「阿房宮三百里，住不下金陵一個史」，案阿房宮下可以建五大旗，隱語高也。高氏旗籍，故云住不下金陵。

雨村奸人，宜其忘恩負義。

秦可卿房中陳設種種，便覺咤異。

十二釵册多作隱語，有象形，有會意，有假借，而指事絕少，是在靈敏能猜也。若此處一差，則全書皆不可解矣。可見書貴善讀，即稗官小說，莫不皆然，而況於經史子集哉！今略詳其大概於後：金陵十二釵又副册第一晴雯，第二襲人。副册第一香菱。正册第一林黛玉，薛寶釵。然曹字《說文》作𣍘，乃兩株枯木上懸一圍玉帶之象，不可眞認爲雙木林也。第二元春，第三史太君。案放風箏者高也，大海者渤海也，史太君本不在十二金釵之列，然借以點湘雲之姓，不可誤認探春。第四史湘雲，第五妙玉，第六迎春，第七惜春，第八鳳姐。案詩中「一從二令三人木」句，蓋二令冷也，人木休也，一從月從也，三字借用成句而已。第九巧姐，第十李紈，第十一鴛鴦、秦可卿。案婢女賤流，例入又副册，香菱以能詩超入副册，鴛鴦貞烈，竟進於十二釵矣。蓋此書專言情，情欲肆則天理滅亡，以鴛鴦、秦可卿殿十二釵，所謂欲盡理來也。《易》之碩果不食，一陽復生，無非此理。乃全書之微旨，異於《金瓶梅》、《玉嬌梨》者在此，特拈出之。

《紅樓夢十二曲》《終身誤》一闋，林薛總做，故曲中云「空對着山中高士晶瑩雪，終不忘世外仙姝寂寞林」，連點薛林，而《枉凝眉》則專做林，有輕重詳略之別。至《恨無常》、《分骨肉》二闋，與上兩支一例合看，因死別而憶生離，不可分爲兩橛。杭友人以《分骨肉》一支曲爲專指探春，此誤於俗說也。夫放風箏者何止探春一人，畫册明云兩人矣，一人又誰指乎？即云探春曾打風箏謎，亦未嘗放也。況增探春而删鴛鴦，與坊刻圖尤三姐而不圖鴛鴦同屬無識。因秦可卿死時有瑞珠殉主，所以鴛鴦死時秦可卿來，何得硬派可卿亦懸樑自縊也！《晚留華》一闋：「再休題繡帳鴛衾」，借點鴛字。其後「問古來將相可還存，也只是虚名兒與後人欽敬」，及《好事終》起句云「畫梁春盡」，鴛鴦已在其中矣，所以不必另塡一調。參差變化之妙，何嘗一調專指一人也。

薛寶釵冷香丸方，調劑出人意表，妙極。

偸鷄戲狗爬灰養小叔，借焦大口中痛駡，又借寶玉口中一問，不待明言而知矣。故曹雪芹贈紅樓女校書詩有「威儀棣棣若山河」之句。初怪美人詞料甚多，何以引用不類，今觀此，方知其用如山如河之爲有意也。

清客相公詹光、單聘仁，詹先後再見，聘仁止此一見。

張先生爲秦可卿立方，不寫脈案，勝於庸醫。

寶玉探秦氏疾，想起夢到太虛幻境的事，筆筆顧母。

賈氏之弊總在富而不教，余閱至王熙鳳毒設相思局，鳳姐忽然守貞，賈天祥獨有報應，中流砥柱，不可不存此一線之天良也。

寶玉聞可卿死，心中似截了一刀，直奔出一口血來，余笑寶玉焉得此一副急淚、一腔熱血。

趙嬷嬷對鳳姐說賈府在姑蘇、揚州監造海船修理海塘舊話，正爲松江提督時事。鳳姐云：「我們王府裏也預備過一次」，蓋爲王新命而言。案王新命潼川人，官至總督。

寶玉論《騷》《選》香草，《選》學甚通，聰明人也。

袁簡齋云：「大觀園即余之隨園。」此老善於欺人，愚未深信。

黛玉問寶玉曰：「臉上只怕是替他們淘澄臙脂膏子，濺上了一點兒。」此處須要會意。

寶玉「天地靈淑之氣只鍾於女子」一論，奇想天開。

襲人云：「姊妹們和氣也有個分寸禮節」，大有微詞。

寶玉續《南華·胠篋篇》，筆法靈敏，何減向、郭。

探春階下兒童仰面時一謎打風箏，及四十回有同放風箏事，此皆實事，與十二釵册無涉，不必混而擬之也。

倪二與賈芸一面說，一面趔趄着脚兒去了，案趔趄音列疽，足住也。

黛玉花陰一哭，宿鳥驚飛，物猶如此，人何以堪，寶玉聽葬花詩，至「一朝春盡紅顏老，花落人亡兩不知」，不覺慟倒山坡上，皆天下有情人也。

寶玉正自發怔，不想黛玉將手帕子甩了來，案甩俗字，環去聲，猶丟也。

我砸了你就完了事了。　案砸音匝。

翠縷與湘雲論陰論陽，一派都不像女孩兒話。

政老正毒打寶玉，老太太說：「先打死我，再打死他！」吁！寶玉若非老太太護短，不至於此。

黛玉題帕三絕詩，雖不甚好，却一往情深。

鸚哥能念葬花詩，可以人而不如鳥乎！

薛蟠道：「我若再和他們一處鋶。」案鋶逛同，此杜撰字。

剝蟹肉，薛姨媽道：「我自己㹱着。」案㹱同搿。

「最不喜歡李義山詩」，這句是顰卿假話。不然，義山佳句豈止「留得殘荷聽雨聲」一句哉！

品茶櫳翠菴，茶具有𤬪爮斝、犀𥁋。　案𤬪音班；爮雹庖兩音；𥁋音喬，盂也，揚子《方言》椀謂之𥁋。

湘雲論凸碧凹晶而念作窪拱二音。　案凸音突，又音迭；凹音邑，放翁作平聲用，音坳。今念作窪拱，非也。

湘、黛中秋聯句，著書者多寓深意。如「爭餅嘲黃髮，分瓜笑綠媛」，爭餅用高少逸事，見《唐書》高元裕傳，分瓜二字本段成式戲高侍御詩，綠媛二字未知何本。　觀此聯但用高姓事，則史之爲高明矣，此明明說老太太。「分曹爭一令」，借點曹字。「骰彩紅成點，傳花鼓濫喧」，六博分曹，說骰子暗點曹字，傳花事用南卓《羯鼓錄》，參玉溪句，又暗點高字，所以黛玉稱好也。「寶婺情孤潔」，逗出寶字，所謂景中情也。「藥催靈兔搗，人向廣寒奔」，藥催一聯，使事無跡。「犯斗邀牛女，乘槎訪帝孫」，犯斗乘槎，又藏張字。吁！天下閱《紅樓夢》者，俗人與《金瓶梅》一例，仍爲導淫之書，能論其文筆之若何，已屬難得，然亦究歸於癡人說夢耳。試問此中秋夜即景聯句，誰作鄭箋者乎？蓋此書每於姓氏上着意，作者又長於隱語廋詞，各處變換，極其巧妙，不可不知。

姽嫿將軍，案姽嫿音詭畫，本宋玉《神女賦》。

香菱道：「不獨荷花香，就是連荷葉蓮花，都是有一股清香的。」此正十二釵冊內所謂「根並荷花一莖香」也。

黛玉論八股數語，雖不好時文，却懂時文者。

病瀟湘癡魂驚惡夢，夢境雖空，然亦半眞半假。

野雞崽子湯，案崽音宰，《集韻》作山皆切，音簁。

「曹子建的謊話」，六字眼目。

黛玉與香菱論詩，哆口盛唐而薄宋，閨閣中亦染此等習氣耶！

鳳姐兒冷眼敁敠岫煙，案敁店平聲，敠音掇，見《廣韻》。

寶玉看着只是暗暗納罕，案納罕似即吶喊之訛。

蘆雪亭中丫鬟接了簑笠撣雪，案撣本音但，此借音作膽，似拂。

老太太極能詩，此書偏不說起，所謂半眞半假。

燈謎兒，寶釵「鏤檀鐫梓一層層」，余擬猜紙鳶，第三句「雖是半天風雨過」暗藏高字。寶玉「天上人間兩渺茫」，擬猜紙鳶之帶風箏者。黛玉「騄駬何勞縛紫繩」，擬猜走馬燈。至薛小妹懷古燈謎十首，第一赤壁懷古，擬猜走馬燈之用戰艦水操者，內「徒留名姓載空舟」暗藏曹字。第二交趾懷古，擬猜喇叭，末句「鐵笛無煩說子房」暗藏張字。第三鍾山懷古擬猜肉，第四淮陰懷古擬猜兎，第五廣陵懷古擬猜簫，第六桃葉渡懷古擬猜團扇，第七青塚懷古擬猜枇杷，第八馬嵬懷古擬猜楊妃冠子白芍藥，第九蒲東寺懷古擬猜骰子，第十梅花觀懷古擬猜秋牡丹。新正無事，試爲一猜，當日大家所猜皆不是的，恐我所猜亦未必是也，安得起諸美人而問之？

一打躉兒送禮，案躉俗字，音頓。

女先兒說王熙鳳故事，爲後求籤張本。

柳家的雞蛋開銷十個錢一個，即此一端，宜十年而花百萬也。

黛玉忙一頓行令猜拳岔開了，案岔，叉去聲。

林之孝家的埋怨寶玉叫丫鬟名字，此等議論，所謂緦小功之察也。

「縱有千年鐵門檻，終須一個土饅頭」，此范石湖句也。

興兒對尤二姐論賈府人物，閒中着筆，作十二釵月旦評。

「晴雯和麝月兩個人按住芳官那裏隔肢呢」，案隔肢，此間土語呵隔焦也。

自有詩社以來，以寶琴《桃花行》爲第一佳詩。

尤氏笑寶玉傻獃，此是寶玉本色，並非傻獃瘋癲。

寶玉云：「上本孟子，就是有一半夾生的，若憑空提一句，斷不能背。」近日秀才大半如此。

傻大姐誤拾繡香囊，心下打諒敢是兩個妖精打架，余謂專爲兩個妖精打架，成此《紅樓夢》一書。

「如今兄弟又自爲曹唐再世了」，唐詩人不少，而獨及堯賓，可見作者之姓曹矣。

賈政與寶玉論文，若初試筆學生，先生如此設法改削，尙堪勝任。

王爾調將南韶道張小姐欲與寶玉說親，案南韶道張玿美，陝西武成縣人，捐班。

寶玉在牀上撲哧的一聲笑了，案哧即嚇字之省，此借讀如赤。

薛蝌救兄具呈，呈紙乾淨，是老刀筆，至知縣胡亂便叫畫供，好青天老爺。

琴譜中有像芍字，有像茫字，案像茫者，莤也。

聽琴而知變徵，妙玉知音。

寶黛參禪，可入《五燈會元》。

寶玉問了一聲妞妞好，案妞讀如紐。

寶玉暗忖蔣玉函不知日後誰家的女兒嫁他，爲襲人配蔣玉函張本。

包勇說甄寶玉夢中看册子，大同小異，此略彼詳。

自九十五回後，賈氏之衰敗立見矣。須看種種世態炎涼，世俗嫁娶未有不重財者。黛玉父母早喪，子然一身，寶釵母兄俱存，家貲尚厚，賈政之取寶而捨黛也宜矣。即史太君、王夫人，亦皆不免世俗之見，鳳姐但能巧爲迎合，不能強爲轉移也。或以拆散姻緣，專歸咎於鳳姐，其於世故人情，未曾思之爛熟矣。

黛玉幼居母喪，克盡孝道，其心地極明白者。故其死也，旣悲雙親之早世，又憤外婆之炎涼，因而嘔血數升，奄奄垂絕。若專以爲相思病，亦不諒其苦心也。此書發乎情，止乎禮義，頗得風人之旨，愼勿以《金瓶梅》、《玉嬌梨》一例視之。

趙姨娘聽見探春將送之任上聯姻，反歡喜起來，觀此知《分骨肉》一闋之不指探春也明甚。且後來探春出嫁，亦並無持踵而泣情形。

包勇大駡雨村沒良心的男女，怎麽忘了我們賈家恩了，余亦謂此中山狼該駡。

蘅蕪慶生辰，鴛鴦於行令時戲對寶玉說這叫做張敞畫眉，明明白白說張侯家事。

鴛鴦殉主離魂後，只見秦氏隱隱在前，此鴛鴦與可卿所以十二釵畫册內同頁也。

可卿在警幻宮中，管的是該懸梁自盡的癡情怨女，非可卿自謂也，文理甚明。

鴛鴦有情之鳥，變而爲最無情，妙諦可參。此貞義節烈，焉得不列乎十二釵？

鳳姐對劉老老說見見也不枉來一輸，案輸本音堂，此借讀作湯去聲。

從此王仁也嫌了巧姐了，爲後要賣巧姐張本。

甄賈兩寶玉，從《西遊記》兩行者脫胎。

寶玉之所謂祿蠹，天下之所謂奇才也。

兩次看册，前後照應，至册中有個好像林字，便非眞林字矣，此參活句。又見圖上隱隱有個放風箏的人兒，余益信放風箏之非實事，所謂象形而兼會意，不過點高氏之姓也。

姊妹中惟三姑娘境遇最好，非但詩筆獨佳，所以不在十二釵之列。此《五君詠》去山濤、王戎之意也。

點清襲人在又副册，恰好與鴛鴦在正册對照。

「千古艱難惟一死，傷心豈獨息夫人」，杜牧之題桃花夫人廟詩。（抄本）

徐鳳儀

【紅樓夢偶得】 第一回雨村對士隱自稱晚生，一百二回重逢則稱學生，勢利如此。

第二回子興無意演說，雨村默識於心，遂爲進京攀附之機。九十二回馮紫英詢問賈政，口中始詳露耳。雨村答子興云榮國一支却是同譜，爲冒宗拉攏伏線，蓋此一回乃爲雨村起復後一緊要關鍵也。

第二回冷子興云，賈赦有二子，次名璉，賈府中並稱璉二爺，則當居次，而書中從未帶及賈璉之兄，何耶？

第五回警幻如今後數語，譬如傳邪教者，授受之時必有不許犯淫慾之戒，孰又戒歟？

第五回可卿答老嬷云「他能多大了」云云，豈有與乃弟同年之人就不忌諱，此中曖昧，作者不待明言。

第六回襲人初試是正面，上回之可卿乃是反面。此書妙文全在反面，然假夢幻猶是正面，如珍、蓉、薔等種種曖昧始是反面。

第七回焦大罵中「連賈珍都說出來」七字，足褫可卿之魄，所以繪其縊死之由。一百十一回鴛鴦云「他什麽又上弔呢」，詞中亦有畫梁春盡之句，閱者勿被瞞過。

第七回焦大一罵之後，不復聞再鬧事，想鳳姐車上囑咐之言，蓉必默會，次日即調派至閒靜處矣，故直至一百五回始一出面也。

第八回寶玉酒醉回房，因茶欲攆李嬷，但十九回李嬷云：「爲茶攆了茜雪」，何以前後互異？此後即不提及茜雪，似茜雪已被攆矣。但如何歸罪茜雪，何人作主攆出，寶玉何故忍心不爲挽回，作者曾未之及。

第十回賈敬生日逗出尤老娘，十三回秦氏之喪逗出尤氏姊妹。

十三回秦氏之喪，賈珍銳意窮奢極欲，然作者欲借此以寫鳳姐之才。當富足之時，人皆趨利，頤指氣使，固所樂從，若一百十一回賈母之喪，邢夫人吝財，且故掣其肘，呼應不靈，非其因運敗而才短也。

據十三回秦氏之喪，寫尤氏眷屬姊妹都來了，賈璉何未之見，至六十四回始見而垂涎耶？

據十五回，水月菴即饅頭菴，九十三回平兒答鳳姐之言，似判爲二。

十七回女戲子住梨香院，止派舊學歌唱老嫗照管，五十八回分撥芳官等時，添出許多乾媽，似失照應。

十九回省親事甫畢，接寫賈珍邀寶玉聽戲看燈，隔日未久，湘雲即來榮府，但湘雲乃賈母素愛之人，省親大典，何不接伊來府？若謂來在府中，何不與外親之釵、黛一同帶見賦詩，而使之向隅？且元春又與之姊妹行，何竟不詢及？

十九回襲人規勸寶玉，確是良言，惜其後嫁琪官，此時似屬籠絡，然余不以人廢言。

三十四回薛蟠曾爲秦鍾鬧醋，在寶釵暗想之中補出。

三十四回王夫人既知襲人之言有理，寶玉棒瘡痊好，仍未搬移，何其溺愛！

四十四回鳳姐、賈璉打駡平兒，寫平兒受如許委屈，乃爲寶玉讓平兒到怡紅院，得以親近之地步。

四十五回婆子們聚賭，爲後文奸盜諸事作引。

四十八回賈璉捱打，在平兒口中叙出，雖帶寫雨村爲人，乃爲一百五回伏脈。

五十一回懷古詩燈謎，赤壁猜盂蘭會所焚之法船，交趾似隱喇叭，鍾山似隱傀儡，淮陰似隱馬桶，廣陵似隱柳木牙籤，青冢似隱墨斗，梅花觀似隱紈扇。

六十二回寶玉生日，未見李紋、李綺在座，似不在賈府中則可，而七十一回賈母八旬壽辰，紋、綺已來，何故未得隨衆慶祝？七十回碧月雖有明年回去之言，豈斯時已回去耶？但九十四回消寒會，又有紋、綺二人，前後殊失照應。

東府牆茨之譏，向止暗寫，至六十三回賈蓉與母姨狂謔，醜態畢露，其丫頭之駡，賈蓉之答，又將賈璉醜事說明。

六十四回寫尤二姐收表記，暇豫之至，洵是慣家。

六十五回賈赦遣賈璉往平安州說事，乃爲後文參劾伏脈，亦爲鳳姐得乘賈璉外出賺尤二姐入府張本。

六十六回東府只有兩個石獅子乾淨，雖湘蓮信口之言，然在寶玉前而不及西府，尚容情也。

七十八回林四娘，《聊齋志異》集中某觀察所遇恆藩姬妾林四娘，便是姽嫿將軍小傳。

黛玉處尙有素纖一婢，八十二回黛玉臨終時不知何往，又叫去雪雁，只賸一紫鵑耶？

九十九回賈母謂鳳姐隄防黛玉，爲一百一回見鬼作引。

九十九回賈政身任監司，不諳吏治，任憑李十搬弄，其邸抄皆未寓目，僅於官廳候傳翻閱廢紙，始睹

薛蟠翻案塘抄，其惶遽之狀，歷歷如繪，尤爲可哂。

一百五回番役及內外衙門皁快捕人搜贓，與盜奚異！焦大云：「只有我們捆人的，那裏倒叫人捆起

來！」天理循環，亦不可不知也。

強佔民妻爲妾，及尤三姐自刎，未經報官，厥咎在璉，一百五回乃移罪於珍，奇甚。

一百七回賈政素性昏聵，近因被參，心膽俱裂，陡聞包勇鬧事，焉得不生驚懼？不即驅逐，尚令守園，

盜發得其救護，亦忠厚御下之報。

一百十四回岫煙出嫁，雖於寶釵口中補出，不知在何處上轎。一百八回賈母向湘雲言：「你邢妹妹在

大太太那邊很苦。」似仍依於邢夫人處，何以許久絕不寫及岫煙，似已離却榮府。但此回寶釵說及薛

蝌娶親，是在賈母喪事之時，府中俱皆穿孝，豈能聘嫁岫煙？

一百十七回已寫薛家搬出，一百二十回薛蟠回家，詣榮府拜謝，寫薛姨媽、寶釵也過來了，似仍住賈府房屋之詞。

一百十七回賈璉臨行，言及巧姐，王夫人云：「孩子也大了，倘或你父親有個一差二錯，又躭擱住了」等語，似巧姐年將及笄矣。但一百一回尚須奶子拍哄始睡，鳳姐又命平兒抱過來，似在襁褓。曾幾何時，倏忽若此長成耶？又書內凡寫巧姐，總是奶子抱着，惟九十二回、一百五回雖不抱着，尚寫穉幼似髫年耳。（載《閱紅樓夢隨筆》）

潘德輿

【讀紅樓夢題後】（一） 余始讀《紅樓夢》而泣，繼而疑，終而嘆。夫謂《紅樓夢》之恃鋪寫盛衰興替以感人，並或愛其詩歌詞采者，皆淺者也。吾謂作是書者，殆實有奇苦極鬱在於文字之外者，而假是書以明之，故吾讀其書之所以言情者，必淚涔涔下，而心怦怦三日不定也。抑非獨余如是，余聞邱琴沚、郭芋田皆然。琴沚曰：「是書善言情者歟？」余曰：「善。雖然，猶未也。夫吾讀是書，而吾之哀樂爲之動矣。方吾哀之至極，雖淚漬書數寸，而終不能舍書而不讀，則其言情何深也。乃返而求其哀樂之故，則亦非吾天性激烈之必不可已者，而特宛轉屈曲，使吾徒有此哀樂而已耳。實而要之，吾未知其所施何地也，所用何故也，愈往愈深，而使人幾流宕而不知所返焉。吾至是不能不疑夫作書者之哀樂殆未免過當而失其正，而以嗜欲之故，汩亂而繚紹之，而後至於此也。以妄起，斯以妄感。作者哀樂之當不當，於讀者之哀樂見之矣。然乎？不然乎？」琴沚憮然不能語也。余呼琴沚曰：「使作者之情之非失其當，奈何其終也以仙佛之無情爲歸乎？彼其人萬不能爲仙佛者，特奇苦極鬱至於無所聊生，遂皤然羡仙佛之無情爲不可及，是其情必非立乎不得已之分而順其大常者也。嗚呼！以極善言情之文，求之於今，殆亦罕矣。止以用情之不能審其當否而過之，於是終不得不以仙佛爲大樂，而將持是以救天下人人妄於情者之弊，此仙佛之所以横行於世，而富貴兒女之場皆仙佛之所以收其窮也。」言畢，余與琴沚長嘆不能已。余又呼琴沚曰：「作書而善言情，使天下皆得其情而不過，此其人豈徒作《紅樓夢》者哉！」因撫几擊節，與琴沚歌《關雎》三章而罷。

(二)　今之人無不知《紅樓夢》者也，其讀之者，無一人推論至於此。吾非不知《紅樓夢》爲小説之卑者也，而爲是迂論者，非論此書也，將以論余之情，而知其當否焉。抑讀其書而不識其受病之所在，即其妙亦不出也。或曰：「作是書者有所指斥歟？」余曰：「否。其人自言情耳。專意指斥者，其文不能代爲叙述，而慘怛若此。」或曰：「傳聞作是書者，少習華膴，老而落魄，無衣食，寄食親友家，每晚挑鐙作此書，苦無紙，以日曆紙背寫書，未卒業而棄之。末十數卷，他人續之耳。」余曰：「苟如是，是良可悲也。吾故曰其人有奇苦至鬱者也。偶抒其哀，故作之不必成。續之者非佳手，富貴俗人耳，並兒女之情彼並不知其沉且篤者也。若續之後又有續，且屢續不一，其書吾皆見之，殆至愚極薄之人所爲。彼其人讀《紅樓》無所用其泣，而況能疑且嘆乎？如是而續，直不值一大噱，而況敢取《紅樓》者演爲傳奇，授之梨園乎哉！不爲雞口，而爲牛後，此輩接踵於天下久矣。吾每曰，無情者不可妄讀書，亦不可妄作書。」郭芋田曰：「願日持此語，以告天下之妄讀書且妄作書者。」（《金壺浪墨》，光緒十三年版《小方壺齋叢書》四集本）

二知道人

【紅樓夢說夢】　僕病人也，慣喜說夢。曩閱曹雪芹先生《紅樓夢》一書，心口間汩汩然，欲有所吐，輒思秉筆覼縷，以手爲口，爲朋儕遣睡魔。謀生碌碌，無暇及此。幸而一日清閒，北窗臥覺，夢餘說夢，意到筆隨，不自知癡性之復發也。閱者恕其囈語也可。

蒲聊齋之孤憤，假鬼狐以發之；施耐庵之孤憤，假盜賊以發之；曹雪芹之孤憤，假兒女以發之：同是一把酸辛淚也。

古今皆夢也：功列旂常，名垂竹帛，正夢也；福澤將至，徵兆先成，吉夢也；莊周栩栩爲蝶，幻夢也；鄭人蕉隍覆鹿，寤夢也。至於輕絲帽影，老於風塵，此夢之勞者也；結廬在廉讓之間，倚樹而吟，據槁梧而瞑，不復問塵市事，此夢之淸者也。外此則噩夢、觭夢、喜夢、懼夢、妖夢，莫不有寓目之兆焉，而最易沉酣者，紅樓夢也。雪芹一生無好夢矣，聊撰《紅樓夢》，以殘夢之老人，喚癡夢之兒女耳。《邯鄲夢》、《紅樓夢》同是一片婆心。玉茗先生爲飛黃騰達者寫照，雪芹先生爲公子風流者寫照，其語頗殊，然其歸一也。

盲左、班、馬之書，實事傳神也；雪芹之書，虛事傳神也。然其意中，自有實事，罪花業果，欲言難言，不得已而託諸空中樓閣耳。

或問於予曰：「雪芹之書，歷敘侯門十餘年之事，非若《邯鄲》、《南柯》一剎那之幻夢耳，不名《紅樓記》而曰《紅樓夢》，何也？」予曰：「夢者見之謂之眞，眞者見之謂之夢。雪芹姑妄言之，亦雪芹之夢耳。僕閱雪芹之書，而感慨係之，復夢雪芹之夢耳，僕仍是夢中人也。夢與不夢，僕所不能辨也。」

《紅樓》情事，雪芹記所見也。錦繡叢中打盹，珮環聲裏酣眠，一切靡麗紛華，雖非天上，亦異人間，深山窮谷中人未之見亦未之聞也。設爲之說雪芹之書，其人必搖首而謝曰：「子其愚我也！子其聾我也！子其盲我也！人間世何能作如是觀哉？」

人情於乍覺時，惡夢則喜其烏有，好夢則惡其子虛。當是時，自以爲醒，豈知其喜惡依然是夢耶？知醒仍是夢，可以覽《紅樓》。

《紅樓夢》有四時氣象：前數卷鋪叙王謝門庭，安常處順，夢之春也。省親一事，備極奢華，如樹之秀而繁陰葱蘢可悅，夢之夏也。及通靈玉失，兩府查抄，如一夜嚴霜，萬木摧落，秋之爲夢，豈不悲哉！賈媪終養，寶玉逃禪，其家之瑟縮愁慘，直如冬暮光景，是《紅樓》之殘夢耳。

《紅樓夢》者，香夢也。不寫憐香之事，只傳香夢之神，若即若離，不言香而已香過半矣。

「金釵十二行」，古樂府句也，雪芹采之以爲香夢之料，宜矣。但太虛幻境所存之正副册子題簽，俱係之金陵，豈天獨鍾美於是耶？抑以六朝金粉之遺，終古甲於天下耶？然黛玉蘇產，襲人北人也，非金陵而亦列於十二釵中，蓋以所主者而言。所主者誰？賈寶玉也。好色之士，常得好色之眞趣者，其惟妙年公子乎？老者好色，色不我好；貧者好色，色不果好；勇者好色，色有懼心；怯者好色，色有厭意。求其彼此溫存，互相憐惜，惟寶玉爲能得眞趣乎？登徒子成好色之名，談何容易！

《紅樓夢》爲寶玉而作，夢中情景，只作寶玉一身之事而已，金釵成行，皆甘與同夢者也。寶玉既蘧然覺矣，與之同夢者，盍亦遄返太虛，以結此風流公案乎？然夢本參差，覺有先後，物之不齊，何能相強。況乎夢中人尙有協熊羆之夢者，不經委蛻，那可翻身！

雅愛左氏敍鄢陵之戰：晉之軍容，從楚子目中望之，楚之軍制，從楚人苗賁皇口中敍之，如兩鏡對照，實處皆虛，所以爲文章鼻祖也。雪芹先生得其金針，寫榮國府之世系，從冷子興閒話時敘之；寫榮國府之門庭，從黛玉初來時見之；寫大觀園之亭臺山水，從賈政省功時見之。不然，則敍其世系適成賈氏族譜，敍其房廊不過此房出賣帖子耳。雪芹錦心繡口，斷不肯爲此笨伯也。

白香山詩云：「多少樓臺鎖深巷，主人到老未曾歸。」非傷其不歸林下也，正惜其人不達耳。每見凌雲甲第，他日爲太祝廳，往往嫌其嵯峨而艱於繕葺，甚至爲勢家所奪。迴憶經營伊始，豈意其子孫不能有也，亦貽笑於王承福矣。因賈雨村叙出石城寧、榮二府，不覺興言及此。

好事者遊覽名勝，每於亭臺之式樣，山水之迴環，杼軸予懷，臣有粉本矣。大觀園之結構，即雪芹胸中邱壑也：壯年吞之於胸，老去吐之於筆耳。吾聞雪芹，縉紳裔也，使富侔崇、愷，何難開拓其悼紅軒，疊石爲山，鑿池引水，以供朋儕遊憩哉？惜乎繪諸紙上，爲亡是公之名園也。雪芹所記大觀園，恍然一五柳先生所記之桃花源也。其中林壑田池，於榮府中别一天地，自寶玉率葷釵來此，怡然自樂，直欲與外人間隔矣。此中人囈語云，除却怡紅公子，雅不願有人來問津也。寶玉與姊妹同居園內，遵元妃命也。《禮》云：「男女不雜坐，不同椸枷，不同巾櫛。」又云：「男女不通衣裳。」亦聖人杜漸防微之意也。寶玉其能畏聖人之言乎？

雪芹先生筆陣如率然，然試舉一二端言之：如榮府過年光景，只寫一次，則年年如是可知；如寶玉好喫嘴上臙脂，未曾實敍，只於婢女口中言之，則尋常之接脣爲戲可知。首尾相顧，大率類然。寶玉年十三四，精化小通，陽臺發軔時矣。其事不雅馴，雪芹先生難言之，託之警幻仙姑夢中秘授，並囑可卿薦其枕席，此夢中香夢也。未審下界可卿，此時亦有消魂兆否？

雪芹寫元妃歸省之禮儀，椒房入宮之體制，氣象何其嚴肅，筆墨何其清華。使其步影花磚，泚豪朶殿，未必無鴻篇巨製也，則兒女喁喁之語，不及寫矣。

小說家之結構，大抵由悲而歡，由離而合，引人入勝。《紅樓夢》則由歡而悲也，由合而離也。非圖壁壘一新，正欲引人過夢覺關耳。

雪芹先生博於材藝，不獨詩古文詞各臻嫺熟，篇中所敍彈琴作畫，雙陸圍棋，以及醫理大六壬之類，無所不通。然《紅樓夢》之妙處，固不在此。

唐鄭綮以歇後名，率爲宰相。雪芹善爲歇後語，意味雋永，最耐人思，乃竟潦倒窮愁，寄情幻夢。豈歟後亦有幸不幸耶？

賈氏宗祠長聯云：「肝腦塗地，兆姓賴保育之恩；功名貫天，百代仰蒸嘗之盛。」聯句不佳。作者見世家祠中聯句似八股中之結股者居多，亦仿其調而爲之，非江淹才盡也。閱者諒之。

榮國府榮禧堂對聯款云：「鄉世教弟勳襲東安郡王穆蒔拜手書。」有榮府之世派，自應有如此大人物爲之題聯。若懸之薄宦之家，不稱其屋，亦不足爲榮。乃時見《笑史》云：有一貧嫗病故，其子求一文學爲母繕寫神主，並懇其寫得冠冕堂皇，方足以誇耀親友。文學聞之，不忍斥其愚妄，構思良久，忽振筆大書云：「誥授光祿大夫、文華殿大學士、兼吏部尙書、前任雲貴、兩廣總督隔壁王媽媽之神主。」由是觀之，可知借光皆隔壁賬也。

寶玉、黛玉，意中之姻緣也，而姻緣終假；寶玉、寶釵，意外之姻緣也，而姻緣轉眞。假姻緣，死別矣；眞姻緣，能無生離乎？「假作眞時眞亦假，無爲有處有還無。」警幻仙姑固已標題在昔矣，夢中人特未知之耳。

寧府與其宗祠相連，賈珍家宴，忽聞祠中有長嘆之聲，豈寧、榮二公歎其澤之將斬耶？長眠數十年，尙且埋憂地下，無惑乎論黃數白者至死不悟也。

賈媪生二子：曰赦，曰政；一女曰敏。赦之所出，媪愛其媳；政之所出，媪愛其子；敏身後只一女耳，媪則千里招來，視如性命。媪之愛，公而溥矣。中秋家宴，赦尙以父母偏愛之笑談陳於膝下，是誣其母矣。豈爲其吝惜鴛鴦，遂腹非之曰：「是區區者，而不予畀，得非偏愛乎？」

賈媪暮年，善於自娛，但情之所鍾，未免煩惱。鎖媪之眉者黛玉也，牽媪之腸者寶玉也，能開媪之笑口者，熙鳳一人耳。鳳兮鳳兮，差強人意矣。

賈媪素明大義，洞悉人情，溺愛寶玉，亦大母之常事。賈政若以箕裘爲念，善誘其子，媪斷無不期其孫之成立也。顧平居安肆日偸，養蒙無術，時而趨庭有訓，無非一暴十寒，是直縱之浮蕩耳。及其淫泆無度，習成自然，而後施以大杖，幾置之死地，竟歸咎於其母之溺愛也。平心而論，寶玉之不肖，果賈媪之咎哉？

賈赦性昏憒，而氣亦驕傲，謀石獃子舊扇一事，以玩物殺一不辜，何其忍也！

賈赦多蓄姬妾，廣田自荒，較之乃郎少一閣王老婆，由其淫運亨通也。

大觀園本無邪祟，風聲鶴唳，由家人之造言生事也。賈赦當諭以正道，加以戒約，有驚怪者罪之，久而自安矣。所謂「見怪不怪，其怪自滅」者非耶？乃始則不信，卒爲邪惑，固其見之不眞，亦由於中餒耳。

雪芹之稗官，世家之寶鑑也。賈政性本愚闇，乏治繁理劇之才，身爲郎官，不過因人成事耳。即自公退食，亦不善理家人生產，食指日衆，外強中乾，阿家翁癡聾而已。且所用賈璉夫婦，夫乃輕狂蕩子，婦乃刻薄盜臣，甚至交通當道，竊餘勢以作威福，其流毒有不可言者。而政惟茗椀棋枰，以消永晝，曾不一過而問焉。其家之不敗也得乎？古語云：「蹶馬破車，惡婦破家。」雪芹苦口婆心，臚列之以爲有家者戒。

賈政出爲觀察，娖娖廉謹，備員而已。且聽之不聰，爲家奴所播弄，僮僕飽矣，百姓得無飢乎？節度避重就輕，彈劾之以卸其責，非不幸中之幸哉！僕嘗念居官者，不能先覺，寧嚴關防；關防之道，全在閽人。門外稟白之吏，不得擅入門內，門內服役之輩，不得擅出門外，即親戚幕友，亦須勸其繭足以避嫌疑。如是雖未必弊絶風清，庶幾得關防之一道矣。每見官署之宅門，熙熙攘攘，往來不絶，官與閽人，漫不爲意，若視爲不干己事也者。及倚勢招搖，藉端攫累，下民則赴愬無門，上憲之彈章已挂，始不勝其驚惶，而已悔之無及矣。噫！關防一事，顧可忽乎哉！謂予不信，請觀賈政。

王夫人庸懦無能，與賈政等。

古有夢玉燕投懷而舉丈夫子者，不謂王夫人眞玉投懷，臨蓐時得自嬰兒之口。聞此事者，咸疑之，以詰二知道人。二知道人曰：「投懷之燕，夢玉也，而可爲眞；啣口之玉，眞玉也，適成爲夢。余不能辨之。如必力窮其源，則子請詰之雪芹，不然則子請詰之茫茫大士、渺渺眞人，又不然子直詰之煉石之人，或可以得其説矣。」

寶玉不容心於財帛，能知足也；不自矜其文字，能知不足也。木石姻緣，頗能知足，姬妾則時時知不足也。

女媧所棄之石，諒因其煉之未就也，乃遇茫茫大士、渺渺眞人攜之到花柳繁華之地，温柔富貴之鄉，殆以繁華富貴爲爐，加之百煉乎？今而知寶玉之性情温婉化爲繞指柔也，終焉決絶直化作切夢刀矣。寶玉入則金釵十二，蘭麝生心，出則裘馬甚都，僕從如虎，翩翩然佳公子也，被人看煞矣。而孰知其眞面目乃大荒山之一塊石哉？咄咄怪事！

警幻仙姑謂寶玉爲意淫，索解人不易得也。蓋色授魂與，竟體生春，非温柔鄉之深處而何？若必待肌膚之親，始入佳境，正嫌其俗道耳。

寶玉無夜郎自大之習，所以有憐香惜玉之温存；無祖生先我之憂，所以有弄粉調脂之閒暇。

寶玉之待十二釵，必個個以香花供養之，方不褻瀆老天靈秀之氣。千金買笑，直等閒事耳，又何足道！

寶玉能得衆女子之心者，無他，必務求與女子之利，除女子之害。利女子乎即爲，不利女子乎即止。推心置腹，此衆女子所以傾心事之也。推其術以撫民，可以入循吏傳矣。

寶玉一視同仁，不問迎、探、惜之爲一脈也，不問薛、史之爲親串也，不問襲人、晴雯之爲侍兒也，但是女子，俱當珍重。若黛玉，則性命共之矣。

寶玉混身姊妹行中，及時行樂，特一無腸公子耳。然其自命，高於妄談經濟者一籌。有人以虛器目之，付之一笑；有人以進取勸之，則掩耳而走矣。惟黛玉不阻其淸興，不望其成名，此寶玉所以引爲知己也。嗚呼！知己之感，五百人駢死以報焉，去而之禪，末矣。

寶、黛之肺腑姻緣，外人不知也。賈芸寄札，爲寶玉論婚，寶玉閱而挼莎之，且拉雜摧燒之，但罵狂傖，別無一語。設黛玉聞之，必竊惡其近禁臠矣。凡結歡於公子王孫者，須先廣其耳目。

大觀園諸女郎，每結詩社，寶玉輒踴躍先登，爲之佈置几席，安排筆札，一切瑣屑之役，皆指揮婢嫗爲之，非爭勝於五七言也，非取資閨秀以冀其竿頭進步也。詩翁之意不在詠，在乎笑語之香也。

但有贊黛玉之詩詞者，寶玉聞之，如得痲姑長爪，來搔癢處。諺云：「文章是自家的好，婦人是人家的好。」持此而論寶玉，殊不盡然。

寶玉之癡情於黛玉，刻刻求黛玉知其癡情，是其癡到極處，是其情到極處。

寶玉，人皆笑其癡，吾獨愛其專一。昔痀僂丈人承蜩，用志不紛，乃凝於神，是專而癡者也；商邱開入火不焦，入水不溺，心一而已，是一而癡者也：皆不得爲眞癡。即云癡，其癡可及也。寶玉之鍾情黛玉，相依十載，其心不渝，情固是其眞癡，癡即出於本性。假使黛玉永年，寶玉必白頭相守，吾深信之，吾於其癡而信之。今之士女，特患其不癡耳。

寶玉獨行踏雪款櫳翠禪關，向妙玉乞得紅梅數枝，手執而歸。此時逸趣橫生，詩情未發，回顧琳宮，多謝女菩薩含笑拈花示也。

怡紅院諸婢，醵錢開宴，爲公子介壽，笑與抃會，歡將樂來。維時脫去邊幅，率意承接，歌則殊聲合響，觴則引滿傳空，諸婢樂公子之樂，公子亦樂諸婢之樂也。彼徒以尋香人爲肉屏風者，何曾夢及！

《易》云「冥豫」，豫至於冥，則匪所思。揣寶玉之心，須衆女郎得駐顔之術，年雖及笄，無庸出嫁，只挈伴在大觀園中，妝臺聯句，繡戶飛觴，口餐櫻桃口之脂香，裙易石榴裙之水漬，聚而不散，老於是鄉可耳。設想荒唐，由其冥也。

寶玉鄙人爲祿蠹，其伯兄之世爵，乃父之郎中，獨非祿蠹乎？食祿者愼毋爲頑石所譏。

寶玉之別父母，似老杜《無家別》；寶玉之別寶釵，似老杜《新婚別》。皈依三寶，何啻從軍。

司空圖詩云：「花落夢無聊。」可爲寶玉悼林寫照。世之愛流成海，情塵爲嶽者，曇花一現，轉眼成空，誰此無聊之夢哉？司空之詩境，婉而多風矣。

寶玉去則去耳，必博一第而後去，豈留此科名以慰其親耶？猗嗟！使寶玉永終子職，取靑紫如拾芥，誠足博其堂上歡。既飛遁矣，則虛名適喪明之助。況乎西方選佛，斷不重此科名，則寶玉瀕行時，亦徒受三場之苦耳，何益乎？

大觀園與呂仙之枕竅等耳。寶玉入乎其中，縱意所如，窮歡極娛者，十有九年，卒之石破天驚，推枕而起，既從來處來，仍從去處去，何其暇也。若夙根不厚，置身富貴場中，驚怖煩惱，不啻地獄境界，有求爲貧民而不可得者。嗚呼！衆生奈何禱祀而求願入呂仙之枕竅？

寶釵外靜而內明，平素服冷香丸，覺其人亦冷而香耳。

按律文：兩姨結親者，笞四十。豈世家大賈遂不之禁哉？金玉之姻緣，皆熙鳳之詭詐，百年鴛偶，何可以李代桃僵，致令其夫遠竄於靑埂峯頭，其婦獨守於茜紗窗下。追求其故，強作之合也，宜以笞罪罪其冰人。

榮府查抄之後，大不如前，賈媪爲寶釵做生日，特破涕爲笑耳，倘以百金治具，則從前之家宴，當更何如！

寶玉息慈，寶釵似嫠婦而非嫠婦，僕爲之贊曰：「法侶鴛鴻。」

僕嘗夢遊於瀟湘之館，但見琅玕萬个，玉立森森，翠浸簾波，枝篩日影。此君相對，正欲發長嘯聲，倏忽聞昧色籠煙，潛入夜矣。黑雲飛來，濃陰如漆，雨驚我心，風感我肌，澎湃淒其，令人駭歎。心念居是館者，枕邊之淚，自如斷貫珠、修綆縻矣。僕亦頓寤。天朗氣清，然耳中尚聞有颯颯聲也。

黛玉美而善爲疾態，殊可人憐。荷鋤葬花，開千古未有之奇，固屬雅人深致，亦深情者有託而然也。惟是花落於茵者，女公子掃而葬之，至於關籬落而墜於溷者，女公子亦將沐而薰之，瘞之淨土乎？千古傷心人同聲一哭矣。

黛玉歸里之說，紫鵑以言餂寶玉也，而寶玉遂病。謁醫而攻之，弗已，仍待紫鵑化其心，變其慮，厥疾乃瘳。鵑之功與和緩等。彼王太醫者，《內經》未嘗不熟也。

黛玉死矣，寶玉之情未死也。若戀新婚而不去，則從前之對泣於瀟湘館者，皆妄也。纏緜悱惻，無可奈何，立證菩提，正其情之至也。

黛玉以一生眼淚還寶玉灌溉之恩，固是還得過矣，但每一還之，寶玉則無可如何，有大難爲情之狀。吾願人人以寶玉爲鑒，慎毋見草之偏，反有情而輕施甘露也。抑僕更有疑焉者：每見鳩盤老嫗，無絳珠之可愛，實滋蔓之難圖，往往揮涕如雨，呼天籲地，豈亦有人焉竟澆灌及之耶？

黛玉之淚，醋凝爲淚也，因幼失怙恃，遂混作孤兒淚矣。黛玉之醋，心凝爲醋也，因身爲處女，不肯潑之於外，較熙鳳稍爲蘊藉耳。設使天假之年，木石成爲婘屬，則閨中宛若，鳳、黛齊名矣。

黛玉初到外家，無所用其妬也。及寶釵亦主於榮府，而醋根發矣。襲人遣侍寶玉，無所用其妬也，自寶玉樂與晴雯、麝月戲，而醋根發矣。小姐妬小姐，丫鬟妬丫鬟，是謂同床各夢。

諺云：「女子無才便是德。」名言至理，閨秀服膺可也，但此爲牝雞司晨者戒。若賈迎春之庸懦，轉恨無才。

迎春神恬意靜，藹然可親，素談因果，亦不失爲善女人。一家中尊卑長幼，方期其多厚福焉。不意遇人不淑，横加折辱，賫恨而死，夢之至惡，無踰於此者。骨肉間愛莫能助焉。誰復爲之贈惡夢哉？悲夫！

探春是巾幗中李贊皇。

探春神情態度，近於跛扈，嫁與將家兒，諺所謂「不是一家人，不進一家門」矣。

惜春幼而孤僻，年已及笄，倔強猶昔也。寶玉而外，一家之舉止爲所腹非者久矣，決意出家，是父是子。

李紈婉瘱有節操，奉率領小姑之命，周旋導引，和而不同，紈乎吾無間然矣。其子蘭，醇謹好學，近墨而不黑，尤童子科中之矯矯者，其李紈貞靜之報與？

鳳姐承歡堂上，人物風流，近是佳婦，但未免爲賈氏之罪人，受旁人之唾駡者，因其貪也。貪而不敗者誰耶？

王熙鳳，臙脂虎也。賈璉漁色之心，無時或息，諺云：「越緊越有賊。」信夫！

王熙鳳中傷尤二姐後，悍聲流播，人以妬婦目之，百喙難辭矣。獨是害色曰妬，害賢曰嫉，其事殊，其情一也。《列子》云：「爵高者人妬之。」《亢倉子》曰：「同藝者相嫉。」《離騷》云：「羌内恕己以量人兮，各興心而嫉妬。」滔滔皆是，於熙鳳與何殊！

熙鳳待劉老老獨厚，卒得其力，非佛家所謂因緣乎？

尤氏者，以其人爲尤物也。自賈媪、邢、王二夫人以及李紈、秦氏，無不敘其所自出，獨於尤氏略之，豈以齊大非偶，尤氏之微賤，寧可闕如與？雪芹翁，《紅樓》南董也。

鳳姐陳笑話於賈媪，媪每爲之解頤。中秋賞月，鳳姐病矣，尤氏亦陳笑話於賈媪，媪則倦而思睡。豈媪之愛有差等哉？以尤氏陳説值其睡時也。得其時則出言有章，不得其時則一籌莫展，時之爲義大矣哉！

史湘雲純是晉人風味。

香菱爲人略賣，獅吼驚心，人皆悲其遇矣。僕爲香菱悲者，尚不在此，獨恨無知月老，何竟以吟風弄月之美人，配一目不識丁之傻子耶？玉椀金盆貯以狗矢，寃乎哉！

賈祠祭祀，薛寶琴不當觀禮。雪芹欲寫祭祀之盛，特借局外之人爲旁觀之冷眼耳。

寶琴幼隨其父歷覽名勝，眼界闊矣。文士而得以壯遊者，吾見亦罕，況處女乎！

邢岫煙來依其姑，境窘迫而無乞兒相，勝其姑遠矣。

李紋、李綺，與李紈，兄弟也，三人之性情幽靜，亦在伯仲之間。

尤三姐性情激烈，女中丈夫也。生而孤貧，隨其母寄人籬下，恨阿姊之失守，隱痛方深。乃賈氏兄弟鹵莽皮相，待如其姊，入以游辭，竟欲強委禽焉，致令淸白女兒，無以自剖，宜其媚怒嬌嗔，佯狂作態，旋玩紈袴兒，直登場傀儡、入袋猢猻耳。《易》云：「二女同居，其志不同行。」其三姐之謂與？至其相郎也，獨具隻眼，物色於塵埃中，而自得快壻，豈亦因柳湘蓮偶爲優孟，有一種激昂忼慷之情，暗投其臭味與？迨既聘以劍，旋復見疑，舉平日之屈抑而不得伸者，一朝發之。苟非自劙其頸，不足以表白於天下。嗚呼！其劍已化龍耶？不然，何以有驚雷怒濤，奔騰於粉白黛綠之地也？雖噩夢，實正夢也。　柳湘蓮披髮入山，亦賴有鴛鴦劍斬其塵緣耳。

柳湘蓮婚姻不成而爲道士，賈寶玉婚姻不成而爲和尚，皆有激而然也。然二子夢覺而後出家，非出家而依然是夢也。抑聞之，南朝四百八十，北魏一萬三千，紅宇既多，緇黃必衆，其中一塵不染者固不乏人，而良緣不遂者當亦不少。吾恐恆河沙數之大士眞人，必須到圓寂羽化之時，夢根始斷。

柳湘蓮有古俠士風，觀其姓名，其人必風姿濯濯，出汚泥而不染者。

妙玉偶遇寶玉，便有走魔入火之病。聞有陳妙常者，妙玉豈其宗派與？

妙玉自署曰檻外人，自應埋頭項，隱姓名，束影於人跡罕到之區可耳。何以浮沉人海，置身於元妃省親之園，非藉以欺世盜名乎？不意盜人者人恆盜之，櫳翠難居，卒隨盜去，檻外人尚有此劫乎？《易》云：「慢藏誨盜，冶容誨淫。」妙玉兼之矣。

妙玉自遭劫掠，問訊無由，此等處了而不了，不了而了。

鴛鴦代賈媪主觴政，無語不趣，的是可兒。然招賈赦之賞識者，殊不在此。

鴛鴦卻聘後，與寶玉不通問，不親授，驚散鴛鴦矣。賈嫗下世，以身殉之，怕遭荼毒也。赦雖不殺鴛鴦，鴛鴦由赦而死，冥冥中負其母婢。

晴雯者，情文也。招讒被逐，力疾而去，奄就危殆，寶玉往問之，雯則易其衵服，贈以長爪，語短情長，神傷意重，心事已了，囑其速去。嗚呼！此身已不可問矣，猶恐煙埃雜氣熏郎之肌膚也。雯乎，雯乎！情文相生，眞令我把卷流連，不自知涕之何從而不能自已云。

金釧兒之投井，因逐出不能復用。其被逐之故，則因「金簪兒掉在井裏」之言。戲言也，適成讖語。觀晴雯有悔不當初之語，金釧兒有金簪落井之言，則二人之於寶玉，是非之情，不可以相讕已。王夫人俱責而逐之，杜漸防微，無非愛子。天下豈有不是之母哉！獨是倚爲腹心，重以寶玉相委者，乃首先導淫之花大姐也。說眞方，賣假藥，花大姐得其心傳矣。二知道人曰：「花襲人，功之首，罪之魁也。雯乎，釧乎，現女兒身，全受全歸，死亦何憾！」

晴雯之死，寶玉於芙蓉花前誄之；金釧之死，寶玉於荒郊井上祭之。一則長歌當哭，一則不言神傷。悼亡者無可奈何，旁觀者誰不笑其茫昧哉？噫！

黛玉善哭，其婢則名紫鵑，蓋紫鵑啼血也。王熙鳳生於錦繡叢中，其難塡之慾壑，不異貧兒，故其婢名平兒。未知雪芹之意果如是否？

人皆擬寶、黛姻緣，更無他議，特欠賈媼之一言耳。紫鵑爲黛玉之婢，宛然小星，自以爲吉兆也，豈意皮之不存，毛將焉傅，志乖意阻，好夢難尋。隨惜春以出家，亦「勘破三春景不長」耳。

寶玉病中受室之寃，無所白也，惟向紫鵑白之，聊當通誠於黛玉。雖無小成人，尙有典型，此心良苦矣。乃紫鵑趨而避之，閉門不納，致令其情無可申，淚憑誰灑，茫茫宇宙，何處招魂，可悲也夫！

彩雲置寶玉於度外，獨戀戀於賈環，非無目者也，非不辨妍媸也，與其妍而爭，不若媸而獨。世途中有避衆而別開一徑者，得毋類是？

寶玉捱打後，襲人請王夫人將寶玉搬出園來，一夕之話，舌尖兒橫掃五千軍矣。

鄧孝威先生題《息夫人廟》云：「千古艱難惟一死，傷心豈獨息夫人。」寶玉去後，全家以眼淚洗面，襲人尤甚。予戲竄孝威先生句云：「傷心豈獨襲夫人。」

襲人隨侍寶玉，紅樓夢也；再嫁琪官，青樓夢矣。

襲人爲寶玉妾，妾身未分明也。寶玉潛逃，襲人無節可守，嫁與琪官，夫優婦婢，非鳳隨鴉也，又何足怪。所異者，寶玉爲之作冰人耳。一束茜香羅，不儼然納采在昔乎？

柳嫂子爲其女五兒夤緣爲寶玉之婢，因此致禍，幸而獲免。及遂其願矣，轉瞬而寶玉出家，大有不能退、不能遂之象。殘局分明，何事多此一着哉！

邢夫人之陪房王嫗，乃司棋之外祖母也。嫗奉檢查香囊之命，欲藉以報睚眦也。意主中傷晴雯，反受晴雯之詬；意主左袒司棋，反播司棋之醜。且嫗臘已高，受探春之薄懲，情何以堪？豈造化之弄此老嫗哉？嫗之殺機召之也。乘興而來，興敗而返，「爲囊憔悴卻羞囊」矣。

榮府細小數百人，其中胸無城府，一片天眞者，上有史湘雲，下有傻大姐耳。然湘雲乃葭莩親，非榮府中人也，其實傻大姐一人而已。太璞能完者，寧可多得哉！

劉老老，夏畦中人，進謁榮府，僅冀其呴沫耳。幸以樸愿引人解頤，且間博史太君生歡喜心，宜樂此不思蜀矣。乃每至榮府，但期宿宿，未聞信信，豈朱門酒肉不足供其饜饜耶？抑有目攝之使去者耶？殆以朱門勞而夏畦轉逸耳。

劉老老在榮府中談鄉村事，在鄉村中自必談榮府事。始而談其繁華氣象，既而談其衰颯光景，是又一春夢婆矣。

雪芹寫出一甄寶玉者，恐閱者誤以賈寶玉爲絕特也。筆下之假寶玉只此一人，世上之眞寶玉正復不少，所以甄寶玉之模樣與賈寶玉同，甄寶玉之舉止議論皆與賈寶玉同。女媧所煉之石，盡入情緣矣。

包勇是薦來之僕，其人乃愚忠也，賈政以麄材視之。及其逐大盜保全惜春，如此大功，未邀重賞，退居園內，絕無怨言，較之焦大之施勞，勇不過人，遠哉。甄應嘉得此樸慤之奴，推之而去，想亦爲衆所排擠耳。甚矣知人之難也，甚矣聽言之難也。

賈薔寵愛齡官，特購一串戲雀兒，供其玩弄，而不知適逢彼怒也。諺有云：「相對矮人休說短。」薔之受其醜詆，宜矣。世之不善逢迎者，往往愈令人喜，正愈令人怒耳，獨薔也乎哉！

賈府家奴周瑞之壻冷子興者，善談啁，放縱自喜，貿易骨董肆中，強爲知古，因是得僞附雅流。一日酒後狂言，幾爲都人士所中傷，幸邀覞泰山，安其故業。夫市賈有志斯文，士大夫亦可引而進之，化其市心，洗其濁氣。乃狂悖荒唐，令人不可復耐，嫁之以禍，使其乞救於牀頭人，僅而後免，未始非小懲大戒之一道也。

賈府家塾，一羣兔之煙花寨也。自薛蟠來學後，揮金如土，引誘生徒，袖可斷焉，桃將餘矣，玷污函丈，不忍勝言。而賈代儒儼然而師長也者，高懸絳帳，土木形骸，既不能拒薛蟠於前，而一堂中四處各坐，八目勾留，又復漫無覺察，顧岸然道貌，自居爲有德之人，是直在醉夢中耳。覩其孫盜嫂不成，終爲情死，天豈或爽其報施耶？

茗煙逞兇家塾，賈瑞不能禁止，李貴以一言止之，貴誠不愧青衣之長哉！然茗所以受制於貴者，以貴在家塾無慾心也。

「女兒是水做的骨肉，男人是泥做的骨肉。」此寶玉奇論也，乃寶玉欺人語也。秦鍾、蔣玉函之骨肉，還是泥做的？還是水做的？若謂是泥做的，寶玉固愛之如女兒；若謂是水做的，秦、蔣之子固偉男也。予特兼而名之曰「泥水匠」。

水，物之淨者也，寶玉以之比女兒骨肉；泥，物之污者也，寶玉以之比男人骨肉。信斯言也，只「在水一方」可耳，「胡爲乎泥中」？

金榮之母胡氏，明知薛蟠助榮以多金，並不追求其故，反自以爲得計，貧之中人甚矣哉！

賈赦色中之厲鬼，賈珍色中之靈鬼，賈璉色中之餓鬼，寶玉色中之精細鬼，賈環色中之偷生鬼，賈蓉色中之刁鑽鬼，賈瑞色中之饞癆鬼，薛蟠色中之冒失鬼。

風月寶鑑，神物也：照鑑之背，不過骷髏；照鑑之面，美不可言。但幻由心生，仙家亦隨人現化。賈瑞爲鳳姐而病，照之則鳳姐現身其中；浸假而賈赦照之，鑑中必是鴛鴦矣；浸假而賈璉照之，鑑中必是鮑二之女人矣。至於鑑背骷髏，作鳳姐之幻相可，作鴛鴦、鮑婦之幻相亦無不可。

客有問十二釵中伊誰第一？予曰：「凡一時瑜亮，最足令人顛倒，博取焉可也。譬如唐賢七絶，各臻妙境，操觚家每舉一首以爲壓卷，未允也。人見寶、黛之情意纏綿，或以黛玉爲金釵之冠。不知寶、黛之所以鍾情者，無非同眠同食，兩小無猜，至於成人，愈加親密。不然，寶釵亦絶色也，何以不能移其情乎？今而知一往情深者，其所由來者漸矣。若藻鑒金釵，不在乎是。」

寶玉如主司，十二釵如應試諸生，中式則爲妻爲妾，不中則另覓良緣。迎、探、惜似迴避不能入闈者。湘雲、李紋、李綺似不肯作第二人想，竟不入闈。寶琴許字於梅翰林家，似隔省遊學之生，偶然到此，例不入闈。紫鵑、鶯兒似已列副車，臨榜忽被磨勘。襲人似關節而中副車。寶釵似頂替而僥倖中式。園外諸婢，則又似錄遺無名，欲觀光而不得者。至寶玉去不復返，恍如落第諸生目送主司之旌節矣，豈不大可痛哉？

大觀園，醋海也。醋中之尖刻者，黛玉也。醋中之渾含者，寶釵也。醋中之活潑者，湘雲也。醋中之爽利者，晴雯也。醋中之乖覺者，襲人也。迎春、探春、惜春，醋之隱逸者也。至於王熙鳳，詭譎以行其毒計，醋化鴆湯矣。曾幾何時，死者長眠，生者適成短夢，亦徒播其酸風耳。噫！

一日，衆友羣居，評隲《紅樓》女子。有取寶釵之穩重者，有取黛玉之聰穎者。或愛熙鳳之才能，湘雲之爽直；或愛襲人之和順，晴雯之嬝娜。又有憎黛玉之乖僻，厭鳳姐之擅權，恨襲人之柔奸，惡晴雯之利口者。議論沸騰，愛憎不一。予時默無一語。客詰之，予曰：「此曹雪芹紙上嬋娟也。設諸君眞遇其人，未必不變憎爲愛也。」言畢，衆皆粲然。

吾友陳子言云：「古人謂夢爲黑甜鄉，我輩生平，明明白白，徒受此凊貧之苦，得非白苦鄉乎？」予笑曰：「我輩亦頑石化身，所以白苦者，惟欠女媧一煉耳。」

或問於予曰：「賈璉乃小有才者，子未嘗節取之何也？」予曰：「子不觀雪芹之命名乎？賈璉者，假臉也。僕生平最惡假臉之人，願吾子舍是勿復言。」

太史公紀三十世家，曹雪芹只紀一世家。太史公之書高文典册，曹雪芹之書假語村言，不逮古人遠矣。然雪芹紀一世家，能包括百千世家，假語村言不啻晨鐘暮鼓，雖稗官者流，寧無裨於名教乎？況馬、曹同一窮愁著書，雪芹未受宮刑，此又差勝牛馬走者。

雪芹先生亦夢中身也。開眸四顧，地非邯鄲，閒弄筆頭，無非漫興，委婉達癡兒之意，思量寫處子之心，豔語生香，柔情欲滴矣。何物管城，生出如許之碧桃紅藥哉？

雪芹先生把筆作《紅樓夢》時，結習未除，花猶着體也。稗史告竣，結習除矣，極妍盡態，總是空花，又安得着其體乎？

覽過《紅樓夢》後，縈念其珠圍翠繞者，鈍根人也。覽過《紅樓夢》後，頓悟其色即是空者，解脫人也。

寶玉，頑石也，僧道三度之而後去，何點頭之晚乎？

或問：「寶玉沉溺於色，一旦去妻孥如脫屣，何也？」予曰：「寶玉如行道之人，疲於津梁，懵騰酣睡，惟倘寐無覺可耳。既醒矣，安得不疾行乎？」

寶玉在賈政船頭拜畢，僧道挽之，作歌而去，曲終人不見矣。歎天地之委蛻者，蓬窗危坐，惟望江上之數峯青耳。

覽《紅樓夢》者，至寶玉出家後，多不忍卒業。陳文貞公廷敬邯鄲道中詩云：「卻憐朝市紛紛客，怕說盧生夢醒時。」俗情大抵如是，寧知醒後之樂，較勝於夢中之樂乎？翻過筋斗者知之。

湯臨川先生云：「夢了爲覺，情了爲佛。」寶玉懸崖撒手，寶玉之夢覺矣，寶玉之情了矣。吾不知其情了之後，爲佛耶？爲石耶？爲神瑛侍者耶？抑仍返靈河崖上澆灌其絳珠仙草耶？迷離惝怳，信乎欲辨已忘言矣。

金陵孫雲本明府，名巖，亦喜說《夢》，殊能得雪芹言外之意。吾友陳子爲述其語云：「李貴有『呦呦鹿鳴，荷葉浮萍』之說，聞者皆笑其杜撰之俚。不知『呦呦鹿鳴』者鄉闈報捷也，『荷葉浮萍』者闈後潛逃也，寶玉之末路已兆於此矣。」伏讖言於游戲之中，雪芹之慘淡經營，非明眼人見不及此。（嘉慶十七年解紅軒刊本）

茗溪漁隱

【癡人說夢（節錄）】（鐫石訂疑）　言之不可爲信也，託之筆。筆猶疑焉，著之梨棗，又鐫之金石。石者，衆信之府，而疑之所取決也。石而疑，安往而不疑？請問茫茫大士、渺渺眞人，更當向何處證此一段公案也？述鐫石訂疑第四。

冷子興說：「第二胎生了一位小姐，生在大年初一，就奇了，不想次年又生了一位公子。」（二回）案元春生於甲申，寶玉生於丙申，寶玉小於元春十二歲。次年應改次後。

「乳名黛玉，年方五歲。」（二回）　案是時在黛玉進榮府之上一年，歲次戊申，而四十五回黛玉云：「我今年長了十五歲。」歲次辛亥，則戊申年年已十二。五歲應改十二。

冷子興說寶玉「如今長了七八歲。」（二回）　案寶玉生於丙申，是時歲次戊申，年已十三。七八歲應改十三歲。

「取名賈蘭，年方五歲。」（四回）　案七十八回云：「小哥兒十三歲的人。」歲次癸丑，是生於辛丑。是時歲次己酉，年已九歲。五歲應改九歲。

「不上一年，都添全了。」（十二回）　案舊抄本，年作月。

「薛大妹妹今年十五歲。」（二十二回）　案是時歲次辛亥，而四十五回黛玉云：「我長了今年十五歲。」亦在辛亥。寶釵生日在正月，黛玉生日在二月，寶玉生日在芍藥花時，而黛玉小於寶玉一歲，寶玉又呼寶釵爲姊，則釵、黛之不應同歲明矣。黛玉既爲十五歲，是寶釵當爲十七歲。

「青埂峯下，別來十三載矣。」（二十五回）　案是回在辛亥三月，而四十五回黛玉云：「我長了今年十五歲。」在辛亥九月；第三回黛玉云：「這位哥哥比我大一歲。」寶玉生於丙申四月，至辛亥三月，計十五載。十三載應改爲十五載。予始讀而疑之，後得舊抄本，果作十五載。

「從賈母這裏出來，往西走過了穿堂，便是鳳姐的院落。到了院門前。」（三十回）　案第三回黛玉在王夫人處，同王夫人出後房門，由後廊往西，出了角門是一條南北甬道，南邊是倒座三間，北邊小小一所房室，王夫人笑指黛玉道：「這是你鳳姐姐的屋子。」遂穿東西穿堂，便是賈母的後院。是賈母房屋在西，鳳姐房屋在東。往西應改往東。

劉老老云：「七十五了。」賈母道：「比我大好幾歲。」（三十九回）　案賈母八旬在癸丑，是回在辛亥，賈母年已七十八歲。七十五應改八十五。

探春道：「昨日擾了史大妹妹。」（三十九回）　案諷和螃蟹詠在八月二十三日，村老老信口開河即在是晚。昨日應改今日。

鳳姐道：「前兒我的生日。」（四十五回）　案是時在九月初三日，鳳姐生日在九月初二日。前兒應改昨兒。

「苦茗成新賞，孤松訂久要。泥鴻從印跡，林斧或聞樵。」（五十回蘆雪亭即景聯句）　案此四句，舊抄本作：「煮芋成新賞，撒鹽是舊謠。葦簑猶怕釣，林斧不聞樵。」

「大約是要與他求配。」（五十回）　案舊抄本，他作寶玉。

「銅柱金城振紀綱。」（五十一回交趾懷古）　案舊本，柱作鑄，城作墉。

「名利何曾伴女身。」（五十一回鍾山懷古）　案舊抄本，女作汝。

「分頭派四個有年紀跟車的。」（五十一回）　案舊抄本，分作外。

「這三件衣裳都是老太太的。」（五十一回）　案舊抄本，無老字。

「太太給你做的時節，我再改罷。」（五十一回）　案舊抄本，改作做。

「擡過這火箱去。」　案舊抄本，火箱作薰籠。

「不叫他在這屋子裏，怕過了病氣。」（五十一回）　案舊抄本，他作你。

頒賜祭銀書：「榮國公賈法。」（五十三回）　案第三回榮禧堂匾額書「賜榮國公賈源」，據第二回冷子興說「寧公、榮公是一母同胞弟兄兩個」，是演、源之外，不應再有兄弟，蓋傳寫有誤。

「父母也忘了，書也忘了。」（五十四回）　案舊抄本，書作禮。

「探春便說：『給他二十兩銀子。』」（五十五回）　案舊抄本，二十兩作二十四兩。

「若照常例，只得二十兩。」（五十五回）　案舊抄本，二十兩作二十四兩。

「但凡糊塗不知禮的，早急了。」（五十五回）　案舊抄本，早急了作早急死了。

「也不枉替他們籌畫些進益了。」（五十六回）　案舊抄本，他作你。

「也倒是曾有一個的。」（五十六回）　案舊抄本，是曾作像是。

「因祝媽正在那裏刨土種竹掃竹葉子，頓覺一時魂魄失守。」（五十七回）　案舊抄本作：「因祝媽正來挖笋修竿，忙忙走了出來，一時魂魄失守。」

「一概都化成一股灰，再化成一股煙，一陣大風吹得四面八方都登時散了。」（五十七回）　案舊抄本作：「一概都化灰。灰還有形跡，不如再化一股煙。煙還凝聚，人還看的見，須得一陣大風，吹的四面八方都登時散了。」

探春論生日道：「過了燈節，就是老太太和寶姐姐，他們娘兒兩個遇得巧！」（六十二回）　案二十二回正月二十一日賈母爲寶釵作壽，七十一回八月初三賈母八旬，是探春所言有誤。

「也不短了偺們四個人的。」（六十二回）　案舊抄本，四作兩。

「可別和你哥哥說就完了。」（六十二回）　案舊抄本，就完了作纔好。

「樹樹煙封一萬株。」（七十回桃花行）　案舊抄本作「霧裹煙靑一萬株」。

「寶釵炷了一支夢甜香。」（七十回）　案舊抄本，寶釵作紫鵑。

「榮國府中單請官客，寧國府中單請堂客。」（七十一回）　案後文，應作「榮國府中請堂客，寧國府中請官客」。

「趙姨娘便說：『這事也値一個屁！開恩呢，就不理論；心窄些兒，也不過打幾下就完了，也値得叫你進來。你快歇歇去，我也不留你吃茶了。』」（七十一回）　案舊抄本作：「趙姨娘原是個好察聽這些事的，且素日又與管事的女人們最厚，互相連絡，好作首尾。方纔之事，已經聞得八九，聽林之孝家如此說，便如此的告訴了林之孝家一遍。林之孝家聽了笑道：『原來是這事，也値屁！開恩呢，就不理論，心窄些兒，不過打幾下子就完了。』趙姨娘道：『我的嫂子，事雖不大，可見他們太張皇了些，巴巴兒的傳你進來，明明戲弄你頑笑。你快歇歇去罷，明兒還有事呢，也不留你吃茶了。』」

「又得個什麽愛巴物兒。」（七十三回）　案舊抄本，愛巴物作狗不識。

「你如今不是副小姐了。」（七十七回）　案舊抄本，副作伏侍。

「寶玉聽了他方纔的話。」（七十七回）　案舊抄本，了他作他點。

「又說什麼日祿歸時。」（八十六回）　案乙祿居卯，元春八字：甲申、丙寅、乙卯、辛巳，當作日元坐祿。

「鴛鴦道：『老太太因明年八十一歲。』」（八十八回）　案七十一回，賈母八旬在癸丑八月，是回在甲寅九月。明年應改今年。

「賈妃薨逝，存年四十三歲。」（九十五回）　案八十六回云元妃生於甲申年，而此回云「是年甲寅年十二月十八日立春」，元妃薨日是十二月十九日，已交卯年寅月，甲申至乙卯僅止三十二年。年四十三歲當改三十二歲。

「賈政道：『先祖的名字是代化。』」（一百四回）　案賈政係代善次子，代化係代善同祖之兄。先祖應改先伯。

「結褵已經三載。」（一百十四回）　案此句賈政向甄應嘉道，係指探春而言。惟是回在丙辰年五月，而探春出閣在乙卯年十月。三載應改半載。

「賈不賈，白玉爲堂金作馬。」（四回）　案舊抄本此句下注云：「寧、榮二公之後，共二十房，除寧、榮親派八房在都外，現在原籍十二房。」

「阿房宮三百里，住不下金陵一個史。」（四回）　案舊抄本此句下注云：「保齡尙書史公之後，共十八房，都中住十房，原籍住八房。」

「東海缺少白玉牀，龍王來請金陵王。」（四回）　案舊抄本此句下注云：「都太尉縣伯王公之後，共十二房，都中兩房，餘在籍。」

「豐年好大雪，珍珠如土金如鐵。」（四回）　案舊抄本此句下注云：「紫微舍人薛公之後，現領內司帑銀行商，共八房。」

春燈謎。（二十二回）　案舊抄本惜春作云：「前身色相總無成，不聽菱歌聽佛經，莫道此生沉黑海，性中自有大光明。」

「賈珍笑說：『你還硬朗。』」（五十三回）　案舊抄本此句下：「烏進孝笑回道：『託爺的福，還走得動。』賈珍道：『你兒子也大了，該叫他走走也罷了。』」方接「烏進孝笑道」句。

「倒有些難說。」（五十四回）　案舊抄本此句下：「衆人都說」，方接「老太太的」句。

「黛玉不時遣雪雁來探消息。」（五十七回）　案舊抄本此句下：「這邊事務盡知，自己暗歎，幸喜衆人都知寶玉有些獃氣，自幼是我二人親密，如今紫鵑之戲語本是常情，寶玉之癡迷亦非罕事，因不疑到別事去。」方接「這晚間寶玉稍安」句。

「你說好笑不好笑？」（五十九回）　案舊抄本此句下：「我姨媽剛和藕官吵了」，方接「接着我媽和芳官又吵了一場」句。

「坐中同庚者陪一盞。」（六十三回）　案舊抄本此句下：「同辰者陪一盞」，方接「同姓者陪一盞」句。

「到櫳翠菴只隔門縫兒投進去，便回來了。」（六十三回）　案舊抄本此句下：「因見芳官梳了頭，挽起鬢來，帶了些花翠，忙命他改作男妝。又說：『芳官之名不好，若改了男名纔別緻呢！』因又改作雄奴。芳官便說：『既如此，你出門也帶我出去，有人問你，說和茗煙一樣的小廝就是了。』寶玉笑道：『倒底人看得出來。』芳官笑道：『偺家現有土番，你就說我是個小土番兒，可不好麼？』寶玉聽了，忙笑道：『這狠好！既這麼說，再起個番名叫耶律雄奴。』芳官聽見說有趣，寶玉便叫他耶律雄奴。湘雲素昔憨戲異常，也最喜武扮的，每每自己束鸞帶，穿褶袖，今見寶玉將芳官扮成男子，他將葵官也扮了個小子。李紈、探春見了也愛，便將寶琴的荳官也就命他打扮了一個小童，頭上兩個丫髻，短襖紅鞋，只差了塗臉，便儼然是戲上的一個琴童。湘雲將葵官的名改了叫做大英，因他姓韋，便叫他作韋大英，方合自己的意，暗有『惟大英雄能本色』之語，何必塗脂抹粉。荳官身量年紀最小，人又鬼靈，故叫荳官，園中人也有喚作荳童的，也有喚作炒荳兒的。寶琴反說琴童、書童等名太熟了，竟叫荳兒，別改喚作荳童。」方接「飯後平兒還席」句。

「且同衆人一一的遊玩。」（六十三回）　案舊抄本此句下：「一時到了怡紅院，忽聽寶玉叫耶律雄奴，把佩鳳、偕鸞、香菱三個人笑在一處，問是什麼話，大家也學着叫這名字，又叫錯了音韻，或忘了字眼，引的人人取笑。寶玉恐作踐了他，忙又說：『海西福朗思牙聞有金星玻璃寶石，他本國番語以金星玻璃寶石爲温都里納，如今將你比作他，就改名喚作温都里納可好？』芳官聽了更喜，說：『就是這樣罷。』因此又換了這名。衆人又嫌拗口，仍叫他玻璃。」方接「閒言少述」句。

「佩鳳說：『罷了，別替我們鬧亂子。』」（六十三回）　案舊抄本此句下：「寶玉忙笑說：『好姐姐們，別頑了。』偺鸞又說：『笑軟了，怎麽打呢？弔下來，栽出你的黄子來！』佩鳳便趕着他打。正頑笑不絶。」方接「忽見東府中幾個人慌慌張張跑來」句。

「偺們明日先勸三丫頭，他肯了。」（六十五回）　案舊抄本此句下：「就好，不肯」，方接「讓他自己鬧去」句。

「湘雲笑道：『得隴望蜀，人之常情。』」（七十六回）　案舊抄本此句下：「可知那些古人說的不錯，說貧窮之家，自謂富貴之家事事稱心，告訴他說竟不能隨心，他也不信的。必得親歷其境，他方知覺了。就如偺們兩個，就有許多不遂心的事。」方接「正說間，只聽得笛韻悠揚起來」句。（嘉慶二十二年懷紅樓刊本）

裕瑞

【棗窗閒筆（節錄）】　秋涼試筆，擇抄舊作，撿得續《紅樓夢》七種書後及《鏡花緣》書後，彙錄一處，以存鄙見。所論是否，未敢自信。論諸書多貶少褒，夫豈好爲指摘他作哉！蓋矢在弦上，不得不發，若雪芹有知，當心稍慰也。頗怪天下不乏通人，而獨出此數不通人，偏要續貂，何故？想通人知書難續，故不爲耳。《鏡花緣》自建幟者，惟於自誇不慚，與諸續如出一轍。考前人佳製，都無此病，所謂狂醫無好藥者也。余故論之。思元齋自識。

（程偉元續紅樓夢自九十回至百二十回書後）　《紅樓夢》一書，曹雪芹雖有志於作百二十回，書未告成即逝矣。諸家所藏抄本八十回書，及八十回書後之目錄，率大同小異者，蓋因雪芹改《風月寶鑑》數次，始成此書，抄家各於其所改前後第幾次者，分得不同，故今所藏諸稿未能畫一耳。此書由來非世間完物也。而偉元臆見，謂世間當必有全本者在，無處不留心搜求，遂有聞故生心思謀利者，僞續四十回，同原八十回抄成一部，用以紿人。偉元遂獲贗鼎於鼓擔，竟是百二十回全裝者，不能鑒別燕石之假，謬稱連城之珍，高鶚又從而刻之，致令《紅樓夢》如《莊子》內外篇，眞僞永難辨矣。不然即是明明僞續本，程、高彙而刻之，作序聲明原委，故意揑造以欺人者。斯二端無處可考，但細審後四十回，斷非與前一色筆墨者，其爲補著無疑。作《後紅樓夢》者隨出，襲其故智，僞稱雪芹續編，亦以重價購得三十回全璧。猶恐世人不信，僞撰雪芹母札，以爲確證，殊不合理，所謂欲蓋彌彰矣。余另有書後細論其不合理處，載在此篇之後，深嘆其前作俑而後效顰也。此四十回，全以前八十回中人名事務苟且敷衍，若草草看去，頗似一色筆墨。細考其用意不佳，多殺風景之處，故知雪芹萬不出此下下也。觀前五十六回中，寫甄家來京四個女人見賈母，言甄寶玉情性並其家事，隱約異同，是一是二，令人眞假難分，斯爲妙文。後寶玉對鏡作夢云云，明言眞甄假賈，仿佛鏡中現影者。詎意僞續四十回，不解其旨，呆呆造出甄賈兩玉，相貌相同，情性各異，且與李綺結婚，則同賈府儼成二家，嚼蠟無味，將雪芹含蓄雙關極妙之意荼毒盡矣。吁！雪芹用意，豈惟至五十六回而始發哉？其於第二回賈雨村與冷子興言，其在金陵甄家處館時，見甄寶玉受責呼姐妹止痛，及惟憐愛女兒情性等語，已先爲賈寶玉寫照矣。僞續之徒，豈得夢見！再賈母、王夫人皆極慈愛兒女之人，偏要寫爲賈母忙辦寶玉、寶敍婚事，遂忘黛玉重病至死，永不看問，且言「若是他心裏有別的想頭，成了什麽人了呢？我可是白疼了他了」云云，此豈雪芹所忍作者。王夫人因惜春非親生女，有忙事遂將惜春略過云云，似此炎涼之鄙，又豈雪芹所忍作者。賈政者，前卷極稱之人也，竟寫爲作外官糊塗無能，不善管家人長隨，遂至聲名狼藉，僥倖得輕參而回云云，又豈雪芹所忍作者。和尚送通靈玉來，口口聲聲要一萬銀子，刺刺不休，雖係假話，甚覺貧俗可厭。黛玉屢寫病已垂危不起，隨復同衆而出，數回一轍。妙玉走火入魔，瀟湘館鬼哭等處，皆大殺風景。結束賈雨村歸結《紅樓夢》，愈蛇足無謂。嗚呼！此謂爲雪芹原書，其誰欺哉？四十回中似此惡劣者，多不勝指，余偶摘一二則論之而已。且其中又無若前八十回中佳趣，令人愛不釋手處，誠所謂一善俱無、諸惡備具之物。乃用之濫竽於雪芹原書，苦哉！苦哉！（後紅樓夢書後）

聞舊有《風月寶鑑》一書，又名《石頭記》，不知爲何人之筆。曹雪芹得之，以是書所傳述者，與其家之事跡略同，因借題發揮，將此部删改至五次，愈出愈奇，乃以近時之人情諺語，夾寫而潤色之，借以抒其寄託。曾見抄本卷額，本本有其叔脂硯齋之批語，引其當年事甚確，易其名曰《紅樓夢》。此書自抄本起至刻續成部，前後三十餘年，恆紙貴京都，雅俗共賞，遂浸淫增爲諸續部六種，及傳奇、盲詞等等雜作，莫不依傍此書創始之善也。雪芹二字，想係其字與號耳，其名不得知。曹姓。漢軍人，亦不知其隸何旗。聞前輩姻戚有與之交好者。其人身胖頭廣而色黑，善談吐，風雅游戲，觸境生春。聞其奇談娓娓然，令人終日不倦，是以其書絕妙盡致。聞袁簡齋家隨園，前屬隋家者，隋家前即曹家故址也，約在康熙年間。書中所稱大觀園，蓋假託此園耳。其先人曾爲江寧織造，頗裕，又與平郡王府姻戚往來。書中所託諸邸甚多，皆不可考，因以備知府第舊時規矩。其書中所假託諸人，皆隱寓其家某某，凡情性遭際，一一默寫之，惟非眞姓名耳。聞其所謂寶玉者，尙係指其叔輩某人，非自己寫照也。所謂元迎探惜者，隱寓原應嘆息四字，皆諸姑輩也。其原書開卷有云「作者自經歷一番」等語，反爲狡獪託言，非實跡也。本欲刪改成百二十回一部，不意書未告成而人逝矣。余曾於程、高二人未刻《紅樓夢》板之前，見抄本一部，其措辭命意與刻本前八十回多有不同。抄本中增處、減處、直截處、委婉處，較刻本總當，亦不知其爲刪改至第幾次之本。八十回書後，惟有目錄，未有書文，目錄有大觀園抄家諸條，與刻本後四十回四美釣魚等目錄迥然不同。蓋雪芹於後四十回雖久蓄志全成，甫立綱領，尙未行文，時不待人矣。又聞其嘗作戲語云：「若有人欲快覩我書，不難，惟日以南酒燒鴨享我，我即爲之作書」云。觀刻本前八十回，雖係其眞筆，粗具規模，其細膩處不及抄本多多矣，或爲初刪之稿乎？至後四十回迥非一色，誰不了然，而程、高輩謂從鼓擔無意中得者，眞耶假耶？此因《後紅樓夢》書後，先補及原書八十回，及僞補續四十回之一切原委者也。至於《後紅樓夢》三十回，又和詩等二回，則斷非雪芹筆，確爲逍遙子僞託之作。其和詩二回，本載別號，謂非雪芹筆者勿論，但論其三十回中支離矛盾處而已。其開卷即假作出雪芹老母家書一封，弁之卷首爲序，意謂請出如此絕大對證來，尙有誰敢道箇不字。作者自覺甚巧也，殊不知雪芹原因託寫其家事，感慨不勝，嘔心始成此書，原非局外旁觀人也。若局外人徒以他人甘苦澆己塊壘，泛泛之言，必不懇切逼眞，如其書者。余聞所稱寶玉係雪芹叔輩，而後書以雪芹爲賈政之友，爲寶玉前輩世交，以姪反作爲乃叔之前輩可笑。又每混入書中，參雜不離，前書中何未見雪芹自道隻字乎？再按雪芹二字，不似其名，而此書曹太夫人札稱雪芹兒云，豈有母稱其子之字號之理。夫賈者假也，安得眞有賈氏世表哉？原書賈雨村言東漢賈復之後云云，借光欲聯宗，妄攀遥遥華胄，不必引爲實據。其表以賈源爲始祖，以賈代化爲寧國公，賈代善爲榮國公，大與原書不符。然原書刻本亦有錯誤，考第三回黛玉初到時，見御賜匾有小字註爲「賜榮國公賈源」云，五十三回年例賜祭銀，黄布袋上寫「寧國公賈演，榮國公賈法」云，榮國公名源乎？法乎？二者自有一誤，豈抄誤者乎？第二回冷子興演説中，未出寧、榮二公之名，但言二公係同胞，寧長榮次，寧公生四子。身後長子代化襲官，代化生二子，長名敷，幼即身故，次名敬，襲官生子賈珍。敬在即將官讓其子珍承襲。榮公身後，長子代善襲官，代善娶金陵史侯女爲妻，生赦、政二子云云。後書以賈源爲始祖，以代化、代善爲寧、榮二公，大謬甚矣。凡例載「每卷有雪芹手定，及瀟湘館圖章，全書並無殘缺，故以重價得之付梓」云云，則是黛玉者，當時確有其人，名姓皆非假託矣。何故首回開卷復云：「書中假假眞眞，寓言不少。無論賈寶玉本非其名，即黛玉、寶釵亦多借影，其餘自元妃、賈母以下，一概可知。」云云，而世表凡例言之鑿鑿，方以林夫人實有爲確證，第一回又如此言，非矛盾乎？此係作者前後之文未曾校對畫一耳，留此脱空，使人灼見其矯飾之情。又謂寶玉幼以心淫漁色云云，與前卷警幻謂寶玉爲意淫者，字眼雖類同，用意相較天壤。且此書果係雪芹手筆，豈有處處極力自誇之理。末尾以黛玉引小青摘句題《紅樓夢》卷爲收結，且圈小青二字，令人識爲情字之意，暎帶開卷情字之圈，自羡有餘不盡，如江上青峯之妙，俱無足觀。再前篇已論程偉元補續之四十回中，不應將甄家呆寫過實，大失雪芹眞假相關妙意，此後書又效尤，寫甄寶玉假冒斯文，實市井宿娼匪類，賈寶玉又從行，幾至不免，因彼無行，將李綺親事打退，眞者既不堪如此，假者又何足道！其立意欲爲黛玉吐氣，故寫其有兄有產，敵國之富，以補前寄居舅家，孤身煢獨之恨。寫其矢志不願許寶玉者，以洗前受汚語，謂林姑娘有心病之缺陷也。過於恬退，則又失於無情，故復撰出誤聞寶玉被執，即服毒以殉之，此作者深心處，而人亦看得出。再甄士隱久已悟道之人，又寫爲還俗受職，不但無謂，且後卷並無用處。書中用字眼多不合京都時語，如搽臉必曰抹臉，或有當用頑鬧、頑耍、頑意、頑笑、頑戲等等字眼，當分別之處，惟用頑兒二字，不別加字眼分別，多不成話。當用我們處，全用咱們，當用算計處，必用打諒；如此口吻，不合時語者，不勝屈指。且書中錯字太多，亦其付梓時未收拾妥當之故。以上所論，皆其劣處也。其佳處亦指而論之：第一佳處，無諸續編寫閨人上陣當場出醜之惡習。其次佳處，每回將終，必另引一事相襯，悠然有餘音，頗肖雪芹筆意。其三佳處，寫大家人家尊卑上下各有難言心事，不便率然吐出，忍耐心頭，鬱鬱不暢；又有兒女之情，含蓄難舒，化作閒愁之趣，亦似前書。其四佳處，寫園亭水樹、春風秋月之景趣，亦足學步邯鄲。惟寫食品，處處不遺燕窩，未免俗氣。總之，此書除欲亂眞斷說不去外，其筆意尙可觀也。（稿本）

諸聯

【紅樓評夢（節錄）】《石頭記》一書，膾炙人口，而閱者各有所得：或愛其繁華富麗，或愛其纏緜悲惻，或愛其描寫口吻一一逼肖，或愛隨時隨地各有景象，或謂其一肚牢騷，或謂其盛衰循環提矇覺瞶，或謂因色悟空回頭見道，或謂章法句法本諸盲左腐遷。亦見淺見深，隨人所近耳。

書中無一正筆，無一呆筆，無一複筆，無一閒筆，皆在旁面、反面、前面、後面渲染出來。中有點綴，有翦裁，有安放，或後回之事先爲提挈，或前回之事閒中補點，筆臻靈妙，使人莫測。總須領其筆外之神情，言時之景狀。

作者無所不知，上自詩詞文賦，琴理畫趣，下至醫卜星相，彈碁唱曲，葉戲陸博諸雜技，言來悉中肯綮。想八斗之才，又被曹家獨得。

全部一百二十回書，吾以三字概之，曰眞，曰新，曰文。

名姓各有所取義。賈與甄，夫人知之矣。若賈母之姓史，則作者以野史自命也。他如秦之爲情，邢之爲淫，尤之爲尤物，薛之爲雪，王之爲忘，林之爲靈，政之爲正，璉之爲戀，環之爲頑，瑞之爲痒，湘蓮之爲相憐，赦則言其獲罪也，釵則言其差也，黛則言其代也，紈則言其完節也，晴雯言其情文相生也，襲則言其充美也，鴛鴦言其不得雙飛也，司棋言其廝奇也；鶯爲出谷，言其得隨寶釵也；香菱不在園中，言與香爲鄰也；岫煙同於就煙，言其無也；鳳姐欲壑難盈，故以豐爲之輔，平爲之概；顰卿善哭，故婢爲啼血之鵑，雪中之雁。其餘亦必有所取，特粗心人未曾覺悟耳。

書本脫胎於《金瓶梅》，而褻嫚之詞，淘汰至盡。中間寫情寫景，無些點牙後慧。非特青出於藍，直是蟬蛻於穢。

凡值寶、黛相逢之際，其萬種柔腸，千端苦緒，一一剖心嘔血以出之，細等縷塵，明如通犀。若云空中樓閣，吾不信也；即云爲人記事，吾亦不信也。

公子之名，上一字與薛家同，下一字與林家同。自己日趣於下，父母必欲其向上；洎乎飄然遠去，則又不上不下。

所引俗語，一經運用，罔不入妙，胸中自有鑪錘。

寶玉之於黛玉，木石緣也；其於寶釵，金玉緣也。木石之與金玉，豈可同日語哉！

人憐黛玉一朝奄忽，萬古塵埃，穀則異室，死不同穴，此恨綿綿無絕。予謂寶釵更可憐，纔成連理，便守空房，良人一去，絕無眷顧，反不若齎恨以終，令人憑弔於無窮也。要之，均屬紅顏薄命耳！

或指此書爲導淫之書，吾以爲戒淫之書。蓋食色天性，誰則無情？見夫釵、黛諸人，西眉南臉，連袂花前月底，始是鶯儔燕侶，彼村婦巷女之憨情妖態，直可糞土視之，庶幾懺悔了竊玉偷香膽。

凡稗官小說，於人之名字、居處、年歲、履歷，無不鑿鑿記出，其究歸於子虛烏有。是書半屬含糊，以彼實者之皆虛，知此虛者之必實。

自古言情者，無過《西廂》。然《西廂》只兩人事，組織歡愁，摛詞易工。若《石頭記》，則人甚多，事甚雜，乃以家常之說話，抒各種之性情，俾雅俗共賞，較《西廂》爲更勝。

白門爲六朝佳麗地，係雪芹先生舊游處，而全無一二點染，知非金陵之事。且鳳姐臨終時，聲聲要到金陵去，寶玉謂：「他去做甚？」又於二十五回云跳神，五十七回云鼓樓西，八十三回云衚衕，八十七回云南邊北邊，明辨以晰，益知非金陵之事。

總核書中人數，除無姓名及古人不算外，共男子二百三十二人，女子一百八十九人，亦云夥矣。

園中諸女，皆有如花之貌。即以花論，黛玉如蘭，寶釵如牡丹，李紈如古梅，熙鳳如海棠，湘雲如水仙，迎春如梨，探春如杏，惜春如菊，岫煙如荷，寶琴如芍藥，李紋、李綺如素馨，可卿如含笑，巧姐如荼蘼，妙玉如簷蔔，平兒如桂，香菱如玉蘭，鴛鴦如凌霄，紫鵑如蠟梅，鶯兒如山茶，晴雯如芙蓉，襲人如桃花，尤二姐如楊花，三姐如刺桐梅。而如蝴蝶之栩栩然，游於其中者，則怡紅公子也。

昔賢詔人讀有用書，然有用無用，不在乎書，在讀之者。此書傳兒女閨房瑣事，最爲無用，而中寓作文之法，狀難顯之情，正有無窮妙義。不探索其精微，而概曰無用，是人之無用，非書之無用。頭腦冬烘輩，斥爲小說不足觀，可勿與論矣。若見而信以爲有者，其人必拘；見而決其爲無者，其人必無情。大約在可信可疑、若有若無間，斯爲善讀者。

人至於死，無不一矣。如可卿之死也使人思，金釧之死也使人惜，晴雯之死也使人慘，尤三姐之死也使人憤，二姐之死也使人恨，司棋之死也使人駭，黛玉之死也使人傷，金桂之死也使人爽，迎春之死也使人惱，賈母之死也使人羨，鴛鴦之死也使人敬，趙姨娘之死也使人快，鳳姐之死也使人歎，妙玉之死也使人疑，竟無一同者。非死者之不同，乃生者之筆不同也。

昔仲春之夕，與友會飲晦香居，酒既咻，各述生平奇夢。一客曰：「吾曾夢歷天庭，手捫星斗，雲霞拂衫袖，下視城郭，蠕蠕欲動。」　一曰：「吾夢爲僧，結廬深山頂，覺爾時萬緣俱寂。」　一曰：「吾夢得窖銀數百萬，遂治園亭，蓄姬媵，食必珍羞，出必車馬，座上客滿，譽聲盈耳，若固有之矣。」　一曰：「吾夢與靈均談，維時蘭蕙百畮，香沁心腑，徐叩《天問》、《招魂》諸篇意義，笑而不答。」　一曰：「吾夢涉海，汪洋萬頃，四顧無人，不知身之所如。」　一曰：「吾夢錦標簪花以歸。」一曰：「吾夢諸兒成立，侍養無缺。」　一曰：「吾夢殺賊，振臂大呼，羣醜悉竄，盜魁倔強，引刀斬之，髑髏滾地，血濺衣履。」　一曰：「吾夢至地獄，見斷手缺足者，現諸苦惱狀。」　一曰：「吾夢爲丐，飢腸作鳴，沿門叫呼，訖無一應。」余時不語。客詰之，余曰：「備聞諸夢，幻也，壯也，清也，妖也，噩也。諸公之夢，皆吾之夢。吾多夢，吾亦無夢，且與諸公同讀《石頭記》一夢。」

余自歎年來死灰槁木，已超一切非非想，祇鏡奩間尙悵悵不能去。適來無事，雨窗展此，唯恐擅失，竊謂當焚苦茗讀之，爇名香讀之，於好花前讀之，空山中讀之，清風明月下讀之，繼《南華》、《離騷》讀之，伴《涅槃》、《維摩》讀之。天下不少慧眼人，其以予言爲然乎否乎？

袁子才《詩話》，謂紀隨園事，言難徵信，無釐毫似處。不過珍愛倍至，而硬拉之，弗顧旁人齒冷矣。

二知道人《說夢》曰：「寶玉如主司，金陵十二釵爲應試諸生。迎春、探春、惜春似迴避不入闈者；湘雲、李紋、李綺似不屑作第二想，竟不入闈者；岫煙、寶琴業已許人，似隔省游學生，例不入闈者；紫鵑、鶯兒似已列副車，臨榜抽出者；寶釵似頂冒而僥倖中式者；襲人似以關節中副車者；其餘諸婢，似錄遺無名，欲觀光而不能者。」吾謂：黛玉似因奪元而被擯者；可卿似進場後斃於號舍者；妙玉、鴛鴦似弗工時藝，不及入闈者；金釧、晴雯似犯規致黜者；平兒、香菱似佐雜職，不許入闈者；五兒似繳白卷者；小紅似不得終場者；芳官、四兒似未入泮，不敢入場者；他若李紈、尤氏、鳳姐諸人，皆紛紛送考者耳。

又云：「賈赦，色中之厲鬼；賈珍，色中之靈鬼；賈璉，色中之餓鬼；寶玉，色中之精細鬼；賈環，色中之偷生鬼；賈蓉，色中之刁鑽鬼；賈瑞，色中之饞癆鬼；薛蟠，色中之冒失鬼。」吾謂：秦鍾，色中之倒運鬼；湘蓮，色中之強鬼；賈薔，色中之倒塌鬼；焙茗，色中之小鬼。（道光元年刊本）

晶三蘆月草舍居士

【紅樓夢偶說（節錄）】（開卷第一回） 開卷第一回即歷叙留嚴老飯，邀賈化飲，英蓮紛玉，嬌杏儀容，餽贈衣銀，折變田產，霍啓懼遁，封肅誤投，此言酒色財氣之始也。自仁淸巷達寧榮街，以及平安州知機縣，胥是物也。元旦獻屠蘇，其酒釀也；元春封鳳藻，其色正也；春祭之恩賞，其財隆也；秋捷而迷失，其氣大也。焦大太爺酩酊，酒亂鬧矣；多姑娘兒腌臢，色亂鬧矣；卜世仁家裏使銀姐借錢，財亂鬧矣；賈天祥塾中將金榮偏袒，氣亂鬧矣。果肴送蝌爺齋中，寶蟾炫夜色以動酒意；瓜菜倒鳳姐地下，平兒帶春色而餘酒香。紫英兩萬金之寶貨難售，賈政紬財而留酒飯；李紈十二兩之分資無著，鳳姐昧財而擾酒筵。邢大儍輸錢把盞，因悶氣而發酒言；李老貨阻玉貪杯，或賭氣而助酒興。開箱而覓緞取釵，酒後貪青衣之色悅；臥石而枕帕墜扇，酒多襲紅妝之色香。草斤忽來一帖，財苟得而蕩子色荒；竹扇何值千金，財未費而美人色笑。引用《西廂記》句，淘氣則色以言挑；鈔襲《南華經》文，負氣則色可語詆。賈芸喜借十五兩三錢，鄰人醉酒而踈財異；賈化笑納五十金一裹，知己話酒而通財眞。恩侯妾價八百兩，未免重色而財輕；榮兒友助八十金，豈因出色而財入。孫紹祖五千兩可還，迎春氣惱守財虜；王熙鳳五百金何據，尤氏氣怯賺財人。彩霞不理有緣由，何因酒而惹同氣之怨；茜雪雖攆無過失，是使酒而尋出氣之方。蘅蕪君曲承魚水歡，情色相感而喜氣洽；芙蓉女屈受厲野謗，才色何尤而寃氣沈。得一千而畏鳳嫂，愛財兒小氣全消；打雙陸而課蘭孫，積財人正氣大發。一書繁關，四言蔽之，此其大略也，皆當作如是觀。

（黛玉賈府之自出也）　黛玉，賈府之自出也，養於賈府，又不棄其親而存其孤者也。與其以五百金歸柩而送其死，何如以三百兩配藥而救其生。與其逐日費一兩燕窩而養其久恙，何如當年輕一分鴈序而教以遠嫌。乃賈母兩玉並稱，雙璧相看，故黛與玉也同依膝下，少同飲食起居，長遂同聲應氣求，更相和睦，賈母使之也。微黛玉無以滿賈母弄孫之樂，微賈母豈能成黛玉寃家之聚哉！此其德與姑息，實維賈母能發之，能收之，使終不媿相敬如賓也，豈不甚善。况且鳳姐之詼諧，姨媽之愛語，斧柯之聲盈耳，琴瑟之友關心，不失其性情之正也。而卒歸咎於女子之有懷，毋乃矯枉過正，刻薄寡恩乎？噫嘻！誑莽玉而入疑陣，莫推順水之船而藍橋別駕；誘黛玉於離恨天，致化遠山之石而黃隴沈埋。向所謂存人之孤者安在哉？是故黛玉探父病，歸親葬，始終其事，相伴往來者，賈璉也；及後陪齒，遂如永訣，無端作孽，倏爾大還，至賈母分貲治命，送柩慰魂，亦惟賈璉。賈璉云何？假憐而已。

然而黛玉愴亡於空館，寶玉流亡於空門，寶玉之室寶釵，不異未亡人，空床獨守，一忍百殃，賈府何益？是知恤孤而鮮由禮，世德反虧；撫孤而假存仁，天和亦損。可不慎與！

（嘗謂紅樓之人不一）　嘗謂《紅樓》之人不一，要皆夢中人也，而無人不是夢者，又無人可有夢。有夢不一境也，佳夢罕，惡夢恆多。惡夢非一人也，黛玉難，妙玉尤劇之。雙玉者踽踽兮獨行，煢煢兮孑立，縱使夢遠還家，已魂斷於無何有之鄉裏，而孤月弔形；嶢嶢者易缺，皎皎者易汙，徒教夢中結局，遂寃沉於沒奈何天邊，而魔星照命。且夫黛玉，籬下寄生，流離已徵薄命，爾乃因緣顛倒，無所歸之窮愁，常煩寤寐，故其有夢也，非止積憶之勞神，實乃終身之深憾也。第想其生平落魄，否極應不失來泰之常，可天臺豈陷入地獄，可宜室胡變爲寃冢？苟破昏昏之情思，則同夢或詠甘心，乃無端睡若非鄉，眠若無地，不啻夢花成冢，葬送於黃土隴中矣。吁嗟乎！夢餘既有業障，夢久更有迷途；夢幻既無完場，夢險更無別路。黛玉之惡夢有如此者。且夫妙玉，檻外養性，憧擾詎入清心，爾乃空色乘除，何處來之隱讖，頓耗精神，故其有夢也，非止冶容之誨淫，實亦乖氣之致戾也。第想其孤僻中懷，困處自可得居恆之順，有護法豈慈悲莫救，有修行庶功德無量。苟開昧昧以靈明，則清夢何傷道味，乃無端衾若欺影，枕若離魂，不啻夢梅浮山，荒穢於白雲天外矣。吁嗟乎！夢有眞覺悟而魔障若蔽前，夢有靜工夫而蟊賊若訌內；夢無常不變而甜鄉有孔甘，夢無奇不窮而苦海有餘孽。妙玉之惡夢有如此者。是故元春之盡也，大夢同歸；熙鳳之衰也，舊夢反續。乃愈歎人事在夢幻之中，浮生忽忽，擾攘間總屬渺茫；夢境出人情之外，魔劫層層，混沌裏別有嶮巇。則又不止《紅樓夢》中人所獨患也已。覆鹿何有，化蝶依然，矧惡夢乎哉！噫！

（元娘娘賜下之紅麝串）　元娘娘賜下之紅麝串，寶玉視之，不過珍物而已，乃因寶釵同有此頒，遂不勝其寵異之想，是固急欲索觀於寶釵者也，然非寶釵先自籠來，事情不見其微妙。張爺爺送來之金麒麟，寶玉視之，不過俗物而已，乃因湘雲亦有斯佩，遂不禁有愼密之思，是固急欲邀鑑於湘雲者也，然非湘雲先自拾去，事情不見其奇巧。如此一湊合，寶釵之情致，湘雲之韻致，寶玉之神思興致，一一活現，是天緣，是人願，是書法與文心，必有能辨之者。至若苓香珠之特授也，使非王之恩眷攸隆，安得寵異非常，遠過於長者之賜，其人尊則其賚亦貴，其物罕則其寶又奇，斯固寶玉謹受之，護藏之，久欲伸芹獻於黛玉者也，乃一串香霏者而以爲臭，其終不媿孤芳自賞矣乎？抑茜羅帶之秘投也，使非人之柔懷綦篤，安知愼密已極，倍切於美人之貽，我惜人割愛而分厥愛，我感人鍾情而同此情，斯固寶玉身繫之，心佩之，急欲施藻飾於襲人者也，乃千絲淨練也而以爲混，奈何不憚同心代結也哉！是則有無天緣，有無人願，有無書法與文心，必又有不待辨而自明者。噫！寶玉雖有神思興致乎，顧黛玉爲潔己之佳人，其高致可見；襲人乃惑主之嬖人，其別致不可測也。

（李嬤嬤絳芸咆哮）　李嬤嬤絳芸咆哮，隔院聞聲，鳳姐一番勸說，拽之使行，而囑豐兒代攜巾杖，事有大可疑者。夫以杖鄉之年，例之李嬤，尊齒似當在花甲以上，且龍鍾之態，亦甚相符。惟斯時，寶玉不過十二三齡耳，則回計生小乳哺，李嬤業已年逾半百，恐其血氣將衰，變乳有限也。及觀賈璉歸自揚州，乳母趙嬤嬤過問，笑談之間，雖年高積古，尚不至如李老貨昏聵，而賈璉且年長寶玉若干，則此有可信，彼豈可疑矣。作者或疑以傳疑耳？

（浮生若夢）　浮生若夢，《紅樓夢》一書之所以名也。齋惟夢坡，院有怡紅，而造樓名手，總屬大觀。大端則是在在以夢點醒，而又非沾滯如癡人說其間。是夢非夢，無非是夢，即是太虛幻境也，即無非閲世人眞境也，即無非本性人心境也，則又以不夢爲夢矣。至於紅本炎上之色，樓有空中之象，若小紅、嫣紅、猩猩紅，以及酒香紅藥，詩豔紅梅，點染於人物時景者，不可枚舉。或色即是空，空即是色，不妨簇簇出色與？樓則空矣，而無居人，顧惟於藏襲家用紗羅，堆積古玩金錫等材器，與夫取几收屏之際，而偶一遙指焉，又顯寓萬物所歸之義。要知其盈萬物者，乃其空萬物者也，故取樓以名其書。夫豈盡人不好居哉？但必實以人而詳記之，失清空矣；必名以人而重稱之，乏空靈矣。位置非宜，反窒大觀，獨不見於彙芳園一登斯樓也乎？又不見於清虛觀一登斯樓也乎？然觀象古人覓歌鳳覽，曰還魂，曰南柯夢，一似逢樓作戲者，而又無戲之非夢矣，樓則仍空矣。故曰名手造樓，總屬大觀，《紅樓夢》一書之所以名也與！（光緒二年簣覆山房刊本）

涂　瀛

【紅樓夢論贊】（紅樓夢論）　性情嗜好之不同，如其面焉。不能強巢許爲功名，猶巢許不能強堯舜爲隱逸也。但能各寶其寶，各玉其玉，斯不負耳。然世俗之見，往往以經濟文章爲眞寶玉，而以風花雪月爲假寶玉，豈知經濟文章，不本於性情，由此便生出許多不可問不可耐之事，轉不若風花雪月，任其本色，猶得保其不彫不鑿之天。然此風花雪月之情，可爲知者道，難與俗人言，故不得不仍世俗之見，而以經濟文章屬之眞，以風花雪月屬之假。意其初必有一人如甄寶玉者，與賈寶玉締交，其性情嗜好大抵相同，而其後爲經濟文章所染，將本來面目一朝改盡，做出許多不可問不可耐之事，而世且豔之羨之，其爲風花雪月者乃時時爲人指摘，用爲口實。賈寶玉傷之，故將眞事隱去，借假語村言演出此書，爲自己解嘲，而亦兼哭其友也。故寫賈寶玉種種越人，而於斷制處從無褒語，蓋自謙也。寫甄寶玉初用貶詞，嫌其與己同；後用褒語，明其與己異也。然則作書之意，斷可識已。而世人乃謂譏賈寶玉而作。夫寶玉在所譏矣，而乃費如許獅子搏象力，爲斯人撰一開天闢地絕無僅有之文，使斯人亦爲開天闢地絕無僅有之人，是譏之實以壽之也。其孰不求譏於子？吾以知《紅樓夢》之作，寶玉自況也。

（紅樓夢贊）　自有天地以來，生其間者不知幾恆河沙數矣。開天明道有人，主治立極有人，扶持世教有人，羽翼經傳有人，獨閨閣無傳心之諦，作養之人。造物有憂之，於是萃日之精月之華，花木之靈芬，山川之秀異，篤生一不道不德、不功不業、不雅不俗、不頑不靈者，爲蛾眉調其氣，爲脂粉和其神。夫色愛易也，敬爲難；親易也，養爲難。此處有急索解人不得者。是必由生知安行，加以盡性至命工夫，直造到人欲盡淨，天理流行，然後一念之仁而衆美各若其性，一念之義而衆美各暢其情，一念之禮而衆美各忘其形，一念之智信而衆美各盡其才，各奠其位而已也。乃如度花之風，意在花而不爲花住，照花之月，意在花而不爲花私，夫然後香温玉軟，不摧於怨雨淒風，綠膩紅酥，不侮於狂蜂醉蝶，於以主持巾幗，護法裙釵，極大塊之文章，實人間之瑞事。

（賈寶玉贊） 寶玉之情，人情也，爲天地古今男女共有之情，爲天地古今男女所不能盡之情。天地古今男女所不能盡之情，而適寶玉爲林黛玉心中目中、意中念中、談笑中、哭泣中、幽思夢魂中、生生死死中悱惻纏綿固結莫解之情，此爲天地古今男女之至情。惟聖人爲能盡性，惟寶玉爲能盡情。負情者多矣，微寶玉其誰與歸！孟子曰：「伯夷聖之淸者也，伊尹聖之任者也，柳下惠聖之和者也。」讀花人曰：「寶玉聖之情者也。」

（林黛玉贊） 人而不爲時輩所推，其人可知矣。林黛玉人品才情，爲《紅樓夢》最，物色有在矣。乃不得於姊妹，不得於舅母，並不得於外祖母，所謂曲高和寡者，是耶非耶？語云：「木秀於林，風必摧之；堆出於岸，流必湍之；行高於人，衆必非之：其勢然也。」於是乎黛玉死矣。

（薛寶釵贊） 觀人者必於其微。寶釵靜愼安詳，從容大雅，望之如春，以鳳姐之黠，黛玉之慧，湘雲之豪邁，襲人之柔姦，皆在所容，其所蓄未可量也。然斬寶玉之癡，形忘忌器，促雪雁之配，情斷故人，熱面冷心，殆春行秋令者與！至若規夫而甫聽讀書，謀侍而旋聞潑醋，所爲大方家者竟何如也？寶玉觀其微矣。

（史湘雲贊） 處林、薛之間，而能以才品見長，可謂難矣。湘雲出而顰兒失其辨，寶姐失其妍，非韻勝人，氣爽人也。惟是遭際早厄，與顰顰共不辰之慽，宜乎同病相憐矣，而乃佐襲人，詆寶玉，經濟酸論，厭人聽聞，不免墮幾窠臼。然靑絲拖於枕畔，白臂擱於牀沿，夢態決裂，豪睡可人，至燒鹿大嚼，裀藥酣眠，尤有千仞振衣、萬里濯足之概，更覺豪之豪也。不可以千古與！

（賈探春贊）可愛者不必可敬，可畏者不復可親，非致之難，兼之實難也。探春品界林、薛之間，才在鳳、平之後，欲以出人頭地，難矣。然春華秋實，既溫且肅，玉節金和，能潤而堅，殆端莊雜以流麗，剛健含以婀娜者也。其光之吉與？其氣之淑與？吾愛之，旋復敬之畏之，亦復親之。

（薛寶琴贊）薛寶琴爲色相之花，可供可嗅、可畫可簪，而卒不可得而種，以人間無此種也。何物小子梅，得而享諸！雖然，蘆雪亭之雪非即薛寶琴之薛乎？櫳翠菴之梅非即梅翰林之小子梅乎？則白雪紅梅，天然配偶矣。惜乎園中姊妹脩不到此也。爰醒其意曰：「玉京仙子本無瑕，總爲塵緣一念差，姊妹是誰脩得到，生時只許嫁梅花。」

（平兒贊）求全人於《紅樓夢》，其維平兒乎！平兒者，有色有才，而又有德者也。然以色與才德，而處於鳳姐下，豈不危哉？乃人見其美，鳳姐忘其美；人見其能，鳳姐忘其能；人見其恩且惠，鳳姐忘其恩且惠。夫鳳姐固以色市、以才市而不欲人以德市者也，而相忘若是。鳳姐之忘平兒與？抑平兒之能使鳳姐忘也？嗚呼！可以處忌主矣。

（鴛鴦贊）司馬子長有言：「死或重於泰山，或輕於鴻毛。」若是乎死之必得其所也。鴛鴦一婢耳，當赦老垂涎之日，已懷一致死之心，設使竟死，何莫非眞氣節。然古今來以此自裁，卒湮沒而不彰者，何敢勝道，彼鴛鴦何以稱焉？則泰山、鴻毛之辨也。死而有知，不當偕母入賈氏之祠乎！他年赦老來歸，將何以爲情也？

〔紫鵑贊〕　忠臣之事君也，不以羈旅引嫌；孝子之事親也，不以螟蛉自外。紫鵑於黛玉，在臣爲羈旅，在子爲螟蛉，似乎宜與安樂，不與患難矣。乃痛心疾首，直與三閭七子同其隱憂，其事可傷，其心可悲也。至新交情重，不忍效襲人之生；故主恩深，不敢作鴛鴦之死，尤爲仁至義盡焉。嗚呼，其可及哉！

〔芳官贊〕　芳官品貌似寶玉，豪爽似湘雲，刁鑽似晴雯，穎異似黛玉，而其一往直前、悍然不顧之概，則又似鴛鴦，似尤三姐。合衆美而爲人，是絶人而爲美也，人間那得有此？然不有鷹鸇之王夫人，其墮落亦未可究竟。夫人之狂暴，夫人之慈悲也。不識佛如來，其母能容否？

〔晴雯贊〕　有過人之節，而不能以自藏，此自禍之媒也。晴雯人品心術，都無可議，惟性情卞急，語言犀利，爲稍薄耳。使善自藏，當不致逐死。然紅顔絶世，易啟青蠅；公子多情，竟能白璧，是又女子不字、十年乃字者也。非自愛而能若是乎？

〔金釧贊〕　金釧金簪落井之對，與漢高祖對楚霸王龍駒龍馭之喻相仿佛。顧霸王不殺高祖，而王夫人已殺金釧，是喑啞叱咤之雄，尚慈於持齋念佛之婦也。於是乎殺機動矣，大觀園之禍亟矣。讀《紅樓夢》者，且不暇爲金釧惜也。

〔賈迎春贊〕　才者造物之所忌也，則德尚已。然女子無才謂之有德，若迎春者非其人耶？何所遇之慘也！說者以爲非賈赦遺孽不至此。由是言之，婚姻之故，雖曰天命，豈非人事哉！

〔賈惜春贊〕　人不奇則不清，不僻則不淨，以知清淨法門皆奇僻性人也。惜春雅負此情，與妙玉交最厚，出塵之想，端自隗始矣。然玉不去則志終不決，恐投鼠者傷器也。非大有根器而能若是乎？彼夫柳怒而花嗔、鶯讒而燕妬者，眞塵且俗耳。奇僻何負於人哉？或云妙玉之去，惜春與知之。

（妙玉贊）妙玉之劫也，其去也。去而何以言劫？混也。何混乎爾？所以卸當事之責，而重劫盜之罪也。何言乎卸當事之責而重劫盜之罪也？妙玉壁立萬仞，有天子不臣、諸侯不友之概，而爲包勇所窘辱矣。其去也，有恨之不早者。而適芸林當事、劫盜鬧事之日，以情論，失物爲輕，失人爲重；以案論，劫財爲重，劫人爲輕。相與就輕而避重，則莫若混諸劫。此賈芸、林之孝妝點成文，而記事者故作疑陣也。不然，其師神於數者，豈有勸之在京，以待強盜爲結果乎！且云以脅死矣，而幻境重游，獨不得見一面，抑又何也？然則其去也，非劫也。讀花人曰：「殆《易》所謂『見幾而作，不俟終日』者與！其來也吾占諸鳳，其去也吾象諸龍。」

（秦可卿贊）可卿香國之桃花也，以柔媚勝。愛牡丹者愛之，愛蓮者愛之，愛菊者亦愛之。然賦命羣芳爲至薄，女子忌之。故談星相者，以命帶桃花、面似桃花爲病。可卿獲於人而不獲於天，命帶之乎，亦面似之也。愛可卿者，並怨桃花。

（香菱贊）香菱以一憨，直造到無眼耳鼻舌心意，無色聲香味觸法。故所處無不可意之境，無不可意之事，無不可意之人，嬉嬉然蓮花世界也。其殆袁寶兒後身乎？何遇之奇也！然一爲煬帝妃，一爲獃霸王妾，帝之與王其號雖殊，其名貴一也。且安知今之王不即古之帝與？嘻嘻！

（侍書贊）以詞令見長者，除鳳姐俚俗外，如黛玉之新穎，湘雲之豪爽，探春之壯麗，平兒之端詳，類皆一時選，然總不若侍書對王善保家數語，尤爲珠圓玉潤，味腴韻辣，使人受不得，辭不得。竊謂黛玉近於《騷》，湘雲近於《策》，探春、平兒近於《史》，若侍書其寢食於盲左者乎！可與康成婢抗衡矣。

（藕官贊） 以眞爲戲，無往而非戲也；以戲爲眞，無往而非眞也。惟在有情與無情耳。藕官多情，故以戲情爲眞情，因是由戲入眞，由眞入魔，由魔入惡，而患且不測。非遇多情公子，其能已於禍耶？夫人不幸而多情，又不幸不獲多情相與言情，則寧無情而已矣。然豈我輩之所爲情哉！

（蕊官荳官葵官贊） 兔死狐悲，物傷其類，此義氣也。然末俗偷漓，往往有視沉溺不救，又從而下石者，未嘗不在讀書談道之儒。此無他，利害分明之過也。蕊官等惟不知利害，故不避死生，一時義氣激發，直與顏佩韋、楊念如、馬杰、沈揚、周文元同其梗概。以小喻大，不難執干戈以衞社稷也。禮失而守在夷，典亡而求諸野，蕊官諸人顧可少乎哉！

（秋紋贊） 國士衆人之說，可以施之常人，不可施之君父，以臣子但知感恩戴德，不知其他也。秋紋丫鬟中衆人耳，借他人之餘光，爲自己之福澤，亦可悲矣。而乃感恩戴德，言不足而長言，長言不足而反覆言，任他人譏笑訕罵，己惟頌德謳仁，何其誠也！使易處襲人之位，其晚節必有可觀。誰爲遏抑者，而竟以衆人終也。悲夫！

（麝月贊） 小人甘爲小人，又定不樂人爲君子，故必多方束縛之，挾持之，其不從者必掘之使去，其從者則暫借爲黨援，事成之後亦必掘之盡去。如襲人之於麝月是也。麝月有爲善之資，不自振拔，往往爲所制伏，至不敢以眞面目對寶玉。此亦少年銳進，苟且以就功名之誤也。豈知事尚未成，而秋宵伴讀，已不獲與差遣。其後悔何及哉？然寶玉出家，猶及見襲人抱琵琶上別船去，或亦忠厚之報與！

（邢岫煙贊）　斂才就範，抑氣歸神，此詣非十年讀書、十年養氣不到也。邢岫煙在親較寶釵近，在遇比黛玉難，然厚實釵如彼，薄黛玉如此，人情概可知矣。秋水菱花，能無顧影自憐耶？乃漠然其遇，淡然其衷，不忮不求，與人世毫無爭患，則超超元箸也。謂非學養兼到之作與！攬其風度，如披古會元風。

（李紋李綺贊）　李紋李綺，行事無所見其大致，只於一二詩句彷彿之。倘亦南康公主所謂我見猶憐者也。想其丰韻在明月梅花之間，良欲得爲友焉。

（繡橘贊）　己無才而能用人之才，不失其爲才也；己無智而能用人之智，不失其爲智也。惟不能自用，又不能用人，斯眞無用耳。繡橘才智，以輔探春則不足，以相迎春則有餘，莫謂秦無人也。乃教歌者不能教喉嚨，教哭者不能教眼淚，此郤正所以屢窘於安樂公也。木從繩則正，其如朽者何！

（入畫贊）　小題大做，在作文則見才思，在科罪則爲深文。入畫之事，若以之命題，則私下傳送四字，可以大發議論，包舉全史；若以之科罪，直不應輕律薄責之而已矣，而何遽逐之也？良禽擇木，良臣擇主，有以也夫！

（蕙香贊）　同生爲夫婦之語，不聞諸奶奶經也，度亦小兒胡謅，聊以相戲云爾。而搆釁者乃直以爲莫須有證據，池魚之殃，未有無辜如此者，而卒不聞一語自辨。豈以寶玉雞肋，固已食之無肉、棄之良得耶？蕙香眞晦氣也。

（賈母贊）人情所不能已者，聖人弗禁，況在所溺愛哉！寶玉於黛玉，其生生死死之情見之數矣，賈母即不爲黛玉計，獨不爲寶玉計乎？而乃掩耳盜鈴，爲目前苟且之安。是殺黛玉者賈母，非襲人也；促寶玉出家者賈母，非黛玉也。嗚呼！我雖不殺伯仁，伯仁由我而死，是誰之過與？

（賈政贊）賈政迂疏膚闊，直偪宋襄，是殆中書毒者。然題園偶興，搜索枯腸，鬚幾斷矣，曾無一字之遺，何其乾也？倘亦食古不化者與！孔子曰：「孟公綽爲趙魏老則優，不可以爲滕薛大夫。」政之流亞也。

（王夫人贊）人不可以有才，有才而自恃其才，則殺人必多；人尤不可以無才，無才而妄用其才，則殺人愈多。王夫人是也。夫人情偏性執，信讒任姦，一怒而死金釧，再怒而死晴雯，死司棋，出芳官等於家，爲稽其罪，蓋浮於鳳焉。是殺人多矣，顧安得有後哉？蘭兒之興，李紈之福，非夫人之福也。

（賈元春贊）元春品貌才情，在公等碌碌之間，宜其多厚福也，然猶不永所壽，似庸才亦遭折者。說者謂其歉於壽，全於福矣。使天假之年，歷見母家不祥之事，傷心孰甚焉！天不欲傷其心，庸之也。越於史氏多矣。

（李紈贊）李紈幽閒貞靜，和雍肅穆，德有餘矣，而不足於才。然正惟無才，故能闇淡以終。雖無奇功，亦無厚禍，淵淵宰相風度也，可與共太平矣。

（賈蘭贊）賈蘭習於寶玉而不溺其志，習於賈環而不亂其行，可謂出淤泥而不染矣。然乳臭未脫，即諄諄然以八股爲務，是於下下乘中覓立足地也，其陷溺似比甄寶玉猶深。嗣是而仕途中多一熱人矣，嗣是而性靈中少一韻人矣。可以救庸而不可以醫俗，惜哉！然而李紈有子矣。

（王熙鳳贊）鳳姐治世之能臣，亂世之奸雄也。向使賈母不老，必能駕馭其才，如高祖之於韓、彭，安知不爲賈氏福？無如王夫人、李紈昏柔愚懦，有如漢獻，適以啓奸人窺伺之心。英雄之不貞，亦時勢使然也。「騎虎難下」，豈欺人語哉！然亦太自喜矣。

（賈巧姐贊）鳳姐一生權力，適足爲後人斂怨。媒孼之報，人嫌其後矣，而卒之臨危有救。豈以毒攻毒，以火攻火，法有靈與？抑敬老憐貧，善足以敵之也？乃明珠欲墮，援來陌路之人；白璧無傷，媒作田家之婦。倘所謂絢爛歸於平淡者，有如是耶？爲之詠曰：「聽罷笙歌樵唱好，看完花卉稻芒香。」何悲乎巧姐？

（薛姨媽贊）優柔寡斷，至足以貽數世之憂，家與國無二理也。薛姨媽進旅退旅，有李東陽伴食之風，顧黛玉終身，業已心及之矣，而卒未聞一言之薦，豈非姑待之說中之與！卒之黛玉死矣，寶玉出家，而寶釵亦因之以寡，伊戚之貽，誰之咎也？孟子曰：「是亦羿有罪焉。」

（尤氏贊）人之美者曰尤，然不曰美人而曰尤物，其爲不祥可知。尤氏見於書，已在徐娘半老之會，然風情固不薄也。設鷄皮未皺，更復何如！氏之曰尤，蓋比於夏姬也。

（傻大姐贊）傻大姐無知無識，蠢然如彘，而實爲《紅樓夢》一大關鍵。大觀園中落之故，實始於此。其宋之逐狗者與？楚之獻黿者與？抑周之賣檿弧箕服者也？人耶妖耶，吾不得而知之，則以爲傻大姐而已矣。

（小鵲贊）鵲報喜者也，然鵲之小者，自忘其爲鵲，人亦共忘其爲鵲。不特忘之也，或且疑爲鴉，己亦自疑爲鴉。由是杯弓蛇影，總屬眞情；鶴唳風聲，盡成實相。無所爲計，只獲將大千世界，佛脚歷歷徧抱，而佛菩薩乃在極樂國中吃吃笑不休，眞堪絶倒也。然究之所爲，不失爲喜也。謂之爲鵲，誰曰不宜？

（小紅贊）杯弓蛇影之疑，有致死不悟者，起禍者不知也，受禍者不知也，即嫁禍者亦不知也，然而禍自此始矣。則莫如小紅失帕，寶釵聞之而故爲覓黛玉一事。夫以黛玉之招忌也，有無端而訕議者矣，況中其心病哉！則異日衆人之前，未有不力爲排擠者，黛玉厄而寶釵亨矣。若小紅者，其應劫之魔與？秦漢間發難之陳涉也。

（柳五兒贊）繼晴雯而興者，有柳五兒，然已在平王東遷、康王南渡之後矣。雖曰英雄，其如無用武地何！況臥榻之側，眈眈者已有人也。吁嗟乎！當年渡口，桃花作意引來；此日門中，人面不知何處。五兒得毋有撫景神傷乎？爰有眼淚別灑旃。

（鶯兒贊）鶯兒憨憨，直欲登香菱之堂而嚌其胾，亦臥榻之側所不容竚足者也。而襲人首薦之，毋亦以寶釵之故。然而鄭靈之鼎已無異味矣，雖欲染指，何可得哉？其後與秋紋、麝月不知所終，以意度之，大約比襲人脩潔。

（翠縷贊）翠縷陰陽究論，如村童覆書，愈詰愈亂；如竈嫗說鬼，愈出愈奇。然其妙，妙在通而不通。若使鑿鑿言之，便老生常談矣，安得爲詩瘋子婢哉？

（劉老老贊）　劉老老深觀世務，歷練人情，一切揣摩求合，思之至深。出其餘技作游戲法，如登傀儡場，忽而星娥月姐，忽而牛鬼蛇神，忽而癡人說夢，忽而老吏斷獄，喜笑怒駡，無不動中窾要，會如人意。因發諸金帛以歸，視鳳姐輩眞兒戲也。而卒能脫巧姐於難，是又非無眞肝膽、眞血氣、眞性情者。殆黠而俠者，其諸彈鋏之傑者與！

（板兒贊）　蝶吾知其戀花也，蜂吾知其採花也；非蜂非蝶，不知戀亦不知採，而能與花爲緣者，其花之虱乎？板兒何竟似此！然而蝶有怨矣，蜂有嗔矣，惟虱飽飲花露，倦臥花心，不識不知，眞花花世界也。　蜂蝶羨虱，吾羨板兒矣，幾生脩得到此？

（琥珀贊）　古來孤臣孽子，往往以遭際迍邅，遂成不朽之事業，從知盤根錯節，乃以別利器也。琥珀言談舉動，絕肖鴛鴦，然烈烈者如彼，庸庸者如此。豈才有不逮與？亦遇之無奇也。則所爲士窮見節義、世亂識忠臣者，非不窮不亂，無節義忠臣也，特不見不識耳。　由是言之，鴛鴦之不幸乃其幸，琥珀之幸乃其不幸也夫。

（玉釧贊）　玉釧於寶玉，有不反兵之義，徒以主僕之故，敢怒而不敢言，而眉睫間餘憾未平也。胡頹顏公子又欲賣癡憨，作息夫人之蠱哉？則使心機費盡，強博一笑於紅顏；而詞色不親，終帶三分乎白眼。　於義有足多焉！

（焙茗贊）　寶玉栽培脂粉，作養蛾眉，爲花國之靖臣，作香林之戒行，宜其深仁厚澤，罔不淪肌浹髓矣。

乃除黛玉外，別無一知己，而能如人意。不盡如人意，莊也而出之以謔，諧也而規之以正，順其性而利導之，如大禹之治水，適行其所事，而卒也無不行之言，嗚呼！其惟焙茗乎？東方曼倩之儔也。

（尤二姐贊）　尤二姐容貌性情，兩無所惡，置身大觀園中，在在爲花柳生色，而顧不齒於羣芳者，徒以爲路柳牆花耳。嗚呼！一失足成千古恨，再回頭已百年身，若是乎解之無可解也。然揚雄服事新莽，荀彧輔弼曹瞞，其所失與二姐未識如何！使一旦望漢來歸，其踩躪踐踏之形，正復何如也！嗚呼，失身而不爲長樂老人，其悔豈可及哉！

（賈蓉贊）　賈蓉絕好皮囊，而性情嗜好每每與寶玉相反。寶玉憐香，賈蓉轉能踩香；寶玉惜玉，賈蓉專能碎玉。花柳之蟊賊也！鳳姐錯識人矣。然小意動人，頗能忘恨，故鳳姐終愛之。啜茗傳神，良有以也。

（賈璉贊）　賈璉燒琴煮鶴，大煞風景，紅樓市中物也。以配鳳姐，且在所辱，況平兒哉！然負荆一節，頗能自降，拔其幟而樹娘子幟，亦腹負將軍解風雅者也。收入色界中，置風流壇外，作金剛尊者。

（尤三姐贊）　士爲知己者死，尤三姐之死，死於不知己矣。不知己而何以死？然而三姐則固以湘蓮爲知己也。湘蓮知己而適不知己，仍不失爲知己，則舍知己而適不知己，仍不失爲知己之湘蓮。天下斷無有不知己而能知己如湘蓮者。天下而無不知己而能知己如湘蓮矣，而竟有知己而適不知己，仍不失爲知己之湘蓮，是知己而適不知己，仍不失爲知己者，乃眞知己也。而竟不知己，則安得而不死哉？然而湘蓮去矣，是知己而適不知己，仍不失爲知己，而竟不知己者，究未嘗不知己也。三姐何嘗死哉！

（柳湘蓮贊）　柳湘蓮一風流蕩子耳，尤三姐遽引爲知己，豈曰知人。然紈袴中無雅人，文墨中無確人，道學中無達人，仕宦中無骨人，則與其爲俗子狂生、腐儒祿蠹之婦也，毋寧風流浪子耳。不然，三姐死矣，幾見紈袴之儔、文墨之儔、道學仕宦之儔，能與道人俱去者哉？湘蓮遠矣！

（齡官贊）　齡官憂思焦勞，抑鬱憤懣，直於林黛玉脫其影形，所少者眼淚一副耳。然烏知非責之過卑，而利已無所輸乎？亦烏知非負之過深，而本已有所虧乎？是安得有放來生債者，預借一副眼淚爲今日揮灑地也。而其債將濫矣，危哉！賈薔何脩而得此！

（賈薔贊）　賈薔市井小人耳，烏足以言風雅！然其於齡官，意柔柔而斐亹，情欵欵而紆縈，似非不知道者。意衣鉢眞傳，必有所自祖也。其寶玉大弟子乎！可與言情矣。

（司棋贊）　從古以過而創爲奇節者，君子悲其志，未嘗不諒其人。司棋失身潘又安，過已。乃竟一其心相待，以死繼之。非節非烈，何莫非節非烈也！蓋其志已定於搜贓時矣。觀過知仁，諒哉！

（潘又安贊）　人當無可如何之際，計無所出，惟以一死自絕。此以死塞責者耳，非以爲樂也。若夫當死之時，無感慨，無憤激，無張皇卻顧，心平氣和，意靜神恬，其死也與哉？其歸也。眞疊山所謂從容就義者，潘又安其知道乎！有死以來，未有暇豫如斯者也。

（襲人贊）　蘇老泉辨王安石姦，全在不近人情。嗟乎姦而不近人情，此不難辨也，所難辨者近人情耳。襲人者姦之近人情者也。以近人情者制人，人忘其制；以近人情者讒人，人忘其讒。約計平生，死黛玉，死晴雯，逐芳官、蕙香，間秋紋、麝月，其虐肆矣，而王夫人且視之爲顧命，寶釵倚之爲元臣。向非寶玉出家，或及身先寶玉死，豈不以賢名相終始哉？惜乎天之後其死也！詠史詩曰：「周公恐懼流言日，王莽謙恭下士時，若使當年身便死，一生眞僞有誰知。」襲人有焉。

（蔣玉函贊）寶玉動謂男子爲濁物，度一面目黧黑、于思于思者耳。使溫潤如好女，未嘗不以脂粉蓄之。然未有纏綿如蔣玉函者，豈從來寃家大抵由歡喜結來耶！巾之持贈也，玉實主之矣。襲人之嫁，玉函之娶，或無憾焉。

（彩雲贊）人各有一知己，不得謂君子是而小人非，特慮其不終耳。彩雲之於賈環，其相與可無究，至甘心爲此作賊，亦何淫且賤也。然平兒詰盜，慨然挺身，寶玉認贓，毫無輸色，落落乎石乞子風也，而不可以對賈環耶？然而環且貳矣。古今來陷身於賊而卒爲所疑者，豈少人哉！君子是以知小人之必無知己也。

（賈環贊）賈環純秉母氣，蠢目而豺聲，忍人也。獨赦老賞鑒之，氣味有在矣。然政老御之，亦卒較恕於寶玉，豈以公子州吁固嬖人之子也耶？賢如賈政，尙莫知其子之惡，又何奇乎衞莊哉！

（李嬤嬤贊）李嬤嬤龍鍾潦倒，度其年紀，在賈母之上，不足爲寶玉乳也。至其老而不死，尤當叩脛者耳。然襲人一生隱惡，從無發其覆者，獨此老借題發揮，一洩無餘，比陳琳討操檄尤爲淋漓痛快，亦愈頭風之良劑也。昔蘇子美讀漢文至博浪沙一椎，擊節叫快，浮一大白，用以此賞之。

（趙姨娘贊）食色性也，而亦有不盡然者。鮮于叔明嗜臭蟲，劉邕嗜瘡痂，賀蘭進明嗜狗糞。今將趙姨娘合水火五味而烹炮之，不徒臭蟲、瘡痂也，直狗糞而已矣。而賈政且大嚼之有餘味焉，豈所賞在德耶？然糞穢卒產靈芝，鴟鴞能卵雛鳳。賦詩斷章，或不誣焉。

（雪雁贊）《春秋》責備賢者，然當君父之際，亦不容以庸愚之故，稍寬悖逆之責者，良以臣子所許在心耳。雪雁於黛玉，有更相爲命之形，所謂生死而肉骨者也。即萬不容已，寧不可以死辭？而乃靦然人面，舍瀕危之故主，伴他人作姑娘，豈復有人心哉！人將不食其餘矣。速作之配，絕之也。

（王善保家贊）段秀實之擊朱泚也，吾聞其聲矣，若摧朽然，其雋不足稱也；淮南王之擊辟陽侯也，吾聞其聲矣，若築腐然，其快不足稱也。若夫積之愈厚，煅之而堅，瞰焉而不能攻，鑽焉而莫可入，有佛菩薩焉，運五指之峯，作巨靈之擘，香風蓋去，春雷與新筍齊生；翠袖翻來，鴻爪共烏泥並現，噫此何聲也？其殆博浪椎之嗣響乎！贊曰：「探春之掌，是震是響；老嫗之喙，惟腯惟脆。蛾眉吐氣，爲大白浮者三；老魅煞風，爲舞劍起者再。」

（賈赦邢夫人贊）　賈赦似剛非剛，乃剛愎之剛；邢夫人似柔非柔，乃柔邪之柔。剛愎之剛非理之剛也，故有小泥鰍之禍；柔邪之柔非理之柔也，故有金鴛鴦之羞。竊謂賈赦之剛有似乎楚子玉，邢夫人之柔殊類乎魯哀姜。

（賈敬贊）　天下豈有神仙，然但能盡我性，怡我情，傀儡場中何莫非洞天福地也。故有富貴之神仙，有忠孝之神仙，有詩酒花月之神仙，有托鉢叫化之神仙，而乘雲跨鶴者不與焉。彼燒丹燒汞、導引胎息者，直自討苦喫耳。然伊古以來，輕萬乘而速禍敗者，史不絕書，豎儒何知焉！

（賈珍贊） 十惡之條，一曰內亂，犯此者在家必喪，在國必亡。賈珍席祖父餘業，恣其下流，即比房婑婧，列屋柔靡，亦何不可，而乃爲不鮮不殄之求，作大蛇小蛇之弄，西府中無完人矣。借非獅子介石之堅，其能免乎！然吾聞之方山子，賢者生平得獅子力居多，賈珍胡不幸焉！

（賈瑞贊） 賈瑞雅負癡情，不以草茅自廢，願觀光於上國，亦有志之士也，特未免不自諒耳。鳳姐遽置之死，無乃過甚。

（焦大贊） 賈家法，於乳母頗厚，重於酬庸矣，然而人盡母也，惟其乳而已。焦大以身捍患，似什伯乎乳之勞，即祔賈廟以血其食，非倖也。而乃混於輿臺，儕於隸僕，致僕婦奴子皆得牛馬走之。宜其無限塊壘，借酒杯以澆之也。然而馬糞之塡，亦未始非努力勸加餐之意，不可謂不厚者，特恐醉漢飽不知德耳。

（秦鍾贊） 秦鍾者，情種也。爲鍾情於人之種耶？爲人鍾情之種耶？爲鍾情於人之種，斯爲風流種；爲人鍾情之種，則爲下流種。然爲鍾情於人，固不得不爲人鍾情之人，則合風流、下流二種而爲種，斯爲眞情眞種。其於智能也，莫爲之前，雖美勿彰；其於寶玉也，莫爲之後，雖盛莫傳。然顧前不顧後，其象爲夭，故不永厥壽云。

（薛蟠贊） 薛蟠粗枝大葉，風流自喜，而實花柳之門外漢，風月之假斯文，眞堪絕倒也。然天眞爛漫，純任自然，倫類中復時時有可歌可泣之處，血性中人也。脫亦世之所希者與！晉其爵曰王，假之威曰霸，美之謚曰獃。譏之乎？予之也。

（北靜王贊）　北靜王表表高標，有天際眞人之概，嫦娥思嫁之矣，何論乎談文章說經濟者也，而林黛玉直以臭男人蓄之。嗟乎，王也而乃臭乎哉！是天下更無不臭者矣。天下而更無不臭者也，舍寶玉其誰與哉？死矣。

（甄寶玉贊）　太上忘情，其次多情，其次任情，其下矯情。矯情不可問矣。甄寶玉不能爲太上之忘情，不失爲其次之多情也。自經濟文章之說中之而情矯矣，則甄寶玉者世俗之偉人，而實賈寶玉之罪人也。罪人則黜之而已矣，故終之以甄寶玉云。

（紅樓夢論後）　人生一大夢耳，夢無不醒之時，則林黛玉死矣，寶玉出家矣。由黛玉而推之，晴雯、鴛鴦、鳳姐、尤二姐、尤三姐、可卿、迎春、司棋、金釧、齡官、元春，以及潘又安、秦鍾、賈瑞罔不然。由寶玉而推之，惜春、紫鵑、芳官、藕官、蕊官、荳官、葵官、柳湘蓮，以及寶釵、湘雲罔不然。其不醒者，獨襲人耳。然則何以處探春？曰此其福分最大，好夢正長者也。然則何以處岫煙等？曰此其心思各別，同牀異夢者也。然則何以處巧姐？曰此其情思昏昏，方纔入夢者也。文至此，不已東方既白與！何續貂者又欲強人入夢也，豈非天下之怪夢哉？無惑乎牛鬼蛇神，紛紛囈語也，顧安得大棒棒醒之！（道光二十二年養餘精舍刊本）

【紅樓夢問答】　或問：「《紅樓夢》伊誰之作？」曰：「我之作。」「何以言之？」曰：「語語自我心中爬剔而出。」

或問：「《紅樓夢》爲子意中之書，而獨翻妙玉之案，則何也？」曰：「予亦不自知其何心，第覺良心上煞有過不去處。」

或問：「子能作寶玉乎？」曰：「能。」「何以痛詆襲人也？」笑曰：「我止不能爲襲人之寶玉。」

或問：「寶釵似在所無譏矣，子時有微詞，何也？」曰：「寶釵深心人也。人貴坦適而已，而故深之，此《春秋》所不許也。」

或問：「寶釵深心，於何見之？」曰：「在交歡襲人。」

或問：「襲人不可交乎？」曰：「君子與君子爲朋，小人與小人爲朋，方以類聚，物以羣分。吾不識寶釵何人也，吾不識寶釵何心也。」

或問：「寶釵與襲人交，豈有意耶？」曰：「古來奸人干進，未有不納交左右者。以此卜之，寶釵之爲寶釵，未可知也。」

或問：「寶釵與黛玉，孰爲優劣？」曰：「寶釵善柔；黛玉善剛。寶釵用屈；黛玉用直。寶釵徇情；黛玉任性。寶釵做面子；黛玉絕塵埃。寶釵收人心；黛玉信天命，不知其他。」

或問：「襲人與晴雯，孰爲優劣？」曰：「襲人善柔；晴雯善剛。襲人用屈；晴雯用直。襲人徇情；晴雯任性。襲人做面子；晴雯絕塵埃。襲人收人心；晴雯信天命，不知其他。」

或問：「《紅樓夢》寫寶釵如此，寫襲人亦如此，則何也？」曰：「襲人，寶釵之影子也。寫襲人，所以寫寶釵也。」

或問：「《紅樓夢》寫黛玉如彼，寫晴雯亦如彼，則何也？」曰：「晴雯，黛玉之影子也。寫晴雯，所以寫黛玉也。」

或問：「寶玉與黛玉有影子乎？」曰：「有。鳳姐地藏菴拆散之姻緣，則遠影也；賈薔之於齡官，則近影也。潘又安之於司棋，則有情影也；柳湘蓮之於尤三姐，則無情影也。」

或問：「藕官是誰影子？」曰：「是林黛玉銷魂影子。」

或問：「齡官是誰影子？」曰：「是林黛玉離魂影子。」

或問：「傻大姐是誰影子？」曰：「是醉金剛影子。」

或問：「寶玉古今人孰似？」曰：「似武陵源百姓。」「黛玉古今人孰似？」曰：「似賈長沙。」「寶釵古今人孰似？」曰：「似漢高祖。」「湘雲古今人孰似？」曰：「似虬髯公。」「探春古今人孰似？」曰：「似太原公子。」「寶琴古今人孰似？」曰：「似藐姑仙子。」「平兒古今人孰似？」曰：「似國大夫。」「紫鵑古今人孰似？」曰：「似李令伯。」「妙玉古今人孰似？」曰：「似阮始平。」「晴雯古今人孰似？」曰：「似楊德祖。」「劉老老古今人孰似？」曰：「似馮驩。」「鳳姐古今人孰似？」曰：「似曹瞞。」「襲人古今人孰似？」曰：「似呂雉。」

或問：「子之處寶釵也將如何？」曰：「妻之。」「處晴雯也將如何？」曰：「妾之。」「處芳官等也將如何？」曰：「子女之。」「處紫鵑也將如何？」曰：「臣之。」「處湘雲也將如何？」曰：「友之。」「處平兒也將如何？」曰：「賓之。」「處探春也將如何？」曰：「宗師之。」「處寶琴也將如何？」曰：「君之。」「處寶玉也將如何？」曰：「佛之。」「處黛玉也將如何？」曰：「仙之。」

或問：「何以蓄劉老老也？」曰：「俳優之。」「何以蓄鶯兒等也？」曰：「奴之。」「何以蓄鳳姐也？」曰：「賊之。」「何以蓄襲人也？」曰：「蛇蝎之。」

或問：「王夫人逐晴雯、芳官等，乃家法應爾。子何痛詆之深也？」曰：「《紅樓夢》只可言情，不可言法。若言法，則《紅樓夢》可不作矣。且即以法論，寶玉不置之書房而置之花園，法乎否耶？不付之阿保而付之丫鬟，法乎否耶？不游之師友而游之姐妹，法乎否耶？即謂一誤，不堪再誤，而用襲人則非其人，逐晴雯則非其罪，徒使僉人倖進，方正流亡，顛顛倒倒，畫出千古庸流之禍，作書者有危心也。貶之，不亦宜乎！」

或問：「鳳姐之死黛玉，似乎利之，則何也？」曰：「不獨鳳姐利之，即老太太亦利之。何言乎利之也？林黛玉葬父來歸，數百萬家資盡歸賈氏，鳳姐領之。脱爲賈氏婦，則鳳姐應算還也；不爲賈氏婦，而爲他姓婦，則賈氏應算還也。而得不死之耶？然則黛玉之死，死於其才，亦死於其財也。」

或問：「林黛玉數百萬家資盡歸賈氏，有明徵與？」曰：「有。當賈璉發急時，自恨何處再發二三百萬銀子財，一再字知之。夫再者，二之名也。不有一也，而何以再耶？」

或問：「林黛玉聰明絶世，何以如許家資而乃一無所知也？」曰：「此其所以爲名貴也，此其所以爲寶玉之知心也。若好歹將數百萬家資橫據胸中，便全身煙火氣矣，尙得爲黛玉哉？然使在寶釵，必有以處此。」

或問：「《紅樓夢》有病乎？」曰：「有。元春長寶玉二十六歲，乃言在家時曾訓詁寶玉，豈三十以後人倘能入選耶？其他惜春屢言小，巧姐初不肯長，後長得太快，李嬤嬤過於龍鍾，諸如此類，未可悉數。然不可以此疵之者，故作罅漏，示人以子虛烏有也。」（《紅樓夢論贊》附錄）

王希廉

【紅樓夢總評】《紅樓夢》一百二十回，分作二十段看，方知結構層次。第一回爲一段，說作書之緣起，如制藝之起講，傳奇之楔子。第二回爲二段，叙寧、榮二府家世及林、甄、王、史各親戚，如制藝中之起股，點清題目眉眼，纔可發揮意義。三、四回爲三段，叙寶釵、黛玉與寶玉聚會之因由。五回爲四段，是一部《紅樓夢》之綱領。六回至十六回爲五段，結秦氏誨淫喪身之公案，叙熙鳳作威造孽之開端。按第六回劉老老一進榮國府後，應即叙榮府情事，乃轉詳於寧而略於榮者，緣賈府之敗，造釁開端，實起於寧。秦氏爲寧府淫亂之魁，熙鳳雖在榮府，而弄權實始於寧府，將來榮府之獲罪，皆其所致，所以首先細叙。十七回至二十四回爲六段，叙元妃沐恩省親、寶玉姊妹等移住大觀園，爲榮府正盛之時。二十五回至三十二回爲七段，是寶玉第一次受魔幾死，雖遇雙眞持誦通靈，而色孽情迷，惹出無限是非。三十三回至三十八回爲八段，是寶玉第二次受責幾死，雖有嚴父痛責，而癡情益甚，又值賈政出差，更無拘束。三十九回至四十四回爲九段，叙劉老老、王鳳姐得賈母歡心。四十五回至五十二回爲十段，於詩酒賞心時，忽叙秋窗風雨，積雪冰寒，又於情深情濫中，忽寫無情絶情，變幻不測，隱寓泰極必否、盛極必衰之意。五十三回至五十六回爲十一段，叙寧、榮二府祭祠家宴，探春整頓大觀園，氣象一新，是極盛之時。五十七回至六十三上半回爲第十二段，寫園中人多，又生出許多脣舌事件，所謂興一利即有一弊也。六十三下半回至六十九回爲第十三段，敍賈敬物故，賈璉縱慾，鳳姐陰毒，了結尤二姐、尤三姐公案。七十回至七十八回爲第十四段，敍大觀園中風波疊起，賈氏宗祠先靈悲歎，寧、榮二府將衰之兆。七十九回至八十五回爲第十五段，敍薛蟠悔娶，迎春悞嫁，一嫁一娶，均受其殃，及寶玉再入家塾，賈環又結仇怨，伏後文中舉串賣等事。八十六回至九十三回爲第十六段，寫薛家悍婦，賈府匪人，俱召敗家之禍。九十四回至九十八回爲第十七段，寫花妖異兆，通靈走失，元妃薨逝，黛玉夭亡，爲榮府氣運將終之象。九十九回至一百三回爲第十八段，敍大觀園離散一空，賈存周官箴敗壞，並了結夏金桂公案。一百四回至一百十二回爲第十九段，寫寧、榮二府一敗塗地，不可收拾，及妙玉結局。一百十三回至一百十九回爲第二十段，了結鳳姐、寶玉、惜春、巧姐諸人，及寧、榮二府事。一百二十回爲第二十一段，總結《紅樓夢》因緣始末。此一部書中之大段落也。至於各大段中，尚有小段落，或夾敍別事，或補敍舊事，或埋伏後文，或照應前文，禍福倚伏，吉凶互兆，錯綜變化，如線穿珠，如珠走盤，不板不亂，《總評》中不能臚列，均於各回中逐細批明。

《紅樓夢》一書，全部最要關鍵是「眞假」二字。讀者須知，眞即是假，假即是眞；眞中有假，假中有眞；眞不是眞，假不是假。明此數意，則甄寶玉、賈寶玉是一是二，便心目了然，不爲作者冷齒，亦知作者匠心。

《紅樓夢》雖是說賈府盛衰情事，其實專爲寶玉、黛玉、寶釵三人而作。若就賈、薛兩家而論，賈府爲主，薛家爲賓。若就寧、榮兩府而論，榮府爲主，寧府爲賓。若就榮國一府而論，寶玉、黛玉、寶釵三人爲主，餘者皆賓。若就寶玉、黛玉、寶釵三人而論，寶玉爲主，釵、黛爲賓。若就釵、黛兩人而論，則黛玉却是主中主，寶釵却是主中賓。至副册之香菱是賓中賓，又副册之襲人等不能入席矣。讀者須分别清楚。

甄士隱、賈雨村爲是書傳述之人，然與茫茫大士、空空道人、警幻仙子等俱是平空撰出，並非實有其人，不過借以叙述盛衰，警醒癡迷。劉老老爲歸結巧姐之人，其人在若有若無之間。蓋全書既假託村言，必須有村嫗貫串其中，故發端結局皆用此人，所以名劉老老者，若云家運衰落，平日之愛子嬌妻，美婢歌童，以及親朋族黨，幕賓門客，豪奴健僕，無不雲散風流，惟剩者老嫗收拾殘棋敗局，滄海桑田，言之酸鼻，聞者寒心。

《紅樓夢》專叙寧、榮二府盛衰情事，因薛寶釵是寶玉之配，親情更切，衰運相同，故薛蟠家事，亦叙得詳細。

從來傳奇小説，多託言於夢。如《西廂》之草橋驚夢，《水滸》之英雄惡夢，則一夢而止，全部俱歸夢境。《還魂》之因夢而死，死而復生，《紫釵》彷彿似之，而情事迥别。《南柯》、《邯鄲》，功名事業，俱在夢中，各有不同，各有妙處。《紅樓夢》也是説夢，而立意作法，另開生面。前後兩大夢，皆遊太虚幻境，而一是眞夢，雖閲册聽歌，茫然不解；一是神遊，因緣定數，了然記得。且有甄士隱夢得一半幻境，絳芸軒夢語含糊，甄寶玉一夢而頓改前非，林黛玉一夢而情癡愈錮。又有柳湘蓮夢醒出家，香菱夢裏作詩，寶玉夢與甄寶玉相合，妙玉走魔惡夢，小紅私情癡夢，尤二姐夢妹勸斬妬婦，王鳳姐夢人強奪錦匹，寶玉夢至陰司，襲人夢見寶玉、秦氏、元妃等託夢，寶玉想夢無夢等事，穿插其中。與別部小說傳奇說夢不同，文人心思，不可思議。

《紅樓夢》一書，有正筆，有反筆，有襯筆，有借筆，有明筆，有暗筆，有先伏筆，有照應筆，有著色筆，有淡描筆，各樣筆法，無所不備。

一部書中，翰墨則詩詞歌賦、制藝尺牘、爰書戲曲，以及對聯扁額、酒令燈謎、說書笑話，無不精善；技藝則琴棋書畫、醫卜星相，及匠作構造、栽種花果、畜養禽魚、針黹烹調，巨細無遺；人物則方正陰邪、貞淫頑善、節烈豪俠、剛強懦弱，及前代女將、外洋詩女、仙佛鬼怪、尼僧女道、娼妓優伶、黠奴豪僕、盜賊邪魔、醉漢無賴，色色俱有；事蹟則繁華筵宴、奢縱宣淫、操守貪廉、宮闈儀制、慶弔盛衰、判獄靖寇，以及諷經設壇、貿易鑽營，事事皆全；甚至壽終夭折、暴病亡故、丹戕藥悞，及自刎被殺、投河跳井、懸樑受逼、吞金服毒、撞階脫精等事，亦件件俱有。可謂包羅萬象，囊括無遺，豈別部小說所能望見項背。

書中多有說話衝口而出，或幾句說話止說一二句，或一句說話止說兩三字，便咽住不說。其中或有忌諱，不忍出口；或有隱情，不便明說，故用縮句法咽住，最是描神之筆。

福、壽、才、德四字，人生最難完全。寧、榮二府，只有賈母一人，其福其壽，固爲希有，其少年理家事蹟，雖不能知，然聽其臨終遺言說「心實吃虧」四字，仁厚誠實，德可概見；觀其嚴查賭博，洞悉弊端，分散餘貲，井井有條，才亦可見一斑，可稱四字兼全。此外如男則賈敬、賈赦，無德無才，賈政有德無才，賈璉小有才而無德，賈珍亦無德無才，賈環無足論，寶玉才德另是一種，於事業無補。女則邢夫人、尤氏無德無才，王夫人雖似有德，而偏聽易惑，不見眞德，才亦平庸。至十二金釵：王鳳姐無德而有才，故才亦不正；元春才德固好，而壽既不永、福亦不久；迎春是無能，不是有德；探春有才德，非全美；惜春是偏僻之性，非才非德；黛玉一味癡情，心地褊窄，德固不美，祇有文墨之才；寶釵却是有德有才，雖壽不可知，而福薄已見；妙玉才德近於怪誕，故陷身盜賊；史湘雲是曠達一流，不是正經才德；巧姐才德平平；秦氏不足論，均非福壽之器。此十二金釵所以俱隸薄命司也。

《紅樓夢》一書已全是夢境，余又從批之，眞是夢中說夢，更屬荒唐。然三千大千世界，古往今來事物，何處非夢，何人非夢？以余夢夢之人，夢中說夢，亦無不可。

《紅樓夢》結構細密，變換錯綜，固是盡美盡善，除《水滸》、《三國》、《西遊》、《金瓶梅》之外，小說無有出其右者。然細細翻閱，亦有脫漏紕謬及未愜人意處。余所閱袖珍是坊肆翻板，是否作者原本，抑係翻刻漏悞，無從考正。姑就所見，摘出數條，以質高明。非敢雌黄先輩，亦執經問難之意爾：

第二回冷子興口述賈赦有二子，次子賈璉。其長子何名，是否早故，並未叙明，似屬漏筆。

十二回內說是年冬底林如海病重，寫書接林黛玉，賈母叫賈璉送去。至十四回中又說，賈璉遣昭兒回來投信，如海於九月初三日病故，二爺同林姑娘送靈到蘇州，年底趕回，要大毛衣服等語。若林如海於九月初身故，則寫書接黛玉應在七八月間，不應遲至冬底。況賈璉冬底自京起身，大毛衣服應當時帶去，何必又遣人來取？再年底纔自京起程到揚，又送靈至蘇，年底亦豈能趕回？先後所說，似有矛盾。

史湘雲同列十二金釵中，且後來亦曾久住大觀園，結社聯吟，其豪邁爽直，別有一種風調，則初到寧、榮二府時，亦當敘明來歷態度。及十二回以前，並未提及，至十三回秦氏喪中，敘忠靖侯史鼎夫人來弔，忽有史湘雲出迎，亦不知何時先到寧府。突如其來，未免無根。恐係翻刻悞塡，非作者原本。

十七回大觀園工程告竣，櫳翠菴已圈入園內，究係何時建蓋，何人題名，妙玉於何時進菴，如何與賈母等會面，竟無一字提及，未免欠細。

十八回元妃見山環佛寺，即進寺進香，自然即是櫳翠菴。維時妙玉若已進菴，豈敢不迎接元妃？抑係尙未進菴，或暫迴避，似應敘明。

三十回襲人赴寶釵處，等至二更，寶釵方回來，曾否借書，一字不提，竟與未見寶釵無異，似有漏句。

三十六回襲人替寶玉繡兜肚，寶釵走來，愛其生活新鮮，於襲人出去時，無意中代繡兩三花瓣。文情固嫵媚有致，但女工刺繡，大者上綳，小者手刺，均須繡完配裏，方不露反面針脚。今兜肚是白綾紅裏，則正裏兩面已經做成，無連裏刺繡之理，似於女紅欠妥。

三十五回寶玉聽見黛玉在院內說話，忙叫快請。究竟曾否去請，抑黛玉已經回去，與三十六回情事不接，似有脫漏。

五十三回賈母慶賞元宵，將上年囑做燈謎一節，竟不提起，似欠照應。

五十八回將梨園女子分派各房，畫薔之齡官是死是生，作何着落，並未提及，似有漏筆。

六十三回平兒還席，尤氏帶佩鳳、偕鸞同來，正在園中打鞦韆時，忽報賈敬暴亡，尤氏即忙忙坐車帶賴昇一干老家人媳婦出城。佩鳳、偕鸞並未先遣回家，稍覺疎漏。

尤三姐自刎，尤老娘送葬後，並未回家，自應仍與尤二姐同住。乃六十八回王鳳姐到尤二姐處，並不見尤老娘，尤二姐進園時，母女亦未一見，殊屬疎漏。

六十九回尤二姐吞金，既云人不知，鬼不覺，何以知其死於吞金？不於賈璉見屍時將吞金屍痕叙明一筆，亦似疎漏。

七十三回賈政差竣回京，先一日珍、璉、寶玉既出迎一站，回家伺候，應先稟知賈母、王夫人，次日即應俱在大門迎接，何致賈政已在賈母房中，直待丫頭匆忙來找，寶玉始更衣前去？此處叙事，未免前後失於照應。

七十七回晴雯被逐病危，寶玉私自探望，晴雯贈寶玉指甲及換着小襖，是夜寶玉回園，臨睡時襲人斷無不見紅襖之理，寶玉必向說明，囑令收藏。乃竟未叙明，實爲缺漏。

八十三回說夏金桂趕了薛蟠出去，雖八十回中曾有「十分鬧得無法，薛蟠便出門躲避」之句，似不過偶然暫避，旋即回家。若多日不回，薛姨媽、寶釵豈有不叫人尋找，聽其久出之理？今寫金桂同寶蟾吵鬧，竟似薛蟠已久不回家，未免先後照應不甚熨貼。

一百十二回賈母所留送終銀兩尚在上房收存，以致被盜，則鴛鴦生前豈有不知？乃一百十一回中鴛鴦反問鳳姐銀子曾否發出，此處似不甚鬥筍。

林黛玉雖是仙草降凡，但心窄情癡，以致自促其年。即返眞歸元，應仍爲仙草，與寶玉之石頭無異，纔是本來面目。論其生前情慾，不應即超凡入聖，遽爲上界神女。至瀟湘妃子，不過因其所居之館，又善於悲哭，故借作詩社別號。且妃子二字，亦與閨媛不稱，何必坐實其事。一百十六回中寶玉神遊太虛幻境，似宜同尤三姐等恍恍惚惚，似見非見，引至仙草處，見其微風吹動，飄搖娬媚。及仙女說出因緣，便可了結。末後絳殿珠簾請回侍者一段文字，轉覺畫蛇添足，應否删節，請質高明。

一百十九回寶玉不見，次日薛姨媽、薛蝌、史湘雲、寶琴、李嬸娘等俱來慰問，惟李綺、邢岫煙二人不到。李綺當是已經出閣，邢岫煙與寶釵爲一家姑嫂，且寶釵素日待之甚厚，乃竟不一來，終覺欠細。

（《新評繡像紅樓夢全傳》，道光十二年雙淸仙館刊本，卷首）

張新之

【紅樓夢讀法】《紅樓》一書，不惟膾炙人口，亦且鐫刻人心，移易性情，較《金瓶梅》尤造孽，以讀者但知正面，不知反面也。間有巨眼能見知矣，而又以恍惚迷離，旋得旋失，仍難脫累。閑人批評，使作者正意，書中反面，一齊湧現，夫然後聞者足戒，言者無罪，豈不大妙。

《石頭記》乃演性理之書，祖《大學》而宗《中庸》，故借寶玉說：「明明德之外無書」，又曰：「不過《大學》、《中庸》」。是書大意闡發《學》、《庸》，以《周易》演消長，以《國風》正貞淫，以《春秋》示予奪，《禮經》、《樂記》融會其中。

《周易》、《學》、《庸》是正傳，《紅樓》竊衆書而敷衍之是奇傳，故云：「倩誰記去作奇傳？」

胡氏曰：「孔子作《春秋》，常事不書，惟敗常反理乃書於策，以訓後世，使正其心術，復常循理，交適於治而已。」是書實竊此意。

「世事洞明皆學問，人情練達即文章。」是此書到處警省處，故其鋪叙人情世事，如燃犀燭，較諸小說，後來居上。

通部《紅樓》，止左氏一言概之曰：「譏失教也。」

《易》曰：「臣弑其君，子弑其父，非一朝一夕之故，其所由來者漸矣。」故謹履霜之戒，一部《紅樓》，演一漸字。

《鶴林玉露》云：「《莊子》之文以無爲有，《國策》之文以曲爲直，東坡平生熟此二書，爲文唯意所到，俊辨痛快，無復滯礙。」我欲以此語轉贈《石頭記》。

是書叙事，取法《戰國策》、《史記》、三蘇文處居多。

《紅樓夢》脱胎在《西遊記》，借逕在《金瓶梅》，攝神在《水滸傳》。

《紅樓夢》是暗《金瓶梅》，故曰意淫。《金瓶梅》有《苦孝說》，因明以孝字結。此則暗以孝字結。至其隱痛，較作《金瓶》者爲尤深。《金瓶》演冷熱，此書亦演冷熱。《金瓶》演財色，此書亦演財色。今日小說，閑人止取其二：一《聊齋誌異》，一《紅樓夢》。《聊齋》以簡見長，《紅樓》以煩見長。《聊齋》是散段，百學之或可肖其一；《紅樓》是整章，則無從學步，千百年後人或有能學之者，然已爲千百年後人之書，非今日之《紅樓》矣。或兩不相掩未可知，而在此書，自足千古。故閑人特爲着佛頭糞，其他續而又續，及種種效顰部頭，一概不敢聞教。

《紅樓夢》乃此書正名，而開首空空道人因空見色一段文中，有《石頭記》、《情僧錄》、《風月寶鑑》、《金陵十二釵》諸名目，而絕無《紅樓夢》三字。即此便是捨形取影，乃作大主意。故凡寫書中人，都從影處着筆。

《紅樓夢》三字出於第五回，即十二釵之曲名，是《十二釵》爲夢之目，《情僧錄》情字爲夢之綱。故閑人於前十二回分作三大段，第一段結《石頭記》，第二段結《紅樓夢》，第三段結《風月寶鑑》，而《情僧錄》、《十二釵》一綱一目在其中矣。

百二十大書，若觀海然，茫無畔岸矣，而要自有段落可尋。或四回爲一段，或三回爲一段，至一二回爲一段，無不界劃分明，囫圇吞棗者不得也。閑人爲指出之，省却閱者多少心目。

寶玉有名無字，乃令人在無字處追尋。所謂「喜怒哀樂未發之前」，又「先天本來無字」也。

是書叙釵、黛爲比肩，襲人、晴雯乃二人影子也。凡寫寶玉同黛玉事跡，接寫者必是寶釵；寫寶玉同寶釵事跡，接寫者必是黛玉。否則用襲人代釵，用晴雯代黛。間有接以他人者，而仍必不脫本處。乃一絲不走，牢不可破，通體大章法也。寫黛玉處處口舌傷人，是極不善處世、極不自愛之一人，致蹈殺機而不覺；寫寶釵處處以財帛籠絡人，是極有城府、極圓熟之一人，究竟亦是枉了。這兩種人都作不得。

或問是書因緣，何必内木石而外金石？答曰：玉石演人心也。心宜向善，不宜向惡。故《易》道貴陽而賤陰，聖人抑陰而扶陽。木行東方，主春生；金行西方，主秋殺。林生於海，海處東南，陽也；金出於薛，薛猶云雪，錮冷積寒，陰也。此爲林爲薛、爲木爲金之所由取義也。

此書凡演姻緣離合，其人如尤二、尤三、夏金桂等，不可枚舉，而無非演寶、黛、釵。凡演天人定勝，其人如王道、王醫、包勇、傻大姐等，不可枚舉，而無非演劉老老。換湯不換藥，如此而已。解如此觀，勢如破竹。

書中詩詞，悉有隱意，若謎語然。口說這裏，眼看那裏。其優劣都是各隨本人，按頭製帽。故不揣摩大家高唱，不比他小說，先有幾首詩，然後以人硬嵌上的。

是書名姓，無大無小，無巨無細，皆有寓意。甄士隱、賈雨村自揭出矣，其餘則令讀者自得之。有正用，有反用；有莊言，有戲言；有照應全部，有隱括本回；有即此一事，而信手拈來。從無有隨口雜湊者。可謂妙手靈心，指揮如意。

書中大致凡歇落處每用吃飯，或以爲笑柄，殊不知大道存焉。寶玉乃演人心，《大學》正心必先誠意，脾土也；吃飯，實脾土也；實脾土，誠意也。問世人解得吃飯否？

書中多用俗諺巧話，皆地道北語京語，不雜他處方言，有過僻，間爲解釋。

是書又總三大支：自第六回初試雲雨情至三十六回夢兆絳雲軒爲第一支，以劉老老爲主宰，以元春副之，以秦鍾受之，以北靜王證之。自四十回三宣牙牌令至六十回吞生金自逝爲第二支，以鴛鴦爲主宰，以薛寶琴副之，以尤二姐受之，以尤三姐證之。自七十回無意遇鴛鴦至一百十三回鳳姐託村嫗爲第三支，以劉老老、鴛鴦合爲主宰，以傻大姐副之，以夏金桂受之，以包勇證之。是又通身大結構。

一部《石頭記》，計百二十回，灑灑洋洋，可謂繁矣，而實無一句閒文。《〈石頭〉評》三十餘萬言，瑣瑣碎碎，亦可謂繁矣，而尚有千百賸義，是望善讀者觸類旁通，以會所未逮耳。

有謂此書止八十回，其餘四十回乃出另手，吾不能知。但觀其中結構，如常山蛇，首尾相應，安根伏線，有牽一髮渾身動搖之妙，且詞句筆氣，前後略無差別，則所謂增之四十回，從中後增入耶？抑參差夾雜入耶？覺其難有甚於作書百倍者。雖重以父兄命，萬金賜，使閑人增半回，不能也。何以耳爲目，隨聲附和者之多？

閑人初讀《石頭記》，見寫一劉老老，以爲插科打諢，如戲中之丑脚，使全書不寂寞設也。繼思作者既設科諢，則當時與燕笑，乃百二十回書中僅記其六至榮府，末後三至乃足完前三至，則但謂之三至也可，又若甚省而珍之者。而且第三至在喪亂中，更無所用科諢，因而疑。再詳讀《留餘慶》曲文，乃見其爲救巧姐重收憐貧之報也，似得之矣。但書方第六回，要緊人物未見者正多，且於寶玉初試雲雨之次，恰該放口談情，而乃重頓特提，必在此人，又源源本本，叙親叙族，歷及數代，因而疑轉甚。於是分看合看，一字一句，細細玩味，及三年，乃得之，曰：是《易》道也，是全書無非《易》道也。太平閑人《石頭》批評實始於此。試指出劉老老，一純坤也，老陰生少陽，故終救巧姐。巧姐生於七月七日，七，少陽之數也。然陰不遽陰，從一陰始。一陰起於下，在卦爲姤䷫。以寶玉純陽之體，而初試雲雨，則進初爻一陰而爲姤矣，故緊接曰「劉老老一進榮國府」。一陰既進，馴至於剝䷖，則老老之象已成，特餘一陽在上而已。剝，九月之卦也，交十月即爲坤䷁，故其來爲秋末冬初，乃大往小來至極之時，故入手尋頭緒曰「小小一個人家」、「小小之家姓王」、「小小京官」，「小小」字凡三見，計六「小」字，悉有妙義。乾三連即王字之三横，加一直破之，則斷而成坤。其斷自下而上，初爻斷爲巽☴，巽爲長女，故爲母居女家。二爻斷爲艮☶，艮爲狗，故壻名狗兒。三爻斷爲坤☷，坤，臣道也，故做官與王姓聯宗，則因重之爲六畫之坤䷁。自姤䷫而遯䷠，而否䷋，而觀䷓，而剝䷖，而坤䷁，悉自小小而進，其勢甚利，不可制止，故聯宗爲勢利，而榮府正當盛時，其極尚遠，故爲遠族。狗兒之祖，但曰姓王，但曰本地人氏，而無名。本地人氏，坤爲地也，地道無成，而代有終，故不名，而名其子爲成，亦相繼身故也。狗兒一艮，王成亦即艮，艮東北之卦，萬物之所成終而所成始也，故曰成。東北爲春冬之交，故生子名板兒，板文木反，水冷退木令反矣。又生一女名青兒，青乃木之色，由北生東，是即老陰生少陽也。艮在五行爲土，故以務農爲業。老寡婦無子息，陰不生也。久經世代者，貞元運會，萬古如斯，而聖人作《易》，扶陽抑陰，及至無可如何，而此生生不息之眞種，必謹謹保留之，是則此謂劉老老也。劉，留也，奈何世人於身心性命之際，獨不理會一劉老老，而且爲王熙鳳之所笑？悲夫！

書中借《易》象演義者，元、迎、探、惜爲最顯，而又最晦。元春爲泰☷☰，正月之卦，故行大。迎春爲大壯☳☰，二月之卦，故行二。探春爲夬☱☰，三月之卦，故行三。惜春爲乾☰☰，四月之卦，故行四。然悉女體。陽皆爲陰，則元春泰轉爲否☰☷，迎春大壯轉爲觀☴☷，探春夬轉爲剝☶☷，惜春乾轉爲坤☷☷，乃書大消息也，歷評在各人本傳。

凡說部皆用○、、、△、一以分眉目，此可不必。緣其精義佳文奥旨經評出，無煩更爲抉摘，故本文但加單圈，評注但加單點，以界句讀而已。

是書因西府而生東府，爲珍所居，實爲寫一造釁開端之秦氏也。今改東府曰嬴國府，亦正與秦氏恰合，嬴，秦姓也。改賈二舍名曰璉，與其本音同，解亦同。

原刻繡像二十四幅，具合書意。其題辭則惟第一幅之石頭及結末之僧道，暗合書旨，《石頭》演一心，僧道演《易》理也；餘則悉從書面著筆，隱隱在若即若離、有意無意之間，皆出作者原手。今改原刻加語爲大板，其繡像畫幅題詞則照原本摹繪，以存其舊也。其有坊刻另本，繡像僅十五幅，有像無景，闕賈氏宗祠、太君、賈政王夫人、寶琴、紋綺岫煙、尤三姐、菱襲、晴雯、女樂九頁，其於書中情節則大謬。

（《妙復軒評石頭記》，抄本，卷首）

朱作霖

【紅樓文庫（節錄）】（賈母王夫人薛姨媽論）賈母餘貲之散，判決井井，知在少時，不特以德稱也，才亦有足多矣。年高委政，豈不宜享一日之閒哉！惟於黛玉則始愛之而終死之，未免荒耄之誚乎！然以王夫人視之，則仍奔走恐後，是固才不才之辨也。乃欲妄用其才，故太君之所作養者半爲夫人所芟夷，此豈僅偏之爲害已耶！至如薛姨姆者，才固罕著，德亦難名，跡其旅進旅退之下，好語慰林之時，欲不謂之有心人不得也。宜乎有寶釵者爲之女也！

（釵黛孰優論）夫爲人而不求悦於人，漸至不爲人悦，則其人之品地可知。抑爲人而必求當於人，卒能無所施而不當，則其人之品地又可知。是故釵、黛者，其才同，其貌同，固一時之瑜、亮，誠不能甲此而乙彼，然其性情不同，言論不同，其行事心術又不同。論人者苟能深求其本末，將兩人之優絀自有不能掩者。蓋昔釵、黛之在榮府也，論其境則固釵順黛逆，而論戚則寶釵疏黛親，淑女之求，於黛實當。乃當黛之始至也，固無一人不愛憐者，及釵一至而愛遂分矣，然猶不相下也，繼竟稍殺矣，終且有釵而無黛。是雖王夫人之偏私母黨，或由黛玉之不善周旋歟！特是老泉之論介甫也，固嘗惡其不近情，而不知古之近人情者，其城府尤不可測。然則黛之不善周旋，是即黛之爲黛也。在寶玉得婦如釵，固亦可以無憾，而金玉之契，雖曰天合，未始不由乎人事。蓋釵又有所以爲釵者，而欲以區區不善周旋之黛，思與度長絜短，比權量力，其不可同年而語明矣。何以明其然也？記稱寶釵靜愼安詳，有方家舉止，及觀撲蝶之日，私語甫聞，而即懼禍規避，其機警既可畏，乃又不指呼他人，而惟黛是嫁。是黛固妬釵，而釵之處心積慮，何嘗一日忘黛？非惟不忘，並若有陰險之意行乎其中，所謂大方家者固如是哉？而借扇與譏，其尖利又何遜於黛耶？至以詞曲爲不當讀，則又烏知黛之所引？

既知矣，則釵固先識之，即有忠告之雅，片語可盡，何必始窘之，終撫之？吾以是知其正言莊論之處，皆投間抵隙之情，不過藉是以絡黛耳。卒之自是以後，黛遂視釵如親姊。噫！記稱黛玉心重而性小，行動易摘人過失，而由此事觀之，黛亦可謂坦直爲懷，而待釵以不疑矣。然爲黛玉者，或不得於姊妹，或不得於舅母，後並不得於外祖母；而爲寶釵者，雖以熙鳳之黠，黛玉之慧，湘雲之豪爽，襲人之柔佞，上自賈母，下至婢媼，皆能兼容並包而無不當，則豈釵之實賢歟？蓋其世故深而揣摩熟，誠非黛之所能望也。且夫釵有拂逆，率處以恬然，人遂稱其有涵養矣。然黛有拂逆，雖不能如釵，亦祇自傷之耳，究未嘗開罪於人也，而人遂以爲心重，以爲性小。則皆境之所爲，蓋黛無依歸而釵有憑藉。使易地以居，將釵之所以事上接下無不刻意周旋者，度亦黛所優爲，惟限於境，而黛之性似乎稍偏，亦惟限於境，而人遂思齮齕夫黛。嗚呼！此固黛之不幸，而非釵之所深幸歟！總之，黛以剛，釵以柔；黛用直，釵用屈；黛也任性，釵也徇情。由是一死而一生焉，一離而一合焉。黛之遇固極抑鬱，而釵之蘊蓄抑何不可量如此也。雖得婦如釵，實無遺憾，然如釵者人得而妻之，如黛者人固不得而妻之也。不得而妻，而黛玉於是遠矣。

（副册諸釵論·平兒香菱）之二人者，蓋無不可意之事，不可意之境與人，而其所處則無一可者。無一可而能無不可，斯其所以爲可人歟！特是香菱之刻苦工詩，其風雅固高於平，而以平之處心仁恕，泛應曲當，則又非菱所及。不然，若菱之有金桂，固一庸奴耳，至以色市，以能市，並忌人以德市；如平之嫡者，似不可與一朝居，以平皆明犯之也，乃卒相習而忘，則豈鳳之能蓄平，實平之能容鳳耳。其得正位也，夫豈不宜。獨念香菱一生，無一順遂，其後雖亦居正，而卒以產亡，天何遇之苛耶！以是知詩之不宜工也。

（鴛鴦晴雯尤三姐附金釧）之三人皆不得其死，然其所以死者異矣。晴雯死於屈，三姐死於憤，要皆色豔而性剛，固有自禍之媒，而獨鴛鴦以義死，故曰異也。乃吾又謂三人之死，名雖異而實仍無不同。蓋鴛鴦之死義，名也；死烈，實也。眞死烈奈何？惟不肯爲赦妾也。是無論有所屬意與否，亦可見其非忘情者。殆知此情必不得遂，遂返於正而特以義聞。至晴雯之於寶玉也，苟無莫解之情，又安往而不自得耶？若三姐固鍾情於湘蓮，及狐埋狐搰，乃遂刎頸見志，是更情之至也。故曰同也。夫如鴛鴦之死，誠得其所，至此二人者，縱性情卞急，言語犀利，而卒能完其貞焉，又何令人以可矜也？要之，三人苟不爲情迫，則皆可以不死，正如金釧之亡也，倘非金簪落井之對，亦何至激而爲水僊歟！

（紫鵑芳官襲人）之三人者，皆出於生而不出於死者也，而其所以生者亦異焉。鵑之奉惜春以事佛也，懟寶玉故也。其懟寶玉也奈何？鵑於湘妃誼甚摯，妃之榮枯實共之，洎死而鵑既無恃於妃，即失望於玉，且推妃之所以死，遂若深有懟於玉，而特非妃之婢也，故又不能遽以死謝，而姑奉佛以懺情，是則身雖生而心已死者也。芳官少而憨，其與寶玉實兩無所猜，惟於禁寒惜暖之下，未免情有獨至，故雖斷斷焉可以無死，而轉不肯苟生，必不得已，乃歸水月以終，且卒免賈芹之亂，是則身既生而心遂存者也。若有不可不死之義，不可不死之事與情，人方疑其必出於死，即彼亦未嘗不以死誓，乃卒屢欲死而終不能舍其生，且伈伈晛晛惡爲玉函之婦如襲人者，則是以不死而身愧生者也。夫死生亦大矣，苟可得生，誰願出於死？然即三人以觀，豈不自有所輕重耶！故論鵑、芳之所爲，克順其變者也，雖不死而心獨苦矣。惟是爲人而至求死不得如襲人者，此際柔情似水，正不知何以爲懷也。嗚呼！可以諷矣。

（書紅樓夢後）　歲閼逢攝提格，律中中呂，既望之夕，雨蒼氏讀《紅樓夢》竟，而歎曰：嗚呼！造化夢神也，天地夢境也，古今來盛衰消長一切離合悲愉之事，皆夢中之情景也。然而夢即覺之關，自來善夢者，必然善覺。故赤壁夢而江山風月皆超，邯鄲夢而富貴功名如屣，此眞大覺關也。而無奈人之終於夢也。以夢爲覺，反以覺爲夢，宜乎可與談夢者之少也。是書也，本名《石頭記》，蓋欲說生公之法，而使之點首也。後又稱《紅樓夢》，夫夢不止紅樓有，而獨繫以此者，言世間最難覺者，紅樓之夢也。其間萬縷情絲，纏綿互縛，而起結皆託之渺茫者，亦謂是固迷離之夢境也。洎乎曉鐘撞後，打開情慾關頭；杜宇啼殘，叫醒鶯花世界，則固夢覺之時，所謂白茫茫大地皆乾淨也。夫而後可與談夢矣，夫而後可以同夢矣。蓋以夢蕉鹿者，半眞半假，正以假者即眞而使覺也；夢蝴蝶者，即假即眞，渾而化焉，無往不覺也，而無奈人之終於夢也。昔王潛夫作《夢列篇》，明黃九煙有《選夢記》，是又以錦心繡口之才，撰是以引天下之夢中人。惜乎書缺有間，其人不傳，要必覺後人耳。而吾獨恐作者之外，凡碌碌於夢中者，終不能覺也。悲夫！悲夫！（載一九一五年《小說新報》第一年第七至十二期）

姚燮

【讀紅樓夢綱領（節錄）】（叢說）　書中之生日可證者：元春正月初一日，又爲太祖冥壽；寶釵正月二十一日；薛姨媽、賈政並在二三月間，日月無考；王夫人三月初一日；賈璉三月初九日；王子騰夫人亦三月間，其日無考；林黛玉二月十二日，與襲人同日生；寶玉、岫煙、寶琴、平兒、四兒五人同日生，大約在四月間；探春在三月初三日；薛蟠五月初三日；巧姐七月初七日；鳳姐九月初二日，與金釧同生日；賈敬在九月；王子騰在十一月底，其日均無考；賈母則八月初三日也。

王雪香總評云：一部書中，凡壽終夭折、暴亡病故、丹戕藥誤，及自刎被殺、投河跳井、懸樑受逼、吞金服毒、撞階脫精等事，件件俱有。今查林如海以病死，秦氏以阻經不通水虧火旺犯色慾死，瑞珠以觸柱殉秦氏死，馮淵被薛蟠毆打死，張金哥自縊死，守備之子以投河死，秦邦業因秦鍾智能事發老病氣死，秦鍾以勞怯死，金釧以投井死，鮑二家以弔死，賈敬以吞金服沙燒脹死，多渾蟲以酒癆死，尤三姐以姻親不遂擕鴛鴦劍自刎死，尤二姐以誤服胡君榮藥將胎打落後被鳳姐凌逼吞金死，鴛鴦之姊害血山崩死，黛玉以憂鬱急痛絕粒死，晴雯以被攆氣鬱害女兒癆死，司棋以撞牆死，潘又安以小刀自刎死，元妃以痰厥死，吳貴媳婦被妖怪吸精死，賈瑞爲鳳姐夢遺脫精死，石獃子以古扇一案自盡死，當槽兒被薛蟠以碗砸傷腦門死，何三被包勇木棍打死，夏金桂以砒霜自藥死，湘雲之夫以弱症夭死，迎春被孫家揉搓死，鴛鴦殉賈母自縊死，趙姨被陰司拷打在鐵檻寺中死，鳳姐以勞弱被冤魂索命死，香菱以產難死，則足以考終命者，其惟賈母一人乎？

賈府姊妹自乳母外，有教引老媽子四人，貼身丫頭二人，充灑掃使役小丫頭四五人，自撥入大觀園後，各添老嬷嬷二人，又各派使役丫頭數人，以一女子而服役者十餘人，其他可知矣。

論月費一項，王夫人月例每月二十兩，李紈每月月銀十兩，後又添十兩，周、趙二姨每月二兩，賈母處丫頭每人每月一兩，外錢四吊，寶玉處大丫頭每人月各一吊，小丫頭八人每人月各五百，其餘各房等皆如例，即此一項，其費已侈矣。

內外下人俱各有花名檔子册，凡取物各有對牌，其有犯事者，或革去月錢，或交總事者打四十板、二十板不等，或撥入圊廁行內，或綑交馬圈子裏看守，或竟攆出，具見大家規矩。

查抄以後，一切下人除賈赦一邊入官人數外，府中管事者尙有三十餘家，共計男女二百十二名，至賈母喪時，查剩男僕二十一人，女僕十九人，盛衰之速如此。

鳳姐放債盤利，於十一回中則平兒嘗說旺兒媳婦送進三百兩利銀，第十六回云旺兒送利銀來，三十九回云將月錢放利，每年翻幾百兩體己錢，一年可得利上千，七十二回鳳姐催來旺婦收利賬，叙筆無多，其一生之罪案已著。

鳳姐叫寶玉所開之賬，爲大紅妝緞四十疋、蟒緞四十疋、各色上用紗一百疋、金項圈四個，雖卒未知其所用，亦見其侈靡之一端。

兩府中上下內外出納之財數，見於明文者，如芹兒管沙彌道士每月供給銀一百兩；芸兒派種樹領銀二百兩;給張材家的繡匠工價銀一百二十兩;貴妃送醮銀一百二十兩;金釧死,王夫人賞銀五十兩;王夫人與劉老老二百兩;鳳姐生日湊公分一百五十兩有餘;鮑二家死,璉以二百兩與之,入流年賬上;詩社之始,鳳姐先放銀五十兩;賈赦以八百兩買妾;度歲之時,以碎金二百五十三兩六錢七分,傾壓歲錁二百二十個;烏莊頭常例物外繳銀二千五百兩,東西折銀二三千兩;襲人母死,太君賞銀四十兩;園中出息,每年添四百兩;賈敬喪時,棚杠、孝布等共使銀一千一百十兩;尤二姐新房,每月供給銀十五兩;張華訟事,鳳姐打點銀三百兩,賈珍二百兩,鳳又訛尤氏銀五百兩;金自鳴鐘賣去銀五百六十兩;夏太監向鳳姐借銀二百兩;金項圈押銀四百兩;薛蟠命案,薛家費數千兩;查抄後欲爲監中使費,押地畝數千兩;至鳳姐鐵檻寺所得銀三千兩;賈母分派與赦、珍等銀萬餘兩;賈母之死,禮部賞銀一千兩。 無論出納,眞書中所云如淌海水者。 宜乎六親同運,至一敗而不可收也。

元妃寵時,其所載賞賜之隆,不一而足,至賈母八十生壽,其賞賜及王侯禮物亦可謂富盛一時。 至酬贈如甄家進京時,送賈府禮,叙上用妝緞蟒緞十二疋,上用雜色緞十二疋,上用各色紗十二疋,上用宮綢十二疋,官用各色紗緞綢綾二十疋;賈敬死時,甄家送打祭銀五百兩: 舉此二端,凡所酬贈者可知。 至禮節如寶玉行聘之物,叙金項圈金珠首飾八十件,妝蟒四十疋,各色綢緞一百二十疋,四季衣服一百二十件, 外羊酒折銀, 舉此一端, 其他之婚喪禮節可知。 殆所謂開大門楣,不能做小家舉止耶?

詳叙烏莊頭貨物單,所以紀其盛,而此時賈珍之辭,猶以爲未足;詳叙抄沒時貨物單,所以紀其衰,而此時赦、政之心殊苦。其他多一入一出，一喜一悲，禍福乘除，信有互相倚伏者。英蓮方在抱，僧道欲度其出家；黛玉三歲，亦欲化之出家，且言外親不見，方可平安了世；又引寶玉入幻境；又爲寶釵作冷香丸方，並與以金鎖；又於賈瑞病時，授以風月寶鑑；又於寶玉鬧五鬼時，入府祝玉；又於尤三姐死後，度湘蓮出家；又於還寶玉失玉後，度寶玉出家，正不獨甄士隱先機早作也。則一部之書，實一僧一道始終之。

諺云：「一生無病便爲福」。今書中所記，如云寶玉急火攻心，以致吐血；如云尤氏素有胃痛症；如云迎春病；如云襲人偶感風寒，身體發重，頭痛目脹，四肢火熱；如云探春病；如云秋紋到家養病幾日；如云巧姐方病，賈母感風寒亦病；如云王夫人多病多痰；如云蘆雪亭賞月時迎春病；如云寶琴之母素有痰症；如云李紈以時氣感冒；如云邢夫人害火眼；如云湘雲在園中病；如云五兒多病；如云李紈因蘭兒病不理園事；如云五兒受軟禁後又病；如云賈母感風霜病；如云薛蟠因出門不服水土生病；如云琥珀有病；如云五兒之病愈深，似染怔忡之症；如云寶玉又以外感風寒成病；如云香菱有乾血之症；如云薛姨媽被金桂慪得生肝氣病；如云巧姐驚風內熱；如云妙玉以打坐走魔得病；如云寶釵病重；如云王夫人心疼病；如云尤氏自園中歸大病，賈珍亦病；如云賈母以感冒風寒得病；如云寶玉去後，襲人急病；如云賈赦有痰症之類，幾乎無人不病過矣，則病固人所難免乎？至於鳳姐、黛玉諸人，其因病而死者，書中所述，又難盡記者矣。

凡寶、黛二人相見爭慪之事，若遊園歸後將荷包翦碎一段，史湘雲來時門口一段，看《會眞記》以謔詞激怒一段，怡紅院不開門一段，因落花傷感一段，賈母處裁衣口角一段，元妃賜物時論金玉口角一段，清虛觀懷麒麟後一段，翦玉穗子大鬧一段，瀟湘館大鬧擲帕與拭淚一段，兩人訴肺腑一段，向襲人誤認黛玉一段，鉸肩套兒一段，聽寶與湘說林妹妹再不說這話一段，放心不放心二人辨說一段，黛玉奠親後寶玉過談並看五美吟一段，夢中見剖心一段，聽琴後論知音一段，聞雪雁寶玉定親之語自己糟蹋身子一段，聞傻大姐語過寶玉見面一段，皆關目之緊要者。須玩其一節深一節處，斯不負作者之苦心。

寶玉立誓之奇，有令人讀之噴飯者。其對襲人云：「化一股輕煙，風一吹便散。」拿簪子跌斷云：「同這簪子一樣。」對湘雲云：「我要有壞心，立刻化成灰，敎萬人踐踏。」對黛玉云：「若有心欺負你，明兒我掉在池子裏，叫個癩頭黿吃了去，變個大忘八，等你明兒做了一品夫人，病老歸西的時候，我往你墳上替你馱一輩子碑去。」又云：「再說這樣話，就長個疔，爛了舌頭。」又云：「天誅地滅，萬世不得人身。」又對襲人云：「我就死了，再能彀你哭我的眼淚，流成大河，把我屍首漂起來，送到那鴉雀不到的幽僻之處，隨風化了，自此再不要託生爲人，就是我死的得時了。」對紫鵑云：「我只願這會子立刻我死了，把心迸出來，你們瞧見了，然後連皮帶骨一概都化成一股灰，再化成一股煙，一陣大風，吹得四面八方，都登時散了，這纔好。」對尤氏云：「人事莫定，誰死誰活，倘或我在今日明日、今年明年死了，也算是隨心一輩子了。」聊集錄之，以供一覽。此書者，眞能以匪夷之想肖之。

寶玉於園中姊妹及丫頭輩，無在不細心體貼。釵、黛、晴、襲身上，抑無論矣。其於湘雲也，則懷金麒麟相證；其於妙玉也，於惜春弈棋之候，則相對含情；於金釧也，則以香雪丹相送；於鶯兒也，則於打絡時嘵嘵詰問；於鴛鴦也，則湊脖子上嗅香氣；於麝月也，則燈下替其篦頭；於四兒也，則命其翦燭烹茶；於小紅也，則入房倒茶之時，以意相眷；於碧痕也，則羣婢有洗澡之謔；於玉釧也，有吃荷葉湯時之戲；於紫鵑也，有小鏡子之留；於藕官也，有燒紙錢之庇；於芳官也，有醉後同榻之緣；於五兒也，有夜半挑逗之語；於佩鳳、偕鸞也，則有送鞦韆之事；於紋、綺、岫煙也，則有同釣魚之事；於二姐、三姐也，則有佛場身庇之事；而得諸意外之僥倖者，尤在爲平兒理妝、爲香菱换裙兩端。

寶玉過梨香院，遭齡官白眼之看，黛玉過櫳翠庵，受妙玉俗人之誚，皆其平生所僅有者。

赦老純乎官派氣，政老純乎書腐氣，珍兒純乎財主氣，璉兒純乎蕩子氣，蓉兒純乎油頭氣，寶玉純乎傻子氣，環兒純乎村俗氣，我唯取蘭哥一人。

賈環之與彩雲，賈薔之與齡官，賈芸之與小紅，賈芹之與沁香、鶴仙，賈璉之與鮑二家、多姑娘等，或以事，或以情，皆不脱娼妓家行徑，未可與言情者。

賈瑞之於鳳姐，薛蟠之於柳，眞所謂癩蝦蟆者，其受禍也宜矣。若吳貴媳婦之夾腿，何媽之吹湯，亦未能自知分量。

吾願以柳湘蓮之鞭，治天下之饞色而生妄心者；吾願以賈探春之掌，治天下之挾私而起釁事者。以金桂之蠱惑，而蝌兒能堅守之，古之所難；以趙姨之鄙劣，而政老偏寵嗜之，亦世之所罕。

提寶玉於鴛鴦、尤三姐之前，便厲色抵拒之，然謂其心口相符，吾不信也。

探姑娘之待趙姨，其性太漓，惜姑娘之訐尤氏，其詞太峻，皆不可爲訓者。

此書全部時令以炎夏永晝，士隱閒坐起，以賈政雪天遇寶玉止，始於熱，終於冷，天時人事，默然相照合，作者之微意也。

還淚之說甚奇，然天下之情，至不可解處，即還淚亦不足極其纏綿固結情也。林黛玉自是可人，淚一日不還，黛玉尚在，淚旣枯，黛玉亦物化矣。

士隱之贈雨村銀五十兩，賴縣之答賈政亦五十兩，其數同，其情異。

讀好了歌，知無好而不了者，然天下亦有好不好、了不了之人，且天下有了而不好之人，未有好而不了之人。

王嬷嬷妖狐之駡，直誅花姑娘之心，蟠哥哥金玉之言，能揭寶妹妹之隱，讀此兩節，當滿浮三大白。

寶玉之婢，陰險莫如襲人，刁鑽莫如晴雯，狹窄莫如秋紋，懶散莫如麝月，各有所短，然亦各有所長，若綺霞、碧痕者流，委蛇進退焉而已。

襲人與紫鵑，皆出自太君房中，一與寶玉，一與黛玉，迨至寶玉僧，黛玉死，而襲人嫁玉函爲妻，紫鵑從惜春逃佛，孰是孰非，知者辨之。

觀平兒之於鳳姐，可以事危疑之主；觀寶釵之於黛玉，可以立娼忌之朝。

葫蘆廟小沙彌，與江西署之李十兒，皆牽主人如傀儡，而一陞官，一壞事者，亦視乎其所駕馭耳。

茜雪之攆，左右寒心，則檀雲之脱然而去也，固有先幾之智矣。

男子如薛蝌，女子如岫煙，皆書中所罕有，眞是一對好夫妻。

寫士隱之依丈人者，爲全書中如黛玉之依外祖母、薛氏母女之依姊妹、邢岫煙之依姑母、李嬸母女之依姪女兒、尤氏母女之依女壻等作一影子。

世態之幻，無幻不搜，文章之法，無法不盡，但賞其昵昵兒女之情，非善讀此書者。

未入園時，寶玉、黛玉住賈母處，李紈、迎、探、惜住王夫人處三間抱廈內；湘雲、襲人少時，住賈母西邊煖閣上；梨香院教習女伶後，薛姨媽另住東南上一所幽靜房舍；寶琴初到時，跟賈母睡；薛蝌住蟠兒書房，岫煙與迎春同住，李嬸同紋綺住稻香邨。

襲人初出場，則云大丫頭名喚襲人者，特用一個者字，作者有微意焉。若他人出場，並無此例。

寧、榮兩府房屋，街東爲寧國府，稍西爲黑油大門，榮府之旁院也，賈赦、邢夫人居之，而二宅之間，中有小花園隔住。再西爲榮府大門，其正堂之東一院，賈政王夫人居之；其正堂之後，在王夫人所住之西者，鳳姐居之；其自儀門內西垂花門進去，一所院落，賈母居之。出賈母所住後門，與鳳姐所住之院落相通，故鳳姐初入賈母處，自後門來。

紅樓之製題，如曰俊襲人，俏平兒，癡女兒（小紅也），情哥哥（寶玉也），冷郎君（湘蓮也），勇晴雯，敏探春，賢寶釵，慧紫鵑，慈姨媽，獃香菱，憨湘雲，幽淑女（黛玉也），浪蕩子（賈璉也），情小妹（尤三姐），苦尤娘（尤二姐），酸鳳姐，癡丫頭（傻大姐），懦小姐（迎春），苦絳珠（黛），病神瑛之類，皆能因事立宜，如錫美謚。

園中韻事之可記者，黛玉葬花塚，梨香院隔牆聽曲，芒種日餞花神，寶玉替麝月篦頭，怡紅院丫頭在迴廊上看畫眉洗澡，薔薇花架下齡官畫薔，堵院中溝水戲水鳥，跌扇撕扇，湘雲與翠縷說陰陽，瀟湘館下紗屜看大燕子回來，襲人煩湘雲打蝴蝶結子，黛玉教鸚鵡念詩，山石邊招鳳仙花，繡鴛鴦肚兜，翠墨傳牋邀社，怡紅院以纏絲白瑪瑙碟送荔支與探春，看菊吃蟹，黛玉坐繡墩倚欄釣魚，寶釵倚窗檻招桂蕊引遊魚唼喋，探、紈、惜在垂柳陰中看鷗鷺，迎春在花陰下拿花針穿茉莉花，掃落葉，碧月捧大荷葉翡翠盤養各色折枝菊花，宣窰磁合取玉簪花中紫茉莉粉，小白玉合中取胭脂膏助平兒妝，翦並蒂秋蕙爲平兒簪鬢，鴛鴦坐楓樹下與平、襲談心，香菱學詩，湘雲以火箸擊手爐催詩，晴雯在薰籠上圍坐，寶琴披鳧靨裘、丫鬟抱紅梅瓶站雪山上，看駕娘夾泥種藕，襲人取花露油、雞蛋香皂、頭繩爲芳官添妝，紫鵑坐迴廊上做針線，藕官於杏子陰弔藥官，鶯兒過杏葉渚以嫩柳條編玲瓏果籃子送顰卿，麝月在海棠下晾手巾，蕊官以薔薇硝送芳官，芳官掰手中糕逗雀兒玩，湘雲醉後臥芍藥裀，探春和寶琴下棋岫煙觀局，小螺、香菱、芳、蕊、藕、荳等鬥草，荳官辨夫妻蕙，寶玉爲香菱換石榴裙，以樹枝挖地坑埋並蒂菱、夫妻蕙，以落花掩之，怡紅院夜宴行令唱曲，佩鳳、偕鸞作鞦韆戲，建桃花社，柳絮詞唱和，傻大姐掏促織拾繡香囊，凸碧堂賞月以桂花傳鼓，聽月夜品笛，凹晶館倚闌聯句，作芙蓉誄祭晴雯，紫鵑招花兒，瀟湘館聽琴，其他瑣事不一，聊摘拾如右，以備畫本。

（糾疑）　暇嘗涉覽二十四史，其前後相矛盾者，不一而足，況空中結撰，無關典要之書耶！今條著其可疑者如左，非敢吹毛之求，亦以明讀者之不可草草了事云爾。

鳳姐爲王夫人大兄之女，王夫人三姊妹，次即薛姨媽，其兄弟三人，子騰行二，子勝行三，今一百一回中，稱子騰爲大舅太爺，子勝爲二舅太爺，殊失檢點。

第四回點明李紈時係己酉年，就後文甲寅年云賈蘭十五歲，則是時蘭當八歲，其云五歲者誤也。

黛玉母死時，遽云年方六歲，而即謂其奉侍湯藥，守喪盡禮，又謂其舊症復發云云，皆於理欠的。

閱第五十三回寧國公名演，榮國公名法，今閱第三回云榮國公賈源，爲源爲法，其不相合者如此。

據第二回云，大年初一生元春，次年又生一公子啣玉云云，是玉之與元春僅差一年，何後文所說意似差十餘年者，此等處不能爲之原諒也。　查後元春二十六歲時，寶玉方十二歲，故知次年二字之謬，特出自冷子興口中，豈因傳聞於人，隨口演說耶？

二回冷子興又云長女元春因賢孝才德選入宮中作女史，上文旣云元春生後一年生寶玉，則此時寶玉方七八歲，元春不過十歲內耳，何便決其爲賢孝才德，即選作女史也？

查是年元春廿六歲，爲王夫人廿二歲所生，若寶玉則王夫人三十六歲時所生也，書中俱可推算。

黛玉初入榮府時，爲十一歲，寶玉方十二歲，而前一回子興云黛玉方五六歲，寶玉七八歲，未免長成得太快。

第十回東府菊花盛開，已交秋末時節，而云吃桃子，於理未合。

第十二回云如海冬底病重，而十三回昭兒自蘇回云如海九月初三日巳時沒，不甚鬥筍。

鳳姐處置賈瑞之時，明明點出臘底二字，遲之久而秦氏始死，亦在歲底者。　然此時去秦氏死期已過五七，派時令亦入新年中二月光景矣，而昭兒回來猶云年底可趕回，猶要大毛衣服云云，何不顧前後如此？

元妃生於甲申年，書有明文，至省親時，實係二十九歲，寶玉是年十五歲。當寶玉三四歲時，元妃已十七八歲，故能教幼弟之書，想此時尚未入選爲女史也。後元妃於甲寅年薨，係年三十一歲，今書中作元妃死時四十四歲，殊不合。

三十二回爲壬子，襲人時十七歲，其與湘雲十年前同住西邊煖閣上，晚上你同我說那話兒，那會子不害臊，這會子怎麽又臊了，按十年前襲人與湘雲不過七歲上下，如何便解說此等言語？

三十九回時，太君年已七十八歲，其問劉老老年則云七十五，而太君云比我大好幾歲，還這麽硬朗，於理甚謬。或改劉老老年爲八十一二，方合。

四十五回黛玉云我今年十五歲，當作十四歲爲是。

三十六回云明兒是薛姨媽生日，時蓋壬子年夏末秋初也，至第五十七回亦云目今是薛姨媽生日，時癸丑年春二月間也，豈一人有春秋兩生日耶？至賈母生日已詳叙八月初三日一段事，今六十一回探春云過了燈節是老太太生日，則又何也！

六十九回云秋桐十七歲，又云屬兔，大誤。是年癸丑，則十七歲當是丁酉生，屬鷄。

七十回送尤二姐喪，有王姓夫婦，不知何人。

八十五回係甲寅秋間事，爲黛玉作生日，據前書云黛玉二月十二日，與襲人同日生，而此處生日忽又在秋間矣。

九十二回云十一月初一日作消寒會，至九十三回則記云十月中，時令顛倒。

元妃之薨，辨其爲三十一歲，而以四十四歲爲誤者，一則年近四十，安能復蒙寵進，一則王夫人是年爲五十三歲，豈王夫人八歲便能生妃耶？（抄本）

話石主人

【紅樓夢精義（節錄）】　開口便說渺茫，見作者曾經夢幻；入手先辨眞假，怕後人不解荒唐。誰謂《石頭記》非醒世書？

以賈開場，以甄結局，中間甄賈互見，脈絡靈通。

緣起語長心重，詞質而文，演說縷晰條分，言多不費，不得目爲小說家。

鑑明風月，照澈古今；廟號葫蘆，別有天地。非過來人，想不出此等名目。

化灰不是癡語，是道家玄機；還淚不是奇文，是佛門因果。深得六朝文字之髓。

犯淫與情，都無結果，士隱實是名言；識義與利，便可成仙，士隱即是明證。

因空見色，自色悟空，舍此無微妙法；若了便好，要好須了，解此是最上乘。癡和尚看內典，何異窮措大抱高頭講章，那得出頭日子。

慢慢過來，悄悄躺下，是五兒承愛罪案；時時在意，步步留心，是黛玉致病根由。

敘三春如見如聞，出鳳姐有聲有色，太史、長康一齊下拜。

出寶玉先子興一引，雨村一證，王夫人一提，然後從黛玉口中輕輕道出，何等自然，何等矜貴。

寶有名惟黛名之，黛無字惟寶字之，正是我不卿卿、誰復卿卿之意。

魔王加之以混，賈不應有此禍根；霸王益之以猷，薛胡爲有此毒種？王家宅相使然耶？

敘黛玉先世，何等清貴，敘寶釵起家，只是富商，筆若伯州犂之手。

鳳姐殺張華，苦心尙非得已；雨村充門子，毒手未免不情。殘忍中尙有分別。

寫黛玉處處可憐，何忍厭其小性；寫寶釵處處可愛，何必怪其藏奸。讀書不容着己見也。

雪天極寫衣服，映對岫煙；臥房極寫鋪陳，襯託秦氏。

「從今要領略風情月債」，是當前欣幸語；「於今纔曉得聚散浮生」，是過後解悟語。起結遙遙一氣。

境雖曰幻，入幻便即是眞；津旣曰迷，執迷如何能悟？仙姑大是鶻突。

以風月傳世，空師眞是情師；以雲雨授人，警幻可稱引幻。在仙人出死入生，在凡人則出生入死矣。

悼紅軒於黛多貶詞，却以一癡字原之；於釵多褒詞，却以一冷字結之。一字之間，優劣互見。

寶玉兼愛，故敘釵黛性情言貌，皆從寶玉目中寫來；釵黛同情，故敘寶玉服飾儀容，必從釵黛目中看出。

（年誤）　靑峺峯別來十三載，非是。按是年入園，前二年遊幻。此十三，遊幻僅十一，似未妥。此當作十五載，則遊幻時十三。推之演說，當云十來歲，百十九回當云哄了老太太二十年。

黛玉長了十五歲，非是。按黛玉小寶玉一歲，當作十四。推之第二回，當作年方七歲。

演說次年生一公子，非是。按元妃長寶玉十一歲，當云次後次胎。

元妃薨四十三歲，非是。按元妃生於甲申，卒於甲寅，當是三十一歲，是年寶玉二十歲。

探春結褵三載，非是。按賈政糧道，本年回京，當云兩年。

寶釵比寶玉大，非是。按入園之年，釵十五，寶玉亦十五。若以寶玉十三而論，釵又不能大寶兩歲，當作同年長月。

巧姐騙嫁，非是。按鳳姐卒年二十六，是時巧姐尚幼。

襲人與寶釵同庚，非是。按襲人大寶玉兩歲，若與釵同庚，則偷試時只十三，似不得便稱大丫頭。即此可見寶玉遊幻當是十三，襲人偷試當是十五，釵、寶同庚，釵、襲不必同庚也。

（月誤）十月頭一場雪，不對。按是時黛玉已穿白狐，湘雲亦穿裏外燒，當是十一月。

（日誤）十五省親，失檢。按寶釵生日是正月二十一日，生日在大姐兒喜事還願後，喜事在省親後。似宜改作元旦，時日方寬，且與元妃送燈謎合。

（時誤）寶玉出幻，可卿正在囑咐丫頭，不妥。謂黃粱警世，原可一息百年，此却非警世，且有雲雨之迹，宜略作輾轉。

（地誤）水月菴，誤。按水月菴即饅頭菴，又名水月寺，是一處。女尼所在，又是一處，不得亦名水月。

（物誤）鶴在松下剔翎，誤。按怡紅院無松。

（語誤）　第二回赦公一子，誤。此時已有賈琮。

第四回薛蟠送妹待選，誤。後無照應。

二十回看病換衣，可删。

二十五回在王夫人身後倒下，與下文彩霞說笑不合。

二十五回支開小丫頭，當在問暗算法之前。

二十八回姑表兄弟，當作姨表。

三十二回寶玉見寶釵來得便走了，與下卷王夫人問寶釵語不對。

五十四回寶玉漱口，可删。

七十一回開卷說寶玉，誤。不似接見過語氣。

八十五回寶釵明知是賈府人，不妥。此時並未說親。

九十回岫煙住菱洲，此時迎春已嫁，且與九十九回不對。

百五回錦衣查抄，賈珍在西府看守，誤。當回東府。

（脫略）　第四回妙玉入園，略。

六回鳳姐叫蓉兒晚來說話，略。

二十回湘雲回去，略。

二十回邢夫人云：「一個好東西」，略。

二十八回鳳姐叫寶玉:「還有一句話」,略。
三十二回襲云大喜,不傳放定,略。
三十五回黛玉院中說話,與下卷不接。
四十七回上秦鍾墳,不言幾時相識湘蓮,略。
(戲文照應) 東府東道,《還魂》、《彈詞》應可卿入夢。
歸省四曲應元妃。
東府年戲照全局。
寶釵壽戲,《西遊》應易嫁,《山門》應寶玉,《當衣》應鳳姐。
清虛觀三本,應西府全局。
鳳姐生日應寶玉私祭金釧。
元旦戲應巧姐。
黛壽,《冥昇》應黛,《渡江》應寶,《吃糠》應抄沒。
伯府戲,《花魁》應襲人。
(無考) 五十四回麝月云「那兩個不知理」,不考。(光緒三年申報館版《癡説四種》本)

【紅樓夢本義約編(節錄)】 《石頭記》開卷言無才補天,作者自恨缺陷難補也。開首借英蓮失散説起,英蓮讀作姻聯,言眞姻聯而復失也。歸薛氏曰香菱,香菱讀作相憐,後改名秋菱,謂始如並蒂相憐,終似深秋零落也。全部之節目，以英蓮起，以英蓮結，英蓮爲羣芳中薄命之尤者也，此書之始末也。緣始還淚，故先出黛玉；緣成金玉，故繼出寶釵。二美既集，寄情夢幻，參以襲人，見夢境不是虛花；悟以眞如，見實事有如夢境。此作書之本旨也。

寶玉爲神瑛，神仙姻眷也。初見黛，若遠別重逢，見神交已久也。言和意順，兩小無嫌，有不止解連環、就手看花、披氈笠、輕檐束髮者。顧對枕彈脂，聞香籠袖，寄言香玉，幾欲化身，亦不過話到疎不間親，兩心相印而止。自入大觀，遂疎防檢，盟言既非虛語，吃茶已有諷詞。而紫鵑一戲，方且明示曲衷；山坡一訴，又復歷陳已往。無如藥方對悞，黛猶以爲撒誑哄人，心不能明，乃有摔玉大鬧之事。黛翦玉穗，明與玉斷也。此時意亂心迷，眞訴肺腑，却瞞不得旁人。至於笞撻横加，情象兩露，猶復寄情舊帕，夢想姻緣。迨夫探春結社，同賦斷腸，借菊爲題，綿纏不了，感用心之兩合，覺雅謎之難猜，縱有情文，焉能補恨。然而杜鵑一喚，急痛迷心，不過空示團圞，轉貽話柄。厥後春宵問病，土物言懷，迹愈斂而愈形，情日親而日遠。姻緣不能自主，剖心亦是徒然。卒之甘背盟言，僅得瀟湘一哭，設非眞如大悟，幾何不墮落紅塵！此漁翁隱語，悵索解之無人；琴調相思，歎賞音之難得也。此寶、黛之大略也。

十二釵命名，各有喻意。曰林黛玉，讀寧待玉；曰雪雁，讀接案：寧待寶玉接案也。曰薛寶釵，讀拆寶開；曰金鶯，減名鶯，鶯讀姻：拆寶玉開聯金玉姻也。曰史湘雲，讀是香羣；曰翠縷，讀翠侶：是香羣翠侶也。曰秦可卿，曰兼美，言兩美情皆可親也。曰妙玉，曰檻外人，言妙遇陷害人也。曰熙鳳，趨奉也；曰巧姐，巧語也；曰平兒，貧兒也：言趨奉之巧，如貧兒也。曰李紈，紈讀完；曰蘭，蘭讀難：言完人難也。曰元春，曰抱琴，前春抱情也。曰迎春，曰司棋，尋春私期也。曰探春，曰侍書，探春事虛也。曰惜春，曰入畫，惜春入化也。此十二金釵命名之大凡也。

黛玉本絳珠草，曰敏生，明其爲草木之人也。草木向榮，故歸榮府。初來尙在髫年，即恐被人恥笑，多心小性，業已遜薛一籌。及重赴維揚，再依大母，已有終焉之志，因生金玉之嫌。祇緣自賞孤高，以致衆心不屬，因求全而得毁，爲求近而反疎。迨夫換案已成，鴛鴦誓絶，猶自蘭言解癖，謬結同心，妄憶姻緣，纏綿不語。及至驚心惡夢，不知失愛高堂，蛇影杯弓，無端絶粒，性迷求死，枉自焚詩，癡情雖斷於今生，往事已貽爲口實，此所謂李十負心，雖西江之水不濯也。幸而潔來潔去，終歸清淨之天，死於孀閨之手，一字之褒，榮於華袞，有不待自明而可共信者。此黛玉之本末也。

薛寶釵性情舉動，與黛玉相反，已有不兩立之勢。自奇緣識鎖，宮賞兩同，遂有兒女之私。雖務爲持重，而送丸藥顯露情言，繡鴛鴦難云無意。特平昔隨分從時，見之者不肯播揚其短耳。投史太君之好，結王夫人之心，猶曰女子能賢，毋庸過議。至賞襲人之志量，遂與聯歡；知小紅之心高，因而嫁禍，其機詐可概見矣。訐黛玉之短，復聯之以小惠；去黛玉之疑，必動之以婚姻，其權謀又可概見矣。苟無金玉之見存，何必避嫌而忽去？惜乎瀟湘命薄，寶玉情移，設因溺愛而傾心，未知此座之誰屬。然而將桃代李，當局何以爲情？對此癡呆，亦復毫無生趣，不過銀河一度，消受永夜青燈而已，無謂也。此寶釵之本末也。

起首雨村、士隱皆住仁淸巷，言人情眞假不分也。雨村去，士隱留，是去假存眞之本；士隱仙，雨村仕，是以假代眞之始。至急流津則甄來賈去，卷終則棄賈歸甄。此眞假之說也。

作者言眞事隱去，用假語村言演出，知著眼處先在命名。細繹百二十回各人名，皆有用意。

無才補天之後，得遇渺茫，將百二十回實事，用數語包括，接入空空道人鈔寫傳奇，取徑與俗本小說迥別。

開場演說，籠起全部大綱，以下逐段出題，至遊幻起一波，總攝全書，筋節瞭如指掌。文勢已促，故借劉老老入手，從遠處落墨，以疎文氣。中間協理東府，元妃晉封等事，波瀾極大，氣局却空。至省親則沈浸穠縟，寫盡繁華氣象，其實皆是閒文，故借東府演戲一點煞住，歸入本文。自入園後，正寫題面，至受笞起一大波，文氣一歇。以後就景生情，筆意一變。至壽怡紅精神一振，總起全書，接入獨豔理喪，一落千丈，順勢串寫瑣務，闗合正文，伏後敗壞之根。檢園以下，逐段細寫散場光景，忽作掉包一變，窮情盡相，推開大局，且叙且結，應前盛局，喚醒癡庸，重遊幻境，則滴滴歸源，文章已到返魂。至於中鄉魁，綿世澤，有餘不盡之頌揚而已。

自開卷至演說，如牡丹初吐，香豔未足，顏色鮮明。至遊幻，如花初開，穠豔温香，精彩奪目。至歸省，則樓上起樓，直是國色天香，錦帷初捲。至壽怡紅，則重樓大開，碧白紅黃，一時秀發，錦天繡地，繁華極盛。至賈母生辰，則花已開乏，香色雖酣，丰韻已減。至黛玉生辰，則紅乾香老，光豔已銷，獨花心一點，生紅不死。以後如花之老境，漸次搖落，不堪入目矣。不難叙前半之盛，難叙後半之衰。

或曰八十回後如出兩人，不知於何見得？

《紅樓夢》高人處在實事翻空，空處閒文，却是實事鍼對，故一百二十回無一死筆。

《紅樓夢》戲文皆有關會，開場賈敬生辰演《雙官誥》應兩府全局，省親四齣應元妃全局，年戲寫應東府混亂，清虛觀三本應榮府全局，元宵《八義觀燈》寫繁華景象。他如《還魂》、《彈詞》應秦氏，《托夢》、《相約相罵》應寶玉背約，寶釵生日《西遊》應賈母壽終，《山門》應寶玉出家，《當衣》應鳳姐典當，《西樓》應蘆亭大會，《尋夢》應重遊幻境，《男祭》應水仙菴，黛玉生日《冥昇》應黛玉，《吃糠》應兩府中落，《渡江》應寶玉，《花魁》應襲人。

《紅樓夢》喜用複筆。一遊幻境，必再遊幻境；一入家塾，必兩入家塾；一秦氏之喪，又有賈母之喪；一協理東府，又有協理西府；一陪靈看家，又有送殯看家；一馮淵人命，又有張三人命；一寶玉受笞，又有賈璉；一鴛鴦剪髮，又有惜春；一寶釵生辰，又有慶生辰；一莊頭送新，又有送果子；一設春燈謎，又有製春燈謎；一宣牙牌令，又有擲曲牌名。他如一藥方有可卿又有黛玉，一例賞有襲人母又有趙國基之類，種種細事，不可縷記。其實皆同而不同，變化不測，純是《水滸》筆法。

《紅樓夢》叙事，每逢歡場，必有驚恐。如賈政生辰忽報內監來，鳳姐生辰忽有鮑二家之事，賞中秋賈赦失足，賀遷官薛家凶信，接風報查抄之類，皆是否泰相循，吉凶倚伏之理。其用心之細，雖縷細不能盡寫也。（光緒四年刊本）

解盦居士

【石頭臆説】《紅樓夢》一書得《國風》、《小雅》、《離騷》遺意，參以《莊》《列》寓言，奇想天開，戛戛獨造。從女媧氏煉石補天説起，開卷大書特書曰：「作者自云曾歷一番夢幻，借通靈説此《石頭記》一書」，是石上歷歷編述之字跡盡屬通靈所説者矣。通靈寶玉兼體用講，論體爲作者之心，論用爲作者之文。夫從胎裏帶來，口中吐出，非即作者之心與文乎！何以言石上所記即通靈所説？觀夫青埂峯下鮮瑩明潔之石，倏爾縮如扇墜，幻形入世，迨返本還原，將一生所歷情事盡記在石，意欲問世傳奇，非即以通靈之心作此通靈之文乎！煉石高若干丈，大若干丈，作者自喻立意高超，取材宏富也。補天猶言補衮；未得補天，謂未經世用，無補衮之功也。空空道人，謂心中空空而道，初非有意譏刺人也。青埂者，情根也。寶玉者，所寶在寓意也。空空道人又自名情僧，即作者也。茫茫大士，渺渺眞人，即作者之魂魄也。賈寶玉，甄寶玉，一而二，二而一者也，所謂假即眞時眞亦假也。其果否爲曹雪芹，固不必深考。觀其所居之名，寶玉曰怡紅，雪芹曰悼紅，是有紅則怡，無紅則悼，實惟作者一人而已矣。文心極曲，文義極明，細讀之如釋氏浮圖，八面玲瓏，層層透澈；如天女散花，繽紛亂墜，五色迷離；貫讀之，則又如一片光明錦，一座琉璃屏，玄之又玄，無上妙品，不可思議，通矣哉！靈矣哉！文妙至此，蔑以加矣。文妙眞人之號，作者誠當之而無忝也。

韓蘄王《南鄉子》詞曰：「人有幾多般，富貴榮華總是閒。自古英雄都是夢，爲官，寶玉妻兒宿業纏。」

作者自名寶玉，其亦取義於此乎！

第三十四卷中，襲人對王夫人言：「惟有燈知道」，惜其時在白晝也。若在夜間，燈必曰：「我不知道，夫人莫聽此讒言。」雖然，燈果有知，襲人亦必不敢作此語矣。蓋襲人之敢作是言者，正以王夫人非燈比也。其意謂惟有燈知道，若我夫人，則晝夜昏昏，何能知我也哉！

開卷以姑蘇城閶門仁淸巷葫蘆廟爲言，蓋取姑妄言之之義。蘇與書音相近也，閶倡也，廟妙也，謂姑妄倡爲此書，其人淸，其書妙也。鄉宦甄士隱名費，費者廢也，謂先宦而後廢者也。嫡妻而姓封氏者，謂亦曾受封者也。以眞事旣隱，故不著眞姓氏矣。又言士隱不以功名爲念，倒是神仙一流人物，足見其人之淸，故巷名仁淸也。其女名英蓮者，謂其眞應憐也。士隱夢中所見一僧一道，即作者魂魄所化。作者自謂冥心搜索，精誠所通，出神入化，說此一段風流公案，盡屬幻境，所以開首姑倡此人此地，以總括全書之妙義也。

又封者風也，因風引火，故其家遭回祿也。

英蓮之母姓封，英蓮之夫姓薛，旣遭風，復遇雪，此蓮欲求不落得乎！顰顰葬花詩云：「一年三百六十日，風刀雪剪嚴相逼。明媚鮮妍能幾時？一朝飄泊難尋覓」，即風雪落英之謂也。

薛氏之詠蟹詩，衆人以爲諷時太毒，而不知其實駡怡紅也。觀其竹夫人之謎可知。旣云「恩愛夫妻」矣，而開口便云「有眼無珠」，何也？蓋言爲心聲，此謎雖非有意爲之，而中有不平，不覺其隨時流露也。

媧皇煉而未用之石，爲作者之心。心既通靈，冥想神游，而爲情天幻境侍者，因於三生石畔結木石之緣，纏綿相感，彼此皆落塵網，此第一卷所謂神瑛滋養絳珠，勾出多少風流寃家下凡，造歷幻緣者此也。

書中僧道問答，言：「今日這石復還原處」，是尚未經幻想之心也。又云：「你我何不將他仍帶到警幻仙子案前掛號，同這些情鬼下凡，一了此案」，是已涉幻想之心也。又云：「趁此你我何不也下世度脱幾個」，是不特心涉幻想，並其魂魄亦將攝到幻想地步矣。又云：「且同到警幻宫中，將這蠢物交割清楚」，是作者於幻想之中，尚存自警之心也。又云：「待這一干風流孽鬼下世，你我再去」，眞是驚魂喪魄，同入幻想之境矣。此一段，説一句便有一句用意，須細讀之，不可囫圇看過。

僧道所言「趁此你我度脱幾個」一語，便生出無數魔障業緣，於是可卿、襲人諸人皆在度脱之中矣，而要非幻想之本心也。

麝月於怡紅神游幻境未返之時，設能自裁以殉，豈不大妙。

寶玉實作者自命，而乃有甄賈兩人者，蓋甄寶玉爲作者之眞境，賈寶玉乃作者之幻想也。觀五十六卷中，賈寶玉夢見甄寶玉，醒時於大鏡内照見自影，猶呼寶玉一段，即所謂假即眞時眞即假也。迨至甄賈兩人會面，此書已將畢矣，此殆所謂假去眞來眞勝假乎！似與原旨未甚合也。

通靈寶玉，即寶玉之心。直至一百十七卷中，寶玉云：「我已經有了心了，要那玉何用」，方將本旨揭出。其從前摔玉、砸玉、失玉、還玉，皆非謂玉也可知。

神瑛侍者必居赤霞宫者，得毋謂其不失赤子之心乎！故寶玉生平，純是天眞，不脫孩提之性。寶玉旣爲赤霞宫侍者，又號絳花洞主，其所居軒曰絳芸，院曰怡紅，所謂愛紅毛病者其在斯乎！此書名曰《紅樓夢》，絳珠之窗又是茜紗，總不離乎絳紅者，近是必另有命意，俟考。

作者旣以夢名其書，則書中凡言夢者，其非盡屬夢也明矣。

書中歷叙各夢，如寶玉夢游太虛幻境，夢與甄寶玉相遇，夢見晴雯死後來别，夢至地府尋訪黛玉被石子打回，並甄士隱夢見僧道，甄寶玉因夢改行，黛玉因夢添病，湘蓮夢醒出家，香菱夢裏吟詩，小紅私情癡夢，妙玉走魔惡夢，鳳姐夢可卿勸立家業，又夢被人强奪錦疋，尤二姐夢見三姐勸斬妒婦，襲人夢見寶玉和尚册子，茗烟説萬兒因母夢得錦疋而生，以及寶玉神游幻境似夢而非夢，並因黛玉故後想夢而無夢，所言諸夢，皆是眞夢。獨寶玉在可卿房中夢訓雲雨之事，絳芸軒中夢斥金玉之説，並屬假夢，非眞夢也。

怡紅夢中云：「甚麽金玉姻緣？我偏説木石姻緣。」豈料木爲金尅乎！

寶玉出家爲僧，而封以眞人之號，眞人者道士也，空空道人又名情僧，是僧即道，道即僧，實即寶玉。渺渺眞人即是茫茫大士，一道一僧實皆寶玉之魂魄也。

《石頭記》又名《情僧錄》，即文妙眞人之妙文也。

神通靈也，瑛寶玉也，故曰神瑛侍者。

以寶玉而遇絳珠，可謂珠圓玉潤。石韞玉而山輝，水懷珠而川媚，全書文境，彷彿似之。

絳珠者謫降仙姝也，此書專爲絳珠而作，他人無與焉。絳珠以淚還灌溉之恩，可謂一淚一珠矣。作者將眞事隱去，而爲假語村言，即以甄士隱、賈雨村名其人，則書中各人姓名皆有寓意，從可知矣。夫林者靈也，靈河岸上之降姝也。黛玉，代其意中之玉人也。顰顰，意中怦怦也。婢名紫鵑、雪雁者，以喻黛玉一生苦境也。蓋鵑本啼紅，而乃至於紫，苦已極矣，而又似飛鴻踏雪，偶留爪印，不能自主夫西東也。又林者上林也，故其父如海，曾中探花，謂探上林之花也；其祖曾爲列侯，謂是侯門如海之女公子也。

晴雯者情文也，正不知文生於情，情生於文也。

晴雯一小黛玉也。黛玉來賈府正興，黛玉亡賈府即敗，晴雯至園中正盛，晴雯死園中即衰，正是一樣文字。芙蓉花神非眞指晴雯也。試觀壽怡紅之夕，黛玉掣得酒籌乃芙蓉花，衆人云：「除了他，別人不配做芙蓉」，明明言之矣。又寶玉祭芙蓉神時，黛玉實生受之，誄文中眉黛一聯已明點黛玉二字，所改茜紗一聯，黛玉聞之色變，更顯著矣。按一百十六卷中，寶玉神游幻境，遇管理絳珠草仙女，問其管芙蓉花是何人，仙女答以除是我主人瀟湘妃子方曉，是即明言瀟湘妃子方能管芙蓉花耳。「茜紗窗下，我本無緣」二句，亦直至一百十六卷中始應。試看寶玉魂游幻境，絳珠傳見時，寶玉言：「妹妹在這裏，叫我好想」，侍兒即將珠簾放下，非即此兩語情景乎！又晴雯者，青天白日毫無暗昧者也。以之表黛玉之心，比黛玉之品，允矣。即以晴雯已身而論，亦頗名副其實，觀黛玉晴雯臨死之言可知。又晴雯者，光明磊落之象也，故以之擬黛玉心地人品。若碧痕、秋紋、綺霞、麝月，皆非毫無痕跡之謂也，故屬襲人一黨，可作寶釵品題。

此書專爲靈河岸上之謫仙林顰卿一人而作。微特晴雯爲顰顰小影，即香菱、齡官、柳五兒，亦無非爲顰顰寫照。蓋菱齡皆與林同音也，柳亦可成林也，香菱原名英蓮，亦謂顰顰之應憐也。英蓮、顰顰幼時均有和尚欲化去出家，其旨可知矣。此英蓮所以得爲顰顰弟子也。

姽嫿將軍可對瀟湘妃子。詠林四娘之作與芙蓉誄同日而成，已寓絳珠必死之兆矣。

姽嫿、若玉亦皆爲顰顰影子，姽嫿影其姓，若玉影其名。小紅亦姓林氏，原名紅玉，明是絳珠兩字影子。初在怡院，于邑不得志，後爲熙鳳索去，即是拆散絳珠姻事之意。以柳五兒補小紅之缺，栽柳固可成林，而折柳所以贈别，亦屬絳珠死别之機。齡官之於賈薔，小紅之於賈芸，終難遇合，均此意也。

紫鵑之小菱花鏡子，留贈怡紅，其亦鏡中花之謂乎！或曰心心相照之意也。

馮淵者，逢寃也。香菱遇馮淵而嘉偶不諧，終歸諸薛氏之子。於文，薛子爲孽，即寓顰顰爲薛寶釵奪去良緣，眞是逢著宿世寃孽也。

太虚幻境又曰孽海情天，其旨可知。太虚即指秦太虚也。秦氏與情事同音，謂情事之幻境也。秦氏名可卿，言可人之情事也。弟名秦鍾，情所鍾也。父名秦業，情之孽也。警幻仙子與可卿爲姊妹，是一是二，恍惚迷離，殆不可辨。雲雨之事，其警幻所訓歟，抑可卿所訓也？癡夢仙姑、鍾情大士、引愁金女、度恨菩提，得毋可卿之化身耶？小名兼美，誠不愧矣。

灰侍者、木居士，殆亦急流渡口、悼紅軒中人，似非迷津中人也。

山名大荒者，即太虛之謂。崖名無稽者，即幻境之謂也。作者以生平頑福眞事，寫成夢幻虛無，故太虛幻境即眞如福地也。孽海情天之額，後又改爲福善禍淫，是作者懺悔之意也。故云風月寶鑑宜反照不宜正照。全書之旨在此，讀者須知此意。

甄英蓮者，眞應憐也。全書之旨，無非薄命紅顏，故開卷首寫此人。寶玉幻境所見所聞，如香名羣芳髓，髓者碎也；茶名千紅一窟，窟者哭也；酒名萬豔同杯，杯者悲也：同此意也。英蓮母姓封氏，封者風也，花固以風而開，亦以風而謝，千紅萬豔，終被風摧，能不悲哭？香國飄零，故改名香菱。衆芳至秋零落殆盡，故再改曰秋菱。蓮與菱皆非凡豔，而望秋先謝，非比耐冬，何堪加之以雪乎！乃歸之薛氏，則萬無生理矣。

蓮本花中君子，而乃爲落英，其君子道消之意歟！

菱花秋水，顧影亦應自憐，命名之意，如是如是。

嬌杏者，徼倖也。以婢子而爲夫人，非徼倖之至乎！

英蓮則爲甄士隱之女，嬌杏則爲賈雨村夫人，可見應憐者是眞，徼倖者是假。開卷以此兩人相提並論，即寓全書之旨矣。

薛寶釵者，林黛玉之大敵也。薛即雪，所謂豐年好大雪也。黛玉初至寶釵處，即遇下雪，其明徵歟！林與薛先時蹤跡尚疎，故其病猶淺；嗣漸密而病漸深，迨寶釵送給燕窩，則密之至矣，而黛玉遂成痼疾；及薛氏定親，顰顰病幾不起；至薛氏成婚，而顰顰立時畢命矣。林木遇雪，誠大厄也。北人讀拆字轉成平聲，竟與釵字同音，薛氏名釵，所以拆開寶黛也。金鎖所以關鎖寶玉也。徵特以金配玉，且以金克木，林顰顰其能免乎！

冷香丸而以一年二十四氣之花蕊雨露爲之者，謂薛氏謀寶玉姻事，一年四季無所不用其心，終成露水而已。須以十二分黃柏煎湯作引者，謂薛氏亦吃盡十二分苦也。不然，何不云用黃柏一錢二分耶？語云：「不是一番寒徹骨，怎得梅花撲鼻香」，故名冷香丸云。

此書既爲顰顰而作，則凡與顰顰爲敵者，自宜予以斧鉞之貶矣。寶釵自云從胎裏帶來熱毒，其人可知矣。婢名同喜、同貴，謂喜與寶玉同富貴也。鶯兒姓黃，謂其巧言如簧也。倩鶯兒打絡子以絡通靈寶玉，明是遣巧言如簧者以籠絡寶玉之心也。絡玉必以金黑二色線者，金勢利也，黑曖昧也，欲藉此以籠絡寶玉之心也。菱遇雪固無生理，雪遇夏亦即消滅。薛氏之嫂曰夏金桂者，下賤而自以爲矜貴也。婢名寶蟾，蟾即釵之轉音，是下賤人尙欲奴畜之，其兄更痛罵之，豈不嚴於斧鉞乎！花襲人者，襲取寶釵之花貌者也，是雪花也；又掩人不備曰襲，謂薛氏之暗攻顰顰也。故不僅襲人爲寶釵化身，即寶蟾亦是爲寶釵寫照。傅試者，附勢也，傅試之妹亦屬薛氏小影。薛氏專愛怡紅之家世之面貌，實非愛其才與情也，更何論乎能知其心否耶？怡紅晝臥時斥言僧道之語如何信得，明明當面決絕回覆，不受薛氏之勢利暗昧、巧言籠絡，並非夢囈也。薛氏酒籌所掣牡丹花詩句云：「任是無情也動人」，無情二字固是薛氏定評，而由薛氏以觀，祇貪怡紅富貴，初不計其有情無情亦覺動人也耳，故此籌薛氏掣之。怡紅持之不釋，正以此句爲雙關也。薛氏之熱毒本應分講，熱是熱中之熱，毒是狠毒之毒，其痛詆薛氏處，亦不遺餘力哉！

寶玉胎裏帶來通靈，寶釵帶來熱毒，天生對偶，又何須金鎖爲哉？一笑。

顰顰借送手爐而肆譏，薛氏借尋扇子以洩忿，一暖一涼，後先掩映，於此更見薛氏之毒久而愈深。古人云：「見沉沉不語之士切莫輸心」，知人哉！

賈假也，政正也，璉廉也，琮忠也，蓉容也，薔祥也，芹勤也，以及敬也、赦也、珍也、瑞也，而皆貫以賈姓，令人失笑。

史者始也，趙者造也，周者謅也，尤者尤物也，湘蓮者相憐也，劉者留也，妙玉者妙喻也，畢知庵者必知俺也，詹光者沾光也，單聘人者善騙人也，卜世仁者不是人也，吳良者無良也，賈化者假話也，湖州者胡謅也，卜固修者不顧羞也。

湘蓮與寶玉後先出家，正所謂同病相憐也。

李紈者，守禮之完人也。字曰宮裁者，作者自謂秉公裁定者也，亦猶《琵琶記》中張大公之義。其父名守中，曾官祭酒，謂其守正不阿，閨中之祭酒也。婢名素雲、碧月者，以喻宮裁純美無疵也。此亦如《春秋》大書特書而無貶詞焉。

王氏名熙鳳者，熙者希也，希王鳳也。漢家天下壞於王鳳，賈府之事壞於熙鳳也。婢名平兒、豐兒者，即屏風之謂，賴以蔽內外而恣其妄爲也。書中謂夏金桂可步王熙鳳後塵，然則金桂之淫穢亦效熙鳳所爲矣，不過有虛寫實寫之別耳。智能亦是熙鳳小影，智而且能，非熙鳳誰屬？晴雯旣爲絳珠影子，則晴雯表兄吳貴之妻，其爲絳珠表嫂王熙鳳影子無疑矣。

熙鳳心毒手辣，草菅人命。如長安守備公子張金哥、鮑二家的、賈瑞、尤二姐，悉爲致死者也。有謀而未致死者，其惟張華乎！

以詞令見長者，熙鳳、探春、平兒、麝月、侍書、小紅而已。

蔣玉函者將玉函也，寶玉之外函也，所謂玉在櫝中求善價也。一百十七卷中寶玉云：「你們這些人原來重玉不重人哪」，又云：「看你們守着那塊玉怎麽樣」，此兩語雋快之至，而豈知更有守着玉櫝者乎？豈知更有重櫝而不重玉者乎？

此書才識宏博，詩畫琴棋、駢體詞曲、制藝尺牘、燈謎聯額、酒令爰書、醫卜參禪測字，無所不通，迥非尋常稗官所能道。其地則上而廊廟宮闈，下而田野荒寺，其人則王公侯伯、貴妃宮監、文臣武將、命婦公子、閨秀村嫗、儒師醫生、淸客莊農、工匠商賈、婢僕胥役、僧道女冠、尼姑道婆倡優、醉漢無賴、盜賊拐子，無所不備，維妙維肖；其事則忠孝節烈、奸盜邪淫，甚至諸般横死，如投井投繯自戕、吞金服毒、撞頭裂腦、誤服金丹、鬬毆致斃，無所不有，形容盡致，可謂才大如海。

書中之無情者以寶釵爲最，次則探春、熙鳳、鴛鴦、湘雲也。

書中快文，焦大醉罵而外，如李嬤嬤之罵襲人，薛蟠之罵寶釵，較陳琳討曹操檄、駱賓王討武氏檄，尤爲雋快，讀之當浮一大白。

焦大所罵養小叔，非指鳳姐也，須知之。

或謂襲人所繡鴛鴦兜肚，白綾紅裏兩面已經做成，是連裏子刺繡，反面必露針線之跡，且軟而難繡，以爲作者不諳女紅而然。此眞矮人觀場矣。試思作者具此靈心妙手，無藝不通，豈有不知刺繡之理乎？所叙兜肚一事，特書白表紅裏若已製成之件，而曰尙未繡完，可見本無其事。是怡紅晝臥，寶釵驟至，襲人避去，寶釵即爲代刺，實屬曲筆，正所謂「鴛鴦繡出從君看，不把金針度與人」也。

六十二卷中顰顰所言酒令「落霞與孤鶩齊飛」云云，直是自己寫照。

又寶釵與寶玉射覆，寶玉所言「敲斷玉釵紅燭冷」，及香菱引證「寶釵無日不生塵」之句，是爲寶玉出家、寶釵守寡之讖。信手拈來，皆成妙諦。

又香菱所言「此鄉多寶玉」詩句，鄉者温柔鄉也，多羡也，言在温柔鄉中羡此怡紅公子也。

襲人原名珍珠，寶釵、珍珠本屬聯絡者也。

絳珠「剖腹藏珠」之喻，較薛氏之罵「有眼無珠」何如？

顰顰作秋窗風雨夕卷內（見四十五卷），以玻璃燈照怡紅歸去時云：「忽然又變出剖腹藏珠的脾氣來」，剖腹所藏者得毋絳珠耶？顰顰可謂推心置腹矣。

芳官貌似怡紅，芳官之出家即怡紅之先聲也。

怡紅命爲顰顰湯合歡花所浸之燒酒，顰顰祗飲一口，寶釵亦忙斟一杯飲之，並不待怡紅相讓。寶釵殆因酒名合歡，故不任顰顰獨飲與？亦奪婚之意也。

薛氏妬忌太甚，寶琴得賈母所與鳧靨裘，彼尚不平見之詞色。湘雲猶疑顰顰、怡紅亦或妬忌，怡紅亦慮顰顰尚欲妬忌，乃顰顰向寶琴口口聲聲祇呼妹妹，無異同懷，怡紅頗以爲奇。是顰顰之於薛氏，賢不肖相去天淵矣。何衆皆憒憒，竟無一人能辨之耶？薛氏於親妹妬猶若是，況於他人乎！此作者烘雲托月之法也。

薛氏之最毒者，因怡紅錯説其體胖怯熱比以阿環，遂以無好兄弟可作楊國忠罵之。並因靚兒覔扇，竟至借此痛詈，聲色俱厲；又如撲蝶而聞亭內人語，移禍顰顰；金釧無以爲殮，送給衣裙：此皆暗裏排擠顰顰之毒計也。其最可恥者，送丸藥以醫怡紅杖傷，坐臥榻以刺怡紅兜肚，柔情密意，無異自媒，毫不知避嫌疑，此皆由衷而發，不能自掩之恥態也。

五十五卷中鳳姐對平兒云：「我正愁沒個膀背。雖有寶玉，他又不是這裏頭的貨，總收伏了他也不中用」，鳳姐究竟如何收伏了寶玉，讀者請掩卷閉目一思。

鳧靨裘者無厭求也，謂薛氏覬覦賈府也。雀金泥者却泥金也，謂寶玉無志科名也。

顰顰因怡紅入塾讀書，則曰：「此去定當蟾宮折桂」，李貴因政老查問功課，則曰：「聽見二爺念的呦呦鹿鳴荷葉浮萍」，皆是怡紅祇中舉人之兆。

書中所演各劇皆有關合。如元妃所點之《離魂》、打醮所拈之《南柯夢》爲元妃不永年之兆，寶釵所點之《山門》爲怡紅出家之兆，顰顰生辰所演之《昇仙》即絳珠歸位之兆，怡紅所點《醉魁獨占》爲襲人改嫁玉函之兆，餘可類推。總之，此書所叙各事斷無一句閒筆也。

書中人惟颦颦撫琴，妙玉聽琴，甚矣知音之難得也。

良兒偸玉，墜兒偸金。良者涼也，薛同雪其性涼也，暗指薛氏偸寶玉也；墜者扇墜也，謂通靈寶玉已縮成扇墜也，暗指寶玉信佩金鎖之薛氏也。

扇者散也。扇有數種：摺箑一名聚頭扇，晴雯所撕聚頭扇也，其散而不可復聚之意歟！又嘗聞氤氲使者專管人間婚姻，其所持坤靈扇與月下老人同其作用。凡有扇者，皆當學石獃子珍之藏之，斷不可學晴雯撕之毁之也。

作者於晴雯生死之頃，怡紅悽惻之時，忽寫吳貴媳婦調情一段，固屬對影寫照，意有所在，要知此亦特筆也。窗外潛聽，正所以表晴雯之貞潔也。不然，虛名二字，誰其信之？

錢華者潛化也，吳新登者無新登也，王善保者忘善寶也。

又襲人者夕人也。《詩》有所謂「莫敢當夕」也者，此則專敢當夕者也。兩夕爲多，多姑娘者即襲人之影子也。

寶釵又有最可惡處，在五十七卷中颦颦欲認薛媪爲母一節。寶釵則對面着筆，暗刺颦颦之心；薛媪則直揭應與怡紅作配，是明刺颦颦之心也。及至紫鵑求其玉成，而薛媪即以謔言亂之，黠矣哉！討武氏檄中一聯：「入門見嫉，蛾眉不肯讓人」，可贈寶釵；「掩袖工讒，狐媚偏能惑主」，可贈襲人也。

探春令湘雲啣在口內之醒酒石，不知比通靈寶玉大小何如，或曰是即通靈所化也。

寶琴者保情也。眞眞國女，眞眞國士也，猶言無雙也，其寶琴自命乎！

司棋之叔名秦顯者，言司棋之情太顯也。（《悟石軒石頭記集評》，光緒十三年紅藕花盦刊本，卷上）

胡壽萱

【論紅樓小啟】　壽萱謹啟：連日朔風，望梅正切。幸來驛使，忽下朶雲，並抄寄王謝爭論《紅樓》兩啟，以及吾姊願爲宋牼一說。臨風細讀，茅塞頓開，洵閨閣中韻事也。不材譾陋，三復《紅樓》，於此書亦略有所得，特未識有當於作者之本旨否，願以質諸大雅。《紅樓》一書，雪芹巢幕侯門，目覩富貴浮雲，邯鄲一夢，始則繁華極盛，景豔三春，花鳥皆能解語；繼則冷落園亭，魂歸月夜，鬼魅亦且弄人。不特雲散風流，盛衰興感，而且世態炎涼，門稀車馬矣。故作書以夢命名。而開卷即以神瑛侍者灌漑仙草、絳珠今生還淚發端，明明示人以趨炎附勢者流，不念故侯，尙不如草木之有情，猶思圖報也。因恐閱書者不知其無情，誤以爲情史，則將秦鍾之死，可卿之亡，卷中先後敍明，大書特書，一情不留，使讀《紅樓》者瞭如指掌。而一百二十卷中盡皆紈袴成風，飮食論交，中山狼、王仁、邢大舅輩筆不絕書，所謂豫讓國士之風缺焉不講，酬恩知己、以死相報者獨得於婉孋將軍之一女流，作者蓋於此書有隱痛焉，作者實於此書有微詞焉。至於王熙鳳之首惡，不過寓言於王喜逢迎，狐假虎威，鐵檻寺之弄權，饅頭庵之貪賄，事或有之也。花襲人之改名，亦不過明言其花能惑主，讒蝿肆虐，芙蓉神之被逐，瀟湘子之疎間，勢所必然也。此皆作書者推源其致禍之由，實敍其事，非雪芹命意之所在也。而或謂尤家姊妹相與俱來，一則呑金，一則飮劍，作者蓋警人以晏安酖毒，畢集愆尤，以身相殉，悔莫能及。

又謂薛氏全盛之時，豐年大雪，珠則視如土，金則視如鐵，曾幾何時，而桂摧菱落，蟠屈竟不能伸矣，作者三歎息也。所以此書以王夫人始，以薛寶釵終，賈府赫奕門庭，其旺者王也，其滅者雪也，而其中尤物之來，尤悔之叢，皆安樂所由亡也。尤、王、薛三姓皆作者點睛之筆，大旨不離乎是矣，此則非余之所知也。余之所知，讀《紅樓》終卷，僅知絳珠之還淚乃以報昔日神瑛灌溉之恩，而他人無有也。可以人而不如草乎？故爲之歌曰：「絳珠還淚日消魂，草木猶思灌溉恩。愧煞趨炎多熱客，秋風冷落故侯門。」附博吾姊一粲。壽萱再拜。（載西園主人《紅樓夢本事詩》，附錄）

西園主人

【紅樓夢論辨】（林黛玉論）　古未有兒女之情而終日以眼淚洗面者，古亦未有兒女之情而終身竟不著一字者；古未有兒女之情而知心小婢言不與私者，古亦未有兒女之情而白圭無玷癡至於死者。熟讀《紅樓》，吾得之於林顰卿矣。林顰卿者，外家寄食，煢煢孑身，園居瀟湘館內，花處姊妹叢中，寶釵有其豔而不能得其嬌，探春有其香而不能得其淸，湘雲有其俊而不能得其韻，寶琴有其美而不能得其幽，可卿有其媚而不能得其秀，香菱有其逸而不能得其文，鳳姐有其麗而不能得其雅，洵仙草爲前身，羣芳所低首者也。神瑛舊侍，一見驚心，灌溉之恩，報於今日，故凡茜窗私語，一事一物，無不繼之以淚。淚豈無因而下哉？淚蓋有無言之隱矣。跡其兩小無猜，一身默許，疑早有以計之矣。何以偶入邪言，即行變色，終身以禮自守，卒未聞半語私及同心，其愛之也愈深，其拒之也愈厲，雖知心鵑婢，非特不敢作寄簡紅娘，而侍疾回館，鏡留菱花之夕，不過明言其事，代爲熱籌，且有面斥其瘋，欲將其人仍歸賈母之言，嚴以絶之者也？蓋以爲兒女之私，此情只堪自知，不可以告人，並不可以告愛我之人，憑天付予，合則生，不合則死也。故聞侍書之傳言則絶粒，聽傻大姐之哭訴則焚稿，私願不遂，死而後已。此身乾淨，抱璞自完，又古今名媛所僅有，情史麗姝所罕見者也。宜其駕返靈河，如生日所唱《蕊珠記》之月娥，仍入廣寒宫去矣。獨恨羣犬紛紛，無端狂吠，或詫其疾爲奇事，或誣其病爲相思，或譖其共處一園，日後防有不肖之行，杯弓蛇影，讒口爍金。以致舅母所不歡，外祖母所見棄，而獨剩一知心之公子，又以通靈失玉，瘋不知人，遂使權奸竊發，設計瞞婚，假虚名於寄生之草，結新姻於同氣之花，昏庸政老，如在夢中。何怡紅竟不能拔三尺劍，砍此佞人頭，重作芙蓉之誄，撫棺一祭哉？吾憫絳珠，吾不能不責備神瑛矣。所幸前言在耳，盟不忘心。蘅蕪壽宴之辰，瀟湘獨步；明月窗紗之夜，杜宇聞尋。送玉之僧已來，赴試之期正迫，天恩祖德，請從此終。而一時王夫人則知其失計矣，薛姨媽則悔其受愚矣，花大姐則計其未過明路矣，薛寶釵則悲其如何結果矣。周郎妙計，奪壻何爲？始知蘅蕪之生離，不若瀟湘之死别也；茜羅之前定，不若綾襖之虚名也。讀書至此，當浮一大白，安得起顰卿於姑蘇墳内，使之目覩此景此情也？

（晴雯論）今夫己有殊色，而視他人之色皆不如己，則傲心生；己有異能，而視他人之能皆不若己，則矜心起。平矜釋傲，惟聖賢之學能之，於女子小人何求也！不觀《紅樓》部中之晴雯乎？晴雯者，爲賈母所派，與襲人同事寶玉者也，而一切聲音笑貌、視聽言動，則與襲人大相反矣。襲人之事寶玉也用柔，而晴雯則用剛；襲人之事寶玉也以順，而晴雯則以逆；襲人之事寶玉也純於濃，而晴雯則全於淡；襲人之事寶玉也竭力爭先，而晴雯則偸安居後；襲人之事寶玉也或箴或勸，終日無不用心，而晴雯則一喜一怒，我身似不介意。論者謂其在怡紅院，實爲多愁多病之身，亦寶玉所可有可亡之人而已，而孰知晴雯之性剛而寶玉反柔之，晴雯之氣逆而寶玉反順之，晴雯之情淡而寶玉實濃之，晴雯雖甘於居後而寶玉則暱必先人，晴雯雖似不介意而寶玉則時在意中。試觀撕扇回嗔，補裘擁臥，下床套鏡，問疾請醫，不昭然共見其公子之多情乎！其故何也？蓋憐其有殊色也，蓋喜其有異能也。憐其有殊色而花、麝、紋、痕所不如也，喜其有異能而花、麝、紋、痕所不若也。彼有所恃而不恐，儂實見之而猶憐。於是衆人皆熱而我獨冷，衆人皆濁而我獨清。恥碧痕之侍浴，何以水溢蘭湯也；笑秋紋之得衣，不過光沾桂蕚也。薰籠斜倚，任麝月之鋪床也；雲雨偸嘗，羞襲人之加銀也。鷄羣鶴立，大有公等碌碌、噲伍不屑之心矣。傲與矜並起，亦妬與讒俱來，而適遇昏庸殘忍之王夫人，旣以嬌兒委任於羣婢，而又慮羣婢之引惑乎嬌兒，且獨慮婢中之如美人者引惑乎嬌兒。試問羣婢皆女也，同一女也，而襲人、麝月、秋紋諸婢姿色亦復不惡，獨去一美人樣之晴雯，而猶留麝、秋之在側，亦難免嬌兒無降格之求矣，則何如盡逐諸婢，而僅遣傻大姐以伴之乎？况引惑嬌兒者，原不在美人樣之婢，而即在夫人所信任之婢。若以爲襲人柔順，意欲以此婢給寶玉，固不慮其引惑，而晴雯亦賈母意中所欲給寶玉者也，何以不知老祖宗之意，而猶慮其引惑者乎？贓無抄獲，事屬子虛，而竟以水蛇腰、俏肩膊爲誨淫之確據，怒而逐之。春睡捧心之態，毫不見憐，夫人之忍，晴雯之寃也。而吾謂晴雯之逐，晴雯之冤，亦晴雯之幸也。如不見逐，竊恐美人在側，白璧難完，公子多情，紅顔終汚，何如虚名二字以終，使後之讀芙蓉誄者爲之千古傷心也，不勝於花、麝、秋、碧諸婢哉！

（寶釵論）嘗讀陳壽《三國》，見人材林立，而衆材皆爲所包者，諸葛君是也；奸雄並峙，而羣奸皆爲所用者，曹孟德是也。若寶釵者，實於《紅樓》部中，合孔明、孟德而一人者矣。黛玉之慧，湘雲之豪，探春之敏，皆大觀園内所傑出者也，而寶釵則以螃蠏代東，深情體貼，燕窩養病，作意餽遺，成佩麟之心交，接梁鴻之眉案，顰卿、瘋子盡入彀中；雖探春攝政，利弊立陳，以才自恃，而大體小惠，適得其宜，能使玫瑰香者當即心折無異詞，謂非一部《紅樓》，衆材皆爲所包乎？鳳姐之黠，襲人之陰，平兒之巧，亦兩府中所最著者也，而寶釵則以姑表私親，權奸屬意，鴛鴦替繡，近侍傾心，既設計以瞞婚，復議郎之伴讀，靈鳳名花皆爲頤使；雖平兒應對，朋比爲奸，無隙可乘，而利齒伶牙，笑摸其臉，遂使茉莉妝者不復巧言之如流，謂非一座大觀，羣奸樂爲所用乎？其才如此，其奸若彼，宜其金玉同文，稱心如意，又何愁絳珠之不死哉？又何慮神瑛之不終哉？孰知能奪瀟湘之魄，而竟不能奪怡紅之心；非特不能奪怡紅之心，而且不能羈怡紅之身。離恨有天，郎癡竟去，其故何也？豈豔冠羣芳，蘅蕪之美麗，色不足以悦之乎，抑青雲柳絮，才不足以敵體乎？豈羞籠香串，蘅蕪之旖旎，情不足以動之乎，抑天恩祖德，論不足以正心乎？而吾謂皆非也。蓋木石之盟，兩情相結，生死不渝；蘅蕪金鎖之説，久爲絳珠所隱憂，實爲怡紅所深恨。是蘅蕪之與怡紅，情不相屬，本非意中人也明矣。以絳珠所隱憂，而果如所憂，其何以對絳珠也？以生平所深恨，而適蹈其恨，其何以能終日也？且以本非意中之人，而欲強納於意中，代婚於病裏則可，移情於夢後必不能也。況絳珠死矣。況絳珠之死，因姻事之不諧也；況絳珠之死，因奪壻之有人也。死者抱恨以終，生者以新間舊，諒癡情之公子必不若是其恝也。是不待僧之送玉，而前言在耳，吾知怡紅之不負斯語矣。何深謀積算之蘅蕪竟計不及此也？或謂蘅蕪能料絳珠之死，而不能料神瑛之去。不觀其新婚之次日，明以林妹妹已死之言相告，是欲斷怡紅之癡，斷其情根，以期白首可以偕老矣。初不料死者不能復生，原可絕怡紅之妄想，而生者早有前誓，難以挽怡紅之盟言也。是蘅蕪之不知怡紅也，是蘅蕪之不知怡紅專情於絳珠也。其才也，其奸也，皆其愚也。是才之誤蘅蕪也，是奸之誤蘅蕪也，是才與奸之誤蘅蕪而不自悟也。釵埋雪裏，冷落孤闈，亦可傷矣。

（襲人論）　襲人者，爲怡紅公子宣淫紅樓夢中發難之陳涉耳。論其姿色，非特不能望黛、琴、雲、晴之肩背，即與麝、紋、芳、紅並侍，亦且尹邢羞見矣。其所以博寶玉歡者，乃怡紅身居萬花叢中，望梅不能止渴，惟與花大姐夜同寢處，雲雨偸嘗，得以借酒澆愁，故愛之也。其愛也，愛其從心所欲，如取如攜，非實鍾愛於一身，衆人所莫能移者也。彼亦深知其然，故於寶玉之一舉一動防範甚嚴，偶於黛玉、湘雲處清晨梳洗，即嬌嗔累日，必待敲斷玉簪以要信，蓋明以侍奉巾櫛爲獨任，惟恐他人之奪己也。言非無意，公然以我們相稱，致被晴雯面斥，而無慚色。其於牀笫苟合之私，自視爲生平得意之筆，居之不疑。不覯於衣錦還家，寶玉來瞧時乎？既鋪褥以斟茶，復移爐以墊脚，梅花餅忙取香焚，松子瓤剝還帕送，而且摘項下之通靈，以誇示於紅裳姊妹，百般醜態，全不避人，可謂恬不知恥者也。其與鮑二家、貴兒媳婦相去亦幾何矣！而吾謂非特不知恥也，並且不知人；非特不知人也，並且不知寶玉。林顰卿乃絳珠仙草，高出羣芳，其心之許嫁神瑛者，不過以淚相還，以情相感而已，非若寶釵之貪其色，慕其才，豔其門第，陰謀奪壻，結交近侍可比也。如果木石踐盟，則私願從心，必能恩推樛木，於人何所不容。試觀紫鵑伴玉，鏡留菱花，絳珠一無戒心，而寶玉且敢於遞茶時，明以「多情小姐共鴛帳，怎教你疊被鋪牀」之句相戲，蓋深知其不妬也。乃襲人者讒蠅肆毒，舍瀟湘妃子之大婦，而屬意於深沉忌刻之蘅蕪君，且並忌怡紅平日「妹死我即爲僧」之言，固結於胸，竟使李代桃僵，神瑛遠去，遣花出柳，曾不崇朝，謂非眼內無珠，自貽伊戚乎？乃觀書者徒見其温柔和順，謂其於怡紅有「一身皆君有，寸心私自憐」之意，恕其琵琶别抱，玉函之嫁實迫於不得已之苦衷，是亦與《紅樓》部中王夫人之視襲人等耳，同受其愚也。怡紅一去，襲人即以己身未過明路，默抱隱憂，其時蓋已有守本無名、去難出口之心徘徊於中，蘅蕪之遣，非雪之不欲留花，乃花之不能伴雪也。不然，麝月、秋紋何以不同日出哉？總之，薛之才十倍於花，而花之心亦早知於薛，知其心而遣之，非妬其人而遣之也，安得以孤臣孽子相比哉？況襲人一生，既不能容晴雯、芳官之色勝於己，讒而逐之，又不能容麝月、秋紋之色與己同，疎以間之，己不容人，而望人之容己者，蓋亦難矣。即使蘅蕪君實不能容，亦由花大姐作法自斃，於人何尤也？

（探春辨）探春者，《紅樓》書中與黛玉並列者也。《紅樓》一書，分情事、合家國而作。以情言，此書黛玉爲重；以事言，此書探春最要。以一家言，此書專爲黛玉；以家喻國言，此書首在探春。何也？論情，則全部專爲寶黛木石前緣而成，故以兩游太虛爲關鍵；論事，則此書又爲鳳姐希寵弄權興刺，故以探春攝政爲點睛。以一家言，讒人間阻，好事不諧，以怡紅爲絳珠出家、侯門不振、寡鵠徒傷爲正文；以家喻國言，庶孽旁支，難承大統，以探春出於趙氏、鷄羣鶴立、終遭遠謫爲寓言。玆特舉探春一人，約略而言之也。書中叙探春爲趙姨娘所生，其母女薰蕕不同，攝理家政，洞悉利弊，事不果行，而身悲遠嫁云云，一以正王夫人之罪，偏護私家，信任奸鳳，以致兩府俱敗；一以痛孤臣孽子，抱負奇才，或身不見用，或用之不專，終無益於家國也。作者以小喻大，於探春一身寓此書千古興亡無限感慨在內。蓋王夫人之昏庸，李紈之懦弱，寶玉之癡頑，其時正如主弱相庸，東宮少不更事，奸雄得以竊發乘間用事之日，王熙鳳不其人與？若探春爲王夫人親生，王夫人必信之不疑，相李紈辦事，李氏之肅穆和雍，濟之以探春之剛毅果斷，才德兼施，賈氏之家政其能敗乎？惟其不令嫡出，又不爲周氏所生，獨於衆人皆曰可殺之趙姨娘而令生此女，使之徒負奇才，雖衆知其能，而信任終不能專，見用終不能久，遠嫁而去。遠嫁者，遠謫之謂也，明方正之不容也，此寶玉之所以悲也，家與國豈有二理哉？至於探春不知有母，阿附王夫人者，乃其深心大略，猶如狄懷英之附武氏，冀以一身見任，疎斥熙鳳，權歸李氏之意，所以探春攝政，鳳姐與平兒共懷隱憂，極力周旋，非明徵歟！豈眞不知有母哉？觀其哭向生母趙姨云：「幸而太太待我尙如己出，必要弄到大家一樣」之言，其心不慨然可見乎？又云：「我只知有老爺太太」，明以云我係老爺所生，雖爲庶出，較之王熙鳳總親，話中有話也，非只知有父而不知有母也。深恨賈環者，恨其身不爲賈環，徒然弱女，無益於賈氏者也。此作書者於賈氏大厦將傾之時，而特書一旁觀歎息之庶孽，以見其徒喚奈何也。吾故曰：探春者，《紅樓》書中與黛玉並列者也。（《紅樓夢本事詩》，附錄）

江順怡

【讀紅樓夢雜記】《紅樓夢》，小説也，正人君子所弗屑道。或以爲好色不淫，得《國風》之旨，言情者宗之。明鏡主人曰：《紅樓夢》，悟書也。其所遇之人皆閲歷之人，其所叙之事皆閲歷之事，其所寫之情與景皆閲歷之情與景，正如白髮宫人涕泣而談天寶，不知者徒豔其紛華靡麗，有心人視之皆縷縷血痕也。人生數十寒暑，雖聖哲上智不以升沉得失縈諸懷抱，而盛衰之境，離合之悰，亦所時有，豈能心如木石，漠然無所動哉？纏綿悱惻於始，涕泣悲歌於後，至無可奈何之時，安得不悟？謂之夢，即一切有爲法作如是觀也。非悟而能解脱如是乎？

眞假二字，幻出甄賈二姓，已落痕迹。又必説一甄寶玉以形賈寶玉，一而二，二而一，互相發明，人孰不解。比較處尤落小説家俗套。

「風塵碌碌，一事無成。」「已往所賴之天恩祖德，錦衣紈袴之時，飫甘饜肥之日，背父母教育之恩，負師友規訓之德，以致半生潦倒，罪不可逭。」此數語古往今來，人人蹈之，而悔不可追者，孰能作爲文章，勸來世而贖前愆乎？同病相憐，余讀《紅樓》尤三復焉，而涕淚從之。

「滿紙荒唐言，一把辛酸淚，都云作者癡，誰解其中味。」此緣起詩也，言中有淚，何至荒唐；含淚而言，但覺辛酸矣。作者癡，讀者與之俱癡，讀者未嘗不解其中味也。辛酸之外，別無他味，我亦解人。《西遊記》託名元人，而書中有明代官爵。今《紅樓夢》書中有蘭台寺大夫及九省統制、節度使等官，又雜出本朝各官，殊嫌蕪雜。

王雪香《紅樓問答》云：「寶玉似武陵源百姓，黛玉似賈長沙，寶釵似漢高祖，湘雲似虬髯公，探春似太原公子，寶琴似藐姑公子，平兒似國大夫，紫鵑似李令伯，妙玉似阮始平，晴雯似楊德祖，劉老老似馮驩，鳳姐似曹瞞，襲人似呂雉。」明鏡主人曰：寶玉似唐明皇，黛玉似李廣，又似唐衢，寶釵似王莽，湘雲似李太白，探春似漢文帝，寶琴似張緒，平兒似陳平，紫鵑似豫讓，妙玉似倪雲林，晴雯似禰衡，劉老老似柳敬亭，鳳姐似嚴嵩，襲人似魏藻德。

又論劉姥姥云：「家運衰落，平日之愛子嬌妻、美婢歌童，以及親朋族黨、幕賓門客、豪奴健僕，無不雲散風流，惟賸此老嫗收拾殘棋敗局。」讀至此，不獨孟嘗、平原徒誇食客，凡豪門勢宦皆可爲之痛哭矣。

又賈蘭贊云：「乳臭未脫，即以八股爲務，是於下下乘覔立足地。仕宦中多一熱人，性靈中少一韻人。」明鏡主人曰：賈蘭之才，正以見寶玉之不才。在作書者原以半生自誤，不能爲賈蘭而爲寶玉，願天下後世之人皆勿爲寶玉而爲賈蘭。然而吾讀《紅樓》，仍欲爲寶玉而不爲賈蘭，吾之甘爲不才也。天下後世之讀《紅樓》者，於意云何耶？

「古來輕薄，皆以好色不淫爲解，又以情而不淫爲案，此皆飾非掩醜之語。好色即淫，知情更淫。」明鏡室主人曰：如此論情，如此論淫，藉口《國風》者，吾知其僞矣。今之爲香奩者，欲飾其非而非不免，欲掩其醜而醜彌彰，所謂無伊尹之志則簒也。若寓言八九，祇可依託香草，不能附會好逑，作者其知之。

馬婆魘魔，釁起彩霞；賈環撥舌，禍由金釧：寶玉之瀕死，皆趙姨所致。昔人謂尹吉甫一代賢者，伯奇有履霜之操，不知婦人女子之毒實出人情之外。政老品學迥出流俗，乃見欺於不寵之妾。驪姬、申生之事何代無之，不必爲吉甫辯也。

賴大是賈家總管，其子竟賸捐而選知縣。承平之世，流品已如此，亦必當時實有其人，故詳細書之以寓諷，亦國法所不容者。

李紈、探春代鳳姐管事，理所應當。兼請寶釵，實出情理之外。

《紅樓》人物以寶玉爲第一，作者現宰官身而有微詞。襲人之不死，則明斥其非曰：孤臣孽子，義夫節婦，不得已三字，不是一概推諉得的。寶玉之不死，則以不知誰何之人，示以倫常至重而不可死。非眞有人示之也，實欲死時之轉念耳。古今忠臣孝子，義夫烈婦，其慷慨捐生，則祇有初念，而並無轉念，失此一時，抱恨千秋，作者非不知也。

小說淫辭，正人所不屑道，《紅樓夢》李十兒騙賈政一節，君子仁人，孰不願爲賈政，孰不爲李十兒所騙，試取此書細讀之，倘亦知家人舞弊而絕其信任之心乎？然而知之者伊誰！

尤三姐云：「除了寶玉，天下就沒有好男人。」此背面言之也。寶玉因晝薔而見齡官之嬌，賈薔之癡，深悟各人眼淚還各人債，此等覺悟，眞能放下一切。若小紅因見妬而另識賈芸，則逼之使然，未爲達也。

尤三姐惜寶玉之多情，可謂寶玉知己。然意不在寶玉而在湘蓮，豈湘蓮果勝於寶玉？不知寶玉愛博而情不專，及至黛玉死而寶玉不死，三姐死而湘蓮立斷塵緣，始信三姐之知人。設而不死，其專於一人，必不同於寶玉。惜乎三姐知寶玉，寶玉不知三姐。以一言啓湘蓮之疑，死者死而遁者遁，非寶玉之咎乎？

柳湘蓮以雄劍斷萬根煩惱，非出家也，亦自刎耳。

水月庵翻風月案，非寫女尼女道士之淫，實寫芳官之潔。

「多多少少穿靴帶帽的強盜來了，翻箱倒籠拿東西。」強盜而竟穿靴帶帽，奇文。雖穿靴帶帽而拿東西，實凶於強盜，文外微旨。

或謂《紅樓夢》爲明珠相國作，寶玉對明珠而言，即容若也。竊案《飲水》一集，其才十倍寶玉，苟以寶玉代明珠，是以子代父矣。況《飲水詞》中，歡語少而愁語多，與寶玉性情不類。蓋《紅樓夢》所紀之事，皆作者自道其生平，非有所指如《金瓶》等書意在報仇洩憤也。數十年之閱歷，悔過不暇，自怨自艾，自懺自悔，而暇及人乎哉？所謂寶玉者，即頑石耳。

又有滿洲巨公謂《紅樓夢》爲毁謗旗人之書，亟欲焚其版，余不覺啞然失笑。無論所紀非違律犯法之事，傷風敗俗之行，即以獲罪論，亦祇以賄釀人命爲最大，然實出於婦人女子之手。較當代諸公，身膺疆寄，賄賂公行，苞苴不禁，冤死窮民無告者不知幾人，設有人筆之於書，則又奈何！且筆之於書，以儆將來，視已犯法而明正典刑者，又何如也。《紅樓》所紀，皆閨房兒女之語，所謂有甚於畫眉者，何所謂毁！何所謂謗！

《紅樓》之金閨碩彥，皆出乎情而守乎禮，即蕩檢踰閑如司棋等，亦矢志不移。其淫蕩無恥者，皆不足數之人。惟襲人可恨，然亦天下常有之事，而已貶之不遺餘力，屢告閲者以申明之。苟非襲人，使金谷園中皆從緑珠墜樓乎？

《紅樓》以言情爲宗，自以寶玉、黛玉作主，餘皆陪襯物。而論紀事，則鳳姐又若龍之珠，獅之球，何也？古今奸邪柄政，如盧杞、嚴嵩，皆受參劾於生前，獨鳳姐擅權，雖其夫亦受節制，至已敗國亡家，而太夫人猶不悔，非秦之趙高乎？況太夫人，並非二世庸碌之主。能道其奸者，惟一趙姨娘。而鳳姐卒受冥誅，似亦爲警世起見。

世禄之家，鮮克由禮。《紅樓》所記，獨一奢侈之罪，然已受抄檢之辱，軍台之苦，其警戒爲何如！今之縉紳閥閲之家，豈僅奢侈一端而已哉？不僅此奢侈一端，其幸逃法網，曷若《紅樓》之堪爲殷鑒耶！

《紅樓》所載，閨房瑣屑，兒女私情。然才之屈伸，可通於國家用人之理。如黛玉之孤僻，汲黯之戇直也。骨鯁之臣，見棄於聖明，彼圓通世故者，不羣以爲相度乎？英明之主，且以此爲腹心，何況昏庸！長沙弔屈，吾讀《紅樓》，爲古今人才痛哭而不能已。

仁和吳蘋香女史（藻）有《金縷曲》一闋云：「欲補天何用！儘銷魂，紅樓深處，翠圍香擁。騃女癡兒愁不醒，日日苦將情種，問誰箇是眞情種？頑石有靈仙有恨，祇蠶絲蠟淚三生共。勾却了，太虛夢。喁喁話向蒼苔空，似依依，玉釵頭上，桐花小鳳。黃土茜紗成語讖，消得美人心痛。何處弔埋香故塚？花落花開人不見，哭春風有淚和花慟。花不語，淚如湧。」明鏡生和一闋云：「悔入迷香洞。祇癡情，纏綿一縷，死生斷送。打破繁華歸大覺，醒到紅樓好夢，始信道聰明誤用。往事淒涼都憶着，恁招魂苦了悲秋宋。難補滿，情天空。漫言緣是前生種，便神仙，塵寰墮落，任人搬弄。騃女癡兒如許事，織出天衣無縫。賺千古才人一慟。無可奈何花落去（成句），悟空明鏡影偏珍重。人宛在，香花供。」

（同治八年刊本）

青山山農

【紅樓夢廣義（節錄）】　寶玉淫行，書中並未明寫，獨於秦氏房中託之於夢，而以襲人雲雨實之，是時玉纔十三歲耳，而狎婢亂倫，無所不至。可卿如是，則凡同於可卿者可知；襲人如此，而凡類於襲人者可推。可卿其天風之姤乎！襲人其天山之遯乎！馴至繡鴛鴦，眠芍藥，撲蛺蝶，解石榴，櫳翠聽琴，魔迷本性；怡紅開宴，玉失通靈，其山風之蠱，山地之剝乎！君子是以嘉黛玉而善晴雯也。

黛玉聰明機警，爲羣釵冠。使偶寶玉，必能反鳳姐所爲而大興榮府。惟是性忌而情癡，氣高而量褊，眼淚之淌，適以自促其天年，此則可議焉。然而屈原被放，託山鬼以抒愁；賈傅不容，弔汨羅而見志。

千古忠臣義士，皆血淚中人也，黛玉又何間然！

襲人善事寶玉，寶釵善結襲人，同惡相濟，以售其奸。始則攜刷揮蠅，願學水鴛之戲；繼則移花接木，甘受雪雁之扶。王莽謙恭，以移漢祚；寶釵謙恭，以奪林婚。梟雄伎倆，如出一轍，寶玉厭之矣，出閨之遁，有以也夫！

湘雲英氣勃勃，純乎豪者也。裀藥酣眠，何其豪邁！燒鹿大嚼，何其豪爽！拖青絲於枕畔，擱白臂於牀沿，又何其豪放！寶玉鬚眉而巾幗，湘雲巾幗而鬚眉。儻令易男子裝，黃崇嘏不得獨擅千古矣。至於與襲人詆寶玉論經濟，尤覺豪之又豪，不可以壓倒羣釵歟？

探春聰明不及黛玉，温文不及寶釵，豪爽不及湘雲，獨能化三美之長，而自成其美。建社吟詩，何其風雅！釣魚占相，何其雍容！賞花知妖，何其穎悟！停棋判事，何其精明！寶玉温柔如女子態，探春英斷有丈夫風。生女莫生男，殆探春之謂歟？要其大過人處，尤在斥熙鳳、擊王善保家一節，理直氣壯，足寒小人之膽而爲羣豔干城。張良椎，陳琳檄，兼而有之。吾愛其人，吾畏其風。

元春才德兼備，足爲仕女班頭，惟是仙源之詩，知賞黛玉；香麝之串，獨貽寶釵。後此之以薛易林，皆元春先啓其端也。世無寶玉，其誰爲顰兒眞知己哉？

迎春以鳩拙之資，嫁狠跋之壻，遇人不淑，飲恨以終，令人有實命不猶之感。然貴如元春，竟傷早逝；慧如惜春，終落空門；賈氏閨秀，大抵皆薄命司也。於中山狠又何責焉！

惜春奇僻似妙玉，而操守過之，故其修行在妙玉之後，而悟道則在妙玉之前。語曰：「青出於藍而勝於藍，冰生於水而寒於水。」觀於惜春，可以知後來之居上焉。

寶琴丰度飄飄，無人間煙火氣。譬諸詩家，寶釵爲能品，寶琴爲神品，小喬身份，固遠勝大喬也。且以金玉之良緣，成諸人謀，孰若梅雪之佳偶，出諸天然。天下惟天然者爲難能而可貴耳。美哉寶琴，夫何修而到此！

李綺、李紋無所表見，惟有一二詩可傳，殆亦一時之選也。吾聞女無美惡，入宮見妬；士無賢不肖，入門見嫉。千古才人，遭嫉妬而磨滅不彰者，何可勝道！彼二女者，寄身大觀園，因得以詩流傳，抑何其幸也！

邢岫煙之依姑母，猶寶釵之依姨母也。乃寶釵如此赫赫，岫煙如此寂寂，俗態炎涼，人情冷暖，直有與人難堪之勢。煙也處之泰然，喜怒不形，忮求胥泯，譬諸飛鳥依人，人自憐之，可以久處約，即可以長處樂矣。得嫁佳壻，宜哉！

妙玉外似孤高，內實塵俗。花下聽琴，自詡知音，反忘來路。情魔一起，而蒲團之趺坐，盡棄前功，內賊熾斯外賊乘之耳。物必先腐也而後蟲生之，人必自亂也而後盜劫之。慢藏誨盜，冶容誨淫，古訓有明徵矣。若妙玉者，其亦自貽伊戚也夫！

李紈優於德而短於才，有盧懷慎伴食之風。然以熙鳳之恃才，適以召禍，孰如紈之積德，有以致福？賈蘭英發，大振家門，畫荻之功，同於歐母，可以慰賈珠於地下矣。

王熙鳳智足以謀天，力足以制人，駸駸乎擅兩府，而惟其其所欲爲矣。乃身死未寒，愛女莫保，平日之肆惡於人者，適以貽禍其子，不有平兒之忠，劉姥姥之俠，恐欲爲田家婦而不能也。操移漢祚，髦奂不終；懿奪魏禪，懷愍被害。千古奸雄，能竊神器於生前，不能保子孫於身後，皆鳳姐之類也。鳳姐其猶幸焉耳！

巧姐一見賈芸，即大哭不止，少時聰明，一斑可見。觀其對王仁數語，不厚母而薄父，尤爲落落大方。異日嫁爲田家婦，椎髻荆裳，相我夫子，必有林下風者。一部《紅樓》，以寶玉之出家作結，所謂色即是空，佛家之法旨也；以巧姐之許婚作收，所謂博而反約，儒家之實理也。巧哉巧姐，得其所哉！

秦可卿本死於縊，而書則言其病，必當時深諱其事而以疾告於人者。觀其經理喪殯，賈珍如此哀痛，如此愼重，而賈蓉反漠不相關，父子之間，嫌隙久生。向使可卿不早自圖，老賊萬段之禍，未必不再見於阿翁也。嗚呼！可卿其死晚矣。

鴛鴦服事賈母，能得歡心，爲人子者所當愛之敬之，以姊妹行相待。奈何虎視眈眈，圖一己之歡娱，不思慈闈之勞苦，則於賈母爲不孝，於鴛鴦爲不順，律以人臣無將之義，當受上刑之誅矣。然鴛鴦固心在寶玉者也。心在寶玉，既不可嫁賈赦，又不能嫁寶玉，惟有一死以絶賈赦而謝寶玉。他時赦老歸來，當爲之歌曰：「莫打鴨，打鴨驚鴛鴦。鴛鴦新向池中浴，不比孤洲老鶬鶬。鶬鶬尙欲遠飛去，何况鴛鴦羽翼荒！」

香菱，香國之陳涉也。劉、項未興，陳涉先起；釵、黛未出，英蓮先生。陳涉爲劉、項發難端；香菱爲釵、黛開幻境。且僧道求捨，早伏寶玉出家之基；馮、薛爭人，又伏釵、黛易婚之兆，馮死而薛逃，並爲玉、釵聚首之由，一部中之大關鍵也。故是書以英蓮起，以英蓮結焉。

平兒不矜才，不使氣，不恃寵，不市恩，不辭勞怨，有古名臣事君之風。要其本領在積之以誠，而行之以禮，誠至而物無不動，禮至而人莫能陵。故以鳳姐之猜疑，始尚忌之，繼則安之，終且忘之，終其身油油與共，絕無纖芥之嫌，得是道以立朝，韓、彭葅醢之禍可無作也。至於見義必爲，不避艱險，卒能脫巧姐於難，人謂其知不可及，吾謂其愚尤不可及。

紫鵑，黛玉之張承業也。承業忠於唐，而不能禁李存勖之僭位；紫鵑忠於林，而不能禁薛寶釵之奪婚。一片熱腸，爲知己愁，不能爲知己助。迨至黛玉死，寶玉亡，長齋繡佛，終身不事二主，非具大氣節而能若是乎？嗚呼！可以愧王、魏之流矣。

晴雯立品與黛玉同，其全節較黛玉難。地處密邇則涇渭易於相淆，身屬卑微則薰蕕難以自異。雯也，具不降不辱之志，表獨清獨醒之風，可親可愛而不可玩，可敬可畏而不可欺，殆所謂出水芙蓉，一塵不染者。生爲貞女，歿作花神，不亦宜乎？

襲人，賈府之秦檜也。秦檜通於兀朮，而以無罪貶趙鼎，殺武穆；襲人通於寶玉，而以無罪譖黛玉，死晴雯；其奸同，其惡同也。然檜之奸惡，舉朝皆能知之，至襲人則賈母不之知，賈政不之知，王夫人不之知，賈府上下並不之知，不有晴雯，誰能發其奸而數其惡哉？然而晴雯死矣！（光緒二十八年味青齋刊本）

張其信

【紅樓夢偶評(節錄)】 此評本擬按回按部位評之眉間，以便參閱，一則恐其不當，一則苦其太費也。

此書深者見深，淺者見淺，高下共賞，雅俗皆宜，說部書中之不朽者也。

第一回開首。 數頁抵作者一段自敘文字。 因空見色之十六字可作釋教心傳之學，全書宗旨如是。好了歌透頂醒心，讀之如冷水澆背。 憑空結撰，不著朝代，微譏暗諷，言皆有物。 起從空空道人說及僧道，從僧道說及甄士隱、賈雨村，然後說及賈府。 結從賈府說回甄士隱、賈雨村，從甄士隱、賈雨村說回僧道，又從僧道說回空空道人。 賈府祇作中間包裹之物，如剝蕉心，如抽繭絲，如俗語所謂一裹三層院。 不知不覺說來，亦不知不覺敘完，起結之新奇，眞獨絕也。

第二回「女兒是水做的」。 寶玉少時性情，補敘於此。

「正氣邪氣」。 平平演說，難於出色，中間橫插此一段，所謂夾敘夾議，分外新警。 奇情妙理，絕大議論，發前人所未發。

「是賈府老親」。 開首即用甄寶玉伴說，眞眞假假，全書作意。

第三回「寶玉來了」。 寶玉全書主人，最後點出，何等鄭重。

卷尾。 賈府人多地廣，若用小說家話說某某敘去，豈不累贅，且斷敘不清楚。 看其將賈府始末從冷子興口中細細說出，又從黛玉眼中將賈府人物地方歷歷看出，寶玉是全書主人，即從黛玉看出，黛玉亦即從寶玉看出。 看似閒閒敘事，實則細細點題，神妙直到秋毫巔矣。

第四回卷尾。 方寫黛玉入賈府，便接敘寶釵入賈府，此所謂用雙筆，寶、黛用對待寫也。不過寫黛玉處，賈府諸人即從其眼中看出，寶玉亦從其眼中分兩次描出，極詳細排場；寫寶釵處極簡括極閒淡。宜乎人皆視爲寶玉與黛玉情深，而與寶釵情淡，而不知作者入手處，即用畫家陰陽筆法也。

第五回卷尾。　文章之妙喜緊。此一大部書，甫叙到寶黛入賈府，即接寫此回，以組織秦可卿。說太虛幻境，說入夢，說意淫，說知人道，又閱册聽曲，將全部人物事情，已圖窮而匕首見，眞能一口吸盡西江水也。

木瓜等物。　看似隸典着色，實則傳神寫照，何其妙也！

正册副册。　命名之意，寶、黛二人各分寶玉之一字，後面曲文，寶、黛爲首，此册頁內，夥畫夥作，明明以寶、黛二人作主。因作者慣用藏頭露尾之筆，一明寫，一暗寫，一實寫，一虛寫，神出鬼沒，遂將閱者瞞過，此續《紅樓》等書所以紛紛也。

意淫。　此書從《金瓶梅》脫胎，妙在割頭換像而出之。彼以話淫，此以意淫也。意淫二字是全書骨子，即從此回中揭出，蓋此回正組織秦可卿也。名分之隔，難下筆，故託爲夢中以寫之。玩册內造釁開端實在寧句自明，至此回爲入夢，則人皆知之矣。

夢中喚小名。　此回首尾兩言看着貓兒狗兒打架，有深意。

第六回襲人事。　此最是要緊之筆，以見寶玉此時於此事已做得慣熟，而成日家在女孩子隊裏鬧，不可想而知乎？此通篇所以成鏡花水月之文，而處處有驚鴻脫兔之妙也。

劉老老。　上回緊串極矣，一大部書至此始閒閒鋪叙。

借屏。神情如畫，可想而知。

第七回「只留寶玉、黛玉二人」。寶玉、黛玉在一處，又點淸。

焦大醉話。此即是點睛之筆。

第八回開首。《紅樓夢》一書，前寫盛，後寫衰；前寫聚，後寫散；前寫入夢，後寫出夢；其大旨也。而其筆下之作用，則以意淫二字爲題，以寶玉爲經，寶釵、黛玉與衆美人爲緯。一經一緯，彼此皆要組織，妙在各因其人之身分地步，用畫家寫意之法，全不着迹，令閱者於言外想像得之。故正寫處或臨崖勒馬，或閃身挫步，不至漏洩春光，却又恐人不解，於旁面映帶聯絡指點，無非再三點睛，神妙欲到秋毫巔也。其組織黛玉處，雖是寫意，尙屬實寫明寫，人皆看出，故有《後》、《續》等書。若寶釵一面，則虛寫暗寫，比黛玉一面，更覺無迹可尋。其實美人中以寶、黛二人爲主，其組織處皆用雙筆對待之，故寶釵一面，人以爲與寶玉無情，而爲黛玉扼腕，非知《紅樓》者也。即如此回，便是組織寶玉與寶釵處，借黛玉口內奚落吃醋以點睛，此即所謂正面用縮筆，旁面用伸筆也。深於是書者，當不以予言爲河漢。

己巳春，不揣淺陋，偶評此一回，因名場宦海，奔走風塵，未遑卒業。去冬家居無事，翻閱此書，摘其要處，始能零星批出。胸中呆論，盡情吐露，然未必能當也。時在乙亥夏日書。

「聞一陣香氣」。後回組織黛玉是聞香，此回組織寶釵是聞香，故曰寫二人多用雙筆對待之筆。

「我來的不巧了」。絕妙點睛，以下即閃身挫步之筆。

「我和你說的是耳旁風」。極力寫黛玉之醋，則寶釵與寶玉之可想而知處，已和盤託出。

卷尾。黛玉初入賈府，寶玉容貌從其眼中看出，黛玉容貌亦從寶玉眼中看出。寶釵初入賈府，敘次未免冷淡，作者又恐人認爲眞冷淡，故於此回中特補敘兩人眼中互相看出。寫寶釵處，絲毫不減於黛玉也。

一百二十回襲人出賈府。寶玉情緣，以襲人始，故仍以襲人終。了結襲人處，盡態極妍，筆酣墨飽，意淫之神理，到底不懈。

襲人無死所。襲人一面，也算是一落千丈強，作者命意與黛玉同。

說及賈雨村。不知不覺已將賈府敘過去，所謂兩岸猿聲啼不住，輕舟已過萬重山。余亦不知不覺將此書評完，爲之一快。

結法之妙，起處業已論及，其中精理微言，不能贊一詞也。

余評《紅樓夢》，論文也，非論事也。事固子虛烏有耳，論文則作者深心可以窺見一二。雖然，作者筆下神工鬼斧，如龍蛇捉不住，余以論文故，未免深文苛筆，以事論事者讀之，當必非笑也。余閒居無俚，自適己事，非笑亦不恤也。（光緒三年寶仁堂刊本）

夢癡學人

【夢癡說夢（節錄）】　諺云：「一日賣盡三擔假，三天難賣一擔眞。」大凡世間事，都是假的易售，眞的難遇識家，所以買的人少，日趨日下，並葉公之好者亦難其人，則假中又增出假中之假，而眞者更不可尋問矣。歎人生醉夢，醒寤甚難，數年前曾以直言遭人謗語，因自笑癡病過深，遂以夢癡學人爲號，用爲警戒，而今又何以病發？蓋自念一介庸俗，不飢不寒，優游於光天化日之下，於世無補，寧不愧此衣飯。今見前人苦心救世，演爲一書，而今竟流爲害人害世之文，既歎前人之寃，復哭今人之夢，非由病發，聊以說夢云爾。《紅樓夢》一書，作自曹雪芹先生。先生係內務府漢軍正白旗人，江寧織造曹楝亭公子。嘉慶初年，此書始盛行。嗣後遍於海內，家家喜閱，處處爭購，故《京師竹枝詞》有云：「開口不談《紅樓夢》，此公缺典正糊塗。」時尚若此，亦可想見世態之顛。於是續之，補之，評之，論之，遂撰遂刻，肆無忌憚，而昧者模形，迷者襲迹，倣效爭趨，流毒至於今日。噫！此豈作《紅樓夢》者之本意耶？前歲友人定墨樵曾囑批解此書，余謝不敏，亦無閒暇，撮其大旨，附以《三觀圖說》並《讀法》數條答覆，求其覓緣註解，以拯誤者之厄。墨樵於去歲沒於杭州將軍幕府，此說化爲烏有矣。

近讀《瓊瑤合璧》暨諸善書「焚毀淫書」條中，有言《紅樓》之害者，其說是也。若以愚見度之，如《紅樓夢》，正恐燒不斷根。即以《水滸》、《金瓶》而言，其書久經焚毀，禁止刊刻，至今毒種尚在。防河者懼水之害人，設以堤垸，不能禁水之漲泛；治水者導其淤，通其塞，疏其滯，正其流，亦惟順其性、轉其機而已，不見奇工，而所全者多。壩埽堤圩，治水者亦不棄，惟不恃耳。《紅樓》義旨，全仿《西遊》，語類禪機，顛倒錯綜，變幻百出，最難通曉。讀者祗尋其文章，遂與《金瓶》一類觀之矣。夫河豚能殺人，而吳越人嗜之，貪其味美也；蠟亦能殺人，而人不食，無味可嚼也。如《續紅樓夢》、《後紅樓夢》、《補紅樓夢》、《紅樓圓夢》、《紅樓復夢》、《綺樓重夢》、《增補紅樓》、《紅樓補夢》諸書，雖立言各別，其爲蠟味則一也。《紅樓》以甄士隱、賈雨村立說，即眞假之寓言，彼各家祇敷衍得一個假語村言，謂之淫書，情眞罪當，焚其書，燬其板，其根易斷。《紅樓夢》，河豚也。河豚魚有司固嘗禁之，而食之者仍不肯重命，並有「値得一死」之談，食色二字良可畏矣。《西遊》行世五百餘年方顯，又百餘年，世人始知乃丹經中第一部奇書，非是小說。蓋古書多是以理闡道，未有以事言者。《西遊》以事演道，爲三教一家之學，《紅樓》擬之，不用神奇，直指眼前，更似易知易覺，本是對症用藥。孰知火上澆油，不尋眞，專務假，於作者何尤！雖然，河豚毒物，善食者得其美，不善食者中其毒。魚之毒不能除，食之方可講，人之惑不能免，醒之藥可說。方今眞不勝假，眞晦假強，正當將此《紅樓夢》眞假剖白於世，使大衆人人得知，醉者醒，夢者寤，眞中辨假，假裏尋眞，惟望同志高明，早施註解，以拯沉淪，竊所願也。三丰眞人《鷓鴣天》詞云：「難與辨，亂紛譁，都將赤土作丹砂。」世俗肉眼，難與談眞，古人一轍。每見人談說《紅樓》，拘文泥字，猜擬誰家事，誰家人，甚至某某爲誰，皆指實之，一唱百和，播瘟揚疫，傳染流毒。更有一等人，一團驕傲，滿口高談，直欲目空四海，橫行天下，此種樣子，每見於我輩同業，可憐可笑。夢癡本立意不談，但此書觀者甚多，大都以小說輕視開篇緣起，被其寓言瞞過，所以義旨難悉，不免陷於幻陣。夢癡非自謂能別眞假，不過因自幼讀此書，稍識其旨趣，舉一知半解之見，以佐同志。所說是否，仍望高明教正。若將前五回打透，其全部之義自顯。世俗之指張猜李，其受病在緣起，世俗批評講論，總未究其女媧氏煉石補天，並將玉之何以啣之而生，金之何以造之而有，始終着作贅文，其病在於前五回未讀透，輕視小說之故。今稍將緣起一段分析，其後正文俟高明詳爲詮解，夢癡不敢妄談。即如紅樓夢三字，世俗以閨閣紅顔薄命解之，非也。紅樓者，肉團心之別名；夢者，幻妄之謂。根塵積垢高厚，如樓無人，惟妄居之不疑，如海市蜃樓，鳥雀認爲眞實，衆趨羣赴，自投魔口，身遭妖噬，是謂紅樓夢，惟不識眞假者爲然。自「此開卷第一回也」至「甄士隱云云」一節，經歷夢幻，釋玄門中隱語。道未成時名爲夢幻，道成後方名夢醒，即學知學行，不學不知不行。不悟書中甄士隱名費，則甄士隱者，聖經：「君子之道費」，而隱借通靈，說此《石頭記》。通靈者，寶玉也。眞處不可說，亦不能說，並非隱瞞不說。《悟眞篇》云：「問他第一義何如，却道有言皆是謗。」自「但書中所記何事何人」起，至「大無可如何之日也」一節，統在「故曰賈雨村云云」之內。書中賈雨村名賈化，字時飛，湖州人氏，此作者用六義中諧聲合而言之，即是「胡謅人事，假話實非」也。此一節女子二字作子女觀，其意讀《道德經》「絕學無憂」一章自見，並非與女子校量，只是「衆人皆有餘，而我獨若遺，我愚人之心也哉」的意思。自「當此日」起，至「故曰賈雨村云云」一節，雖語兼二意，然作者重在演道，只就重者說。一技者，全能也，半技則未全。大概作者已得玉，尚未得金，故云一技無成。閨閣中歷歷有人，此法象矣，佛典「等個人來」、仙典「產在坤方」，坤是人，聖經：「患不知人也」，斷不可向女人身上亂猜。作者既得師傳，欲濟後學，故云不可泯滅。前之女子等字喻衆生，後之閨閣等字喻道法。蓋愚迷執強，難於教化，眞是大無可如何之日，自己雖云升堂，尚未至於入室，四恩未報，負罪實深，當此日不得已將所受於師者，演爲此書，上報四重恩，下拯衆生苦，不可因我有所短，遂使此道不彰於世。自「說來雖近荒唐」起，至「亦可以噴飯供酒」止，留爲高明註釋。此乃全書總綱關鍵，世俗不甚着意，認爲荒唐無稽者，夢癡只揀易啓世俗疑竇，借爲話柄者言之。前一偈言學，後一偈言作書之意，此書今日之厄，作者固已逆睹，於「都云作者癡」一句可見。自「其間離合悲歡」至「《石頭記》緣起既明」止，此節所言，非謂世之閨閣人家女子有此事蹟，乃作者受之於師者，俱是按跡尋蹤，不敢稍加穿鑿，至失其眞，是道也，非人也。奈世俗迷人，醉生夢死，非止一日，雖作此書，安能使之必悟，無可如何之中，且思其次。「只願世人當那醉餘睡醒之時，或避事消愁之際，把此一玩。」此則明明說只願世人當那醉夢初覺之時，勞極思休之際，把此一玩，庶幾可望開悟，不去謀虛逐妄，自然壽命可延，筋力可省。試思若如世俗之談，不是黛玉如何情癡，便是寶釵如何有意，如此批評，不謀虛逐妄，能乎否耶？則壽命筋力，因之而敗。作者有鑒於此，惟有把自己的一生眼淚，覺悟羣迷，各隨其緣分而已。此即所以報師者，我師意爲何如？「從此空空道人，因空見色，由色生情，傳情入色，自色悟空，遂改名情僧。」空空道人者，知行並用也；因空見色，由色生情者，眞空也；傳情入色，自色悟空者，妙有也。眞空妙有，妙有眞空，是謂情僧。《情僧錄》者，言爲性命之道路也。道即是僧，僧即是道，性命雙修，法門不二，仙佛非異，世多有知者。然或人疑釋道與儒有世出世間、經世度世之別，必不能同，故特書出東魯孔梅溪題曰《風月寶鑑》。東魯孔者，儒也。梅者，范石湖《梅譜》：「杏梅，花色淡紅，實扁而斑，其味似杏。」《花鏡》：「梅杏，黃而帶酢。」夢癡按：北方梅杏，實圓而甘，其核似梅，其仁味苦，是梅可以呼杏，而杏可以呼梅。北地產杏不產梅，此喻杏壇可知矣。溪者，水注川曰溪，川字含二義，言其有源謂之川源，言其如海謂之大川，與行潦蹄涔迥別，非洙泗何以當之？故知其用此溪字，喻洙泗也。題曰《風月寶鑑》者，先天大圓圖，邵子謂天根月窟者是也。月到天心，風來水面，《首尾吟》第五首：「寶鑑造形難著髮」，故云「題曰《風月寶鑑》」。三教合一，明此書乃三教一家之道。「後因曹雪芹」云云者，道之本原出於天，聖聖相傳，述而不作，三教皆然，「後因」正明其非我作始著書，乃所以述舊也。「纂成目錄，分出章回」，託爲稗官，《西遊》已有成案在先。「又題曰《金陵十二釵》」者，前之所題，先天爲體，後之所題，後天爲用，乾變成坤，婦女當家矣。合中間未解出者言之，示人當及早修復，仍還固有。紫賢眞人詩云：「自從悟得長生訣，年年海上覓知音，不知誰是知音者，試把狂言着意尋。」所題絕句，正是此意。

《紅樓夢》有實難與世俗講論處。世俗只知看文人小說的一箇看法，不知看仙佛小說的看法，所以讀者批者祇向其外象講求，隨文附和，致失其書中眞實義旨。又胸中先具有小說游戲之作，眼中只向情字一邊觀玩，彼那裏知仙佛小說與文人小說大不相同。即有人言其悞，彼尙且恃強，惟他爲是，又安能使之必悟？此《紅樓夢》所以云「說到辛酸處，荒唐愈可悲，由來同一夢，休笑世人癡」，歎知音之難遇也。

世俗讀《紅樓夢》，見有大荒山、無稽崖等名，又見有荒唐等字，便曰此荒唐無稽之謂也；見有渺渺、茫茫、空空等名，便曰即是荒唐之稱耳；見有「然閨閣中歷歷有人」等語，又見有「俱是按跡循踪」等句，便曰實有其人，事必寓爲某某也。如此謂已解得《紅樓夢》，又安得不爲今日劫灰之階？《紅樓夢》中多有與《西遊》同處，語類禪機，一語雙關，一字數義，世俗祗向一邊胡猜，如何猜得着？若解悟得緣起第一偈，亦可不至如此。「無才可去補蒼天，枉入紅塵若許年」；悟眞云：「不求大道出迷途，縱負賢才豈丈夫。」「此係身前身後事，倩誰寄去作奇傳。」悟眞云：「勸君窮取生身處，返本還元是藥王。」世俗本是看小說，若以此言相告，反違其所好，只可說向有緣者。

《紅樓夢》一書，世俗因見他是小說家款式，便認作小說家游戲之作，所以讀者批者只把游戲二字立了主意，任着自己的意見猜想，便有託曹雪芹先生之名作爲續編，魚目混珠，可笑可歎。《紅樓夢》本書何嘗不明言，奈讀者批者祇借此以暢其所欲，是以當面不顧耳。即如末卷云：「尋個世上清閒無事的人。」又云：「不是建功立業之人，即係糊口謀衣之輩。」以糊口謀衣對建功立業，則建功立業之非眞可知。文中子云：「古之仕也，所以行道；今之仕也，所以逞慾。」如此便非清閒無事的人。可知果游戲之作也，又何必專尋清閒無事的人方託作者，明明寫出託他傳遍知道，奇而不奇。把一個道字提出，欲人知道也。又云：「因想他必是閒人。」閒人者，賢人也。清則不濁，賢則非愚，能清能賢，自無塵擾，便是清閒無事的人。蓋道非賢不傳，必忠孝節義之君子，始可託之，然女修之中，何以又有煙花出身，此概有說也。前代往往忠義之家，遭此不幸，沒入風塵者有之，或又有遭際不幸，流落於此中者有之，必其人非其素心，方能向道，必其材器能以負荷，眞師方肯救拔，否則不可得聞，同於男子。《紅樓夢》果係小說，作者何須如此珍重。

古者男有師傅，女有師保，至後世失傳，縱有慕道的女子，無從得師，此比男子更難。是以後世女修，多從學空門，年深日久，只知有此一途。那知女修比男子似近，所以難者，材器耳。果有因緣，得遇眞師口訣，便是無量之福。閨閣英雄，可不勉諸！

《紅樓夢》闢傍門處甚多，亦須稍爲一言梗概。然眞道最難，與世間講論難說故也。不遇有緣，亦無益於聽，難於解悟，自無人聽也。三教高人都是一箇渡盡衆生的心腸，究竟得渡者仍是衆生中之有緣，方能登舟得濟。有緣無緣，須人自省，不須問四鄰也。大道是人人有分的，何以故？不待他求，只在當人者是也。不是人人能會的，何以故？材器不同者是也。祇此一乘，三教故能一家，餘者總能貌合，體不能合；外合，內亦不能合。譬如金與金合，難分何者爲誰家之金，若以他物投之，終不能符合。但此中還有須辨者。佛家有二乘，仙家有南宮。二乘出於佛門，南宮傳自仙門，亦與儒家有小學、大學之說相類。此處若不能解悟透澈，這個疑團終難打破。二乘之中，惟禪關機鋒與坐功，世人多有好之者，故《紅樓》中每言之。世俗多不留意傍門，三千六百爐火，七十二家，九十六種外道，各不相同，均不與《紅樓夢》所演之道相干。

佛家二乘，不必專待師傳，自讀自悟，即可解得。故仕宦之人退歸後多喜學之，所謂絢爛之極歸平淡，爲來生作地步耳。若認作佛即如是成就，便是自欺。其好處可以息奔競，消頑劣之氣。世間少一件惡事，即是多一善事；少一作孽之人，即是多一行善之人。蓮宗一派，乃是以毒攻毒，方便法門，於接引鈍根最便，故爲時尚。道家各般養生術，名曰修煉家，又曰功夫家，《萃虛吟》名爲安樂法，其中有必須師傳者，有不必師傳者。用之治疾，可以却病延年，使人強健，既能強健少疾，自能壽考。若認作神仙即如是成就，便是自欺，蓋有眞假之殊，故《紅樓夢》闢之。

《紅樓夢》第二回有云：「可惜你們不知道這人來歷，大約政老前輩也錯以淫魔色鬼看待了。若非多讀書識字，加以致知格物之功，悟道參玄之力者，不能知也。」作者明明把一個道字，置在句內，以提醒之。若不然，何不云「你們不知這人來歷」，豈不省事。噫！道豈易知耶？

《紅樓夢》演南北一家、滿漢一理之義。不必講南宗北派，亦不必論滿漢殊俗，總不出君子得之固窮，小人得之輕命的道理。世俗專在妝飾外貌上詳察，不向義理上留心，猪八戒吃人參果，不曉酸甜苦辣。

《紅樓夢》本難解，亦不能盡責於人。但世俗輕狂之輩爲可厭，每習一技一藝，必曰學着玩兒，習作玩兒，似乎必有大經綸、大學問，究竟亦止玩兒二字而已。若遇此等人談此等書，亦不過談着玩兒，聞之者安得不爲其所愚？《紅樓》第五回方歸到學必由師的正文，則第五即學之第一也。色欲二字乃人之第一關，但此中分別甚大，眞假天淵，人民禽獸，聖賢仙佛，明師邪師，均出此中，故首先言之。陰功德行，又爲修行第一義，故緊接劉老老一進榮國府。

今世之人，最難說話。與之談儒，他便認作名利；與之談釋，他便擬爲機鋒；與之談道，他便猜是邪行。聖經賢傳，祇尋辭華，佛典仙籍，但備詩料，不曰迂腐，便笑怪誕。此《紅樓夢》所以云「大無可如何之日」。

《紅樓夢》一名《石頭記》，一名《風月寶鑑》，一名《金陵十二釵》，一名《情僧錄》，一書五名。即此五名，已將全書大旨合盤托出。奈世俗不察何！《風月寶鑑》者，先天大圓圖也。《金陵十二釵》者，一破爲二也。《紅樓夢》者，小人剝廬也。《石頭記》者，碩果不食也。《情僧錄》者，性命必須雙修也。（光緒十三年管可壽齋刊本，前編）

許葉芬

【紅樓夢辨】《紅樓夢》一書，爲故大學士明珠故事，曹雪芹原本只八十回，以下則高蘭墅先生所補也。錯綜離合，大半託諸寓言。惟其以玄旨寫俗情，密縷細針，自是小說中另有一副空前絕後筆墨，讀者藉以考內家典禮，巨閥排場，酒飽茶餘，未始非消遣情懷之助。必弄筆續貂，妄作傳贊，則於國朝掌故，既未深悉，又生長三家村，曾不覩京華景物，以鳥音鴃舌，摹擬閨閣語言，以瞽叟醋翁，議論大家矩度，甚或掉弄書袋，每事每人必求合符於經史，小題大做，尤可不必。吾聞魏文帝之言曰：「三世長者知被服，五世長者知飲食。」錢穆父語云：「三世仕宦，纔曉得著衣喫飯。」耳食目論，庸有當乎？世所傳《紅樓》續作及一切評贊，幾於日出不窮，每一覽之，輒作數日惡。己卯十月，抱病家居，落葉打窗，寒雪灑地，閉門却埽，婆娑於藥鑪茗椀間，苦無以自遣，因戲成《紅樓夢辨》數則，借他人酒杯，澆自己塊壘，非僅爲懵懂輩饒舌，打無謂筆墨官司也。嗟乎！世無眼明人，六經且埽地矣，況輕薄爲文乎？則亦癡人之說夢而已！少翯居士自書於近立齋。

寶玉論婚，讀《紅樓夢》者，僉歸咎於鳳姐之贊成，王夫人之偏愛，而不知實賈母力主之，寶釵自致之也。黛玉非無家者，賈母接之於如海生時，愛之與寶玉等，此中原有深意。寶釵後至，雖有母而不能自媒，計惟有極力自炫，浸使賈母愛黛玉之心移之於己，斯不患錦標飛去矣，故處處力反黛玉之所爲。黛玉尖穎，寶釵則渾厚；黛玉淸高，寶釵則和同；黛玉多愁善病，寶釵則長樂永康。匪直此也，寶釵之於賈府，不過親戚往來已耳，而曲曲折折，仰體俯窺，雖屬寄居，儼如作婦。金釧死，寶釵情願以己新製衣服爲殮，此探春姊妹所不能者，而寶釵能之。配藥需用人參，此尤氏、鳳姐所不能者，而寶釵能之。原書稱寶釵於日間於賈母、王夫人處，承色陪座，王夫人以事外出，會鳳姐病，寶釵晝則理事，夜則巡園，此並寶玉所不能者，而寶釵亦能之。書中又稱寶釵於女工常至夜半，此兩府婦女所均不能者，而寶釵獨能之。人家擇婦，德言容工而已，寶釵所爲，全乎否耶？觀於賈母之言曰：「最好是寶丫頭。」絶非當面奉承姨媽。千眞萬眞，蓋已心許久矣。熙鳳之贊成，要是仰體聖意耳。續作謂鳳姐畏黛玉英明，如偶寶玉，恐奪其帳房一席，然則寶釵於未出閨時，已干預家政矣，鳳姐獨不忌耶？是直作者中心之言，以己度人，抑何可陋！

黛玉之死，莫不曰王熙鳳死之也，賈母、王夫人死之也，而吾獨曰死黛玉者黛玉也。何則？黛玉之一言一動，寶釵罔不留心，然寶釵之一言一動，黛玉又何嘗不留心。即如寶釵之所爲，聰明如黛玉，亦豈不知之而能之，特心鄙其爲人，有夷然不屑之概。如是則吐棄一切可矣，而輾轉在心，又不能決然舍去，如繭之纏，卒卒不能解脫，徒以癡情試探寶玉，欲近而反疎，欲親而轉戚，胸鬲間物，不能擲以示人，此間日以眼淚洗面矣。蓋黛玉病則寶釵之婚成，黛玉愈病則寶釵之婚愈無不成。使黛玉能乎見及此，善保其乾淨之身，焉知無作合之日，而徒鬱伊磊砢，賫志以終，不過增人非笑已耳。抱才如此玉者，其知所變計哉！

人固不可無高人之行，然高人之行，人非之。人固不可有隨俗之見，然隨俗之見，人好之。黛玉、寶釵，殆其人乎？黛玉近於薄，薄也而實厚；寶釵似乎厚，厚也而實薄。即如金玉之說，夫人知之，黛玉豈無一二金飾可以佩帶者乎？黛玉之不屑，黛玉之高也。薄乎否耶？寶釵雅好樸素，謝絕雕飾，獨沉甸甸日懸一鎖於胸前，是插標出售不悞主顧之招牌也，取巧之道也。厚乎否耶？黛玉之拈豔語，是以無心而露夭已之兆；寶釵之趕蚊子，是以有心而爲嬿婉之求。而寶釵則以規勸而行其挾制，黛玉則以一哂而寄其包荒。薄者果薄，厚者果厚耶？不察其激，徒以皮相於兒女子，且失之矣。

寶釵之僞，人或知之，不知薛姨媽之僞，尤甚於其女。寶玉之玉，宜以金配，姨媽於是爲妞妞造鎖。玉有文，鎖若無字，則佩金者正多其人，姨媽於是爲妞妞造鎖上之文。有玉矣，有文矣，然使一入賈府，便相炫露，則適形其僞耳，若有意，若無意，於寶釵看玉時，借鶯兒之言以挑逗之，託名癩僧以聳動之，寶玉索看，寶釵故遲徊鄭重以出之，致使寶玉墮其術中，只知有通靈之和尚，而不知有掉鬼之姨媽也。嗚呼神已！

大觀園女兒，心中目中，無不各有一寶玉在，爭妍鬬寵，膠擾曾無已時，而又不能人人得而事之，徒自苦耳。齡官獨有見於此，人取我棄，人棄我取，寧爲雞口，毋爲牛後，寶玉謂人生情緣各有分定，是猶以尋常女子待之，而未知其有英雄之識也。故不能爲寶釵之龍斷，便當爲齡官之果決。若黛玉、晴雯，宜其死矣！

寶玉以少男而居衆女之中，粥粥羣雌，易相爲悦，設非有人朝夕其側，善窺意向，巧事鍼砭，其放縱將不可問。

襲人之嬌嗔婉妬，未嘗非學問也，所可深惜者，不能爲玉也守耳。輾轉柔腸，弗遽引決，昵爲情色，遂不自持，一反手間，前功皆畀案矣。吾正不知羅帳四垂，玉菡在側時，當局者何以自解。第素有好人之目，一朝變相，乃復如此，假惺惺終可恃哉？抑吾聞寶玉之與蔣玉菡狎也，豔句偶拈，羅帶親解，作者如此有深意焉。落花無心，隨風位置，造物者弄人，抑人之自取乎？吁可畏已！

林小紅，黛玉之小影也。黛玉姓林，小紅亦姓林；黛玉乳名阿紅，小紅亦名紅玉。黛玉爲鳳姐諸人所不容，小紅即爲麝月諸人所不容。一筆分兩筆寫，是畫家烘雲托月法。寶玉有愛紅病，所居曰怡紅院，隱約其詞，作者弄筆狡獪處，不必果有其人其事也。然則芸兒伊何人哉，殆亦賈雨村言耳！

晴雯、芳官性情才調近於黛玉者也，黛玉處於上尚不免於招尤，況在添香捧硯之列者乎？聰明人往往不知檢束，又胸無宿物，不知自立堂搆，其取禍速敗也固宜。然殺猪王屠，放下屠刀，立地成佛；妙手空空兒，一擊不中，翩然遠舉，遐哉！若而爲人者，其猶龍乎？

賈蘭厚重，且好讀書，似乎有志，實則無能也。滿洲勳戚，何必定以科目進。且賈珠死，蘭爲嫡孫，寶玉既昵於閨閣，有志者即當自立。政、璉外出，託家事於薔、芸，一時邢舅肆媒，巧姐出走，蘭當是時，已非童年，曾不聞有一言一事之設施，而徒閉戶苦讀，斤斤自守，八比之外，一無所知，謂之自了漢可矣，必推之爲佳子弟也，吾將應之曰否否。

賈政，庸人也，蓋爲言假正。當其盛時，詹光、程日興居於外，趙姨、周姨居於內，不聞交一正人。及其敗也，惟有搓手頓足，付之浩嘆，不聞籌一要策。且其在官則任李十兒之播弄，居家則任鳳姐之欺瞞，朝廷安貴有是無用之臣，家庭安貴有是無用之子？政之言正，政也負其名矣。而顧矯言無欲，以之垂示子弟也，是亦不可以已乎！

惜春天性孤僻，其遣入畫一事，誠爲過當。然觀其對尤氏之言曰：「我清清白白的一個人，如何教你們帶累壞了。」厥後之出家佞佛，未嘗非境遇激之也。柳湘蓮誚寧府惟有石獅子乾淨，嗚呼！如四姑娘者，殆可與獅子比潔矣。

薛蟠，聰明人也，隱於傻則人皆傻之矣。試辨其一二事：寶玉受撻，何預外人女兒事，寶釵嘵嘵置喙，責人無已，眞竟不知避嫌哉？情動於中，忘乎其所不應道也。「爲了勞什子」，傻霸王一語盡之矣。寶玉等行女兒令，咬薑呷醋，自命風情，何曾道著至竟女兒所樂，獃霸王又一語盡之矣。故人以聰明爲傻，我說傻是聰明。

傻大姐，賈氏功臣也。何言之？妖精香袋，設使妖精拾之，將香袋終不可復見，而妖精之害滋甚。大姐惟以人爲妖，故欲呈之於人，而後人而妖精者胥於是乎去，而園中之規矩一肅。作《紅樓夢廣義》者，以人妖目大姐，謂自香袋見而園中之禍作。園中何禍哉？去晴、芳、蕙、棋四人而已。四人者，禍水也，妖精也，去之誠是也。不妖精之罪，而反以人爲妖耶？然必欲加之罪也，謂之不懂交情，斯則允矣。

寶玉定婚而黛玉死，或亦謂大姐漏言致之。然試問大姐不漏言，黛玉將終不知耶？即使瞞在一時，而黛玉有必知之日，即黛玉有必死之年，彼設計瞞人者，大姐心非之矣。不以傻者爲傻，而以不傻爲傻，得毋令傻大姐笑人！

大姐漏言，而後有後一段極炎極涼之佳文字，則大姐者，文章之關鍵也，豈必有其人哉！必謂其不傻，是我之傻也，況不自知其傻而笑人之傻者乎？

世態有炎涼，文字亦有炎涼；人情有眞僞，文字亦有眞僞：此固發於性情不可得而假借也。黛玉生長富貴，方在髫年，而所爲詩詞，愁思苦語，誠非所宜。若寶釵則似較勝矣。柳絮詞何其高華，螃蟹詠何其倜儻，菊花詩何其嫵媚，獨至於春燈謎之製，乃爾粗率衰颯，且張之屏間，罔識忌諱。可見前之所爲，全如秀才應舉文字，一朝失檢，眞面畢見；又若通天狐狸，醉後露尾，頓忘其帶髑髏裝人時也。或曰：「子何癡！寶釵之詩，作者之言也，何責乎寶釵？」吾亦曰：「子何癡！吾亦言吾之所欲言者耳，何責乎寶釵！」（抄本）

馮家眚

【紅樓夢小品】（李紈李綺李紋）　稻香村皆稼穡之景也，他日有子克家，母氏之心，其苦如之何！至於謙和自處，永足領袖閨中。李綺、李紋，略似阿姊。

（黛玉） 王夷甫有云："大聖忘情，下愚無情，情之所鍾，正在我輩。"其顰卿之謂乎！

（寶玉） 寶玉篤於用情而亦不自知者乎！推其用情之篤，可以爲孝子，可以爲忠臣。至萬不得已時，以死繼之而已，智謀之爲，非所知也。寶玉其篤於用情而亦不自知者乎！

（探春） 德才兼備，吾無間然。

（鴛鴦） 襲人不能死寶玉，而鴛鴦可死賈母，此善讀《紅樓》者盡知之。然其貞靜之氣，養之最優，與人無所臧否，而自落落寡合。胸中所奉者，惟賈母一人耳，相從地下，顧所願也。如以賈赦、邢氏在，謂死出於不得已，則淺之乎測鴛鴦矣。

（平兒劉老老） 謹以事上，和以待下，出其才識，以施於事，直駕鳳姐而上之，與探春、寶釵幾抗旗鼓。而其攜巧姐竟去一節，不避艱險，事得以濟，慰主之靈於地下。嗚呼！其智可及也，其愚不可及也。此固《紅樓》中之第一人也，可敬哉！可法哉！劉老老見義敢爲，較之閱歷既深，熟於趨避者，大有別矣。然非閱歷深者不能爲，蓋賈環輩皆黄口孺子，正易料耳。

（湘雲） 湘雲豪邁不羈，是其本色，園中人無不與之契合者。其襟懷之坦白可慕，觀其與黛玉月下之言，豈可徒以粗豪論。吾安得斯人而師之？

（惜春迎春） 每想富貴之家，錦衣玉食，耳目之間，笙歌珠翠而已。又嘗深夜月夜尋蟋蟀於荒城破刹間，四顧寒煙蔓草，覺幽渺之中爲天地之奇趣，彼啓園亭、栽花木、置魚鳥終有粉飾意。於清涼境中能賞心者，正不多人。吾讀《紅樓》而得一人焉，曰惜春。彼迎春者，所適非人，鬱鬱以終身，果何人之咎哉？擇壻最難事，兄賈赦並未擇哉！

（晴雯芳官）「邦無道，危行言遜」，晴雯非不能之，讀《離騷》衆女之句，吾哀吾晴雯矣。芳官天仙化人，晴雯獨憐之，亦猩猩惜猩猩耳。

（紫鵑）大似鴛鴦。

（香菱）桓温婦聞李瑩娘之言曰：「我見猶憐」，遂終身善遇之。如香菱者，不大可悲憫乎！至其志在詩篇，不爲境遇所困，又非尋常所能及。

（寶釵）寶釵其奸雄之毒者乎！其於顰卿，則教之憐之，推情格外，以固結之。誠知與賈母之親則不若黛玉，與寶玉之密又不若黛玉，惟故作雍容和厚之度，以邀時譽，而後謀成志遂，使顰卿死而不恨。吁可畏哉！然其氣量作爲，在探春、平兒伯仲間。

（王熙鳳）相思一局，其才術可以備見。昔王導婦誦《螽斯》詩，謂爲周公所作，於熙鳳何必過論哉！

（襲人）「千古艱難惟一死，傷心豈獨息夫人」，此鄧孝威題息夫人廟詩，言晚節末路之難也。吾讀此詩，爲千古忍一死者惜，吾爲襲人惜。其與寶玉綢繆，正如有才之士不能安命待時，勿用深責。讀《紅樓》者率以不能自決責襲人，吾不能無異議。杜老《新婚别》不云乎：「妾身未分明。」襲人當日或亦礙於旁觀者，以至於此。

（妙玉）錚錚者易缺，皎皎者易污。

（尤三姐柳湘蓮）語云：「知己知彼，百戰百勝」，言明哲之難也。方三姐之自決，阿姐之行固不足於心，他日事敗則一身之清白全汚，此又慮之熟矣。況乎湘蓮既去，安能再得其人而託以終身乎？情急性切，更無遲疑。試察鳳姐後來之語，則三姐自處之高可想。湘蓮棄信若不期然而然者，三姐相士果謬哉？三姐雖死猶生矣。湘蓮、三姐與寶玉、顰卿正是同工異曲。（抄本）

洪秋蕃

【紅樓夢抉隱（節録）】 言情之書盈籤滿架，《紅樓》獨得其正，蓋出乎節義也；紀事之書盈籤滿架，《紅樓》獨矯其常，蓋一於含蓄也。寶玉元配本屬黛玉，寶釵起而謀奪之，賈母遂背黛而娶釵，於是黛玉守節死矣，寶玉不忍黛玉守節死，亦守義而亡。卒之守節義者得會合於天仙福地，肆謀奪者長嫠泣於怨雨淒風，而且家道日見陵夷，禍患因而疊至。賈母一事乖謬，百戾隨之，以全福全壽之人，卒不得全受以歸，《書》所謂從逆凶者非歟？然韜其意於字裏行間，不使讀者一眼窺破，遂成天下古今有一無二之書。僕自束髮受書以來，即讀《紅樓》，即有心得，輒歎天下傳奇小說有此一副異樣筆墨，然自少至壯足跡半天下，抵掌談《紅樓》迄無意見相合者，且有牴牾而加姍笑者。乃舍斯人而求諸書肆，凡批本及傳贊圖詠，悉取覽焉。甫數行，即與意迕，竊自訝鄙見果有偏耶？抑斯人之目光不炯耶？因再取全傳潛玩之，審乎所見不謬，遂隨筆而記之。嗣以一行作吏，此事遂廢，束置高閣者三十年；罷官後，爲小兒昌言迎養粵西之蒼梧、富川等縣署，課孫暇，一無事事，爰將前所筆記增足而手錄之，雖不足當大雅一粲，而作者慘淡經營之苦心或不致泯滅焉。嗚呼！生平所讀何書？不能羽翼聖經賢傳，顧於傳奇小說闡發其奥義，斯亦陋矣。雖然，賢者識大，不賢者識小，僕爲世人所棄，其不賢甚矣，小者之識，不亦宜乎！

《紅樓夢》是天下古今有一無二之書，立意新，佈局巧，詞藻美，頭緒清，起結奇，穿插妙，描摹肖，鋪序工，見事眞，言情摯，命名切，用筆周，妙處殆不可枚舉，而且譏諷得詩人之厚，褒貶有史筆之嚴，言鬼不覺荒唐，賦物不見堆砌，無一語自相矛盾，無一事不中人情。他如拜年賀節，慶壽理喪，問卜延醫，鬥酒聚賭，失物見妖，遭火被盜，以及家常瑣碎，兒女私情，靡不極人事之常而備紀之。至若琴棋書畫，醫卜星命，抉理甚精，覼舉悉當，此又龍門所謂於學無所不窺者也，然特餘事耳。莫妙於詩詞聯額，酒令燈謎，以及帶叙旁文，點演戲曲，無不暗含正意，一筆雙關。斯誠空前絕後，戛戛獨造之書也，宜登四庫，增富百城。

《紅樓》妙處不可枚舉，尤妙者莫如立意之新。意淫二字，創千古經傳稗史未有之奇，明明劍也而匣之，明明燈也而帏之，令觀之者見匣不見劍，見帏不見燈，逼視之，乃知匣有劍，帏有燈，然筆下則但寫匣與帏，更不示人以劍與燈，花樣新翻，得未曾有。風流之事如是，婚姻之事亦如是；紀叙之辭如是，臧否之辭亦如是。蓋淫之一字匪惟色慾之稱，舉不善皆淫，如《書》之「福善禍淫」，「無即慆淫」，《左傳》之「賞善刑淫」，「歲在星紀而淫於玄枵」之類是也。又非但不美之稱，其美處亦淫，如皇甫謐、劉峻皆號書淫，孟東野詩「寖淫乎漢氏」之類是也。意者，含而未申之謂也。故凡藏於中而不顯著於外者，皆得謂之意淫。悔婚而不言悔，賴婚而不言賴，奪婚而不言奪，以及不善而稱爲善，不賢而稱爲賢，匣其劍而帷其燈，意淫之說也；訂盟而不言訂，守盟而不言守，踐盟而不言踐，以及善而類於不善，賢而類於不賢，示以匣與帷而不示以劍與燈，亦意淫之說也。此二字包羅一切，統括全篇，不耑爲寶玉定評。若耑爲寶玉定評，則寶玉豈僅意淫而已哉！欲讀是書，請先於雲水光中洗眼來。

《紅樓》妙處，又莫如布局之巧。寫富不寫極富，開卷便說寧、榮兩府也都蕭索，內囊已盡上來。寫貴不寫極貴，元春初選女史，繼封才人，晉册貴妃；賈政初賞主事銜，洊升員外郎中之職，外任亦祗學使糧道而止；赦、珍襲職而已，賈璉捐納同知而已。此爲布局之巧。昔有二畫師藝名相埒，各畫漢宮春曉圖。其一聚精會神，工繪妃后，而於服役宮娥不無差等，有美中不足之憾；其一鏤金錯采，耑畫宮娥，而於後宮佳麗不着一人，但見錦帳低垂，珠簾委地，以取春曉之意。合兩幅觀之，人多珍視畫宮娥者，謂袍袴宮人已極美麗，其擅椒房寵者當更何如，而其實只以上等筆墨畫中等人材，遂使上等人材令人擬爲無上上等，如孫武子以上駟敵中駟、中駟敵下駟之巧訣耳。《紅樓》布局正與此同。俗手不然，寫富貴必臻其極，及序其起居服食，陳設應酬，則有婆子村氣，見笑大方，亦何弗取《紅樓》讀之而師之哉！

《紅樓》妙處，又莫如詞藻之美。尖叉門險，徵引搜奇，固已含英咀華，即辭令之妙，亦非他書所及。

《紅樓》妙處，又莫如頭緒之清。一部廿一史從何處翻起，最是悶人。試觀冷子興演說榮國府，賈寶玉試才題匾額，遂將賈府諸人，大觀園全境，逐一點出，不獨使讀者一目了然，即作者信筆寫去，亦不致有顛倒錯落之弊，創著述家第一妙訣。

《紅樓》妙處，又莫如起結之奇。開卷一叙，已將結局倒攝一百二十回之前，末後一結，更將本傳結到數千百年之後，且他書皆後人傳前人之事，或他人傳本傳之人，《紅樓》則爲寶玉自撰，尤創古今未有之格。

《紅樓》妙處，又莫如穿插之妙。全傳百餘人，瑣事百餘件，其中穿插門筍，如無縫天衣，組織之工，可與《三國演義》並駕。

《紅樓》妙處，又莫如描摹之肖。性情各以其人殊，聲吻若自其口出，至隱揭奸詐胸藏，曲繪媟褻情狀，尤爲傳神阿堵。佛家謂菩薩現身説法，欲説何法，即現何身，作者其如菩薩乎！

《紅樓》妙處，又莫如鋪序之工。揮寫富貴之像易，欲無斧鑿之痕難，《紅樓》鋪張揚厲，獨免此弊。

《紅樓》妙處，又莫如見事之眞。深人無淺語，以見事理眞也。若見之不眞，則下筆多隔鞾搔癢之病。

《紅樓》序一人，序一事，無不深透膜裏，入木三分，總由見得眞，斯言之切耳。

《紅樓》妙處，又莫如言情之摯。款款深深，世無其匹，是眞能得個中三昧者。言情之書，汗牛充棟，要不能不推《紅樓》獨步。

《紅樓》妙處，又莫如命名之切。他書姓名皆隨筆雜湊，間有一二有意義者，非失之淺率，即不能周詳，豈若《紅樓》一姓一名皆具精意，惟囫圇讀之，則不覺耳。玆臚舉以質天下善讀《紅樓》之人：何爲寶玉？寶黛玉也。謂惟黛玉是寶，非黛玉不娶也。曰神瑛，對頑石而言也。初則頑石，煅煉則成通靈，幻化而爲神瑛，明其不頑也。何爲黛玉？待寶玉也。謂惟寶玉是待，非寶玉不嫁也。曰颦兒，則以有效顰之人也。西施有效顰之人，而身價益高矣。其氏林，以其來自靈河岸，且謂有林下風，以才女目之，又如月明林下，以美人屬之，尊之也。寶釵者何？寶差也。謂賈母、王夫人以寶釵爲寶，識見差謬也，貶之也。薛雪也，有陰冷之象。林遇雪，則無欣欣向榮之兆，而有蕭蕭就萎之憂。然雪雖虐林，而有晴雯小照於林間，猶有和煦之景，晴雯去而林無生氣矣，故晴雯爲黛玉小照。襲人者，能襲人婚姻以與人者也。寶玉正配本屬黛玉，襲人能襲取以予寶釵，並不明張旗鼓，如潛師夜襲者然，故曰襲人。然其所以故，則以寶釵行爲與己相合，故爲寶釵小照。至舊名珍珠，以在賈母處耳，及侍寶玉，珠已破而不圓，不成其爲珠，故奪其名以予賈母後補之婢。太君，無信之人也。寶玉親事，既許黛玉，復遷異於寶琴，既改寶釵，復游移於傅試之妹，婚可賴，盟可背，人而無信，莫此爲甚！古無信史，故氏太君以史。政者，正也，所以正人之不正也。然必自率以正，而後能正人之不正。賈政內不能刑於妻妾，外不能駕馭豪奴，徒知嚴厲於其冢子，是謂道之以政，非率之以正也，故不曰正而曰政。又政，眞也，謂賈政乃眞有其人。與甄應嘉對勘，嘉假也，謂甄應嘉雖氏甄，應作假論。太虛幻境對聯云：「假作眞時眞亦假」，蓋指此。然皆統乎寶玉而言，謂賈寶玉乃眞寶玉，甄寶玉乃假寶玉也。敬之文曰苟，謂賈敬上不能報國，下不能齊家，惟苟免於是非場而已。赦者，有罪之辭，然賈赦之罪猶可赦，故後獲譴亦遇赦。珍與殄相似，賈珍自取滅亡，有類乎殄。璉以連爲文，賈璉連類而及，稍次其兄。蓉小子庸劣不堪，環小子頑梗實甚。珠號夜光，故賈珠早世。蘭香遠襲，卜賈蘭亢宗。王夫人不能主中饋之人，家務則仰賴於姪婦，婚姻則顛倒於妖鬟，但知聽宵小之言，遂紛召乖戾之氣，中藏無主，故去一點以氏王。邢夫人初具人形而已，處事則糊塗無見，待人則刻薄居心，於時爲秋，於行爲金，於聲爲商，於官爲刑，故取聲象形而氏邢。紈，扇也，李紈少寡，如秋扇之見捐。然有令德，能奉揚仁風，李花白如縞素，故氏李。熙，希也；鳳，奉也，謂鳳姐爲人專以希意旨工趨奉也，他都無論。王夫人攛掇賈母悔黛玉之婚，改寶釵之聘，明知其不可而迎合以成之，故以希奉名其人。且尅扣盤剝，亦非主持家政之道，故亦氏王而爲王夫人之姪女。元春得春氣之先，占盡春光，故有椒房之貴。迎春如當春花木，迎其氣則開，過其時則謝，其性類木，故又謂之木頭。惜春，謂青燈古佛，辜負春光，故曰惜春。若探春則不然。有春則賞之，無春則探之，不肯虛擲春光，故其爲人果敢有爲，長得春氣，非葳蕤自守者比，且明於事理，腹有陽秋，皆探討之功也，故曰探春。尤氏，叢過之人。秦氏，可輕之人，去來無定者。湘上閒雲，故湘雲以名。其始與黛玉莫逆，後爲寶釵交歡，遂與黛玉反眼若讎，此不信乎朋友之人也，故亦如太君之姓。出岫之雲，可爲霖雨；出岫之煙，無足重輕。邢岫煙郊寒島瘦，亦秋官之象，故亦如邢夫人之姓。寶琴，抱琴也。琴少知音，故與寶玉無繾綣；梅花三弄，是其所託，故以瓶梅題其豔，適梅終其身。水波散處爲紋，餘霞散處成綺，故李紋、李綺爲大觀園閒散之人。花當春則旺，當秋則零，秋芳之花，不能與羣芳鬬豔，故傅秋芳不入大觀園而向隅。然寶玉親事，賈母亦爲之游移，如薦卷之副本，故氏以傅，而爲傅試之妹。周姨娘，其內吉之人；趙姨娘，如山魈之人。梧桐驚秋而葉落，秋桐來，肅殺至矣，故曰秋桐。巧姐，巧於遇者也，遇劉極巧，故曰巧姐。妙玉，妙於竊者也，竊玉極妙，故曰妙玉。尤二姐，尤物也；尤三姐，則有尤人之意矣。紫鵑，啼冷月之鳥也，托於林而遇雪，尤有寒鴉之色，然有血性，故忠於事主而有赤心。鴛鴦，不獨宿之鳥也，然不妄耦，故以名。鶯兒，善爲枝上啼以驚人夢醒之鳥，寶釵教令籠絡寶玉，即游揚其主之美以喚醒夢夢之人，故曰鶯兒，而氏以黃。或曰：黃金鶯，黃金纓也，寶釵用以絡玉，故名，亦通。平者，平其所不平也，如平斛之概。鳳姐行事太過，賴平兒以平之，故平兒最賢。雪雁，寶釵藉以爲贋者也，曾爲薛氏贋婢，故曰雪雁。素雲，與李紈而爲素者也；侍書，則侍書而已。司棋，人奇事奇，志節尤奇，青衣有此，斯亦奇矣，故曰司棋。高士之女，辱於青衣，屬於俗子，其遇應憐，故曰英蓮。中材之婢，偶因一顧，便作夫人，其實僥倖，故曰嬌杏。金桂，精怪也，雪遇夏，未有不銷亡者，故氏夏。蟾，有毒之物，薛蟠寶之，故曰寶蟾。薛蟠，謂蟠據賈家而不去也。薛蝌，謂蝌蚪雖能作字，而文理不屬，然較誤認庚黃之兄差勝矣。秦鍾，以情終也。秦業，秦孽也。代儒有獃迂之象。賈瑞眞歷夢之人。王仁謂忘其爲人。卜世仁是不是人。卜固修是不顧羞。邢德全，謂僅形貌生得全，而無人心。張友士，謂醫道有足恃。胡君榮，謂胡姓眞庸醫。馮淵是逢冤。詹光是沾光。單聘仁是善騙人。王爾調謂調和作媒。程日興謂能條陳家道日興。焦大，焦躁之僕。包勇，抱勇之夫。柳，解舞之物，與寶玉相憐，故曰柳湘蓮。函，受矢之物，爲寶玉受矢，故曰玉函。又蔣，將也，將變函人爲矢人，以射寶玉之人，故氏蔣。茗煙，盟湮也；焙茗，背盟也，謂寶黛婚媾之盟既湮沒不彰，遂爲賈母悔而背之，亦猶襲人舊名珍珠，謂寶黛婚姻之事如珍珠之圓，後爲襲人襲而敗之。非然者，珍珠、茗煙皆極俗字，後改襲人、焙茗亦無意義，何必多此一番筆墨乎？凡此種種，皆從甄士隱、賈雨村脫化出來。至王善保家及善姐，皆極不善之人，而以善稱，則以反證大賢大德之寶釵，至善至賢之襲人，與全傳命名之意不同。《紅樓》一名一姓不苟如此，豈他書所能企及。

《紅樓》妙處，又莫如用筆之周。他書序事，顧此失彼，或罣一漏萬。《紅樓》無此弊，雖瑣瑣碎碎極不要緊之事，亦必細針密縷，周匝無遺。

《紅樓》妙處，又莫如譏諷得詩人之厚，褒貶有史筆之嚴。賈政不學無文，惟躭博弈，然狀其爲人，頗類迂拘之學究，嚴以教子，似承詩禮之名家，且攜兒輩應酬，常赴詩壇文會，膺簡命出使，居然視學衡文，固未嘗詆其不文也。然而題聯額於新園，吟髭撚斷，擬破承爲程式，隻字無成，雖不詆其不文，終不予以能文也。賈母悔黛玉親事，確背前盟，寶釵奪黛玉婚姻，實由篡取，就寫賈母改定寶釵，若與黛玉無涉，敘寶釵得配寶玉，儼如金玉天成，固未嘗明書其悔婚奪親也。然而偷梁換柱，公論難逃，借雁藏鶯，陰謀自著，雖不明書悔婚奪親，不啻明書悔婚奪親也。寶釵矯詐盜名，襲人奸淫肆妬，然序兩人行事，竟如媲美賢媛，不獨翳俗眼於一時，直欲盜盛名於千古，固未嘗直揭其隱惡也。然而甘卑汚以貢媚，一生之品行全隳，適優伶以貪歡，通體之奸淫畢露，雖不直揭其隱惡，不啻直揭其隱惡也。他如苟且之事，曖昧之行，諸如此類，筆不勝書，莫不含蓄其詞如詩人之厚，而又激揚其語如史筆之嚴，然則《紅樓》眞枕經葄史之文哉！（上海印書館一九三四年重印本）

汪孔祥

【紅樓夢謚法表(節録)】《紅樓夢謚法表》何爲而作?謚《紅樓夢》中人也。謚《紅樓》之人,何取乎表?表章其人之賢不賢也。何表乎爾?賢者褒之,不肖者譏之也。其所褒者奈何?端莊恭敬,昭其美也?昭其美何貴乎文?以其情文相生,且清貴之品也。悖乎情者罔不貶,所貶者何?順勤通譏其質之柔也。何取乎一字之謚?超以象外,而仙凡間阻也。何爲首乎鍾情?明是書爲鍾情之書也。因情生恨,因恨生愁,因愁生夢,故將眞事隱去,而墮入茫茫渺渺之幻境焉。幻境從何而譬?必以無「文」字爲文之正,此作者之微意也。謚「文」字者何爲二十四人?金釵之雙數也。其貴金釵奈何?書中之主,閨閣之鑑也。非金釵而亦謚「文」者何?外來之閨閣也。張金哥列諸閨閣,何以不謚「文」字?死難者不拘常格也。閨閣之首尤三姐也爲何?以其鐵中錚錚,庸中佼佼,爲書絶無僅有之人也。李紈、可卿、熙鳳、寶釵、平兒、嬌杏何以不列閨閣?以皆賈氏之婦也。寶玉非閨閣何以謚「文」?羣花之主,情之所歸往也。賈蘭何取乎爾?以其反對寶玉而爲書中半主人也。鴛鴦何以謚「文」?以其與可卿共爲一釵也。王子騰入閣,於禮應謚「文」,何爲不謚?異等殊榮,譬諸剛烈忠愍,不可以「文」字爲貴也。不得謚「文」字者,何首乎紫鵑、賈政?教忠教孝,雖小道不外是也。終於二珠及林如海,明是書爲明珠而作,作者情深如海也。寶玉、湘蓮何以列於仙侶?以其入空門也。入空門何取乎二人?以留戀香奩者爲假寶玉也。侍史之首晴雯,妾御之首周姨,輿台之首焦大,羣婢之首柳五,儀型模範,不外乎是也。璜大奶奶、尤老娘、夏金桂列諸雜人者何?來路不明,行匪其正也。襲人、彩雲何爲列諸妾御?誅其心也。其餘依類比附,各有寓意,要在有識者之善悟耳。(吳克岐《懺玉樓

叢書提要》引）

王國維

【紅樓夢評論】（第一章　人生及美術之概觀）　老子曰：「人之大患，在我有身。」莊子曰：「大塊載我以形，勞我以生。」憂患與勞苦之與生相對待也久矣。夫生者，人人之所欲；憂患與勞苦者，人人之所惡也。然則詎不人人欲其所惡，而惡其所欲歟？將其所惡者固不能不欲，而其所欲者終非可欲之物歟？人有生矣，則思所以奉其生。飢而欲食，渴而欲飲，寒而欲衣，露處而欲宮室，此皆所以維持一人之生活者也。然一人之生，少則數十年，多則百年而止耳，而吾人欲生之心，必以是爲不足。於是於數十年、百年之生活外，更進而圖永遠之生活，時則有牝牡之欲，家室之累；進而育子女矣，則有保抱扶持飲食教誨之責，婚嫁之務。百年之間，早作而夕思，窮老而不知所終，問有出於此保存自己及種姓之生活之外者乎？無有也。百年之後，觀吾人之成績，其有逾於此保存自己及種姓之生活之外者乎？無有也。又人人知侵害自己及種姓之生活者之非一端也，於是相集而成一羣，相約束而立一國，擇其賢且智者以爲之君，爲之立法律以治之，建學校以教之，爲之警察以防內奸，爲之陸海軍以禦外患，使人人各遂其生活之欲而不相侵害。凡此皆欲生之心之所爲也。夫人之於生活也，欲之如此其切也，用力如此其勤也，設計如此其周且至也，固亦有其眞可欲者存歟？吾人之憂患勞苦，固亦有所以償之者歟？則吾人不得不就生活之本質熟思而審考之也。

生活之本質何？欲而已矣。欲之爲性無厭，而其原生於不足。不足之狀態，苦痛是也。既償一欲，則此欲以終。然欲之被償者一，而不償者什百，一欲既終，他欲隨之，故究竟之慰藉終不可得也。即使吾人之欲悉償，而更無所欲之對象，倦厭之情即起而乘之，於是吾人自己之生活，若負之而不勝其重。故人生者，如鐘表之擺，實往復於苦痛與倦厭之間者也，夫倦厭固可視爲苦痛之一種。有能除去此二者，吾人謂之曰快樂。然當其求快樂也，吾人於固有之苦痛外，又不得不加以努力，而努力亦苦痛之一也。且快樂之後，其感苦痛也彌深。故苦痛而無回復之快樂者有之矣，未有快樂而不先之或繼之以苦痛者也。又此苦痛與世界之文化俱增，而不由之而減。何則？文化愈進，其知識彌廣，其所欲彌多，又其感苦痛亦彌甚故也。然則人生之所欲既無以逾於生活，而生活之性質又不外乎苦痛，故欲與生活與苦痛，三者一而已矣。

吾人生活之性質既如斯矣，故吾人之知識遂無往而不與生活之欲相關係，即與吾人之利害相關係。就其實而言之，則知識者固生於此欲，而示此欲以我與外界之關係，使之趨利而避害者也。常人之知識，止知我與物之關係，易言以明之，止知物之與我相關係者，而於此物中，又不過知其與我相關係之部分而已。及人知漸進，於是始知欲知此物與我之關係，不可不研究此物與彼物之關係。知愈大者，其研究愈遠焉，自是而生各種之科學。如欲知空間之一部之與我相關係者，不可不知空間全體之關係，於是幾何學興焉。（按西洋幾何學 Geometry 之本義係量地之意，可知古代視爲應用之科學，而不視爲純粹之科學也。）欲知力之一部之與我相關係者，不可不知力之全體關係，於是力學興焉。吾人既知一物之全體之關係，又知此物與彼物之全體之關係，而立一法則焉以應用之，於是物之現於吾前者，其與我之關係，及其與他物之關係，粲然陳於目前而無所遁。夫然後吾人得以利用此物，有其利而無其害，以使吾人生活之欲增進於無窮。此科學之功效也。故科學上之成功，雖若層樓傑觀，高嚴鉅麗，然其基址則築乎生活之欲之上，與政治上之系統立於生活之欲之上無以異。然則吾人理論與實際之二方面，皆此生活之欲之結果也。

由是觀之，吾人之知識與實踐之二方面，無往而不與生活之欲相關係，即與苦痛相關係。玆有一物焉，使吾人超然於利害之外，而忘物與我之關係，此時也，吾人之心無希望，無恐怖，非復欲之我，而但知之我也。此猶積陰彌月，而旭日杲杲也；猶覆舟大海之中，浮沈上下，而飄著於故鄉之海岸也；猶陣雲慘淡，而插翅之天使賷平和之福音而來者也；猶魚之脫於罾網，鳥之自樊籠出，而游於山林江海也。然物之能使吾人超然於利害之外者，必其物之於吾人無利害之關係而後可，易言以明之，必其物非實物而後可。然則非美術何足以當之乎？夫自然界之物無不與吾人有利害之關係，縱非直接，亦必間接相關係者也。苟吾人而能忘物與我之關係而觀物，則夫自然界之山明水媚，鳥飛花落，固無往而非華胥之國，極樂之土也。豈獨自然界而已！人類之言語動作、悲歡啼笑，孰非美之對象乎？然此物既與吾人有利害之關係，而吾人欲強離其關係而觀之，自非天才，豈易及此？於是天才者出，以其所觀於自然人生中者，復現之於美術中，而使中智以下之人，亦因其物之與己無關係，而超然於利害之外。是故觀物無方，因人而變：濠上之魚，莊、惠之所樂也，而漁父襲之以網罟；舞雩之木，孔、曾之所憩也，而樵者繼之以斤斧。若物非有形，心無所往，則雖殉財之夫，貴私之子，寧有對曹霸、韓幹之馬而計馳騁之樂，見畢宏、韋偃之松而思棟梁之用，求好逑於雅典之偶，思稅駕於金字之塔者哉？故美術之爲物，欲者不觀，觀者不欲，而藝術之美所以優於自然之美者，全存於使人易忘物我之關係也。

而美之爲物有二種：一曰優美，一曰壯美。苟一物焉，與吾人無利害之關係，而吾人之觀之也，不觀其關係，而但觀其物；或吾人之心中無絲毫生活之欲存，而其觀物也，不視爲與我有關係之物，而但視爲外物，則今之所觀者，非昔之所觀者也。此時吾心寧靜之狀態，名之曰優美之情，而謂此物曰優美。若此物大不利於吾人，而吾人生活之意志爲之破裂，因之意志遁去，而知力得爲獨立之作用，以深觀其物，吾人謂此物曰壯美，而謂其感情曰壯美之情。普通之美，皆屬前種。至於地獄變相之圖，決鬥垂死之像，廬江小吏之詩，雁門尚書之曲，其人固氓庶之所共憐，其遇雖戾夫爲之流涕，詎有子頹樂禍之心，寧無尼父反袂之戚，而吾人觀之，不厭千復。格代之詩曰：

What in life doth only grieve us,
That in art we gladly see.

凡人生中足以使人悲者，於美術中則吾人樂而觀之。

此之謂也。此即所謂壯美之情，而其快樂存於使人忘物我之關係，則固與優美無以異也。

至美術中之與二者相反者，名之曰眩惑。夫優美與壯美皆使吾人離生活之欲，而入於純粹之知識者，若美術中而有眩惑之原質乎，則又使吾人自純粹之知識出而復歸於生活之欲。如粔籹蜜餌，《招魂》、《啟》、《發》之所陳；玉體橫陳，周昉、仇英之所繪；《西廂記》之《酬柬》，《牡丹亭》之《驚夢》；伶元之傳飛燕，楊慎之贋《秘辛》：徒諷一而勸百，欲止沸而益薪。所以子雲有靡靡之誚，法秀有綺語之訶。雖則夢幻泡影，可作如是觀，而拔舌地獄，專爲斯人設者矣。故眩惑之於美，如甘之於辛，火之於水，不相並立者也。吾人欲以眩惑之快樂，醫人世之苦痛，是猶欲航斷港而至海，入幽谷而求明，豈徒無益，而又增之。則豈不以其不能使人忘生活之欲，及此欲與物之關係，而反鼓舞之也哉？眩惑之與優美及壯美相反對，其故實存於此。

今既述人生與美術之概略如左，吾人且持此標準以觀我國之美術。而美術中以詩歌、戲曲、小說爲其頂點，以其目的在描寫人生故。吾人於是得一絕大著作曰《紅樓夢》。

（第二章　紅樓夢之精神）　哀伽爾之詩曰：

Ye wise men, highly, deeply learned,
Who think it out and know,
How, when and where do all things pair?
Why do they kiss and love?
Ye men of lofty wisdom, say
What happened to me then,

Search out and tell me where, how, when,

And why it happed thus.

嗟汝哲人，靡所不知，靡所不學，既深且躋。粲粲生物，罔不匹儔，各齧厥脣，而相厥攸。匪汝哲人，孰知其故？自何時始，來自何處？嗟汝哲人，淵淵其知，相彼百昌，奚而熙熙？願言哲人，詔余其故，自何時始，來自何處？

（譯文）

哀伽爾之問題，人人所有之問題，而人人未解決之大問題也。人有恆言曰：「飲食男女，人之大欲存焉。」然人七日不食則死，一日不再食則飢。若男女之欲，則於一人之生活上，寧有害無利者也，而吾人之欲之也如此，何哉？吾人自少壯以後，其過半之光陰，過半之事業，所計畫、所勤勤者爲何事？漢之成、哀曷爲而喪其生？殷辛、周幽曷爲而亡其國？勵精如唐玄宗，英武如後唐莊宗，曷爲而不善其終？且人生苟爲數十年之生活計，則其維持此生活，亦易易耳，曷爲而其憂勞之度倍蓰而未有已？記曰：「人不婚宦，情欲失半。」人苟能解此問題，則於人生之知識思過半矣。而蚩蚩者乃日用而不知，豈不可哀也歟！其自哲學上解此問題者，則二千年間，僅有叔本華之《男女之愛之形而上學》耳。詩歌、小說之描寫此事者，通古今東西，殆不能悉數，然能解決之者鮮矣。《紅樓夢》一書，非徒提出此問題，又解決之者也。彼於開卷即下男女之愛之神話的解釋，其敘此書之主人公賈寶玉之來歷曰：

卻說女媧氏鍊石補天之時，於大荒山無稽崖鍊成高十二丈、見方二十四丈大的頑石三萬六千五百零一塊。那媧皇只用了三萬六千五百塊，單單剩下一塊未用，棄在青埂峯下。誰知此石自經鍛鍊之後，靈性已通，自去自來，可大可小。因見衆石俱得補天，獨自己無才，不得入選，遂自怨自艾，日夜悲哀。（第一回）

此可知生活之欲之先人生而存在，而人生不過此欲之發現也。此可知吾人之墮落由吾人之所欲，而意志自由之罪惡也。夫頑鈍者既不幸而爲此石矣，又幸而不見用，則何不游於廣莫之野，無何有之鄉，以自適其適，而必欲入此憂患勞苦之世界，不可謂非此石之大誤也。由此一念之誤，而遂造出十九年之歷史與百二十回之事實，與茫茫大士、渺渺眞人何與？又於第百十七回中述寶玉與和尚之談論曰：

「弟子請問師父，可是從太虛幻境而來？」那和尚道：「什麼幻境！不過是來處來，去處去罷了。我是送還你的玉來的。我且問你，你那玉是從那裏來的？」寶玉一時對答不來。那和尚笑道：「你的來路還不知，便來問我！」寶玉本來穎悟，又經點化，早把紅塵看破，只是自己的底裏未知；一聞那僧問起玉來，好像當頭一棒，便說：「你也不用銀子了，我把那玉還你罷。」那僧笑道：「早該還我了！」

所謂「自己的底裏未知」者，未知其生活乃自己之一念之誤，而此念之所自造也。及一聞和尚之言，始知此不幸之生活由自己之所欲，而其拒絕之也亦不得由自己，是以有還玉之言。所謂玉者，不過生活之欲之代表而已矣。故擕入紅塵者，非彼二人之所爲，頑石自己而已；引登彼岸者，亦非二人之力，頑石自己而已。此豈獨寶玉一人然哉？人類之墮落與解脫，亦視其意志而已。而此生活之意志，其於永遠之生活，比個人之生活爲尤切。易言以明之，則男女之欲尤強於飲食之欲。何則？前者無盡的，後者有限的也；前者形而上的，後者形而下的也。又如上章所說生活之於苦痛，二者一而非二，而苦痛之度與主張生活之欲之度爲比例。是故前者之苦痛尤倍蓰於後者之苦痛，而《紅樓夢》一書，實示此生活、此苦痛之由於自造，又示其解脫之道不可不由自己求之者也。

而解脫之道，存於出世，而不存於自殺。出世者，拒絕一切生活之欲者也。彼知生活之無所逃於苦痛，而求入於無生之域，當其終也，恆幹雖存，固已形如槁木，而心如死灰矣。若生活之欲如故，但不滿於現在之生活，而求主張之於異日，則死於此者固不得不復生於彼，而苦海之流又將與生活之欲而無窮。故金釧之墮井也，司棋之觸牆也，尤三姐、潘又安之自刎也，非解脫也，求償其欲而不得者也。彼等之所不欲者，其特別之生活，而對生活之爲物則固欲之而不疑也。故此書中眞正之解脫，僅賈寶玉、惜春、紫鵑三人耳。而柳湘蓮之入道，有似潘又安；芳官之出家，略同於金釧。故苟有生活之欲存乎，則雖出世而無與於解脫；苟無此欲，則自殺亦未始非解脫之一者也。如鴛鴦之死，彼固有不得已之境遇在；不然，則惜春、紫鵑之事，固亦其所優爲者也。

而解脫之中，又自有二種之別：一存於觀他人之苦痛，一存於覺自己之苦痛。然前者之解脫唯非常之人爲能，其高百倍於後者，而其難亦百倍，但由其成功觀之，則二者一也。通常之人，其解脫由於苦痛之閱歷，而不由於苦痛之知識。唯非常之人，由非常之知力而洞觀宇宙人生之本質，始知生活與苦痛之不能相離，由是求絕其生活之欲，而得解脫之道。然於解脫之途中，彼之生活之欲猶時時起而與之相抗，而生種種之幻影。所謂惡魔者，不過此等幻影之人物化而已矣。故通常之解脫，存於自己之苦痛。彼之生活之欲，因不得其滿足而愈烈，又因愈烈而愈不得其滿足，如此循環，而陷於失望之境遇，遂悟宇宙人生之眞相，遽而求其息肩之所。彼全變其氣質，而超出乎苦樂之外，舉昔之所執著者一旦而舍之。彼以生活爲爐，苦痛爲炭，而鑄其解脱之鼎。彼以疲於生活之欲故，故其生活之欲不能復起而爲之幻影。此通常之人解脱之狀態也。前者之解脱，如惜春、紫鵑；後者之解脱，如寶玉。前者之解脱，超自然的也，神明的也；後者之解脱，自然的也，人類的也。前者之解脱，宗教的也；後者，美術的也。前者，平和的也；後者，悲感的也，壯美的也，故文學的也，詩歌的也，小說的也。此《紅樓夢》之主人公所以非惜春、紫鵑，而爲賈寶玉者也。

嗚呼！宇宙一生活之欲而已。而此生活之欲之罪過，即以生活之苦痛罰之，此即宇宙之永遠的正義也。自犯罪，自加罰，自懺悔，自解脱。美術之務，在描寫人生之苦痛與其解脱之道，而使吾儕馮生之徒，於此桎梏之世界中，離此生活之欲之爭鬥，而得其暫時之平和，此一切美術之目的也。夫歐洲近世之文學中，所以推格代之《法斯德》爲第一者，以其描寫博士法斯德之苦痛及其解脱之途徑最爲精切故也。若《紅樓夢》之寫寶玉，又豈有以異於彼乎？彼於纏陷最深之中而已伏解脱之種子，故聽《寄生草》之曲而悟立足之境，讀《胠篋》之篇而作焚花散麝之想，所以未能者，則以黛玉尚在耳。至黛玉死而其志漸決，然尚屢失於寶釵，幾敗於五兒，屢蹶屢振，而終獲最後之勝利。讀者觀自九十八回以至百二十回之事實，其解脱之行程，精進之歷史，明瞭精切何如哉！且法斯德之苦痛，天才之苦痛；寶玉之苦痛，人人所有之苦痛也。其存於人之根柢者爲獨深，而其希救濟也爲尤切。作者一一掇拾而發揮之，我輩之讀此書者宜如何表滿足感謝之意哉！而吾人於作者之姓名尙未有確實之知識，豈徒吾儕寡學之羞，亦足以見二百餘年來吾人之祖先對此宇宙之大著述如何冷淡遇之也。誰使此大著述之作者不敢自署其名？此可知此書之精神大背於吾國人之性質，及吾人之沈溺於生活之欲而乏美術之知識，有如此也。然則予之爲此論，亦自知有罪也夫。

（第三章　紅樓夢之美學上之價值）

如上章之說，吾國人之精神，世間的也，樂天的也。故代表其精神之戲曲小說，無往而不著此樂天之色彩，始於悲者終於歡，始於離者終於合，始於困者終於亨；非是而欲饜閱者之心，難矣。若《牡丹亭》之返魂，《長生殿》之重圓，其最著之一例也。《西廂記》之以《驚夢》終也，未成之作也；此書若成，吾烏知其不爲《續西廂》之淺陋也？有《水滸傳》矣，曷爲而又有《蕩寇志》？有《桃花扇》矣，曷爲而又有《南桃花扇》？有《紅樓夢》矣，彼《紅樓復夢》、《補紅樓夢》、《續紅樓夢》者曷爲而作也？又曷爲而有反對《紅樓夢》之《兒女英雄傳》？故吾國之文學中，其具厭世解脫之精神者，僅有《桃花扇》與《紅樓夢》耳，而《桃花扇》之解脫非眞解脫也。滄桑之變，目擊之而身歷之，不能自悟，而悟於張道士之一言；且以歷數千里，冒不測之險，投縲紲之中，所索之女子纔得一面，而以道士之言一朝而舍之，自非三尺童子，其誰信之哉？故《桃花扇》之解脫，他律的也；而《紅樓夢》之解脫，自律的也。且《桃花扇》之作者，但借侯、李之事以寫故國之戚，而非以描寫人生爲事。故《桃花扇》，政治的也，國民的也，歷史的也；《紅樓夢》，哲學的也，宇宙的也，文學的也。此《紅樓夢》之所以大背於吾國人之精神，而其價值亦即存乎此。彼《南桃花扇》、《紅樓復夢》等，正代表吾國人樂天之精神者也。

《紅樓夢》一書，與一切喜劇相反，徹頭徹尾之悲劇也。其大宗旨如上章之所述，讀者既知之矣。除主人公不計外，凡此書中之人有與生活之欲相關係者，無不與苦痛相終始，以視寶琴、岫煙、李紋、李綺等，若藐姑射神人，敻乎不可及矣。夫此數人者，曷嘗無生活之欲，曷嘗無苦痛？而書中既不及寫其生活之欲，則其苦痛自不得而寫之，足以見二者如驂之靳，而永遠的正義無往不逞其權力也。又吾國之文學，以挾樂天的精神故，故往往說詩歌的正義，善人必令其終，而惡人必離其罰，此亦吾國戲曲、小說之特質也。《紅樓夢》則不然。趙姨、鳳姐之死，非鬼神之罰，彼良心自己之苦痛也。若李紈之受封，彼於《紅樓夢》十四曲中，固已明說之曰：

〔晚韶華〕鏡裏恩情，更那堪夢裏功名？那美韶華去之何迅，再休題繡帳鴛衾！只這戴珠冠，披鳳襖，也抵不了無常性命。雖說是人生莫受老來貧，也須要陰隲積兒孫。氣昂昂頭戴簪纓，光燦燦胸懸金印，威赫赫爵祿高登，昏慘慘黃泉路近。問古來將相可還存？也只是虛名兒與後人欽敬。（第五回）

此足以知其非詩歌的正義，而既有世界人生以上，無非永遠的正義之所統轄也。故曰《紅樓夢》一書，徹頭徹尾的悲劇也。

由叔本華之說，悲劇之中又有三種之別：第一種之悲劇，由極惡之人極其所有之能力以交構之者。第二種，由於盲目的運命者。第三種之悲劇，由於劇中之人物之位置及關係而不得不然者，非必有蛇蝎之性質與意外之變故也，但由普通之人物、普通之境遇逼之不得不如是，彼等明知其害，交施之而交受之，各加以力而各不任其咎；此種悲劇，其感人賢於前二者遠甚。何則？彼示人生最大之不幸，非例外之事，而人生之所固有故也。若前二種之悲劇，吾人對蛇蝎之人物與盲目之命運未嘗不悚然戰慄，然以其罕見之故，猶倖吾生之可以免，而不必求息肩之地也。但在第三種，則見此非常之勢力，足以破壞人生之福祉者，無時而不可墜於吾前，且此等慘酷之行，不但時時可受諸己，而或可以加諸人。躬丁其酷，而無不平之可鳴，此可謂天下之至慘也。若《紅樓夢》，則正第三種之悲劇也。茲就寶玉、黛玉之事言之：賈母愛寶釵之婉嫕而懲黛玉之孤僻，又信金玉之邪說而思壓寶玉之病；王夫人固親於薛氏；鳳姐以持家之故，忌黛玉之才而虞其不便於己也；襲人懲尤二姐、香菱之事，聞黛玉「不是東風壓西風，就是西風壓東風」之語（第八十一回），懼禍之及而自同於鳳姐，亦自然之勢也。寶玉之於黛玉，信誓旦旦，而不能言之於最愛之之祖母，則普通之道德使然，況黛玉一女子哉！由此種種原因，而金玉以之合，木石以之離，又豈有蛇蝎之人物、非常之變故行於其間哉？不過通常之道德、通常之人情、通常之境遇爲之而已。由此觀之，《紅樓夢》者，可謂悲劇中之悲劇也。

由此之故，此書中壯美之部分較多於優美之部分，而眩惑之原質殆絕焉。作者於開卷即申明之曰：

> 更有一種風月筆墨，其淫穢汚臭，最易壞人子弟。至於才子佳人等書，則又開口文君，滿篇子建，千部一腔，千人一面，且終不能不涉淫濫。在作者不過欲寫出自己兩首情詩豔賦來，故假捏出男女二人名姓，又必旁添一小人撥亂其間，如戲中小丑一般。（此又上節所言之一證）

茲舉其最壯美者之一例，即寶玉與黛玉最後之相見一節曰：

那黛玉聽着傻大姐說寶玉娶寶釵的話，此時心裏竟是油兒、醬兒、糖兒、醋兒倒在一處的一般，甜苦酸鹹，竟說不上什麼味兒來了。……自已轉身要回瀟湘館去。那身子竟有千百斤重的，兩隻脚却像踏着棉花一般，早已軟了。只得一步一步慢慢的走將下來。走了半天，還沒到沁芳橋畔。脚下愈加軟了，走的慢，且又迷迷癡癡，信着脚從那邊繞過來，更添了兩箭地路。這時剛到沁芳橋畔，却又不知不覺的順着隄往回裏走起來。紫鵑取了絹子來，却不見黛玉。正在那裏看時，只見黛玉顏色雪白，身子恍恍蕩蕩的，眼睛也直直的，在那裏東轉西轉。……只得趕過來，輕輕的問道：「姑娘，怎麽又回去？是要往那裏去？」黛玉也只模糊聽見，隨口答道：「我問問寶玉去。」……紫鵑只得攙他進去。那黛玉却又奇怪了，這時不似先前那樣軟了，也不用紫鵑打簾子，自已掀起簾子進來。……見寶玉在那裏坐着，也不起來讓坐，只瞧著嘻嘻的獃笑。黛玉自已坐下，却也瞧着寶玉笑。兩個也不問好，也不說話，也無推讓，只管對着臉獃笑起來，忽然聽着黛玉說道：「寶玉，你爲什麽病了？」寶玉笑道：「我爲林姑娘病了！」襲人、紫鵑兩個嚇得面目改色，連忙用言語來岔。兩個却又不答言，仍舊獃笑起來。……紫鵑攙起黛玉。那黛玉也就站起來，瞧着寶玉，只管笑，只管點頭兒。紫鵑又催道：「姑娘，回家去歇歇罷！」黛玉道：「可不是！我這就是回去的時候兒了。」說着，便回身笑着出來了。仍舊不用丫頭們攙扶，自已却走得比往常飛快。（第九十六回）

如此之文，此書中隨處有之，其動吾人之感情何如！凡稍有審美的嗜好者，無人不經驗之也。

《紅樓夢》之爲悲劇也如此。昔雅里大德勒於《詩論》中謂悲劇者所以感發人之情緒而高上之，殊如恐懼與悲憫之二者爲悲劇中固有之物，由此感發而人之精神於焉洗滌。故其目的，倫理學上之目的也。叔本華置詩歌於美術之頂點，又置悲劇於詩歌之頂點；而於悲劇之中又特重第三種，以其示人生之眞相，又示解脫之不可已故。故美學上最終之目的，與倫理學上最終之目的合。由是，《紅樓夢》

之美學上之價值，亦與其倫理學上之價值相聯絡也。

（第四章　紅樓夢之倫理學上之價值）　自上章觀之，《紅樓夢》者悲劇中之悲劇也，其美學上之價值即存乎此。然使無倫理學上之價值以繼之，則其於美術上之價值尚未可知也。今使爲寶玉者，於黛玉既死之後，或感憤而自殺，或放廢以終其身，則雖謂此書一無價值可也。何則？欲達解脫之域者，固不可不嘗人世之憂患；然所貴乎憂患者，以其爲解脫之手段故，非重憂患自身之價值也。今使人日日居憂患，言憂患，而無希求解脫之勇氣，則天國與地獄，彼兩失之，其所領之境界，除陰雲蔽天、沮洳彌望外，固無所獲焉。黃仲則《綺懷》詩曰：

如此星辰非昨夜，爲誰風露立中宵？

又其卒章曰：

結束鉛華歸少作，屏除絲竹入中年，茫茫來日愁如海，寄語羲和快着鞭。

其一例也。《紅樓夢》則不然，其精神之存於解脫，如前二章所說，茲固不俟喋喋也。

然則解脫者，果足爲倫理學上最高之理想否乎？自通常之道德觀之，夫人知其不可也。夫寶玉者，固世俗所謂絕父子、棄人倫、不忠不孝之罪人也。然自太虛中有今日之世界，自世界中有今日之人類，乃不得不有普通之道德以爲人類之法則。順之者安，逆之者危；順之者存，逆之者亡。於今日之人類中，吾固不能不認普通之道德之價值也。然所以有世界人生者，果有合理的根據歟？抑出於盲目的動作，而別無意義存乎其間歟？使世界人生之存在，而有合理的根據，則人生中所有普通之道德，謂之絕對的道德可也。然吾人從各方面觀之，則世界人生之所以存在，實由吾人類之祖先一時之誤謬。詩人之所悲歌，哲學者之所瞑想，與夫古代諸國民之傳說，若出一揆。若第二章所引《紅樓夢》第一回之神話的解釋，亦於無意識中暗示此理，較之《創世記》所述人類犯罪之歷史尤爲有味者也。夫人之有生，旣爲鼻祖之誤謬矣，則夫吾人之同胞，凡爲此鼻祖之子孫者，苟有一人焉未入解脫之域，則鼻祖之罪終無時而贖，而一時之誤謬反覆至數千萬年而未有已也。則夫絕棄人倫如寶玉其人者，自普通之道德言之，固無所辭其不忠不孝之罪，若開天眼而觀之，則彼固可謂幹父之蠱者也。知祖父之誤謬，而不忍反覆之以重其罪，顧得謂之不孝哉？然則寶玉「一子出家，七祖昇天」之說，誠有見乎所謂孝者在此不在彼，非徒自辯護而已。

然則舉世界之人類而盡入於解脫之域，則所謂宇宙者不誠無物也歟？然有無之說，蓋難言之矣。夫以人生之無常，而知識之不可恃，安知吾人之所謂有非所謂眞有者乎？則自其反而言之，又安知吾人之所謂無非所謂眞無者乎？即眞無矣，而使吾人自空乏與滿足、希望與恐怖之中出，而獲永遠息肩之所，不猶愈於世之所謂有者乎！然則吾人之畏無也，與小兒之畏暗黑何以異？自已解脫者觀之，安知解脫之後，山川之美，日月之華，不有過於今日之世界者乎？讀《飛鳥各投林》之曲，所謂「一片白茫茫大地眞乾淨」者，有歟無歟，吾人且勿問。但立乎今日之人生而觀之，彼誠有味乎其言之也。

難者又曰：「人苟無生，則宇宙間最可寶貴之美術不亦廢歟？」曰：「美術之價値，對現在之世界人生而起者，非有絶對的價值也。其材料取諸人生，其理想亦視人生之缺陷逼仄而趨於其反對之方面。如此之美術，唯於如此之世界、如此之人生中，始有價值耳。今設有人焉，自無始以來，無生死，無苦樂，無人世之罣礙，而唯有永遠之知識，則吾人所寶爲無上之美術，自彼視之，不過蛩鳴蟬噪而已。何則？美術上之理想固彼之所自有，而其材料又彼之所未嘗經驗故也。又設有人焉，備嘗人世之苦痛而已入於解脱之域，則美術之於彼也，亦無價值。何則？美術之價值，存於使人離生活之欲，而入於純粹之知識。彼既無生活之欲矣，而後進之以美術，是猶饋壯夫以藥石，多見其不知量而已矣。然則超今日之世界人生以外者，於美術之存亡，固自可不必問也。」

夫然，故世界之大宗教，如印度之婆羅門教及佛教，希伯來之基督教，皆以解脱爲唯一之宗旨；哲學家如古代希臘之拍拉圖，近世德意志之叔本華，其最高之理想亦存於解脱。殊如叔本華之説，由其深邃之知識論、偉大之形而上學出，一掃宗教之神話的面具而易以名學之論法，其眞摯之感情與巧妙之文字又足以濟之，故其説精密確實，非如古代之宗教及哲學説徒屬想像而已。然事不厭其求詳，姑以生平可疑者商確焉。夫由叔氏之哲學説，則一切人類及萬物之根本，一也。故充叔氏拒絶意志之説，非一切人類及萬物各拒絶其生活之意志，則一人之意志亦不可得而拒絶。何則？生活之意志之存於我者，不過其一最小部分，而其大部分之存於一切人類及萬物者，皆與我之意志同。而此物我之差別，僅由於吾人知力之形式，故離此知力之形式，而反其根本而觀之，則一切人類及萬物之意志，皆我之意志也。然則拒絶吾一人之意志，而姝姝自悦曰解脱，是何異決蹄跨之水而注之溝壑，而曰天下皆得平土而居之者哉？佛之言曰：「若不盡度衆生，誓不成佛」，其言猶若有能之而不欲之意。然自吾人觀之，此豈徒能之而不欲哉！將毋欲之而不能也。故如叔本華之言一人之解脱，而未言世界之解脱，實與其意志同一之説不能兩立者也。叔氏於無意識中亦觸此疑問，故於其《意志及觀念之世界》之第四編之末力護其説曰：

人之意志，於男女之欲，其發現也爲最著。故完全之貞操乃拒絶意志，即解脱之第一步也。夫自然中之法則固自最確實者，使人人而行此格言，則人類之滅絶自可立而待。至人類以降之動物，其解脱與墮落亦當視人類以爲準。吠陀之經典曰：「一切衆生之待聖人，如飢兒之待慈父母也。」基督教中亦有此思想。珊列休斯於其《人持一切物歸於上帝》之小詩中曰：「嗟汝萬物靈，有生皆愛汝，總總環汝旁，如兒索母乳。攜之適天國，惟汝力是怙。」德意志之神秘學者馬斯太哀赫德亦云：「《約翰福音》云：『余之離世界也，將引萬物而與我俱。』基督豈欺我哉！夫善人固將持萬物而歸之於上帝，即其所從出之本者也。今夫一切生物皆爲人而造，又各自相爲用，牛羊之於水草，魚之於水，鳥之於空氣，野獸之於林莽，皆是也。一切生物皆上帝所造，以供善人之用，而善人攜之以歸上帝。」彼意蓋謂人之所以有用動物之權利者，實以能救濟之之故也。

於佛教之經典中，亦説明此眞理。方佛之尚爲菩提薩埵也，自王宮逸出而入深林時，彼策其馬而歌曰：「汝久疲於生死兮，今將息此任載。負余躬以遐舉兮，繼今日而無再。苟彼岸其余達矣，余將徘徊以汝待！」（《佛國記》）此之謂也。（英譯《意志及觀念之世界》第一册第四百九十二頁）

然叔氏之説，徒引據經典，非有理論的根據也。試問釋迦示寂以後，基督尸十字架以來，人類及萬物之欲生奚若？其痛苦又奚若？吾知其不異於昔也。然則所謂持萬物而歸之上帝者，其尚有所待歟？

抑徒沾沾自喜之說，而不能見諸實事者歟？果如後說，則釋迦、基督自身之解脫與否，亦尚在不可知之數也。往者作一律曰：

生平頗憶挈盧敖，東過蓬萊浴海濤，何處雲中聞犬吠，至今湖畔尚烏號；人間地獄眞無間，死後泥洹枉自豪；終古衆生無度日，世尊祇合老塵囂。

何則？小宇宙之解脫，視大宇宙之解脫以爲準故也。赫爾德曼人類涅槃之說，所以起而補叔氏之缺點者以此。要之，解脫之足以爲倫理學上最高之理想與否，實存於解脫之可能與否。若夫普通之論難，則固如楚楚蜉蝣，不足以撼十圍之大樹也。

今使解脫之事終不可能，然一切倫理學上之理想果皆可能也歟？今夫與此無生主義相反者，生生主義也。夫世界有限，而生人無窮，以無窮之人，生有限之世界，必有不得遂其生者矣。世界之內，有一人不得遂其生者，固生生主義之理想之所不許也。故由生生主義之理想，則欲使世界生活之量達於極大限，則人人生活之度不得不達於極小限。蓋度與量二者，實爲一精密之反比例，所謂最大多數之最大福祉者，亦僅歸於倫理學者之夢想而已。夫以極大之生活量，而居於極小之生活度，則生活之意志之拒絕也奚若？此生生主義與無生主義相同之點也。苟無此理想，則世界之內，弱之肉，強之食，一任諸天然之法則耳，奚以倫理爲哉？然世人日言生生主義，而此理想之達於何時則尚在不可知之數。要之，理想者可近而不可即，亦終古不過一理想而已矣。人知無生主義之理想之不可能，而自忘其主義之理想之何若，此則大不可解者也。

夫如是，則《紅樓夢》之以解脫爲理想者，果可菲薄也歟？夫以人生憂患之如彼，而勞苦之如此，苟有血氣者，未有不渴慕救濟者也；不求之於實行，猶將求之於美術。獨《紅樓夢》者，同時與吾人以二者之救濟。人而自絕於救濟則已耳；不然，則對此宇宙之大著述，宜如何企踵而歡迎之也！

（第五章　餘論）　自我朝考證之學盛行，而讀小說者亦以考證之眼讀之，於是評《紅樓夢》者，紛然索此書中之主人公之爲誰，此又甚不可解者也。夫美術之所寫者，非個人之性質，而人類全體之性質也。惟美術之特質貴具體而不貴抽象，於是舉人類全體之性質置諸個人之名字之下。譬諸副墨之子，洛誦之孫，亦隨吾人之所好，名之而已。善於觀物者，能就個人之事實，而發見人類全體之性質。今對人類之全體，而必規規焉求個人以實之，人之知力相越，豈不遠哉！故《紅樓夢》之主人公，謂之賈寶玉可，謂之子虛烏有先生可，即謂之納蘭容若，謂之曹雪芹，亦無不可也。

綜觀評此書者之說，約有二種：一謂述他人之事，一謂作者自寫其生平也。第一說中，大抵以賈寶玉爲即納蘭性德。其說要非無所本。案性德《飲水詩集·別意》六首之三曰：

獨擁餘香冷不勝，殘更數盡思騰騰，今宵便有隨風夢，知在紅樓第幾層。

又《飲水詞》中《於中好》一闋云：

別緒如絲睡不成，那堪孤枕夢邊城？因聽紫塞三更雨，却憶紅樓半夜燈。

又《減字木蘭花》一闋詠新月云：

莫教星替，守取團圓終必遂。此夜紅樓，天上人間一樣愁。

「紅樓」之字凡三見，而云「夢紅樓」者一。又其亡婦忌日作《金縷曲》一闋，其首三句云：

此恨何時已？滴空階，寒更雨歇，葬花天氣。

「葬花」二字，始出於此。然則《飲水集》與《紅樓夢》之間稍有文字之關係，世人以寶玉爲即納蘭侍衞者殆由於此。然詩文與小説家之用語，其偶合者固不少。苟執此例以求《紅樓夢》之主人公，吾恐其可以傅合者斷不止容若一人而已。若夫作者之姓名（徧考各書，未見曹雪芹何名）與作書之年月，其爲讀此書者所當知，似更比主人公之姓名爲尤要。顧無一人爲之考證者，此則大不可解者也。

至謂《紅樓夢》一書爲作者自道其生平者，其説本於此書第一回「竟不如我親見親聞的幾個女子」一語。信此説，則唐旦之天國戲劇可謂無獨有偶者矣。然所謂親見親聞者，亦可自旁觀者之口言之，未必躬爲劇中之人物。如謂書中種種境界、種種人物非局中人不能道，則是《水滸傳》之作者必爲大盜，《三國演義》之作者必爲兵家，此又大不然之説也。且此問題，實與美術之淵源之問題相關係。如謂美術上之事非局中人不能道，則其淵源必全存於經驗而後可。夫美術之源出於先天，抑由於經驗，此西洋美學上至大之問題也。叔本華之論此問題也，最爲透闢。兹援其説，以結此論。其言（此論本爲繪畫及彫刻發，然可通之於詩歌小説）曰：

人類之美之産於自然中者，必由下文解釋之：即意志於其客觀化之最高級（人類）中，由自己之力與種種之情況而打勝下級（自然力）之抵抗，以佔領其物質，且意志之發現於高等之階級也，其形式必複雜。即以一樹言之，乃無數之細胞合而成一系統者也。其階級愈高，其結合愈複。人類之身體乃最複雜之系統也，各部分各有一特別之生活，其對全體也則爲隸屬，其互相對也則爲同僚，互相調合，以爲其全體之說明，不能增也，不能減也。能如此者，則謂之美，此自然中不得多見者也。顧美之於自然中如此，於美術中則何如？或有以美術家爲模仿自然者。然彼苟無美之預想存於經驗之前，則安從取自然中完全之物而模倣之，又以之與不完全者相區別哉？且自然亦安得時時生一人焉，於其各部分皆完全無缺哉？或又謂美術家必先於人之肢體中，觀美麗之各部分，而由之以構成美麗之全體。此又大愚不靈之說也。即令如此，彼又何自知美麗之在此部分而非彼部分哉？故美之知識，斷非自經驗的得之，即非後天的而常爲先天的；即不然，亦必其一部分常爲先天的也。吾人於觀人類之美後，始認其美；但在眞正之美術家，其認識之也，極其明速之度，而其表出之也，勝乎自然之爲。此由吾人之自身即意志，而於此所判斷及發見者，乃意志於最高級之完全之客觀化也。唯如是，吾人斯得有美之預想。而在眞正之天才，於美之預想外，更伴以非常之巧力。彼於特別之物中，認全體之理念，遂解自然之囁嚅之言語而代言之；即以自然所百計而不能產出之美，現之於繪畫及彫刻中，而若語自然曰：「此即汝之所欲言而不得者也。」苟有判斷之能力者，必將應之曰是。唯如是，故希臘之天才能發見人類之美之形式，而永爲萬世彫刻家之模範。唯如是，故吾人對自然於特別之境遇中所偶然成功者，而得認其美。此美之預想，乃自先天中所知者，即理想的也。比其現於美術也，則爲實際的。何則？此與後天中所與之自然物相合故也。如此，美術家先天中有美之預想，而批評家於後天中認識之，此由美術家及批評家乃自然之自身之一部，而意志於此客觀化者也。哀姆攀獨克爾曰：「同者唯同者知之。」故唯自然能知自然，唯自然能言自然，則美術家有自然之美之預想，固自不足怪也。

芝諾芬述蘇格拉底之言曰：「希臘人之發見人類之美之理想也，由於經驗。即集合種種美麗之部分，而於此發見一膝，於彼發見一臂。」此大謬之說也。不幸而此說又蔓延於詩歌中，即以狹斯丕爾言之，謂其戲曲中所描寫之種種人物，乃其一生之經驗中所觀察者，而極其全力以模寫之者也。然詩人由人性之預想而作戲曲小説，與美術家之由美之預想而作繪畫及彫刻無以異。唯兩者於其創造之途中，必須有經驗以爲之補助。夫然，故其先天中所已知者，得喚起而入於明晰之意識，而後表出之事乃可得而能也（叔氏《意志及觀念之世界》第一册第二百八十五頁至八十九頁）。

由此觀之，則謂《紅樓夢》中所有種種之人物、種種之境遇必本於作者之經驗，則彫刻與繪畫家之寫人之美也必此取一膝、彼取一臂而後可，其是與非，不待知者而决矣。讀者苟玩前數章之説，而知《紅樓夢》之精神與其美學、倫理學上之價值，則此種議論自可不生。苟知美術之大有造於人生，而《紅樓夢》自足爲我國美術上之唯一大著述，則其作者之姓名與其著書之年月固當爲唯一考證之題目。而我國人之所聚訟者乃不在此而在彼，此足以見吾國人對此書之興味之所在自在彼而不在此也。故爲破其惑如此。（《靜庵文集》，光緒三十一年印本）

孫渠甫

【石頭記微言（節録）】（釋眞）《石頭記》一書，假中有眞，眞中有假。書面假中假，書底假中眞，書之底中底乃眞中假也。書面是影，是借端託意，所謂賈雨村是也。書底是形，是眞實事跡，所謂甄士隱是也。書之底中底是僻，是叛道妄言，所謂賈珠、李紈是也。借釵、黛爭婚姻以演書面，託釵、黛爭天下以寓底中底之意，其實惟釵、黛行妒乃是眞實事耳。書面姑不必論，底中底是作者剖腹藏珠之事，非但不可論，亦且不屑論也。余所註者，惟書底眞實之事略而言之。余所謂《石頭記微言》者，以書底眞際爲微言也；作者微旨，是底中底之妄意也。同爲微言，其實各異其趨向耳。此篇既名釋眞，稍舉數條，以概全書：書中淸福、萬福、萬壽、臨敬殿、臨莊門、臨文不諱、坐纛旗兒、寶天王、寶皇帝，此寶玉之可顯見者也。侯孝康、瀟湘妃子，此黛玉之可顯者也。梨香院、楊貴妃、進京待選才人，此寶釵之可顯見者也。如今聖上、聖明仁德、海晏河淸、萬民樂業，此寶黛之子之可見者也。眞眞國女子、小騷韃子、仁淸巷、葫蘆廟、張爺爺是祖太爺替身出家、寶玉得麟於張道，則寶玉有子可見矣。湘雲拾麟於草下，則知湘雲爲撫孤之人可知矣。婦人產育爲坐草，香菱坐草、鬥草遇寶玉，得夫婦穗、並蒂菱，則知此麟爲香菱所出，爲湘雲撫育耳。香菱、黛玉乃是一人，此皆事跡之可顯見者也。書中眞際，不可枚舉，舉一反三，惟在閱者自得耳。

（釋影）《石頭記》一書，影書也。有影必有形，形即眞際。但形藏影露，所謂甄士隱也。稍揭其眞形，以見微言之意：南面而坐，北面而朝，象憂亦憂，象喜亦喜，此影也，而賈政、王夫人、寶玉、賈環四人之眞形可見矣。瀟湘館甥，湘妃多淚，此影也，而黛玉之眞形可見矣。武氏鏡室，楊妃，梨香，寶釵，蘅蕪，此影也，而寶釵之眞形可見矣。娥皇、女英以比黛玉、湘雲，此影也，而湘雲之眞形可見矣。壽陽公主，同昌公主，此影也，而探春之眞形可見矣。書面有賈蘭，書底有賈桂，薛蟠有龍下蛋之說，寶玉得麟於張道爺，湘雲拾麟於草際，黛玉有母蝗蟲之言即是《麟趾》、《螽斯》之證，此影也，而賈蘭之眞形可見矣。此數者，皆可望影知形，實藏眞際者也。若元春則影釵、玉，惜春則影寶、黛，李紈則影黛之潔，迎春則影黛之苦，賈母則總影全書，所謂史太君也。此數者皆無眞際者也。餘者或副影，或旁影，或合影，或分影，或影一事，或影數事，或影外之影，或以人影物，或以物影人，此皆詳註於正文之內，此處不更述。有四總影：以上所述，即爲形之正影，此總影之一也。賈赦影政，邢影王，璉影寶玉，琮影環，鳳影釵，秋桐影黛，平影湘，巧姐影蘭，尤二姐影釵，亦影黛，鳳又影王夫人，此總影之二也。賈珍影政，尤氏影王，蓉影寶玉，秦氏影釵、黛兩人，此總影之三也。薛蟠影寶玉，蟠父影寶父，蟠有戲言即是確證，蟠母影寶母，香菱影黛，金桂影釵，金桂爲妻菱爲妾即釵、黛掉包之影也，寶釵影探春，寶琴影湘雲，蟠、菱有子影寶、黛有子，薛蝌影寶玉之柔情，岫煙影黛玉之孤單，臻兒侍香菱影紫鵑之侍黛，寶蟾侍金桂影襲人之侍釵，金桂之母影寶玉之母與薛姨，夏三影環之與釵，此總影之四也。更有遠影之總者，如甄應嘉一家影賈政一家；遠影之分者，如柳湘蓮影寶玉、尤二姐影釵、尤三姐影黛、傅秋芳影黛等類；近影如襲影釵、晴影黛、平兒影湘雲、妙玉影寶、黛、釵三人、鴛鴦影寶、黛、釵三人等類，不可枚舉。又有反影、對面影等類，惟在閱者觸類旁通耳。

（讀法）《石頭記》一書，其底裏眞實之事，皆寓於邊僻之處，須看其不要緊處，方能得之。正文云：「九省都檢點出都查邊」，此教人搜尋眞際之法也。其引用古人或古事，皆有關合書底實事，並非虛設，其或有不相合者，乃作者另有寓意於底中底之謬論故也。書面爲談情之書，書底爲傷讒哀怨之書，底中底爲淫亂悖謬之書。作者以書面游戲，以書底運化，以底中底妄想。正文曰寶玉即寶玉也。在書面言，上寶玉謂寶玉之人，下寶玉謂口中所啣之玉。在底中底言，則上下混同爲一，即指石頭，即指與地，即言釵、黛所爭之天下也。在書底言，上寶玉爲寶玉，是天子，下寶玉即寶玉傳國之璽。黛玉曰：「至貴則寶，至堅則玉。」貴爲天子謂至貴也，視棄天下如敝屣、不移其情謂至堅也，此上寶玉也。正面「通靈寶玉」四字即是「皇帝之寶」四字，反面「莫失莫忘，仙壽恆昌」八字即是「受命於天，既壽永昌」八字，璽是祖父所傳，故比胎中帶來，此下寶玉也。書底之寶玉即寶玉，乃是實事。又黛玉臨終時曰：「寶玉你好！」在書面言，則爲恨寶玉之負心，故曰「寶玉你好」，蓄住負心二字或無情二字。在底中底言，則以寶玉既爲坤地，乃是屬陰，爲女子之好矣，故曰「寶玉你好」，比黛如國君死社稷矣。在書底言，乃是作者特下一斷語耳。士隱遇道士有好了歌，又言「好便是了，了便是好」等語，此皆故作蒙混語耳。其實是言寶玉因女子而了之義，只好了二字足矣。蓋寶玉之了皆由釵黛二人，當時有黛無釵則不至於了，有釵無黛亦不至於了，既有釵黛，乃成其爲好了也。寶玉情則爲黛，事由釵逼，則好了二字，釵、黛當各得一半。然在黛只有好而無了，在釵只了而好矣。黛玉臨終是好之止，釵之成大禮是了之起，故曰：「寶玉你好」，截然而止，其下更不可再着一字。此即是書底「你好」之的解。迨至黛死寶走，方是好了二字齊全，方黛死寶尚在，故一好字而止也。此書實是有面、有底、有底中底之三層，不可不辨。此讀《石頭記》之秘要耳。略舉其端，以概其餘。註中凡有微言、微旨等字樣，皆是指作者之底中底。若余所註之書底，皆是明白顯註，更無所謂微言也。讀者切勿誤會耳。（稿本）

陳蛻

【列石頭記於子部說】《石頭記》一書，雖爲小說，然其涵義，乃具有大政治家、大哲學家、大理想家之學說，而合於大同之旨。謂爲東方《民約論》，猶未知盧梭能無愧色否也。其意多借寶玉行爲談論而見，而喻以補天石，謂非此則世不治也；胎中帶來，謂非此則人性不靈也。見於行爲者，事頑父嚚母而不怨，得祖母偏憐而不驕，更視讒弟而不忮，遇王侯而不諂，友貧賤而能愛，處羣豔之中而不淫，臨悍婢騃童而不怒，脫屣富貴而不戀。綜觀始終，可以爲共和國民，可以爲共和國務員，可以爲共和議員，可以爲共和大總統矣。惟誚貞姬爲尤物，嗔慧婢以蠢才，爲可訾處。但此是作者微旨。純粹至此，不免受居養之移，足見率性爲道，須臾不離之難也。

其於談論，則更舉數千年政治、學說、風俗之弊，悉抉無遺。不及悉數，取足證吾說而止。論文臣死諫、武將死戰一節，罵盡無愛國心之一家奴隸；論甄寶玉一節，罵盡無眞道德之同流合汚；論祿蠹則恨人心齷齪也；論八股則恨邪說充塞也；論雨村請見則恨交際浮僞也；於秦鍾則曰：「恨我生於公侯之家，不得早與爲友」，恨社會不平也；於賈環則曰：「一般兄弟，何必要他怕我」，恨家庭不平也；於寶琴則曰：「原該多疼女孩兒些」，恨男女不平也；接回迎春之論，恨夫婦不平也；與襲人論紅衣女子事，恨奴主不平也；聞瀟湘鬼哭，則曰：「父母作主，你休恨我」，歎婚姻不自由；賈政督做時藝，則曰：「我又不敢駁回」，恨言論不自由。至其處處推重女子，親近女子，則更本意全揭，見得生今之世，保存大德，庶幾在此。故曰：「怎麼一嫁男人，就變的比男人更可殺」；又曰：「我生不幸，瓊閨繡閣之中，亦染此風」。眞有遺世獨立之概。

其旨如此，而託之父母不喜、親賓寡洽者之口中，又自斥以天下無能第一、古今不肖無雙，意若曰：天下古今無能肖此玉者，有之，則亦父母不喜、親賓寡洽耳。

無論其於哲理、心理學抉幽闡微，此篇未及舉也。即此行爲談論，豈他小說所有，抗手老莊、突駕董楊足矣。至淺見者，謂其文不雅馴，不知今日正宜備此一格也。又謂全書除寶玉外，無非名利聲色之輩，爭攘傾軋之事，驕諂邪詐之行，何足傳世，不知蓬生麻中，遺麻何以見蓬。孔、孟書中，尙有就時發言之處，何獨苛責《石頭記》！其體本爲紀載，以其遺形取影，不能列之史部，故就其綱要，挹其樞機，而子之，誰曰不宜哉？惟必有爲之評註者，如李善之於《文選》，劉孝標之於《世說》，而後可。

（《陳蛻盦文集》，一九一四年版，學說類）

【夢雨樓石頭記總評】《石頭記》，社會平等書也，然夢雨樓則以男女平等評之。一以其意雖兼涵，言則側注，就所注而涵者自見；一以警幻夢中謂寶玉曰：「吾不忍汝獨爲閨閣爭光」，雖係揭明兼涵之旨，却出自女子口中，感於其言，不欲令悼紅心血遍灑人間。

謂《石頭記》爲政治家言，非高想也。欲附會之，亦無不可，然皆道政治罪惡而已。其眼光思力，皆透過大政治學家，寶玉所謂最初一步也。況夢雨樓評既不肯奪寶玉於閨閣，尙何肯奪寶玉於社會？

《石頭記》心理學最深。其於寶、黛，無故喜怒，曲盡變幻，事後悔諒，直達隱微，不得作記述看，而黛玉驚夢迷性情事，皆從心理曲達，眞未易也。或謂爲經驗家，近似而尙非。蓋經驗家能肖一二人，不能人人而肖，能盡一二物，不能物物而盡；《石頭記》圓通無礙，直是一片光明，即空即照。

《石頭記》生理學最深。寶玉謂女子是水，男子是泥，一言道破秉受清濁之殊，足稱大發明家，無論矣。此外如以十二女伶喻臟腑，而藥官死而蕊官來，以蕊代藥，故冷香丸用四種花蕊，又曰埋之梨花院梨花樹下，皆恐讀者不解耳。蕊字從心，謂人生貪嗔愛欲，種種病根，以藥治不如以心治也。至五十八回遣散時，寶官、玉官、齡官皆未進園，謂所存者形骸而已，性靈既去，雖生猶死。

《石頭記》於聲光化電之學無不知。黛玉病臥，覺園中無聲不有，聲學也。秦可卿爲鏡光，名其弟爲鍾以證之，史湘雲爲水光，恐名之不察於衆，又署其號以枕霞水閣，光學也。英蓮一名，而女伶中藕官爲根，茄官爲莖（《爾雅》「荷芙蕖其莖茄」），葵官爲葉，蕊官爲蕊，芳官爲花，荳官爲實，艾官爲殘，化學也。瀟湘夢怡紅剖心，寶玉即嚷心痛，電學也。此外證多，皆列分評，茲特舉一而已。

《石頭記》善造名詞。太虛幻境、通靈、警幻、國賊、祿蠹、意淫、檻外人等，及其他園名、院宇名、寺廟名、人名，皆精心結撰而出。近世名學家，未或能過。

《石頭記》又精於佛理。最妙是有如三寶通節問答，語語著實，語語淩空。此外隨處停流，四面映射，不勝僂指。

《石頭記》是大文學家，古今殆無可比。夫六經之文樸，周秦之文遒，兩漢之文拙，魏晉之文衍，唐宋以下之文宂，而評者或曰：「直是《左》《國》，直是《莊》《列》，直是《史》《漢》」，意以崇之，起作者當曰：「爾何曾比予於是？」夢雨平情之論：《莊》《列》《左》馬，偶一片段有其綜密散宕起落穿插之妙，不能具體也。況一百二十回數十萬言作一篇，豈幺麽餘子所能夢到。（同上）

【憶夢樓石頭記泛論】（一）嘗怪世人牽引《石頭記》附於感時事、慨身世之列，必爲作者所唾棄。千古言情，推此一書，警幻所謂閨閣中可爲良友，誠不誣也。嘅自巫山雲雨，誤屬登徒，靖節閒情，託之亡國，幾不許玉台有新詠，僅僅得此，又從而奪之。彼警幻且不忍怡紅獨爲閨閣增光，何一人讓而天下不與於仁耶？琉璃硯匣，翡翠筆牀，豈爲鬚眉濁物設乎？憶夢樓中，決不容著此種意義；存此想者，決不許讀憶夢樓所評《石頭記》。

（二）重世說而蔑人情，作者早豫料閱者十九如是，飾爲諸影，凡爲此也。故雨村判斷薛馮案，謂爲枉法徇情，意謂照實書之，必爲世法所斥，借門子口中說：「如今世上是行不去的」，又曰：「相時而動」，又曰：「虛張聲勢」，又曰：「夙孽原因」，含情蘊愫，茹而不宣。託爲假語村言，俟有心人之探討，竟無知諒，亦只以逢淵遇孽，歸果於因，付之無可奈何而已。枉法徇情，實則枉人情而徇世法。一把辛酸淚，豈爲盛衰榮悴揮耶？具此見解者，方許讀憶夢樓所評《石頭記》。

（三）此書純用影筆，書則第三卷以後皆影也，人則三正角以外皆影也。憶夢樓分爲正影、側影，猶據一方言之也，尚有水中影、鏡中影、月中影、燈下影，及放影、縮影、現在影、過去未來影、背面影、交互影、替換影、陪襯影、倒亂影、常影、蹔影，種種之分別。水鏡燈月，因地而殊，故曰朝代不可考。書中言南北，言金陵，言姑蘇，言維揚，言海疆，言太和州，言應天府，言原籍之寧、榮二府，言京中之寧、榮二府，遠近乖舛，宦籍牴牾，皆與人以尋認之罅也。放縮常暫，因時而殊，故曰年紀不可考。書中如李嬤之太老，巧姐之驟長，其他年齡不符、時令不合者甚多，皆與人以轉換之機也。

（四）雨村詠月，香菱亦詠月，英蓮看燈，怡紅以鏡入燈謎，史太君令文官等於水上演曲，皆具微旨。然月也，燈也，水也，可暫不可常，故必安設鏡位於大觀園，託常影於怡紅、瀟湘、蘅蕪，而繫玉於項下，寓菱於梨香，坐綺於釣渚，形不離鏡，影乃不誣。猶未盡也，鵑、晴、襲以側之，北靜、鳳藻、周妃以放之，周氏子、巧姐、青兒以縮之，大觀園以現在之，姑蘇、金陵以過去、未來之，梅氏子、傅秋芳、張家姑娘以背面之，妙玉、湘雲、可卿、鴛鴦、金釧、司棋、五兒、鶯兒、雪雁、小紅、蕙香、入畫等以交互替換之，璉、鳳、平及珍、二尤以陪襯之，尤三姐、珍、璉及尤二姐、張華以倒亂之，而鏡以常之，水月燈以暫之，則尤定旨也。或曰：菱花影於水中見，杏花影於月中見，寶玉影於鏡中見，一切影中影於燈下見。然菱、黛南來則棄舟登岸（說見第三卷眉評），雨村詠月則玉櫝釵匳，風月鑑出，水逝雲飛，不於鏡中求之，凌波倚樓，更如一晌曇花矣。況節過元宵，煙消火滅，十里街已成瓦礫，仁清巷難覓葫蘆，看燈珠失（謂英蓮之失），倚山冰消（謂士隱依乃岳而逸），雖留得沙彌，表明痣記（謂應天府門子以硃砂痣識香菱），舍大觀園，得臣寓目何所哉？

（五）三影各現時，正側均有之，然有專屬處，亦當表明。守備子、張家女兒影甄蓮，無杏也。柳湘蓮、尤三姐又影守備子、張家女兒，無李衙內也。珠紈影甄杏，無蓮也。史湘雲夫婦又影珠紈，併珠之姓氏不著也。芳、藕、蕊三伶影三正角，而蕊藕並屬圓通，似影蓮杏而無甄，又似影甄杏無蓮，影甄蓮無杏也。芳官獨居水月，似影甄，無蓮杏，又似影蓮影杏，而無甄杏、甄蓮也。悲歡聚散，各有時期，則分貼之；誤會傳疑，時聞風鶴，則幻實之；立標本（即正角）以誌根據，繪色相（即正側影）以著芬芳，而叢枝曲節，則旁見側出以暢達之。讀《石頭記》，拈出影字者多矣，只以未知藏櫝之玉，先求出奩之釵（未知、先求二句是借用，不是分貼），迷其標本，遂覺諸影紛呈，漫然無紀。憶夢樓或悼紅軒故址乎？生死古今，自許知音矣。

（六）諸影外，又有似影而實爲分幹者，總許中所謂互體是也。交互影替換影亦近似之，而微有專屬偶見之別。顧尚有須特別拈出者，十二伶中之文、齡、玉、寶也（詳見第十則以下）。

（七）十二伶以賈薔主之，而薔、齡獨契，知齡爲正角影矣。梨香院菱先寓而齡繼之，知菱爲正角矣。反復引伸，總不脫箇。或曰：梨者，離也；文官之文，魂也。釵埋冷香丸於梨樹下，猶藥官之先死，而以藕繼之，繼體等於離魂也。蓮之爲菱似之，然而藕斷絲連，蓮菱並瘁，又將奈何！《牡丹亭》曲警芳心，黛玉能無慟倒？

（八）梨香又協離鄉，喻菱、黛之南人北居也。

（九）十二伶之聚散，於十二釵可以喻見，讀者勿草草畢之（詳見第十二則）。

（十）文官等十二人，是十二釵之襯映，亦十二釵之魂也，故以文領班。然文、芳、藕、藥、艾、茄、葵、荳以外，只玉、齡、寶，須並已死之藥官乃足數，而藕來於藥死以後，實非添聘，似係移就。譬香菱於英蓮，湘雲於可卿，故十二釵實十一耳。幻境畫册，釵、黛合一，計十一幅，此中寓有微旨。又十二伶名從花者八，文、寶、玉、齡皆不從花。文者，魂也；齡者，菱也。釵爲杏影，故以婢文杏醒之。黛爲齡影，故以齡貌相似醒之。寶、玉二官，則甄寶玉之分影也。命名有從花、不從花之別，亦以醒此書正角爲甄、杏、蓮三人。然而優孟登場，徵聲別色，韓娥絕響，杏夢迷蹤。梨園散後，此四人者，不復如師摯、師陽訪齊東少海而述其所適，鏡未毀也。院落梨花之月，藕香水榭之風（史太君宴劉老老時，使文官等演唱於藕香榭，以取水上之音），比於夢境耳。故此四人又爲三正角之鏡外影。

（十一）芳藕等七人之名，皆從蓮字化出。藕爲情根，角則小旦，如日未出。莖茄繼起（《爾雅》：「荷芙蕖其莖茄。」茄，莖上微墳處也），角則老旦，待曉遲遲。於是而蕊，角則小生，生機胎矣。於是而芳，角則正生，芳華茂矣。於是而葵，葵形似蓬，大花面亦象形也。於是而荳，荳形似實，角則小花面，原所出也。既而露零粉墜，子老枝殘，故曰艾官。艾老也，衰也，角則老生，生意盡矣。雖留蓋以聽雨聲（「留得殘荷聽雨聲」，黛玉述李義山句，以阻怡紅之刪棄），出泥猶居淨土（黛玉臨終身子乾淨一言，意在此），然殘絲死繫，遺玉長埋，徒令弔豔芙蓉，斷腸流血耳。落花可葬，逝水不迴，英蓮一身傷心之史，何忍深思，又何忍不表而出之？沁芳閘之水，怡紅欲以落花託之矣。瀟湘情種前生，寧黃土薄命，不忍茜紗無緣。穀也異室，逝也同穴，未足以喻茲沉惘。在天比翼，在樹連理，生生世世以之。

（十三）憶夢樓於《石頭記》有一遺憾。如賈璉之毆平兒，醉誤也，薛蟠之毆秋菱，寓言也，且就人就事而論，璉、蟠惡少，本無足責。怡紅既爲情種正影，卿玉猶存，舉動何至不肖其形，乃嗔晴雯以折扇，踢襲人以閉門，若有憑焉，何其暴也！雖以影加影，不無淩亂，亦不應判若圭璧也。於是揣諸影之外，有所謂幻影者。影幻矣，奚更曰幻？不知水月燈鏡之異，放縮常暫之殊，增減參差，自有密率，似幻而非幻。所謂幻者，此物之影，彼物乘之，此影受乘，竟同彼影，猶爲叢毆雀之鸇，憑夫叢也。其故云何？則雨村邪正兩賦之説，足以盡之矣。一時之偶感，如慈父以怒撲其子，情婦因嚶咀所歡，若有娼嫉者，藉手逞焉。憶夢樓於怡紅叱雯傷襲外，更得數證焉：(一)怡紅砸玉，愛黛玉也，憤乘之矣。(二)黛玉翦香袋，釵所喜而不能命之也，黛自翦之，其怨也，釵乘之矣。(三)寶釵借扇斥怡紅，黛所喜而不能命之也，其怒也，黛乘之矣。

(補十二)姑蘇聘女伶時，正黛再入賈府，菱亦纔與薛合，鏡安形集，開演之初。於是有元妃首點《豪宴》、《乞巧》、《仙緣》、《離魂》之籠罩，而齡官獨邀顧盼，再做二齣，則《相約》《相罵》(即所謂約釵罵釵也)，非賈薔意也，此一伏筆。藕香榭穿林度水，何等幽雅，乃爲一村老老而設，喻十二釵之適非其偶者多，又一伏筆。端陽放假，寶官、玉官在怡紅院與襲、雯等堵水爲戲，喻寶玉與釵、黛歡聚時事，又一伏筆。齡官獨在花下畫薔，喻黛玉深情篆刻，又一伏筆。寶玉在花外偷看遇雨，彼此忘情，及聞聲猶以姐姐呼之，所謂「隔花人遠天涯近」，喻寶、黛始終不露心事，黛玉終於寶玉不能無疑，又一伏筆。寶玉欲聽齡官之曲，失望而歸，有情緣一定之悟，喻寶、黛、釵後來結果，又一伏筆。蕊官焚奠藥官，芳官爲道其故，並述藕官相繼後諸人戲語，喻黛玉死後，釵、玉相愛時期，不忘黛玉，又一伏筆。趙姨娘一掌芳官，諸伶蜂起，不顧死活，喻寶玉、黛玉、寶釵及雯、鵑、鴛、釧等之生死相爲，與寶玉雖爲這些人死了也願意囑黛玉放心之言暗照，又一伏筆。然伶官未散時，注三影於文、齡、玉、寶，迨魂去影存，又注三影於芳、蕊、藕，既而芳入水月庵，藕蕊入地藏庵(水月庵是茜紗窗下，地藏庵是黃土壠中），則水影、燈影、月影皆已不見，獨鏡中三影略異泡幻，巋然靈光，與形俱存。作者所以添此一重襯映，示人以水影、燈影、月影與鏡影無不相符，則鏡影與三正角可以遞推。境地雖異，情事則同。或評《石頭記》純用複筆，不道所以，幾疑無謂。至藥官可方可卿，藕官可方湘雲，艾官可方李紈，寶官可方元春，葵官可方鳳姐，荳官可方巧姐，蕊官可方惜春，芳官可方探春，茄官可方迎春，玉官可方妙玉，文齡仍方釵黛，則又約略作一比附，無甚精義也。而大觀園之風流雲散，則先於菊部託之矣。尤妙者，邢、琴、二李之來幾與香菱入園同時，遣散女伶又緊接王邢入都之後，此中微旨，尤當潛思。

岫煙、寶琴、紋、綺不入金釵之列，驟觀之無不訝然者。謂在賈府爲寄居，則妙、黛例同，謂才色不得入選，則非特小妹推詠梅之首，擅映雪之姿，固當伯仲釵、黛，即岫煙超然雲鶴，紋、綺片羽吉光，亦豈亞妙玉、湘雲。思之至再，乃知正册皆影，四人者非影也。同路進京，王、邢首偕，是忘形也。邢岫煙者，袖掩其形，影亦不得遽見。乃不徵之目而徵之耳，故紋、綺連稱，隱諧薛蟠表字，蓋有同聲之應焉。四十九回冠以香菱詠月之詩，一片砧敲，半輪鷄唱，綠簑江上，紅袖樓頭，無非聞聲相思之意。而薛蝌之蝌，以蝌蚪提醒閱者，俾知就字尋聲，由聲求義。緊接第五十卷寶玉知更有一寶玉，鏡中見影，夢中呼名，意益明暢。迨五十八回女伶之散，彼齡、玉、寶、藥，死者死，去者去（藥官之死，非蕊官燒紙、芳官追述，書中並未一見。散遣時，留者八人外，猶言去者四五人也），事在一年，書裝十卷，此一時期過，而聲沉音寂之感起矣。

寶玉失玉在九十四卷，而根已伏於二十四卷。馮、薛同席，初見玉函，解扇墜玉玦贈之，玉函報以茜香汗巾，玉帶之約定矣（第一卷有「此石縮成扇墜一般」之語，又警幻册有「玉帶林中掛」）。於是函之以楠檀（蔣玉函潛居南門外紫檀堡），薰之以琪瑤（玉函小名琪官），襲之以雲錦（是日同座有錦香院妓女雲兒），而茜香必曰女國王所貢，又以小名琪官，映射絳珠仙草。此似襯影，又可名借影，以事影，不以人影者也。書中此類甚多。然定情而歸，元妃之賜物已出，苓蓍未接，紅麝羞籠，宜臨去時黛玉有「趕你回來，我已死了」之讖也。噫，癡魂驚夢，剖心相贈，豈待海棠再發，玉始歸倚情根哉（青埂峯爲情根之喻）？特至是發覆耳。讀者不信，試閱九十三卷，怡紅再見玉函於臨安伯府，閱兩日而失玉，怡紅誑史太君、王夫人，乃曰赴宴臨安時失之。又後病時謂襲人曰：「我交給林妹妹的心，他來時必定帶來。」聞耗昏厥，兜心一石，從此迷病遂減，又豈待和尚送還，久違纔逢？故末卷士隱有「此玉早已離世，一爲避禍，二爲撮合」之說。一一引證，情事寧不躍然。所奇者，此兩日中，間以賈芹匿名帖，發遣十二尼僧，又叙出沁香、鶴仙之事，而芳官獨以不變稱。又紫鵑聞傅試家老嬷爲怡紅所喜，陡作灰心語，竟將從前情辭試莽、小鏡留奩一片深情委然蠲棄，前纏綿，後惘怨，中著此間，作者必非無指。夢樓假年，尚當求明其故。

《石頭記》既曰寫影矣，忽著聞聲一義，毋乃枝節？曰非也，聲亦影也。目之於色，耳之於聲，鼻之於嗅，口之於言，身之於接，意之於思，魂之於夢，皆影也。見而無餘，目之影也；聞而無餘，耳之影也；嗅而無餘，鼻之影也；言而無餘，口之影也；接而無餘，身之影也；思而無餘，意之影也；夢而無餘，魂之影也。六者備焉，互相證合，乃曰非影矣。夫珠玉在前，無酬酢之歡，舞鸞何異；咳唾遙聆，無晉接之歡，聽鵑何異；薌澤微聞，無攬執之歡，化蝶何異；情愫傾倒，無互剖之歡，問天何異。至縱體入懷，攬頸並枕，宜可賅諸影矣，而燒燭無紅妝之照，如湘東之對徐妃；披帷無口脂之承，如楚王之遇息嬀。抑且吹氣如隔青瑣，杜姞不能有其香；含情如噤寒蟬，蘇秦不能有其舌。爲所歡耶？爲陌路耶？强而辨之，寧非就影。無已，則惟思之於意，魂之於夢，較耳目之分合爲賅，較形骸之異同爲飾，縱有時無一合者，猶得以久遠可恃，自相慰藉。傷心人別有懷抱，奈何天豈有團圞？撰《石頭記》者，萬古具深情，亦通歸一關，吾欲師事之，而未能了悟如之也。

《石頭記》於藥字再三注意。黛之初入榮府也，曰吃人參養榮丸。菱之初見於薛（取雪字之意）也，寶釵詳述冷香丸。怡紅之赴馮宴，先之以天王補心丸，喻其心隨玉贈也，而又輔以薛蟠配藥。怡紅言珠玉須用殉物，似誑而實非誑，牽動史太君慰怡紅謂黛玉以玉殉母之伏筆。而扇墜之玉，名之曰玦，似此中已伏傷心之事矣。十二伶中，藥官始終不見。寶釵先住梨香院，即爲埋冷香丸於梨樹下之伏筆。他如水仙則身爲藥裹，瀟湘則藥不離身，可卿得良藥而已遲，湘雲眠藥裀而已醉，處處關合，字字有因。即至金剛菩薩之指使，君臣佐使之名言，一帖之無稽，虎狼之誤用，都不得謂爲滑稽無意理也，猶當條證而縷晰之。至以藥官爲樂府，比十二伶於師摯以下，以喻正樂之亡，而即以李爲理，以紈綺爲玉帛之亡。藕香榭如凝碧池頭，凸碧館如趙家樓上。禮樂凌遲之痛，原爲風流學士所應有，然憶夢樓以心直接古人，終覺悼紅主人不作此等迂想，亦自不欲以此空前絕後之言情絕著列諸孔、孟、賈、董廡下也。於是有曰一部廿四史者，失其本意，附會雖確而乏味；又有曰古文作法者，枉其所長，贊譽非誣而已。僕以彼胸襟見解，雪亮風生，何難奪班、馬、韓、歐之席！爲不屑焉，別成一家，強以附諸，鬼笑其側矣。

士隱訪雨村於葫蘆廟，在中秋夜雨村玩月誦玉釵一聯時，迨後香菱學詩，以詠月始，命題出於黛玉，介進由於寶釵，一伏筆也。由假求眞。因風俗（封肅）而甄婢作賈夫人，遇葫蘆廟內沙彌而甄小姐爲婢（沙彌者須彌一沙也），又一伏筆也。眞假朕兆，於此已揭，而尙只須彌一沙耳。以此見全書所述皆有來歷，特無如千古讀者皆在葫蘆中。

由假求眞，必先深悉其眞。各家評論，多就假而揣爲一眞，於是有以寶玉爲明珠者矣，有謂大觀園即大內者矣。處葫蘆中，說葫蘆外事，假中假也。蜺盦以爲舉其例而揭出之，不能指爲何人何事，猶畫師壁上，能決爲肖像非仕女，然未面斯人，豈得確指乎？但亦有可揣知者，如南京之必爲寧古塔，賈氏之必爲旂籍，是也。

青埂峯者，情根也。寶玉之玉，粹然無瑕，倚於情根，與有生俱來，人皆有之，人皆失之，轉令未失者捽且砸，幸其堅耳，幾於毀矣。黛玉有而不自誇，史太君之言，非微旨歟！寶釵金鎖，全出人功，雖鐫字相符，爲世所珍，非人所信。

雨村不舉於鄉，而春闈高掇；以縣令罷職，而復官得應天府。作者故爲此以自實其假語村言之比附。（應天府決爲奉天府，而此云金陵，益以見賈薛皆旗籍，南京即陪都也。）

黛玉轎行，先見寧府，知爲由東而西。書中所指南邊，多係東省（一街之向影響及於來所，書中伏筆類此者多），可定林如海亦宦於奉天也。

各家評說，斤斤稽其年月，則矛盾舛錯處多矣。作者如天馬行空，不受覊紲，只能就大概論之。寶、黛相逢，兩小無猜，爲一時期。迨後論琴談禪，愛而不褻，畫出風流公子、窈窕佳人一雙小影，又爲一時期。他如榮府之由盛而衰，帝眷之由厚而薄，迎、探、惜之漸漸解事，史太君之漸漸憒邁，皆當用此法觀之。至編年紀事，史乘體例，此書處處以小說自居，偶然失檢處，皆當諒之。

寶釵於黛玉爲敵，於寶玉爲愛。既爲伉儷矣，終當以一二十年了此姻緣，况已魂遊幻境，悟徹大道，則游戲人間，百年比於一瞬。何故亟亟遁去，使邁母傷心，嬌妻薄命？世無無情之神仙，苟能自了貪癡，方將悉天下有望於我者一一度之，況以我故，使未能解悟者悲怨終生耶？但作者一篇結構，舍此未易收束，文則妙，心則忍矣。其死黛玉，猶此也。

寶玉於寶釵，亦有纏綿一時間，是作者之心，與蜕龕未嘗不合。至爲時之短，作者固以時期有無論，不以歲月久暫論也。雖然，由我之故，使十二釵中有第二李紈，怡紅終不得爲情界完人。黛玉之死，死於不知；寶釵之寡，寡於作致。不知，可恕也；作致，貳過也。瀟湘有靈，亦當責之。嗟乎！博施濟衆，何事於仁？蜕龕百身千世，不願爲人間有情物，良以此故。

黛玉纔到賈府，香菱便至薛家，知黛玉之遇賈寶玉，是寃孽相逢也。寶釵爲嬌杏影，亦未經人道破。菱姓甄，杏屬賈，謂釵、黛二人爲一虛一實可，爲一誠一僞亦可，爲一附風俗而得線索（嬌杏在封肅家買線爲雨村所見）、一由不能逢迎而墮苦孽（菱以馮公子遲迎而歸薛）亦可，爲一由假而得志、一雖眞而不得葫蘆之門（惟曾爲沙彌之門子知之），假語村言何從窺悉亦可。

應天府判斷馮、薛一案，爲此書實事原因所在。曰：「如今世上是行不去的」，又曰：「相時而動」，又曰：「虛張聲勢」，明示作者本人情而末世法，但因風俗所重，不得不將眞事隱去，託爲假語村言（士隱必逸於封肅家者以此）。故書中褒貶，常有反用處。所云雨村遂徇情枉法判斷了此案，謂雨村所徇者法，而所枉者情也。

香菱初到，寓梨香院，表而出之曰「榮公晚年習靜之處」，以見此書來源所在（榮公名賈源）。後爲十二女伶所住，亦以此劇由香菱始。故爭香菱、死馮淵一案，必爲事實之緣起。讀者試思薛蟠爲書中絕無關係之人，何必於其入都之始詳敍此案，又何必將籠罩全書之人一一使有關涉，又何必一名一姓如此斟酌？事由旣揭，此後百餘回中，草蛇灰線，或隱或見，或反或正，旁見側出，無非發揮此事，以究其變而要其終，直待士隱口中說出引度香菱，然後書畢。故正副又三册中女子，書以香菱始，以香菱終，而始以英蓮，終以秋菱，則尤於此事實有關者。謂盛於夏而衰於秋，皆泛論耳。

薛蟠，寶玉之影也；又甄寶玉，影中之影也。事實不欲盡顯，則不便悉以正角起，故設爲一影，而以孽根蟠結命名；恐讀者不知，又賸以獃寶玉之外號。釵、黛，嬌杏、香菱之影也。不便以由賤而升及以貴辱賸之遭遇屬之正角，且事實不欲盡沒，則正角不能悉藏，故又於菱、杏外，設爲二影，而以差錯替代之義命名。釵者，差也；黛者，代也。以影伴形，以形伴影。讀此書者，由此著眼，思過半矣（此意與總評略異）。

夏金桂又爲嬌杏之影。顛倒春秋，難爲凌籍，故又設爲一影。黛之見抑於釵，雯之受制於襲，皆可參觀矣。至金桂之於秋菱，則尤摧酷至於無可復加。作者痛心疾首，東見一鱗，西見一爪，屈《離騷》之複疊，莊《南華》之寄託，各具鑪冶，綜貫絲綸，泛談不覺其四溢，深思乃得其綱領。使不善寫者學之，吾將撫掌曰：奚取於多影？

雨村以白衣而領春薦，是虛桂以實杏也。然其見嬌杏也，實在木樨初放之時，而明年元宵，英蓮遂失，爲避杏耳。顧避杏而值桂，孽之所在，非到香消秋老，不能求活，而一息纔蘇，終以孽胎致殞。蛻盦未深稔事實也，以懸揣而爲之摧惻肺腑者非一次，宜作者不惜殫血盡淚以寫之也。

雨村學識超絕，觀其論正邪兩賦一段，包孕至理，深可敬異。然斥逐沙彌，計陷石獃子，知英蓮之淪落而不爲設法，見士隱之被焚而不救，何其忍也！此蓋作者自託於假語村言，將以寫鍾情之禍，孽果之慘，不能不忍耳。代聖賢立言易，爲籌張攝影難，豈不信哉？然尚只寫得半面耳。若參合形影，寶、黛相逢之先，著嬌杏、英蓮一節；以釵代玉以後，著金桂、秋菱一節。慟黛玉者，更當何如？爲寶玉設身處地者，更當何如？

人之性情終不可改，吾於寶、黛見之。以二人蘊積年之情愫，具夙世之慧因，朝夕相逢，語言無忌，獨至婚嫁大事，不敢一言，致於死亡在前，尚爲隱謎。嗚呼！靈河岸上，液溉孤根，幻境夢中，禪關秘授，心心之印，世世不忘矣。況神瑛非道學腐人，仙草亦風流自賞，秦、襲後先，道通陸海，張、崔今古，記讀《會眞》，自兩小無猜，計十年同處。而猶枕衾角錦，異室以終；涇渭東西，合流未許。甚且偶爲情話，難盡綿綿；纔及衷懷，便都嘿嘿。度其一回意距，必且悔生；無如異日面逢，還如前此。謂無緣則勝天豈遂乏術，謂有憚則同死久已自甘。還郎淚難灑郎前，爲卿生猶存卿後。卒至一僧一死，誰實爲之？回思化灰化煙，語竟讖矣。芙蓉仙瀕去留言，呼寶玉者豈不同悔；瀟湘館再來痛哭，問紫鵑時亦已嫌遲。使早訴兩心，或竟陳二老，豈遂至是，而竟不爲！苟顰也迴面而事他人，倘玉之重婚非由迷幻，後之論者，將曰本非至情，誰復諒焉，能知世有僻性？然則有賈、林之情，奚可無孔、曹之筆？文人發覆，豈徒摹色揣稱；亡者有知，何止淪肌浹髓。故知天之生物，必教世有知音，炊桐可以爲琴，僵柳亦能書字。龍涎腥味，蘇合無以逾其香；鮫淚海中，方諸無以掩其曜。白璧不可爲，寧非讕語；聖人雖復起，不易吾言。

溉情誓淚於身前，曾覩重逢於兩小。靈河舊事，穉魂曾浹夢言；幻境册徵，合讖未忘詩句。於是化情作影，刻影分情，影幻情眞，情生影滅，曲折難以數計，分觀仍以合參。溯良晤今生之始，譬情根胎結之初，湘蓮見賞於五年之前，馮淵定情於一見之下，相逢如舊，聞名難親。他如失帕以夢，繫巾被驚，雖極之千泡千壓，可賅以一正一變矣。既而深心漸解，密意難通，若即若離，似嗔似喜，則如怡、湘未入園居，齡、薔猶爲畫謎。（下闕）

第二卷冷子興敘述寧、榮，安設鏡台，以待影見也。雙管齊下，形影互呈。冷述卿玉之異，雨村則述甄寶玉；冷述元春四姊妹及李紈、鳳姐，雨村則述甄家諸姊妹。度其「可惜他家幾個好姊妹都是世上少有的」一言，知嬌杏、英蓮之外尚有正角，且知皆薄命司册中人也，然殆非由甄寶玉交涉所致。故第一卷未先立形，且與葫蘆廟所遇之英蓮、嬌杏叙述疎密迥異，無從一一證之矣。惟紫鵑、芳官、智能之於妙玉，司棋、鴛鴦、尤三姐、張金哥之於秦可卿，彩雲、玉釧之於史湘雲，皆有各成一隊情形，而於甄無考，等於有影無形（形影相附，最易錯亂，蛻盦知尚有誤，閱者如能正所失，幸甚）。然分列册中，決不能隸妙、史、秦於影籍，非出賈氏，亦不能以雨村世上少有之言概之。吾反覆求之，第一卷士隱家中娘子封氏，不能爲十二釵之標本，尚有一丫鬟，不著其名，亦難比似。若破其一卷立形、二卷安鏡、三卷集影之成格，無此讀法。以京華□□例之，其所謂外帶乎？（《陳蛻盦文續集》，一九一五年版，學說類）

野鶴

【讀紅樓劄記】《紅樓夢》又名《石頭記》，又名《金陵十二釵》，又名《風月寶鑑》，又名《情僧錄》，又名《情界眞詮》，都未盡善。蓋此書千門萬戶，千頭萬緒，挈領提綱，自非易事。

《紅樓夢》評本至夥，僕所見者，爲護花主人評本，爲大某山民評本，爲梨雲館評本，爲虞山嘵嘵子評本，都無是處。蓋《石頭記》在稗官中爲第一深妙之書，比之於禪，則曹洞宗，比之於詩，則西江派。周介存稱夢窗之詞曰：「天光雲影，搖蕩綠波，撫玩無斁，追尋已遠。」吾於此書亦云。

近日此書註解極多，大半爲水繪園立說，某公更組織附會，影入博學鴻詞等等。鏡花水月，本當付之達觀，一經穿鑿，便墜魔道，不但其說不立，並且玷汚名書。此等人，野鶴最不歡喜。

歸文休曰：「凡看詩文，初入眼時，淸鑒炯然，美惡無纖毫能遁。至閱數篇後，與作者之意稍合，便生護惜，稍離便生厭棄，爲識神所役故也。」野鶴嘗推此爲知言。讀《紅樓夢》，尤萬萬不可爲識神所役。

讀《紅樓夢》，不可專揣意淫二字，作瑯琊情死之心，尤不可見盛衰無常，興尤物禍水之歎。須知《紅樓夢》者，乃第一具大智識、具大閱歷之書，非經過萬里路、散過百萬金斷斷不能有此。

坊間評本卷首又有讀法數則，不知何人所撰，語語庸惡，字字可笑。此等人自家不會讀，偏要撰甚麽讀法來，眞是老大寃苦。

讀法曰：「凡歇落處多用吃飯，人或以爲笑柄，不知大道存焉。寶玉乃演人心，《大學》正心必先誠意。意，脾土也；吃飯，實脾土也；實脾土，誠意也。問世人解得吃飯否？」試問此笑柄非笑柄？

讀《紅樓夢》，第一不可有意辨釵、黛二人優劣。或曰：「黛玉憨媚有姿，雅謔不過結習，若寶釵則處處作僞，雖曰渾厚，便非至情，於以知黛高而釵下。」或曰：「黛小有才，未聞君子之大道，一味撚酸潑醋，更是蓬門小家行徑，若寶釵則步履端詳，審情入世，言色言才，均不在黛玉之下，於以知釵高而黛下。」野鶴曰：都是笑話。作是說者，便非能眞讀《紅樓夢》。

讀《紅樓夢》，言人不可專注十二釵，言地不可專注大觀園，否則便是坐井觀天。

《紅樓夢》無形中一重要人物手造許多風流豔話。或問爲誰？曰元妃。

吾讀《紅樓夢》，第一愛看鳳姐兒。人畏其險，我賞其辣；人畏其蕩，我賞其騷。讀之開拓無限心胸，增長無數閱歷。至若蘆雪聯句，居然提攜風雅，固知賢者多能，信不可測。

諸丫鬟中第一是晴雯，一開手貼絳芸軒一節，便覺眼界一新，不同餘子。讀者第賞其言詞辨給，如一把昆吾刀又爽又利，猶是皮相之譚。蓋其胸襟高忼，實在萬夫以上，不第窈窕風流，雄視諸婢已也。

人亦有言晴姑娘是瀟湘影子，我則謂晴姑娘天性照人，自然磊落，瀟湘反有小家氣。

人亦有以晴姑娘與襲人較量高下者，野鶴曰：都是混蛋話。郁棲怨鴦那比上天下鸞鳳來？

王夫人攆逐晴姑娘，爲《石頭記》中第一不平事。某氏之言曰：「《石頭》只可言情，不可言法。即以法論，寶玉不置之書房而置之花園，法乎否耶？不付之阿保而付之丫環，法乎否耶？不遊之師友而遊之姊妹，法乎否耶？所謂一誤不堪再誤，而用襲人則非其人，逐晴雯則非其罪，徒使僉人倖進，方正流亡。」旨哉斯言！眞能先獲我心者。

梨雲館云：「寶玉乃第一至情人，謂爲淫人，便是皮相。」野鶴曰：此人有極精細處，有極醇厚處，有極刁滑處。最有作用，最宜細看。

平兒之語麝月曰：「晴雯那蹄子是塊爆炭。」我謂晴姑娘不是爆炭，竟是冰雪。

賈赦一生混蛋，冷子興偏說是「平靜中和」。觀其夕陽大好已近黃昏，而尙垂涎鴛鴦，硬施威力，其後卒以八百兩得一嫣紅，可見一腔慾火，滿身俗骨。

石獃子一貧如洗，只有二十柄舊扇，竟至象齒焚身，璉二爺還賠着一頓打。赦老於此極不堪中還帶半分風雅，特不知又如薛大哥錯認庚黃否？

薛蟠行令，與劉老老牙牌令也算後先輝映。

蘆雪聯吟爲詩社人才最盛時代，起首插入鳳姐，自是新妙，然後半太嫌雜亂，毫無精彩。當日菊花聯吟，五人共得十二首，焉有躋躋一堂，反以一首排律了事？且黛玉聯句中既有「斜風仍故故」，又有「無風仍脈脈」，斷無此複疊之法。雪芹於此似欠檢點。或曰：「既非排律，勢必仍是人各一首，豈不與白秋海棠及菊花詩犯複疊之病！」斯言也，我亦信之。聯吟之後，復有岫煙、寶琴等紅梅三首，此蓋作者補筆。寶琴等既負才華，排律數聯太無生色，故借此渲染也。然却與詠菊之後再詠螃蟹亦犯重複之病。

明齋主人曰：「賈赦色中之厲鬼。」我謂赦老尙是色中呆鬼，當不起厲字。其要鴛鴦，第一誤在時間太晚，第二誤在邢夫人手段不高，不然，襲人獨非賈母房中丫鬟乎？

鴛鴦和平兒、襲人商量，平兒說：「只說已經給了璉二爺了。」襲人說：「只說已給許了寶二爺了。」讀者試思之，此如何境界？

襲人與寶玉苟且之事大書特書，與璉二爺多姑娘一節略似，眞是史筆。作者之不與襲人也，至矣。人亦有言警幻仙子即可卿，故後來視疾如萬箭攢心。野鶴曰：此卻是全書關鍵，不可隨意穿鑿，存而不論爲是。

政老食古不化，迂腐萬分，此等人若在鄉村便是老學究，天地間第一件討厭的東西。我每讀到此老，但有作噁。

焦大醉罵，分明是自恃功勳，雖曰越禮，然語語的確，並無一字虛設。馬糞之賞，似乎太豐了些。

探春的是可兒，王善保家的一掌如雷貫耳。

《紅樓夢》有一件妙文，其一爲環哥兒之謎語「大哥有角只八個」是也，其一爲榮國府之沒名揭帖「西貝草斤年紀輕」是也。其他如芸哥兒「父親大人萬福金安」之書，劉老老之牙牌令，尚是下駟。

黛玉歌行，如葬花詞、秋窗風雨夕、桃花行，都無甚是處。

翠縷說陰陽，呆的妙。

馬道婆奸惡深謀，唯利是視，然邪法一作，居然應驗，猶愈於今日之能言而不能行者。

惜春作畫，眞所謂「五日一水，十日一石」。

劉老老醉入怡紅院，與賈寶玉夢見甄寶玉俱是化工之筆。

晴雯病根爲嚇麝月而起，則麝月是晴雯第一罪人。

香菱學詩一題三做，是極寫一個誠字。

薛文起挨打，人謂快事，我則以爲可憐。

鮑二家的旣死，作者便隨手將多渾蟲死了，然後一對無恥男女雙雙湊合。特不知鮑二合卺時，一般曾試臥綿風味者作何感想？

賈敬敝屣富貴，修道元眞觀，功候未至，遽吞丹砂，人謂其愚，我則以爲猶賢於政老。

平、襲、鴛、紫，書中並稱，而竟不及晴姑娘，亦一憾事。朱竹垞之詠史詩曰：「海內文章有定評，南來庾信北徐陵。如何著作修文殿，物論翻歸祖孝徵？」平兒老成，襲人狡詐，鴛鴦恰到好處，紫鵑具體而微。

寶玉生辰，羣芳夜宴，文情十分煊爛，然探姑娘方在整頓之秋，似終不宜有此。作者雖處處迴護，終覺牽強。

妙玉之檻外人妙，寶玉之檻內人更妙。縱有千年鐵門檻，終須一個土饅頭，善哉善哉！

書中寫寶琴、妙玉，均另有一番筆墨。

寶玉未嘗有好詩文，姽嫿行中「繡鞍有淚春愁重，鐵甲無聲夜氣涼」，大致不謬。大某山民曰：「寶玉姽嫿行獨壓生平之作，蓋社中不欲諸女一人下第，深情體貼，故藏才焉。」此論亦是，唯慣淘氣哥兒本不宜有好筆墨。

嬌杏招花留意，居然又是一紅拂。

環哥製謎作字都不成樣，後來姽嫿將軍詩居然典雅，何進益之速也？我斯之未能信。

寶玉芙蓉誄，亦是一篇淘氣文章。

寶玉夏夜即景詩：「窗明麝月開宮鏡，室靄檀雲品御香。」《芙蓉誄》曰：「鏡分鸞影，愁開麝月之奩；梳化龍飛，哀折檀雲之齒。」麝月、檀雲，一對再對，我不解其何意。

卷六十五尤三姐搶白賈璉以及二姐宴妹妹一段，爲讀者所喜，然細按之，却非原著筆墨，罅漏及不合處極多。以《紅樓夢》本白描人物，此段便有火氣。如尤三姐天生牌氣及「有了一個淫字，憑他什麽好處也不算」云云，一下斷語，便覺傖氣滿身。此蓋補者筆力不逮，不能曲曲寫出，故不能不乞靈於斷語也。

藕官杏陰焚紙，黯然啜泣，情愛可謂摯極。其果假鳳耶？其果虛凰耶？恐有不堪爲外人道者。

《紅樓夢》好在入情入性，若尤三姐、柳湘蓮一段，我便不敢贊許。蓋湘蓮年少游俠，意氣當前，於女兒貞節上面似不宜十分注意。觀其與寶玉應對數語，狐疑萬狀，竟是鄉曲學究一般人，豈復有丈夫一言九鼎氣象？此等處先與湘蓮身分不合。且湘蓮既能通盤籌算，諒非鹵莽之流，何至一時三刻遽訪賈璉索還聘禮，既能自爲地，獨不爲尤三姐地乎？揆情揆理，均有不合，此必後人增損爲之。後來不得下場，竟以遁入空門爲了，亂煞風景，可恨可恨。

尤三姐或謂天生尤物，虞山嘵嘵子則謂足與妙玉、寶琴鼎足三分，僕均未敢遽信。蓋三姐人物，作者並未寫得透徹，我烏敢下斷語！且三姐既爲重要人物，遽於兩三回中匆匆了事？其先亦不聞尤氏提起，殊屬草率。我敢決其有與原本不合處。

藕官焚紙，見窘於婆子，則寶玉爲之迴護；五兒茯苓霜，見窘於林之孝家的，又寶玉爲之迴護。寶二爺眞可謂不憚煩矣。

薔薇硝、茉莉粉、玫瑰露、茯苓霜同時出現，可謂字字旖豔。

薛文起回家，攜虎邱山泥揑小像，可見其無處不使孩子脾氣，妙極。

興兒說：「氣兒大，吹倒了林姑娘」，甚妙。若「氣兒煖，吹化了薛姑娘」，則我不謂然。

鳳姐抄檢大觀園，探春「秉燭開門而待」，此六字妙極，大有武鄉侯行師氣象。

晴雯攆後，寶玉說起兆頭海棠花死了半邊，襲人說：「該來先比我，還輪不到他」，惡哉花襲人！其不安晴雯也非一日矣。

賈太君禱天消禍，字字至誠，字字血淚，然而容縱之罪已不可逭，讀者於此亟宜猛省。

故老恆言，李自成孩提時好玩泥人，恆去其元。夏金桂日殺鷄鴨，以肉賞人，自食焦骨頭，賊子淫婦行徑頗復相近。

怡紅夜宴，其結果爲「大家黑甜一覺，不知所之」十字，字字深刻，入木三分。

寶蟾淫蕩不在夏桂之下，有此主偏有此婢，眞能同聲相應者。

金桂行徑頗似熙鳳，然刻露無餘，終是小器。若仿張爲《主客圖》例，王當是主，夏則副之。

賈林參禪，頗有妙詣，而其下竟接「老鴉呱呱的叫了幾聲，便向東南上去了」二語，讀之神悚。

人亦有言《石頭記》八十回爲雪芹主筆，其下四十回則另有人續之者。或謂爲七十回。僕意自六十回後，筆墨便不純粹，穿插之痕亦不少，然佳者蘊藉風流，依然本色。此當是有俗手增損。唯三十一回目「因麒麟伏白首雙星」，後半絕不照應，此却是大大疑竇。歷來批家未嘗摘出，不知何故。（載《紅樓雜著》，抄本）

王夢阮

【紅樓夢索隱提要(節錄)】《紅樓夢》一書，海內風行，久已膾炙人口。諸家評者，前賡後續，然從無言其何爲而發者。蓋嘗求之，其書大抵爲紀事之作，非言情之作，特其事爲時忌諱，作者有所不敢言，亦有所不忍言，不得已乃以變例出之。假設家庭，託言兒女，借言情以書其事，是純用借賓定主法也。

全書以紀事爲主，以言情爲賓，而書中紀事不十之三，言情反十之七，賓主得毋倒置？不知作者正以有不敢言不忍言之隱，故於其人其事，一念唯恐人不知，又一念唯恐人易知，於是故作離奇，好爲狡猾，廣布疑陣，多設閒文，俾閱者用心全注於女兒羅綺之中，不復暇顧及它事。作者乃敢乘人不覺，抽毫放膽，振筆一書，是又善用喧賓奪主法者。明修暗渡，非尋常文家之能事已也。

開卷第一回中，即明言將眞事隱去，用假語村言云云，可見鋪叙之語無非假語，隱含之事自是眞事。兒女風流，閨帷纖瑣，大都皆假語之類；情節構造，人物升沈，大都皆眞事之類。不求其眞，無以見是書包孕之大；不玩其假，無以見是書結構之精。

作者雖意在書事，而筆下則重在言情。若不從情字看去，便無趣味。況無論爲眞爲假，其事皆由一情字發生，故閱者又當以情爲經，以事爲緯。

全書百二十回，處處爲寫眞事，却處處專説假語。其正事正文，或反借閒筆襯筆中帶出，或從閒雜各色人口中道出。是書本爲寶、黛諸人作傳，其鋪陳家事，安插外人，不過視爲餘情點綴，豈知所謂正事正文者，大半即流露於此。例如秦可卿之喪儀，劉老老之入府，賈元春之歸省，與寶、黛諸人無涉，而當時之遺聞逸事在焉，所謂借閒筆襯筆中帶出者是也；又如倪二之醉言，焦大之嫚駡，賈璉乳母趙嬷嬷之絮語，又與兒女風情無涉，而當時之盛衰時況見焉，所謂借閒雜各色人口中道出者是也。看《紅樓》萬不可呆板。大抵作者胸中所欲言之隱，不過數人數事，若平鋪直叙，只須筆記數行，即可了此公案，尙復有何趣味！惟將眞事隱去，演出一篇大文，叙述賈府上下幾三百人，煞是熱鬧。然本事固甚有限，以假例眞，儻拘拘一事一人，僵李代桃，張冠不得李戴，則全書不但人多無著，而且顚倒錯亂，牽合甚難。作者惟以梨園演劇法出之，說來方井井有條，亦復頭頭是道。蓋上下數百人中，不必一一派定脚色，或以此扮彼，或以彼演此，或數人合演一人，或一人分扮數人，或先演其後半部，再演前半部，或但用之此一場，即不復問其下一場，如此變動不居，乃見偌大舞台中，佳劇疊更，名伶百出，無擁擠複雜之病，不然粉墨偕登，崑簧雜奏，雖作者亦以人多爲患矣。書中正寓夾寫，比賦兼行，大有手揮五絃、目送飛鴻之妙。不善讀者，一落跡象，謂寶、黛實有其人，榮、寧實有其地，刻舟求劍，便不足與言《紅樓夢》。然全書行間字裏，亦自有其事其人，若一味談玄，謂百二十回一切皆子虛烏有，亦甚非《紅樓》之眞知己也。天下解人最難，如是如是。以《大學》、《中庸》講《紅樓》，期期不敢奉教，然作者實有得於經旨處，其美刺學《詩》，其書法學《春秋》，其參互錯綜學《周易》，其淋漓痛快學《孟子》。

書中最重命名之義，一僮一婢，姓名皆具精心，況全書總名，更非漫然着筆者，其關合事實，得絃外音。如是書原名《情僧錄》，天下因情而僧者，本不一一，若出之富貴之家，金玉之質，則古今曾有幾人，此一可思也。其書又名《石頭記》，夫寶玉本無其人，通靈安有其玉，石頭一說更從何來，其稱石頭者大抵爲記石頭城之事，此二可思也。又名《金陵十二釵》，明言金陵，明言十二釵，則地屬江南，人爲閨閣，本有其事，實有其人，更爲明確，此三可思也。又名《風月寶鑑》，言風月則非閨門之常度可知，言寶鑑則寓箴規之大義可想，孰能當此，事甚離奇，此四可思也。其通稱之名曰《紅樓夢》，紅樓夢三字出之太虛演曲中，實括全書大旨，故以爲名。是名殆有二說：自情僧言之，羅綺幾時，黄粱易熟，空山回首，一片平蕪，此專重一夢字對事實而言，一說也；自諸女子言之，本出風塵，致身貴顯，青樓未遠，好夢難全，此專以紅樓對青樓而言，又一說也。兼採二說，則事在其中矣。本此五者求之，於全書大旨，思已過半。

全書百二十回之目錄，大半皆明指眞事，而特於書中敷衍一篇假文章，說來偏詳詳密密，使人讀書忘目，不復措意及此，故至今不知何指。如第三十回目中忽言椿齡，三十一回目中忽言白首，皆有意露洩春光處，不然，求之本回書中，殆不可解，故閱者疑爲舛誤，其然豈其然乎？

作《紅樓》人必善作八股文，其全書皆創詞造意，點題處不過數語而已。

作《紅樓》人必善製燈謎，全書是一總謎，每段中又含無數小謎，智者射而出之。

全書中詞曲詩文謎語，皆關合事實者爲多，非漫然爲諸兒女作代筆，亦非故爲讖語，爲假設之人卜身世也。

書中以葫蘆廟開始，是作者狡猾處，言將眞事隱去，全裝天下後世於悶葫蘆之內也。然書中於士隱未去之頃，又言廟被火焚，火化葫蘆，可見作者用心，不過假設迷藏，仍留一線光明，出人於悶葫蘆之外。特閱者自墮情網，不復問咫尺天中尙有何事，葫蘆深處尙有何人，是以迷障相傳，全不知作者本意，是非葫蘆之過，但打破葫蘆者無人耳。

書中又言賈雨村入迷津，始終不能渡過，作者蓋預知後世閱者必爲其假語所惑，終身不悟，故特著此筆。言眞事雖在葫蘆之外，假語却引入迷津之中，誤盡天下多少聰明，作書人得無罪過。

偌大一部文章，處處傳事傳神，皆如親見親聞，無絲毫乖舛疎漏處，是妙在善用一實字。而其流露正文，將伸復縮，全如蜻蜓點水，不脫不黏，又妙在善用一虛字。書中字字有來歷，是妙在善用一合字。處處寫影寫神，不著一重筆，不下一實筆，是又妙在善用一離字。虛虛實實，離離合合，乃演出一部神奇不可測之《紅樓夢》。

書中開口便言當日所有之女子，其行止識見皆出我之上，又言閨閣中歷歷有人，又言亦可使閨閣昭傳，又言不過幾個異樣的女子，又言半世親見親聞這幾個女子，可見作者用心，全爲當日異樣諸女子作傳。諸女子之行止識見不必全軌於正，而其人皆由至賤以致極貴，或戀故主，或念故夫，雖曰不奇，有所不可，作者親聞親見，知爲千古所無，不能不記其奇以告後世。然若而人者，謂之正不可，謂之邪亦不可，故第二回書中痛言正邪兩賦之理，偏重於優娼僧道一流，此即所謂異樣，所謂出世人之上者也。無此諸女子，便無此情僧，亦無此種族興亡之世界，作者於此，有驚奇有隱痛，故專重諸女子立言，爲毁爲譽，殆有不能自定者，固亦傷心之作也。

是書成於悼紅軒中，曹雪芹先生增删五次，此書中所明言者。雪芹爲世家子，其成書當在乾、嘉時代書中明言南巡四次，是指高宗時事，在嘉慶時所作可知，於明季清初諸女子，事隔百有餘年，斷難親聞親見。意者此書但經雪芹修改，當初創造另自有人。開卷第一回前半所言，乃初創者一篇自叙，事係親聞親見，故有味乎其言之。揣其成書亦當在康熙中葉，必及見聖祖一朝之盛，乃云蘭桂齊芳。當順、康之時，入關未久，天下文網尚不甚密，是書原本當不免有直率疏漏處，至乾隆朝事多忌諱，檔案類多修改聞內閣尚有未經改之檔案，光緒中人猶見之，《紅樓》一書，內廷索閱，將爲禁本，雪芹先生勢不得已，乃爲一再修訂，俾愈隱而愈不失其眞。雪芹爲《紅樓》功臣，繪像當凌煙第一，然亦必當初原本結構不凡，後來人乃肯爲盡力，考史事者，不可不於馬遷二十餘人外，爲别龕以祀兩君也。

然則書中果記何人何事乎？請試言之。蓋嘗聞之京師故老云，是書全爲清世祖與董鄂妃而作，兼及當時諸名王奇女也。相傳世祖臨宇十八年，實未崩殂，因所眷董鄂妃卒，悼傷過甚，遁迹五臺不返，卒以成佛。當時諱言其事，故爲發喪，世傳世祖臨終罪己詔書，實即駕臨五臺諸臣勸歸不返時所作，語語罪己，其懺悔之意深矣。五臺有清涼寺，帝即卓錫其間，吳梅村祭酒所爲清涼山讚佛詩四章，即專爲世祖而發。廉親王允禩世子著《日下舊見》，載世祖七絶一首，末句云：「我本西方一衲子，黃袍換却紫袈裟。」近人《清宮詞》內有「清涼山下六龍來」之句，皆詠此事。又一說世祖出家在天泰山，爲京西三山之一，都人有「山前鬼王，山後魔王」之諺，魔王謂即世祖，衆口一詞，流傳不禁。剃度時作詩數章，傳本不同，有「來時鶻突去時迷，空在人間走一回」，又「百年事業三更夢，萬里江山一局棋」等句；又「我本西方一佛子，緣何流落帝王家」，與《日下舊見》中所載小異，均爲世祖出家之證。康熙之世，聖祖屢幸五臺，並奉太皇太后而行，皆有所爲。且至今京師諺語謂人虛誕曰孝陵，孝陵者世祖之空陵也。漁洋詠鼎湖原云：「多事橋陵一坏土，伴他鴻冢在人間」，即指此乎？又茂陵懷古一首亦對世祖而發，故有「緱氏仙何往，瑤池信不回」之句。父老相傳，言之鑿鑿，雖不見於諸家載記，而傳者孔多，決非虛妄。情僧之說，有由來矣。至於董妃，實以漢人冒滿姓清時漢人冒滿姓，多於本姓下加一格字，或一佳字，似此者甚多，不勝枚舉，因漢人無入選之例，故僞稱內大臣鄂碩女，姓董鄂氏，若妃之爲滿人也者，實則人人皆知爲秦淮名妓董小琬也。小琬侍如臯辟疆冒公子襄九年，雅相愛重，適大兵下江南，辟疆舉室避兵於浙之鹽官，小琬豔名夙熾，爲豫王所聞，意在必得，辟疆幾瀕於危，小琬知不免，乃以計全辟疆使歸，身隨王北行。後經世祖納之宮中，寵之專房，廢后立后時，意本在妃，皇太后以妃出身賤，持不可，諸王亦尼之，遂不得爲后，封貴妃，頒恩赦，曠典也。妃不得志，乃怏怏死，世祖痛妃切，至落髮爲僧，去之五臺不返。誠千古未有之奇事，史不敢書，此《紅樓夢》一書所由作也。

小琬既北，辟疆慮禍，託言已死，著《影梅庵憶語》以思之，故人多不知小琬之在世。如臯張公亮曾爲小琬傳云（中略）。按此雖言琬死，而又特書其致死之由與久病之狀，隱微難悉，傳誌向無此例，皆是特筆。有「兵得我」一語，則其言外之意隱約可見。又嘗見辟疆詩中往往寓小鳥雙棲、大鵬奪去之概，則是小琬未死，被奪於兵，蓋可見矣。

董妃即小琬，雖不見於記載，然以張之傳、冒之詩證之，已微露其意。今欲考信，全在《紅樓夢》一書矣。故《紅樓夢》爲史家秘竇。（中略）

書中凡隨時隨事命名者，均不必有所指。以音合者，如封肅不過言素封，嬌杏不過言僥倖，詹光言其沾光，聘仁言其騙人；以意合者，如碧痕不過言弄水，小鵲不過言報信，茫茫、渺渺言其子虛，大荒、無稽言其難信，均此例也。

寧國、榮國兩名，特言其過榮過寧，卒歸於不榮不寧耳。

書中寧字，常借以諷慈寧中人。

書中榮字，常借以諷睿王。王名多爾袞，取榮於華袞之義，故以榮字暗指。

大觀之名有上林春苑氣概，園中佈置有離宫别館規模。

通靈玉及金鎖，讚文均與傳國璽文相似，亦隱指身分處。

冒氏有水繪園，賈府有會芳園，會繪同音，巧於闘合。

全書最重人口吻，每一開談，惟妙惟肖，上下三等人，其口吻人各不同，並顯然各有其等。書中襲似釵，麝似襲，而麝口吻終遜於襲，襲終遜於釵，黛玉、晴雯、柳五兒三人亦同，是分上下三等也。格律精嚴，故人不覺其爲假語。

全書於宫廷制度，國家政令，言之最詳，可見其託體所在。

全書叙三教九流，五方百技，無所不有，是京師繁盛氣象。

書中有南安、忠順諸王，是爲清開國封異姓恭順、懷順、平西、平南諸王寫照，非賈氏，故知其爲異姓也。

全書叙兒女閒情，三五回後必插寫一段眞事，閒情中亦往往隱寓譏諷，全不可忽略看過。

書中明言恆王殉國事，是事在明亡以後可知。作者偏言朝代失考，而讀者偏又愛考定朝代，一掩耳盜鈴，一捉繮尋馬，亦大可笑。

書中所寫爲滿人，爲漢人，爲滿裝，爲漢裝，本迷離難考，然作者亦自有故意流露處。大抵宮闈之內皆北地臙脂，惟董惟劉的是南朝金粉，故劉老老到瀟湘館，忽提出繡鞋二字，則妃子爲蠻足可知；老老言時，偏自滑倒，則劉寡亦不耐走可知。無意中針線穿成，直是天衣無縫，巧妙不可思議。

寶玉指明珠一說，但取姓名之對偶，餘無可證。雖傳者孔多，然非本旨，殆不足辨。

是書內廷進本，義取吉祥，特以湘雲匹寶玉，俾得兩不鰥寡，故三十一回有白首雙星之目。此說流傳已久，全無實證，殆不知本回所伏何事，故創爲是言。豈知目中所包，正是老年夫婦，並非他日雙星，與二十九回參看，自易明也。

焦大口中明言爬灰，則新臺之恥也；明言偷小叔，則陳平之辱也。其事何指（並非指寶玉、鳳姐），看第十三、第十八、第二十九、第三十一四回自知。

看《紅樓》須具兩副眼光，一眼看其所隱眞事，一眼看所叙閒文，兩不相妨，方能有得，拘拘於年齒行輩時代名目，則失之遠矣。

看《紅樓》人專有從曖昧著想者：如迎春受虐，爲非完璧；惜春出嫁，爲已失身；寶釵撲蝶墜胎，故以小紅墜兒二名，點醒其事；湘雲眠藥裀是與寶玉私會，爲襲人撞見，故含羞向人。如此之類，亦自具隻眼，然非作者本意所注重，故不必好爲刻深。

看《紅樓》須與吳梅村集參看，爲其多紀舊聞也。

看《紅樓》又當與王漁洋集參看，其作證處亦不少。

不看《板橋雜記》，不可讀《紅樓》，不知諸人來歷，從何說起，直夢中夢。

不熟清初掌故，不可讀《紅樓》，不知當時大事，何能看得親切。

書中所隱之事，所隱之人，有爲故老所不傳，載記所不道者，索隱亦無能爲役。然爲存一代史事，故爲苦心穿插，逐卷證明，其鬬筍交關，均已一一吻合，神龍固難見尾，而全豹實露一斑。以例推之，餘蘊亦復有限，後來者更加搜訪，似不難完全證出，成爲有價值之歷史專書，千萬世僅有之奇聞，數百年不宣之雅謎。彼雖善隱，我却索而得之，宣而出之，以贈後人，亦大快事。譬之松之紀異於陳志，誼何讓焉；若以裴駰索隱於龍門，則吾豈敢。（載一九一四年《中華小說界》第一年第六至七期）

季　新

【紅樓夢新評】　讀《紅樓夢》，並讀其批評。大某山民之評最有識見，雖著語不多，已見一斑。護花主人之意勤矣，然何其庸也。太平閑人心勞日拙，可笑可憐。余前此欲批《紅樓》一過，因事未果，今度此炎炎如火之夏日，百無聊賴，乃匿居池館，日草數篇，以寫夙懷，且消永晷。

此書是中國之家庭小說。中國之家庭組織，蟠天際地，綿亙數千年，支配人心，爲中國國家組織之標本。國家即是一大家庭，家庭即是一小國家。西國政治家有言，國家者家庭之放影也，家庭者國家之縮影也。此語眞正不錯。此書描摹中國之家庭，窮形盡相，足與二十四史方駕，而其吐糟粕，涵精華，微言大義，孤懷閎識，則非尋常史家所及。此本書之特色也。

中國之國家組織全是專制的，故中國之家庭組織亦全是專制的，其所演種種現象無非專制之流毒。想曹雪芹於此，有無數痛哭流涕，故言之不足，又長言之，長言之不足，又嗟嘆之。可惜雪芹雖知此制度之流毒，却未知改良之方法，以爲天下之家庭終是如此，遂起了厭世之心，故全書以逃禪爲歸宿，此亦無怪其然。

中國之國家組織向來是專制的，若無民權與之相形，豈不以爲天下古今之國家終是如此。然則受家庭組織之流毒而不知悟，又何足怪？余今批此書，欲以科學的眞理爲鵠，將中國家庭種種癥結一一指出，庶不負曹雪芹作此書之苦心。

然而變更家庭組織，較之變更國家組織，更難十倍。蓋國家組織以威力合成，家庭組織以情意合成，威力能支配人之恐怖心，不能支配人之感愛心，故其力甚爲薄弱。欲變更國家組織，只須把國家學憲法的學理明白透徹的講演，聽的人若以誠相感，沒有不明白的；明白的人能協力同心去做，沒有做不到的。家庭組織却不然。不用說他人，先拿我來說，才一及家庭問題，即覺有無限纏綿，歌也有思，哭也有懷，早已神游其中，更無辨理的餘暇了。我既如此，以己之心，度人之心，誰人沒有相依爲命的家庭？感情既已如此其深，欲與之辨理，正恐不易。故曰變更家庭組織難於變更國家組織十倍也。然而國者由家庭發達而成，欲變更國家組織，而不先變更家庭組織，正如水之無源，木之無根，必不能久。故今日中國救治之策，第一須變更個人對於家庭之觀念，明知其難，却是不能不如此辦去。

但是變更家庭組織，與變更國家組織，辦法大大不同。前已說過，國家的組織由專制的威力合成。惟威力可以勝威力；由惻隱心所發之威力，可以勝殘忍心所發之威力。故我前此於革命軍中，甘心做一個馬前卒，絕無半點餒怯。至於一般新少年所倡家庭革命主義，以及種種牽強之行爲，我却頭一個反對。因爲家庭組織雖亦是專制的，然其元素却是由情意相結。既以情意結，還得以情意去感化他。故我對於變更家庭組織之方法，以感化爲第一義。感化的功效是緩的，然亦無更急的法。惟其如是，故我不能不大有望於《紅樓夢》了。此書凡識字男女，人人愛閱。如今批了出來，準科學的學理，以指中國家庭之種種癥結，使人閱之，驚心怵目，知道這種家庭組織是不能不改的，這是區區的一段心事了。

昔時法國革命，小說家福祿特爾鼓吹之力居多。將來中國家庭組織改良，安知不是起足於此呢？我們能將曹雪芹推到同福祿特爾一樣，也不枉了他做這一本好書給我們看了。

如今先說一段。一個黛玉，一個寶釵，皆立心要嫁寶玉，但是看書的人，無不恨寶釵而憐黛玉。雖說因爲黛玉爲情而死，死得可憐；寶釵倖而如願，未免可妒。然果如是，可謂不善讀書了。須知黛之於寶玉，純以愛情相感，不失男女愛情之正。試觀兩人情意未通以前，黛時時有疑忌心，有刻薄語，這都是放心不下的原故。及至《訴肺腑情迷活寶玉》一回之後，黛知寶心，寶知黛心，黛之情已定，自此心平氣和，以後對於寶玉沒有一點疑心，而對於寶釵諸人亦忠厚和平，無一些從前刻薄尖酸之態。此層疏析，從前未經人說過。但試將此書從頭至尾讀了一遍，訴肺腑以後，實實如此，並非強爲附會。至雅謔則不能以尖刻論；蓋不如是則不成其爲謔也。其愛情之純摯，心地之光明，品行之誠慤，胸懷之皓潔，眞正不愧情界中人；抱恨而死，所以可傷。至於寶釵却不然。綜其生平，未嘗以愛情感動寶玉，但知於賈母、王夫人、諸嫂、諸姑以至僕人等，處處使乖，處處獻勤，四方八面佈置了一個風雨不透，使人人心目中皆以將來之二奶奶相期。彼其心直以寶玉爲一禽，而張羅以捕之，以爲捕得之後，以我之美，何難使其心悅誠服。唉！這便是娼妓行爲。夫婦愛情，借此縫合，就有限得很了。究之不能長久，只落得孤孀一世。論他的行爲心術，眞正與黛玉相隔天淵，這情界中斷不容彼羼入一步的了。然問寶釵這種手段，何以有效？是蓋由於婚姻制度，都由父母硬作主張，不管他的兒女愛情如何，所以上了此當。以至王夫人垂老之年，喪了愛子，墮於至愁極苦之境，眞正是何苦如此呢！當老人家的看了此段，尚不肯主張自由結婚，便是安心給他兒女過不去，更安心給他自已過不去了。

這一段只好算總批，尚有隨時隨處的眉批以證之。

說了這一段，有人駁我道：「你所說都是不幸的事。你沒看見過《兒女英雄傳》麽？他這本書，便是反對《紅樓夢》。以爲賈政夫婦若能如安學海夫婦，釵、黛若能如金、玉二鳳，襲人若能如長姐兒，則何至有不了事？何必一定自由結婚才是呢？」我答道，照他這部書所說，必定安夫婦、金、玉二鳳、長姐兒皆是好人然後可。若有一個不是好人，便不成《兒女英雄傳》，成了「糟糕傳」了。試問能家家皆是好人不能呢？天下所以有制度的緣故，專門學者言人人殊，然其大意不過曰，不使好人吃虧，不使惡人得志而已。如人人皆是好人，便連婚姻制度也都可以廢，還講什麽自由結婚呢？自由者對於不自由而言，不自由從壓制中來，你如今不辨自由之善不善，却分人之好不好，這見便太差了。

寶玉一生鍾情於黛玉，而又往往濫及其情於旁人，此不足爲訓。雖則一夫多妻制度中，不能以此責之，然究非情之至者。曩論及此時，有人駁余曰：「情者，明通公溥而無所私者也。隨受情之分量，以有大小廣狹之殊，非其情之有所斟酌於其間，厚於此而薄於彼也。譬如明月在天，大地之上，靡不照臨：河海汪洋，表裏通明，受光最多；郊原平曠次之；山林陰翳，則又次之；至於曲房密室，有爲月光所不到者。是豈月之有成心於其間哉？毋亦受者之量各殊而已。寶玉之愛情亦猶是也。」余笑曰：子之言辯矣。以言愛情，誠無以易。儒之言仁，墨之言兼愛，耶之言博愛，佛之言慈悲，皆不外乎此。然以言愛情則可，以言男女的愛情則不可。蓋男女的愛情雖與其他愛情同其性質，然其關係故有異耳。吾人生於此世，以民胞物與爲念，以舍己爲羣爲事，所以順其情之所之，而行其心之所安。故舉世非之，力行而不惑，衆醉獨醒，蹈死而不悔，祇以盡其在我而已。月明之喻，誠哉其然也。男女的愛情則不然。既有我之愛情，又有他之愛情，兩情相遇，如磁針相吸，此其關係固與其他愛情迥然不同矣。歐人一夫一妻制，非特緣於宗教觀念，亦以男女的愛情必如是而後安也。我既重我之愛情，又重人之愛情，緣於自由，歸於平等，庶幾人我兩無遺憾。若一夫多妻之制，直視女子如飲食之物。八大八小，十二圍碟，樣樣不同，各有適口充腸之美，下箸既頻，又欲辨其味，大嚼之後，便已棄其餘，直不視爲人類，又何愛情之有？多妻之男子不知愛情，非苛論也。推而極之，則婚姻之制度亦爲愛情之障礙。蓋多妻之制，以女子爲飲食物，固是私心；一妻之制，以女子爲珍寶，亦是私心。西人斥多妻者之言曰：「汝有鑽石如此，將以之嵌戒指乎？抑將搥爲無數之碎顆乎？」此以喻愛情之宜專也。殊不知視婦女爲珍寶之心，皎然如見，此不可爲諱者也。中國之俗，結婚不得自由。西國之俗，結婚得自由矣，而離婚不得自由。法律雖不絶對的禁人離婚，然必須訴之裁判所，得其許可，乃能爲之。故多有愛情既渝，徒以無所藉口，不得不隱忍相處，其苦乃甚於桎梏。法蘭西法律禁人離婚，數年前南逵博士於國會力持通過離婚案，法人稱之爲「離婚之父」。誠以婚姻者以愛情爲結合，愛情既渝，其婚姻自然當離也。於是社會學者，倡爲廢去婚姻制度之說：其大旨謂婚姻之事，當純任人之自由，不當以制度爲束縛。使其相愛，久久不可渝也；使愛情既失，去之可也。何須法律強預人事？主此說者，所生之子，不以爲一姓之子，而以爲國家之子。出世之後，哺乳諸事，皆國家設機關以專司之。其說甚詳，附識於此。此爲歐美近日最新之學說。以余論之，男女相合之事約可分爲四期：草昧之世，榛榛狉狉，男女雜媾，無所謂夫婦，此一期也。定以法制，以防淫縱，然野蠻故態，仍未盡去，於是有一夫多妻之制，又有一妻多夫之制，此爲二期也。一夫一妻，著於法律，至於情夫情婦狎妓等事，只能以道德相規，不能以法律相繩，此第三期也。爲離爲合，純任愛情，此第四期也。以理言之，自以第四期爲最宜；然必俟其男女道德皆已臻於純美，又知以衞生爲念，然後可行，否則將復返於榛狉之世矣。法制者，道德之最低級，使不肖者跂而及之者也。因世界多不肖之人，不得已設爲法律以制之；使不肖不絶跡於世，則法制終不可廢。故爲今日計，仍以一夫一妻之制最爲合宜。第四期之時，仍是一夫一妻，不過其離合純以愛情不限以法律耳，並非雜然並進，不可誤會。然使慕一夫一妻之名，而濫情如故，則納妾之與外婦，庶子之與私生子，不過五十步與百步之别，但能不生關係於家庭，而墮行則無以異也。欲救其失，當使人人知有自由之觀念，尤當知有平等之觀念，知自重其愛情，尤當知重他人之愛情。試思寶玉逃禪時，丢下寶釵、襲人等，揆之佛法慈悲，寧不内疚？人以爲悟澈，我以爲自私自利，不顧他人，斷不能成佛。寶釵始雖強合，其後已不能自持。至於襲人，雖爲小人，然在寶玉，則無以自解於始亂終棄之咎矣。設時晴雯未死，未知作何發遣？設使紫鵑上當，又不知作何發遣？凡此皆濫用其情，而未將他人之愛情略一重視，故其極終爲平等之蟊賊；佛法最重平等，是亦佛之蟊賊也。願有情人一思之。

中國儒者嘗言先王之所以治天下，無一不出於禮。此言誠然。非惟中國如此，凡世界一切專制政體之國，莫不如此也。禮爲專制政體之輔翼，舍此則專制政體失其憑依，其詳見於孟德斯鳩所著《法意》，不具論矣。今日在立憲政體之下，而猶昌言禮教，欲藉以維持，眞可失笑。此書不涉政談，置之不論。今所論者，中國之家庭組織與國家組織同一基礎，其爲專制同，其以禮教維持專制同。然而國家之成立由於威力，以禮教爲威力之保障，其極也使人馴服於威力之下，於專制政體之本意未爲失也。家庭之組織由於情意，而以禮教爲之經制，其極也使人斵喪天眞，滅絶情意，相率而趨於僞，而家庭之內，天倫之樂，幾幾乎絶，此眞可爲痛哭流涕長太息者也。今欲剔抉其弊，千條萬端，不知從何說起，姑舉一事以明之。

昔王陽明先生居父喪時，弔者至，或不哭，門人有言賓至宜哭者。先生曰：「哀至則哭。若以賓至而哭，則是非發乎哀慕之誠，自欺以欺人矣。」此眞光明純潔之言，而一時多以先生爲非禮者。今按之《禮經》，則先生誠爲非禮矣。《禮經》之於喪禮也，其哭也有節，且往往有「哭聲三」之規定焉。夫哭而有節，則其非哀至而哭也明甚；哭必規定以三，則其不必發於哀慕之情也明甚。然而所謂禮者固如是也。於是有湯金釗者，以爲所謂哭聲三，期於有哭而已，祇以循禮，非以爲哀也。噫！《水滸傳》之言曰：「凡哭有淚有聲謂之哭，有淚無聲謂之泣，有聲無淚謂之號。」乾號者，潘金蓮之醜態，乃以爲盡禮乎？夫湯金釗者，以名儒居相位，又以純孝名天下，而其言若此者，亦以此言爲人人意中所有，而又爲人人口中所不敢言，惟己以名儒孝子賢相之資格，不妨一言之，知人必不以爲非焉爾。而世之人只知譏陽明爲違禮，未聞有斥湯金釗爲作僞者，且以爲知禮者固如是也。嗚呼！然則所謂禮者可思矣。

夫專制之組織，已足逼人爲不孝不慈不友不悌之人；而禮教之維繫，更是強人爲假慈假孝假友假悌之人。坐是之故，家人父子之間，不講心事，惟講面子。無論其如何父不父，子不子，兄不兄，弟不弟，但使於面子演孝慈友悌之態，即怡然可以見人，而人亦羣以知禮目之。相習成風，成爲中國之家庭。今吾輩試就所見所聞者而平心論之，所見所聞諸人家中，姑媳相安者幾何人？妯娌相安者幾何人？姑嫂相安者又幾何人？不過智者取巧，愚者吃虧，悍者發獷，馴者飲泣，或陵人以自憙，或鬱抑以自戕，達者小事糊塗，得過且過，賢者委曲將就，苦心調和，大奸慝者則博循禮之名，而因以爲利而已。

唐末張公謹家五世同居，唐主旌其門，且問何以能此，公謹書百「忍」字以進，世多稱之。吾則謂公謹此百「忍」字，蓋抱無數委曲，受無數氣苦，積無數牢騷，藴無數感慨，鬱深恨極，藉此一洩，故一而十，十而百，如齡官之畫「薔」，纍纍而不止也。吾意世人於此，已當惕然而悟，乃反嘆爲美談，然則中國人之家庭思想，亦可知矣。

今讀《紅樓夢》，見其父子叔姪兄弟姊妹之間，姑媳妯娌之間，宗族戚串之間，紛紛然相傾相軋，相攘相竊，加膝墮淵之態，袗臂奪食之技，極殘忍，極陰鷙，極詭譎，極愁慘；鬼谷之捭闔，不足喻其險，孫、吳之兵法，不足擬其詐，戰國之合縱連橫，不足比其亂；使人傷心慘目，掩卷而不欲觀。然其外則彬彬然詩禮之家也，周旋揖讓，熙熙然光風霽月之象也。嗚呼！吾不得不嘆專制組織能逼人爲不慈不孝不友不悌之人，如是其甚也；吾尤不得不嘆禮教之維系能強人爲假孝假慈假友假悌之人，更如是其甚也。今試舉一端以明之：賈珍、賈蓉之居賈敬之喪也，寢苫枕塊，儼然孝子，而聚麀之行，公然爲之而不恤。此猶曰狗彘之徒不足齒也。賈赦夫婦之事賈母，於表面無甚失禮；然其心恨老厭物之不速死，昭然如見也。此猶曰彼二人者固非人望所歸也。賈政夫婦宜若能盡孝矣，然其聲音容貌之間，非有至情至性足以使人感動，不過循禮而已。其心以爲吾惟循禮，乃可以爲完全人，吾惟循禮，乃可以爲子孫之法式，至其戀慕之心，固漠然也。此猶曰彼齷齪者不足以語此也。若鳳姐者，承歡色笑，宜若能盡婦道者矣，然其心但以能博老祖宗之歡喜，爲一己顏面上之光榮，益得以遂其攬權專制之志云爾。

綜觀諸人，無一孝者，無一不假孝者。孝字爲中國第一注重之美德，而實際如此。至於其他骨肉之間，眈眈逐逐之態，隨事隨處一一標而出之，足令人劌目怵心者，不一而足。是故詩禮之家，其面子之禮數彌周，其骨肉之情意彌薄，反不如田家茅舍食菽飲水者，眞有天倫之樂也。此無他，閥閱之家，組織較密，專制之力較重，禮數之束縛較繁，故其所製造之人格亦較爲汚雜；田舍之家庭組織較單，且受毒亦較輕耳。使國人而長此不變則已，苟其欲變，則不可不於組織根本上着手。所謂根本者何？去專制，重人權而已矣。於一人也，當視爲國家中之一人，社會中之一人，而決不可視爲家庭中之一物，以己意爲處分也。如是，則賣買奴婢之制當廢矣，納妾之制當廢矣。不寧惟是。於其子弟，當導之以自立，而不宜視爲一己之附屬品矣。導之以自立，使能不依賴於人以爲生，於是以自立之故而得自由，於是家庭之間，所生關係，乃由愛情而生，非由強力而生。其大異之點，此則自然親附，彼則硬作主張也。專制之組織既撤，則無須以禮教爲之維繫，而骨肉之間，一片爛熳天眞，是所謂眞慈眞孝眞友眞悌者也。然則其時可無禮乎？曰：是又不然。禮所以行吾敬，猶樂所以宣吾和，蓋至是而禮之本旨乃爲不失，非若叔孫制禮，專以便專制者之私耳。一笑。

或問：「子之斥禮也至矣，而又言禮所以行吾敬，猶樂所以宣吾和，何也？」曰：吾固言禮之本旨在是也。敬存於心，禮現於外。有一分之敬，即表一分之禮；有十分之敬，即表十分之禮。若無敬而飾禮，是僞也；有一分之敬，而表十分之禮，亦僞也。或曰：「子之所惡者，僞禮耳。」曰：與其謂之僞禮，毋寧謂之專制者之禮也。彼專制者之以力服人，知人之非中心悅而誠服也，慮力之有時而窮，乃不得不以禮爲之輔。力之爲用，能使人之肢體失其自由；禮之爲用，能使人之良心失其自由。舉其喜怒哀樂，不惟良心之是從，而惟禮之是從。禮所謂喜，則從而喜之；禮所謂哀，則從而哀之；馴至禮所謂可，則從而可之；禮所謂否，則從而否之：是不啻去人之良心，而代之以禮也。宗教之能使人迷信，專制之能使人盲從，其妙用皆在乎此。蕭何爲漢高祖治宮室，甚壯麗，高帝怒。何曰：「非壯麗無以示天下。」王船山推論其意，至爲精詳見《讀通鑑論》。叔孫通制朝儀，高帝曰：「吾今而後知天子之尊。」秦漢以來，所謂禮者，其精神全在於擁護專制，章章如此矣。抑非獨秦漢以來爲然，即古先王之制禮，其意亦未嘗不在於是；考之《禮經》，不可掩也，特未如秦漢以來之甚耳。

或又曰：「禮豈無與良心相合者？子何言之過也！」余曰，欲問禮之合於良心與否，當先問專制之合於良心與否。專制既不合於良心，則專制者之禮，其不合於良心明矣。既不合於良心，而又不得不如是以行，則必須相率而爲僞，所謂無敬而有禮，與有一分之敬而行十分之禮者也。人人皆以假面目相向，而中國於是乎不可救矣。或曰：「專制者之禮，不免率天下而爲僞；然如子之所言，以視野蠻時代之恣睢獷戾，則有間矣。今子欲去周末之文勝，而返於太古之鄙野，是亦老莊之餘論，不足以經世也。」曰，胡爲其然也？野蠻時代之恣睢獷戾，謂之質直的野蠻；專制者之禮，謂之虛僞的文明。按人羣進化之禮以言，此後當質直的文明而已。夫專制者之文明所以至於虛僞者，以專制者先自處於野蠻之地，而日以文明責天下。夫已自處於野蠻，則所以爲文明者已不免於虛僞矣；而人之應之者必不以誠，徒以文明相搪塞。是故舉天下之人皆竊文明之名而行野蠻之實，與所謂質直的野蠻者面目雖異，心術不異也。今欲進於質直的文明，在不於矯揉造作之面目求文明，而於本原之地求文明。博愛也，自由也，平等也，使人與人之關係無復有傾軋攘奪之可生，則野蠻時代恣睢獷戾之情自然內絕於心，於是則又何須以矯揉造作之面目爲之維持？此所謂本原的改革也，與老莊之說相去若天淵矣。質直的文明時代固不廢禮，然敬生於心，則禮形於外，有一分敬，即行一分之禮，有十分之敬，即行十分之禮，無復有矯揉造作之行，強良心之所不安以爲禮；而禮以行敬，不過與樂以宣和同其效用，無須恃爲治國之大經大本，則有所謂自由平等博愛之公理，較之以禮治國爲孰愈乎？此時禮只爲公理中之一事，故言公理，即可括禮字也。

中國儒者之重言禮教，由來舊矣。吾今之反對之，固有所大不得已，而其得人之同情亦至難，然終不敢不言。今試舉一最易知者而言之。魏、晉、宋、齊、梁、陳，皆以篡弒得國，而以忠教天下自若也。遼、金、元、淸，皆以篡奪得國，而以攘夷教天下自若也。吾所謂自處於野蠻而責人以文明者，誣乎否乎？使彼悍然以弱肉強食自命，吾猶服其質直；乃彼亦知如此則亂無已時，故欲胥天下之人皆爲息夫人。

一辱之後，不可再辱。而天下之人，其始屈於力，而不得不從；其後習於禮，則靡然以從之矣。中國之禮教，其價值不過如此。然則以公理易之，寧爲得已？顧世之有心人，一深長思之也。或又曰：「如子之言，有以公理便其私者，將如之何？」曰：惑乎子之言！禮爲專制者所定，專制者謂之非禮則非禮矣；夫如是，故便其私。公理者非強者所指定，而乃人人心所同然者也，孰得而便其私乎？不寧唯是，且將循進化之例，日進而不已，是非不泥於古矣，此其所以能應人羣進化之需而無所滯也。

探春、環兒皆是庶出，而二人之用心截然不同。探春一生大恨，是不在王夫人肚裏爬出來，却在趙姨娘肚裏爬出來。但既已如此，却亦無法，只可拿定主意，爬在王夫人身邊，而與趙姨娘斷絕關係。觀其一生對於趙姨娘，斬釘截鐵，深閉固拒，全無一點毛裏之情。蓋知與王夫人近，則與趙姨娘不得不遠；與趙姨娘近，則與王夫人不得不遠：事無兩可，故不能不出於此也。觀其對趙姨娘論趙基事，陳義何嘗不正？而辭氣之間，凌厲鋒利，絕無天性，眞令人髮指。爲維持自己之地位計，而不顧其母，至於如此，眞無人心者。至於環兒，自知庶出，亦知人以其庶出而賤之，於是生出兩種心事：其一，人既賤我，我即自賤。觀其對鶯兒之言曰：「我拿什麼比寶玉？都欺負我不是太太養的。」其情如見。一種自輕自賤之心，皆由此生出來也。其二，因人而賤己，而羞，而忿，而恨，而毒，處心積慮以求報復，而忘自己已入於下流不堪之地，於是有掠賣巧姐兒之事，是更不足論矣。作者特寫出此二人，以爲庶子之寫照，於以見爲孤臣孽子之難也。然則竟無法以處之乎？是又不然。爲探春者，若能至誠惻怛以感其母，動之以至情，曉之以是非，喻之以利害，親昵戀慕，委曲婉轉，以冀其母之一悟，吾知趙姨娘雖下愚不移，亦未至於爲惡，亦未至於若是之甚也。然苟如是則與趙姨娘密，王夫人者愚闇險人也，與趙姨娘密則王夫人必疏之，王夫人疏之，則衆人從而疏之，必不能如是得權固寵矣。雖然，何能以此而易彼？即令以是之故，見疏於王夫人，而見輕於衆人，固將甘之而不悔也。身既受人之疏且輕，則愈謹愼以自持，此決非如老子陰柔之術也，但於歡娛宴樂之地，默然處之，以免爲衆所憎厭而已。設一旦不幸，而家庭之間，忽生禍變，風雨飄搖之際，人心離散，此時則挺身以赴之，此決非乘危自見之心也，自覺其責任之當盡，行吾心之所安而已矣。誠如是也，可以對其家，可以對其母，可以問其心而無愧。彼探春者，未足以語此也。夫爲此初不甚難，不失其良心斯可矣；惟動靜語默之間，須有學問涵養耳。不能如是，而探春、賈環之流塞於天壤。其甚者，或如吾所云，用老子之陰謀，以退爲進；或者乘時自見，攬權勢於危疑之時，則家庭之間，所損實多。此中國之家庭，多常有不可告人之事也。悲夫！

於《紅樓夢》得深於情之人二焉：一曰紫鵑，一曰鴛鴦。夫二人生平，皆未有鍾情之人，而顧謂其深於情者，以愛情之淺深，不必於其有所鍾而後見也。紫鵑一生心神注於黛玉，惟其於中有耿耿者存，故一語一默一動一止，其精專眞摯之意，宛然如見。其爲人也，舍爲黛玉打算之外無思想，舍遂黛玉愛情之外無志願。其始未知寶玉之愛黛玉亦如黛玉之愛之與否，故設詞以試之。旣試之後，其日夜所不忘者，惟二人之好合而已。遲之又久，知黛玉之無援，而此願之必不可遂也，鬱鬱不知所出，終乃憤而自矢曰：「我只盡我的心，伏侍姑娘，什麽都不管。」嗚呼！此蓋深審己之無能力，故祗得鞠躬盡痒，少盡其關愛之情，其情可悲，其志可憫矣。至於披緇入道，則尤非有極強之決斷力，極深之堅忍力，不能爾也。夫紫鵑生平，祇知爲黛玉之愛情打算，而絕未嘗於自己之愛情作一打算，此當爲讀書者所共見。獨至其披緇入道之故，則罕能言之者。吾觀於第一百十三回末一段，及一百十六回末一段，而深思其意，知其痛心於黛玉之愛情受人踐踏，而又旁觀於寶玉之愛情受人愚弄，且又慨夫癡心女孩兒白操了半世的心，終不得一當，故寧將此一片愛情葬之於心，而不出以授人，此爲自重其愛情也。夫人能自重其愛情，非深於愛情者能之乎？

鴛鴦之死，以爲殉賈母者，固第就事以言。至於曲爲之說者，又謂鴛鴦本有情於寶玉，徒以賈赦爲之梗，自知其情必不可遂，故以一死了之，此則有意穿鑿，而不顧其無當於實者矣。今觀書中，何嘗有鴛鴦鍾情於寶玉之跡？讀書者何得妄造事實，以誣古人？以余之見，則鴛鴦者存愛情而死者也，爲自重其愛情而死者也。鴛鴦不云乎：「誰收在屋裏？誰去配小子？」此意如見矣。蓋鴛鴦者，深自重其愛情，而不欲草草以授諸人。然而爲丫頭者，舍是二者，無他結局。彼不忍其愛情之如是狼籍也，寧一死以葆之。彼之重視其愛情，十倍於生命，故寧捐生命以葆愛情，而不願辱愛情以全生命也。然則雖無賈赦以爲其終身之梗，吾知鴛鴦亦必不就「收在屋裏」、「去配小子」之途矣。蓋身既事人，不輸以愛情，則爲不婦；輸以愛情，又非所願：此其抑鬱楚痛，誠有倍於死者。中國之女子，身受此苦者多矣，不過委之於命，糊塗者習久而安之，認眞者則侘傺以死耳。鴛鴦知其然，故有「橫豎一輩子不嫁男人，落得一世乾淨」之說，其重視其愛情者至矣。使一旦而遇鍾情之人，吾知其必爲天下之賢婦，可決言也。

中國之言貞德，由來舊矣。吾故於貞字下一定義曰：貞者自重其愛情之謂。此於今日盛言自由結婚之時爲尤要也。能自重其愛情，則未鍾情以前，必不至於濫，既鍾情以後，必不至於變。不然，吾恐淫濫薄倖之風滿天下也。夫今日自由結婚之國，濫淫薄倖者固未嘗絕於世。然在專制結婚與自由結婚過渡之時代，則其弊將尤甚。蓋前此男女隔絕不相見，今者交臂覿面，各以色身相示，此猶久餓之夫忽覩膏粱也。一時嗜欲狂熾於中，懦者如過屠門而大嚼，口角流涎，不能自支；賤者則如之東郭燔間之祭者，乞其餘而不足，又顧而之他；強者則如日食萬錢，猶云無下箸處。社會之紊，風俗之壞，將不知其紀極矣。故吾於紫鵑、鴛鴦之用心，不憚表而出之，以質世之言愛情者。

《紅樓夢》一書，叙人婚姻事，不祥者爲多，蓋明專制結婚之必無良果也。全書惟邢岫煙、史湘雲爲得佳偶，蓋專制結婚，雖無得佳偶之理，未必無得佳偶之事，亦猶專制政體中，未必無一二善政可道也。邢之歸薛，在其家中落之後；然此二子者，必能爲梁鴻、孟光，可決言也。史雖早寡，然得壻如此，愛情得所託，雖早寡亦不爲非幸矣。寶琴之嫁也，祇言其足食豐衣，不詳其夫壻如何。探春之嫁也，祇言富貴，不言愛情，以其人本不足以言愛情也。以專制結婚的眼光觀之，則寶琴、探春不爲非得所矣。至於尤二姐之於賈璉，夏金桂之於薛蟠，曲盡人間男女淫妬之情態，爲縱欲忘情者言之也。迎春之嫁中山狼，爲婚姻不自由者懸一殷鑒，於寶玉口中快然一吐，賈長沙之痛哭流涕不是過也。尤三姐之於柳湘蓮，司棋之於潘又安，一則以男女隔絕之故，而愛情不能相感，一則以男女隔絕之故，而以愛情相感者，至爲專制者所不容，此又皆專制結婚所自然而生之結果也。綜觀諸人婚姻情事，無一同者。惟司棋、潘又安事，與黛玉、寶玉事相類：其愛情相感同也；愛情不遂而皆以身殉之亦同也；雖寶玉有愧於潘又安，然大致不相遠矣。司棋之母，本以爲棄一潘又安不足惜，而不知並女兒而死之；賈母、王夫人以爲死一黛玉不足惜，而不知並寶玉而失之。然而司棋之母雖死了女兒，究竟得了一把金珠；王夫人雖失了親兒子，究竟得了一名舉人：所以刺爲人父母者之用心，至爲深刻矣。

吾今綜全書婚姻事而下斷語曰：自婚姻制度以言，不自由結婚，無有是處；自男女愛情以言，人不自重其愛情，無有是處。於此設一問題曰：古來行專制婚姻之制，故必隔絕男女以杜其相感。今者若行自由結婚之制，則男女之界限不得不去。而自來男子以女子爲飲食物，已成普通人習慣，一旦以餓夫入屠肆，欲其不朵頤得乎？吾恐賈璉、尤二姐之事不絕於書，而自由結婚更趨人以入苦海也。應之曰：此所以當使人自重其愛情也。不此之務，而務於隔絕男女，此不過用老子「不見可欲，使心不亂」，然則見可欲心斯亂矣。此所以鑽穴踰牆之事，所在皆然，而下淫上蒸之風，且揚於中冓也。焦大之言曰：「爬灰的爬灰，養小叔的養小叔。」賈蓉之言曰：「連古今來還說髒唐臭漢呢，何況咱們這種人家？就拿那邊府上說，大老爺這麽利害，璉二叔還和那小姨子不乾淨。鳳嬸子那樣剛強，瑞大叔還想他的賬。誰家沒風流事？別讓我都說出來！」亦可謂言之無餘蘊矣。蓋於不可見者無所用其欲，則於其可見者自有以用其欲矣。不於其心之欲不欲下針砭，顧於其目之見不見爲關防，下愚之策，必有過於此者也。使人人能知自重其愛情，則爲男爲女，於其愛情所屬者，將以全神貫注之；而愛情所不屬者，雖日見千萬人，曾不足以動其心也。以視掩人耳目之政策爲何如耶？則又設一問題曰：然則於人人能自重其愛情之後，始行自由結婚制度，不其可乎？應之曰：此與言人民程度已足而後可行民權者，同一見解，而不知其蔽也。夫專制政體最爲民權之障礙物，而偏欲於專制政體之下養成民權，專制結婚最爲愛情之障礙，而偏欲於專制結婚之下保全愛情，此其爲愚，不止於望寡婦之生子，直呼仇讎爲將伯矣。以吾之意，於制度上決行自由結婚，於教育上使人知自重其愛情，如是則開放之初，或不免於或者所慮之什一；教育之力既行，而此風自絕矣。蓋人人自重其愛情，實爲自由結婚時代所不得不然之事；即微教育之力，猶將趨於此；第輔以教育，益易收效耳。此其理固易知。前此男子以女子爲飲食物者，以女子無人權也。自由結婚，則女子有人權，非如飲食物之得以一方之意思爲處分矣。如是則非以愛情相感，末由合也。且男女隔絕時代，其見也難，其亂也易。夜拒奔女，侈爲盛德；坐懷不亂，播爲美談：餓夫之喩，誠哉確也。若夫相處，則習爲恆事，此心理所必然者。天下二男子同居，未必即爲雞姦之行，何獨於男女相遇，而疑其必不免於苟合耶？脫令有之，亦爲少數，而大多數之得以自由遂其愛情者，固遙足以償其所失矣。於此又設一問題曰：自由結婚，以愛情相感，固矣；然使我所愛之人，而不我愛，則如之何？曰：此男女愛情中一大難題也。以理言之，則移其愛之心於他，斯爲至當。然愛情深者往往不能移，而能移者，或非甚深之愛情也。於是第二法曰：不問彼之愛吾與否，但蓄吾之愛於心，終其身而已矣。蓋知其愛必不得遂，然既不強求，又不能強遣，惟如此而後不斯其志，斯亦貞介者之所爲也。不然，而於愛情之外，別用手段以求達其目的，

斯者寶釵之流，而新樣之《紅樓夢》時有爲之導演者矣。（載一九一五年《小說海》第一卷第一至二號）

蔡元培

【石頭記索隱（節錄）】《石頭記》者，清康熙朝政治小說也。作者持民族主義甚摯。書中本事在弔明之亡，揭清之失，而尤於漢族名士仕清者寓痛惜之意。當時既慮觸文網，又欲別開生面，特於本事以上加以數層障冪，使讀者有横看成嶺側成峯之狀況。最表面一層，談家政而斥風懷，尊婦德而薄文藝。其寫寶釵也，幾爲完人，而寫黛玉、妙玉，則乖癡不近人情，是學究所喜也，故有王雪香評本。進一層，則純乎言情之作，爲文士所喜，故普通評本多著眼於此點。再進一層，則言情之中善用曲筆，如寶玉中覺，在秦氏房中布種種疑陣，寶釵金鎖爲籠絡寶玉之作用，而終未道破，又於書中主要人物設種種影子以暢寫之，如晴雯、小紅等均爲黛玉影子，襲人爲寶釵影子是也。此等曲筆，惟太平閑人評本能盡揭之。太平閑人評本之缺點，在誤以前人讀《西遊記》之眼光讀此書，乃以《大學》、《中庸》明明德等爲作者本意所在，遂有種種可笑之傅會，如以喫飯爲誠意之類，而於闡證本事一方面遂不免未達一間矣。闡證本事，以《郎潛紀聞》所述徐柳泉之說爲最合，所謂寶釵影高澹人、妙玉影姜西溟是也。近人《乘光舍筆記》謂書中女人皆指漢人，男人皆指滿人，以寶玉曾云男人是土做的，女人是水做的也，尤與鄙見相合。左之札記，專以闡證本事，於所不知則闕之。

書中紅字多影朱字。朱者明也，漢也。寶玉有愛紅之癖，言以滿人而愛漢族文化也；好喫人口上臙脂，言拾漢人唾餘也。清制：滿人不得爲狀元，防其同化於漢。《東華錄》：「順治十八年六月諭吏部：『世祖遺詔云：紀綱法度漸習漢俗，於醇樸舊制日有更張。』」又云：「康熙十五年十月議政王大臣等議準禮部奏：『朝廷定鼎以來，雖文武並用，然八旗子弟尤以武備爲急，恐專心習文，以致武備廢弛。見今已將每佐領下子弟一名准在監肄業，亦自足用。除見在生員、舉人、進士錄用外，嗣後請將旗下子弟考試生員、舉人、進士暫令停止。』從之。」是知當時清帝雖躬修文學，且創開博學鴻詞科，實專以籠絡漢人，初不願滿人漸染漢俗。其後雍、乾諸朝亦時時申誡之。故第十九回襲人勸寶玉道：「再不許吃人嘴上擦的臙脂了，與那愛紅的毛病兒。」又黛玉見寶玉腮上血漬，詢知爲淘澄臙脂膏子所濺，謂爲「帶出幌子，吹到舅舅耳裏，使大家不乾淨惹氣」。皆此意。寶玉在大觀園中所居曰怡紅院，即愛紅之義。所謂曹雪芹於悼紅軒中增删本書，則弔明之義也。本書有《紅樓夢曲》，以此。書中序事託爲石頭所記，故名《石頭記》，其實因金陵亦曰石頭城而名之。余國柱即書中之王熙鳳被參，以其在江寧置產營利，與協理寧國府、歷劫返金陵等同意也。又曰《情僧錄》及《風月寶鑑》者，或就表面命名，或以情字影清字，又以古人有清風明月語，以風月影明清，亦未可知也。

《石頭記》叙事自明亡始。第一回所云「這一日三月十五日，葫蘆廟起火，燒了一夜，甄氏燒成瓦礫場」，即指甲申三月間明愍帝殉國、北京失守之事也。士隱注解好了歌，備述滄海桑田之變態，亡國之痛昭然若揭，而士隱所隨之道人跛足蔴屨鶉衣，或即影愍帝自縊時之狀。甄士本影政事，甄士隱隨跛足道人而去，言明之政事隨愍帝之死而消滅也。

甄士隱即眞事隱，賈雨村即假語存，盡人皆知。然作者深信正統之說，而斥清室爲僞統，所謂賈府即僞朝也。其人名如賈代化、賈代善，謂僞朝之所謂化，僞朝之所謂善也。賈政者，僞朝之吏部也。賈敷、賈敬，僞朝之教育也《書》曰：「敬敷五教」。賈赦，僞朝之刑部也，故其妻氏邢音同刑，子婦氏尤罪尤。賈璉爲戶部，戶部在六部位居次，故稱璉二爺，其所掌則財政也。李紈爲禮部李禮同音，康熙朝禮制已仍漢舊，故李紈雖曾嫁賈珠而已爲寡婦；其所居曰稻香村，稻與道同音，其初名以杏花村，又有杏帘在望之名，影孔子之杏壇也。《金瓶梅》以孟玉樓影當時之禮部，氏之以孟，又取「玉樓人醉杏花風」詩句之名，即《紅樓夢》所本也。

作者於漢人之服從清室而安富尊榮者，如洪承疇、范文程之類，以嬌杏代表之。嬌杏即徼幸。書中敍新太爺到任，即影滿洲定鼎，觀雨村中秋口號云：「天上一輪纔捧出，人間萬姓仰頭看」，知爲代表滿洲也。於有意接近而反受種種之侮辱，如錢謙益之流，則以賈瑞代表之。瑞字天祥，言其爲假文天祥也文小字宋瑞；頭上澆糞，手中落鏡，言其身敗名裂，而至死不悟也。徐巨源編一劇，演李太虛及龔芝麓降李自成後，聞清兵入，急逃而南至杭州，爲追兵所躡，匿於岳墳鐵鑄秦檜夫人跨下，值夫人方月事，追兵過而出，兩人頭皆血汙，與本書澆糞同意。敍姽嫿將軍林四娘，似以代表起義師而死者。敍尤三姐，似以代表不屈於清而死者。敍柳湘蓮，似以代表遺老之隱於二氏者。

書中女子多指漢人，男子多指滿人。不獨女子是水作的骨肉、男人是泥作的骨肉，與漢字、滿字有關也。我國古代哲學，以陰陽二字說明一切對待之事物。《易》坤卦彖傳曰：「地道也，妻道也，臣道也」，是以夫妻君臣分配於陰陽也。《石頭記》即用其義。第三十一回湘雲說：「比如天是陽，地就是陰。比如一顆樹葉兒，那邊向上朝陽的就是陽，這邊背陰覆下的就是陰。　走獸飛禽，雄爲陽，雌爲陰。」翠縷道：「怎麽東西都有陰陽，喒們人倒沒有陰陽呢？」又道：「知道了！姑娘是陽，我就是陰。」又道：「人家說主子爲陽，奴才爲陰。我連這個大道理也不懂得。」是男爲陽，主子亦爲陽；女爲陰，奴才亦爲陰，本書明明揭出。清制：對於君主，滿人自稱奴才，漢人自稱臣。臣與奴才，並無二義。《說文解字》臣字象屈服之形，是古義亦然。　以民族之對待言之，征服者爲主，被征服者爲奴。本書以男女影滿漢，以此。

賈寶玉言僞朝之帝系也，寶玉者傳國璽之義也，即指胤礽。《東華錄》康熙四十八年三月以復立皇太子告祭天壇文曰：「建立嫡子胤礽爲皇太子。」又曰：「朕諸子中，胤礽居貴。」是胤礽生而有爲皇太子之資格，故曰：「啣玉而生。」胤礽之被廢也，其罪狀本不甚徵實。康熙四十七年九月諭曰：「胤礽肆惡虐衆，暴戾淫亂，難出諸口。」又曰：「胤礽同伊屬下人等，恣行乖戾，無所不至，令朕赧於啓齒。又遣使邀截外藩入貢之人，將進御馬匹任意擾取，以致蒙古俱不心服。」又曰：「知胤礽賦性奢侈，著伊乳母之夫凌普爲內務府總管，俾伊便於取用。」又曰：「朕歷覽史書，時深儆戒，從不令外間婦女出入宮掖，亦從不令姣好少年隨侍左右，今皇太子所行若此，朕實不勝憤懣。」《石頭記》三十三回叙寶玉被打，一爲忠順親王府長史索取小旦琪官事；二爲金釧兒投井，賈環謂是寶玉拉著太太的丫頭金釧兒強姦不遂，打了一頓，那金釧兒便賭氣投井死了。琪官事與姣好少年等語相關；忠順王疑影外藩，長史曾揭出琪官贈紅汗巾事疑影擾取馬匹事，相傳名馬有出汗如血者故也。曰「暴戾淫亂，難出諸口」，曰「赧於啟齒」，曰「從不令外間婦女出入宮掖，今皇太子所行若此」，是當時罪狀中頗有中冓之言，即金釧兒之事所影也。（載一九一六年《小說月報》第七卷第一至六期）

錢靜方

【紅樓夢考】《紅樓夢》一書，描寫人情世故，深入細微，膾炙人口者，垂二百數十年矣。前清俞曲園先生嘗考之，謂爲康熙朝相臣明珠之子而作。明珠姓納蘭氏，長白人，其子名成德，字容若，長於經學，又好塡詞，《通志堂經解》每一種有納蘭成德容若序，即其人也。乾隆五十一年二月二十九日上諭，成德於康熙十一年壬子科中式舉人，十二年癸丑科中式進士，年甫十六歲，然則其中舉人止十五歲，於書所述頗合。此書末卷自具作者姓名曰曹雪芹。袁子才《隨園詩話》云：「曹練亭康熙中爲江寧織造，其子雪芹撰《紅樓夢》一書，備極風月繁華之盛」，則曹雪芹固有可考矣。又《船山詩草》有贈高蘭墅鶚同年一首云：「艷情人自說紅樓」，自注云：「傳奇《紅樓夢》八十回以後俱蘭墅所補」，然則此書非出一手。按鄉會試增五言八韻詩，始於乾隆朝，使出曹手，必不備此體例，而是書敘科場事已有詩，則其爲高君所補可證矣。俞說如是。又云：納蘭容若《飲水詞集》有《滿江紅》詞，爲曹子清題其先人所構楝亭，子清即雪芹也。余觀錢唐袁蘭村先生選刊之《飲水詞鈔》，標爲長白納蘭性德容若著，下注原名成德，則容若有二名矣。

又鄞縣陳康祺先生《郎潛二筆》云：「姜西溟太史與其同年李修撰蟠同典康熙己卯順天鄉試，時因士論沸騰，有『老姜全無辣氣，小李大有甜頭』之謠，風聞於上，以致被逮，姜卒於請室。第前輩多紀述此事，而不能定其關節之有無。昔讀《結埼亭集》先生墓表，稱『滿朝臣僚皆知先生之無罪』，而王新城亦有『我爲刑官，令西溟以非罪死，無以謝天下』之語，知同時公論早以西溟之連染爲冤。嗣聞先師徐柳泉先生云：『小說《紅樓夢》一書，即記故相明珠家事。金釵十二，皆納蘭侍御所奉爲上客者也。寶釵影高澹人，妙玉即影西溟先生。妙爲少女，姜亦婦人之美稱，如玉如英，義可通假。妙玉以看經入園，猶先生以借觀藏書，就館相府。以妙玉之孤潔而横罹盜窟，並被以喪身失節之名，猶先生之貞廉而瘐死圜扉，並加以嗜利受賕之謗，作者蓋深痛之也。』徐先生言之甚詳，惜余不盡記憶。此編網羅掌故，從不採傳奇稗史，自汚其書。惟《紅樓夢》筆墨嫻雅，屢見稱於乾嘉後名人詩文筆札，偶一援引，以白鄉先生千載之誣，且先師遺訓也。』由陳之說，是《紅樓》一書寫美人實寫名士，特化雄爲雌而已。　高澹人名士奇，浙人。

前清康熙帝爲右文之主，一時渡江名士輻湊輦下，或以經術著，或以文才顯，或以理學稱，其遺聞軼事往往散見於各家記載。使按圖而索驥焉，雖金釵之列，上中下三册多至三十六人，亦不難一一得其形似，第恐失之附會，不若闕疑以存其眞之得也。惟《飲水詞鈔》一卷爲納蘭侍御親筆所著，中有與諸名士酬唱之作。余嘗讀之，見爲南豐梁份而作者居多數，姜宸英次之，嚴繩孫、陳維崧輩又次之。　以交誼言之，彼質夫、蓀友、迦陵三先生當亦在金釵之列，第不知爲之影者係何人耳。

是書力寫寶、黛癡情，黛玉不知所指何人。　寶玉固全書之主人翁，即納蘭侍御容若也。　使侍御而非深於情者，則焉得有此倩影？余讀《飲水詞鈔》，不獨於賓從間得訢合之懽，而尤於閨房內致纏綿之意，即黛玉葬花一段，亦從其詞中脫卸而出。是黛玉雖影他人，亦實影侍御之德配也。爲錄三詞於左，以資印證：

【金縷曲（亡婦忌日有感）】此恨何時已，灑空階寒更雨歇，葬花天氣。三載悠悠魂夢杳，是夢久應醒矣。料也覺人間無味，不及夜臺塵土隔，冷清清一片埋愁地。釵鈿約，定拋棄。重泉若有雙魚寄，好知他年來，苦樂與誰相倚。我自終宵成轉側，忍聽湘絃重理。待結個他生知己，還怕兩人俱薄命，再緣慳剩月零風裏。清淚盡，紙灰起。

【於中好（十月初四夜風雨，其明日是亡婦生辰）】塵滿疏簾素帶飄，眞成暗渡可憐宵。幾回偷視青衫淚，忽傍犀奩見翠翹。惟有恨，轉無聊，五更依舊落花朝。衰楊葉盡絲難盡，冷雨淒風罩畫橋。

【南鄉子（爲亡婦題照）】淚咽更無聲，止向從前悔薄情。憑仗丹青重省識，盈盈，一片傷心畫不成。別語忒分明，午夜鶼鶼夢早醒。卿自早醒儂自夢，更更，泣盡風簷夜雨淋。

前清研究紅學者，不一其說。有謂紅樓一夢乃影清初大事者。林、薛二人爭寶玉，即指康熙末允禩諸人奪嫡事。寶玉非人，寓言玉璽耳，故著者明言頑石也。黛玉之名，取黛字下半黑字與玉字相合，去其四點，則代理二字。代理者，代理密親王也。和碩理密親王名允礽，爲康熙帝次子，故以雙木之林字影之。猶慮閱者不解，又於迎春名之曰二木頭，蓋迎春亦行二也。襲人爲寶釵之影，寫寶釵不便盡情極致，乃旁寫一襲人以足之。襲人者龍衣人，指世宗憲皇帝允禛也。海外女子指延平王鄭氏之據臺灣。焦大指洪承疇，觀其醉後自表戰功，與承疇之爲清効力者近似。妙玉乃指吳梅村，走魔遇劫即狀其家居被迫，不得已而出仕。梅村吳人，妙玉亦吳人，居大觀園自稱檻外人，寓不臣之意。王熙鳳指宛平相國王熙，康熙一朝漢大臣有權者，熙爲第一，書中明言熙鳳爲男子也。此說旁徵曲引，似亦可通，不可謂非讀書得間。所病者舉一漏百，寥寥釵、黛數人外，若者爲某，若者爲某，無從確指。雖較明珠之說，似爲新穎，而欲求其顯豁呈露，則不及也。要之，《紅樓》一書，空中樓閣，作者第由其興會所至，隨手拈來，初無成意。即或有心影射，亦不過若即若離，輕描淡寫，如畫師所繪之百像圖，類似者固多，苟細按之，終覺貌是而神非也。近人又謂《紅樓》一名《情僧錄》，情僧指清世祖，世祖納冒氏之妾董小宛爲妃，小宛早卒，世祖傷感不已，遂遁五臺爲僧，《紅樓》之作，刺世祖也。此說最爲謬妄。無論年歲懸殊，即事實亦多不類。近見某君著《董小宛考》以辨之矣，余何贅焉。（載《石頭記索隱》，附錄）

弁山樵子

【紅樓夢發徵（節錄）】（緒言）　一書之作，必有其所以作是書之原因。欲知其原因所在，勢必於書中之人物之事實，研究之而推測之。顧作書者，書中之人物之事實與意中之人物之事實，往往相似而又相歧，若故以眩閱者之目而淆閱者之心者。則生乎作書者之後，第就其書中之人物之事實，以臆斷其意中之人物之事實，縱極研究之力，推測之思，適成爲我意中之人物之事實而已，而於作書者意中之人物之事實，則猶茫然未達，判然未合也。甚矣讀書得間之難，而讀小說之得間爲尤難。

夫小說，一茶餘酒後之消閒品耳，小說之有評論，一文人學士之舞弄文墨，故作狡獪伎倆耳，兩無價值之可言也。然清初有聖歎金氏者，以善評小說著聞，《三國》也，《水滸》也，《西廂》也，《金瓶梅》也，目之爲才子，尊之爲奇書，出其滑稽之眼光之心理，演而爲玩世不恭之評論，能令閱者笑，能令閱者愧，能令閱者怒，能令閱者哀，至今猶膾炙人口不置。予於少日，亦曾好讀其評論矣。初讀之，似訝爲得未曾有。迨讀之再四，覺彼之理想要不出乎書中之理想耳，而於書外之理想無有也；彼之評論，仍不離乎書中之評論耳，而於書外之評論無有也。惜哉聖歎之不及見《紅樓夢》，未得評論其事實也。幸哉聖歎之不及見《紅樓夢》，不至唐突其人物也。

《紅樓夢》一書，自表面觀之，所紀爲一家之事實，所言皆兒女之私情，與《三國》之帝蜀黜魏、表章諸葛，《水滸》之罪宋政不綱，《西廂》之譏微之薄倖，《金瓶梅》之假借西門影射東樓、口誅筆伐爲父復仇之自有其作書之本意流露於字裏行間者異矣。而掃眉才子，慧業文人，枕焉藉焉，手胝口沫，與往情來，於其書不惜嘔盡心血，研究之而推測之，見仁見智，心目中各有所謂《紅樓夢》者，而《紅樓夢》之評論乃競起而爲先後之角勝。

《紅樓夢》評論之見於昔者，如太平閑人之《讀法》，護花主人、明鏡齋主人、大某山民、古今第一有情人、小小百姓、紉秋女史、倩雲女史、織裳女史、夢黛女史之《閒評》，讀花人之《論贊》，葆光主人之《或問》，賞析齋主人之《摘誤》，放鶴後裔之《正訛》，芳草天涯人之《抉隱》，紅豆山人之《温柔鄉談》，振奇不羈人之《石頭記詳考》，其餘單詞隻句之散見於名人口吻、私家著述者，尤指不勝屈。或描寫兒女，推其波而助其瀾；或撮舉事略，攻其隙而蹈其瑕。甚至有以讀經之眼光觀之者，所謂大意闡發《學》《庸》，以《周易》演消長，以《國風》正貞淫，以《春秋》示予奪，《禮經》、《樂記》融會其中者是也。有以讀史之心理斷之者，就廿四史人物支配之，所謂寶玉如無愁天子、模棱宰相，黛玉如楚屈靈均、如賈長沙，晴雯之直言賈禍如比干、龍逄，襲人之苟合取容如林甫、欽若，寶釵、熙鳳，其意計之陰鷙，手段之潑辣，又如集操、莽於一身。以如是之理想，評書中之人物，非不各有其見地，而要與作書之原因無涉也。

雖然，評論家中亦有推測其作書之原因者。或指爲明珠家事，納蘭容若之文采風流，寶玉足以當之；雪芹館於其家，故能言之詳悉如此。或以爲述和珅之穢史，孌童嬖女，朋淫於家，榮、寧兩府之驕奢淫佚足以當之，冰山之倒，和椒八百斛之籍沒，情事又復略同；雪芹生丁其時，目擊其事，借此以伸其口誅筆伐，或亦事所應有。又有創爲種族之說者，以順治爲寶玉，一人一事，一句一字，必加以種種考證。我鄉有沈茂才者菱湖鎮人，沒已十年，不能舉其名，一生注力於此，撰成《紅樓夢如是我言》一書，蠅頭細楷，不下二百萬言，其友人崔君懷瑾，曾約其切要之言，以入本雜志之第二期。聞其書已爲崔君攜入京師，能否付刊不可得知矣。曾憶去年發行之某小說報中，王君夢阮亦主是說。據云聞之京師故老，是書全爲清世祖與董鄂妃而作，兼及當時諸名王奇女也。百二十回之目錄，大半皆明指眞事，而五臺山之遁跡，證以梅村之清涼山讚佛詩，漁洋之詠鼎湖及茂陵懷古詩，蛛絲馬跡，確有可尋，似亦不得謂之全誣。近日蔡鶴廎君有《索隱》之刊，力主《乘光舍筆記》女人指漢人、男人指滿人之說，斷爲發揮民族主義之政治小說，中有叙事自明亡始，及賈雨村之夫人嬌杏爲范文程、洪承疇之代表，卿玉之寶玉實爲康熙之廢太子允礽等語。信乎文人好奇無微不至，而益見《紅樓夢》一書之包孕無盡也。

予之嗜此書也，予之嗜此書之評也，既喜評人之所評，尤喜評人之所未評。竊謂太平閑人等之評，人物若何，事實若何，評論於書中者也；若沈若王若蔡，人物外別有人物，事實外別有事實，評論於書外者也。評論於書中者，太平閑人等盡之矣；評論於書外者，沈、王、蔡諸人殊猶不足以盡之矣。自來評小說者，失諸過淺，既無以得其眞際；失諸過深，益足以滋其迷惑。夫金陵一衣帶水之隔也，清乾、嘉至今不及二百年之遠也，父老之傳聞可溯，倉山之紀載可憑也。悉心審之，比類覈之，當時濟濟之人物之事實，一一符合也。予不敢以人之所是者爲非，又何得以人之所非者爲是？管見所及，有不能已於言者。適承九思齋主人之請而作《發微》，雪芹有知，其以我爲隔靴搔癢否耶？民國五年三月朔日弁山樵子識。

（讀紅樓夢法）（一）讀《紅樓夢》者，須知此書確爲曹雪芹所撰。謂前人所作而託詞修改者，實雪芹恐招怨當世而爲是讏言耳。或謂雪芹一紈袴子，此稿以千金市諸人，證以張傳，此語誣甚。

（二）讀《紅樓夢》者，須知關於種族之說實出傅會。以順治爲寶玉，以冒姬小宛爲黛玉，事實之牽引乖謬，今人已有明指其妄者。強以梅村、漁洋諸詩作證，是以文害辭，以辭害人，周有遺民，靡有孑遺之類也。

（三）讀《紅樓夢》者，須知此非專爲罵滿而作。康、雍而後，滿已同化於漢，非復同濫而浴之舊習。且就語意味之，似滿似漢，似明似清，捉摸不住，非作者之有意騎牆，實正意所貫注不在此耳。

（四）讀《紅樓夢》者，須知此書從大處落墨，初非一人一家之事。或謂雪芹曾館明珠處，此實指其家事。以納蘭容若爲寶玉，無論情事欠合，即如納蘭容若之俠義之學問，要非昏庸闒冗之寶玉可比，此說已不攻自破。

（五）讀《紅樓夢》者，須知雪芹所處之時代。近日蔡君鶴廎以此書爲評論明代遺民及順、康間人物，則猶有種族之見膠結於中也。按《隨園詩話》之作，已在五旬而後，雪芹當生於乾隆中葉，於隨園爲後輩，故能言之親切如此。

（六）讀《紅樓夢》者，須知其地位之所在。明明曰金陵矣，而又借燕臺事作處處之點綴，是又炫惑閱者之故智也。

（七）讀《紅樓夢》者，須知此非言政言情之作。其偶爾言情言政，不憚描摩盡致者，亦以見時局風俗之漸趨於澆薄也。

（八）讀《紅樓夢》者，須知此書不當作小說觀，乃遜清歷史中之一部分，謂之文苑傳固可，謂之人物志亦無不可。

（九）讀《紅樓夢》者，須知以隨園爲主人翁（其說具言於下），其他人物比例親切者居其大半，其間示參差者，無非故作疑陣之布也。

（十）讀《紅樓夢》者，須知此書爲一部小《春秋》，有褒，有貶，有貶中之褒，有褒中之貶，謹嚴微顯，絕妙史筆。

（十一）讀《紅樓夢》者，須將隨園一生事實及《小倉山房全集》兩兩對照合勘，方覺字字俱有着落，不爲模糊影響之談。

（十二）讀《紅樓夢》者，須知乾隆一代人物嘉初亦概在内之事實。作者章幽闡微，具有深心，非泛泛作人物志者可比。

（十三）讀《紅樓夢》者，須知此書以隨園爲主人翁，其餘附麗之人物，或以一人切合，或以二人三人切合，令人疑是疑非，是作者之弄筆狡獪處。

（十四）讀《紅樓夢》者，須知作者既當乾隆太平極盛時代，人才輩出，雍容揄揚，相率以無用之詩文爲互相誇耀之具，是猶女子抹脂傅粉，詠絮簪花，媚人從人，乃不二之目的，一則無補於國，一則有害於家。作者特揭出之，以爲保泰持盈之戒。（載一九一六年《香豔雜誌》第十一、十二期）

鄧狂言

【紅樓夢釋眞（節錄）】（第一回　甄士隱夢幻識通靈　賈雨村風塵懷閨秀）　此回本非第一回，而必曰第一回者，即所謂開宗明義，即所謂此是人間第一日，當言人間第一事者也。開宗明義第一事者何事？孝也，種族也，便是宣布全書發生之源頭，而因以盡其尾者也。且小説之難，莫難於作楔子。作者因《水滸》之楔子妙空古今，而《桃花扇》之楔子亦復恰到好處，故絶不肯再作一篇落人窠臼文字，乃特創此體，而仍從二書脫化而出，又絕對的不見其相犯之跡。《桃花扇》立乎清，以指乎明，故從人口中指說而出，絕不犯手。《水滸》兼指宋、元，而其義並重，其文則獨託於宋，故亦可以宋人立說。《紅樓》之所重者清也，所重者現在之清也，當時之所謂本朝者也，《水滸》與《桃花扇》兩法都不可用。故特用「開卷第一回」五字，作直截宣布宗旨之言，而微文見義，納全書於其箇中，此首句之大意也。下句便突接「作者自云曾歷過一番夢幻」云云，在原本爲國變滄桑之感，在曹雪芹亦有朝聞道夕死可矣之悲，隱然言下，絕非假託。書中以甄指明，以賈指清，正統也，僞朝也，歷史法也。宋遺民鄭所南言之，明初之史家得聞之，而王船山獨極其精，發揮光大，以造成今日革命家光復之烈，爲吾漢族永永與亡之紀念者也。曰「眞事隱」，以事論，固迫於不得不隱；以文論，則小說寓言，古今已成故套，從來善作者都不死煞句下，何必作此閒文？著此三字，使人知於書中有字處、書中無字處求之也。明亡即眞隱，國界也；明亡而士隱，遺民也。曹氏生於乾、嘉，猶是遺民之心，甘犯迂儒忠君學說之大不韙，所謂一家非之而不顧，一國非之而不顧，天下非之而不顧，窮天地，亙萬世，伯夷、叔齊之所以傷君主之禍，一瞑不視也。梨洲之宗旨，殆有合焉者矣。而乃以船山之種族學說爲其畢生歸命之途，其終不能禁其不全書發明者，天理也，人心也。其所以保持至於今日，而屢遭燒書之劫，禁之不能者，作者託詞於兒女之妙，曹氏增删之妙，隱之力也。《易》之言曰：「有天地，然後有萬物；有萬物，然後有男女；有男女，然後有夫婦；有夫婦，然後有君臣。」西儒之言曰：「地球鐵質，鑛物也。石，地質也。地球之初生物，從草類始。先有草而後有生物，有草而後有蟲類，有蟲類而後有禽，有禽而後有獸，有獸而後有人。」合此兩說，作者立言實含有開天闢地能力，而借草石之生以起之，借男女之感以發之，所以迎合社會上全部人類之心理，使之於飲食男女大欲存焉之地，反叩其本眞，而並以饜其好奇之思想。故不得禁，禁之如不禁，壓力遂自此而窮矣，然亦危乎其微焉。曹氏固《紅樓》之功臣也，然吾謂其功較原本尤大。創始者難，繼續者較易，惟其較易，是以完全而不得搖動當俟後論。隱之又隱，其艱如此，我國民其永勿忘。

「念及當日之女子」云云。國事無不關係於女子，天然之吸力也。而專制時代尤甚，特別之專制尤甚，專制之兵爭時代尤甚，一則可以任其情之所能爲，一則屈於其情之所必不得爲也。吾國貴男賤女，女子亦因無學爲男子賤，故書中借此立論，蓋非此不便於隱，而亦即以此代表漢族之無能力也。

「天恩祖德」云云。太史公曰：「人情慘怛則呼天，疾痛則呼父母。」鄭所南之《心史》本之。種族之義，大聲疾呼矣。

「故曰賈雨村云云。更於篇中間用夢幻等字，却是此書本旨，兼寓提醒閲者之意。」賈者，僞也，僞朝也；賈語者，僞朝之史也；村者，村俗也，言野蠻也；夢幻者，清不清而明亦不明也；提醒者，使人清明分别也。故曰書中本旨。然賈雨村本事，則仍有意義，俟後論。

「此書從何而起」至「無才不得補天」一段云云。大荒山者，野蠻森林部落之現象也，吉林也。荒唐之荒亦是此義，無稽崖亦是此義，謂滿洲之所自來多不可考，無歷史之民族也。託始於女媧者，何也？女媧爲漢族初代之君主，並爲初代中之女主，而程子以媧嬰爲皇，爲天地間之奇變，爲孝莊寫照也。煉石補天，是爲漢族開基之始。「單單剩下一塊未用，棄在青埂峯下」，青者淸也，言其爲漢族歷代君主所棄，屏諸四夷，不與同中國之義也。然旣已煉之矣，而棄之而不早爲之防，使自傷其無才不得入選，野蠻民族漸染文明，遂至於靈性已通，可大可小，怨艾悲哀，則安得不爲中國害？七大恨之祭告天地堂子所由來也。

「一僧一道」，及「空空道人、茫茫大士、渺渺眞人」等語。　滿淸雖名爲重儒，而其實只以爲束結人心之具。其實帝王別無所畏，惟畏鬼神。活佛也、張天師也，皆赫然威靈者也，喇嘛尤爲尊重。故云「那僧託於掌上」，偏重和尙一方面，而亦引起出家等事。空空道人則當指當時遺老。蓋從頭一看，見大石上所刻頑石一段文字，或係作者自謂，而曹氏亦以爲恰當者。

「縮成扇墜」。　小扇墜爲香君別號，香君入道亦與出家有影射，且《桃花扇》一書與此書同具滄桑感慨，故亦引之。「到也是個靈物」，愧對愧對。

「昌明隆盛之邦，詩書纓簪之族，花柳繁華之地，温柔富貴之鄉」。　對大荒山、無稽崖、青埂峯而言。一滿一漢，夫復何疑？

「況且那野史中，或訕謗君相，或貶人妻女，姦淫凶惡，不可勝數」。　不用野史朝代，不假借漢、唐，明其非漢族也。否則何以不言金、元？質而言之，不承認其爲朝廷耳。而事實上乃仍是訕謗君相，貶人妻女，姦淫兇惡，不可勝數。作者避之，而又犯之，其意何居？則上文之所謂第一件無朝代年紀可考，第二件並無大賢大忠、理朝廷治風俗的善政者，眞是將滿淸一筆抹煞。故以別種風月筆墨立論，此是何等心胸，而肯與他書爭一日之長短哉？

作者胸中抹煞一切才子佳人小說，而仍有一《水滸》、《金瓶梅》爲其所不敢輕視，二書皆政治小說而寄託深遠者也。顧其筆墨以長槍大戟勝，殊多淫濫。《紅樓》力避此境，而出之以細針密縷，不得已時，亦殊簡單。故特造意淫二字，然誤人亦多。彼固以爲非如此作法，不得脫古人窠臼，不能隱，亦不能傳。誰實使之，至於此者乎？吾故表而出之，使通人諒其心，而普通人亦不迷於所向焉。

「石頭記」，「情僧錄」，「風月寶鑑」，「金陵十二釵」。情僧不止順治一方面。寶鑑，歷史也，亦非順治一代史也。石頭、金陵，有當從地名著想者，南京也；有不僅從地名著想者，頑石也。金者，滿清有前金後金之號。陵者，帝王之陵寢也。然必終定其名爲《紅樓夢》者，以主旨在明之併於清故。

「悼紅軒」。紅者朱也，悼紅即怡紅之反對。龔定菴《正大光明殿賦》以豐草長林禽獸居之爲韻，是其義也。若曰朱明宮殿，頑石據之，彼自怡紅，我自悼耳。篇中諸如此者，當類推。

「披閱十載，增删五次，纂成目錄，分出章回」。此四語，曹氏已明明將《紅樓》之爲歷史，並《紅樓》成書歷史，一齊道出。曰「披閱十載」，見原本之歷史，已經研究而得其眞象也。曰「增删五次」者，見現行《紅樓》之歷史，已非僅原本《紅樓》之歷史也。曰「纂成目錄，分出章回」者，見原本之《紅樓》尚未如此完備，而曹氏多數參入以己意也。後人不知，乃曰此是曹氏自行託之古人，乃又或曰曹補本不如原本，而穿鑿附會焉，其亦太不解事者矣。夫他且不論，明明曰增删五次，何以不言四次、六次？謂曹氏不死煞句下，可謂便宜。然書中開首即着如此活動字眼，恐大手筆斷無此荒唐。且删字可解，增字又將何解？蓋原本之《紅樓》，明清興亡史也；删增五次者，曹氏之崇德、順治、康熙、雍正、乾隆五朝史也。鄙人曾見《紅樓夢》殘本數篇，事跡相類，而略如隨手筆記，或者尚未成書。曹氏據爲藍本，乃有此十六字之標題焉。蓋《紅樓夢》之作當在康熙時代疑吳梅村作，或非一人作。其言或多不謹，一則遺老文字多放恣，二則隱語甚難，三則事實太近，故清宮亦多有知之者。歷代以來，燒書甚多，或已燒，或未燒，均不可知。厥後文網愈益加嚴，曹氏知其有不能久存之傾向，乃嘔心挖血而爲之删。删者，删其較爲明顯者也。夫使曹氏無種族思想，則亦已焉耳，則亦聽原本《紅樓夢》之自生自滅焉耳，甚則贊成禁止焉耳，而何必爲此無謂之依傍？若使曹氏果有種族之思想，則其近代之所耳聞目見，與原本可以相通，而自發其萬不得已之苦衷者，竟不增入，曹氏其何以自聊？且所謂删者，删其辭而隱之又隱，非删其所指刺也。删其所指刺，則原本與曹氏之心俱傷。所謂增者，非直截插入也。直截插入，則原本之眞失。故每用雙管齊下之法。書中所寫之重要人物，必另取一人焉以配之，是其例也。然而猶不止此也。原本以指刺順治，遂幾幾乎不得久存，曹氏何敢復蹈其前轍！避之而意有所不甘，則不得不取朝臣之近似者以混之，混之所以避禁忌也。故原本之《紅樓》兼有及於明宮事者，曹氏之《紅樓》又有兩套本錢，談何容易而輕心掉之？曹氏之隱，曹氏之後來居上。踵事增華，天演進化之公例也。《郎潛紀聞》曾以朝臣爲說，墮曹氏之術中矣。然而猶爲滿人深惡，而禁令屢申，官文、胡林翼尤爲切痛，一則云：「罵滿人太惡」，其本旨也；一則云：「壞人心術」，其託辭也。然而終不得消滅，而尚有今日供吾輩之搜求發明，則隱而又隱之力也。蔡君孑民倉卒爲之，本亦引仲觸類之義。繼起而爲之者，何以漫不加察乃爾？瞻仰先覺，涕泣無已，後死之責，余小子其何敢讓焉。且即以原本而論，鴛鴦也，尤三姐也，非董年、柳如是輩之所能當也。司棋也，潘又安也，情之變而出於近正者也，如何而可付之闕略乎？原本範圍且多闕焉，而何論曹氏哉！

「地陷東南」，是指明社之屋。姑蘇城，便是南京影子，兼清人南下與南巡而言之。「一二等富貴風流之地」，影南京也，即影北京也，即影中國全土也。仁清巷三字不須解。古廟呼作葫蘆，葫蘆者，胡虜也。甄士隱名費，明亡而士隱，隱而仍不失其爲費，遺老也，謀光復也。封者，封疆也。無兒，便是滅國、滅種，中原無男子之義。以英蓮爲之女者，圓圓本自明宮出也。

「西方靈河岸上」，佛也，僧尼也。石即寶玉，玉璽者不祥之物也。絳珠草者，朱已失色，喻明之亡、漢人之失節，喻奪朱非正色、異種亦稱王之義。珠者，珠爲滿洲之代名詞。草者，傷之也。

「赤霞宮神瑛侍者」。赤霞宮即朱明宮闕之義。曰侍者，明其非正統也。神瑛二字，不僅映帶寶玉字，蓋此中有深意焉。瑛字之左偏爲王，相傳順治爲山東人王杲之子，東省所傳未祭帝陵、先祭王陵者是。瑛字之右偏爲英，相傳康熙爲桐城相國張英之子者是。乾隆爲海寧尚書陳文恭之子，證據尤多，故以神瑛侍者發明其義。然而政治所在，不以天然之種族爲斷，以歷史、政治上之主體爲斷。神瑛侍者之義，實含有此等意義。

「情果愁水」。甘露而曰情果，曰愁水，彼族吸收吾民之脂膏，而吾民之困苦流離，幸而得生，得生而受辱忍恥者，即滿清之所謂深仁厚澤，浹肌淪髓，食毛踐土，具有天良者也。即彼君主之待其同族子女，亦何獨不然！謂之曰滋養，毋寧謂之曰情果愁水。僅僅修成女身，君主之奴隸是矣，故書中以女爲代表。

「一聲霹靂，山崩地裂」，狀明之亡，冀清之覆。「烈日炎炎」，朱明也。「芭蕉冉冉」，青清也。作者於開首處用全力，眞是一字不苟。

英蓮寫吳三桂家人，若其妻，若圓圓，若蓮兒，王、沈坊間有《紅樓夢索隱》爲王夢阮、沈瓶菴二君所作，以下簡稱王、沈評是矣。然曹氏之寫香菱，則其義更奇。蓋彼意直以獸霸王寫齊林，以香菱寫齊王氏也。三桂之獸固矣，然彼齊林之身作教首，一事無成者，其獸又當若何！三桂一家之有命無運，與齊王氏夫婦等耳。夫齊王氏夫婦，漢人也，正當以謀光復，吾輩當尸祝之而躋之洪、楊之上。即其不善，亦不過與三桂等。比擬最爲確切，且其事迹亦有可言者，俟逐節論之。

賈雨村名化，故意與寧國公代化同，指三桂與齊林並希奪帝也。一部大書既以薛蟠一家代表吳齊，又何爲而開首便寫賈化？蓋《紅樓》一部之歷史實爲吳三桂之所釀成，而漢族之不能光復，革命者之全無思想能力也，故以此爲全書提綱。湖州二字，因吳氏以遼東人，僑寓於毘陵，圓圓又爲常州奔牛鎭人，齊王則湖北襄陽產也。

「也是詩書仕宦之族，因他生於末世，父母祖宗根基已盡，人口衰喪，只剩得一身一口，在家鄉無益，因進京求取功名，再整基業。」　族是漢族，末是明末以迄於今。吳氏父母死於賊，國亡於清，「根基已盡，人口衰喪」諸語無一不合，固矣。齊王氏之出身，清官書但言其爲女賊，報夫仇一事尚見於書，而以爲反叛之眷屬矣。吾觀張船山之詩曰「白蓮半爲美人開」，曰「可惜征苗失此才」，則畏其兵力，曾有招降之議可知。嘉慶時人王曇之《蟫史》所言招降慶喜，亦即此意。清人記載又有爲夫報仇，兵強以後，蓄面首不復初志，又謂與漢陽某生有白首之約，爲之不犯漢陽境者，則近人所記載齊王氏行狀，非盡不可信矣。彼父因當日官吏横行，白蓮教之逼迫，遂以富室而入其黨，與此數語情形何如？故曰曹氏以寫齊王氏之家庭也。

「慣養嬌生笑你癡，菱花空對雪澌澌，好防佳節元宵後，便是煙消火滅時」。 此四句詩頗有意義。夫曰「慣養嬌生」，吳氏待圓圓之情形，比諸齊王氏之父只有一女而富厚者，覺齊王氏較切。「菱花空對」，寡婦之詞也，亦圓圓入道之詞也。「佳節元宵」兩語，更是寡婦與入道現象，便是兵敗勢促而死，與戰陣亡身現象，不必從三桂死時着眼。

「嬌杏見雨村生得雄壯，便留意」一段。 此吳梅村之所謂「白皙通侯最少年」者也。而齊林亦爲教首，其求婚於王氏，亦必有以武勇自負之意，行狀中亦頗及之。 此一段爲後篇立照，最有意味，當俟正文詳解。

雨村對月之詩及一聯。 便是奸雄草澤吟嘯語，便是奸雄極望非分語，便是好色語。 至於聯語，則益見野心勃勃，不可收拾矣。 作者筆力之大，乃至於此。 然却可以作「讀書求功名不得」思想解，玄之又玄，玄煞人也。

「七八分酒意，狂興不禁，對月口占」。 清光也，天上一輪也，萬姓仰頭也，皇帝語也，奪清帝而代之之語也。三桂似之，齊林強求婚於王氏亦似之。霍啓之爲禍起是也。英蓮失蹤，失身也，入勾欄之現象也，何必另作別解。王氏之入教黨，強婚齊林，失身也，皆此現象也。

「甄家已燒成一堆瓦礫場了」。圓圓亡明，三桂罪案。齊林倡亂，而王氏以報仇之師，騷擾人民，中國那得不成瓦礫場？

「投人不著」。朱明之用三桂，王氏之父入教黨，圓圓之嫁三桂，王氏之婦齊林，眞投人不著之類也。

「新太爺到任」。三桂回兵，「蠟炬迎來在戰場，啼妝滿面殘紅映」，是也；「有人夫壻擅侯王」，亦是也。齊林在王氏家中給使時，本爲其所不喜，然入教時亦是面善。

（第一百二十回　甄士隱詳說太虛情　賈雨村歸結紅樓夢）康熙曾奉太皇太后幸五台山，故上回言賈蘭欲自己找去，此回賈政乃是以父代母耳。

順治之出家，無形之內禪也。乾隆內禪，作如是觀可乎？是不必拘，反映爲尼，是爲得之。考《東華錄》，乾隆三十年乙酉春正月壬戌上奉皇太后啓鑾南巡；三十一年秋七月丙子上奉皇太后啓鑾秋獮木蘭，壬午未刻皇后崩，上奉皇太后駐蹕避暑山莊，癸未諭：「據留京辦事王大臣奏，皇后於本月十四日未時薨逝。皇后自册立以來尙無失德。去年春朕恭奉皇太后巡幸江浙，正承歡洽慶之時，皇后性忽改常，於皇太后前不能恪盡孝道，比至杭州則舉動尤乖正理，迹類瘋迷。因令先程回京，在宮調攝。經今一載餘，病勢日劇，遂爾奄逝。此實皇后福分淺薄，不能仰承聖后慈眷，長受朕恩禮所致。若論其行事乖違，即與以廢黜，亦理所當。然朕仍存其名號，已爲格外優容，但飾終令典，不便復循孝賢皇后大事辦理。所有喪儀止可照皇貴妃例行，交內務府大臣承辦。著將此宣諭知之。」此事似與《南巡秘記》所載富察后事相混。然鄙人以爲爲尼與水死，皆與死在宮中者不類。且此次爲南巡第四，而荒淫不自此次始，那拉后本以宮婢正位，亦未敢強諫，且平日何以不言，而遲之至二十年之久，決非人情。大約此時富察后已死於揚州，而乾隆或追念故劍之情，不釋於心，孝聖亦久而厭之，故有此變。朝臣亦少有力諫者，蓋其傾害富察后，亦爲人情所不服耳。故其棄那拉后，猶順治之棄繼后云。

《嘯亭雜錄》尚有一條爲那拉后被廢之證，補錄於後。錄云：「納蘭皇后以病廢（納蘭爲那拉之轉音。）少司寇阿永阿欲力諫，以有老親在堂，難之。其母識其意，喟然曰：『汝爲天家貴胄，今欲進諫當寗，乃以親老之故，以違汝忠藎之志耶？可舍我以伸其志也。』公涕泣從命，因置酒別母，侃然上疏。純皇帝大怒曰：『阿某宗戚近臣，乃敢蹈漢人惡習，以博一己之名耶？』特召九卿諭之。陳文恭曰：『此若於臣宅室中，亦無可奈何事。』託冢宰庸曰：『帝后即臣等之父母，父母失和，爲人子者，何忍於其中辨是非也？』錢司寇汝誠曰：『阿永阿有老母在堂，盡忠不能盡孝也。』上斥之曰：『錢陳羣老病居家，汝爲獨子，何不歸家盡孝也？』錢叩謝。上乃戍公於黑龍江，命錢司寇歸養焉。踰年，后既崩，御史李玉明復上書請行三年喪，亦戍於伊犂。二公先後卒於邊，未果赦歸也。」

順治出家之旁證。王、沈評梅邨詩，引證確切，而尤以《日下舊聞》之「朕本深山一衲子」一詩爲讖案。鄙人另有二事，附錄於此。《觚賸》云：「李通判者，山西汾州人，其前世爲鄉學究。年踰五旬，閒居書臥，夢二卒持帖到門云：『吾府延君教授，請速往。』挾之上馬，不移時至一府第，如達官家。青衣者引之入，重闈煥麗，曲檻紆迴，最後書室三楹。坐頃，兩公子出拜，錦衣玉貌，皆執弟子禮，日夕講課不輟。書室外院地，逼廳事，時聞傳呼鞭笞之聲，特不見主人爲怪，且不曉是何官秩。請於二子，二子曰：『家君即出見先生矣。』未幾，主人果出，冠帶殊偉，晤語問禮意款洽。學究因言：『晚輩承乏幕下，久且閱歲，不無故園之思。』主人微哂曰：『君至此已不可歸，然自後當有佳處，幸勿復多言。』學究淒然不樂，竟忘其身在冥府也。一日，主人開讌，邀學究共席。稱以寒素，不宜與先輩抗禮，彊之乃行。廳事設有四筵，掃徑良久，一僧肩輿而至，極騶從之盛，曰大和尚；又一僧至，如前，曰二和尚，直據南面兩筵。學究、主人依次列坐。主人與二僧語，學究皆不解，肴果亦並非人間物。酒半，忽見一梯懸於堂簷，二僧出躡之，冉冉而去。主人促學究從而上，攀援甚苦，倏然墮地，則已託生本州李氏矣。襁褓中能語，如成人，但冥府有勿言之約，不敢道前世事。生四歲，握筆爲制義，評隲其父文，可否悉當。後登崇禎一榜，順治初通判揚州。天兵南下，出迎裕王。王手掖之，如舊相識，曰：『當時事猶能記憶耶？』一笑馳去。潛窺裕王狀貌，即所見二和尚也，而大和尚未知出世爲何如人。」案南下者豫王，非裕王。裕王名福全，康熙之兄也。大和尚爲何如人，閱者可以意會。

《觚賸》作於康熙時代，而清初紀載尚有一證。坊本《鐵冠圖》之所本，而隱去此事者也，行篋無書，不及檢矣：崇禎在宮中忽暈仆於地，但連稱「臣棣知罪」而已。良久始蘇，歎曰：「國祚不長矣。」後固問之，乃曰：『朕昏迷間，恍惚悟前身爲成祖，但上見高皇帝震怒，諭以將受身死國亡慘禍，朕連稱知罪，固求哀。高皇帝曰：朕非不欲寬汝，奈建文不許何？』今已往生東方矣。」及賊迫都城，啓劉青田遺篋，則有一繩，而啓門時則已見門上書棣再視三字而已。此事大約爲崇禎不服之遺老所造，然亦因順治出家故也。

薛蝌爲薛蟠贖罪。　三桂之罪，本無可贖，然光琛勸之背清，似亦贖罪之法。且逼殺桂王而後，三桂本未伏誅，故曰贖罪。然觀其下文之誓詞，則結局已定矣。又《東華錄》，康熙三十八年閏七月諭，查黄明此非《逆臣傳》中之黄明係叛逆吴三桂下僞將軍，康熙十九年大兵取柳州時，遁入苗峒，後經查拏，苗子韋朝相假獻首級，黄明因潛住苗峒多年，於康熙三十年七月間糾結陳丹書、吴旦先等侵擾湖廣茶陵州，攻圍衡州府，俱被官兵殺敗，黄明等一百三十四名先後拏獲，俱應照一律，不分首從，斬立決云云。歷十餘年而此志不衰，可謂三桂之忠臣矣。然既非首謀，又非重要人物，鄙人以爲不滿其量，故舍之而以方光琛代表其一般焉。

廢后之於優伶，當時果有傳説與否，記者不敢強爲之辭。然明季強邀封后之李選侍，竟爲鴇母，且言宫中不如其樂，任宫人僞爲崇禎帝后，行同倡妓，後爲清廷所殺。清初紀載，多有爲后辨冤者案僞皇后事亦見《東華錄》。和珅獄辭中，亦有擅取出宫女子爲次妻一語，作者或亦有感於此乎？

香菱扶正與產難，此事兼指顧眉生。按《貳臣傳》，龔鼎孶於順治三年六月丁父憂，請賜卹典，給事中孫垍齡疏言：「鼎孶明朝罪人，流賊御史，蒙朝廷拔置諫垣，優轉京卿。曾不聞夙夜在公，以答高厚惟飲酒醉歌，俳優角逐。前在江南，用千金置妓，名顧眉生，戀戀難割，多爲奇寶異珍以悅其心。淫縱之狀，哭笑長安，已置其父母妻孥於度外，及聞父訃，而歌飲留連，依然如故。虧行滅倫，獨冀邀非分之典，誇耀鄉里，欲大肆其武斷把持之焰」云云。《板橋雜記》云：「顧眉生既屬龔芝麓，百計求嗣，而卒無子。甚至雕異香木爲男，四肢俱動，錦綳繡褓，雇乳母開懷哺之，保母褰襟作便溺狀，內外通稱小相公，龔亦不之禁也。」又載：「偕顧寓市隱園，爲顧祝生辰，遍召舊時狎客及南曲姊妹行與燕。門人嚴某赴浙監司任，爲眉生褰簾長跪，捧卮稱賤子上壽。」時已爲尚書矣。蓋眉生與如是，當時皆儼同正室，而如是決不得比以圓圓。眉生之小相公乃頗與產難合，惟官書所載三桂本非無後。此等小處，作者何必變更事實？以此作結，禍始於圓圓故也。又《儒林外史》所載沈瓊枝嫁宋爲富生子扶正一事，評者以爲隨園中之揚州女子，近人以爲鹺商江某之妾而扶正者，雖佛種求嗣爲汚衊之談，然強嫁之事則實有之。近年出有隨園批本，冒廣生定爲前清閩督伍拉納之子所作，督固乾隆六十年被誅者也。書中云：「乾隆五十五六年間，見有鈔本《紅樓夢》一書」，與鄙人曹氏先成八十回，晚年續出四十回相合。蓋鈔本爲未定之書，故但言或指明珠，或指傅恒，而以傅恒爲近是。但不知彼之所言「內有皇后，外有王妃」者，說不過去，傅恒非愛新覺羅之族也。顧鄙人之定《紅樓》時代絕不專以此等晚出之說，而必以前者證明之。通體皆用此例，況作者之時代乎！隨園明言曹練亭爲江寧織造，與太守陳鵬年不相合，及陳獲罪，乃密疏薦陳，人以是重之。按鵬年得罪在康熙四十六年，練亭以康熙四十六年之人，豈不能於雍正末年乾隆初年生子者？隨園又云：「其子雪芹」，明明是前輩口氣，年長於雪芹十年以上必矣。又曰：「備記風月繁華之盛」，疑於書不相類。《紅樓》雖言情文字，然與《板橋雜記》諸書不同，隨園通人，何至於此？至於以大觀園爲「余之隨園」，此語直是自駡。園中所記，何等醜穢，隨園斷不得如此不通。此書初出，尚在鈔本時代，隨園亦因人談説其好處，爲其名重，而隨手參入詩話，以耳爲目，不自知其上當。此老號爲通天神狐，而受此大辱，抑何可笑！王、沈評謂爲曹寅之子，按練亭名寅，救陳鵬年事見鵬年本傳，而康熙五十六年上諭曾言其有鹽政上之密奏，時代尤爲相近。但雪芹本非達者，例不宜見於官書，童年召對之説，實無取焉。若謂後四十回爲高氏所續，則於吾説甚爲便利，但不敢不疑其並未署名耳。（《紅樓夢釋眞》，一九一九年民權出版部版）

古典文學研究資料彙編

红楼夢資料彙編

下册

一粟 編

卷四

樂鈞

【癡女子】　昔有讀湯臨川《牡丹亭》死者，近時聞一癡女子以讀《紅樓夢》而死。初，女子從其兄案頭搜得《紅樓夢》，廢寢食讀之。讀至佳處，往往輟卷冥想，繼之以淚。復自前讀之，反覆數十百遍，卒未嘗終卷，乃病矣。父母覺之，急取書付火。女子乃呼曰：「奈何焚寶玉、黛玉？」自是笑啼失常，言語無倫次，夢寐之間未嘗不呼寶玉也。延巫醫雜治，百弗效。一夕瞪視牀頭燈，連語曰：「寶玉寶玉在此耶！」遂飲泣而瞑。

非非子曰：《紅樓夢》悟書也，非也，而實情書。其悟也，乃情之窮極而無所復之，至於死而猶不可已，無可奈何而姑託於悟，而愈見其情之眞而至。故其言情，乃妙絕今古。彼其所言之情之人，寶玉、黛玉而已，餘不得與焉。兩人者，情之實也，而他人皆情之虛。兩人者，情之正也，而他人皆情之變。故兩人爲情之主，而他人皆爲情之賓。蓋兩人之情，未嘗不繫乎男女夫婦房帷牀笫之事，何也？譬諸明月有光有魄，月固不能離魄而生其光也。譬諸花有香色，有根蒂，花固不能離根蒂而成其香色之妙且麗也。然花月之所以爲花月者，乃惟其光也，惟其香色也，而初不在其魄與根蒂。至於凡天下至癡至慧、愛月愛花之人之心，則併月之光、花之香色而忘之，此所謂情也。夫世之男女夫婦莫不言情，而或不能言情之所以爲情，蓋其所謂情，男女夫婦房帷牀笫而已矣。今試立男女於此。男之悅女，徒以其女也悅之；女之悅男，亦徒以其男也而悅之。則苟別易一男女，而與其所悅者品相若，吾知其情之移矣。情也而可以移乎？又苟別易一男女，而更出其所悅者之品之上，吾知其情之奪矣。情也而可以奪乎？又使男女之相悅，終不遂其媾，則亦抱恨守缺，因循苟且於其後，而情於是乎窮矣。情也而可以窮乎？即使男女之相悅，竟得如其願，則亦安常處順，以老以沒，而情於是乎止矣。情也而可以止乎？故情之所以爲情，移之不可，奪之不可，離之不可，合之猶不可。未見其人，因思其人，既見其人，仍思其人，不知斯人之外更有何人，亦並不知斯人即是斯人。乃至身之所當，心之所觸，時之所值，境之所呈，一春一秋，一朝一暮，一山一水，一亭一池，一花一草，一蟲一鳥，皆有淒然欲絶，悄然難言，如病如狂，如醉如夢，欲生不得，欲死不能之境，莫不由斯人而生，而要反不知爲斯人而起也。雖至山崩海涸，金消石爛，曾不足減其毫末，而間其須臾。必且致憾於天地，歸咎於陰陽，何故生彼，並何故生我，以致形朽骨枯，神泯氣化，而情不與之俱盡。是故情之所結，一成而不變，百折而不回，歷千萬劫而不滅，無愜心之日，無釋念之期，而窮而變，變而通，通而久，至有塡海崩城，化火爲石，一切神奇怪幻，出乎尋常思慮之外者。斯即有靈心妙舌，千筆萬墨，而皆不能寫其難言之故之萬一。此所謂情也。夫情者，大抵有所爲而實無所爲者也，無所不可而終無所可者也，無所不至而終無所至者也。兩人之情，如是而已。不然者，男女夫婦，天下皆是也，房帷牀笫之事，天下皆然也，奚必兩人哉！知此乃可以言情，言情至此乃眞可以悟。或曰《紅樓夢》幻書也。寶玉子虛也，非眞有也。女子乃爲之而死，其癡之甚矣。嗟乎，天下誰非子虚，誰爲眞有者？癡者死矣，不癡者其長存乎？况女子之死，爲情也，非爲寶玉也。且情之所結，無眞不幻，亦無幻不眞。安知書中之寶玉，夢中之寶玉，不眞成眼中之寶玉耶？則雖謂女子眞爲寶玉死，可也。（《耳食録》二編，道光元年青芝山館刊本，卷八）

繆艮

《紅樓夢》一書，近世稗官家翹楚也。家弦戶誦，婦豎皆知。潛山集古句歌詠其事，詞意色舉，且語語如自己出，堪與本傳並傳。（《文章遊戲》初編，道光四年一厂山房刊本，卷六，《紅樓夢歌》後按語）

陳鏞

【紅樓夢】《牡丹亭》杜麗娘死於夢，《療妬羹》小青死於妒，二者不外乎情，然皆切己之事也。昨晤江寧桂愚泉，力勸勿看《紅樓夢》。余詢其故。因述常州臧鏞堂言，邑有士人貪看《紅樓夢》，每到入情處，必掩卷瞑想，或發聲長嘆，或揮淚悲啼，寢食並廢，匝月間連看七遍，遂致神思恍惚，心血耗盡而死。又言，某姓一女子亦看《紅樓夢》，嘔血而死。余曰：此可云隔靴搔癢，替人躭憂者也。然《紅樓夢》實才子書也。初不知作者誰何，或言是康熙間京師某府西賓常州某孝廉手筆。巨家間有之，然皆抄録，無刊本，曩時見者絶少。乾隆五十四年春，蘇大司寇家因是書被鼠傷，付琉璃廠書坊抽換裝釘，坊中人藉以抄出，刊版刷印漁利，今天下俱知有《紅樓夢》矣。《紅樓夢》一百二十回，第原書僅止八十回，余所目擊。後四十回乃刊刻時好事者補續，遠遜本來，一無足觀。近聞更有《續紅樓夢》，雖未寓目，亦想當然矣。（《梼散軒叢談》，嘉慶九年青霞齋刊本，卷二）

馮梓華

【秋風自悼】　江左某氏女，逸其姓名字號。父早卒，七歲從其舅氏，讀經生應讀之書，旁及詞翰。比長而下筆灑灑，耽吟詠，尤工度曲。肌膚微豐，面如滿月。性沖和，未嘗叱媼婢，媼婢亦不忍拂其意。惟裙底雙蓮，未能作新月樣。緣小時涉山遊歷，不耐十分纏縛，亦不效時俗之乞靈於木底者，然娉婷之態，不減仙子臨波。當庭前海棠盛開，有女姨表生過之，徘徊花下。少頃，女姍姍而來，謂生曰：「海棠無香，何來蜂蝶？」生笑曰：「對此嫣容，銷魂眞個，何必聞香爲樂耶？雖然，蜂蝶有意昵花，海棠無香藉口，孰有情，孰無情，必有能辨之者。」女聞，不怒不言，亦不走。面暈久之，顧謂婢子曰：「報夫人烹茶去。」婢行，小語曰：「甚麽情不情，情不正則言不順。」言甫畢，其母出矣。茶話片時，怏怏而歸。生是年館桑柘里，道遠不獲時過從。寒窗冷壁，獨枕孤燈，每忽忽不樂。至泛蒲節，急歸櫂，翌旦即馳去，晨妝未竟也。與女母寒暄久坐，因呼飯飯生。然其家必至未正始舉箸，生以枵腹辨色而來，飢焰中燒，去留難可，坐鍼氈，心轆轤，非楮墨所能肖似。飯罷，始見，一見則萬斛閒愁，入無何有鄉去矣。女初覿面，似有驚色，若訝生消瘦者。坐定，生詢女曰：「妹近作詩否？」答言：「久不事此。」

問度曲否？答言：「日弄絲管，駭人聞聽，歌兒爲賤者稱，本不當嫺習，幼時隨兄，偶然學得，夜闌博父母歡，今女紅日不暇，亦安用此月下嗚嗚哉！」出語如松風，睨其神色，冷若冰霜。生方疑之，女已告退。生歸如木偶，三日而病，經旬勢益憊。雖問疾頻來，而彼姝之芳訊杳然。乃甚悔前此花底通辭，未必兩心相印，得毋自貽伊戚。悔心生，病漸減，一月而霍然起。自是或有晤會，皆温涼酬應，一不及情。荏苒兩年餘，值生秋試歸，詣之，卒遇水榭。女率爾問曰：「君前年到此，歸而病，何也？」生陡憶前事，反無語，面發赤。女曰：「君方試歸，儂乃隔年問病，儂誠何心！」生觸前語，笑曰：「心不正則言不順。」女曰：「尚記得口頭油滑語耶？」言畢作怒容，斜目以覗。生心動，然不敢造次。正歡笑間，生父以有事，使人喚歸，歸則神情若失。時近掛榜，凡應試諸生，悉舉止失措，以是衆亦莫能覺察。迨秋闈被放，意興索莫，寂居邨舍，惟以酒澆愁，蓋是年生下榻在鄉也。冬仲去鄉，授館郡城，歲暮卷帳返，與女僅一面，來歲人日又一面，元宵即赴館。八月秋試畢，值女家多故，招生代爲經理。一夕生薄醉，挑燈讀《石頭記》。其母令女偕婢媪來，叩生齋。生啓戶入，則詢瑣瑣黄白，生一一告之已竟。女曰：「所看何書？」生示之。女曰：「此書足移情性，以後不看也可。」生曰：「未免有情，誰能遣此？」女曰：「君誤矣。情之極必主淫……。」語至主字，縮口不言，臉放桃花顔色，其嬌羞狀貌，令生顛倒不能自主。乃託言燭盡，令媪婢去將燭來。媪婢欲行，女亦起曰：「漏深矣，請安息。」妹去，當遣老嫗攜燭至。」生曰：「良夜迢迢，暫停玉趾，宜無不可，胡爲矯情若是！」女曰：「君弗憒憒。儂奉命而來，絜移時，必爲北堂引領。儂非木石，已鑒君心，但世情惡薄，更甚羅雲。惟覗如天之福，得意秋風，或能償願。不然，天下之母，誰不貪一斛珠者。」生聆言幾泣下，嗚咽對女曰：「金石語，亦傷心語，謹受教。」不謂是秋生復報罷，益毷氉無聊。然年已逾冠，議婚者接踵，生屢梗父母命，皆不就。明年，生或月一至焉，或月二三至焉，至則無不見。見必與其母俱，無間可通欵曲。又明年，有傳生將聘某氏女者。女得信，病欲死，凡兩日死而蘇，蘇而死者七。生往視，則首如飛蓬，面白於紙，對生但含淚。生亦不知致病之由，惟一縷酸心，直欲作鮫人之泣，乃退。小婢調茗至，向生作賀曰：「昨聞某日要定某家親。果爾，則婢子將索果子吃也。」生沈吟久之，頓悟。因假無心之詞，謂女母曰：「人言何妄，僉謂余欲聘某氏女。」母曰：「亦大佳，聘也可。」生曰：「猶有待耳。」母問故，生曰：「亦難明告，心事若個知也。」語次，帳中呼阿孁索茶飲。自病，水漿涓滴不入口，至是皆大歡喜。女是夜竟酣睡。明日生復往視，已坐牀頭啜粥矣。見生至，欲下牀謝。生按之，體虛弱仰仆焉。母色變，生大慚謝罪。女曰：「何來莽漢！阿孁扶我起，啜粥正甜也。」生以女無慍狀，德之。然不能堅坐，即辭去。其母責之曰：「狂童，狂態若此，其何以堪！」女曰：「彼出無心，兒寧有意！母在，何至以非禮相加，不過適然事耳，又何責焉！」母乃不復言，夜闌悶坐燈前。老嫗曰：「姑病已痊，何默坐悶思？」母不答，嫗又曰：「病愈固大幸，及是時二十三年而嫁，盍早爲計。」母歎曰：「未得其人。」嫗曰：「門族風采，如某生者，何如？」母曰：「貧。」良久旋曰：「汝於姑前逆探焉。如甘凍餒，亦聽之。」嫗示意女，女曰：「凡事本於天，遑恤凍餒。」嫗以女言達諸母，擬傳庚至生家，而意殊未決。會有乞婚於堂上者，炫以厚幣。母惑之，與女商。女無言，哭之哀。母無如何，婉却之。越日冰人又至，述某家求婚意，益虔益恭，且誇其家之殷實，美其壻之老成。母益惑，夜告女曰：「某家足温飽，嫁則可慰吾心。汝意不然，其將以丫角老閨中耶？」女泣曰：「且待三年，任母擇嫁，兒必從。」母曰：「余髮星星，爾猶待字，其奈之何！」女失聲，母怒，拂袖去。女大哭大嘔，復大委頓。母乃乘其昏迷，徇卜者見喜弭災之說，竟許焉。女撫牀一慟，氣息奄奄，日夜但求速死。瞀亂中，忽夢一紅衣女告之曰：「弗情癡。汝意中人知汝緣字而病，病且半月，置若罔聞。汝何戀戀！」女醒味夢言，心大灰，病亦頓瘳。先是生授館鄉邨，聞女將締姻，竊料決難成就。後探得的耗，萬箭攢心，臟腑盡裂。但木已成舟，回天乏術。唯思燈前花下，數番密意柔情，設當日甘作野鴛鴦，則荳蔻梢頭，儘可春風暗度，奈何留全璧以遺牧豎，眞成恨事。而生自是絕跡女庭，不復天台覓路矣。女於遺嫁前夕，以重金啖其乳嫗緘書將生。其書曰：「病久，杳不見來，何至冰腸若是！妹命薄，不能自由。咫尺天涯，夙願徒成畫餅。雖然，與君數年來情意默契，縱嬉笑諧謔，不避猜嫌，實則過水春風，略無痕跡。筆底減人祿算，君毋益以謠言。妹病後，髮脫欲童，面目可厭。事之所以釀成若此者，所謂陵雖孤恩，漢亦負德。他日破絮蒙頭，重訴天寶、開元遺恨，今則凡百利口，亦無從說起。書去，不必覆，惟善自保重。臨穎涕泣，不知所云。」生得書，泣下沾衣，輒呼負負。然不能守筆頭之戒，秋風刺骨，人靜更闌，其自悼若此。余竊其稿，略潤色焉。

梓華生曰：奈何留全璧以遺牧豎，然而爲牧豎者仙矣。普天下善男子，異口同聲，合十諷囊謨叨利天，諸佛菩薩，救苦救難，祝世世託生桃林之野，結茅十笏，安穩牛眠。

（馮起鳳題詞）轉眼藍橋路不通，雲廊月榭鏡台空。挑燈勘破《紅樓夢》，剩有閒情託惱公。閨閣憐才

未是癡，留春無計惜春遲。秋風紅豆相思種，不數微之與牧之。（《昔柳摭談》，嘉慶二十年梓華樓刊本，卷六）

吴　雲

【從心錄題詞】　二十年來，士夫幾於家有《紅樓夢》一書，僕心弗善也。惟閱至葬花，歎爲深於言情，亦雋亦雅矣。是集「一弄花飛」一什亦最佳。庚午九月二十日鐙下，玉松手記。（載潘炤《從心錄》，嘉慶小百尺樓刊本，卷首）

得　輿

【京都竹枝詞】　做闊京師名學大器派者曰做闊全憑鴉片煙，何妨作鬼且神仙。開談不說《紅樓夢》此書膾炙人口，讀盡詩書是枉然。（《京都竹枝詞》，嘉慶二十二年刊本，時尚門）

兒童門外喊冰核，蓮子桃仁酒正沽。西韻《悲秋》書可聽子弟書有東西二韻，西韻若崑曲。《悲秋》即《紅樓夢》中黛玉故事，浮瓜沉李且歡娛。（同上，飲食門）

張子秋

【續都門竹枝詞】　《紅樓夢》已續完全，條幅齊紈畫蔓延。試看熱車窗子上，湘雲猶是醉憨眠。（《續都門竹枝詞》，抄本）

郝懿行

余以乾隆、嘉慶間入都，見人家案頭必有一本《紅樓夢》。今二十餘來，此本亦無矣。（《曬書堂筆録》，光緒十年刊本，卷三，《談諧》）

梁廷枏

《紅樓夢》工於言情，爲小説家之别派，近時人豔稱之。其書前夢將殘，續以後夢，卷牘浩繁，頭緒紛瑣。吴洲仲雲澗取而删汰，並前後夢而一之，作曲四卷，始於《原情》，終於《勘夢》，共得五十六折。其中穿插之妙，能以白補曲所未及，使無罅漏。且借周瓊防海事振以金鼓，俾不終場寂寞，尤得本地風光之法。惟以副淨扮鳳姐，丑扮襲人，老扮史湘雲，脚色不甚相稱耳。近日荆石山民亦填有《紅樓夢散套》，題止《歸省》、《葬花》、《警曲》、《擬題》、《聽秋》、《劍會》、《聯句》、《癡誄》、《顰誕》、《寄情》、《走魔》、《禪訂》、《焚稿》、《冥昇》、《訴愁》、《覺夢》十六折而已。其實此書中，亦究惟此十餘事言之有味耳。其曲情亦淒婉動人，非深於四夢者不能也。（《曲話》，同治六年刊本，卷三）

陳文述

□□名□□，句山太僕女孫也，適范氏。壻諸生，以科場事爲人牽累謫戍。因屏謝膏沐，撰《再生緣》南詞，託名女子酈明堂，男裝應試及第，爲宰相，與夫同朝而不合併，以寄别鳳離鸞之感。曰壻不歸，此書無完全之日也。壻遇赦歸，未至家而□□死。許周生、梁楚生夫婦爲足成之，稱全璧焉。「南花北夢，江西九種」，梁溪楊蓉裳農部語也。南花謂《天雨花》，北夢謂《紅樓夢》，謂二書可與蔣青容九種曲並稱。《天雨花》亦南詞也，相傳亦女子所作，與《再生緣》並稱，閨閣中咸喜觀之。

紅牆一抹水西流，別緒年年悵女牛。金鏡月昏鸞掩夜，玉關天遠雁橫秋。

苦將夏簟冬缸怨，細寫南花北夢愁。從古才人易淪謫，悔教夫壻覓封侯。（《西泠閨詠》，道光七年刊本，卷十五）

舒　敦

乾隆五十五六年間，見有鈔本《紅樓夢》一書。或云指明珠家，或云指傅恆家。書中內有皇后，外有王妃，則指忠勇公家爲近是。（《批本隨園詩話》，一九一六年商務印書館版，卷二）

恆　文

【致汪恩綬函】（第一函）　靜泉仁弟閣下：屢接吾弟手書，欣悉馬邊署任交卸景況，茲又署任忠州，並拜讀《西江月》、《好了歌》，頗爲心喜公事之裕如；欣悉得子，以及友人相待，頗爲心喜私事之妥協，懽慰之至。兄自去官後，曾寄一函，以後至今，將即二載，實因境況所迫，以致懶於握管。更兼自去歲右膀疼痛，醫治無效，雖不致成殘廢，而年餘以來，大有礙於作畫寫字。久疎修候，以及王仙舸之索書，吾弟之索畫，歉仄之懷，時在胸中，奈腕力綿弱，非敢惜墨如金也。望我靜泉弟憐而宥之。兄窘況倍常，眷口無故，老荆病軀尚可支持，月之二十二日居然得子，頗稱頑健。除此一事，無善可告慰者。然兄壯志仍在，日與雨亭弟作竟夜談，每至酣暢之際，未有不道及閣下者。與晴溪聚時，亦復如是。而晴溪之窘，更倍於兄，亦有弄璋喜信。閣下聞之，謂我二人喜耶，嘆耶，抑謂我二人赧然耶？便中示知是望。此問近佳，並問弟夫人懿祺不一。兄恆文頓首。

（第二函）（上缺）鎮青海，無如兄福薄運蹇，不慣淸閒。歲暮窮病交加，以致內子憂鬱成疾，臥牀兩月，今春二月始能擁衾少坐，現食丸藥，可望就痊。而兩月以來，煤爐藥釜，雜氣薰騰，兒急女泣，淚語嗷嘈，晴溪、澤山時相過問，亦只好相覷喚奈何耳。昨於淒淒春雨中接展手書，承示九弟在川光景，並詢及兄或有轉機，足徵關切。奈此案中人，獲罪於天，無所禱也。彼時各堂皆洞悉司員實係失察之苦情，即擬定奏留之摺，無如道掌挾私忿，疊上彈章，以致奏留之舉終止。兄此時若無心肝者。內子既已就痊，家事仍不過問。覆〔復〕將原本《石頭記》檢出，日日與筆墨爲武〔伍〕，凍餒二字，付之天命而已。吾弟在川和睦，寅友曾文器來，言之甚詳。官聲政治，屢次信中俱已深悉，不勝欣慰之至。得子弄孫，乃孝友人之天倫樂報也。春雨亭無恙，亦大快事。晴溪日見其窘。澤山已升副郎。昔日之高麗根頭，今變爲金斗靈矣，曷勝浩嘆？紙短話長，草此順頌弟妹近佳不一。（原件，阿英藏）

毛慶臻

乾隆八旬盛典後，京板《紅樓夢》流衍江浙，每部數十金。至翻印日多，低者不及二兩。其書較《金瓶梅》愈奇愈熱，巧於不露，士夫愛玩鼓掌。傳入閨閣，毫無避忌。作俑者曹雪芹，漢軍舉人也。由是《後夢》、《續夢》、《復夢》、《翻夢》，新書迭出，詩牌酒令，鬥勝一時。然入陰界者，每傳地獄治雪芹甚苦，人亦不恤。蓋其誘壞身心性命者，業力甚大，與佛經之昇天堂正作反對。嘉慶癸酉，以林清逆案，牽都司曹某，凌遲覆族，乃漢軍雪芹家也。余始驚其叛逆隱情，乃天報以陰律耳。傷風敎者，罪安逃哉？然若狂者，今亦少衰矣。更得潘順之、補之昆仲，汪杏春、嶺梅叔姪等損貲收燬，請示永禁，功德不小。然散播何能止息，莫若聚此淫書，移送海外，以答其鴉煙流毒之意，庶合古人屏諸遠方，似亦陰符長策也。（《一亭考古雜記》，光緒十七年石印本）

周凱

【書安儀周事】　呂西村孝廉求撰其母黃孺人墓誌銘，以王麓台山水畫册八幀見贈，有「儀周珍藏」小印。後於許氏復得二幀，亦有儀周印。朱篆鮮明，意必賞鑑家，無知之者。道光乙未六月二十有六日，龍溪李鳳岡先生過廈門見訪，年八十八矣。招孫儀國都尉、葉東谷上舍、莊誠甫公子爲竟日談，先生以不得西村在座爲言。語次，索所藏書畫觀之，因問儀周。先生曰：「異人也，俟飲酒言之。」酒至，復請。先生曰：「儀周，姓安氏，名岐，朝鮮人。偶於書肆見鈔本書，不可句讀，以數十錢購歸。細玩之，解乃前人窖金地下，錄其數與藏處，皆隱語。儀周徧度京師，惟明國公屋宇房舍似之。」座客曰：「世所云大觀園者，非耶？」先生曰：「然。儀周乃求見明公。公故多食客，及見，問曰：『客何能？』

曰：『岐見公日用以千萬計，度支將不給，能爲公理財。』公曰：『理財若何？』曰：『願假金十萬，不問所之，三年還報。』公曰：『善。　一時安得金，三日當付若。』儀周曰：『不需。』指所坐室柱曰：『發此磚，可得金如數，請妄試之。』公笑命具畚牐，獲如所言，遂付之去。　至天津，業鹽爲商。　明公意謂偶然爾，亦忘之。　三年，還謁曰：『幸不辱命，息三倍。』公曰：『是亦不足供吾用，願再爲我謀。』曰：『無已，則假金百萬。』公笑曰：『安得發地再得之？』儀周起，請徧觀諸室，至寢門內，曰：『是可得！』發而與之，乃至揚州爲商。　三年，報曰：『倍之矣，俟公取用。』公曰：『其再經營之。』又十餘年，儀周老，辭歸國。公曰：『吾與若皆老，今歸，不復再見，爲我暫留。』居儀周府中，與共飲食。　公曰：『若異人，有異術。』曰：『非也。岐得異書，知藏金處，請爲公盡言之。』某所若干，某所若干，一一指其處，請公自發之。公曰：『若不需耶？』曰：『此公物，天以與公者。　仗公福，岐已得贏餘，足自給，拜公賜矣。』儀周好賓客，濟貧困，多豪舉，至今江淮間猶能言之。　富收藏，盡以書畫歸國，留者爲安氏。」先生曰：「儀周異人，亦達人也。」余曰：「儀周知物之有主，不妄取，而以力取其餘，似有道者。」先生舉杯曰：「盍記之，以示西村。」座客皆曰宜。　時西村主講漳州芝山書院，故云。（《內自訟齋文鈔》，道光二十年刊本，卷八）

翼化堂章程

【翼化堂條約】　一、梨園演劇，例所不禁，而淫戲害俗，則流毒實甚。　特近世習俗移人，每逢觀劇，往往喜點風流淫戲，以相取樂，不知淫戲一演，戲台下有數千百老少男女環覩羣聽，其中之煽動迷惑者何可勝數。故欲爲地方挽回惡俗者，宜以禁演淫戲爲第一要務。

一、地方迎神賽會，各業議規，必多演戲，原屬人情。特既一經開演，花費多少錢糧，躭誤多少工夫，鬨動多少男婦，而不於此中多點勸善戲文，以資感化，反任其扮演淫戲，以惑我齊民，是何異買鴆毒以自戕其子弟？噫！

一、各處城鄉廟宇多有戲樓，廟壁上必須立碑，永禁點演淫戲；樓上不便立碑，或砌石入壁，或懸木榜，寫明奉憲示禁字樣，並書明如演唱一齣，定議扣除戲錢一千文，不准徇情寬貸。恃強不遵者，稟官究責。

一、《西廂記》、《玉簪記》、《紅樓夢》等戲，近人每以爲才子佳人風流韻事，與淫戲有別，不知調情博趣，是何意態。跡其眉來眼去之狀，已足使少年人蕩魂失魄，暗動春心，是誨淫之最甚者。至如《滾樓》、《來福》、《爬灰》、《賣橄欖》、《賣胭脂》等戲，則人人皆知爲淫褻，稍知自愛者必起去而不欲觀，即點戲人亦知其爲害俗而不敢點，則風流韻事之害人入骨者，當首先示禁矣。

一、《水滸》一書，矯枉過正，原爲童貫、蔡京等作當頭棒喝，然此輩人而欲借戲文以儆之，則恐見而知戒者百無一二，見而學樣者十有五六。即如祝家莊、蔡家莊等地方，皆屬團練義民，欲集衆起義，剿除盜藪，以伸天討者，卒之均爲若輩所敗，而觀戲者反籍籍稱宋江等神勇，且並不聞爲祝、蔡等莊一聲惋惜。噫，世道至此，綱淪法斁，而當事者皆相視漠然，千百年來無人過問，爲可嘆也。

一、漢唐故事中各有稱兵劫君等劇，人主偶信讒言，屈殺臣下，動輒招集草寇，圍困皇城，倒戈內向，必欲逼脅其君、戮其仇怨之人以洩其忿者。此等戲文，以之演於宮闈進獻之地，藉以諷人主，亦無不可，草野間演之，則君威替而亂端從此起矣。又戕官戮吏，如劫監、劫法場諸劇，皆亂民不逞之徒，目無法紀者之所爲，乃竟敢堂堂扮演，啓小人藐法之端，開奸侫謀逆之漸。雖觀之者無不人人稱快，而近世奸民肆志，動輒拜盟結黨，恃衆滋事，其原多由於此。履霜集霰，發端甚微，而其禍直流於悖亂。司風教者，何不一爲圖度耶？

一、元人百種傳奇，有傳有不傳。其傳者大都列入《綴白裘》，惜所選者大都沿於積習，不免瑕瑜參半，且多切於朝廟官紳一派，其可爲閭巷小民說法勸戒者，寥寥無幾。徒有妙方，藥不對病，非徒無益，而又害之，則《綴白裘》之急宜删定，誠目前要務矣。

一、盗皇墳乃大逆無道之事，偸鷄乃下愚不肖之極，而出於《水滸》中所稱英雄好漢，無怪乎學英雄好漢者多，而偸鷄盗墳者之接踪於世也。戲文中積習爲常，大率如此，一爲道破，能無怦然！

一、奸臣逆子，舊劇中往往形容太過，出於情理之外。世即有奸臣逆子，而觀至此則反以自寬，謂此輩罪惡本來太過，我固不甚好，然比他尙勝過十倍。是雖欲儆世，而無可儆之人，又何異自詡奇方而無恰好對症之人，服千百劑，亦無效也。

一、淫盗諸戲最繫地方風化，宜約集耆老團董立議永禁。一鄉則責成鄉董，一族則責成族長，均須於廟宇公處或祠堂善堂立議永禁。如某族人有點演淫戲者，祠中究責以不孝論，不改者立加斥逐。

一、《打店殺僧》，世人每樂點演。噫！黑店殺人而食，世上必無此兇惡之輩，乃亦稱爲梁山好漢，而所殺之僧又係欲滅梁山而伸大義者，乃亦竟爲此輩所害，害矣而殺人者既逃王法，又逭冥誅，天理何在，此事尙可爲訓耶？

一、《打魚殺家》以小忿而殺及全家，《血濺鴛鴦樓》等劇皆足使觀者稱快，然其主人固有可殺之罪，而其合家中數十餘口何罪？諸如此類，皆作者欲圖快人意，信筆寫去，未及究其流弊耳。藐法紀而熾殺心，更適足開武夫濫殺之風，破壞王法，端在於此。

永禁淫戲目單（凡其他新戲之近於調情密約者，一概永禁，不准點演）：……《紅樓夢》……。（右誨淫各種戲文，如敢點演，立將班頭送官究責，或罰扣戲錢三千文，以儆將來。）

以上各種風流淫戲，誨淫最甚，而近世人情，沿於習俗，每喜點演。試思少年子弟，情竇初開，一經寓目，魂銷魄奪，因之墮入狹邪，漸成癆瘵，究其流毒所極，甚至貞女喪貞，節婦失節，桑濮成風，廉恥喪盡，推原禍始，此實厲階。上憲禁示，蓋以此也。乾隆時揚州一商人衞某喜點淫戲，後妻女多外交，著醜聲。衞某知之，怒罵其妻女，妻女反脣笑道：「你平日喜點風流戲取樂，我輩不過謹遵台命，學他好樣耳，何怒之有？」衞某氣極，得癡病死。妻女更無所忌，如牆花路柳焉。此前鑒也。今人各有妻女，孰不欲妻女守淸貞，全名節；各有子弟，孰不欲子弟務正路，享大年，而乃喜點此種戲文，煽惑人心，害人無量？試回顧家中子弟妻女，嗚呼噫嘻！天理循環，恐將有不可問者矣。（載余治《得一錄》，同治八年刊本，卷五）

收燬淫書局章程

【計燬淫書目單】　本局奉憲設立，收燬淫書，業經收得一百餘種，並板片二十餘種，照估給價燬訖。惟各坊鋪中所藏淫書板本尚多，已奉臬憲挨戶給示曉諭，自應趕緊繳局，以免日後覺察，致干未便。兹特將收過各種書目開後，如藏有此等板本者，務勸盡數交出。此外名目尚多，未能備載，望各自行檢點，一併送局，幸勿遺漏自誤。此白。

……《紅樓夢》、《續紅樓夢》、《後紅樓夢》、《補紅樓夢》、《紅樓圓夢》、《紅樓復夢》、《綺樓重夢》……《增補紅樓》、《紅樓補夢》……。

其他小説之足以誨淫誨盜者，一概嚴禁收燬。（載同上）

張維屏

【性德】　容若，原名成德，大學士明珠之子，世所傳《紅樓夢》賈寶玉，蓋即其人也。《紅樓夢》所云，乃其髫齡時事。其詩善言情，又好言愁，摘錄兩首，可想見其人：「予生未三十，憂愁居其半，心事如落花，春風吹已斷，行當適遠道，作計殊汗漫。寒食百草長，薄暮煙溟溟，山桃一夜雨，茵箔隨飄零，願餐玉紅草，一醉不復醒。」「幽谷有佳人，無言若有思，含顰但斜睇，吁嗟憐者誰？予本多情人，寸心聊自持，私心託遠夢，初日照簾帷。」詩中美人，即林黛玉耶？（《聽松廬詩話》）容若《無題》起句云：「是誰看月是誰愁？」余爲作出句云：「同我惜花同我病。」兩句中皆有黛玉在。（《松軒隨筆》）（《國朝詩人徵略》二編，道光二十二年刊本，卷九）

楊懋建

常州陳少逸撰《品花寶鑑》，用小說演義體，凡六十回。此體自元人《水滸傳》、《西遊記》始，繼之以《三國志演義》，至今家絃戶誦，蓋以其通俗易曉，市井細人多樂之。又得金聖嘆諸人爲野狐教主，以之論禪悅，論文法，張皇揚詡，耳食者幾奉爲金科玉律矣。《紅樓夢》《石頭記》出，盡脫窠臼，别開蹊徑，以小李將軍金碧山水樓台樹石人物之筆，描寫閨房小兒女喁喁私語，繪影繪聲，如見其人，如聞其語。竹枝詞所云：「開談不說《紅樓夢》，縱讀詩書也枉然」，記一時風氣，非眞有所不足於此書也。余自幼即嗜《紅樓夢》，寢饋以之。十六七歲時，每有所見，記於别紙。積日既久，遂得二千餘籤。擬汰而存之，更爲補苴掇拾，葺成《紅樓夢注》。凡朝章國典之外，一切鄙言瑣事，與是書關涉者，悉彙而記之。不賢者識其小者，似不無小補焉。其禪悅文法，託諸空言，概在所屏，似與耳食者不同。今忽忽十餘年，未能脫稿，殊自慚也。嘉慶間新出《鏡花緣》一書，《韻鶴軒筆談》亟稱之，推許過當，余獨竊不謂然。作者自命爲博雅君子，不惜獺祭塡寫，是何不逕作類書，而必爲小說耶？即如放牓謁師之日，百人羣飲，行令糾酒，乃至累三四卷不能畢其一日之事，閱者昏昏欲睡矣，作者猶津津有味，何其不憚煩也！《紅樓夢》敍述兒女子事，眞天地間不可無一，不可有二之作，陳君乃師其意而變其體，爲諸伶人寫照。吾每謂文人以擇題爲第一誼，正謂此也。正如《金瓶梅》極力摹繪市井小人，《紅樓夢》反其意而師之，極力摹繪閥閱大家，如積薪然，後來居上矣。（《夢華瑣簿》，《京塵雜錄》抄本）

鄭光祖

【銷書可慨】　偶於書攤見有書賈記數一册云，是歲所銷之書，《致富奇書》若干，《紅樓夢》、《金瓶梅》、《水滸》、《西廂》等書稱是，其餘名目甚多，均不至前數。切嘆風俗繫乎人心，而人心重賴激勸。乃此等惡劣小說盈天下，以逢人之情慾，誘爲不軌，所以棄禮滅義，相習成風，載胥難挽也。幸近歲稍嚴書禁，漏卮或可塞乎？

近日文人有惜字論，謂殘棄零遺，猶小過也，若將聖賢之文墨造爲綺麗之詞章，穢褻之書本，則罪通於天矣，誠哉是言！（《一斑錄雜述》，道光二十五年青玉山房刊本，卷四）

【紅樓夢原稿】　《紅樓夢》末傳瀟湘妃子詩四句云：「盃酒自澆蘇小墓，可知妾是意中人？」又曰：「人間亦有癡於我，何必傷心是小青？」誠哉佳句！惜兩不成首也。曾於所知家見有《紅樓夢》抄本十餘本，中多删改，意是原稿，雖已不全，而本末完善。姑翻末頁觀之，詩曰：「偶攜女伴到湖濱，尋遍芳原總是春」，直去改：「西泠橋畔暫逡巡，羅襪凌波染鞠塵」，成上一首；又曰：「柳滿長隄花滿汀，晨妝空自妒娉婷」，直去改：「宴罷歸來月一庭，情懷無限訴誰聽」，成下一首。刊本皆略去，愈見藏蓄含情，殆亦幾費躊躇也。（同上，卷六）

【紅樓夢】　有所假託，著一大部傳奇，宣揚朝廷之尊嚴，光昭王侯之體統，儒生孤陋寡聞，將此展玩一番，亦何必非藏修游息之一助。至於富貴之積弊，紈袴之氣習，閨閣中之瑣屑閒情，熱鬧場中之炎涼世態，吾人格物致知，亦何可無此聞見。此書立意高而奇，傳情深而確，使天下不可無一，不能有二，當與蘇若蘭織錦迴文比肩而壽世。惟既有假寶玉，何必復及眞寶玉，是爲疵瑕。若後之無知者，握管而漫冀續貂，誠所云刻畫無鹽，唐突西子。

《會眞記》但有此風流之一體，用情亦不俗，落筆亦神妙，然以全體相形，則渺乎微矣。（同上，卷八）

梁恭辰

《紅樓夢》一書，誨淫之甚者也。乾隆五十年以後，其書始出。相傳爲演說故相明珠家事，以寶玉隱明珠之名，以甄（眞）寶玉、賈（假）寶玉亂其緒，以開卷之秦氏爲入情之始，以卷終之小青爲點睛之筆。摹寫柔情，婉孌萬狀，啓人淫竇，導人邪機。自是而有《續紅樓夢》、《後紅樓夢》、《紅樓後夢》、《紅樓重夢》、《紅樓復夢》、《紅樓再夢》、《紅樓幻夢》、《紅樓圓夢》諸刻，曼衍支離，不可究詰。評者尙嫌其手筆遠遜原書，而不知原書實爲厲階，諸刻特衍誨淫之謬種，其弊一也。滿洲玉研農先生（麟），家大人座主也，嘗語家大人曰：「《紅樓夢》一書，我滿洲無識者流每以爲奇寶，往往向人誇耀，以爲助我鋪張。甚至串成戲齣，演作彈詞，觀者爲之感嘆欷噓，聲淚俱下，謂此曾經我所在場目擊者。其實毫無影響，聊以自欺欺人，不值我在旁齒冷也。其稍有識者，無不以此書爲誣蔑我滿人，可恥可恨。若果尤而效之，豈但《書》所云『驕奢淫泆，將由惡終』者哉！我做安徽學政時，曾經出示嚴禁，而力量不能及遠，徒喚奈何！有一庠士頗擅才筆，私撰《紅樓夢節要》一書，已付書坊剞劂。經我訪出，曾褫其衿，焚其板，一時觀聽，頗爲肅然。惜他處無有仿而行之者。那繹堂先生亦極言：『《紅樓夢》一書爲邪說詖行之尤，無非蹧蹋旗人，實堪痛恨，我擬奏請通行禁絶，又恐立言不能得體，是以隱忍未行。』則與我有同心矣。此書全部中無一人是真的，惟屬筆之曹雪芹實有其人。然以老貢生槁死牖下，徒抱伯道之嗟，身後蕭條，更無人稍爲矜恤，則未必非編造淫書之顯報矣。」（《北東園筆錄》四編，同治五年義文齋刊本，卷四）

張祥河

《飲水詩詞集》爲長白性德著，大學士明珠子。《曝書亭集》有輓納蘭侍衛詩，世所傳賈寶玉者，即其人。詞以小令爲佳，得南唐李後主意。余嘗刻於粵西藩署，原本殘缺，其有不合律者，或傳鈔之訛，余爲更易十數處。周稚圭中丞之琦稱爲善本焉。（《關隴輿中偶憶編》，同治刊本）

倪鴻

吳川林芾南殿撰（召棠）有《紅樓夢百詠》一首，裁對工巧，亟爲錄之。詩云：「貴戚椒房寵（元春），萱堂老更賢（史太君）；黃粱仙島夢（癡夢仙），香稻美人田（李紈）；舌可同鸚鵡（王鳳姐），魂猶怨杜鵑

(林黛玉)；紅裙能大雅(香菱)，素縞薄春綿(邢岫煙)；客在芭蕉下(探春)，人依芍藥邊(史湘雲)；何年鴻案舉(秋芳)，今夜鵲橋塡(巧姐)；碧藕吹香地(惜春)，紅梅詠雪天(寶琴)；三更枯井月(金釧)，一劍暮雲煙(尤三姐)；薔字誰能畫(齡官)，環兒未解憐(彩雲)；妾心淸似水(鴛鴦)，郎性急如弦(迎春)；情問紅衣女(襲人妹)，詩來水國舩(眞女)；草螢新得讁(李綺)，脂虎借分權(秋桐)；幾斛明珠換(珍珠)，斜簪玳瑁妍(玳瑁)；宮袍留夜半(抱琴)，春事送秋千(偕鸞)；巧傳丹靑畫(入畫)，名宜翰墨編(侍書)；芳姿爭似杏(文杏)，小步可生蓮(蓮花)；舞袖垂纖腕(玉官)，蒼顏飾小鬟(艾官)；素雲橫翠鬢(素雲)，碧月映金鈿(碧月)；字憶銀鈎美(篆兒)，人疑射雉旋(豐兒)；甌擎翻玉茗(茜雪)，盤遣汲湯泉(笑兒)；佳果從敎索(板兒)，嘗糕未許先(小蟬)；情緣通邂逅(嬌杏)，花樣倩描傳(綺霞)；扇誤楊妃覓(倩兒)，錢敎姹女穿(佳蕙)；羹嘗荷葉美(玉釧)，釵已鳳絲全(繡橘)；擎掌珠成寶(寶珠)，描蛾黛小卷(小螺)；性同獅子吼(金桂)，搥愛美人拳(琥珀)；舞鏡推雙羽(藥官)，泉台約比肩(金哥)；此卿眞命薄(可卿)，阿姐爲情牽(尤二姐)；曲度銀雲合(文杏)，簫吹碧月圓(佩鳳)；同生憐此夕(寶蟬)，獨秀豔他年(秋紋)；初試繅車轉(翠屛)，憑誰綵線牽(紫鵑)；壺漿溫酒送(若玉)，恩賜舊衣偏(妙玉)；懶侍蓮花座(四兒)，癡參玉版禪(喜鸞)；虛無神女賦(村丫頭)，妙悟伯牙弦(彩霞)；花愛陰陽辨(翠縷)，情欣水月聯(能兒)；鴛鴦原野宿(鮑二家)，仙鶴亦雙眠(仙鶴)；佳會遺香帶(司棋)，癡心寄紙牋(藕官)；何人憐病骨(五兒)，之子是情顚(晴雯嫂)；蕙徑遺巾在(小紅)，蘭湯出浴嫣(碧痕)；薇硝香悄贈(蕊官)，花冢淚難濺(傻大姐)；偸得蝦鬚鐲(墜兒)，持來雁字箋(翠墨)，閒拈花姊妹

（荳官），偶有玉姻緣（李紋）；小院調鸂鶒（寶官），鄰牆認紙鳶（妍紅）；扇歌蝴蝶舞（寶釵），臉愛海棠鮮（芳官）；偸繫蝦鬚帶（襲人），歡呼蟹子筵（平兒）；闕心頭似靛（麝月），得意體如綿（多姑娘）；絡結梅花外（鶯兒），春歸燕子前（春燕）；藉扶親婉戀（雪雁），借伴舊嬋娟（萬兒）；荳蔻花三月（雪兒），芙蓉誄一篇（晴雯）；恨天留未補（寶玉），一夢悟情仙（警幻仙姑）。」（《桐陰清話》，同治十三年刊本，卷三）

嘗於珠江畫舫中見一女郎，手持湘妃竹淡金面摺疊扇一柄，蠅頭細書《紅樓夢》人名，下合《西廂記》曲一句，詞意酷肖，眞雅製也。錄之以供同好：「警幻仙姑（人間天上），史太君（積世老婆婆），邢夫人（從來懦），王夫人（女教爲師），李紈（節操凛冰霜），王熙鳳（酸醋當歸浸），尤氏（這邊是河中開府相公家），秦可卿（夢兒相逢），元春（御筆親除），迎春（體態是温柔性格是沉），探春（我雖是女孩兒有志氣），惜春（禮三寶），巧姐（織女星），寶珠（哭聲兒似鶯囀喬林），林黛玉（情到海枯石爛時），薛寶釵（舉止端詳），寶琴（嬌滴滴越顯紅白），史湘雲（夢不離柳影花陰），邢岫煙（可憐我爲人在客），李紋（撲刺刺把比目魚分破），李綺（好着我難猜），尤二姐（游絲牽惹桃花片），尤三姐（斬釘截鐵常居一），喜鸞（不識憂不識愁），夏金桂（寒窗重守十年寡），妙玉（眞僞），傅秋芳（只許心兒空想口兒閒題），若玉（撲騰騰點着祆廟火），薛姨媽（幼女孤兒），趙姨娘（便待剪草除根），佩鳳（打扮着特來晃），秋桐（如何妾脫空），鴛鴦（鳳隻鸞孤），瑞珠（在心爲志），金釧（一納頭便去憔悴死），紫鵑（有情的都成了眷屬），平兒（做夫人便做得過），香菱（他若見甚詩看甚詞，他敢顛倒費神思），晴雯（性氣剛），彩霞（多情早被無情惱），玉釧（恁般惡搶白並不曾記心懷），彩明（向東帖兒上計稟），鶯兒（眞不枉喚做鶯鶯），彩雲（非奸做盜拿），抱琴（宮樣眉兒新月偃），襲人（伯勞東去燕西飛），麝月（抓住荼蘼架），碧痕（溼透了凌波襪），柳五兒（遮遮掩掩穿芳徑），小紅（要梅香來說勾當），四兒（洩漏春光與乃堂），司棋（人約黃昏後），侍書（冷句兒將人廝浸），翠縷（和小姐閒窮究），入畫（誰許爾胡行亂走），春燕（管甚麽拘束親娘），萬兒（好事兒收拾得早），寶蟾（紙窗兒溼破悄聲兒窺覷），雪雁（世間草木是無情），傻大姐（小孩兒家口沒遮攔），王善保家（何須爾一一搜原由），文官（啓朱唇語言的當），齡官（盡在不言中），芳官（翠袖殷勤捧玉鍾），藕官（一樣是相思），葵官（女孩兒家恁響喉嚨），嬌杏（穩受了五花官誥），金哥（白練套頭尋個自盡），淨虛（對豔妝將言詞說上），智能（常要擔擱人性命），劉老老（信口開合），青兒（惺惺惜惺惺），馬道婆（速滅），甄士隱（誰想這裏遇神仙），賈敬（無意求官有心聽講），賈赦（情性㑳），賈政（平生正直無偏向），賈珍（將錦片前程已蹬脫），賈璉（惹草拈花沒掂三），賈珠（先亡了有福之人），寶玉（萬種情緣一樣愁），賈環（一地胡拿），賈蓉（做多少好人家風範），賈蘭（後代兒孫），賈代儒（向詩書經傳蠹魚似不出費鑽研），賈瑞（硬擡了桃源路），賈薔（不由人不口兒作念心兒印），賈芹（將一座梵王宮化作武陵源），賈芸（若是眉眼傳情未了時），北靜王（潘安般貌子建般才），王子騰（兼領得陜右河中路），雲光（久拆鴛鴦坐兩下裏），趙全（賊心賊腦天生劣），戴權（難消遣），馮子英（排酒果列笙歌），林如海（宦遊在四方），賈雨村（任憑人說短論長），薛蟠（天生是敢），薛蝌（愁他心動），馮淵（驀然見五百年風流寃業），甄寶玉（雨零風細夢回時多少傷心事），柳湘蓮（鐵石人），秦鍾（未語人前先靦腆），蔣琪官（解舞腰肢嬌又軟），冷子興（這人一事精百事精），孫紹祖（發村使狠甚的是軟款温存），焦大（惡語傷人六月寒），包勇（有勇無斷），茗煙（沒顛沒倒），潘又安（死則同穴），王仁（甚姻親），張道士（諸檀越盡來到），倪二（今宵酒醒何處也），張華（展汚了姻緣簿），張友士（醫可病懨懨），王作梅（一天星斗煥文章），稽好古（知音者），曹雪芹（有千種相思對誰説），雲兒（桃李春風牆外枝），大觀園（有幾多六朝金粉三楚精神），省親別墅（碧琉璃翠煙籠罩），嘉蔭堂（畫堂簫鼓鳴春晝），大觀樓（倚欄杆極目行雲），綴錦閣（兩邊是孔雀春風軟玉屏），怡紅院（脂粉叢裏包藏着錦繡），瀟湘館（疎竹蕭蕭曲檻中），蘅蕪院（温潤有清香），稻香村（禾黍秋風），藕香榭（嫩緑池塘藏睡鴨），紫菱洲（對菱花樓上晚妝罷），秋爽齋（天際秋雲捲），暖香塢（寶鼎香濃繡簾風細緑窗人靜），梨香院（門掩了梨花深院），櫳翠庵（珠圍翠繞），紅香圃（柳遮花映），凸碧堂（月色横空花陰滿庭），凹晶堂（月明如水浸樓台），蓼風軒（點蒼苔白露冷冷），埋香塚（落花滿地胭脂冷），蜂腰橋（躡着脚步兒行），沁香閘（花落水流紅）。」雖屬游戲，頗見匠心。（同上，卷四）

咸豐丁巳，河南學使俞樾出題多割裂。如試陝州題曰《然則文王不足法與》，試武陟縣題曰《苟爲無本七》，試修武縣題曰《王知夫苗乎七》，試林縣題曰《戶求水》，諸如此類，不勝枚舉。合場譁然，幾至罷考。爲御史河南曹鄴溪（登庸）彈劾，奉旨革職。因憶嘉慶間，歙縣鮑覺生侍郎（桂星）督學河南時，出題亦多割裂。士子逐題作詩嘲之，云：「禮賢全不在胸中，扭轉頭來只看鴻。一目如何能四顧，本來孟子説難通。」（《顧鴻》）「世間何物最爲凶，第一傷人是大蟲。能使當先驅得去，其餘慢慢設牢籠。」（《驅虎》）「廣大何容一物膠，滿場文字亂蓬茅。生童拍手呵呵笑，渠是魚包變草包。」（《及其廣大草》）

「屠刀放下可齊休，只是當年但見牛。莫謂麗然成大物，看他觳觫覺生愁。」（《見牛》）「禮云再說亦徒然，實在須將寶物先。四帛有無何足道，算來不值幾文錢。」（《禮云玉》）「古來慘刻算殷商，炮烙非刑事可傷。不見周文身一丈，也教落去試油湯。」（《十尺湯》）「沒頭沒腳信難題，七十提封一望迷。阿伯不知何處去，臏將一子獨孤悽。」（《七十里子》）「秋成到處穀盈堆，又見漁人撒網回。不是池中無別物，恐防現出本身來。」（《穀與魚》）「紙上筌蹏迹可求，葩經專記草春秋。一生最怪鶯求友，伐木都教影不留。」（《獸草》）「眞成一片白茫茫，無土水於何處藏。欺侮聖人何道理，要他跌落海中央。」（《下襲水》）「揀取明珠玉任沉，依然一半是貪心。旁人不曉題何處，多向《紅樓夢》裏尋。」（《寶珠》）「但憑本量自推摩，果是眞剛肯怕磨，任爾費將牛力氣，姑來一試待如何。」（《堅乎磨》）後先一轍，其俞、鮑二公之謂乎！何有幸有不幸也？（同上，卷六）

《樗散軒叢談》載：「《紅樓夢》實才子書也。或言是康熙間京師某府西賓常州某孝廉手筆。巨家間有之，然皆抄錄，無刊本。乾隆某年，蘇大司寇家因是書被鼠傷，付琉璃廠書坊裝訂，坊中人藉以抄出，刊板刷印漁利。其書一百二十回，第原書僅止八十回，余所目擊。後四十回不知何人所續。」云云。按《紅樓夢》八十回以後皆高蘭墅鶚所補，見船山詩注。（同上，卷七）

蒲田吳氏，粵之鹺商也。大開詩社，以《紅樓夢》事分得四題，各以七律詠之。卷以萬計，糊名易書，延番禺洪日厓孝廉應晃評閱，如鄉會試之例，取得黃星洲學博等百人，各酬以縑帛珍玩。先是，番禺女史張蘭士卷已錄第一，及開榜，主人以爲女子壓卷，恐招物議，遂以黃卷易之，其實黃詩本不及張也。亟爲錄之。《黛玉葬花》云：「攜將鴉嘴繫奚囊，無賴春心黯自傷。未必紅顏皆薄命，頓教黃土也生香。彩旛低護魂應妥，濁酒重澆怨恐長。底事誅花難握管，一般愁緒費商量。」《寶釵撲蝶》云：「沁芳橋畔好春光，鶯自和鳴燕自雙。高下蝶隨飛絮舞，娉婷人愛繞花忙。苔痕狠藉弓鞋溼，扇影輕盈寶串香。細語喃喃留小步，樹陰濃翠欲沾裳。」《湘雲臥茵》云：「灑脫情懷綺麗年，要從香界小游仙。花前扶醉風無力，夢裏尋春蝶有權。上頰酒濃眉黛蹙，壓肩香重鬢雲偏。睡鄉料得甜何似，鸚鵡簾櫳莫浪傳。」《晴雯補裘》云：「翠羽含風缺一翰，累人癡病未曾安。情懷生小寒暄共，罅隙無多組織難。燈裏顏容愁慘淡，眼前刀翦淚辛酸。他年醉擁應須記，燭炧房櫳淚欲殘。」女史名秀端，南山師之女也，著有《碧梧樓詩鈔》。（同上，卷八）

胡林翼

【致嚴渭春方伯】　一部《水滸》，教壞天下強有力而思不逞之民；一部《紅樓夢》，教壞天下之堂官，掌印司官，督撫司道首府，及一切紅人，專意揣摩迎合，吃醋搗鬼。當痛除此習，獨行其志。（《胡文忠公遺集》，同治六年刊本，卷七一，《撫鄂書牘》）

李慈銘

閱小說《紅樓夢》。此書出於乾隆初，乃指康熙末一勳貴家事，善言兒女之情。甫出即名噪一時，至今百餘年，風流不絕，羣屐少年以不知此者爲不韻。凡智慧癡騃，被其陷溺，因之繭葬豔鄉者，不知凡幾，故爲子弟最忌之書。予家素不畜此。十四歲時，偶於外戚家見之，僅展閱一二本，即甚喜，顧不得借閱全部，亦不敢私買。十七歲後，洊更憂疢，又多病，雖時得見此書，不暇究其首尾，而中之一二事、一二語，鏤心鉥腎，錮惑已深。十年以來，風懷漸忘，人事亦變，遂有禪榻鬢絲之懺，要亦非學道所致也。戊午夏常病，看書極眩瞀，乃取稗販市書以寓倦目，因及此種。適家慈以寇警憂驚，屢形不懌，令子婦輩排日讀小說演義，若《西遊記》、《三國志》、《唐傳》、《岳傳》，以自消遣。予因暇輒講此書，多述其家事，及嬉游笑罵，以博堂上一粲。今復因病閱此，危城一身，高堂萬里，不覺對之嗚咽。

此書相傳所稱賈寶玉即納蘭成德容若，按之事蹟，皆不相合。要爲滿洲貴介中人。其中矛盾繁戾甚多，此道中未爲高作。自言改定者爲曹雪芹，袁子才詩話稱雪芹爲江寧織造之子。或又謂容若自撰。以予觀之，蓋即所謂賈寶玉者創草此稿，故於私情密語，描寫獨眞。曹雪芹殆其家包衣，因爲鋪敘他事，加以醜語，嗣又有淺人改之，不知經幾人手，故前後訛舛，筆墨亦非一色也。

涇縣朱蘭坡先生藏有《紅樓夢》原本，乃以三百金得之都門者。六十回以後，與刊本迥異。壬戌歲餘姚朱肯夫編修於廠肆購得六十回鈔本，尙名《石頭記》。雪芹爲曹練亭子。練亭名寅，曾官江寧織造、兩淮鹽政，著有練亭詩鈔，又嘗校刊字學五種、揚州詩局十二種。（《越縵堂日記補》，一九三六年商務印書館影印本，庚集下，咸豐十年八月十三日）

方玉潤

雨。閲《紅樓夢》傳奇。今日雨未止，不能出門，案有《紅樓夢》一書，乃取閲之。大旨亦黄粱夢之義，特拈出一情字作主，遂别開出一情色世界，亦天地間自有之境，曰太虚幻境，曰孽海情天，以及癡情、結怨、朝啼、暮哭、春感、秋悲、薄命諸司，雖設創名，却有眞意。又天曰離恨，海曰灌愁，山曰放春，洞曰遣香，債曰眼淚，無不確有所見。蓋人生爲一情字所纏，即涉無數幻境也。書中韻事，如葬花、問菊，又千古所未有。余尤愛其叙事，明題暗度，實鋪虚補，隨起突收諸法，極爲靈活，變换不測。惟黛玉之死，寶釵之婚二事交關處，頗費經營，形迹似未全化。此等處惟《聊齋》筆墨無痕，故《紅樓》又次於《聊齋》也。蓋《紅樓》專描俗情，《聊齋》多記怪異，以俶奇之筆寫怪異之事，自覺無迹可尋，而以世俗之情遇意外之事，實難自圓其説。此著書本意，又不可不先爲酌定也。至寶玉遁入空門一段，文筆雖覺飄渺，而事屬荒唐，未免與全書筆墨不稱。此不過作者欲掩己過，借逃禪以作愧悔之地耳，然亦何必作此荒誕不經之説也哉？惟其結語四句云：「説到辛酸處，荒唐愈可悲，由來同一夢，休笑世人癡」，則眞古今同一嘅也。（《星烈日記》，稿本，卷七十，咸豐十年十二月二十八日）

趙之謙

世所傳《紅樓夢》，小説家第一品也。余昔聞滌甫師言，本尚有四十回，至賈寶玉作看街兵，史湘雲再醮與寶玉，方完卷。想爲人删去，然以删去爲得。余意若能於通靈失去後再删數處，更有盡而不盡之妙。此書妙處只在不盡二字，如作書者無重不縮，無往不收。其筆力大處，如叙慶弔諸篇，信乎掇拾，拉拉雜雜，無一處不究，而無一處不到。可惜用之此等，然令其作大篇文字，亦必不工，深於文者知之。

《紅樓夢》，衆人所着眼者，一林黛玉。自有此書，自有看此書者，皆若一律，最屬怪事。余於此書，竊謂其命意不過譏切豪貴紈袴，而盡納天地間可駭可愕之事，鬚眉氣象出以脂粉精神，笑駡皆妙。其於黛玉才貌，寫到十二分，又寫得此種傲骨，而偏癡死於賈寶玉，正是悲咽萬分，作無可奈何之句。乃讀者竟癡中生癡，贊嘆不絶！試思如此佳人，獨傾心一紈袴子弟，充其所至，亦復毫無所取。若認眞題思，則全部《紅樓夢》第一可殺者即林黛玉。余嘗持以示讀此書者，皆不爲然。嘗一質荄甫，荄甫僅言似之。前夜夢中復與一人談此書，爭久不決。余忽大悟曰：「人人皆賈寶玉，故人人愛林黛玉。」談者俯首遁去，余亦醒。此乃確論也。

王熙鳳是一大材料，惜乎用之不當。若以束縛行其馳驟，心術準於公忠，豈惟治家好手。

人家當盛時，有一操心計者日夜持籌握算，則必貧；貧而爭務省嗇，則必困。千古不易之定理，此書說最精。

焦大、包勇不如平兒，尤三姐、鴛鴦不如司棋，柳湘蓮、賈寶玉不如潘又安。

王熙鳳本領大，而有明知故犯之弊，此其吃虧處。病中與劉老老說巧姐事，可見一雙眼睛已看穿全局，不可及正在此。

孫漁生亦曰：「以黛玉爲妻，有不好者數處。終年疾病，孤冷性格，使人左不是，右不是。雖具有妙才，殊令人討苦。」余笑謂：「何嘗不是！但如此數者，則我自有林黛玉在，不必懸想《紅樓夢》中人也。」漁生曰：「怪底君惡黛玉，原來曾吃過黛玉苦頭的。」附作一笑。

雲西示余珍珠蓮，類天竹而細，紅豔嬌娜。葉一莖七片，有刺；幹綠色，而有碧絲如劃，插瓶亦耐久。常州人呼珊瑚草，徧考不知其名。疑《紅樓夢》中絳珠仙草即是此。野田所有，得亦可奇。却與通靈寶玉的對，家中是寶，外間即廢物也。（《章安雜説》，稿本）

楊恩壽

塞北胭脂著色新，鶯鶯燕燕儘嬉春。豔情慣寫癡兒女，一覺紅樓夢裏人。納蘭容若，《飲水詞》多緣情鬥靡之作，俗傳《紅樓夢》説部所謂寶玉即侍衛也。説雖無徵，詞筆近似。（《坦園詩録》，光緒三年刊本，卷六，《論詞絶句》）

孫桐生

【脂硯齋重評石頭記眉批】予聞之故老云，賈政指明珠而言，雨村指高江村，蓋江村未遇時，因明珠之僕以進身，旋膺奇福，擢顯秩，及納蘭勢敗，反推井而下石焉。玩此光景，則寶石〔玉〕之爲容若無疑。請以質之知人論世者。同治丙寅季冬月左綿癡道人記。（「甲戌」本《紅樓夢》，第三回眉批）

趙烈文

至滌師內室譚，見示初印本《五禮通考》，筆畫如寫，甚可愛。又示進呈之《御批通鑑》刊本，大幾半桌，亦向所未見。又以余昨言王大經禁淫書之可笑，指示書堆中夾有坊本《紅樓夢》。余大笑云：「督署亦有私鹽耶？」（《能靜居日記》，抄本，卷二十七，同治六年六月十三日）

（上略）師又言：「本朝乾綱獨攬，亦前世所無。凡奏摺，事無大小，徑達御前，毫無壅蔽。即如九舍弟參官相摺進御後，皇太后傳胡家玉面問，僅指摺中一節與看，不令覩全文；比放譚綿二人查辦，而軍機恭邸以下尚不知始末。一女主臨御，而威斷如此，亦罕見矣。」余曰：「然。顧威斷在俄頃，而蒙蔽在日後，究竟此案模糊了局，不成事體，覆疏全無分曉，未見中旨挑斥一字也。大家規矩素嚴，臧獲輩當面謹愿奉法，而一出外，則恣爲欺蔽，毫無忌憚。一部《紅樓夢》，即其樣子，又足多乎！所謂威斷者，不在形跡而在實事，一語之欺，清渾立辨，則羣下無不惴惴，至其面目轉不妨和易近人，蓋所爭在彼不在此也。」（同上，同治六年七月初九日）

【附能靜居筆記】　謁宋于庭丈翔鳳於葑溪精舍，于翁言：「曹雪芹《紅樓夢》，高廟末年，和珅以呈上，然不知所指。高廟閱而然之，曰：『此蓋爲明珠家作也。』後遂以此書爲珠遺事。曹實楝亭先生子，素放浪，至衣食不給。其父執某，鑰空室中，三年遂成此書」云。（蔣瑞藻《小說考證拾遺》引）

編者按：《小說考證拾遺》所引《能靜居筆記》一則，當亦趙烈文作，故暫附於此。宋翔鳳卒於咸豐十年，趙於咸豐六年七月回籍後，至十年三月前，多居蘇州。筆記稱：「謁宋于庭丈於葑溪精舍」，其事殆在此數年間。

江蘇省例

巡撫部院丁札開：淫詞小說，向干例禁，乃近來書賈射利，往往鏤板流傳，揚波扇燄，《水滸》、《西廂》等書，幾於家置一編，人懷一篋。原其著造之始，大率少年浮薄以綺膩爲風流，鄉曲武豪藉放縱爲任俠，而愚民尠識，遂以犯上作亂之事視爲尋常。地方官漠不經心，方以爲盜案奸情紛歧疊出，殊不知忠孝廉節之事，千百人教之而未見爲功，奸盜詐僞之書，一二人導之而立萌其禍，風俗與人心相爲表裏。近來兵戈浩劫，未嘗非此等踰閑蕩檢之說默釀其殃。若不嚴行禁燬，流毒伊於胡底。本部院前在藩司任內，曾通飭所屬宣講聖諭，並頒發小學各書，飭令認眞勸解，俾城鄉士民得以目染耳濡，納身軌物。惟是尊崇正學，尤須力黜邪言，合亟將應禁書目黏單札飭。札到該司，即於現在書局附設銷燬淫詞小說局，略籌經費，俾可永遠經理，並嚴飭府縣，明定限期，諭令各書鋪將已刷印陳本及未印板片一律赴局呈繳，由局彙齊，分別給價，即由該局親督銷燬，仍嚴禁書差毋得向各書肆藉端滋擾。此係爲風俗人心起見，切勿視爲迂闊之言。並由司通飭外府縣，一律嚴禁。本部院將以辦理此事之認眞與否，辨守令之優絀焉。計開應禁書目：……《紅樓夢》、《續紅樓夢》、《後紅樓夢》、《補紅樓夢》、《紅樓圓夢》、《紅樓復夢》、《紅樓重夢》……《增補紅樓》、《紅樓補夢》……。同治七年四月十五日通飭。

（同治七年，藩政，《查禁淫詞小說》）

齊學裘

葉調生廷琯與余言：「桐鄉人嚴鈐秀才，生平無他過，獨好看淫詞小說。一夕夢到陰間，見閻君坐殿上，謂之曰：『汝在世上無他過，獨好看淫詞小說，名祿因此而減。汝如立志燒毁淫詞小說，則名祿有增。』嚴遂叩頭聲言：『如命，即付丙丁，無汚心目。』言罷，便覺煙霧迷眼，嗅之，穢氣難聞。閻君曰：『此穢氣即汝焚淫詞小說之煙臭也。』嚴當夢時囈語：『速將一切淫詞小說燒去，免在陰間受罰名祿。』其妻聞言，即時取淫詞小說燒盡，其穢氣直達陰間，嚴故聞其臭也。閻君曰：『善哉善哉，汝勇於改過，當還汝名祿。』遣鬼役帶嚴去省母親。嚴隨至一小衙門，見堂上坐一女官，視之，即其母也，悲從中來，涕泣而言曰：『母親胡爲在此，做何官，管何事？兒願聞之。』母曰：『我在此管望鄉台，無他事也。』又曰：『此間吾兒不可久留，速去。』嚴依依不忍離母，願侍母居。母怒，遣役帶上望鄉台。嚴上台四望，皆煙霧迷離，下無所見。役從後推之，落在自家竈屋上，見天窗欲下，嫌小，先以兩足伸下，覺有人扶持下地，見竈君端然居竈上，貌似先父當鋪中總管老朝奉某，詢之果然。夢醒，張目視床前字紙灰一堆，餘煙裊裊未絕。辛酉嚴舉拔貢，名祿兩全」云。余平生不喜看說部與淫詞小說，至亂後避地江北通州石港場於壻家，無聊之極，見一部《紅樓夢》，上有王鲁生復老秀才手批，讚嘆不已。因取閱一通，心知此書曹雪芹有感而作，意在勸懲，而語涉妖豔，淫迹罕露，淫心包藏，亦小說中一部情書。高明子弟見之，立使毒中膏肓，不可救藥矣，其造孽爲何故哉！因知淫詞小說之流毒於繡房綠女，書室紅男，甚於刀兵水火盜賊。世之好善者能收盡淫詞小説，一火而焚之，其功德爲何如哉！書此爲天下後世好看淫書者鑑。（《見聞隨筆》，同治十年天空海闊之居刊本，卷十五）

汪　堃

【紅樓夢爲讖緯書】《紅樓夢》一書，始於乾隆年間，後遂徧傳海内，幾於家置一編。聰明秀穎之士，無不蕩情佚志，意動心移，宣淫縱慾，流毒無窮。至婦女中，因此喪行隳節者，亦復不少。雖屢經查禁，迄今終未絶跡。相傳其書出於漢軍曹雪芹之手。嘉慶年間，逆犯曹綸，即其孫也。滅族之禍，實基於此。曾聞一旗下友人云，《紅樓夢》爲讖緯之書，相傳有此説。言之鑿鑿，具有徵引。是邪非邪，吾不得而知之矣。（《寄蝸殘贅》，同治十一年不懼無悶齋刊本，卷九）

黄鈞宰

【爲山】　臘月朔，行抵江寧，寓居城南正覺寺十有八日。寺有水月庵、無瀾舍、忍忍居，窈曲而軒潔。釋子爲山，能詩善棋，余每出飲，入夜醉歸，煮茗清談，深慰寥寂。一夕戲語爲山云：「無酒學佛，有酒成仙，比和尚恰高一着。」爲山應聲云：「出門笑花，入門見月，看先生且到三更。」爲山書室套板《紅樓夢》極精，余意其必將掩藏，而舉止殊無愧色。雪芹作此，原與天下能作和尚者讀，不與凡夫俗子讀也。能讀《紅樓》，乃是眞和尚；讀《紅樓》而見人能不掩藏，乃是絶好和尚。（《金壺浪墨》，同治十二年

刊本，卷八）

陳其元

淫書以《紅樓夢》爲最，蓋描摹癡男女情性，其字面絕不露一淫字，令人目想神游，而意爲之移，所謂大盜不操干矛也。豐潤丁雨生中丞巡撫江蘇時，嚴行禁止，而卒不能絕，則以文人學士多好之之故。余弱冠時讀書杭州，聞有賈人女明豔工詩，以酷嗜《紅樓夢》致成瘵疾。當綿惙時，父母以是書貽禍，取投諸火。女在床，乃大哭曰：「奈何燒殺我寶玉！」遂死。杭州人傳以爲笑。此書乃康熙年間江寧織造曹練亭之子雪芹所撰。練亭在官有賢聲，與江寧知府陳鵬年素不相得，及陳被陷，乃密疏薦之，人尤以爲賢。至嘉慶年間，其曾孫曹勛，以貧故，入林清天理教。林爲逆，勛被誅，覆其宗。世以爲撰是書之果報焉。（《庸閒齋筆記》，同治十三年刊本，卷八）

謝鴻申

【答周同甫】（第一函）　說部優劣可傳可寶者，《三國》、《水滸演義》、《聊齋志異》、《紅樓夢》四種而已。識者無不以《水滸》勝於《三國》，愚謂《水滸》非《三國》匹也。《水滸》筆力，固推獨步，然注意者不過數人，事跡皆憑空結撰，任意而行，似易爲力。《三國》人才既多，事跡更雜，且眞跡十居八九，如一團亂絲，既不能寸寸斬斷，復不能處處添設，若自首至尾有條不紊，固極難矣，而又各各描摹，能不遺漏，似覺更難，乃作者好整以暇，安置妥帖，令人不覺事跡之繁多，而但覺頭緒之清楚，以《列國志》較之，優劣自見矣。《聊齋》筆力雄厚，氣息深醇，非浸淫《漢書》者不能道隻字，此書一出，《搜神》、《述異》諸書可盡廢矣。後此紀曉嵐五種，夾敍夾議，筆意清快，差強人意耳。《紅樓夢》事跡本來平淡無奇，令笠翁爲之，不知作無限醜聲惡態，乃偏能細筋入骨，寫照如生，筆力心思，無出其右。其他小說，總不出庸惡陋劣四字，非事不足述，實筆不能述也。其事本無可述，而一經妙手摹寫，盡態極妍，令人愈看愈愛者，《紅樓夢》是也。其事本有可述，而一經庸手鋪敍，千人一心，千心一口，令人昏昏欲睡者，《岳傳》、《女仙外史》諸書是也。其事本無可述，令人甫閱欲嘔者，《鏡花緣》、《平山冷燕》是也。《鏡花緣》、《平山冷燕》相傳是笠翁手筆，閣下閱之，必愛不釋手矣。

（第二函）來示天香國色彙聚於《聊齋》、《紅樓》。閣下屬意者，《聊齋》則青鳳、鳳仙、珊瑚，《紅樓》則湘雲、探春、鴛鴦、平兒，因詢弟屬意者何在。弟《聊齋》屬意者在嫦娥，得渠爲妻則無樂不備，眞神仙亦應遜我矣。得一美人，而千古之美人在，是他人能當此語乎？其次陳雲棲，其人花豔冰清，已爲難得，而尤妙在行蹤明明暗暗，一旦豁然開朗，旁觀者不禁色飛眉舞，而身受者更可知也。其次葛巾，得聞香氣片時，死亦無憾，惜常生之無福也。《紅樓夢》作者精神全注黛玉，譬諸黛玉花也，紫鵑護花旛也，寶玉水也，賈母瓶也，岫煙、寶琴、湘雲、三春、香菱、平兒諸人蜂蝶也，寶釵、襲人淫雨狂風也，鳳姐剪刀也，無根無葉，本難久延，况復雨妬風摧，正欲開時，陡然一剪，命根斷矣。然顰卿之意，甘使雨妬風摧，陡然一剪，必不可插在糞窖中，各種《續紅樓夢》皆糞窖也。弟於顰卿，惜有萬分，愛無一念，非對名花而心淡也，雅俗懸殊，斷難相得也。湘雲天性爽快，甚合帆初，然粗豪二字，在所不免，以之爲友則極好，以之爲妻似不宜。探春性情與帆初更合，但既爲閣下屬意，且帆初有意中人在，不必奪人之好也。帆初屬意者，其邢岫煙乎，岫煙度之超逸，爲諸美之冠，野鶴閒雲四字，爲問十二釵中當之無忝否？且夫同樂者易得，同憂者難求，岫煙寵辱不驚，氣度胸襟，超出諸人之上，與寒士極相宜者也，終身受用，舍岫煙奚屬哉！寶琴清超拔俗，不染纖塵，品格似出諸美之上。賈母內有孫女孫媳，外有釵玉諸人，無美不臻，心滿意足，琴兒貌不能出衆，不過泛泛相值耳，今乃有加無已，疎不異親，必其態度丰神迥非凡豔，致人心折如此。作者嫌正寫無味，故從賈母一邊寫出，令人意會也，乃所願意在斯乎！意在斯乎！岫煙、寶琴，果能得兼，已足銷魂，更防折福矣。然而貪人無厭，既得嬌妻，還思美妾，帆初所魂思夢繞，廢寢忘餐者，其紫鵑乎！紫鵑丰神流溢，已足神怡，而性格之温存，無出其右，不與此等情種厮守半生，此生眞虚度耳。外此不甚有緣，或者鳳姐頗極得用，恐不善駕馭，致無所不爲耳。閣下獨具隻眼，弟亦別有鍾情，各不相侵也。

張船山詩集載《紅樓夢》後二十四回，係他手所續。鄙意儘可節去。黛玉歸天，寶釵出閣，正文已畢，如欲收拾一切，留起數回，仍由冷子興口中帶述，似覺簡淨。敢質之高明。（《東池草堂尺牘》，光緒十七年申報館版，卷一）

【與惺齋】　弟雅不喜筆墨示人，奈索者紛紛，藏拙不得，尤不解閣下到處謬贊，致索者愈多。同人見弟應接不暇，爲謀災梨禍棗，鄙意却大不謂然。筆墨示人，談何容易，尺牘示人，尤屬可嗤，庸俗人贊賞萬端，不值識者一哂。即就弟尺牘而論，見者咸謂雅近隨園，鄙意竊謂皮相。隨園尺牘，有書有筆，字字天趣横生，固非俗手所能夢見，然博引繁稱，嫌其已甚，且過作趣語，未免有煞風景處。昔任花農師以弟雅近隨園，勗以肆力古文，别開生面，計隨園集置之高閣，已十年矣。惟嚴菊泉謂隨園患書多，帆初患意多，眞能道著要害，然非伏案功深，此病未易去也。顧鄙人手批《聊齋志異》、《紅樓夢》，似較尺牘遠勝。倘能假我歲月，悉心評註，或不至貽笑大雅。玆先舉一二端，以質知音：

《聊齋》氣息深醇，妙在無筆不轉，尤妙在伏筆草蛇灰線，無跡可尋。即如《辛十四娘》一首開端：「廣平馮生，正德間人」，次句看似閒文，不知直説正德皇帝嫖院，固不成文，又不便含糊過去，惟開場立案，入後「上幸大同」，所謂「上」者，令人細想，極含混却極分明。又《神女》一首：「座後設琉璃屏，以障内眷」，此句又似閒文，不知米生一入其門，即見内眷，固不成體統，若内外隔絶，則後日道途相遇，神女何由知爲米生？惟琉璃屏内可以見外，外不能窺内，故後日神女能認米生，米生不識神女，此等伏筆眞是敏妙絶倫。若其短處，亦復不少，試摘一端。《賈奉雉》一首末二句：「僕識其人，蓋郎生也。」所謂僕者，舊僕乎，新僕乎？舊僕則賈生初次入山，並未同去，物故久矣；新僕則時代相去久遠，何由知爲郎生耶？至《紅樓夢》筆力心思，一時無兩。人謂其繁處不可及，不知其簡處尤不可及。伏筆之靈巧，正與《聊齋》異曲同工。惟於乳母，説得龍鍾老朽，與賈璉、寶玉、黛玉年紀太相懸殊，是其第一短處。（同上，卷四）

王之春

【鏡花緣】　小說之《鏡花緣》，是欲於《石頭記》外，别樹一幟者，然賣弄稗販，刺刺不休，殊可厭也。惟女國主壻歸迎母一表中四語云：「指白水而重耳歸來，猶是山河無恙；誓黄泉而寤生重見，遂爲母子如初」，工雅渾成，幾似宋人佳製。（《椒生隨筆》，光緒七年文藝齋刊本，卷四）

【西遊記】　《西遊記》一書，人多以小說視之，其實乃道書也。中有奇語云：「扭出錢中血」，又云：「手挽虚空結」，又云：「靈龜吸盡金烏血」，細心潛玩，於丹道思過半矣。相傳此書爲孝子所撰，其父閲畢而痼疾愈。似較《水滸》、《紅樓夢》之奸盜邪淫，高出百倍。（同上，卷五）

陳康祺

姜西溟太史與其同年李修撰蟠同典康熙己卯順天鄉試，獲咎，是科鼎甲不利，已見前筆矣。時蓋因士論沸騰，有「老姜全無辣氣，小李大有甜頭」之謠，風聞於上，以致被逮，姜竟卒於請室。第前輩多紀述此事，而不能定其關節之有無。昔讀《結埼亭集》先生墓表，稱滿朝臣僚皆知先生之無罪，而王新城亦有「我爲刑官，令西溟以非罪死，何以謝天下」之語，知同時公論早以西溟之連染爲冤。嗣聞先師徐柳泉先生云：「小說《紅樓夢》一書，即記故相明珠家事。金釵十二，皆納蘭侍御所奉爲上客者也。寶釵影高澹人，妙玉即影西溟先生。妙爲少女，姜亦婦人之美稱，如玉如英，義可通假。妙玉以看經入園，猶先生以借觀藏書，就館相府。以妙玉之孤潔而横羅盗窟，並被以喪身失節之名，以先生之貞廉而瘐死圜扉，並加以嗜利受賕之謗，作者蓋深痛之也。」徐先生言之甚詳，惜余不盡記憶。此編綱羅掌故，從不采傳奇稗史，自汚其書。惟《紅樓夢》筆墨嫻雅，屢見稱於乾、嘉後名人詩文筆札，偶一援引，以白鄉先生千載之誣，且先師遺訓也。（《燕下鄉脞錄》，光緒七年刊本，卷五）

鄒弢

【詩餘雙璧】蕙生姊妹始學作詞，以詩韻押韻，詞牌亦間有誤，蓋僅錄余報牘上詞數解，其餘《鼠樸詞》十餘解而已。自余以《詞林正韻》及《絶妙》等詞舉贈，且以所聞於誠庵、膚雨填詞之訣爲姊妹花述之，不兩月，所作已楚楚可觀矣。蕙生倚《念奴嬌》爲余題《瀟湘侍立圖》云：「紅塵小謫，恨今生誤了玉京仙字。回首紅樓當日夢，勾起柔情千縷。汲水澆花，添香撥火，十二釵曾聚。萬竿修竹，瀟湘風景如許。我亦惋惜顰卿，葬花詩句，血淚拚紅雨。名士多愁工寄託，拌爲佳人辛苦。癡憶茫茫，空花草草，且自調鸚鵡。問誰相與，迴腸轉出悽楚。」（《三借廬筆談》，光緒七年刊本，卷三）

【幽夢影】丁丑長夏無事，嘗集名言，擇其理之當者，爲《破睡塵》兩卷。兹讀天都張心齋潮《幽夢影》一書，大半與余相同，因擇言之尤當者錄於左：……《水滸》是怒書，《西遊》是悟書，《金瓶梅》是淫書。

瘦鶴曰：「然則《紅樓夢》是情書矣。」（同上）

【賦秋詞】姚芷芳上舍文藻，號賦秋生，詩詞俱工，且少年玉貌，有不可一世之概，爲余題《瀟湘侍立圖》

倚《沁園春》云：「積夢成癡，因癡入夢，幻出荒唐。算情絲易縛，雙飛蛺蝶，幽歡難合，兩字鴛鴦。春閉愁城，香埋怨冢，兒女千秋各斷腸。精衞鳥，恨石塡東海，不到瀟湘。書生夙願難償，笑豔福全憑紙一張。看瑤台入侍，郎眞傅粉；冰銜暗指，尉是司香。憐我憐卿，成仙成佛，畫裏因緣幾倍長。劫灰過，將同心盟誓，一笑都忘。」（同上，卷四）

【小說之誤】《石頭記》一書，筆墨深微，初讀忽之，而多閱一回，便多一種情味，迨目想神游，遂覺甘爲情死矣。余十四歲時，從友處借閱數卷，以爲佳；數月後，鄉居課暇，孤寂無聊，復借閱之，漸知妙；迨閱竟復閱，益手不能釋。自後心追意仿，淚與情多，至願爲瀟湘館侍者，卒以此得肺疾。人皆笑余癡，而余不能自解也。然此書之淫，妙在有意無意，非粗淺人所得而知。聞乾隆時杭州有賈人女，明慧工詩，以酷嗜《紅樓》，致成瘵疾。綿惙時，父母以是書貽禍，恨而投之火，女在床大哭曰：「奈何燒煞我寶玉！」遂氣噎而死。蘇州金姓某，吾友紀友梅之戚也，喜讀《紅樓夢》，設林黛玉木主，日夕祭之。讀至黛玉絶粒焚稿數回，則嗚咽失聲。中夜常爲隱泣，遂得顛癇疾。一日，炷香凝跪，良久，起拔爐中香，出門，家人問何之，曰：「往警幻天，見瀟湘妃子耳！」家人雖禁之，而或迷或悟，哭笑無常，卒於夜深逸去，尋數月始獲。（同上）

【蕭㯶香】　上海蕭㯶香先生有題《紅樓夢百美詞》卷詩四首，膾炙人口。余偶過友人齋頭，見先生《擷紅詞》稿中亦載此詩，亟讀之，後忘其一，祇將所記者錄下。詩云：「新詞合譜滿庭芳，玉色金聲各擅場。篋裏有花皆芍藥，樓中無牒不鴛鴦。描將眉影詩成史，領得頭銜骨是香。試向禪宗參一轉，未須四壁畫《西廂》。」「吟遍花嬌與柳顰，紅樓有夢憶前身。三生怨耦偏嘉耦，絕世才人總美人。自是情天饒豔福，儘教彩筆管濃春。只憐頑石呼難起，誰向荒山叩夙因。」「信有瓊仙住上淸，罡風吹落佩環聲。十分春盡參空色，一樣花開各性情。聚散何心愁淺淺，纏綿無語淚盈盈。瑤編珍重緘雲笈，好與西堂補小名。」（同上，卷五）

【問花樓】蕙生詩多愁鬱，人謂其無福澤。若蘭生人旣風流，詩亦蘊藉，讀其《問花樓稿》，通集無頹喪語。適人後嘗寄詩云：「猶有來生未了因，今生莫漫誤君身。相期勞力秋風裏，休憶紅閨薄倖人。文鴛已逐鳳凰飛，何事重將舊事提。留得相思勝相見，大家彩筆寫無題。」一往情深，眞乃以古誼相勖。其稿本藏余處，後爲取去，姑就摘出者錄之：……調余云：「癡絕瀟湘竟當眞，多情肯褻讀書身。題詩笑倩磨香墨，也做門生侍立人。」（同上）

【石頭記】《樗散軒叢談》云：《紅樓夢》實才子書也。或言是康熙間京師某府西席孝廉某所作。巨家故間有之，然皆抄本。乾隆時，蘇大司寇家因此書被鼠傷，遂付琉璃廠書坊裝訂，坊賈借以抄出付梓，世上始有刊本。惟止八十回，臨桂倪云癯大令鴻言曾親見之。其四十回不知何人所續，或謂高蘭墅（鶚）所補，又謂無錫曹雪芹添補，皆無確據。洞庭王雪香先生取此書加以評語，亦無出色。最可笑者，龍潭厂雲友批本共數百條，泛論迂談，無理取鬧，謂欲表作者之苦心，吾不信也。惟顧恩思義一則，及說黛玉身子是乾淨無瑕，故不許其嫁而死；又說黛玉生日打扮宛如嫦娥，演的新戲《蕊珠記》說，扮的小旦是嫦娥，因墮落人間，幾難完璧，幸觀音點化，未嫁而死，論以爲明明說到黛玉深處。

又云薛氏梨香院後以居女優而讓出，既爲教戲之所，得勿謂梨園耶，則薛氏可知，而寶釵愈可知。余謂梨香院即隱寓梨園意，院與園音似，雲友此說，獨有見到處。（同上，卷十一）

【許伯謙】 許伯謙茂才（紹源），論《紅樓夢》，尊薛而抑林，謂黛玉尖酸，寶釵端重，直被作者瞞過。夫黛玉尖酸，固也，而天眞爛漫，相見以天，寶玉豈有第二人知己哉！況黛玉以寶釵之奸，鬱未得志，口頭吐露，事或有之，蓋人當歷境未亨，往往形之歌詠。《詩》三百篇，大抵聖賢發憤之所爲作也，聖賢且如此，況兒女乎！寶釵以爭一寶玉，致矯揉其性。林以剛，我以柔；林以顯，我以晦，所謂大奸不奸，大盜不盜也。書中譏寶釵處，如丸曰冷香，言非熱心人也；水亭撲蝶，欲下之結怨於林也；借衣金釧，欲上之疑忌於林也；此皆其大作用處。況楊國忠三字明明從自己口中說出，此皆作者弄狡獪處，不可爲其所欺。況寶釵在人前必故意裝喬，若幽寂無人，如觀金鎖一段，則眞情畢露矣。己卯春，余與伯謙論此書，一言不合，遂相齟齬，幾揮老拳，而毓仙排解之，於是兩人誓不共談《紅樓》。秋試同舟，伯謙謂余曰：「君何爲泥而不化耶？」余曰：「子亦何爲窒而不通耶？」一笑而罷。嗣後放談，終不及此。君狂放不羈，好辨善飲，而愛友如命，與余交每以古誼相勗，亦今人中之古人也。（同上）

俞樾

【小浮梅閒話】 《紅樓夢》一書，膾炙人口，世傳爲明珠之子而作。明珠之子，何人也？余曰：明珠子名成德，字容若，《通志堂經解》每一種有納蘭成德容若序，即其人也。恭讀乾隆五十一年二月二十日上諭，成德於康熙十一年壬子科中式舉人，十二年癸丑科中式進士，年甫十六歲，然則其中舉人止十五歲，於書中所述頗合也。此書末卷自具作者姓名曰曹雪芹。袁子才《詩話》云：「曹練亭康熙中爲江寧織造，其子雪芹撰《紅樓夢》一書，備極風月繁華之盛」，則曹雪芹固有可考矣。又《船山詩草》有《贈高蘭墅鶚同年》一首云：「豔情人自說紅樓」，注云：「傳奇《紅樓夢》八十回以後俱蘭墅所補」，然則此書非出一手。按鄉會試增五言八韻詩，始乾隆朝，而書中敍科場事已有詩，則其爲高君所補可證矣。納蘭容若《飲水詞集》有《滿江紅》詞，爲曹子淸題其先人所構楝亭，即曹雪芹也。（《曲園雜纂》，光緒二十五年《春在堂全書》本，卷三十八）

【十二釵】　國朝朱彝尊《靜志居詩話》云：「趙彩姬，字今燕，名冠北里。時曲中有劉、董、羅、葛、段、趙、何、蔣、王、楊、馬、褚，先後齊名，所稱十二釵也。」按此則今小說中所稱金陵十二釵，亦非無本。（《茶香室三鈔》，《春在堂全書》本，卷六）

【明珠家累世富厚】　國朝禮親王昭槤《嘯亭雜錄》云：「明太傅廣置田產，市買奴僕，厚加賞賚，使其充足，無事外求，立主家長，司理家務，奴隸有不法者，許主家立斃杖下。所逐出之奴，皆無容之者，曰：『伊於明府尙不能存，何況他處也？』故其下愛戴，罔敢不法。其後田產豐盈，日進斗金，子孫歷世富豪。至成安時，以倨傲和相，故攖法網，籍沒其產，有天府所未有者。」世所傳《紅樓夢》小說爲演說明珠家事，今觀此，則明珠之子納蘭成德至成安籍沒時，幾及百年矣，於事固不合也。

《嘯亭雜錄》又載癸酉之變云：「有侍衞那倫者，納蘭太傅明珠後也。少時家巨富，凡滌面銀器，日易其一，晚年貧窶，一冠數年，人多笑之。是日應值太和門，聞警趨入，遂被害。」按此亦可見明珠家之久富矣。

又云：「納蘭侍衛寧秀爲太傅明珠曾孫，生時有髭數十莖，羅羅頤下。年弱冠，顔貌蒼老，宛如四五十人。未三十即下世，其家因之日替，亦一異也。」小說家所稱生有異徵者，豈即斯人歟？（同上，卷九）

【壺東漫錄】《紅樓夢》小說有詠林四娘事，此亦實有其人。王漁洋《池北偶談》云：「閩陳寶鑰字綠崖，觀察青州。一日，燕坐齋中，忽有小鬟年可十四五，姿首甚美，褰簾入曰：『林四娘見。』逡巡間，四娘已至前萬福，蠻髻朱衣，繡半臂，鳳觜鞾，腰佩雙劍。自言：『故衡王宮嬪也，生長金陵，衡王以千金聘妾入後宮，寵絶倫輩，不幸早死，殯於宮中，不數年國破，遂北去。妾魂魄猶戀故墟，今宮殿荒蕪，聊欲假君亭館延客，願無疑焉。』自是日必一至。久之，設具宴陳，嘉肴旨酒，不異人世，亦不知從何至也。酒酣，叙述宮中舊事，悲不自勝，引節而歌，聲甚哀怨，舉坐沾衣罷酒。一日，告陳言當往終南山，自後遂絶。有詩一卷，其一云：『靜鎖深宮憶往年，樓台簫鼓徧烽煙。紅顔力弱難爲厲，黑海心悲只學禪。細讀蓮華千百偈，閒看貝葉兩三篇。梨園高唱興亡事，君試聽之亦惘然。』」是林四娘事甚奇，而云早死殯於宮中，則與小說家言不甚合，或傳聞異詞乎？考之《明史》，憲宗之子祐楎封衡王，就藩青州，其玄孫常㴉萬曆二十四年襲封，不載所終。林四娘所云國破北去者，即斯人矣。（《俞樓雜纂》，《春在堂全書》本，卷四十）

平步青

【耳諧】《耳諧》八卷，胡薏園纂。薏園不知何名，其書似《梅影》更遜。中如《温泉觀察肯吃苦》、《夢想》、《朱陳聚訟》、《鑒鬼異證》、《完璧信誓》、《奇逢》、《掘藏》、《謙厄》「同邑胡薏園」，則又似出他人記載，卷八同、《劫悟》、《秋風自悼》演《石頭記》寶黛二玉事，蔣秋舫渼長慶體七言長古頗佳、《花二郎》亦指寶玉，申報館本無、《子星梅夢》仿《志異·香玉》諸則，尚可玩。餘如《巧騙》襲《新齊諧》、《伶人傑識》即畢弇山事，易桂官爲馥郎、《崇明老人》本《三魚堂集》而異、《士女冤獄》《春草堂筆記》、《里乘談屑》皆同、《狀元居心異》本《池北偶談》卷十九、《棄弟成名》、《平涼無郭姓子》、《以衞姓大興籍館選者》，不知何本。《慮奴輕》一則，收處最得神。光緒戊寅十月巢縣汪逸如人驥以西人活字版排印，而誤署其名爲平湖馮梓峯之《昔柳摭談》，則張冠李戴，貽誤後人。異日馮書復出，眞贋反致聚訟矣。（《霞外攟屑》，光緒刊本，卷六）

【儒林外史】（天目山樵評）第二十六回「升了汀漳龍道」，既託名明官，不當徑稱今制，此亦疏忽之過。按此等皆稗官家故謬其辭，使人知爲非明事。亦如《西遊記》演唐事，託名元人，而有鑾儀衞明代官制，《紅樓夢》演國朝事，而有蘭臺寺大夫、九省總制節度使、錦衣衞也。江秋珊《雜記》嫌其蕪雜，亦未識此。此評可删。（同上，卷九）

【石頭記】《燕下鄉脞錄》卷五引徐柳泉云：「《紅樓夢》一書，即記故相明珠家事。金釵十二，皆納蘭侍衞所奉爲上客者也。寶釵影高澹人，妙玉即影西溟先生。妙爲少女，姜亦婦人之美稱，如玉如英，義可通假。妙玉以看經入園，猶先生以借觀藏書，就館相府。以妙玉之孤潔而橫罹盜窟，並被以喪身失節之名，以先生之貞廉而瘐死圜扉，並加以嗜利受賕之謗，作者蓋深痛之也。」按西溟己卯北闈之獄，爲同年李修撰蟠所絓累，卒於請室，天下冤之。望溪記其遺言，謝山爲作墓表，其誣何嘗不白？柳泉乃橫被以檻外人之女冠子，是欲白受賕之誣，而平添一誣，西溟身後何大不幸乃爾！金釵十二爲容若上客影名，前人未有道及，柳泉不知從何得之。惜縉士大令不盡記憶，使人閟之悶悶。《紅樓夢》原名《石頭記》，不署作者姓名。相傳云：乾隆末，明相孫成安，以多藏爲和珅婪索不遂，又涎美婢侍明相夫人者，作紫雲之請，成靳不與，固索之，乃以明相夫人爲辭，並微露禁臠不容他人染指意，和珅挾恨，以事中傷之，籍沒遣戍，婢爲所得而不死。《玉山閣文》《先尚書乞歸疏稿題後》云：「司寇歿後八十餘年，某相國家籍沒，金玉寶貨以數十萬計。」所云某相國即指明珠。健菴歿於康熙三十三年甲戌，歷八十年爲乾隆三十九年甲午，則成安籍沒在甲午年後，正和驟顯用事。時和於甲辰七月以吏書協辦。成之業師某，目擊其事顛末，造爲此記，半屬空中樓閣。以賈政影明相，賈珠早死影容若，又以賈敬丙辰進士，故亂其辭，以寶玉影揆敍，皆瞀妄不足詰。惟襲人影婢珍珠，亦非其本名，明夫人必不至以夫名名婢也。以蔣玉函影和相，以和小名琪官故也。初僅鈔本，八十回以後軼去。高蘭墅侍讀鶚讀之，大加刪易。原本史湘雲嫁寶玉，故有「因麒麟伏白首雙星」章目；寶釵早寡，故有「恩愛夫妻不到冬」謎語。蘭墅互易，而章目及謎未改，以致前後文矛盾，此其增改痕跡之顯然者也。原本與改本先後開雕《桐陰清話》卷七引《樗散軒叢話》云：康熙間某府西賓常州某孝廉手筆，乾隆某年蘇大司寇家以書付廠肆裝訂，抄出刊行，世人喜觀高本，原本遂湮。然廠肆尚有其書，癸亥上元曾得一帙，爲同年朱味蓮攜去。書平平耳，無可置議。嘉慶初年，《後夢》、《續夢》、《補夢》、《重夢》《復夢》五種接踵而出。《後》《續》還魂之妄，說鬼諵譨，已覺無謂，《重夢》則現色身說法，並忘原書意淫二字本旨矣。《復夢》易賈作祝，極譽釵襲，殆認賊作子，文之不通，更無論已。道光中又有《夢補》、《圓夢》、《幻夢》三種，陳厚甫、嚴問樵兩前輩各譜傳奇，嚴後出而遠跨陳上。近時復有《增補》、《夢影》二種，每下愈況，益不足觀。《寄蝸殘贅》謂爲讖緯之書，不知何指。柳泉更以爲影澹人、西溟，彌匪夷所思矣。果如徐言，以姓名映合通假，則黛玉影秀水，與容若交逾一紀，觀祭文可見，尚有瀟湘館竹可以附會。三春爲東海三徐，惜春當爲嚴繩孫，晴雯當爲田山薑，熙鳳爲橫雲山人，李紈、文、綺爲秋錦兄弟，可卿爲留仙諭德乎？岫煙似指查他山慎行，湘雲疑指史夔，薛寶釵當是翁寶林，花襲人乃指高澹人，紫鵑爲陶紫筠元淳，劉老老當是《嘯亭雜錄》之劉藥鄗大槐，海峯先生弟也。巧姐又豈指宗之少宰？皆臆斷不足據。唐實君亦與他山同客揆功所，書中應屬誰人？古人可作，微特湛園怒不任受，即江邨亦將拔其舌矣。《憺園集》卷三十七《通議大夫一等侍衛納蘭君墓誌銘》云：所交游者，若嚴繩孫、顧貞觀、秦松齡、陳維崧、姜宸英，尤所契厚；吴兆騫，贖而還之。（同上）

甫塘逸士

《紅樓夢》一書，膾炙人口，吾輩尤喜閱之。然自百回以後，脱枝失節，終非一人手筆。戴君誠甫曾見一舊時眞本，八十回之後皆不與今同。榮寧籍沒後，均極蕭條；寶釵亦早卒，寶玉無以作家，至淪於擊柝之流；史湘雲則爲乞丐，後乃與寶玉仍成夫婦，故書中回目有「因麒麟伏白首雙星」之言也。聞吳潤生中丞家尚藏有其本，惜在京邸時未曾談及，俟再踏軟紅，定當假而閱之，以擴所未見也。（《續閱微草堂筆記》，光緒二十二年石印本）

邱煒萲

【東門女士】　昔東坡先生聞其婦春月秋月之論，亟許爲能詩，實其婦不知詩也。余則謂紅裙不必通文，但能識趣，已是詩人，東坡婦語，所謂詩趣也，沒字碑固可作無弦琴撫耳。亡室王氏，幼入蒙塾，粗解文義，歸余後，授以唐宋詩詞，漸獲妙悟，燈下觀余作韻語，輒戲爲之，平仄雖調，押韻時復出入，倘假以年，必斐然者，何期結縭二載，遽隕曇花。歿後思之不置，瞑想姿儀，屬畫師圖之，稿數易而未就，始嘆生時不爲留眞之疎，然悔已無及矣。茲適編輯是集，因援東坡婦以起例，略說其梗概如右，删潤其舊作如左，蓋不忍其終死也。氏名阿玖，小字玫官，字璋捨，居近郡之東門，又自號東門女士，龍溪人王玉墀遊戎長女。……《偶閱紅樓夢有詠》：「斑斑哀怨至今存，日夕瀟湘見淚痕。莫訝芳名僭妃子，湘君何必定王孫。」（林黛玉）「繡到鴛鴦種夙因，撲來蛺蝶見精神。此中倘有傳神手，千古肥環是替人。」（薛寶釵）「一刹人間事渺茫，前生幻境認仙鄉。如何儘領芙蓉號，不斷情緣反斷腸。」（晴雯）「柳條穿織囀黃鶯，結絡餘閒說小名。偏是飛瓊人未識，翻從夢裏喚分明。」（鶯鶯）。（《菽園贅談》，光緒二十三年版，卷一）

【小說】　本朝小說，何止數百家。紀實研理者，當以馮班《鈍吟雜錄》、王士禛《居易錄》、阮葵生《茶餘客話》、王應奎《柳南隨筆》、法式善《槐廳載筆》、《清秘述聞》、童翼駒《墨海人名錄》、梁紹壬《兩般秋雨盦隨筆》爲優。談狐說鬼者，自以紀昀《閱微草堂五種》爲第一，蒲松齡《聊齋志異》次之，沈起鳳《諧鐸》又次之。言情道俗者，則以《紅樓夢》爲最，此外若《兒女英雄傳》、《花月痕》等作，皆能自出機杼，不依傍他人籬下。

小說家言，必以紀實研理，足資考覈爲正宗，其餘談狐說鬼、言情道俗，不過取備消閒，猶賢博弈而已，固未可與紀實研理者絜長而較短也。以其爲小說之支流，遂亦贅述於後。(同上，卷三)

【梁山泊】　詩文雖小道，小說蓋小之又小者也，然自有章法、有主腦在，否則滿屋散錢，從何串起，讀者亦覺茫無頭緒，未終卷而思睡矣。即如《紅樓夢》，以絳珠還淚爲主腦，故黛玉之死，寶玉一癡而不醒，從此出家收場，無事《紅樓》後夢也，《西廂記》以白馬解圍爲主腦，故夫人拷豔，紅娘直認而不諱，從此名義已定，無事再續《西廂》也。《水滸》主腦在於收結三十六人，故以梁山泊驚惡夢戛然而止，意在於著書，故可止而止，不在於羣盜。故憑空而起者，亦無端而息，所謂以不了了之也。此是著書體例，非示人以破綻，後人不察，紛紛蛇足，幾何不令讀者齒冷！(同上，卷三)

【小說閒評】　《紅樓夢》一書，不著作者姓名，或以爲曹雪芹作，想亦臆度之辭。若因篇末有曹雪芹姓名，則此書舊爲抄本，只八十回，倪雲癯曾見刻本，亦八十回，後四十回乃後來聯綴成文者，究未足爲據。或以前八十回爲國初人之舊，而後之四十回即雪芹所增入。觀其一氣衔接，脈絡貫通，就舉全書筆墨，歸功雪芹，亦不爲過。

《兒女英雄傳》自是有意與《紅樓夢》爭勝。看他請出忠孝廉節一個大題目來，搬演許多，無非想將《紅樓》壓住。直如項莊舞劍，意在沛公，才多者天見忌，名高者矢之鵠，不意小説中亦難免此。然非作《紅樓夢》者先爲創局，巧度金針，《兒女英雄》究安得陰宗其長而顯攻其短？攻之雖不克，而彼之長已爲吾所竊取以鳴世，又安知《兒女英雄》顯而攻之者，不從而陰爲感耶！《紅樓夢》得此大弟子，可謂風騷有正聲矣。

文章爭起句，亦爭結句，於二者而權其輕重，則結句尤重於起句。試觀今人應試之文，結句或有不佳，起句無不佳者。古人傳世之文，起句無不佳者，結句往往佳於起句，其精神貫注之處，優劣分而難易見，難易見而輕重得矣。小説亦然。《紅樓夢》徹首徹尾竟無一筆可議，所以獨高一代。《兒女英雄傳》不及《紅樓》，正坐後半不佳。

《兒女英雄傳》前半寫十三妹，生龍活虎，不可捉摸，令人作天際眞人想，分貼諸人，亦各色舞眉飛，恰如分兩，讀者幾欲一一遇之紙中，而可數其主名也。中權寫却婚、贈奩，細針密縷，尚見慘淡經營。入後文筆懈怠，可議之處，不勝枚舉。尤陋者，寫安學海爲四子解圍引侍坐章，翻入長姐兒之金釧鬆却，用《西廂記》脱胎，醜態百作，有類兒戲，直至不堪寓目，豈江郎亦有才盡之時耶，抑畫鬼魅易而畫人物難耶？此書結而未結，尚是待續之書，後有作者，吾知不急於續而勇於改。

《花月痕》一書，亦從熟讀《紅樓夢》得來。其精到處，與《兒女英雄傳》相馳逐於藝圃，正不知誰爲趙漢。若以視《紅樓》，則自謝不敏，亦緣後勁失力故也。就使後勁，要亦未到《紅樓》地位。《花月痕》命意，見自序兩篇中，大抵有寄託而無指摘者近是。人見其所言多咸同間事，意以爲必有指摘，過矣。亦猶《紅樓夢》一書，談者紛紛，或以爲指摘滿洲某權貴、某大臣而作，及取其事按之，則皆依稀影響，不實不盡。要知作者假名立義，因文生情，本是空中樓閣，特患閱歷既多，瞑想遐思，皆成實境。偶借鑒於古人，竟畢肖於今人，欲窮形於魍魎，遂驅及於蛇龍。天地之大，何所不有，七情之發，何境不生，文字之暗合有然，事物之相值何獨不然。得一有心者爲之吹毛求疵，而作者危矣；得一有心人爲之平情論事，而觀者諒矣。

或曰：「《紅樓夢》、《花月痕》無所指摘，則吾既得聞命矣，然則《琵琶》、《西廂》、《荆釵》之率爾拈毫，亦在可原之例乎？」余曰：「否，否，不同年而語矣。《西廂》之非，非無可掩，余前故直誅其心；《荆釵》之冤，界乎疑似，又安忍以爲美談！獨至《琵琶》一記，世有謂爲譏王四而作，李笠翁曾暢辨之。不過言著書者當知自愛，當不爲小人影射之智，究無解於中郎之辱。然其先已有言之者，宋甫里陸游爲一代宗工，其詩乃云：『身後是非誰管得，滿村聽唱蔡中郎』，爲中郎地者，不亦至乎！罪有眞疑，定以文之虛實。《紅樓夢》、《花月痕》二書，所謂疑也。《琵琶》、《西廂》、《荆釵》等作，已明明道出崔、蔡、孫、王，故不可同年而語也。」(同上，卷四)

【金聖嘆批小說說】　嘗謂天苟假聖嘆以百歲之壽，將《西遊記》、《紅樓夢》、《牡丹亭》三部妙文一一加以批評，如《水滸》、《西廂》例然，豈非一大快事！

聖嘆批《西廂》，祇講文情，不講曲譜，原本詞曲經其點竄删改，就已範圍偶爲注出者，十不一二。聖嘆亦自云，祇許文人詠讀，不許狂且演扮。誠能如是，凡讀者自皆聰明解事人，玩賞王、關妙文，不泥崔、張成案，宜爲聖嘆之所樂許，吾人所見小說，自以曹雪芹《紅樓夢》位置爲第一才子書，爲最的論。此書在聖嘆時尚未出書，故聖嘆不得見之，否則何有於《三國志演義》？彼《三國志演義》者，《西遊記》其伯仲之間者也。（同上，卷七）

【續小說閒評】　曹雪芹撰《紅樓夢》，花雨繽紛，灑遍大千世界，錦繡肝腸，普天之下誰不競呼爲才子，而說者乃以林、薛以下諸美人皆不纏足，謂爲隱刺滿洲巨族某相國府中陰事，以蒙、滿婦女均素足故也。傳疑傳信，莫知其始。滿洲巨族聞及此書，輒形切齒，燬禁者屢矣。不知中國文字歷來傳美人者，原不稱及雙彎，《雜事秘辛》，古豔濃香，千古絕調，特寫素足，豈以此亦爲滿洲婦女乎？文字寫美人纏足，古雖有之，除一窅娘外，並不指定誰何。至元時，《西廂記》始以專譽雙文，而原本《會眞記》無有也，《西廂》僞事，何足據爲典實？今於《紅樓夢》不纏足美人，遂疑曹氏爲有意影射，恨其事而並怒其文，不已寃耶！燕北閒人特著《兒女英雄傳》，極寫義俠以稱滿人，將藉此以平局外之氣，用心可爲厚矣，至思奪雪芹一席，而阻《紅樓》行世，尙屬未能。今無論其是否刺滿相國之作，即是矣，《琵琶》中郎，《荆釵》十朋，人自鑑別，書自流傳，亦何能阻？况劣筆如《後紅樓夢》、《續紅樓夢》、《紅樓後夢》、《紅樓續夢》、《紅樓幻夢》、《紅樓圓夢》，之數種者，本無盛名，猶未能一掃而空，而《紅樓夢》原書騰餤難滅，更可知矣。必不得已，再著一書，以匡古人之失，如《蕩寇志》名爲《結水滸》，以反正第五才子書《水滸傳》，可也。余觀滿洲人，非無擅長說部之才，乾隆間有某知縣著《夜談隨錄》，其筆意純從《聊齋志異》脫化而出；咸豐間余小汀相國之子桂全著《品花寶鑑》，獨開生面，皆能語妙一時，而名後世。他如《嘯亭雜錄》多記名人軼事、國家勤政，聞爲道光朝禮親王昭槤所輯編，以說部而兼史稿，天潢宗派，強識劬學，更爲難得。於此有人焉，苟縱其才力之所至，十年伏案，棄稿三樓，以專成一種必傳之作，與《紅樓》爭勝，是天地間又增一大部空靈奇妙文字，與後世才人同聲贊嘆，何快如耶！

《青樓夢》出近時蘇州一俞姓者手筆，即此小說中所敍之金挹香其人，而鄒拜林即其好友鄒翰飛，嘗著《三借廬贅談》者也。此書專爲自己寫照，事實半從附會，只圖說得熱鬧，以饜看者，並無宗旨，並無寄託。因說青樓軼事，遂以《青樓夢》名編，並非敢與《紅樓夢》作上下雲龍，互相追逐。或見其命名如此，處處執《紅樓夢》相繩，則疵累多矣。

講駢體文，還算《花月痕》作者優於《紅樓夢》作者，若論小說本色，則《紅樓夢》其聖矣。《花月痕》況又後半部不佳，其最不在行處，尤屬墜《鏡花緣》窠臼，演戰鬥上情節。國初有李姓其人著《鏡花緣》一書，琴棋書藝，嘲詼謔浪，都能入妙。以百花神貼切百才女，一人一傳，楚楚名家。來至收場，無聊極思，遂以兵事爲題，幻出酒財氣色四陣，敷衍成文，一何可厭。（撰《鏡花緣》之李姓其人，或謂即金華李笠翁漁也。）（同上）

余嘗以《金瓶梅》一書名滿天下，疑雖淫媟蕩志，有干例禁，其文筆之斐亹，神情之酣暢，當有並駕《秘辛》、超乘《外傳》者。輾轉向友人假得一部，開函讀之，三日而畢，究於其中筆墨妙處毫不見得。尙疑鹵莽，再三展閱，仍屬不見其妙。且文筆拖沓懈怠，空靈變幻不及《紅樓》，刻畫淋漓不及《寶鑑》，不知何以負此重名。豈各處銷燬，傳本日少，人情浮動，以耳代目，遂有享敝帚於枕中，珍陋脯爲席上者耶！（《五百石洞天揮麈》，光緒二十五年版，卷二）

亡室王孺人曩有《紅樓夢詠》若干首，歿後余爲理之，共存四首，即今刻入拙著《贅談》者是也。己未之冬，鄉居無俚，因亡室之舊作，發弔古之閒情，忍俊不禁，未能免俗，隨意分詠，旬而得詩百絶句，庋置敝簏，聊以自娱，初非欲示人也。今歲冬，徇同學之請，爰删其無關旨趣者半，實二十五人，人二絶句，以授之校。同學輩遽刊佈啓，遍徵題詞，固不令余知也。及覺，而郵筒已絡繹於道，念事既成，未便尼沮。先後得題者若干人（已寄到者，爲嘉應温慕柳太史仲和、張琴柯別駕鸝、黎香蓀鹾尹經、鍾笙陔茂才鳴謙、張藥秋上舍漢祥、閩中邱仲閼工部逢甲、喆弟叔崧茂才樹甲、許允伯進士南英、康硯秋上舍彝、番禺潘蘭史典簿飛聲、東莞梁夔仲布衣育才、南海譚炳軒太守彪、霍鳳喬布衣濟川、上海朱理庵刺史兆基、程棣華布衣聯芳、慈谿李芷汀布衣東沅、閩縣林筠台太守祇曾、李汝衍少尉季琛、龍溪曾墨農秀才宗藻、日本永井甃石完久廿一人。其許而未到者，尚虚左待也）。擬彙爲大卷，弁於拙作之首。吁！余以一處士投荒遠島，塵竣堆裏，稱說詩書，此等經生面孔，市人見者，將吐棄我之不遑，乃以少日無聊遊戲之筆墨，亦竟得海内同道之稱，毋亦有如古所云「愛之至者誘之以至於道」耶！倘余竟因是附驥而傳，又確爲始念之不料者矣。（同上，卷八）

謝道隆等

【紅樓夢分詠絶句題詞】　金釵十二幻情緣，又得邱遲妙句傳。劫火難燒才子筆滿洲諸老常以《紅樓夢》乃譏國初故滿相某公之書，屢焚禁之，而不能絶也。海天重話石頭禪。（謝道隆）

萬縷芳魂喚不知，悼亡潘岳鬢如絲。石頭雖爛癡頑在，莫比黄泥摶土時。

故國深宫漬淚痕，寒涼金玦算君恩。驪龍睡熟重淵黝，領得明珠一寸温。都中有謂賈太君以比漢王，寶玉比某太子，王鳳姐比某相國，劉姥姥比某名士；有謂是書爲理密太子、明相國、查初白而作。

裘馬翩翩濁世姿，納蘭情事半傳疑。不堪重問王孫草，樂府今無飲水詞。曾農部剛甫於琉璃廠購有飲水詞殘本，余重索於肆不得。

奇情旖旎筆能傳，管領羊城作五仙。月影空明撈不得，海珠凝淚到今圓。陳厚甫撰有《紅樓夢傳奇》八卷，開卷《仙引》有云：「彈珠有淚」，又云：「休將明月撈。」

汉海方塘十畝寬，枯荷瘦柳蘸波寒。落花無主燕歸去，猶説荒園古大觀。十汊海，或謂即大觀園遺址，有白石大花盤尚存。

海上評花閲十年，雪鴻無跡有因緣。碧琅玕外瀟湘月，一夢三生證石禪。海上書仙多襲《紅樓夢》舊名，有林黛玉者，余嘗主其家。（以上謝錫勳）（載邱煒萲《紅樓夢分詠絶句》，光緒二十六年刊本，卷首）

徐兆瑋

【游戲報館雜詠】　說部荒唐遺睡魔，黄車掌錄恣搜羅。不談新學談紅學，誰似蝸廬考索多？都人士喜談《石頭記》，謂之紅學。新政風行，談紅學者改談經濟；康梁事敗，談經濟者又改談紅學。戊戌報章述之，以爲笑噱。鄙人著《黄車掌錄》十卷，於紅學頗多創獲，惜未遇深於此道者一證之。（載孫雄《道咸同光四朝詩史一斑錄》，光緒三十四年油印本，下册）

李寶嘉

納蘭明珠爲太傅，窮奢極欲。大興土木，建一園林，風廊水榭間，純以白玉甃爲花，貼於四壁。有池寬十畝，每交冬令，則以五彩剪成花葉，浮於水面，以爲荷芰，復以各色雜毛，綴爲鳧雁，亦可見其大概矣。今說部《紅樓夢》所謂大觀園者，蓋指此。袁簡齋牽合隨園，猶是掠名之意也。

夫人某氏亦蒙古籍，終年佞佛，一龕香火，有若優婆尼。然御下綦嚴，婢媪有一蹈淫邪事者，鞭之立斃。此即說部《紅樓夢》中之所謂王夫人。

成容若爲太傅明珠之子，即小說《紅樓夢》之賈寶玉也。十七爲諸生，十八舉鄉試，十九成進士，二十二授侍衛。天姿英絶，蕭然若寒素，擁書萬卷，彈琴歌曲，評書畫以自娛，不知其出宰相家也。字學褚河南，善騎射，入禁掖，日事演習，發無不中，扈蹕時，琱弓牙箭，列於屬帳。以意製器，多巧匠所不能到。嘗讀趙松雪自寫照詩有感，繪小影仿其裝束，座客期許太過，皆不應。徐東海曰：「爾何酷似王逸少！」乃大喜。

有中衰戚，備宮闈之選，無從會晤。適某后崩，乃扮作喇嘛僧，得窺一面，卒以不能通言而罷。此《石頭記》賈寶玉夢見瀟湘妃子之所由作也。此事爲鍾子勤所述，鍾撰《穀梁補注》，硜硜然一守經之士，當不致造作虚言。容若喜古籍，家藏宋元本甚富，徐東海爲之校刊《通志堂古經解》，刊刻甚精，並著有《納蘭性德詞》二卷。（《南亭筆記》一九一九年石印本，卷一）

虎

納蘭容若眷一女，絶色也，有婚姻之約。旋此女入宮，頓成陌路。容若愁思鬱結，誓必一見，了此宿因。會遭國喪，喇嘛每日應入宮唪經。容若賄通喇嘛，披袈裟，居然入宮，果得一見彼姝，而宮禁森嚴，竟如漢武帝重見李夫人故事，始終無由通一詞，悵然而出。故書中林黛玉之稱瀟湘妃子，乃係事實，否則黛玉未嫁，而詩社遽以妃子題名，以作者才思之周密，不應疏忽乃爾！其卷百十六回寶玉重遊幻境，即指入宮事，故始終亦未與妃子通一語，而寶玉出家做和尚，即指披袈裟冒充喇嘛時也。雪芹初無他種著作，無從參考。嗣閲其父楝亭先生集，知與納蘭氏往還甚密，則容若生平豔史，雪芹以通家無弗知，宜也。容若有《側帽詞》《減字木蘭花》六闋，與此一一吻合，其第三闋即指入宮事也，詞云：「相逢不語，一朶芙蓉着秋雨。小暈紅潮，斜溜鬟心雙翠翹。待將低喚，直爲癡情恐人見。欲訴幽懷，轉過迴闌叩玉釵。」以此引證妃子之說，尤爲有力。其說聞之袁爽秋，袁則得之鍾子勤也。

（《賁廡筆記》，顛公《小說叢譚》引，載一九一四年《文藝雜誌》第六期）

姚鵬圖等

【飲水詩詞集跋】　《紅樓夢》中之寶玉，相傳爲即納蘭成德。黛玉未嫁，何以稱瀟湘妃子？第□回云：寶玉夢入宮殿，見黛玉非人世服，驚呼林妹妹，侍者謂此王者妃，非林妹妹云云。黛玉不知何許人，蓋與納蘭爲表兄妹，曾訂婚約，而選入宮。納蘭念之，會因宮中哞經，納蘭僞爲喇嘛僧，入宮相見，彼固不知納蘭之易裝而入也。書中所云蓋謂此。此語伯希語道希，予蓋得於道希之弟云。阿檢記。

嘗記往見《石頭記》舊版不止百二十回，事跡較多於今本，其最著者，榮、寧結局如史湘雲流爲女傭，寶釵、黛玉淪落教坊等事。某筆記載其删削源委謂：某時高廟臨幸滿人某家，適某外出，檢書籍，得《石頭記》，挾其一兩册而去。某歸大懼，急就原本删改進呈，高廟乃付武英殿刊印。書僅四百部，故世不多見。今本即當時武英殿删削本也。余初深疑，以爲《石頭記》一說部耳，縱有粗俗語，某又何至畏高廟如是其甚，必删改而後進呈？今讀鵬圖《飲水集》跋語，乃知原本所有如釵、黛淪落等事，實大有所犯忌，吾疑以釋，而鵬圖之語，得吾說亦益可信。作《石頭記》者，用心深矣。丙午長夏金臺旅邸，驥伏以《飲水集》見示，屬爲題辭，隨筆書此。以吾之言與文與字，甚玷是書，深滋愧赧。唯我記。

（載納蘭性德《飲水詩詞集》，一九二五年萬松山房刊本，卷末）

觚 葊

人無不喜讀《紅樓夢》，然自《苦絳珠魂歸離恨天》以下，無有忍讀之者；人無不喜讀《三國志》，然自《隕大星漢丞相歸天》以下，無有願讀之者。解者曰：人情喜合惡離，喜順惡逆，所以悲慘之歷史每難卒讀，是已。何以尋常小説，每至篇末，讀其結合處，亦昏昏欲睡也？故余謂讀《紅樓夢》、《三國志》而遺其後半者，不可謂喜讀小説。

余謂小説可分兩大派：一爲記述派，綜其事實而記之，開合起伏，映帶點綴，使人目不暇給，凡歷史、軍事、偵探、科學等小説皆歸此派。我國以《三國志》爲獨絶，而《秘密使者》、《無名之英雄》諸書亦會得此旨者。一爲描寫派，本其性情，而記其居處行止、談笑態度，使人生可敬、可愛、可憐、可憎、可惡諸感情，凡言情、社會、家庭、教育等小説皆入此派。我國以《紅樓夢》、《儒林外史》爲最，而《小公子》之寫兒童心理亦一特别者也。

《恨海》中論《紅樓夢》一段謂：「寶玉用情不過是個非禮越分罷了。若要施得其當，只除非施之於妻妾之間。幸而世人不善學寶玉，不過用情不當，變了癡魔。若是善學寶玉，那非禮越分之事便要充塞天地了。後人每每指稱《紅樓夢》是誨淫導淫之書，其實一個淫字何足以盡《紅樓夢》之罪！」是言亦不盡然。夫寶玉用情何曾不摯？用之於妻妾之間，彼與林黛玉情深誼切，雖薛寶釵猶不能奪其初意，其情之專若是！至如兄妹親戚間，處處熨貼周旋，謂爲多情可也，謂以情癡情魔，則固寶玉之所不肯認，而況加以一淫字乎？《紅樓夢》自是絕世妙文，謂爲誨淫導淫，眞冬烘學究耳。夫冬烘學究，何能讀絕世妙文者？

文家下筆，於繪聲、繪色二事頗不容易。歐陽修《秋聲賦》最膾炙人口，而其描寫聲字不過「初淅瀝以蕭颯，忽奔騰而砰湃」及「鏦鏦錚錚，金鐵皆鳴」數語耳，余謂不若柳柳州《小石城山記》「投以小石，洞然有水聲，其響之激越，良久乃已」，眼前情景最爲雋永有味。至若小說，尤難着筆。憶《紅樓夢》《月夜警幽魂》一段云：「只聽喊的一聲風過，吹的那樹枝上落葉，滿園中唰喇喇的作響，枝梢上吱嘍嘍發哨，將那些寒鴉宿鳥都驚飛起來。」祇是樹枝上葉和那落下的葉二項，已寫得有聲有色。文章本天成，妙手偶得之，洵非虛語。

《紅樓夢》，小說中之最佳本也，人人無不喜讀之，且無不喜考訂之，批評之。乃今日坊間通行之本，都是東洞庭護花主人評，蛟川大某山民加評，其評語之惡劣陳腐，幾無一是處。余恆擬重排一精本，用我國叢書板口，天地頭加長，行間加闊，全文概用單圈，每回之末夾入空白紙三、四頁，任憑讀者加圈點，加批評。吾知此書發行後，必有多少奇思異想、鉤心鬥角之佳著作出現矣。

《紅樓夢》中人物，怜悧即溜，以賈芸爲最。其初見鳳姐一段，兩個聰明人說話，語語針鋒相對，即此一席話，實令人五體投地。其文云：「至次日，來到大門前，可巧遇見鳳姐往那邊去請安，纔上了車。見賈芸來，便命人喚住，隔窗子笑道：『芸兒你竟有膽子在我跟前弄鬼！怪道你送東西給我，原來你有事求我。昨日你叔叔纔告訴我，說你求他。』賈芸笑道：『求叔叔的事，嬸娘休提，我這裏正後悔呢！

早知這樣，我一起頭就求嬸娘，這會子也早完了。誰承望叔叔竟不能的。』鳳姐笑道：『怪道你那裏沒成兒，昨日又來尋我。』賈芸道：『嬸娘辜負了我的孝心，我並沒有這個意思。若有這意，昨兒還不求嬸娘？如今嬸娘既知道了，我倒把叔叔丢下，少不得求嬸娘好歹疼我一點兒。』鳳姐冷笑道：『你們要揀遠路兒，叫我也難。早告訴俺一聲兒，甚麽不成了？多大點兒事，躭誤到這會子。那園子裏還要種樹種花，我只想不出個人來，早說不早完了。』賈芸笑道：『這樣，明日嬸娘就派我罷。』鳳姐半晌道：『這個，我看着不大好。等明年正月裏的煙火燈燭那個大宗兒下來，再派你罷。』賈芸道：『好嬸娘，先把這個派了我罷。果然這件辦的好，再派我那件。』鳳姐笑道：『你倒會拉長線兒。罷了，若不是你叔叔說，我不管你的事。』」隨手寫來，何一非至理妙文！正是「兩個黄鸝鳴翠柳」不足喻其宛轉，「一數聲清磬出雲間」不足譬其輕脆，實令人百讀不厭。（《觚棄漫筆》，載一九〇七至一九〇八年《小說林》第五、七、十、十一期）

況　粿

張南山《詩人徵略》謂《紅樓夢》中之賈寶玉係明珠子容若，近人筆記中多著說以證之。讀容若所爲詩，風流旖旎，頗肖寶玉之爲人，其言當不誣也。集中擬古諸作，有一節云：「美人臨殘月，無言若有思。含顰但斜睇，吁嗟憐者誰？予本多情者，寸心聊自持。浩詞幽蘭曲，援琴終不怡。私恨託夢遠，初日照簾帷。」所謂美人者，即指黛玉而言者耶？按容若詩名頗爲詞所掩，《飲水集》中佳構正多，余最愛誦其《四時無題》詩，謂每首中各有一黛玉在，錄數首於下：「挑盡銀燈月滿階，立春先繡踏青鞋。夜深欲睡還無睡，要聽檀郎讀紫釵。」「靑杏園林試越羅，映妝殘月曉風和。春山自愛天然好，虛費隋宮十斛螺。」「綠槐陰轉小闌干，八尺龍鬚玉簟寒。自把紅窗開一扇，放他明月枕邊看。」「水榭同攜喚莫愁，一天涼雨晚來收。戲將蓮菂抛池裏，種出花枝是並頭。」「小睡醒來近夕陽，鉛華洗盡淡梳妝。紗幮此日偏惆悵，翦去巫雲作晚涼。」「追涼池上晚偏宜，菱角雞頭散綠漪。偏是玉人憐雪藕，爲他心裏一絲絲。」「却對菱花淚暗流，誰將風月印綢繆？生來悔識相思字，判與齊紈共早秋。」「璇璣好譜斷腸圖，却爲思君碧作朱。幾夜西風消瘦盡，問儂還似舊時無。」「寒香細細撲重簾，日壓彤檐起未忺。端的爲花憔悴損，一枝還向膽瓶添。」「是誰看月是誰愁？夜冷無端上小樓。已過日高還未起，任教鸚鵡喚梳頭。」（《花簾塵影》，載一九一〇年《小說月報》第一年第六期）

李岳瑞

【明季兩烈婦】　寧藩下永寧王世子妃彭氏，奉賢人，生有國色，足極纖，江西人以彭小脚稱之，而驍勇多智，力敵萬夫。江西破，永寧父子皆殉國，妃乃率家丁數十人入閩，寓汀州，結義軍將范繼辰等，聚衆數千，克寧化、歸化等十餘州縣，勢張甚，大淸兵極畏之。會歲饑，衆稍散，遂以順治五年爲叛將王夢煜所敗，被執不屈，絞殺於汀州之靈龜廟前。其從婢二人，一名金保，一名魏眞，年皆未及笄，而俱有勇力，善騎射。妃既死，保自刭，眞竄山谷間，十數日，兵退乃出，竊妃與保尸葬之，遂去爲尼，不知所終。此事明季諸野史俱未紀載，惟見施鴻保所著《閩雜紀》中，亟表而出之。頗疑《紅樓夢》所述姽嫿將軍

事，即指彭。（《春冰室野乘》，一九一一年廣智書局版）

柴萼

【紅樓夢詞】《紅樓》詞，予所見者，都十六種，俱皆藻思軼羣，綺芬溢楮。其他如王雪香之評贊，盧半溪之竹枝詞，綠君女史之七律，馮庚堂之律賦，楊梅村之時文，封吉士之南曲，願爲明鏡室主人之雜記，無不借題發揮，情文交至，而尤以沈青士之賦二十篇爲獨有見地。惟詩餘則除前錄之芝岑所譜外，不少概見。山陰何桂笙曾於長夏無事時，取《紅樓夢》全書細繹之，擇其尤者，各塡一詞。十二釵正册共得三十二首；其副册、又副册雖不盡著其名，然不僅晴雯、襲人等一二人，乃爲之擴而充之，並及册子外者，亦得三十二首；此外尚有可詠，亦收入補遺，以彌缺陷，又以警幻司情一首結之，以括全部言情之旨，凡十餘日乃脱稿。綺語豔詞，覺前所未有，以篇幅長，不復錄矣。（《梵天廬叢錄》，一九二五年石印本，卷二十六）

繆荃孫

順治十三年八月封董鄂氏爲皇貴妃；十七年八月十九日薨逝，追封皇后，諡號曰孝獻莊和至德宣仁温惠端敬皇后，自撰行狀，典禮攸崇，遺詔中以踰濫爲罪。董鄂滿洲鉅族董鄂本係地名，因以爲姓，其氏族世居董鄂地方，後爲晉克索之後，后父鄂碩內大臣，以積勳封至伯，歿贈侯，諡剛毅。后年十八，選入掖廷，後加封至貴妃。始末具在，近人勦襲《梅庵夢憶》等小說，附會吳梅村詩，不自知其不學。（《雲自在龕筆記》，一九一三年刊《古學彙刊》本，列朝一）

闕名

《紅樓夢》爲政治小說，全書所記皆康、雍年間滿漢之接構，此意近人多能明。按之本書，寶玉所云：「男人是土做的，女人是水做的」，便可見也。蓋漢字之偏旁爲水，故知書中之女人皆指漢人，而明季及國初人多稱滿人爲達達（即韃靼）。明葉盛《水東日記》中所云：「達達試馬。駒生百日後，以騾馬置山巔，羣駒見母，犇躍而上。一氣及嶺者，上也。」達達即指滿人，其他載籍可證者尚多，今不備引），達之起筆爲土，故知書中男人皆指滿人。由此分析，全書皆迎刃而解，如土委地矣。（《乘光舍筆記》，石溪散人《紅樓夢名家題詠》引，一九一五年廣益書局石印本）

闕名

和珅秉政時，內寵甚多，自妻以下，內嬖如夫人者二十四人，即《紅樓夢》所指正副十二釵是也。有龔姬者，齒最稚，顔色妖豔，性冶蕩，寵冠諸妾。顧奇妒，和愛而憚之，多方以媚其意。龔姬喜啖榛栗及熊白，和爲百計致之，宰夫胹之失飪，往往致死。龔夏日晚浴後，著蟬紗霧縠，肌體依約可見。和少子玉寶，別姬所出，最佻㒓。龔素愛之，遂私焉。每交接，不避婢媵，醜聲四溢，不知者惟和與其妻耳。幕下有羅生者，質樸而能事，和倚之如左右手。一日，侍和閒談，適玉寶趨過於前，衣服麗異，腰間雜佩累累。和顧而樂之，目逆而送，謂羅曰：「誠翩翩美少年也。使宰河陽，當爲萬花主人。此間風俗不良，當防閑其出，勿使近孌童。」羅曰：「服之不衷，身之災也，子臧所以得罪於鄭。今公子衣服炫異，是謂不衷；修飾儀容，是謂階厲。臣恐穢德之彰，在蕭牆之內，不在寢門之外也。」和大怒，選事杖殺之。玉寶好爲治游。時有柳參將者，新任城門校，立法嚴肅，伐鼓擊柝，終宵戒嚴。適夜巡，玉寶微服過所歡，爲柳所執，問何夜行，叱令通名，玉寶不以實告。柳怒，即街頭褫衣笞二十，血肉狼藉，臥月餘始瘥，人無知者。有婢倩霞，容貌姣好，姿色豔麗，齠齔入府，聰穎過人，喜學內家妝，手潔白，甲長二寸許，幼侍玉寶，玉寶嬖之。襲姬嫉其寵，讒於和妻，出倩霞。玉寶私往瞰之，倩霞斷甲贈玉寶，誓不更事他人，鬱鬱而死。玉寶哭之慟，隱恨襲姬。襲姬多方媚之，玉寶終不釋。和府故多梨園子弟，皆極一時之選，有貼旦名珍兒者，尤姣媚，昵昵依人，玉寶與結斷袖之契，輒夜宿其家。襲姬廉知其事，大恨曰：「儇薄子乃如此妄作耶？」亟率侍婢十數人，聯燈列炬，潛出府後門，掩其不備。玉寶大驚，肘行以逆，叩頭求免。珍兒伏地戰慄，不敢仰視。襲姬叱令舉首，燭之美，遽慰之曰：「汝勿恐，吾非噬人者。」竟與偕歸，亦留與亂。是夜，襲姬以暴疾死，死後恆爲厲府中。和知之，以珍兒殉焉，乃不爲厲。按此說見謏梅氏《有清逸史》。襲姬即《紅樓夢》中襲人，倩霞即晴雯，字義均有關合，而玉寶之爲寶玉，尤爲明顯，不過顛倒其詞耳。《紅樓》一書，考之清乾、嘉時人記載，均言刺某相國家事。但所謂某相國者，他書均指明珠；謏梅氏獨以爲刺和珅之家庭，言之鑿鑿，似亦頗有佐證者，

錄之亦足以廣異聞也。（《譚瀛室筆記》，顧公《小說叢譚》引，載一九一四年《文藝雜誌》第五期）

陳　衍

吳梅村《清涼山讚佛詩》五首爲前清詩中一疑案，第一首第四韻云：「王母攜雙成，綠蓋雲中來。」言董姓也。以下「漢皇坐法宮」云云至「對酒毋傷懷」，言皇帝定情，種種寵愛，以及樂極生悲，念及身後事也。第二首第三韻云：「可憐千里草，萎落無顏色。」言董姓者竟死也。以下「孔雀蒲桃錦」云云至「輕我人王力」，言種種布施，以及大作道場，皇帝亦久久素食也。末韻「戒言秣我馬，遨遊凌八極」，先逗起皇帝將遠遊也。第三首首韻云：「八極何茫茫，日往清涼山。」言將往清涼山求之，以應第一首六句云：「西北有高山，云是文殊台，台上明月池，千葉金蓮開，花花相映發，葉葉同根栽。」言生有自來，本從五台山來，故亦往五台山去也。自「此山蓋靈異」至「中坐一天人，吐氣如旃檀，寄語漢皇帝，何苦留人間」諸句，言來去明白，與山中見此天人，寄語勸皇帝出家，脫屣萬乘也。「房星竟未動，天降白玉棺，惜哉善財洞，未得夸迎鑾」四句，言非正大光明，舍身出家，乃託言升遐也。第四首自「嘗聞穆天子」云云至「殘碑泣風雨」，言古天子之遠遊求仙，及佳人難再得，遂棄天下臣民者，以譬實係出家，而託言升遐之事。不然，如安南國王陳日燇，傳位世子，出家修行，庵居安子山紫霄峯，自號竹林大士者，正可比例也。至「天地有此山」以下，則明言皇帝在五台山修行矣，故有「怡神在玉几」及「羊車稀復幸，牛山竊所鄙，縱灑蒼梧淚，莫賣西陵履」各云云也。於是相傳爲章皇帝董妃之事。然滿洲、蒙古無董姓，於是有以董貴妃行狀與《影梅庵憶語》相連刊印者。有謂《紅樓夢》説部雖寓康熙間朝局，其言賈寶玉因林黛玉死而出家即隱寓此事者。《紅樓夢》中諸閨秀結詩社，各起別號，獨黛玉以瀟湘妃子稱。冒辟疆《寒碧孤吟》爲小宛而作，多言生離，而序言：「太白之才，明皇能憐之，貴妃可侍，臣璫可奴。」末又言：「旦夕醉倚沉香，詔賦名花傾國，當此捧硯脱靴時，猶然憶寒碧樓否耶？」《憶語》則既有與姬決舍之議，又有獨不見姬與數人強去之夢，恐其言皆非無因矣。（《石遺室詩話》，載一九一四年《庸言》第二卷第一、二號合刊，卷十一）

均耀

【紅學】 華亭朱子美先生昌鼎，喜讀小説。自言生平所見説部有八百餘種，而尤以《紅樓夢》最爲篤嗜。精理名言，所譚極有心得。時風尚好講經學，爲欺飾世俗計。或問：「先生現治何經？」先生曰：「吾之經學，係少三曲者。」或不解所謂。先生曰：「無他。吾所專攻者，蓋紅學也。」（《慈竹居零墨》，載《文藝雜誌》一九一四年第八期）

梁溪坐觀老人

【滿洲老名士】 （覺羅炳成）能飲健啖，尤熟於國朝掌故。嘗言《品花寶鑑》小説出於道光中葉，其時正隨父居杭州任所。著者挾貴人介紹，以稿本遍謁江浙諸大吏，所至以旬爲限，獲金無算。其書中人，有身見之者。華公子者，崇華岩，父名玉某，兩任戶部銀庫郎中，集資百餘萬，有園林在平則門外，華公子死，貧無以殮。徐子雲者，名錫某，六枝指，其園即在南下窪，名怡園也。田春航者，畢秋帆制府也；侯石翁者，袁子才太史也；史南湘，蔣苕生也；屈道翁，張船山也；孫亮功者，穆彰阿，慈安后之父，嗣徵、嗣元即其二子四山、五山也；魏聘才者，常州朱宣初，即江浙時文八名家中朱雪臚之父也；蕭靜宜者，或曰江慎修也；梅學士者，或曰鐵保也；奚十一者，孫爾準之子，爾準時爲兩廣總督也；潘其觀者，內城內興隆靴肆主人姓蘇也；梅子玉、杜琴言皆無其人，隱寓言二字之義；高品者，名陳森書，即著書之人也；伶人袁寶珠，則仍其姓名，雲南甘太史爲之自盡者也，其餘諸伶皆原姓名未改也；宏濟寺即興勝寺；金粟者，即桂竹蓀，曾權常州知府，澧吏議者也；其餘如王恂、顔仲清，皆隱當時名人，不可縷紀也。又言《紅樓夢》一書，實隱國初宮闈事，非明珠、納蘭成德之事也。其賅洽如此。（《清代野記》，一九一四年野乘搜輯社版，卷下）

天憤生

【賈寶玉】　潘生，洛中富家子也。丰彩麗都，不異河陽少年。才質敏慧，十一歲即畢五經，里中碩彥嘗曰：「個兒不早通籍，看抉我眸子去。」生偶過市，見曹雪芹《紅樓夢》，讀而愛之，以十倍之價購之歸。自是神思恍惚，悉屏舊業，一年而病益深。初不過迫令臧獲輩以寶二爺呼己，父母鍾愛甚，令曲從之；繼更迫其母以孽障呼己，又迫其父以孽畜呼己，否則啜啜類婦人泣，至廢飲食，父母竟亦曲從之。

顧生雖狀類瘋，而丰神濯濯，不減常度，作詩詞哀豔無兩，嘗曰：「才子當作海棠社落第人，五鳳樓非衡文地，寧能令醜主司磨鋒玷我姓字耶？」生有中表姊妹行新寡，名阿秀者，偶來生家，縞衣玄裳，神志清婉。生突投母懷曰：「阿姊娟娟，殊似稻香村中人，願母詔姊寶兒弟兒，兒願珠大嫂之。」阿秀素稔生癡，亦不甚嗔。母叱曰：「癡兒，門以內人不汝責，今乃向阿姊前嘵嘵作私語乎！」阿秀笑曰：「兄弟作寶兒弟大好，只不識𩟶丫頭今尚在瀟湘館中否耳？」生忽慘然曰：「似這般姹紫嫣紅，都付與斷井頹垣。」繼又淚光瀅瀅，謂阿秀曰：「嫂不吾棄，爲吾善視妹妹。」阿秀懼生癡態益縱，不復與語，繼即辭去。而生之癡乃日甚。一日，忽舞蹈以入，告母曰：「兒得林妹妹矣！彼居城外芙蓉庵側茆屋中，兒已告之云，即令焙茗出迎矣。」母睹生狀，慘然曰：「兒本才少年，今何癡心至此！《紅樓夢》本屬寓言，即令有之，今已數百年，林黛玉諸姝已骨化爲灰矣，奈何戀戀不忘？」生不信，曰：「豈有絕世美人不與天地同壽者耶？娘姑如兒言。苟芙蓉庵外無林妹妹者，兒乃信曹雪芹是無賴誑人，當舉此書焚之，不復作賈寶玉矣。」母不得已，姑從其言，令人覓林黛玉於芙蓉庵外。生知母之誑己也，哀曰：「娘姑爲芙蓉花卜筶去者，兒策騎從母後，以訪之，事乃或諧。倘令廝卒去，林妹妹庸願與齷齪物見耶！」母不得已，姑曲從之。於是輿騎出門，生從馬上慨然曰：「路謁藩王、野祭侍兒以後，此爲第三次矣。」未幾，出城，母時從輿中偵生舉動，輒見生舉鞭遙指曰：「此一樹海棠花，青竹小籬前，非林妹妹之居耶？」遂下騎，強母出輿，繫騎馬停輿於綠楊樹下，徐行而前。時青竹籬內，方有一女郎徘徊海棠花下，若有所詠，一手執絲繡，端繫銀針，拾海棠落英，穿綴爲球。驟睹生跽而前曰：「願乞妹一笑，證神瑛、絳珠之緣。」女錯愕而退，針跌絲折，紅英如雨，霏霏着生衣，生跽如前。母令從者強扶生以起，欲向女郎致疚衷，而女郎已驚鴻一瞥，翩然而逝。生拾墜針大哭曰：「幸逢美人，卒不吾盼，茫茫天地，生焉何爲？」久之，引針鑿十五字於樹曰：「怡紅主人訪前緣於海棠花下，歸遂死。」鑿畢，含淚點首者再，慘然謂母曰：「兒今不癡矣。」母乃攜之歸，歸遂病。間小瘳，值端陽，郡廟有盛會，生攜一僮過之，入河房酒肆，強拉他客飲，杯斝不足，繼以巨觥，盡十數觥，忽大哭曰：「是非靈河岸上耶！」一躍而墜。衆急拯之起，傷已至劇，乃載以歸，翌日遂卒。卒之日，猶哀父母必殯於芙蓉庵中也。生父母見生卒，大慟，衾櫬既備，移殯就芙蓉庵，忽一老婦哭而入曰：「死吾阿雲者，公子也。」生父母驚問其故。婦曰：「傷心人語，非倉卒可述，倘不見棄，願暫過茆舍。」生父母從之。婦導之至一所，則即生跽女郎處，棠花零落，緣不成歡，物在人亡，鑿物未滅。母曰：「若女阿雲，非挽蛺蝶髻，分一縷作垂辮，繫紅絨繩者乎？」老婦慘然曰：「夫人固識之矣。」時已入室，睹室一隅，魂旛風淒，靈燈燄冷。老婦撫几垂淚曰：「兒苟遲五日死，令聞公子凶耗，又多哭一次矣。」生父母詰其故，老婦曰：「亡女阿雲自睹公子後，初以公子爲輕薄兒，及見海棠枝上十五字，雙頰淚痕未嘗稍乾，常戚然曰：『世有才子，而我阿雲殺之。』妾詰以故，則惟噭然以啼。憂能傷人，尋竟不起。彌留時，始汍瀾爲妾白前事，且曰：『兒自不知情自何生，第覺才子如個郎，而以死字鑿諸海棠花間，寥寥十五字，非死不能去懷耳。母苟愛兒，個郎幸不死，倘克相見，爲兒告之，令知世間有阿雲足矣，且願個郎勿輕與人語，使輕薄兒又以字汚人也。』言畢，索筆作數字而逝。嗚呼，聰慧半生，竟以一情之愚，以至於死，可不悲哉！」老婦言至此，淚下如雨，生父母亦泫然不已。婦繼出一紙曰：「是即亡女臨沒之書也。」生父母觀之，凡十四字，文曰：「阿雲死於天地間無可名之意境中。」嘆息不已，因曰：「生雖無緣，死當作合。」遂與婦議，迎婦於家，即以茆屋之址雙葬生及女於海棠花前。每歲寒食野祭時，時有鶼鵨一雙集海棠上，鳴聲悽惕。行人聞之，每爲淚下。故人多稱鶼鵨墳。（《世界叢談新說林》，一九一四年中華圖書館石印本，卷二）

西　神

【紅樓談屑】《紅樓夢》一書，考證紛如，要以寶玉爲納蘭容若者近是。昔冒辟疆作《影梅庵憶語》，或謂因小宛被選入宮而作；容若之於黛玉，正復同此感慨。《飲水詞》中多爲個人作者，華鬘天上，眉語難通，託諸悼亡以自遣，其情可傷，其志亦可哀矣。南海伍氏謂容若《采桑子》詞云：「瘦盡燈花又一宵。」《浣溪紗》詞云：「生憐瘦減一分花。」《浪淘沙》詞云：「紅影溼幽窗，瘦盡春光。」哀感頑豔，不忍卒讀，欲以稚黃之稱，移贈斯人。余謂容若之詞久飲香名，詩則談者頗鮮，然零珠碎玉多有可與《紅樓》相印證者。如「自把紅窗開一扇，放他明月枕邊看」，「偶因失睡嬌無力，斜倚熏籠看畫屏」，「深將錦幄重重護，爲怕花殘却怕開」，「春山自愛天然好，虛費隋宮十斛螺」，「端的爲花憔悴損，一枝還向膽瓶添」，「已過日高還未起，任教鸚鵡喚梳頭」，及「却對菱花淚暗流，誰將風月印綢繆？生來悔識相思字，判與齊紈共早秋」，此中有人，呼之欲出，細思之，語語皆有一黛玉小影在。某筆記載十二金釵皆係容若友人，如妙玉即姜西溟，姜者少女，西溟名宸英，如玉如英，又可相通也。說甚新穎，惜其餘已不克省記。又樊山近句云：「一夢紅樓感納蘭」，其説亦與余同，特不知其何所本耳。（《西神客話》，載一九一五年《小説海》第一卷第二號）

程郢秋

胡潤芝謂：一部《水滸》，教壞天下強有力而思不逞之民；一部《紅樓》，教壞天下堂官及各津要。誠有慨乎其言之也。余以爲小説非能壞人，在觀之者何如耳。（《翠巖館筆記》，載一九一五年《中華小説界》第三卷第一期）

李葆恂

【惲子居紅樓夢論文】　往在鄂省，聞陽湖惲伯初大令云，其曾祖子居先生有手寫《紅樓夢論文》一書，用黄、朱、墨、緑筆，仿震川評點《史記》之法，精工至極，兼有包慎伯諸老題跋，今在歸安姚方伯觀之家。大令擬刻以行世，乞方伯作序，未及爲而方伯卒，此書竟無下落。或云已爲其女公子抽看不全，眞可惜已。否則定能風行海内，即有志古文詞者，或亦有啓發處。子居爲文，自云司馬子長以下無北面者，而於曹君小説傾倒如此，非眞知文章甘苦者，何能如是哉！（《舊學盦筆記》，一九一六年刊《義州李氏叢刻》本）

顧家相

夏縣賈筱樵侍郎瑚，其尊甫字雲樵，故侍御號筱樵，北音樵喬無別，時人作聯云：「姓名疑在《紅樓夢》，夫壻曾燒赤壁兵。」余先聞此聯，而光緒乙亥，丙子侍御胞弟筱雲璜與余春秋同捷，官兵部；侍御則外簡山東知府，余迄未晤面也。光緒間滬上妓女有賈探春、賈惜春、薛寶釵等名，所歡贈以聯云：「我爲黃浦江邊客，卿是紅樓夢裏人。」後林黛玉出，豔名尤噪，屢嫁人而復屢出爲娼，其演秦腔，全恃身段活潑，所歌字句竟不可辨，眞所謂浪得名耳此浪字作淫字解。曹雪芹死而有知，當爲瀟湘妃子痛惜名譽矣。（《五餘讀書廛隨筆》，蔣瑞藻《小說枝談》卷下引，一九三一年商務印書館版）

孫靜庵

《紅樓夢》一書，說者極多，要無能窺其宏旨者。吾疑此書所隱，必係國朝第一大事，而非徒紀載私家故實。謂必明珠家事者，此一孔之見耳。觀賈政之父名代善，而代善實禮烈親王名，可以知其確非明珠矣。今略舉所臆見諸條於後，以諗世之善讀此書者。林、薛二人之爭寶玉，當是康熙末允禩諸人奪嫡事。寶玉非人，寓言玉璽耳，著者故明言爲一塊頑石矣。黛玉之名，取黛字下半之黑字與玉字相合，而去其四點，明明代理兩字；代理者，代理親王之名詞也廢太子後封理親王，理親王本皇次子，故以雙木之林字影之，猶慮觀者不解，故又於迎春之名曰二木頭，迎春亦行二也。寶釵之影子爲襲人，寫寶釵不能極情盡致者，則寫一襲人以足之，而襲人兩字析之固儼然龍衣人三字。此爲書中第一大事。此書所包者廣，不僅此一事，蓋順、康兩朝八十年之歷史皆在其中。海外女子明指延平王之據台灣。焦大蓋指洪承疇。承疇晚年，罷柄閒居，極侘傺無聊，曩曾於某說部中得其遺事數則，今忘之矣；大醉後自表戰功，極與洪承疇事符合。妙玉必係吳梅村，走魔遇劫，即紀其家居被迫，不得已而出仕之事。梅村吳人，妙玉亦吳人，居大觀園中而自稱檻外，明寓不臣之意。參觀《桃花扇·餘韻》一齣，當日官府方點派差役持牌票訪求前代遺民，可知梅村之出必備受逼迫也。王熙鳳當即指宛平相國王文靖熙，康熙一朝漢大臣之有權衡者，以文靖爲第一，書中固明言王熙鳳爲一男子也。（《棲霞閣野乘》，昌福公司版《滿清野史》五編本）

闕　名

地安門外，鐘鼓樓西，有絕大之池沼，曰什刹海。橫斷分前海、後海。夏植蓮花徧滿；冬日結冰，游行其上，又別是一境。後海，清醇王府在焉；前海，垂楊夾道，錯落有致，或曰是《石頭記》之大觀園。然余常登陶然亭，亭東數武又有黛玉花冢，其去什刹海蓋十里而遙，中間隔皇城，二說不知孰是。（《燕市貞明錄》，蔣瑞藻《小說考證》卷七引，載一九一八年《東方雜誌》第十五卷第三期）

戴延年

劉海樹詩，清於雪伯，豔於梅史，嘗以迎候長官，一夕成《紅樓夢》小說八韻詩二十首。余惜其無可著錄，爲摘記數聯。《冷香丸》云：「冷語番番記，香心曲曲句；絪緼元有使，嫉妬最難瘳；紫柘漿盈盈，紅梨汁半甌；玉環同內熱，曾遣六宮秋。」《病中斷指甲》云：「斷箏銀甲卸，殘線翠衾孤；筍折麻姑爪，桃香細骨臞；鸞靴搔不着，鴻雪印全誣。」《東風壓西風》云：「柳梢眠上下，帳底鬥雌雄；池水干卿綠，桃花爲底紅；我憐聊復爾，婢學可能工；不競南猶失，其涼北又風。」《芙容女兒誄》云：「碧落新碑樹，沉香小象熏；夢塘寒食祭，春草玉人墳。」徵引不及稗官，故非尤展成輩所及。（《摶沙錄》，蔣瑞藻《小說枝談》卷下引）

趙曾望

《石頭記》一書俗謂之《紅樓夢》，本書並無此名，其措詞全仿語錄，而又多加助字，絕非不學之人所得而妄作也。至於摹繪人情物理，靡不盡態極妍，信能於小說家中自樹赤幟。後有留心於一代方言者，舍是其何徵哉！王雪香又爲之評贊以輔翼之，亦文人游戲三昧也，可以並傳矣。（《窕言》，《小說枝談》卷下引）

闕名

有謂《紅樓夢》描寫人物脫胎《水滸》者，確也。寶釵似宋江，襲人、熙鳳似吳用，黛玉、晴雯似晁蓋，探春似林冲，湘雲似魯達，薛蟠似李逵。晁蓋中箭，宋江獨哭；晴雯被逐，襲人獨哭。李逵罵宋江，薛蟠罵寶釵，李媽媽罵襲人，乃依樣葫蘆之筆，至頑童鬧書房則以三打大名府爲藍本，金桂戲薛蝌則師二潘之故智。又有謂《紅樓》之衍炎涼係仿照《金瓶梅》者，亦確也。《金瓶》無一正人，《紅樓》亦無一正

人。其人物之偪肖者，爲尤二姐之與李瓶兒。（《筆記》，《小說枝談》卷下引）

徐珂

【紅樓夢】《紅樓夢》一書所載皆納蘭太傅明珠家之瑣事。妙玉，姜宸英也。寶釵爲某太史，太史嘗遣其妻侍太傅，冬日輒取朝珠置胸際，恐冰項也。或謂《紅樓夢》爲全書標目，寄託遥深，容若詞云：「此夜紅樓，天上人間一樣愁。」賈探春爲高士奇，與妙玉之爲宸英同一命義。容若名成德，後改性德，太傅子也。

或曰：「是書所指皆雍乾以前事。寧國、榮國者即赫赫有名之六王、七王第也，二王於開國有大功，賜第宏敞，本相聯屬。金釵十二釵悉二王南下用兵時所得吳越佳麗，列之寵姬者也。作是書者乃江南一士子，爲二王上賓，才氣縱横，不可一世。二王倚之如左右手，時出其愛姬，使執經問難，從學文字。以才投才，如磁引石，久之遂不能自持也。事機不密，終爲二王偵悉，遂斥士子，不予深究。士子落拓京師，窮無聊賴，乃成是書以志感，京師後城之西北有大觀園舊址，樹石池水猶隱約可辨也。」

或曰：「是書實國初文人抱民族之痛，無可發洩，遂以極哀豔極繁華之筆爲之，欲導滿人奢侈而復其國祚者。」其說誠非無稽。試讀第一回之詩曰：「滿紙荒唐言，一把辛酸淚。都云作者癡，誰解其中意？」其言何等淒楚痛絶，則知其中有絶大原因，非遊戲筆墨之自道身世者可比也。

或曰：《紅樓夢》可謂之政治小説。於其敍元妃歸省也，則曰：「當初既把我送到那不得見人的去處」，於其敍元妃之疾也，則曰：「反不如尋常貧賤人家娘兒兄妹們常在一塊兒」。絶不及皇家一語，而隱然有一專制君主之威在其言外，使人讀之而自喻，此其關係於政治上者也。

京師有陳某者，設書肆於琉璃廠。光緒庚子避難他徙，比歸，則家產蕩然，懊喪欲死。一日，訪友於鄉，友言：「亂離之中，不知何人遺書籍兩箱於吾室，君固業此，趣視之，或可貨耳。」陳檢視其書，乃精楷鈔本《紅樓夢》全部，每頁十三行，三十字。鈔之者各註姓名於中縫，則陸潤庠等數十人也。乃知爲禁中物，亟攜之歸，而不敢視人。閲半載，由同業某介紹，售於某國公使館秘書某，陳遂獲巨資，不復憂衣食矣。其書每頁之上均有細字朱批，知出於孝欽后之手，蓋孝欽最喜閲《紅樓夢》也。（《清稗類鈔》，一九一七年商務印書館版，第二十八册，著述類）

蔣瑞藻

【紅樓夢】　見仁見知，豈不洵哉！某貿人女固太憨生，抑《紅樓夢》之爲書固有蕩魄銷魂、易性移情者在，青年男女非夙具慧根能勘破一切者，未有不爲所溺者也。余少喪父，遺篋中有是書，母取以遺人，蓋余爾時已略識字，恐爲所得，或看壞心術也。用心亦良苦矣！然至十七歲時，終展轉假得閲之，一卷在手，寢饋都忘，百二十回之書曾不二日而畢。自後稍得閒，輒背人讀是書。怡紅、瀟湘之言論，晴雯、襲人之舉止，乃至大觀園中之風景道路，亭臺樓館，無不歷歷心目間。更盡夢回，悠然神往，雖迷惑不至賈人女之甚，亦幾不克自持。繇今思之，良足失笑。當世不少明達，子女血氣未定時，幸勿以此等書授之。《金瓶梅》最以淫書聞，吾謂其流弊或較小，以其穢褻太甚，再讀即無餘味，不如《紅樓夢》之不厭百回，入人骨髓也。（《小說考證》，卷七，《紅樓夢》，《三借廬筆談》條後按語）

易宗夔

乾隆時，小說盛行。其言之雅馴者，言情之作則莫如曹雪芹之《紅樓夢》；譏世之書則莫如吳文木之《儒林外史》。曹以婉轉纏綿勝，思理精妙，神與物游，有將軍欲以巧勝人、盤馬彎弓故不發之致；吳以精刻廉悍勝，窮形盡相，維妙維肖，有箭在弦上、不得不發之勢，有謂各造其極也。曹名未詳，江南上元人；吳名敬梓，安徽全椒人。（《新世說》，一九二二年版，卷二，文學）

卷五

舒元炳

【紅樓夢題詞（沁園春）】　貴族豪華，公子風流，綺羅爭妍。嘆眉尖常鎖，空驚才豔；帳前微語，竟說姻緣。兩美難並，一心誰屬，幼小情親意倍牽。尤堪羡，羡一家姊妹，個個能賢。　酒酣芍藥橫眠，更翠羽輕披分外鮮。看斑衣起舞，卿眞善謔；倩妝復整，我亦生憐。裘可重縫，花能解語，觴政平持巧令宣。重展卷，恨未窺全豹，結想徒然。（「己酉」本《紅樓夢》，卷首）

宋鳴瓊

【題紅樓夢】　好夢驚回惡夢圓，個中包括大情天。罡風不顧癡兒女，吹向空花水月邊。

病軀那惜淚如珠，鎮日顰眉付感吁。千載香魂隨劫去，更無人覓葬花鋤。

欲吐還茹恨與憐，隨形逐影總非緣。自來獨木無連理，甘露何曾灑大千！

幻境空空託幻身，傍徨無計度迷津。斷除祇有鴛鴦劍，萬縷千絲索解人。（《味雪樓詩草》，嘉慶刊本）

熊璉

【題十二金釵圖(滿庭芳)】　日暖花梢，香飄簾幙，十分春在紅樓。傳杯滿酌，笑語不知愁。試問偎紅倚翠，東風裏誰最溫柔。都猜作神仙謫降，笙鶴下瀛洲。　賞心人已醉，闌干倚徧，一片雲頭。任輕翻舞袂，慢囀歌喉。誰道書中有女，終輸與金谷風流。多應是明珠買豔，花月儘勾留。(《澹仙詞鈔》，嘉慶二年茹雪山房刊本，卷一)

周　春

【題紅樓夢】　青童暫謫到人間，風貌羊車擲果班。夢裏香衾窺也字，尊前寶襪隔巫山。玲瓏怕壓黃金釧，宛轉愁連紫玉環。却笑多情寧有種，休將雛鳳便輕删。

古來難解有情癡，刻骨銘肌不自知。紅粉白楊留盼盼，冰天雪窖憶師師。傷心錦帕千條淚，得意花箋幾首詩。玉臂鏤成新樣巧，憐他個個阿孩兒。

敲斷珠釵十二行，銀河碧海總茫茫。通侯甲第樓三戟，豔女丁年夢一場。豈有宓妃求薦枕，更無賈氏愛偷香。空門意味元如此，炙手繁華瞥眼涼。

陶公白髮寄閒情，賸黛殘脂費品評。翼簡世勳殊舛錯，富平家牒劇分明。朝朝暮暮吳雲散，歲歲年年蜀鳥驚。繡虎才高揮彩筆，公然名士悅傾城。(《閱紅樓夢隨筆》)

【再題紅樓夢】　滿天華月上紅樓，半照追歡半照愁。對影聞聲思悄悄，卸妝解珮悵悠悠。此時百事逢張角，何日雙星會女牛？一線柔情牽未斷，漫誇將種冠軍侯。

度詞隱約姓名傳，雙木林轡小比肩。廿載江南持使節，一門薊北寫吟箋。同心梔子當窗豔，並蒂芙蓉出水鮮。試踏石頭城外路，蘼蕪漲綠起寒煙。休言賈假與甄眞，須識劉盧是世親。香案素書仙眷杳，玉壺紅淚俗緣新。三生幻化三生石，萬古相思萬古塵。此別更無腸可斷，菱花還憶畫眉顰。氣吐幽蘭夢想通，覺來潘簟竟牀空。多情合似鴛鴦鳥，介節誰知蠕蝟蟲。才子回頭成古佛，神仙退步驗英雄。金童玉女風流甚，收拾瑤函蘂笈中。（同上）

俞思謙

【紅樓夢歌】　金陵自昔擅繁華，況是通侯閥閱家。畫戟東南開甲第，朱輪朝暮過香車。賈生早佩郎官綬，粉署含香趨禁右。北李南盧結近親，五侯七貴同杯酒。起居八座太夫人，鍾郝偕來笑語親。新婦才華尤出衆，侍兒明慧亦殊倫。玉郎再索徵佳夢，聞說釋迦親抱送。阿大中郎俱不如，門前客到休題鳳。却因家籍富平侯，公子髫年未識愁。懶接雞談勤夜讀，愛攜鴛侶作春遊。紅樓四面珠簾繞，簾外花枝方裊裊。帳裏依稀似有人，歡悰未盡鶯聲曉。金釵十二自分徧，夢境迷離恍遇仙。夢醒思量夢中事，襲人花氣薄於煙。外家姊妹多才思，少小無嫌共嬉戲。道是無情却有情，銀河不隔蓬萊地。珮聲釵色出幽齋，羣羨淸才三妹佳。不信靈芸今再世，侍書仍許阿甄偕。春花秋月園中好，秋夜眠遲春起早。待月時來問水亭，看花齊上臨湖島。怡紅院裏錦屏舒，凹碧堂前玉洞虛。結社聯吟貪晝永，分曹賭酒趁宵餘。佳人别自倚林竹，料得也應憐宋玉。脈脈春風盪酒情，盈盈秋水横波目。兩心相照兩相疑，兩處緘愁兩不知。難借鮫綃傳密意，空將鳳紙寫相思。癡兒獃女同時病，不道黄姑偏誤聘。喜結同心七寶釵，悲分照影雙鸞鏡。紅樓縹緲倚雲開，前度劉郎今又來。只爲含愁獨不見，淚珠乾盡蠟成灰。覺來悔被迷津誤，彼岸思尋仙筏渡。行到源頭見落花，傷心依舊悲崔護。自憐老去漸婆娑，閒借塡詞寫翠蛾。勘破繁華歸寂寞，紅樓一夢等南柯。桃花亂落如紅雨，燕子歸來相共語。風景依稀似往年，樓中不見當時侶。（載《閱紅樓夢隨筆》）

鍾晴初

【紅樓夢歌】　紅樓縹緲春雲裏，百尺珠簾風綽起。幻境迷離似可憑，奇情蕩漾眞難擬。通侯珂里本金陵，軼事流傳世豔稱。許史天親同赫奕，鄂褒勛業並崚嶒。北堂長喜金萱茂，綵舞宫袍時介壽。羯末封胡子弟行，臨風特訝孫枝秀。神佯秋水骨璠璵，玉貌生來玉不如。繡褓何誇迦葉送，金環曾説女媧餘。多情自是天人謫，大母呼來深護惜。愛逐瑤釵十二行，懶親珠履三千客。閒來春困發幽情，覗見紅樓近玉京。蝴蝶蘧蘧還栩栩，因緣世世復生生。覺來似夢還非夢，恍惚神仙邀與共。窈窕芳名縹帙看，玲瓏謎語芸編誦。慧心從此結纏綿，團扇詩成一笑嫣。石不能言渾是妄，花原解語最堪憐。月輪至竟星難替，珍重鴛盟思别締。詠雪多才屬外家，情親孰是深悰寄。就中林下擅高風，羣羨仙姿出蘂宫。擲果拈花生小共，擘箋飛醆長時同。相親相近猜嫌少，意自端嚴情自好。莊語能令小婢驚，謳詞不怕郎君惱。兩心密誓兩情癡，試問旁人可得知？春水文鴛難比翼，秋風紅豆最相思。怡紅院落瀟湘館，春去秋來歌寡寡。翠竹欄前夜雨寒，桃花簾外東風軟。工愁善病每閒吟，欲却閒愁病轉侵。不語憑誰通叩叩，無憀兀自太愔愔。傾城名士從來慕，怪底高堂佯不悟。玉鏡無端聘夜來，紅顏頓爾先朝露。他生未卜此生休，天上人間各自愁。焚却鸞箋雲未散，裂殘錦帕淚還留。爭禁公子牽情哭，漫道眼前人是玉。懊惱無成種蕫葪，凄涼百事逢張角。翻身別去自超超，銀榜功名遜紫霄。化鶴成虹雙不定，黃塵碧海兩難招。茫茫猶剩紅樓影，賈假甄眞心自領。多少紅樓夢裏人，翻書不覺秋宵冷！(載同上)

葉崇倫

【紅樓夢題詞】 何事先生曹雪芹，纏綿能說夢中因？只應歷徧紅塵劫，悟徹前身與後身。

一自瑤宮締豔盟，許將珠淚報神瑛。人間莫怪多哀怨，木石由來亦有情。

欲識三生未了緣，男癡女愛總徒然。縱教精衞能銜石，情海茫茫那可堪！

芝蘭心性綺羅身，轉眼繁華跡已陳。莫向邯鄲重借枕，阿誰不是夢中人？

絜果誰能問始終？春花秋月太匆匆。迷津若果能回首，色界三千總是空。

說到鍾情怯可憐，情多自古損芳年。世間缺憾知多少，安得媧皇再補天？(抄本)

潘炤

【鸞坡居士紅樓夢詞(節錄)】(原情)　夢裏紅樓接大荒，情天色界兩茫茫。芳齡永繼何離棄，仙壽恆昌那失忘。寶玉銜來猶齒冷，金魚鍊去不容光。放春山外重舒目，嬌鳥聲聲絕感傷。

(前夢)　遺香洞畔出蘭芝，幻境鸞分十二枝。一桁瓊葩晶正炫，半翻鈿葉翠方垂。晴雯易斷爲雲雨，麝月難沈解凍澌。見說游仙須補恨，烏絲紅豆且偷窺。

(聚美)　小築名園入大觀，亭臺掩映若飛翰。寶釵倒插雙峯秀，黛玉斜偎一鏡寒。君細蘅中風色嫩，客嬌蕉下雨聲乾。絳珠那更多仙草，吩咐神瑛着意看。

(合鎖)　妝台小病見新瘥，指點金爐莫爇多。雙佩閒將熱情合，一丸私趁冷香和。似曾學字難題葉，若不勝衣怕捲羅。嬌動人憐無可語，却逢暇日此相過。

(私計)　杏簾在望噪能詩，襲襲人衣香一時。堪妬煙霞自迎送，劇憐風月每參差。會聯輕薄桃花社，解詠顛狂柳絮詞。新法三章今且約，飛灰化蝶任伊爲。

(葬花)　一弄花飛春不成，傷心偏爾有顰卿。東流西泛都非計，淺掃深埋自有情。試卜香泥最香處，願攜閒鍤此閒行。憂開惜落癡如許，却使鰍生淚亦傾。

(釋怨)　辜負香心冷不看，動無常則若危安。水流花謝寧有恨，月破雲遮豈減歡。積思於今躭把袖，老羞從此悔銜冠。風流罪過尋恆事，祗合將伊且放寬。

(禪戲) 竟有長齋繡佛心，塵緣覺悟一何深。玉釵花麝全抛昔，貝葉珠龕半倚今。閒擬松風揮短麈，靜思蘿月候孤琴。何當棒喝金閨下，笑倒胡盧挈伴尋。

(扇笑) 想像伊人亦個中，佯癡撕扇意何窮。裂繒故事無斯快，碎玉新聲莫此工。轉瞬回嗔眸已落，薄言逢怒頰猶紅。嫣然不是千金買，一種魂銷便面風。

(聽雨) 風風雨雨繡窗前，見說相思益惘然。蝶夢家山千萬里，雁聲客舍兩三年。解環有意空歸水，竊藥無心詎上天。莫怪銜泥人忽至，燕支滴瘦海棠邊。

(補裘) 孰令停眠作好羞，關心強整雀金裘。捉刀拈弄情何極，揩枕裁量病未瘳。無縫天衣誰竟補，有虧月戶若爲修。最憐蠟炬成灰處，十指冰寒體不柔。

(試情) 何必危言爲試情，離魂離夢昧三生。却教腸斷神難主，頓使形銷語不明。花雨迷濛春色暗，柳風綽約黛痕輕。怪他鸜鵒多饒舌，險把琉璃一座傾。

(花壽) 更番春酒醉當風，花壽年年祝此中。金粉千行自圍繞，瓊酥一朶已消融。盧呼直爾皆浮白，拇戰居然盡倚紅。快進流霞兩三盞，羣芳盟主號新崇。

(誄花) 底忘南華秋水篇，傷今悼古義文牽。花天寂寂愁空瘞，月地茫茫恨漫填。青塚不知嫌薄命，紅窗偏會笑無緣。冬裘夏扇成陳跡，斷送如何禁涕漣。

(失玉) 慢藏無故失連城，道骨仙風竟肆行。璞守荆山原易泣，珠還滄海却難擎。便如朝露當重泫，若花輕塵亦再生。智者由來千慮得，只輸半點是癡情。

（焚帕）　紅綃一憶鴛鴦字，此際傷心若斷猿。塚結春花新噩夢，燈挑秋雨舊詩魂。已知琴客音將閟，不使鮫人淚有痕。欲付東流猶着相，丙丁聊借受辛盆。

（鵑啼）　催妝巧賦作空談，驚破芳魂拍拍澹。香稻薦馨農欲老，疎篁濺淚主何堪。紫鵑啼斷怡紅院，雪雁鳴殘櫳翠庵。惟有湘雲情早悟，瓣香獨爲禮瞿曇。

（哭園）　知爾前身是妙蓮，不應常養在情田。若非化蝶歸芳草，想作輕紅逐斷煙。花雨旛幢悲繡佛，天風裙衩痛留仙。斷腸此日偏思續，生待孁孁再世緣。（《釣渭間雜膾》，嘉慶小百尺樓刊本）

孫蓀意

【題紅樓夢傳奇（賀新涼）】　情到深於此。竟甘心，爲他腸斷，爲他身死。夢醒紅樓人不見，簾影搖風驚起。漫贏得新愁如水。爲有前身因果在，拚今生滴盡相思淚。憑喚取，孁兒字。瀟湘館外春餘幾。襯苔痕，殘英一片，斷紅零紫。飄泊東風憐薄命，多少惜花心事。攜鴉嘴爲花深瘞。歸去瑤臺塵境杳，又爭知此恨能消未。怕依舊，鎖蛾翠。（《衍波詞》，嘉慶十二年額粉盦刊本，卷二）

沈　謙

【紅樓夢賦】（賈寶玉夢遊太虛境賦）　有緣皆幻，無色不空，風愁月恨，都在夢中。恨不照秦皇之鏡，然温嶠之犀，早離海苦，莫問津迷。何須春怨秋怨，朝啼夜啼，淚彈珠落，眉鎖山低。則有警幻仙姑，身寄清都，職司姻籙，薄命誰憐，鍾情必錄。國號衆香，峯依羣玉，會飲瓊漿，界分金粟。登碧落兮千里，傍紅牆兮一曲。笑此地情天孽海，豈有神仙；願世間才子佳人，都成眷屬。遂令雲母屏前，水晶枕上，殼破蟬飛，香迷蝶放。境黑仍甜，雲青無障，烱引雙光，靈開十相。瓊花瑤草，翻添嫵媚之容；綠樹紅亭，別構玲瓏之樣。於是手披舊册，目注新圖，細摹詩讖，歷訪仙姝。玉容慘澹，墨蹟模糊。石竟頑而不轉，花未老而先癯。慧劍憑揮，好破城中煩惱；呆燈空對，終疑畫裏葫蘆。爾乃烹羊脯，剖麟脂，調赤莚，劈斑螭。酒釀羣芳，萬豔同杯之勝；茶煎宿露，千紅一窟之奇。固宜觴飛鸚鵡，巵獻玻璃，神移玉闕，心醉珠帷。况復飛瓊鼓瑟，弄玉吹笙，江妃拊石，毛女彈箏。絳節記竿頭之舞，霓裳流花底之聲。靈香王妙想，雅奏董雙成。朝雲暮雨之期，行來一度；紅粉青娥之局，話了三生。無何仙界難留，錦屏易曉，眼前好景俱空，梁上餘音猶繞。人生行樂只如此，十二金釵都杳渺。不想《紅樓》命名意，誤煞少年又多少！

（滴翠亭撲蝶賦）　楊柳陰中春色稀，餞春今日送春歸。惟有癡情蝶不知，雙雙猶傍花間飛。昔之韓憑夫婦，謝逸詩篇，藤峽一枝之翠，雲峯五色之煙。輕盈善舞，縹緲俱仙。牆高粉落，簾細鬚穿。莫不羅扇暗拂，綵衣頻牽。認爾前生，鶴子花頭之葉；添誰好樣，宮人鬢上之鈿。爰有淑女，小名寶釵，香閨舊伴，有約忘懷。欲訪不果，相思無涯，尋春玉體，轉步苔階。飛絮和煙光欲活，落花與雲影俱埋。青描螺子黛，綠襯鳳頭鞋。則見栩栩玉腰，翩翩粉翅，顧影自憐，側身偏媚，飽咂額紅，斜撩眉翠。穿香徑而仍回，拂錦茵而若墜。君何輕薄，夢迷莊叟之癡；儂也顛狂，會結唐宮之戲。遂乃繞雕甍，穿繡閣，捲珠幃，披晶箔。袖短羅香，鬢鬆雲薄，勢怯鶯捎，魂防燕掠。徑雖仄而草肥，心未慵而腕弱。路轉峯迴之處，架掩荼蘼；水流花謝之時，欄遮芍藥。雁齒橋横，魚鱗浪隔。香汗淋淋，春波脈脈，杏子衫輕，桃花扇窄。綠樹陰濃，蒼苔路僻，空盼仙衣，徒敲粉拍。步不穩兮難支，臉不羞兮亦赤。相逢遺帕之人，遁去竊香之客。歌曰：南園草綠任飛回，定在山隈與水隈。空闊胸襟儂本色，夢魂不唱祝英臺。又曰：滴翠亭邊四望空，花枝冉冉隱牆東。春風無意透消息，驚煞推牕林小紅。

（葬花賦）　春雨春風，夢醒樓中，憑闌小立，滿地殘紅。莫不芳心若醉，癡想俱空，依徊亭榭，惆悵簾櫳。顰卿乃翻花譜，曳花裙，隨花擔，荷花鋤。薔薇露下，楊柳風初，愁誰似我，恨卻關渠。柔情脈脈，孤影蘧蘧，紅雨春歸之後，綠陰午倦之餘。與其影落芳塵，聲隨流水，幻類萍蹤，香粘屐齒，高飛滴翠亭邊，低逐怡紅院裏，何如貯以金囊，築爲玉壘，黄土雲封，白楊煙起。美人句妙，都諳鶗鴂之啼；公子情癡，定撰芙蓉之誄。豔骨長埋，愁腸空繞，墓拜王嬙，墳鄰蘇小。鴛鴦塚成，酴醾事了。眼迷階畔之苔，聲斷枝頭之鳥。倩徐生而寫影，紅瘦綠肥；仿屈子以招魂，月殘風曉。徒令梅兄失侶，菊婢垂頭，蝶媒抱恨，蜂使含愁，荒涼三徑，冷落一抔。草雖生而不宿，葉先病而如秋。落日杜鵑，長啼血淚；空梁燕子，徒弔畫樓。吁嗟乎！柳絮填詞之日，海棠結社之年，生涯詩酒，風致神仙。而乃灑相思之淚，完太虛之緣。波皆有恨，月不常圓，芳情繚繞，苦味纏綿。花容軃雨，花骨埋煙，茜牕露冷，湘館雲眠。人生到此，能不淒然！詩曰：臙粉零香亦可憐，焚巾難補有情天。不知三尺孤墳影，葬得姑蘇何處邊？

（海棠結社賦）　我聞衙士避燕，燒錢噪鴉，王子評鏡，魯公鬥茶，陶令招隱，白傅放衙。枌榆路古，桑柘陰斜，晚風楊葉，清月蓮花。尋洛下之衣冠，圖留僧舍；題霅溪之名字，歌起漁家。則有劉家小妹，行列第三，荔枝雖側，杏花太憨。寄閒情於筆墨，窮眞趣於林嵐。檻下低徊，清光夜惜，齋中寂寞，爽氣秋含。留八月之餘春，屋當金貯；送一函之小啓，詞擬珠淡。會有香山之勝，酒有玉井之酣。奪錦裁詩，掃花擁帚，斜捲晴簾，洞開妝牖，韻隨鉢成，心爲囊嘔。覺風雅之淋漓，喜精神之抖擻。甜鶯入夢之香，妙借生春之手。莫呼姊妹，贈別號於詩翁；慣慕神仙，拾餘芳於名友。渺渺秋光，開偏海棠，種分西府，植向南牆，宜和梨酒，好聘梅妝。淡抹半簾之月，寒欺五夜之霜。結一巢而堪卧，入三徑而非荒。此日題詞，擬借書生之杜；當年灑淚，空迴思婦之腸。倩繡閣之佳人，作騷壇之盟主，逸同竹林，名聯蘭譜，勝攬芳園，句傳樂府。花有價而能評，繭無絲而不吐。遂令楊柳平隄，鴛鴦別浦，銷夏深灣，藏春小塢，莫不十樣箋題，一枝筆補。憑分甲乙之公，詎惜推敲之苦。律兼收乎疊韻雙聲，期不爽乎五風十雨。所以時逢落帽，節屆湔裾，華筵酒半，小牕睡餘，柳絮新塡之日，桃花再建之初，賦江梅於梵院，吟籬菊於吾廬。縱教春卉秋蒲，別開結構；爲數黃心綠葉，實記權輿。

（櫳翠庵品茶賦）　問前身於寶珞，尋覺路於金繩，魚山梵唄，鹿女禪燈，三空竟闢，萬應俱澄。座則蓮花朵朵，塔則螺影層層。細草長松，早結眞如之諦；晨鐘暮鼓，咸參最上之乘。當其相近莊嚴，城開煩惱，經倩馬馱，鉢和雲抱。錫飛則虎豹皆驚，塵斷則煙霞同老。臺非鏡而都空，徑有花而不掃。固已緣分香火，慧證菩提，何妨渴解旗鎗，癖呼甘草。爾乃金鑪細撥，石鼎新煎，銀絲縷縷，玉液涓涓。

添總順乎活火，汲不賴乎深泉。聽來松下之濤，淸風入韻；收得梅梢之雪，凡骨都仙。經分十二門，陸羽則採傳舊譜；文有五千卷，盧仝則謝賦新牋。骨碾鳳團，根蟠龍脊，小峴雨酣，春池雷圻。鶴嶺膏流，鳩阬翠積，八餅素塵，一甌靈液。雲脚偏紅，乳頭俱碧，姓則封以甘侯，名則頌以森伯。莫不味辨六班，風生兩腋，烹來北苑之香，供爾西園之客。人如菊淡，氣似蘭馨，塵想胥滌，醉魂漸醒。筒傾巖白，盌配瓷青。頂灌醍醐，合撫仙人之掌；香焚薝蔔，疑偸大士之瓶。笑巳類於拈花，眞堪療渴；頑總同於點石，不藉談經。況復漆盤煙護，花甕雲消，靈犀堪點，斑竹誰雕。滌紅螺兮九曲，懸綠玉兮一瓢。篆紋題蘇子之名，形分蝌蚪；秘府重王郎之玩，寶勝瓊瑤。何必背欹銅鶴，葉捲金蕉，盌奪琉璃之彩，盃爭鸚鵡之嬌。歌曰：危坐金身丈六前，修行何處脫塵緣？幾聲睡後煎來熟，參透觀音水月禪。

（秋夜製風雨詞賦）　僕嘗驚秋夢，擁秋衾，悲秋笛，感秋砧，對秋燈之黯黯，數秋點之沈沈。即令秋河徹曉，秋月滿林，秋高入畫，秋爽披襟，猶然動我以秋怨，攄我以秋吟。況復細雨斜風，秋聲四起，溼落簷花，寒逼牕紙，旅館蕭條，彌嗟客子。衣無人寄，故鄉雲樹之間；被有誰溫，小榻塵煙之裏。獨坐聽之，情焉能巳！何怪乎金閨淑媛，繡閣名姝，花憐骨瘦，月弔身孤，寄還類燕，啼竟如烏，愁從筆訴，病倩人扶。讀江令之別離，情牽團露；笑潘郎之吟詠，與掃催租。當其寂寂昏黃，倦倚牙牀，楊柳凝翠，梧桐送涼，石細苔潤，林搖竹香，窗破蕉展，徑寒菊荒，猿啼峽暗，鶴唳橫塘，蛩吟也苦，葉落如狂。燈不挑兮檠短，夢不穩兮漏長。爾乃墨染金花，硯調青石，銀管毫抽，錦箋手劈。何餘緒之纏綿，寫離情之睽隔，張衡之怨難消，宋玉之悲莫釋。淒涼團扇，姬人漢殿之歌；彷彿春江，學士陳宮之格。多情公子，風致翩翩，擕燈相訪，笠雨簑煙，斜憑玉几，小坐花氊。當亦數行淚下，一脈愁牽，對此不堪卒讀之句，歸於無可奈何之天。彼夫桃花春雨，柳絮春風，影飄楹外，香滿簾中，固宜詞傷頭白，塚泣顏紅，傳情命薄，寄恨途窮者矣。乃知人影蕭疏，天光黤黮，霧鎖煙迷，紅愁綠慘，三更寂寥，四壁澄淡。蓴羹鱸膾，每縈旅客之情；斷雁溼雲，尤觸騷人之感。

（蘆雪亭賞雪賦）大地斂昏，羣山含凍，搩日韜霞，綠甍冒棟。峯頭之吟榻高眠，江面之釣船斜送。火則翡翠一爐，酒則葡萄半甕。影隨柳絮，春風謝女之魂；寒到梅花，明月逋仙之夢。花帚分擕，來掃舊蹊，重重玉戲，顆顆珠啼。魚鱗屋厚，雁齒橋低，鶴何為而守樹？鴻何事而印泥？遂乃筵開玳瑁，牕展玻璃，一簾垂地，四壁環溪，碧峯石隱，銀浦波迷，煙埋葭岸，水漲蓼隄，喚晴無鵲，辟寒有犀，路自藏乎曲折，天不辨乎東西。則見杯浮大白，火擁層紅，覆非蕉葉，薰有瓠籠，胎還勝兔，掌亦如熊，毛眞雪聚，炭類雲烘。分玉署之三牲，仙家上品；剖金刀之一臠，名士高風。況復蓉粉銜箋，松煙潑墨，爐好同圍，燭何須刻？天連慘澹之容，字費推敲之力，寒香則秋水閒吟，佳句則灞橋獨得。添誰詩債，罰依金谷之條；助我春情，供借銅瓶之色。公子乃扶筇獨往，着屐頻探，蘼蕪幽徑，薜荔小庵。影欹竹外，香逗枝南，深山霞落，老樹煙含，一痕春盎，半面酒酣。疎夢到羅浮之界，夙緣登彌勒之龕，笑無檐而不索，禪有壁而同參。臘釀重澆，北風飄蕭，聲催銅鉢，煖護銀貂。詩眞香沁，圖豈寒消，壺貯冰而了了，山頽玉而迢迢。數闋歌來，妝想美人之淡；一枝贈後，情憐驛使之遙。賡白雪之新腔，莫翻下里，譜紅羅之豔曲，絕勝南朝。

（雪裏折紅梅賦）　紅粉修來香國坐，靑鬟擁向玉山行。　五出梅花六出雪，美人林下立無聲。　方其聯盟入社，下筆驚人，天公戲玉，世界成銀，裘因貂暖，圍類兔馴，株株屋繞，步步簷巡，柳有絮而皆軟，松無皮而不皴。　白羽飛時，貝闕瓊樓之地；紅霞落處，空山流水之春。　則見錦被風裁，根從雲託，影瘦枝疏，妝慵粉薄，分種蒲龕，開花蘭若，非孤嶺之黃香，異仙家之綠萼。　鉢常咒而生蓮，門自關而守鶴。　灌須甘露，傾大士之銀瓶；沁借寒香，學道人之鐵脚。　來追禪步，迷茫無路，積霞未融，斜風如故。　圖披九九之寒，徑覓三三之趣，磴不掃兮全封，山雖藏兮半露。　吟成東閣之詩，分得西岡之樹。類牆頭之紅杏，拖出一枝；同天上之碧桃，竊來三度。　竹影交加，籠水籠沙，寒壓眉月，暈蒸臉霞。　枝高手冷，步緩腰斜，小橋樹隔，老屋煙遮。　橫琴何處？烹茗誰家？門歌於皓齒青娥，亭邊顧曲；索笑於竹牀紙帳，座下拈花。　點額則壽陽妝罷，舉杯則羅浮夢賒。　閒依石檻，小立苔垣，句留屋角，躑躅籬根。　玉皆換骨，花欲銷魂，罨畫三面，胭脂一痕。　鐵笛與銅瓶俱抱，翠裘隨縞袂同温。　淡雲曉日之餘，誰誇白戰；疎影暗香之裏，又到黃昏。　歌曰：姊妹江東大小喬，憐卿丰韻十分饒。　前生夫壻林和靖，合住段家湖上橋。

（病補孔雀裘賦）　斯羅之國，屬賓之路，有文禽焉，四孔都護。　尾張錦輪，屏依紅樹，聳翠角而高騫，服繡衣而先妬。　壓以金線，編以彩暈，集而爲裘，適合腰圍。　雉頭失色，鶴氅爭輝，刷翎則翠落，振翼則鸞飛。　劫奈成灰，抱此難完之璧；巧誰乞樣，補來無縫之衣。　縱令訪天孫於河源，尋龍女於洛水，蘇若蘭之慧心，薛靈芸之神技，鍼借辟塵，絲穿連理，終難價重千金，春生十指。類佳人之茅屋，工費牽蘿；同太守之布綯，儉能糊紙。然而添香小婢，煎茶侍兒，靈機獨運，病骨難支，鴛鴦懶後，蝴蝶慵時，眉何事而不黛？鬢何爲而如絲？詎作嬌羞，學夫人之舉動；好將熨貼，消公子之狂癡。斜偎錦枕，小啓香奩，珠毛暗剔，翠縷輕拈，聲搖玉釧，絨唾晶簾，眼昏針細，燈晃毫尖。綳來新月之弓，半鉤忽滿；送來春風之剪，一線頻添。是經是緯，或橫或縱，雲霞烱烱，錦繡重重。黑貂青鳳之名，徒誇焜耀；翠尾金花之樣，絕妙彌縫。豈不疲而樂此，卻無取乎憐儂。寂寂寒宵，銀燈懶挑，蓮漏音急，茗爐篆消。妝慵素粉，醫暈紅潮，影比梅而更瘦，聲如燕而尤嬌。能不悄然心醉，黯然魂消，枕以玉骨，覆以金貂？他年委懷琴書，怡情筆硯，小窗捲風，幽徑積霞，見此故物，曷勝眷戀。霜高露冷，神傷翡翠之裘；玉葬香埋，腸斷芙蓉之面。

（邢岫煙典衣賦）　僕之窮猿長嘯，怖鴿難安，蕭條家巷，落拓征鞍，骨向誰傲，眉徒自攢。錐無地而可卓，劍有鋏而常彈。葛帔相逢，要廣劉郎之論；綈袍莫贈，徒憐范叔之寒。亦嘗徧覓雲鄉，頻傾竹筒，裳解芙蓉，裘抛翡翠，豪類阮孚，斂同蘇季。愛雖割而難忘，贏已操而多累。取中府而藏外府，負他一領青衫；感去年以待來年，消此數行綠字。愁添酒債，代滿瓜期，寒催雁陣，贖少羊皮。歎有室中之婦，號有牀上之兒，猶復計同補網，形似弈棋，任塗抹於東西，拙嫌鬼笑；費周章於昏暮，清畏人知。如此生涯，寒儒故態，不意金閨，亦同感慨。當其失路依人，居貧寄食，生有仙姿，容無靚飾。簪金帶玉，曾遊綾綺之塲；裙布釵荆，別具煙霞之色。身如萍靡，移本無根；心與蓮同，劈誰見薏。啓篋兮塵尙封，挑燈兮淚徒拭。爾乃暈綠蒸黃，圈紅窄素，鏤金貫珠，裁雲織霧，纖眘並垂，單複咸具，莫不解忘貂寒，藏免蝨蠹，菊耐霜欺，蘭遭風妬。鳥篆蟲書之迹，字問元亭；皂衫角帶之形，人司質庫。適逢小姑，談及心曲，羞帶顏紅，冷侵髻綠。情切葭莩，利權蝍蠋。辟寒無恙，還伊合浦之珠；抱璞來歸，完爾荆山之玉。自然持券以償，應藉傾囊而贖。吁嗟乎！鶴銷寒骨，鶯繞愁腸，未諳壓線，莫賦催妝。無處得送窮之筆，何人傳療妬之方？舊恨孰遷乎阿姊，餘情堪寄乎小郎。爾時碧玉投來，深感佳人之贈；他日紅綾遺去，難禁老嫗之狂。

（醉眠芍藥茵賦）　簇簇金線，重重絳綃，花市含煙舞，苔階帶露飄。十二闌干紅香圃，錯認垂楊廿四橋。彼之相卜廣陵，佛供東武，玉帶頻拖，金囊如縷，鱠紫登盤，鵝黃曳組。白門蓮塘，紅搖柳浦，婪尾春歸，平頭香聚。本翠纈之爭抽，亦繡纈之可撫。仙顏醉倒，李學士見而呼名；寶相迷來，劉舍人因而訂譜。爾乃繞薇軒，披蕙閣，浥蓴羹，調杏酪。蓮子新杯，蘭花故幕，薤簟風疏，蓉屏煙薄，酒濃律嚴，觴累籌錯。量何如窄，不勝大白之浮；情有所鍾，翻受小紅之謔。璆然佩環，頳然笑顏，眼迷秋水，眉暈春山，粉融素頰，絲顫青鬟。釵斜影嚲，袖溼痕斑，癡立花下，巧離席間。路緣樹迷，塵倩風掃，欄迴鳥驚，徑僻苔老，石磴蒼涼，春色更好。夢隨鶴而俱酣，眠何雲而不抱。捧出玉盤之樣，葉認琉璃，裹來羅帕之香，枕同瑪瑙。燕妬鶯慚，珠圍翠疊，狂或引蜂，慵眞化蝶，醒合遺鈿，羞如暈靨。非關血染，輕飄杏子之衫；絕似香埋，半露桐皮之篋。黑正甜而愈濃，紅竟軟而難捻。似此風流，千古獨絕，昔有二美，比卿最切。詩曰：鬢亂釵橫倚玉床，侍兒扶起理殘妝。沈香亭畔承恩日，夜夜春風醉海棠。又曰：小臥簷前夢不成，暗香疎影向人迎。壽陽公主梅花額，修到今生定幾生。

（怡紅院開夜宴賦）　金屋人間，晶簾日暮，落花開筵，啼鳥宿樹，令懸詩牌，籌錯酒數，漏滴將殘，曲終誰顧？陽春召我，同太白之夜遊；皇覽揆予，適靈均之初度。香浮銀甕，錦簇珠盤，猿眞獻果，鶴不分餐。梨正開而早釀，桃非竊而如蟠。春觴勸祝，倚榻盤桓。無須白鳳青鸞，王母長生之藥；元霜絳雪，麻姑不老之丹。則見春草嬌婢，朝雲小鬟，歌喉珠貫，舞袖弓彎。帳因霧鎖，門倩風關，銀屏燭冷，翠幕鉤閒，深情若揭，俗例都刪。碧籠鴉髻，紅褪鳳環，香淋額角，黛掃眉間。酒泛鵝兒色，曲吟雉子班。遂乃珠圍翠合，雲亙星聯，籤籌一握，骰彩三宣。桃垂溪畔，杏倚日邊，送春花了，繞瑞枝連。紅瘦綠肥，錦障鎖佳人之夢；影疏香暗，孤山留處士之天。卻宜春館笙歌，羨他富貴；最好秋江風露，修到神仙。彼夫器陳握槊，物取藏彄，鶴形箭飾，豹尾壺投，格五致險，象六誰優？呼梟得梟，彩非雉犢；打馬刻馬，圖有騂騮。洵閨房之遊戲，爲飲博之風流。何如拋紅豆之玲瓏，相思入骨；誦碧雲之清麗，不盡飛籌。乃有梨園舞女，名列煎茶，簫吹碧玉，板拍紅牙。蹙眉偃月，暈臉蒸霞，夜深則海棠欲睡，風高則燕子先斜。瑪瑙枕邊，夢斷合歡之榻；芙蓉帳裏，香飄並蒂之花。

（見土物思鄉賦）　客有自吳門來者，遺以石鼠之筆，金花之箋，硯則雪浪，墨則松煙，粉有龍消之美，黛有螺子之鮮，傀儡則摶以黃土，胭脂則和以丹鉛。感姊妹之多情，頻勞投贈；傷耶娘之永訣，莫訴迍邅。當其寄食母家，棲身旅境，鄉關路遙，孤館日永，聽翠竹兮聲清，望白雲兮氣冷。雖曰我之自出，脈脈關心；其如窮無所歸，煢煢弔影。愁緒亂兮秋漏長，客夢醒兮春院靜。猶憶夫鱸鄉風透，鶴澗雲棲，寒山鐘斷，樂圃花迷，橋邊虹臥，臺上鴞啼，夕陽烏巻，芳草白隄，墩飛彩鳳，陂畜仙雞，點頭石古，響屧廊低。一帶玉山，桐樹譴仲瑛之宅；半彎香水，蓮花通西子之溪。似此風光，不堪睽隔。放眼兮山斷煙橫，舉目兮天空月白。有三千雲外之程，無十二風前之翮。路迢迢兮界彌寬，魂恍恍兮心倍窄。尙令客中遇舊，情益相親；即教夢裏還家，愁猶莫釋。況復故鄉珍物，彌深愴懷，荔同貢蜀，橘類踰淮，能不悄然腸斷，潸然淚揩。心比蓮而尤苦，境非蔗而何佳，愁惟眠而可對，悶無酒而堪排。儂有誰憐，煩侍兒之慰藉；命如斯薄，勞公子之詼諧。僕亦羈人，自傷征軼，捧他千佛之經，遺我三春之榜。名場則魚竟曝腮，生涯則蛛聊補綱。計拙兮客難歸，家貧兮親誰養。所冀塞鴻江鯉，憑傳尺素之書；何當鱸膾蒪羹，殊結秋風之想。

（中秋夜品笛桂花陰賦）　木落秋高，天空夕朗，星浮客槎，露裛仙掌。四壁蟲聲，萬戶碪響，寒影月來，孤情雲上。梯非石而貫繩，橋如銀而擲杖。玉樓徧倚，遂成騷客之名；金粟斜飄，殊結蟾宮之想。維時仙友聯盟，鄰林競秀，花開成毬，子落如豆，霄放綵鵬，路分靈鷲，八公依劉，五枝贈竇，四出瓣圓，重臺香透。莫不越層巖，登遠岫，採瓊英，探璇宿，攀喜天高，培驚山瘦，白好盈簪，碧還唾袖。槐魄團欒，萱堂縱歡，篆裊香炮，風搖燭殘，杏子衫薄，蓮花漏乾，關山欲曉，星斗自寒，紅牙未按，銀甲休彈。恍登黃鶴之樓，江城如舊；宜奏紫雲之曲，世界都寬。折柳成腔，落梅應拍，流水飛鴻，穿雲裂石，紫玉聲偷，綠珠影隔，魚龍跳噴，霄漢軒闢，蟬冷兎寒，煙空露白，猿啼峯青，烏啼樹碧。三更潮反，擕來玳瑁之枝；十斛香飛，驚落嫦娥之魄。獻疑東海，奏叶西涼，鈿裁江左，簳取衡陽，韻皆合管，音猶繞梁。

隔深林兮縹緲，穿曲徑兮悠揚。逢被謫之仙人，響連月斧；感同遊之道士，調製霓裳。郭超吹而流涕，阮咸聞而斷腸。急管淒愴，幽情悲咽，彌深舊懷，莫翻新闋。故園無金谷之遊，客子有玉關之別。鷓鴣啼後，霜露俱晞；烏鵲飛來，風煙頓絶。夜涼兮酒醒，夢斷兮愁結。不獨李生鏡水，湖中之匳影平分；老父君山，江上之嵐光盡裂。

（凹晶館月夜聯句賦）　橫天河漢，近水樓臺，一角靑嶂，半弓綠苔。風生木末，月滿池隈，浪翻紋起，簾捲影來，花濃香聚，石細路迴。身皆仙骨，秋是愁媒，夢如雲嬾，詩不雨催。西園侍宴，觸景辛酸，迢迢夜永，落落形單。山不高而色淨，樹不老而聲寒。桐何爲而蘸碧？桂何事而流丹？露橫水冷，雲斂天寬，彩分貝闕，圓捧晶盤。遂乃緩蹴鳳鞋，輕擕雀扇，羅袖拖紅，練裙皺茜，步展弓弓，波開面面。風約萍根，雪堆荻片，鵁不驚飛，喉疑鶯囀。囊提骨董，有句同探，鼎返消摩，無丹不鍊。玉臂雲鬟之飾，香霧迷來；紅吟綠賦之聲，石欄敷遍。絳仙雅調，白蠟新詞，泥同落燕，珠必探驪。才逾鮑妹，慧勝班姬，刻憐燭短，催怕鐘遲。思抽來而乙乙，語貫去而纍纍。敵遇勍而鬥捷，韻因險而生奇。秋色平分，明月三更之夢；偏師難破，長城五字之師。維時鵲繞枝頭，猿啼峽裏，筆點花魂，香噴石髓。雲氣鋪青，嵐光聳紫，槎貫如期，鏡磨無滓。笛聲嫋嫋，遠飄秋樹之陰；鶴影珊珊，橫渡寒塘之水。南樓則逸興遄飛，北院則狂歌驚起。既而蘭若同遊，松龕並坐，硯匣閒隨，釵鬟斜嚲。綠茗一甌，青蓮千朵，頂依薝蔔之香，燈撥琉璃之火。苦海不乏慈航，迷津豈無法舸！詩夢醒兮草生，禪關冷兮煙鎖。直欲剪紅刻翠，頻敲銅鉢之音；何妨扣寂探機，共證蒲團之果。

（四美釣魚賦）　紅飛岸蓼，綠捲汀蘋，水淸石露，浪小珠勻，鴛鴦浴浦，翡翠投綸。鏡有霜而皆曉，壺無玉而不春。何須蓮葉溪邊，放來短艇；卻好桃花潭上，寄此閒身。閨中仙隊，翠繞珠圍，勾留石磴，拂拭苔磯。雨平水滿，秋老魚肥；遠岸鷗宿，芳田鷺飛，香草裛袖，嵐氣侵衣。照面盈盈，豔比浣紗之女；凌波冉冉，嬌同解佩之妃。爾乃斜放芒鈎，輕抛瓊粒，眼徹波澄，心隨流急。雲彌鏡而鬢寒，浪潑花而腮溼。聯蟬嘯合，聲疑楊柳之藏；獨繭絲垂，影許蜻蜓之立。不羨乎海上罾罾，江干簑笠。綠渚煙橫，碧瀾風盪，香沫徐噴，錦鱗直上。鵁鶄驚飛，蕣葭激響，飽啞萍根，潛通藕蕩。穴向丙探，頭如丁仰，纖簖編籬，掣三牽兩，腰折神疲，睛迴目晃。喃喃吶吶，流水下之嬌音；策策堂堂，結濠間之遐想。怡紅公子，緣溪前行，身藏路僻，步展衣輕，攜來片石，衝破澄泓，空山鶴嘯，老樹猿驚。相與臨曲澗，坐疎林，投翠竹，鍛黃金。直本如繩，借得美人之綫；沉原有羽，敲殘稚子之鍼。宜收萬匠之篊，鸕鶿港淺；漫引百囊之網，蘆荻洲深。用以參珞琭之書 究波羅之術，探景純之囊，入君平之室。李虛中空演支干，桑道茂徒推月日。瓦雖擊而無靈，棋果排而莫悉。不必蓍耆龜久，細課虛元；便教餌重緡隆，預徵安吉。

（瀟湘館聽琴賦）　梅花三疊，月滿闌干，幽徑聲寂，小牕影單。新愁誰訴，古調獨彈，落落塵世，知音最難。維時竹下美人，橫琴小坐，葉葉淚斑，枝枝煙妥。影倩魂移，香和夢鎖，碧檻縈紆，青帷潭沱。卓磨郭公之磚，爐撥謝仙之火。感花前之姊妹，社結當年；披篋裏之篇章，愁深似我。爾乃細按玉徽，輕調珠柱，白博音淸，丹維製古。絃拂鴛鴦，語傳鸚鵡，桐尾先焦，蓮心最苦。索來妙句，淒風冷雨之情；翻入新腔，流水高山之譜。則有洛陽阿潘，路歸蘭若，同公子之纏綿，得仙人之瀟灑，引我津迷，問誰心寫。賞音怪石之間，擊節高梧之下。或斷或續，若抑若揚，曲塡鳳喙，聲繞鶯腸。鶴歸露冷，猿嘯雲荒，雉飛秋隴，蟬咽寒塘。石上松老，谷口蘭香，調翻積雪，操寄履霜。韻帶愁而倍窄，絲牽恨而彌長。宜其流泉皺碧，曉岫含青，梟鴟迭奏，魚龍暗聽。幽思嫋嫋，逸韻泠泠，鸞膠欲續，花夢都醒。吁嗟蒲柳，望柳忽零。絃絕先知，慧似中郎之女；曲終不見，憂同帝子之靈。美人有言，知己者少，顧曲不逢，因心自了。曷若對草木之芬芳，感禽魚之縹緲，懷風月之淒清，觸雲煙之繚繞。移情指間，結想塵表。何期逍遙大覺，嗟歎餘音，頓消俗慮，別悟禪心。他年玉碎與珠沉，箇裏仙機漸漸深。秋漢閒雲歸去也，一聲清磬滿叢林。

（焚稿斷癡情賦）　嗚呼！海溢情波，穴纏鬼市，居在膏肓，攻非腠理，醫誰換心，方無續髓。宜其藥竈空支，妝臺嬾起，翠剷靈根，紅韜瘦蕊，水自清而萍枯，香不改而蘭死。蒼鶊語滑，倍添春女之悲；扁鵲經殘，莫試秋夫之技。況復根代桃僵，味嘗茶苦，理鏡有臺，伐柯無斧。漠漠愁雲，紛紛覆雨，影怯蛇杯，名銷鴛譜。聲斷啼鵑，釁成讒虎，海可寃塡，天須恨補。何必詩播吟箋，句傳樂府，手縛麒麟，舌調鸚鵡。拋來白璧，飛作青媒，珠璣十斛，錦繡一堆。燒瘢滿地，火篆聞雷，秦燔煙捲，楚炬風催。看紅燭之已炧，適青囊之被災。收爨下之琴材，尾聲應律；爇爐中之香炷，心字成灰。爾乃桃紋炭熾，蓮朶燈昏，香羅誰贈，枯墨猶存。劈采牋於學士，裂玉璽於天孫。多少相思，都藏韻句；纏綿此恨，請驗啼痕。點點則湘妃灑淚，亭亭則謝女離魂。時則階靜月移，牕虛風顫，斑竹數竿，曇花一現。

絲盡春蠶，粱歸秋燕，慘結幽房，歡騰隔院。人間之色相俱空，天上之炎涼已變。無多離別，傷心聽蒿里之歌；如脱塵凡，攜手赴蓬山之宴。斷粉零脂之迹，枉泣紅顔；香蘭醉草之章，誰題黄絹？儂本情深，郎何緣薄？鏡破團圝，扇悲零落，迎或乘鸞，去歸化鶴。金不貯嬌，鐵能鑄錯。渺渺兮莫慰愁懷，忽忽乎未知生樂。憶昔詩壇賡唱，曾編一卷光陰；從今仙界分離，休問五雲樓閣。

（月夜感幽魂賦）　昔聞崔博陵之女子，眷戀荒墳；賈秋壑之侍兒，徘徊故宅。江陵傷紅袖之歌，古館記青楓之迹。魂依沙内，李邨埋骨之人；寃訴渠中，洛浦彈琴之客。兹皆鬼籙名登，莫信夜臺路隔。況夫寂寞園亭，景物飄零，雲影封路，風聲掃庭。芙蓉花冷，蘅蕪草腥，荼蘼欹架，芍藥鎖廳。犀文捲簟，猩色收屏，簾不垂而字綠，屐不到而苔青。爲訪小姑，來尋暝途，心同鵠怖，身似鸞臞。錦里將返，愛河已枯，當頭幾見，失脚誰扶？海清鏡滿，天闊輪孤。則見光射闌干，彩分霄漢，千竿竹疎，萬里煙斷。枝枝鵲飛，點點螢亂，蛩鳴菊籬，霜落楓岸。佛菴閉而燈寒，湘館啼而夢散。燭何須秉，閒行白石之間；衣倩誰添，小立紅牆之畔。轉步山椒，玉人遠邀，芳蹤寂寂，孤影飄飄。媚同柳弹，輕類松摇，玲瓏素佩，綽約仙標。非孫娘而亦笑，比盧女而尤嬌。豈徒半面之緣，似曾相識；忽憶九泉之路，益復無聊。將疑將信，若夢若癡，柔情欲斷，病骨難支。紅暈桃花之臉，綠顰桂葉之眉，心虚乃爾，命薄如斯。寒逼三更，環珮歸魂之夜；醒持半偈，醍醐灌頂之時。流果急而難退，石雖轉而已遲。嗟乎！巾幗英雄，爲才所累，錢則權蜩蠋之飛，虎則觸胭脂之忌。妬傳臨濟，津欲生波，悍似延平，鬼偏作祟。縱令雲翻雨覆，徒驚夜幕之聲；可憐月悴花憔，同灑秋風之淚。

（稻香邨課子賦）　繄藏春之芳圃，同負郭之農家。半畝蒲葉，一棚豆花，掛禾架滿，亞樹簾斜。貫繩小戽，護藥新笆，圓排穗擔，尖壓苗叉。掃徑則元卿趣逸，歸田則太傅情賒。錦屏繡幄之中，別開天地；茅舍竹籬之外，閒話桑麻。則有巴婦懷清，梁媛守寂，彤管成編，素帷掛壁。燕子絲纏，鮫人淚滴，塡石銜冤，倚楹生慼。歌有離鸞，服宜繡翟，傷破鏡之孤分，傍殘燈而獨績。望夫則首類飛蓬，訓子則書傳畫荻。膝下嬌兒，風神可愛，毬能使浮，韘何須佩，巧聯鸜鵒之詩，新製楊梅之對。昔呱呱於枕畔，頻傷背面之啼；今朗朗於懷中，猶作牽裙之態。墨妙琴清，秋幌寒更，甲夜乙夜，長檠短檠。金題列軸，縹帶分名，寫羅四部，擁勝百城。檢書有鶴，學語如鶯，弗絕吾種，最佳此聲。若問頭銜，點去毛君之筆；尙存手澤，鑿來晏子之楹。時則漠漠平田，翠光接天，麥收黑穧，稻插紅蓮，守戶尨吠，隔溪鷺眠，秧馬分種，水輪引泉，一犂雨漲，十耜雲連，小橋淡月，芳陌晴煙，芸牕晝永，花嶼春牽。猶復慈鋆竟折，秘笥同傳，紗幔垂授，藜牀坐穿。欲對古人，香披黃卷；好呼小婢，寒展靑氊。秀骨則亭亭玉立，嬌喉則顆顆珠圓。所以踏遍槐花，折來桂子，窟竟依蟾，門還登鯉，雕鶚薦秋，烏鵲占喜，攄奪錦之仙才，振鳴珂之戚里。回憶碧牕伴讀，十年挑風雨之燈；允宜紫誥分榮，五色煥鳳鸞之紙。（道光二年綠香紅影書巢刊本）

王芝岑

【題紅詞】（夢玉人引〔賈寶玉神遊太虛境〕）　逗先機，試看夢境是耶非。石不能言，笑他今也來茲。覺路翻迷，歎古今兒女情癡。一枕黑甜，是初出塲時。半天香霧，渾莫辨塵海與丹梯。闖入柔鄉，便隨蝴蝶雙飛。領略春光好，瞢騰午睡遲。泥人處，珮珊珊，欲即還離。

（法曲獻仙音（警幻仙曲演紅樓夢））樂府新翻，綺筵初設，演出紅樓顛末。幾輩名姝，一場春夢，詞中早分枯菀。便譜入笙簧裏，從頭與君說。衆仙列。聽悠揚八音齊奏，魂斷處，吹徹鳳簫激烈。宛囀運珠喉，唱人間多少風月。幻本非眞，問情癡能否超脫？怎高歌未已，玉磬戛然清越。

（錦帳春（賈寶玉初試雲雨情））珮解蘅皋，雲深楚岫，早午夢一番春逗。笑名花羞澀，頰潮微透，眼波低溜。蜥蜴肌妍，鸞凰聲湊，正瓜字平分時候。問來朝攬鏡，黛螺雙皺，可還依舊？

（紅窗迥（送宮花賈璉戲熙鳳））午漏長，春意鬧。正雲鎖金屋，幾重畫屏窈窕。鸞鳳協，巫峯峭。適宮花遞到。已過迴廊，剛近了鳥，簾外婢小，玉腕輕麾聲悄。聊且休，怎教來也，恰不遲不早。

（玉聯環（賈寶玉奇緣識金鎖））最關心處，悵當年問訊，玉偏無據 指初見黛玉摔玉事。又底事自詡通靈，向碧水藍田，更求鴛侶。瞥見驚疑，這一餅黃金誰鑄？怎珠聯璧合，數字分明，一般辭句。殷勤漫勞手付，恰低颺翠袖，冷香微度。待細究者段根由，奈調舌鶯兒，欲言還住。打破三生，卻不道雪邊相遇。祇堪憐，黛痕瘦損，夙緣未悟。

（賀聖朝（大觀園試才題對額））朱門高啓承恩第，正落成伊始。園林幾處竚標題，問新裁誰擬？亭亭玉樹，翩翩公子，看鯉庭親試。劇憐冰雪淨聰明，乍垂髫年紀。

（春從天上來（皇恩重元妃省父母））騎擁霓旌，正翠輦初移，夾道風清，扇分明月，香散春城。帝恩許賦歸寧。笑長安兒女，儘引領注目雲軿。羡昭容是誰家仙子，天與生成。遺柑恰逢佳節，想今夜繁華，定徧神京。禁弛金吾，光圓銀魄，管教萬戶傳燈。便景陽鐘動，火樹合，千炬還迎。頌昇平，聽通衢鼓吹，歡洽深更。

（綺羅香〔意綿綿靜日玉生香〕）玳瑁簾垂，狻猊篆裊，萬種柔絲齊綰。黛殢春山，窺得玉人微倦。問底事翠簟横陳，願乞取紅數半面。漫疑猜，星壓流丹，殘膏剛被一痕濺。　關心來與拂拭，渾覺輕綃抹處，香霏銀腕。兩小無猜，恰似並棲雛燕。遞軟語蘭臭偏投，恣雅謔齒芬交散。可知他幷剪難分，這芳心一片。

（珍珠簾〔西廂記妙詞通戲語〕）閒擕一卷言情作，漸行來悄傍花陰鈴索。芳信幾番催，悵亂紅零落。偏是傷春人又至，看瘦影較花還弱。商略把殘英收拾，深深埋却。　誰道暗留星眸，正新詞黄絹，分明覷着。試與細評量，可莫嫌輕薄。眼底傾城人不遠，歎儂也閒愁難撲。休愕，恕謔本無心，敢云爲虐。

（聲聲慢〔牡丹亭豔曲警芳心〕）乍離香冢，且返瀟湘，行來院近梨香。一串珠喉，隨風飄度横牆。分明譜成幽怨，一聲聲似訴愁腸。渾不料，那笙歌叢裏，也有文章。　道是嫣紅姹紫，付頹垣斷井，大半淒涼。子細思量，無情偏是東皇。流年去眞如水，儘番番吹老時光。休聽矣，怎禁他餘韻，還自悠揚。

（鵲橋仙〔蜂腰橋設言傳心事〕）綠楊深處，碧桃開徧，一種紅情脈脈。畫橋流水落花天，印片片相思痕迹。殷勤囑女，爲儂寄語，尺幅輕綃歸璧。笑他眞贋半模糊，問可有瓊瑶報得？

（念奴嬌〔瀟湘館春困發幽情〕）蜂忙鶯懶，豔陽天剛被尖風吹透。萬個琅玕敲碧玉，午夢乍醒時候。破悶無方，牽愁有句，芳思吟邊逗。幾分餘倦，欠伸微露雙藕。恰是看竹人來，尋幽意悄，簾外偷窺久。笑爾低徊腸九折，畢竟爲誰消瘦？脈脈依依，朝朝暮暮，慵似三眠柳。春光漏洩，問伊知也還否？

（釵頭鳳〔滴翠亭寶釵戲彩蝶〕）芳園曉，晴絲裊，玉人憐煞春駒好。雙飛處，星眸注，悄攜紈扇，驟拋花嶼。住，住，住！　低低繞，蘧蘧杳，幾回高下臨風嫋。翩躚羽，渾無據，乍迷香塢，又隨飄絮。去，去，去！

（金縷曲〔埋香冢黛玉泣殘紅〕）一掬傷春淚，又匆匆，清明穀雨，等閒過矣。二十四番風遞徧，枝上空餘淫翠，只剩有埋愁之地。漫說紅顔多命薄，但名花也便難如意。三尺土，衆芳寄。　天涯大半同顦顇，祇堪憐，飄零似我，更誰知己？我欲問花花不語，偏是啼鵑解事，卻譜出聲聲淒徵。七字吟成千古恨，歎吳儂幾爲多情死。腸斷處，綠陰裏。

（意難忘〔椿齡畫薔癡及局外〕）脈脈愁侵，正紅薔滿架，綠潤衣襟。多情憐碧玉，買笑陋黃金。抒皓腕，運瑶簪，爲有個知音。便把伊，心藏心寫，畫向花陰。　分明波折堪尋，早葫蘆依樣，字被偷臨。

書空窺約略，索解費沈吟。涼乍到，雨初淋，癡態兩難禁。待喚醒，眞堪一噱，彼此浸淫。

（多麗〔秋爽齋偶結海棠社〕）注吟眸，珠簾齊上珊鈎。暢吟懷，漫嗤不櫛，蛾眉也儘風流。試評量，深闌韻事，須打掃，落葉閒愁。玉露初團，海棠正放，名花端合互賡酬。況冰雪平分姿態，相對更清幽。休辜負，者番雅集，者樣高秋。最標新，稱農號客，蘅蕪卻儼封侯。倩湘妃旋來藕榭，遲女史（指湘雲）且訪菱洲。莫訝怡紅，居然入社；垂髫兄妹慣句留。看此日栽丹儷白，誰勝兩三籌。闕心處，夢甜香燼，銅鉢聲遒。

（惜黃花（蘅蕪院夜擬菊花題））蟾波涼瀉，麝煙香灺，漏迢迢，正良宵玉人聯話。剪燭鏡臺邊，吮墨蕉窗下。道最是命題宜雅。霜飛鴛瓦，蘚侵芳樹，聽西風，算東籬菊應開也。菊夢喚難醒，菊影攢如畫。待譜入詰朝詩社。

（霓裳中序第一（林瀟湘魁奪菊花詩））商聲聽瑟瑟，滿院秋陰翠疑滴，煞向菊邊相憶。纔罷持螯，漫輕搖筆。瀲潭漾碧，把好句臨流尋覓。倚畫檻拈花垂釣，默默搆思密。今日，誰居第一？卻最是瀟湘超軼，羣芳合讓前席。花夢初傳，似離還即。將花問致詰，偏問得花如欲泣。吟懷愜詠成三疊（詠菊、問菊、菊夢），不負者番集。

（鳳銜盃（金鴛鴦三宣牙牌令））誰家畫閣開良醼？閒敍卻一庭芳眷。喚起鴛鴦，待把觥飛徧。觴政舉，樗蒲展。嬌語脆，鶯喉囀，聽好句摘來如穿。最是婆娑老嫗，傳村諺，博得人歡忭。

（傾杯樂（賈寶玉品茶櫳翠菴））苔徑雲封，石龕香繞，尋幽到此良得。掃除俗慮，商略韻事，正一爐煙碧。摘松煮雪譜閒趣，聽瓶笙翻出，輕輕波折。魚眼凸，憑把詩腸疏滌。卻看點犀喬古，鏤鐫杯雅，尤愛瓟斝質。試雋味同參，中泠須汲。甚頭綱難覓。莫訝今朝，漫來塵客，緣自三生植。

（瑤花（琉璃世界白雪紅梅）） 花飛六出，玉戲終宵，把雲山輕抹。銜寒早起，天付與一種吟情清絕。披簑戴笠，便踏向層層瓊屑。忽好風暗遞春來，沁入心脾芳烈。回頭笑指林邊，正幾樹紅梅，妍映瀲雪。禁霜忍凍今日放，纔算芳心高潔。凝眸小立，又卻是相逢難別。恨不能索向簷前，博取冰魂歡悅。

（隔簾聽（暖香隖雅製春燈謎）） 暖透一叢香隖，白雪寒無力。紅梅乍放臙脂濶，試比玉人嬌，也應失色。更難得，頌椒才卻聯珠璧，臨風逸。 東皇消息，已逗林邊迹。春燈好句還須覓。幾回歡笑，幾回思索。儘新特，憑伊錦心同織。

（剔銀燈（勇晴雯病補雀毛裘）） 缺陷世間眞有，補綴更無能手。欲慰郎癡，那憐儂病，且自爲他成就。偏如春柳，眠乍起，低垂還又。 紅線絲絲結構，翠羽層層分剖。一領輕裘，幾分心血，辛苦爲郎擔受。問郎知否？須記取，今宵人瘦。

（百宜嬌（憨湘雲醉眠芍藥茵）） 與比人酣，量偏儂窄，紅暈玉山頹矣。莫向禪逃，且偎花坐，愛煞芳茵如綺。無心懶倚，早領略甜鄉滋味。笑居然簾幙週遮，一叢圍住婪尾。 眞韻事，今朝此地，香夢蝶蘧蘧，亂紅堆裏。鬓任雲鬆，扇隨風墮，女伴尋來喧指。蜂聲鬧處，問一覺游仙驚未？怎微醒，嬌語呢喃尚留殘醉。

（柳腰輕（獃香菱情解石榴裙）） 留仙百褶新裁妥，臨風步，腰肢鎖，悄窺蓮瓣，色分榴火。輭襯茸茵團坐，鬥春草渾不隄防，曳堂坳卻教泥涴。 只有怡紅最可，倩花卿解衣衣我。暗鬆香縷，背人低彈，煞是含羞無那。笑公子無乃多情，問芳心怎般銜荷？

（晝夜樂〔壽怡紅羣芳開夜宴〕）開筵重衍今宵壽，頌年年歡場久。最憐婢女多情，早把金錢紛湊。綠泛葡萄春在手，看遞處乍颺紅袖。低語祝檀郎，願如山如阜。闉中姊妹吟邊友，倩齊來團圞就。分明暖簇花叢，隱約聲催蓮漏。漫說園亭曾卜晝，卻既醉玉杯還侑。試問夜如何，已蟾窺西牖。

（徵招〔凸碧堂品笛感淒淸〕）侵簾珠露涼初透，難拋者般明月。月影鏡同圓，正絲毫無缺。中秋剛令節，奈羌笛吹來淒絕。一縷悠揚，幾回往復，十分幽咽。爲問賞秋人，今宵聚，何如昔年歡浹？聽去一聲聲，似陽關三疊。邊腔纖指攧，看天際微雲齊遏。且休說，對酒當歌，轉酒懷悵撥。烹茗相邀。

（鳳簫吟〔凹晶館聯詩悲寂寞〕）漫牽愁，臨流玩月，聯吟且賞良宵。比肩閒覓韻，數聲催處，聽玉漏迢迢。那嫌風露冷，影雙雙斜逗雲坳。一握冰輪，半天詠到松梢。無聊，此時遙憶，素娥沈寂，應也魂銷，不如儂與女，畫闌同倚徧，字共推敲。未須頻剪燭，湖淸輝波面光搖。剏有箇知音已到指妙玉，

（漁家傲〔占旺相四美釣游魚〕）湖面三篙新漲綠，奩開倒映人如玉。垂竿倚徧闌干曲，輕波蹙，觳觳私語臨風祝。出水誰先誇比目？好音勝似金釵卜。泡影忽翻珠一斛，星眸矚，纖鱗釣得剛盈掬。

（秋宵吟〔感秋聲撫琴悲往事〕）陡吹來，聽淅颯，樹樹秋聲叢沓，心如結，待譜入絲桐，且舒嗚咽。句初賡，響乍答，樂府翻成吟榻。挑還抹，把萬種蒼涼，一時攢合。局外人閒，正竹徑雙雙到恰。隔簾傾耳，羽換宮移，幾疊韻偏洽。往復愁腸匝。變徵音悽，哀怨雜遝。歎蕭疏七柱冰絃，多少幽思透指

甲。

（瀟湘夜雨（林黛玉焚稿斷癡情））　癡莫如儂，詩偏成稿，算來大半言愁。愁城鴻雪底須留，休再說，天長地久，終只合雲散風流。眞堪笑，燈邊月下，盼斷吟眸。　而今已矣，劫灰賸處，餘墨都勾。便將他，爐火鍊盡煩憂。思往事，多成幻境；尋舊夢，曾詠揚州。情滋味，酸鹹辨透，到此也應休。

（雲仙引（得通靈幻境悟仙緣））　縹緲仙鄉，眞如福地，重來試叩三生。琅函秘，藥書横，凝神悄窺半晌，一寸靈臺機乍迎。消息待參，即詩是讖，回首堪驚。　依稀燈火傳青，恍凊夜遙聞鐘一聲。打動惺惺，似模糊處，卻又分明。休更纏綿，請看鐵案，數到情癡天亦爭。究何爲者，廿年塵夢，此日方醒。（光緒四年申報館版《屑玉叢談》二集本）

潘德輿

【紅樓夢題詞十二絶】　朱門回睇不成春，花月樓臺總愴神。酒冷燈殘枯管秃，可憐金穴舊時人。

不關簫管不詩詞，別有生成一等癡。踏碎江南紅豆子，勸人何苦種相思。

片玉鐫成作小名，恨天居處愛河生。阿儂癡得頑如石，才有温柔入骨情。

瀟湘流恨似銀河，嗔惱其如愛惜何！手製題詩雙錦帕，一生方悔淚珠多。

金釵十五大家才，花解喬妝怕蝶猜。我愛無心雲一片，落紅隨意上身來。

姊妹羣仙聚畫堂，妖鬟百媚解添香。園花吹盡東風冷，愁煞啼鵑泣弔場。

海棠分雨菊分晴，斑管銀箋詠雪清。祇有寒塘度鶴影，論詩五字是長城。

宮扇葳蕤降紫樓，分箋題額門風流。大觀園裏湖山景，留與園丁話白頭。

花會相思柳會顛，爲誰憔悴使誰憐？評量一劍鴛鴦血，此是情坑自在天。

痛哭顰卿絶筆時，續貂詞筆恨支離。琅琊公子情中死，忍倚蘭窗再畫眉。謂續末數十卷者，寫怡紅娶蘅蕪以後事。

萬古情癡喚不醒，良宵休唱《牡丹亭》。憐余木石吳兒性，也向殘編淚雨零。

莫惛兒女十分愚，佛國仙山總幻途。參透情門無一是，情田請細用工夫。（《金壺浪墨》，光緒十三年版《小方壺齋叢書》四集本）

歸眞道人

【題畫扇（扇中畫紅樓夢中黛玉、湘雲於凹晶館聯句，妙玉於山石後竊聽，一鶴高飛，梧桐月挂）】山館幽深感寂寥，聯吟二美詠秋宵。月華清蔭桐陰冷，露氣寒侵鶴影遥。櫳翠疎鐘聲斷續，梨香短笛韻飄飖。夜闌猶自餘詩興，檻外人來又見招。（《冰雪堂詩》，道光二十年刊本）

張問端

【和次女采芝閲紅樓夢偶作韻】奇才有意惜風流，眞假分明筆自由。色界原空終有盡，情魔不著本無愁。良緣仍照釵分股，妙諦應教石點頭。夢短夢長渾是夢，幾人如此讀《紅樓》？（載惲珠《國朝閨秀正始續集》，道光十六年紅香館刊本，卷七）

煥明

【金陵十二釵詠（予既題立齋畫扇黛玉詩，後復題薛寶琴一首。因思薛小妹非十二釵中人也，香菱、襲人副册人名不全，今亦難考，遂將十二釵正册十二人各詠七律一首，以消長夏睡魔之計，非所謂詩也。讀《紅樓夢》者，可以觀諸！初題林黛玉詩爲五律，篇法不合，亦廣爲七言云。）】（林黛玉）秋滿瀟湘映茜紗，檀欒綠影幾枝斜。多情何事躭多病，落淚無因葬落花。思嫁心腸羞處女，怨夫情性慣兒家。絳珠本是仙源草，春色芳菲未吐芽。

（薛寶釵）冷香錯擬似環肥，夢語荒唐惹事非。不爲檀郎留珮玉，只憐貧女失羅衣。殘春恨在鶯兒老，暮雨愁深燕子飛。若向紅樓覓佳偶，薛君才合配湘妃。衡蕪君配瀟湘妃子，才是一對好姻緣，讀《紅樓夢》者未之知也。

（史湘雲）笑露嬌音啓絳唇，爲嗔癡婢問麒麟。醉來芍藥花前臥，舊是煙霞窟裏身。未免有情悲白髮，終須含恨哭青春。漫天柳絮飛何處，渺渺湘江起綠蘋。

（賈元春）春風翠輦過朱門，原是寒梅化豔魂。端午節頒紅麝串，葛覃詩詠稻香村。歸寧總有榮華福，抱疾惟思父母恩。到底誤成金玉配，瀟湘幽恨向誰論？

（賈迎春）紫菱香與藕花分，默默天生自不羣。貞女豈知淫侍婢，弱軀偏遇狠夫君。纍金鳳去洲邊月，埋玉園空壠上雲。猛雨淒風秋樹影，淒涼誰弔小孤墳？

（賈探春）一帆風雨海雲生，恨比明妃遠嫁行。雅意未能通嚚母，幽懷難以喻癡兄。香閨笑語談經濟，繡閣詩才見性情。借問海棠花下社，每逢春日定思卿。

（賈惜春）暮鼓晨鐘冷繡幃，煙雲邱壑興全孤。愛談般若蓮花性，不作繁華仕女圖。結社吟詩驚惡夢，調脂弄粉厭名姝。不知一管玲瓏筆，畫裏通禪悟也無？

（妙玉）禪心惜似絮沾泥，孤負虛名檻外題。煑茗欲消司馬渴，聽琴應怨卓家妻。紅顔未免纏綿恨，白刃誰聞宛轉啼。櫳翠庵空鐘鼓靜，紅梅冷落草萋萋。

（王熙鳳）門戶全憑婦主持，風流公子讓蛾眉。閨房笑謔含羞夜，帷薄紛爭帶醉時。未必倉庚能愈病，應教周姥早傳詩。丈夫儘有牀前樂，借問男兒若個知。

（巧姐）朱門冷落變清貧，孤女伶仃遇暮春。阿母空爲長久計，兒家不是綺羅身。農桑風味詩中景，脂粉生涯夢裏因。他日有誰來問字，蟏蛸戶內紡織人。

（李紈）淒涼香燼漏殘時，靜守空閨只自知。才女何須逢快壻，美人不負有佳兒。同爲冷豔誰多淚，獨許紅顔略放眉。聞道斷機稱好事，桂花飛滿稻花池。

（秦可卿）夢裏因緣悄喚卿，就中事事不分明。學仙翁受金丹誤，忍辱姑非玉鑑清。弱質相看應有託，芳魂已斷更多情。蓬山應恨劉郎遠，徒使延年浪得名。（《遂初堂未定稿》，稿本）

吳藻

【讀紅樓夢（乳燕飛）】　欲補天何用？儘銷魂，紅樓深處，翠圍香擁。駛女癡兒愁不醒，日日苦將情種。問誰個是眞情種。頑石有靈仙有恨，祇蠶絲燭淚三生共。勾却了，太虛夢。　喁喁語向蒼苔空。似依依，玉釵頭上，桐花小鳳。黃土茜紗成語讖，消得美人心痛。何處弔埋香故冢？花落花開人不見，哭春風有淚和花慟。花不語，淚如湧。（《花簾詞》，道光十年刊本）

凌承樞

【紅樓夢百詠詞】（元春〔鳳凰臺上憶吹簫〕）　鳳藻才華，鸞宮妙選，春光鎖住宮深。猶記得元宵歸省，淚滿羅巾。不道春光易逝，梧桐冷，感序先零。成孤零，月夕花晨，一片鄉心。　投閒自製謎語，竟引出人人語讖堪諳。情切切，天荒地老，弱水千尋。遽返太虛幻境，休錯認，瑤島蓬瀛。元來是，離恨領袖仙人。

（迎春〔迎春樂〕）　東風無賴吹花顫，吹不了，紅成片。花枝本是經風軟，那受他凌踐。　頓化作碧苔紅蘚，可惜了芙蓉人面。一樣飄茵落溷，還被絲兒罥。

（探春〔探春令〕）　鳳凰眞是出鵶巢，想金閨風度。是天生麗質難輕付，只許周郎顧。　遠歸強似宮闈錮，向蕪城東去。但白髮人遙，紅樓夢遠，淚灑臨歧路。

（惜春〔江南春〕） 人作畫，畫中人。畫來人盡假，人入畫偏眞。紅樓似畫人誰識，別有名園一種春。

（李紈〔惜分飛〕） 十二釵中良獨少，祇惜鸞釵折了。賴養鵷雛好，稻香村裏農堪老。深柳書堂鶯語悄，添箇短檠寒照。爲語兒知道，兼師兼父依娘教。

（王熙鳳〔鏡中人〕） 柳牽情，花弄色，都把春光偸洩。惹得狂蜂醉蝶，灑盡相思血。悄罵東風休似賊，繡幕何容揭。泡影光陰留不得，懊悔曾相識。

（林黛玉〔鬥嬋娟〕） 最難分曉，姻緣薄此生直恁顚倒。早須打疊起相思，省那些煩惱。直恁的雙蛾淡掃，一番春生腰圍小。憔悴惜花心，只恐怕光陰易杳，知音人少。鷓鴣也似儂癡，偸儂詩句，誦與那人知道。近來珠淚已無多，已分隨花槁。但把鏡幾回強照，朱顏翻勝當時好。恁一陣罡風惡，委地紅香，吹殘絳草。

（薛寶釵〔換巢鸞鳳〕） 顚倒文簫，恁鸞羞覓渡，鵲便塡橋。惹將蜂蝶妬，都作燕鶯嘲。偸彈香淚搵紅綃，香憐黛損，花緣玉消。思量起，辜負了那人中表。情好翻懊惱，鵲巢鳩佔，枉被虛名嬲。我見猶憐，卿眞善恨，疑案應憎邱嫂。同是蘭閨薄命花，可憐莫補情天了。盈盈愁思，教儂那剖分曉。

（薛寶琴〔虞美人〕） 琉璃世界人爭羨，忽露芙蓉面。綠鬟肩閣一枝梅，彷彿瑤臺仙子掃花回。幾乎又惹多情妬，不敢偸相顧。且憑詠古遣新愁，一任鶯鶯燕燕語綢繆。

（史湘雲〔醉花陰〕） 沈陰東風花院悄，故意尋芳草。石磴半欹斜，倦眼惺忪，陡覺春眠好。落紅滿地無人掃，繡帕兜來小。一枕黑甜鄉，栩栩遊仙，好夢從他討。

（巧姐〔憶蘿月〕）　撇卻珠樓翠帳，來作村嫗伴當。衡門之下好棲遲，洗盡鉛華模樣。傷心何所託，且躲過魔災孽障。一番臘盡好春回，纔免落紅飄蕩。

（邢岫煙〔碧牕夢〕）　鳳泊鸞飄地，輕寒乍煖天。何人強聒小窗前，顧影自生憐？

（李紋〔相見歡〕）　葱纖自把漁竿，倚朱闌，那識綠楊陰裏有人看。　淺水暈，圓珠上，魚兒攢。收起冰絲一丈，笑聲歡。

（李綺〔喜春來〕）　一般同是依親故，無心思好逑。佳人穩重自風流，笑兩尤，買笑自牽愁。

（尤氏〔畫堂春〕）　由來少婦不知愁，只知柳媚花柔。任他門外語蜉蝣，我自忘憂。　況是世侯門第，不勞夫壻封侯。錦衣驄馬或來搜，纔省前頭。

（尤二姐〔陽臺夢〕）　藏春別院重門悄，盼郎又恐郎來早。酸風驀地撲簾櫳，把落紅頓掃。落花何太苦，漸覺紅消綠少。百年塵世一身輕，嘆黃粱夢杳。

（尤三姐〔巫山一段雲〕）　鬆卻珊瑚帶，擎來翡翠卮。含嗔帶謔弄嬌癡，搖紅燭影時。　吹斷鴛鴦劍，分開連理枝。郎雖錯認也應知，何況妾無私。

（香菱〔眉峯碧〕）　兒命眞顛倒，枉自朱顏好。眼前如燕看人人，消受這春光早。　忍把春拋了，遣與尋芳草。背人偷換石榴裙，無端又惹芳心惱。

（秦人〔多麗〕）　夢魂中，驀地一聲驚喚。小名兒有誰知道，怎被那人胡亂？沒來由陡然提起，駭得儂暗裏稱罕。腮泛春紅，眉添晚翠，閒情一縷飛來絆。無人候，掀開錦箔，剔起銀鐙看。羞人也，鴛鴦被底，似黏春汗。　早難道風魔直恁，一點靈犀難按。　懊悔今朝，情多惹恨，且偷把羅衾疊換。　恚極生嬌，情深引淚，薰籠斜倚咳聲歎。　更憐取兒家鴻案，捲袖增悽惋。　一刹那春夢無痕，爛柯樵爛。

（平兒〔殢人嬌〕）　軟玉温香，更有柔腸千縷，鎮遇著酸風醋雨。　著意温存，隱簾櫳傳語，誰解此，委曲調停處。　雅不輕狂，偏生綽約，正難得箇人如許。　培花護柳，全仗伊張主。　思量起，那搭兒，能無汝？

（喜鸞〔昭君怨〕）　假得事權熏炙，浪把花枝輕折。　儂怯五更天，繡衾單。　既把衾裯共抱，忍使寒砧空擣。　莫負妾多情，共此生。

（喜鳳〔如夢令〕）　常侍榮公宗婦，歌管畫堂春晝。　風月自平章，一任花花柳柳。　回首，回首，猶勝淸齋獨繡。

（胡氏〔江月晃重山〕）　搖落正當秋後，開來轉勝春前。　伯勞飛去燕兒眠，天成就一對好姻緣。　卻趁紅樓夢斷，轉令緑鬢情聯。　風光好處夜如年，眞羨煞十二玉嬋娟。

（妙玉〔菩薩蠻〕）　禪床經卷安排好，佛鐙一穗雲房悄。　何事驀思量，惹人心暗慌。　禪心應未淨，鉤起情魔境。　兜將心上來，相思寸寸灰。

（鴛鴦〔鴛鴦綺〕）　小鴛鴦，偏不羨雙雙。　羞煞湖山畔，招人惹恨長。

（襲人〔好事近〕）　掩淚問東風，何事便拋人去？　羞說當年情事，怎商量去住？　可憐花也爲人疼，人少疼花處。　難道羅巾倒換，已將儂分付。

（金釧、玉釧〔惜分釵〕）　紅牕杳，人聲悄，撩人底事郎來狡。夢爲醒，命爲傾，因他瀟灑，誤我娉婷。冥冥！　情未了，災偏擾，見郎頓使儂心惱。姊有靈，郎受刑，爲誰憔悴，何用涕零。惺惺！

（鸚哥、春燕〔搗練子〕）　穿綠幕，坐紅衙，又見東風綻柳芽。底事兒家貪早起，爲攜籃子去簪花。

（彩雲〔玉聯環〕）　偸香賈午情何重，怕人知送。瓜田李下引嫌多，那便人前賣弄。　瑰露茶霜，何必寃仇相控。誰知空費好心機，不彀塡虧補空。

（雪雁〔望江南〕）　長安好，終不似家鄉。回首吳雲空悵望，遙瞻燕月倍悽涼，煙雨黯瀟湘。

（晴雯〔訴衷情〕）　千金難買笑聲濃，謠諑漫相攻。塵緣料應難絆，祇合領芙蓉。　雲半嚲，鬢全鬆，爲誰慵？早知今日，悔不當初，枉殺吳儂。

（麝月〔明月斜〕）　錦屏中，珠簾下。絮語低頭悄不聞，背燈替把金釵卸。

（鶯兒〔摘得新〕）　柳毿毿，春陰罨蔚藍。欄邊抽弱綫，綰花籃。贏得羣芳爭簇擁，笑聲憨。

（紫鵑〔憑闌人〕）　早識姻緣不自由，何苦牽人引淚流。相思債到頭，問東風，休不休？

（司棋〔一葉落〕）　一葉落，拋珠箔，一燈瘦影傷離索。可人期不來，人來事偏錯。事偏錯，妾守湖山約。

（侍書〔柳梢青〕）　也似明珠，等閒流落，羞煞園花。笑語溫柔，風情灑樂，好箇兒家！　近來心事如麻，更怕說流水年華。獨立東風，高談雄辯，不惜憐牙。

（繡橘〔思佳客〕）　小逐羣娃說夢華，玉兒嬌小已無家。明知不及園中草，猶恐飄零陌上花。　今古恨，古今嗟，金閨深處弄琵琶。銅環謹閉春光鎖，何處王孫倚鈿車？

（翠縷〔憶秦娥〕）　驚相識，麒麟忽向坡前拾。坡前拾，悄問千金，儼乎相匹。干卿何事關情切，玉人隱隱蛾眉碧。蛾眉碧，憨語陰陽，小鬟癡絕。

（小紅〔解紅兒〕）　羞掩恨，悄含啼，撩人情夢五更鷄。爲報拾巾人不遠，郎只在，小亭西。

（秋紋〔秋波媚〕）　人去瑤階坐納涼，打點送蘭湯。誰人看破，湘妃床上，一片汪汪。銀盆何限春波蕩，約略近昏黄。不知因甚，枕邊衾畔，帶水拖漿？

（碧月〔轉應曲〕）　碧月，碧月。眞是廣寒仙闕。妾身權作寒簧，只供嫦娥爇香。香爇，香爇。常伴清齋繡佛。

（素雲〔採桑子〕）　西風那管人離別，只弄秋光，深鎖斜陽，付與黄花晚節香。不知儂爲誰躭閣，只伴紅裝，不見檀郎，枉卻春風到畫堂。

（藕官〔清平樂〕）　梨園散後，各自工拈繡。往日恩情空自厚，人已隨花憔瘦。湖山一陌殘陽，恨無杜酒椒漿。怕唱馬嵬埋玉，如何忘却鴛行。

（藥官〔點絳唇〕）　殿却春光，此花原祗供爲婢。也同遊戲，強似人披剃。且莫翻階，爲恐招淸議。相思淚，物傷其類，無復偎紅翠。

（琥珀〔南歌子〕）　料得人如玉，應知臉似霞，日長常自影紅紗。幸是無人窺見，免生嗟。不羨雙飛鳥，羞稱並蒂花，更無人想抱琵琶。不似鴛鴦雖好，費波查。

（豐兒〔添字昭君怨〕）　身在芙蓉小院，不願落紅片片。五更最怕落花風，怯吳儂。忽地風波簸弄，驚醒蘭房幽夢。繁華轉眼動悲涼，可憐傷。

（抱琴〔桂殿秋〕）鸞鏡掩，鶴馭睽，漢宮春盡冷羊車。可憐蕊苑非凡種，祇供璇霄頃刻花。

（入畫〔西樓夢〕）妝罷，妝罷。牕下頻占卦。終朝常伴筆，問何年得把雙蛾畫？

（銀蝶〔歸自謠〕）深院靜，掃地紅塵風不定。蝦鬚簾下蝦鬚映。問儂何事饒清興？愁偏甚，難將言訴旁人聽。

（小鵲〔浣溪沙〕）坐守空閨月半殘，熏籠斜倚不知寒，冶遊天氣奈身單。殢雨尤雲強自寬，花枝空好沒人看，幾回垂露倚雕闌。

（四兒〔四字令〕）花含笑嚬，柳含媚顰，大觀園裏芳春，怪東風不勻。花擁一庭，酒飲五更，何人同貌同庚，又教人感生。

（茜雪〔一痕沙〕）日映紅牕芳晝，悄語綠紗人瘦。一縷起茶煙，爲誰煎？此緒眞難自白，一點柔腸百折。郎莫漫思量，妾知郎。

（佳蕙、春纖〔鷓鴣天〕）獨對西山掩淚垂，迴思往事暗心悲，怕看明月人歸夢，羞煞園花淚滿枝。舒纖指，鬥修眉，纖纖小字總相宜。踏青偶印蒼苔跡，宜是丹芽欲放時。

（珍珠、翠墨〔珍珠令〕）珍珠簾底窺人好，看多少，纔解道相思難了。因甚著相思，恐相思易老。吩咐鶯花都要悄，莫說與相思人曉。怕研盡螺丸，相思難療。

（寶蟾〔踏莎行〕）送酒人來，迷花客醉，小郎憨不知情事。花枝含露等東風，東風不管花枝事。難繫猿情，更裝狐媚，探郎可有三分意？粉面曾無邂逅緣，綠鬟枉疊相思字。

（秋桐〔梧桐影〕） 不生香，偏有刺。枉自妝嬌妬煞人，可憐已入他人計。

（彩屏〔生查子〕） 寂寞祇園中，怎向空桑住。色相總然空，拈花笑何語。 淒涼罔耐人，空散天花雨。誰耐好春光，一任自來去。

（五兒〔柳含煙〕） 鴉鬟綰，髮猶垂。指望怡紅院裏，傍花逐柳且相隨，願偏違。 待得相依情已冷，還替人擔恨。那堪夜半語相思，怕人知。

（佩鳳〔更漏子〕） 香滿樓，花滿地，一樣蛾眉爭麗。卿弄笛，我彈箏，聞歌倍有情。 燕飛籌，鸚喚酒，此樂年年莫負。人在夢，夢中人，誰知驄馬嗔？

（偕鸞〔後庭宴〕） 月照庭中，風搜逕曲，桂花香裏人如玉。擕得玉笛一聲吹，金波澄彩秋光足。 幾聲笑語，一番諧謔，恣情縱慾。洗盃更酌，重勸葡萄綠。何事冷然歎，牆角低聲哭？

（文杏〔羅敷媚〕） 東風搖曳垂楊線，桃也生夭，杏也生嬌，同向金閨慰寂寥。 春風早到誰家去，水也何杳，山也何高，無盡纏綿在柳條。

（彩霞〔朝中措〕） 春來底事亂如麻？爲有舊情賒。辛苦多年勸勉，如何只是波查！ 雲牕霧閣，事何恍惚，惜此嬌花。可恨小郎太戇，落花流水同嗟。

（可人〔燕歸梁〕） 風雨無端易黯然，一霎花前，緣何遽返大羅天？眞不解，這天緣。 曇花只合惟留影，只落得恨相牽。憑誰煉石補天全？眞辜負，這嬋娟。

（卍兒（醉春風））　春緒渾難耐，偷解香羅帶。錦屏風下兩綢繆，嗳，嗳，嗳。橐橐靴聲，悠悠簾影，有人牕外。　一刻歡難買，萬種羞難貸。多情公子俏聲傳，快，快，快。雲散巫山，珠藏合浦，我權擔待。

（綺霞（金鳳鈎））　堪憐在尖兒上，但只怕牡丹芽胖。無邊媚態，說何容易，肯許侍兒試訪。　幾回量向銷金帳，竟莫測那人安放。枕邊偷取，印來蓮底，纔得巧描弓樣。

（蓮花（好時光））　鷄子原非貴物，那便給不以時。顯係廚娘私護惜，憎人故意遲。　四碟原遵例，予取豈獨行私。強聒撩人意，休怪怒難支。

（小霞（誤佳期））　偷得佳期私度，又恐那人相妬。潛令小婢作關防，寬煞娘行怒。　正欲探娘來，卻遇娘來路。他因教我我瞞娘，那搭寃申訴。

（彩明（法駕導引））　分箋去，分箋去，走徧繡牕間。一瓣名香箋一帙，分香好似散花仙，計日課丹鉛。

（臻兒（竹枝））　聊憑花柳度春三，免得眉峯日鎖藍。只有春風偏惹恨，背人偷自揭裙衫。

（多姑娘（七娘子））　幾番偷得東風信，藍橋有路巫山近。且破秋心，頻添春興，青絲一縷勞相贈。　東風那惜桃花病，桃花偏喜春風嫩。一樣撚酸，兩般印證，問郎衾畔誰留賸？

（智能（髻雲鬆））　聽烹茶，呼滅蠟，驀地將人按到彌陀榻。細語央求全不答，喘喘噓噓，只管相兜搭。　玉冠抛，金釧壓，狠藉春紅，只恐汚裙衲。髣髴有人從背攝，還虧暗裏藏眉睫。

（雲兒（風流子又一體））　一曲清謳低唱，滿酌金巵休放。抛骰子，棄牙牌，靜聽朱唇說項。更休謔浪，早令神魂飛蕩。

（嫣紅（減字木蘭花））　緣何牽掛？只爲鴛鴦空買卦。　羞煞佳人，只與鴛鴦作替身。　夢醒牕曉，暗笑白頭人太狡。　爲語耶娘，八百黃金已了償。

（文官（青玉案））　梨香院裏諧聲處，管甚麽春光暮。　鬥草尋芳邀月步，風聲入樹，歌聲出樹，贏得流雲住。　非關誤曲周郎顧，鎮日修歌譜。　歌韻常留鶯語斥，蓬萊有路，天台無路，難遣春愁賦。

（傅秋芳（海棠春））　金閨多少嬌模樣，那便在人前說項。　試入大觀園，未必蛾眉讓。　年華況復推盟長，又不是金生玉養。　縱有好容儀，終覺難安放。

（柯柯（山花子））　謹閉春光不啓關，無端車馬簇團圞。　俏立小欄杆，偷把那人看。　似欲與儂通鄭紵，幾忘對客障齊紈。　猛聽一聲簾底喚，好羞慚。

（金桂（醉紅妝））　夢魂飛不到遼西，起步中庭月影遲，相逢恰好理相思。　強歡笑，勸玻璃。　就中擲眼顧郎依，郎欲去，更牽衣。　一段柔腸郎不解，眞可恨，又花飛。

（嬌杏（眼兒媚））　好箇佳人儘溫柔，何處不風流。　秋波生就，驀然一瞥，無限嬌羞。　美人妙態原難數，數自眉頭。　但看杏臉，遠山雙抹，皓齒星眸。

（齡官（浪淘沙））　長日掩荆關，起步躝跚，慵施香粉整雲鬟。　可意人兒何處去？離緒千端。　塗抹女兒頑，心爲誰煩？偷將小字畫來看，不提防冷冷驟雨，癡煞旁觀。

（芳官（醉落魄））　今宵最樂，甕頭春倒床前擱，短衣單袖何嫌薄。　憨語歡歌，似把生辰作。　輕軀不爲春愁弱，醉鄉那有閒愁著？穠詞豔態都消卻，此後淸齋，只傍如來宿。

（沁香（月照梨花））　原知不了，也難顛倒，只好由他，於中取巧。只愁翦去青絲，蓄來遲。　夢中聽似誰人到，此來恰好，歸途尙早。提壺聊作一宵歡，管恁人看，且自有多。

（鶴仙（女冠子））　郎來故早，潔得盤飧正好。且傾杯，莫漫愁無伴，相將正可陪。　浮生原是夢，獨處苦無媒。期君同攜手，莫教違。

（葵官（木蘭花令））　非翻風，非映月，一點葵心向日。能衞足，可充腸，不似穠花遭妬嫉。　多蟠鬱，羞蠖屈，不事裙衫偏赤幟。同雌伏，故雄飛，不學繁條偏傲骨。

（艾官（長相思））　花有心，月有情，只隔中間一片雲，花月兩難尋。　夢時春，醒時忱，同是天涯淪落人，此心煙水深。

（蕊官（杏花天））　薇硝私贈鍾情好，想近日胭脂應少。誰知又觸他人惱，反把旁人寃了。　身世淒涼情思悄，堪憐似流雲迅掃。可惜園居猶莫保，怕聽賣花人到。

（荳官（十六字令））　豆，天生是個相思竇。假風流，莫漫爲春瘦。

（紅衣人（憶王孫））　檀郎驀面忽相逢，慚愧花枝日倚紅。幾處回頭偸覷儂，起還慵，安得靈犀一點通？

（青兒（杏園芳））　人前那解逢迎，生來偏也聰明。怕呼小字喚青青，淡妝成。　兒家情性皆如此，自憐我豈虛生。從來村畔有娉婷，亦傾城。

（周瑞女（玉樹後庭花））　荒唐說說紅樓境，夢誰知省？鶯鶯燕燕勞安頓，直抒春悶。　佳人底事來相問？柳梢花信。門外野花嬌又嫩，也饒風韻。

（賴大女「荷葉杯」）　門第莫論新舊，墨綬。到此已爲難。敢拚家具治盤飧，歡麽歡，歡麽歡！

（眞眞國女「憶漢月」）　也是天生尤物，不在瑤宮蕋闕。傳聞只道近三洲，終是天空海闊。　乘槎誰客？我只恐怕神仙恍惚。流傳姓氏到人間，只算是嫦娥奔月。

（林四娘「感恩多」）　脫卸珠圍翠繞，結束身材好。走馬射毬來，惹人猜。　直入重圍深處，好驚人，好驚人。血濺桃花，妾殉君以身。

（畫中人「天仙子」）　一幅瑤箋身可託，況也身藏金屋。留將顏色掛香房，裝可作，身難瀆，不是兒家甘獨宿。　深閨恐被羣芳簇，書中自有顏如玉。何妨卓立自亭亭，無拘束，安其獨，看淸光獨許儂堪掬。

（若玉「花非花」）　月方沈，天將曉，似散花，非鬥草。畫中愛寵可憐儂，影裏情郎何處討？

（兼美「多麗」）　這佳人，曾記那時相覓？但今宵魂銷骨醉，那能記取消息。又沈沈洞天雲繞，似煙籠一片春色。推上牙床，掀開繡幙，相思嵌骨銷難得。春夢醒，曉寒猶重，花影弄虛碧。笑夜來釵橫鬢亂，枕痕留跡。　但此境從來未到，那便邀人入席。爲伊行，誓同偕老，甘自把紅樓拋擲。霧閣春融，雲牕日曉，仙裾重綰同心結。更玩取情波一抹，難捨尤難割。猛地裏，珍重一聲，陡然相別。

（警幻仙姑「玉女瑤仙珮」）　飄然夢裏，突遇仙山，那搭玉人相綴。瑣骨翩躚，銖衣縹緲，迥異塵凡佳麗，花柳眞難比。恁神山弱水，到來非易。想應是前生伴侶，一縷緣深，三生夢起。引我入情天，拂柳穿花，偎紅倚翠。何況淺斟低唱，骨軟筋酥，不待雨酣雲媚。巫峽雨餘，陽臺雲散，那復這般情致？十六天魔戲。紅氍上，如燕人人難記。更把那多情付與，合歡床上，鴛鴦翠被。卿且試，桃花玉洞春開未？

（賈母〔五福降中天〕）天申茀祿誰能匹，不媿六珈冠帔，大母容儀，太君體度，不在珠冠玉珮。年華荏苒，笑七十年來，早完家事。看盡繁華富麗，晚景憑天賜。勳戚世家非貴，一家圖畫裏。歡聲沸蠟鳳宵嬉，春燈還與兒戲，更多良會。閒看兒女，各鬥顏紅，共舒眉翠。老子婆娑，飲醇醪且醉。

（邢夫人〔如夢令〕）枉腆榮公宗婦，歌管畫堂春晝。往事漫思量，一恁花花柳柳。回首，回首。白髮輪臺奔走。

（王夫人〔謁金門〕）椒房託。無那好花易落。縱使君恩未薄，心中常作惡。纔哭龍樓鳳閣，又歎天涯海角。底事棋兒爭一著，滿盤都是錯。

（薛姨媽〔鷓鴣天〕）獨對西風掩淚垂，思兒感壻客心悲。怕看明月人歸夢，愁損嬌花雨滿枝。頻買卦，屢徵詞，阿娘心苦阿誰知？蒹葭老盡蘆花白，一夜鄉心兩鬢絲。

（李嬸娘〔朝中措〕）衰遲何事戀京華，爲保護名葩。辛苦關河迤邐，鐵鞋踏遍天涯。雲牕霧閣，玉樓金屋，貯此嬌花。博得鳳棲鸞宿，明年三月還家。

（尤老娘〔西江月〕）狐媚生成種子，蚌胎放出光華。玉笙吹綻牡丹芽，常傍鏡臺之下。釀就一園春色，養成三樹桃花。千金買笑等閒誇，工把蛾眉巧畫。

（劉老老〔茅山逢故人〕） 這個家居絶好，曾見拈花鬥草。燕謔鸚嘲，蝶癡蜂嬲，酒酣人鬧。如何容易秋風，頓覺天荒地老。才子歸林，美人歸土，蛾眉歸道。

（老姑子〔昭君怨〕） 假得事權熏炙，便事含沙影射。偏是託逃禪，心太殘。心爲黄金黑了，折斷鴛鴦姻好。辜負兩多情，共死生。

（金寡婦〔醉太平〕） 匡坐鼓歌，並坐切磋，何爲同硯操戈，任先生打波？娘嗜金多，兒愛情魔，眼前多少張羅，這情田奈何？

（鍾情大士〔百媚娘〕） 縹緲仙山樓閣，水珮風裳裝束。但覺相逢都不俗，兜向心來嵌着。悄駡罡風真作惡，不管仙衣薄。還勝花嬌柳弱，直欲羞珠掩玉。無限丰姿偏灑樂，那許世人偷學。長袖輕裾相錯落，卻爲誰耽擱？

（引愁金女〔柳腰輕〕） 到來祇覺風光軟，清如鶴，輕如燕。如何消受，一時同宴，都是瑤池仙眷。乍相逢笑我凝眸，久徘徊惹人腸斷。更聽歌喉一串，似鶯簧，如珠千囀。葱管擎杯，蓮舟送酒，那不令人神炫。嘆書生魂小難禁，笑仙人情緣猶絆。

（癡夢仙姑〔愁春未醒〕） 巫雲常鎖，弱水還盈，恁罡風無賴，等閒吹落笑歌聲。悼柳傷花，那禁多愁太瘦生。僕原善恨，但期常醉，不醒如醒。試看丰標，教人那指不盡情。想當年漢皋交甫，猶嘆緣輕。此時歡暢，幾生修到瑤京。笑他杜牧，青樓薄倖，枉自留名。

（度恨菩提〔鵲踏花翻〕） 不爲尋芳，何緣鬥草，恣游轉使儂情怯。看他宜喜宜嗔，如此相逢，只愁他日言離別。錦屏還自隱佳人，繡帷慚愧忝塵客。怎說夢裏，何曾相憶，無端幻出相思結。適從何處引來，異日如何尋覓？眞風月，吾生曾未省蛾眉，此鄉端盍名和合。

（太虛仙樂〔法曲獻仙音〕）玉瑟牙琴，舞裙歌板，此是仙鄉樂國。花不凋零，月無圓缺，常有春風飄拂。但記取太虛幻境，是補天餘石。今何夕？看翩翩花攢翠擁，都把那利名兒消歇。何幸縱清游，是那世緣深一脈。銀燈光搖，更何心輝煌金碧。但酒闌歌散，泠然一聲長笛。

（金哥〔羅敷媚〕）東風不與周郎便，劈破鸞簫，斬斷鴛絲。銅雀春深鎖二喬。相思敢效連枝樹，水漲藍橋，日斷雲霄。已拚金粉付紅綃。

（寶珠〔生查子〕）不異掌中珠，安放帷中住。春意黯如雲，秋波淚如雨。凄涼東府人，寂寞南城路。待得好花開，誰道春雲暮。

（鮑二妻〔燕歸梁〕）酒散歸來人尚眠，一霎留連，誰知已了惡姻緣。羞搭搭，怎圖全。此時此緒番成悔，只落得暗相憐，憑誰煉石補情天。辜負了，這嬋娟。

（吳家妻〔金鳳鈎〕）兜著了心兒上，莫負了那人偷訪。這般情好，教儂傾倒，只合攏歸繡帳。看看愈惹春飄蕩，問郎君怎生安放。直恁癡呆，何妨調笑，莫漫玉肩空傍。

（傻大姐〔醜奴兒〕）遮花掩月知何事，他爲誰思，他爲誰癡？花下無人私語時。捕風捉影何多忌，你也何私，我也何知？洩漏花前一席詞。

（王氏女〔阮郎歸〕）玉人嬌小鎮相憐，紅絲繡幕牽。爲他管算積金錢，此姻正合連。花苒苒，月娟娟，紅閨二十年。不知何處是情天，相思理素絃。

〔寶玉（風流子）〕 紅樓兒女事，儂家裏，惹盡古今愁。看滿院金釵，無邊思湧；重閨翠黛，何限情柔。更隨處，春明千步障，月罨百花洲。翡翠簾中，佳人攜手；鴛鴦池畔，仙子移鉤。春風何易逝，夢醒時，已是露冷香篝。曾記芙蓉館裏，杏子樓頭。黄土壟中，女兒命短；茜紗窗下，公子情媮。始信情天莫補，頑石空留。（《悼紅吟草》抄本）

姜祺

【紅樓夢詩】（榮慶十二夢）〔賈母〕 祥呈五福畫堂前，酷婦頑孫獨見憐。慈愛有餘明不足，無邊歡笑樂年年。（第一會尋樂人，亦第一不明事人。）

〔南安太妃〕 誥命王封聚錦幃，笑談有母著芳徽。愍雲不預宮車會，獨欵南安老太妃。（元妃之歸，枕霞獨不與，而自識南安。）

〔薛姨媽〕 抛擲鄉國遠依親，金鎖憑空撰宿因。第一機心深絶處，笑將愛語慰癡顰。（寄人籬下，陰行其詐，笑臉沈機，書中第一，尤奸處在搬入瀟湘館。）

〔李嬸娘〕 鐘鳴鼎食暫追陪，弱息相依觀稷回。冷眼繁華同一瞬，侯門莫笑僱車來。（來時坐僱車，一府皆笑，豈知自亦爾爾。）

〔甄夫人〕 迎鑾四次舊朱門，奉詔重來沐主恩。今日求將佳婦去，當年寄帑已無存。（夫人之來，爲取寄帑也，豈知又遭抄去乎？）

〔劉老老〕　休嗤臨老入花叢，識趣投機世事工。狗苟蠅營都祿蠹，潛飛合讓母蝗蟲。（攛巧、平去，是謂潛飛。）

〔尤老娘〕　攛來尤物太移人，禍起東床席上珍。兒女姻親憑自擇，吞金濺血話酸辛。

〔邢夫人〕　上失承歡下寡恩，尊榮安富處侯門。如何嬌女和孱息，一委中山一外藩！

〔王夫人〕　家政操持理治睽，信讒溺愛享紛華。早知白玉床終毀，應悔心心袒母家。（六親同運，王氏之落尤速，龍王安能復請乎？）

〔賴大母〕　起居也仿大規模，臧獲多財主莫逾。滿座貂蟬渾小事，富家婆是世家奴。（世上而今半是君。）

〔李嬤嬤〕　阿姥喧呶怎不平，郎君相待太相輕。只因牛乳償人乳，掀起妖狐吸髓精。（妖狐，襲人也。）

〔趙嬤嬤〕　吳門釆豔信疑猜，遇事營求趁晚來。多謝娘行提攜處，暢情笑舉手中杯。

〔榮禧十二夢〕〔賈元春〕　鳳藻承恩第一才，百花頭上倚雲栽。宮車一過銅山裂，珍重如天雨露來。

〔李紈〕　蛾眉淡掃玉無痕，種得蘭芽淑教存。一瞬興亡多少夢，侯門猶有稻香村。

〔王熙鳳〕　司晨才調惹風狂，衣錦還鄉路渺茫。此婦若除貪與詐，承歡理劇勝姑嫜。（熙鳳壞處，筆難罄述，但使事老祖宗作一猥婢，自是可兒。）

〔薛寶釵〕　絳芸軒裏鴛鴦夢，滴翠亭前蛺蝶圖。攘得月圓旋復缺，半生贏受繡帷孤。（奸險性生，不讓乃母。鳳之辣，人所易見；釵之譎，人所不覺：一露一藏也。）

〔巧姐〕　盈盈弱質墮奸謀，紡織聲中織女愁。　阿母機心曾百出，而今事急且依劉。（喚醒世人不少。）

〔周姨娘〕　身爲人妾抱衾裯，奉侍殷勤性順柔。　安分謹言隨處好，也無兒女也無愁。

〔趙姨娘〕　託質蠢愚賦性偏，含沙興浪費周旋。　女生不肖眞堪幸，有子翻嫌太象賢。

〔尤二姐〕　逐水桃花逝落紅，九龍遺珮怨東風。淚珠洗面此朝夕，熊夢驚醒虎口中。（二姐胎墮，鳳姐第一罪也。）

〔平兒〕　淺笑輕顰一段情，解紛應務善持衡。俗夫妬婦周旋久，貌不平平語自平。（人謂鳳險，我謂平尤奸，蓋鳳亦被籠絡也。）

〔喜鸞〕　連理同枝託女蘿，堂前著意欵嫦娥。後來偶入羣芳隊，省識春風不在多。（喜鸞、四姐，誼屬本支，應列榮禧堂內。）

〔四姐兒〕　共祝金萱入畫堂，抛來紅豆佛緣長。　明妝巧笑依慈母，好約青鸞晉壽觴。

〔抱琴〕　靜鎖深宮不計年，內家外戚錦屏前。　前身合是嫦娥伴，來侍人間第一仙。（隨主入宮，是婢中第一。）

〔碧紗十二夢〕〔林黛玉〕　脈脈含情苦未酬，盈盈欲淚揾還流。　啼鵑哀雁愍鸚鵡，銷盡秋窗雨露愁。（繪出瀟湘妃子一生。以下十二人皆曾在碧紗櫥者。）

〔史湘雲〕　香夢沈沈眠芍藥，芳心脈脈拾麒麟。　文君新寡嬌逾甚，逝水愁雲一愴神。（湘雲未見園中另住，記賈母之不袒母族，反襯王夫人也。）

〔薛寶琴〕　香車舊夢集懷來，弔古微詞費索猜。才調無雙人第一，紅梅白雪豔花魁。（懷古詩謎，人有猜之者矣，予未敢信也。）

〔賈迎春〕　紫菱洲畔水雲空，感應空傳不語中。閒譜羣芳數開落，此花最不耐東風。（迎春花開於春先，春初已落，是爲不耐東風。）

〔賈探春〕　一帆風雨海天來，爽氣秋高遠俗埃。脂粉本饒男子氣，錫名排玉合玫瑰。（賈氏孫男俱從玉旁，玫瑰之名，恰有深意，不獨色香刺也。此獨具著眼處。）

〔賈惜春〕　暖香別塢小壺天，小妹丹青劇自憐。色即是空空是色，從來畫理可參禪。（四姑獨善丹青，早爲臥佛張本。）

〔金鴛鴦〕　黄昏香夢謝空梁，雙宿雙棲事渺茫。一去冥冥人莫慕，半緣殉主半殉郎。（殉郎之意，於襲人、赦老口中見之，又於吃口脂時知之，非唐突也。）

〔琥珀〕　老人舉動笑龍鍾，杖履扶持錦繡重。不共春風鬥顏色，託根長合伴蒼松。（此物長在松根，蒼松謂賈母也。）

〔翡翠〕　盈盈十五恰垂髫，淺抹雲藍厭翠翹。舊日鴛鴦嗟失隊，而今獨自戲蘭苕。（作者自序，譏人就題論題，至此等處，己亦不免，蓋題苦窘也。）

〔玻璃〕　雪作肌膚玉作胎，煙鬟斜掠淨塵埃。捧巾執帨憐嬌小，雲母屏前給使來。

〔珍珠〕　曲房虛室寂無人，老母南歸盡送塵。底事珍珠守珍櫃？頓教一夜失藏珍。（送殯之去，但藏珍珠、琥珀於上房，是失檢處，亦誨盜處。）

〔鸚鵡〕　珍珠已入郎君手，鸚鵡還依弱息行。兒女欲教常在側，堂前特補二芳名。（鸚哥，紫鵑舊名；珍珠，襲人舊名。補此二人，欲使寶、黛如在膝下也。）

〔會芳十二夢〕〔尤氏〕　女德本來無妬好，有時能妬亦稱才。但看順子從夫者，一意柔嘉反惹災。（婦人一味不妬，視男子爲可有可無，毫無關切，其情尚可問哉！）

〔秦可卿〕出夢迷離入夢明，蘭閨春睡喚卿卿。嫩寒芳氣人何處，情不可傾只可輕。（秦，情也。情可輕而不可傾，此爲全書綱領。）

〔胡氏〕　鸞膠欲續舊絃難，龍禁遺封且自安。不媿後來居冢婦，也知承事北堂歡。

〔嫣紅〕　枯楊猶是欲生稊，莫怨佳兒別戀妻。宛宛嬰嬰拋未得，陽關西去不堪題。（佳兒謂璉。）

〔佩鳳〕　公子沈酣樂未休，明璫霧縠笑聲稠。一聲鬼嘯叢祠月，驚破霓裳幾曲秋。

〔翠雲〕　侯門紈袴太叢稠，但識紛華不識愁。特借芳名閒點綴，翠雲宜草又宜裘。（此與下文花等，皆題之窨者也。）

〔偕鸞〕　劇有郎君冷眼看，鞦韆影裏笑聲歡。湘裙六幅飄颻處，五色雲中下彩鸞。

〔文花〕　一枝也預會芳華，讀竟奇書悼世家。寫到繁喧倍寥寂，文章入夢本虛花。

〔瑞珠〕　身殉鴻毛忍棄捐，泉臺宛轉侍嬋娟。東君淚灑登仙閣，夜夜香魂泣杜鵑。（東君，珍也。）

〔寶珠〕　圍幙嚶嚶痛主聲，螟蛉嬌女伴銘旌。東風抬舉渾無著，魚目俄從掌上擎。（珍哥一生昏聵，於此

〔秋桐〕半緣蓄意半酬勞，受命潛來肆叫號。到底狡奴原自戇，又爲人使代操刀。（鴛鴦之故，邢夫人定益信。）

然授意來擾，豈知反爲鳳使。）

〔卍兒〕滿地相思滿地春，不妨唐突畫中人。春風一度匆匆別，贏得郎君慰藉頻。

〔怡紅十二夢〕〔晴雯〕芳姿憔悴怨東風，掩扇披裘恨未窮。阿母代人行嫉妬，秋江冷謝一枝紅。（王氏代襲行妬，於晴姐一事，尤屬謬誤。）

〔襲人〕商婦琵琶種宿因，移情獻媚逐浮塵。請君細按諸聲譜，花面丫頭花賤人。（命名之意，在在有因，偶標一二，餘俟解人自解。）

〔秋紋〕羅衣雖舊主恩新，受寵如驚拜賜頻。笑語喃喃情瑣瑣，拾人餘唾轉驕人。（一人有一人身分，秋姐諸事，每覺器小。）

〔麝月〕眼中人是鏡中顏，兩兩情懷脈脈間。一笑憑肩相視處，郎君親爲整雲鬟。（鏡即月也。鏡中相射，是謂麝月。）

〔春燕〕喃喃絮聒畫橋東，儇巧輕盈入翠叢。好逐烏衣公子隊，畫堂深處語春風。

〔小紅〕一從遺帕惹相思，巧語關關病起時。好趁東風抬舉力，從今掉弄上高枝。（鳳之嫉黛，固由畏忌，亦由小紅在側，爲亭中語故，定多暗中播弄也。）

〔四兒〕鎮日追陪解語勤，卻疑名姓太淸芬。芳香戾氣憑君判，從此薰蕕兩不分。（是日也，薰染臭男氣息矣。）

〔綺霞〕　羣雌粥粥盡如此，標出佳名著意誇。粉黛兩行郎第一，眞教羅綺燦雲霞。

〔墜兒〕　悔向人間謫降來，羣仙會上下蓬萊。只緣禍起蝦鬚鐲，一瓣紅蓮墜九垓。

〔碧痕〕　逐隊鴛鴦戲水嬉，蘭湯鎮日試遲遲。春風泛溢藍橋路，雨露新承出浴時。

〔佳蕙〕　動人憐處意何如，才覺盈盈十五餘。占得芳名太嬌小，正宜胎箭茁蘭初。

〔茜雪〕　謫下蓬山去不回，悔教怒撇掌中杯。一從郎手輕拋棄，不與相如止渴來。（未曾眞個銷魂者，此一人而已。）

〔綴錦十二夢〕〔邢岫煙〕　舊雨荒庵曉翠籠，單寒風味耐貧窮。春風省識檀郎面，兩兩關心道路中。（舊雨謂妙玉。）

〔尤三姐〕　三尺龍泉恁定情，鏡臺遠獻兆輕生。柳花漂泊空牽惹，千里良緣一劍橫。（劍，凶物也，豈堪定情。）

〔李紋〕　賦罷紅梅腕底春，蓼花灘畔試絲綸。持竿不語臨流水，心事迢迢付錦鱗。

〔李綺〕　千里江南路渺茫，綺羅叢裏晚芬芳。雪中林下空愁思，嫁得眞郎勝假郎。

〔妙玉〕　芳潔情懷入定中，濃春色相未全空。本來人較梅花淡，一著東風便染紅。（芳潔中別饒春色，雪裏紅梅，正是中意。）

〔夏金桂〕　半從會意半諧聲，一一稱名著筆明。金桂原來是精怪，頓教夏雪盡消傾。（薛逢夏而化矣。）

〔甄香菱〕　情魔詩夢太紛紜，火裏蓮花自苾芬。無限關心菱並蒂，干卿底事石榴裙。（家室遭焚，遇人不淑，英蓮者，終身火中蓮也。）

〔智能兒〕　歡喜因緣結佛前，雲房冷落度華年。秋波一轉生禪悅，菩薩低眉色界天。

〔沁香〕　曾侍鸞輿近上方，玉皇香案冠羣芳。東風一縷春消息，沁入心田逗妙香。

〔鶴仙〕　水月波平漾水芹，風前有鶴立雞羣。一從飛去樊籠外，冷落丹房舊徑雲。

〔雪雁〕　桃僵李代漫相依，何事離羣又別飛？惆悵二分明月夜，南來哀雁不同歸。（雪雁之不返江南，作者有餘痛焉。）

〔翠縷〕　分花拂柳緩隨行，意趣橫生一笑傾。人愛蠢愚吾喜慧，喁喁問答不勝情。（雪、翠二人非賈氏婢，故云外美。）

〔含芳十二夢〕〔金釧〕　不染塵埃小洞天，半潭秋水葬嬋娟。香魂縹緲驚鴻杳，一盞寒泉薦水仙。（鳳生之日，即釧生之日也。水仙一祭，井中人無恨矣。擬曰洛神，恰切。）

〔玉釧〕　渺渺前車水鑒明，含愁揾淚啜殘羹。簾前猶自含微怒，未解蕭郎不了情。

〔彩雲〕　悔戀春風悔覓愁，等閒未暇別薰蕕。狂且孤負殷勤意，分付雲情逐水流。（是謂惡姻緣。）

〔司棋〕　盼得郎歸願更賒，風前頓萎一枝花。機關早露旁觀眼，應悔初心一著差。（滿盤輸了。）

〔侍書〕　秋爽齋前綠意濃，敏才也步主人蹤。中申詈汝憑城祟，老嫗難攖舌劍鋒。（罵王家的，勝乃主之打。）

〔入畫〕　藕花香裏寫雲岑，弄粉調脂佐藝林。惆悵畫中人既去，畫圖消息也沉沉。（大觀園從未脱稿，正合入畫之遺。）

〔紫鵑〕　昔年翠館侍湘妃，啼盡春風不忍飛。一自青鐙伴朝暮，又將血淚染緇衣。（主未成雙，婢却作對，一僧一尼之謂。）

〔鶯兒〕　劈柳分花幻剪裁，巧拈彩線繫瓊瑰。緊將美玉濳籠絡，笑指佳人五美來。（絡玉一筆，直貫一百零九回「妙合而凝」一語，刺釵也。）

〔柳五兒〕　是眞是錯不分明，未解郎心轉自驚。笑指芙蓉求李代，兩般心事一般情。（五者，箒也。）

〔素雲〕　院宇沈沈靜掩門，寂寥風日稻香村。雲容冶蕩原宜淡，雅合佳人縞素尊。

〔碧月〕　朝看鋤刈暮聽砧，掃地焚香侍苦吟。第一淡人懷慮處，半輪月浸碧波心。

〔豐兒〕　九苞添翼助翺翔，解事知心侍曲房。悄掩雙扉冬晝靜，掀簾一笑遞蘭湯。

〔嘉蔭十二夢〕〔彩霞〕　兒郎底事苦爭春？啼笑俱難若箇親。身畔不知鐙畔妬，眼中且慰意中人。（此首寫寫經時燈後神情獨妙，細閲此回自得之。）

〔彩明〕　閨中書記掌奇嬴，握管持籌事事精。主婦一丁曾不識，侍兒雙目獨分明。

〔小螺〕　料峭風前煥翠鳧，琉璃世界倩花扶。聳肩斜抱瓶梅侍，來補冬閨豔雪圖。（瓶梅斜抱，定是此人，與春纖、篆兒亦係外美，但不甚緊要，故併入此中。）

〔繡橘〕　喋喋閨中鬥齒牙，妝台鳳去玉釵斜。佳人自是無聲木，妙舌全憑婢燦花。（木頭無聲，全憑橘樹有刺。）

〔翠墨〕　花枝解語本銷魂，饒舌翻嫌惹事繁。漏洩春光太牽絆，何如桃李靜無言。（私囑小蟬，致滋紛擾，故解語花有妙有不妙也。）

〔彩屏〕　蓮花座下法輪圓，莫挽嬋娟戀靜緣。不逐繽花散花去，主人情邈畫屏前。（不同淸靜，去紫鵑遠矣。）

〔春纖〕　病起瀟湘夕照斜，小鬟笑倚茜牕紗。囊琴洗竹調鸚鵡，更掃殘紅佐葬花。（瀟湘館功課，想當然耳。）

〔文杏〕　生小梨香伴豔葩，菱香琴韻挂天斜。翠煙蘿繞蘅蕪院，也放春風鬧杏花。（蘅蕪，秋花也，而亦惹春風。著一杏字，所以刺寶釵遠矣。）

〔篆兒〕　補屋牽蘿瑟縮宜，竊鈎何事便相宜。那知貧女廉爲寶，夜出横塘似富兒。（若思石崇輩，不及此兒。）

〔善姐〕　半湜奸頑半湜愚，此中日夕奈號呼。堂前授意驕強口，來作佳人促命符。（此必鳳姐所使。）

〔小鵲〕　枕畔噥噥靜掩幃，鬬垣有耳逗先機。不占喜事占凶事，且自殷勤傍夜飛。（本來報喜，反致惹驚，故曰不在鳥音中。）

〔儍大姐〕　百愁不識一心寬，誰料頻頻惹禍端。一笑一啼晴黛死，而今方曉作人難。（一笑死晴，一哭死黛，關係不小。）

〔榆蔭十二夢〕〔賴大家的〕　紀綱表裏掌通津，管領羣材冠下陳。夫自紆青兒曳紫，負恩人本受恩人。（送銀五十兩之人聽者！）

〔柳嫂子〕　青眼迎人逐曉風，一枝秀出淡煙籠。章台愁入行人手，幾度思栽小院中。（謂五兒也。）

〔林之孝家的〕　約束嬌娃侍綺紈，芳園屏跡笑無端。聲聲斫盡林中木，此際爲情太覺難。（林家死絕一語，雖屬率爾，何堪入耳乎？）

〔周瑞家的〕　曾送宮花助麗姝，畫堂供奉聽傳呼。女夫興冷頭兒死，悔作香奩兩姓奴。（一樣爲奴，獨依兩姓，何不幸而爲贈嫁之奴乎？）

〔鮑二家的〕　一度春風一命傾，眼前何處覓倉庚？聲聲只願閻王死，轉使閻王即召卿。（鮑二嫂曰閻王，尤三姐曰夜叉，都爲鳳姐定評。）

〔秦顯家的〕　越俎營求亦自艱，代庖誰料片時還。一聲歸去灰心魄，榮落春風頃刻間。（五日京兆，即時撤委。）

〔王善保家的〕　請君入甕太無聊，縱火人身轉自燒。一棒當頭誅輔頰，花枝帶刺悔輕撩。（僅僅一掌，我猶恨其少。）

〔旺兒媳婦〕　吸取民資益主貲，閨中聚斂逐毛錐。憑城假處宣威暴，狠藉名芳嫁戚施。（彩霞其奈此婦何！）

〔玉柱媳婦〕　祇知弱質憑欺誑，誰料旁觀見不平。一語誅心鬼膽破，簾前因斷勃谿聲。（亦是被玫瑰花刺的。)

〔金文翔媳婦〕　盈門喜氣戲匆匆，惱動芳心冷澹中。莫怨小姑騰快口，聲聲借汝罵東風。(請浮一大白，更罰東風一大白，赦老也。)

〔吳貴媳婦〕　相逢便欲效雙棲，驚動罔兩揖作妻。混世魔王猶被窘，還應妖怪著人迷。(此婦宜配包勇。)

〔多姑娘〕　胡天胡帝贈鬖髿，人盡可夫醉色魔。口頌神明身稽首，牀頭忘却有閻婆。(璉兒醜態可掬。)

〔梨香十二夢〕〔文官〕　管領侯門供奉班，遏雲聲起白雲間。春風壓盡天魔舞，南部煙花第一鬟。(梨香班首。)

〔芳官〕　氍毹單上步生花，出類聲容利齒牙。粉面未教敷粉墨，夜來記否染微瑕？(抹墨二字，玉哥定從戲字上生出，然而其情可想。侍寶玉。)

〔藕官〕　斜陽宿草杏花塵，蝴蝶灰飛泣暮春。舊日癡情渾未了，又來憐取眼前人。(與寶玉恨不作女兒同心，故曰一流人。侍黛玉。)

〔蕊官〕　轉向閨房仿笑顰，渾忘本是女兒身。舊時同伴飄零甚，獨侍梨香舊主人。(女兒學旦，輕車熟路。釵之來住梨香矣，後作戲院，刺之者深矣。侍寶釵。)

〔葵官〕　戲憐兒女本英雄，脫略釵叢粉隊中。柳絮新詞豪興舉，譜成合唱大江東。(女孩兒家，恁嚮喉嚨。侍湘雲。色配淨。)

〔荳官〕　花冚丫頭弁易釵，輕歌妙舞雜詼諧。隔簾記曲拈紅豆，調笑風流亦自佳。（侍寶琴。色配丑。）

〔艾官〕　艾艾如何上錦氍，應知觴羽不模糊。髫鬟隊裏鬚眉氣，合伴人間女丈夫。（侍探春。色配外。）

〔茄官〕　未老徐娘色恁殘，玉容裝點凍梨難。而今抱得霓裳譜，合伴吹簫有鳳鸞。（侍尤氏。配老旦。）

〔齡官〕　滿架薔薇小院西，金釵宛轉畫香泥。擅場色藝癡情緒，一笑翻醒局外迷。（此與寶官、玉官二人俱屬先去，不入園，故列於後。）

〔玉官〕　珠喉玉貌自風流，凸碧堂前逸韻悠。借問秋宵吹玉笛，月中可是玉人否？（想當然耳，莫須有之。）

〔寶官〕　休暇偷閒逐笑娛，鴨頭水暖戲春鳧。佳人本是人間寶，一串嬌歌一斛珠。

〔藥官〕　曇花一現謝空枝，杏子濃陰泣別時。人世夫妻眞是戲，如卿轉勝嫁男兒。

〔太虛十二夢〕〔警幻仙姑〕　放春山畔領羣仙，天上人間夢未圓。色色空空隨變幻，奈何天是太虛天。（第一淫人，玉猶後焉。）

〔兼美〕　得一佳人尙滯淹，如何兩美更能兼。憑君莫問三生石，一枕良緣夢黑甜。（此爲釵、黛關鎖。）

〔周貴妃〕　蛾眉曾列漢宮班，日影昭陽近玉顏。請作羅浮先路導，椒房休戚本相關。

〔林四娘〕　管領三軍出六宮，夫人城下女英雄。錦襠銀鐙桃花馬，一騎衝開劍血紅。（《姽嫿行》獨壓平日之作，蓋社中不欲諸女一人下第，深情體貼，故藏才焉。）

〔眞眞國女〕　雲樹淒迷賦十洲，蠻襟禿袖自風流。陽春一曲人千里，歷歷關心海國秋。（眞耶假耶，不過閒中點綴耳。）

〔傅秋芳〕　落寞芳姿盛美譽，良緣欲締意何如？深情未識春風面，惆悵文園賦子虛。（處士虛聲，如是如是。）

〔張金哥〕　千里紅絲宿願違，貞魂空逐藁砧歸。祇緣威鳳棲金綬，打起鴛鴦兩處飛。（死而有知，必爲厲鬼相報。）

〔若玉〕　何處佳人便作神？宦門弱質說非眞。前身合是貧家女，補屋牽蘿共負薪。（滿口柴胡，特撰抽柴之說，不圖作詩者又爲之圓謊。）

〔張小姐〕　作梅孤負作良媒，浪覓淳于獻鏡臺。同室紛紛猶逐鹿，何心更作館甥來？（作梅者，門客王作梅也。）

〔嬌杏〕　英姿落魄困風塵，一顧膗前種宿因。嬌杏而今太儌倖，無端侍婢學夫人。（名稱其實。）

〔紅衣女〕　公子無緣供畫堂，野花堆髻自芬芳。紅衣不及青衣女，愈是村妝愈豔妝。（青衣謂襲人也。）

〔可人〕　留得芳名悵逝徂，返魂香少錦屏孤。重泉應自憐飄泊，倘憶當時女伴無。（此亦曇花。此十二都未登場，嬌杏、紅衣其人雖有，亦如子虛，故曰空幻。）

（悼紅十二夢）〔北靜王〕　雲霞爲質玉爲儀，第一殊勳第一姿。忘分自饒稠密意，笑攜佳寶奬佳兒。（寶玉第一知己。）

〔賈寶玉〕　意稠語密態溫存，攝盡名姝百種魂。二十一年情賺足，愬懷一揖入空門。（政老嘆，哄了賈母十九年，吾謂彼哄者甚衆。據《癡人說夢》，十九作廿一。）

切。）

〔柳湘蓮〕 妻是虞姬兄霸王，鴛鴦夢醒少年場。佳人血熱郎心冷，夜夜香魂滯劍光。（虞姬、霸王，新而切。）

〔秦鍾〕 風流腼腆勝嬋娟，撲朔雌雄別有緣。良會都生歡喜地，優尼戲罷伴僧眠。（僧謂寶玉，蓋討智能之便宜，以供寶玉之算帳也。）

〔薛蝌〕 縫裳辮服自深情，牽動旁觀怨望生。有嫂誨淫曾未盜，負他冠玉似陳平。（蝌與菱獨有深情，自在意言之表。若金桂者，我亦不敢奉命。）

〔甄寶玉〕 空教疑似更疑眞，是一人還是二人？貌似究嫌神未似，何如我與我相親。（敗子回頭眞寶貝，故曰甄寶玉。）

〔賈蓉〕 龍禁頭銜不識愁，翩翩肥馬燦輕裘。公侯冢子狂且習，一樣風流獨下流。

〔賈蘭〕 詩成筵上筆呈芬，統響山坡鹿失羣。他日倘教承祖德，也應奮武更揆文。

〔賈薔〕 風流調笑醉當歌，索解人頤笑語過。寄語布金成殿者，廟中近日假牆多。（廟中固多此物，然一入廟中，便如將軍，何也？）

〔香憐〕 後庭花滿卯宮前，易弁而釵劇冶妍。若使蛾眉捐嫉妬，也堪我見尙猶憐。

〔玉愛〕 迷離莫與辨雌雄，玉兔春懷秘左風。人啖餘桃卿報李，前身端合是玉戎。（玉兔字雅切。）

〔蔣玉函〕 羅巾早繫百年姻，吸髓纏頭胯下身。筆底神通游戲畢，請君來作下場人。（恰好脫稿，終之以

玉函，所謂戲也。）（《悼紅吟草》抄本）

周澍

【紅樓新詠】（哭榮寧二公）　百戰功成兩鬢華，生還幸免葬黃沙。虎門賜第榮丹雘，麟閣書名障碧紗。兄弟有才能定國，子孫無福竟亡家。綺筵勝賞中秋月，祖廟英靈屢歎嗟。

（哭林黛玉）　絕代容華太瘦生，多情翻恨似無情。淚乾爲了纏綿債，身死空留曖昧名。屬纊呼郎孀婦泣，抱衾作媵小鬟行。九泉遺恨青蠅口，竹院時聞鬼哭聲。

（哭薛寶釵）　強把紅絲代壻牽，浪傳金玉是姻緣。身如傀儡難爲主，詠到鸞皇亦可憐。私祝但祈兒有命，柔情能感母稱賢。那堪回憶登車日，親迎人猶病榻眠。

（哭秦可卿）　繡閣三更月色寒，芳魂彷彿步珊珊。榮華有盡誰先覺，聚散無常獨可歎。夫壻適成紈袴習，死生不解別離難。祗因夢裏卿卿喚，錯作懷嬴一例看。

（哭迎春）　當年誤適紫鬚兒，霸氣全從閫內施。自是才郎威似虎，不關嬌女性如獅。佳人飲泣歸寧日，惡僕登門悉索時。最怪無情惟造物，苦將風雨妬花枝。

（哭惜春）　錦繡叢中後得名，垂髫弱女態盈盈。孤零未獲慈親愛，堅僻難諧伯嫂情。性好圍棋精弈數，才堪詠絮入詩盟。無端誤信奸尼語，佛火禪鐙伴一生。

（哭史湘雲）　閒恨閒愁不上心，豪情一往轉難禁。酒懷渴處忘酣醉，詩興狂時笑苦吟。有壻多才天不永，思親欲見夢徒尋。可憐嬌貴侯門女，薄命依然似薛林。

（哭邢岫煙）貧女生涯亦黯然，傍人門戶自年年。典衣常恐姑嫜覺，贈珮翻邀姊妹憐。父實不慈同陌路，家偏多難阻姻緣。何時得遂齊眉願，雙璧輝生繡閣前。

（哭鴛鴦）扶持八座太夫人，內閣追隨笑語親。魚鑰掌權諸婦敬，牙牌宣令合家遵。相攸無意求嘉耦，從殉甘心殺此身。女主有靈知不遠，太虛相見各酸辛。

（哭尤二姐）可憐顏色自傾城，誤聽甘言害此生。大婦久懷豺虎意，佳人長謝鳳鸞情。夢思公子誰容見，寃覆侯門永不明。爲鼠爲貓期後世，何妨死去竟吞聲。

（哭尤三姐）色偏妖豔性偏剛，巾幗從來有俠腸。聘納龍泉欣得壻，讚成貝錦怕羞郎。綠鬟竟斷鋒三尺，紅粉終無淚兩行。縱使臨邛方士覓，人間天上總茫茫。

（哭巧姐）青衣避難入荒村，老婦知酬故舊恩。積惡可期兒獲報，遭殃多半鬼銜寃。瓦盆進食飢如飽，甕牖埋頭晝亦昏。嫋嫋十三樓上女，險教作妾富豪門。

（哭晴雯）翠繞珠圍盡冶容，畫樓開徧曉妝濃。聽讒獨怪奴顏麗，被逐誰憐病體慵。縱有多情奠詩草，空聞薄命主芙蓉。篋中藏得輕裘在，倘見鍼痕忍負儂。

（哭紫鵑）幾年形影伴瀟湘，藥竈茶鐺細較量。多病有誰醫怨女，薄情終不恕癡郎。焚詩舊事旋成夢，葬玉新愁又斷腸。從此長齋供繡佛，兒家懺悔是心香。

（哭香菱）零落他鄉一葉輕，抱衾嫋嫋賦宵征。虎威不解憐儂意，獅吼何能諒妾情。僥倖分羹猶獲佑，無端受棒且吞聲。此生懊悔憑誰訴，苦恨雙親記不明。

（哭焦大）丁年荷戟便從戎，白髮俄成矍鑠翁。馬革裹尸生有願，魚頭作骨老尤忠。痛心恐墜先人緒，苦口難回少主聰。不是髯奴偏使酒，大家都已醉矇矓。

（哭包勇）千里投書拜主人，執鞭願逐馬蹄塵。勇誅巨盜雄心奮，醉叱尊官怒目瞋。同輩猜嫌都側視，後園寥落且容身。春來不及江南燕，夏屋猶依舊壘親。

（哭大觀園）萬枝紅燭照春宵，第一仙人降九霄。花鳥有情都意得，樓台無主忽魂銷。華堂纔息笙歌鬧，白晝何來草木妖。寂寞怡紅深院裏，愁聽秋雨泣芭蕉。

（笑警幻仙姑）翠羽明璫恍有無，幻成妖夢引狂夫。神仙好靜緣偏廣，風月相關道已汚。出世無能離恨去，導淫何事可卿呼？想應嫁得彭郎後，兒女情深大小姑。

（笑一僧一道）碌碌繁華富貴場，干卿底事爲誰忙？草如被澤應還淚，石縱能言又病狂。佛性未離羅綺豔，仙心猶雜麝蘭香。侯門三入知何意，徒亂人間父母腸。

（笑寶玉）又似聰明又似癡，半由姑息半無知。傷心恨擲胸前玉，抵死甘嘗口上脂。情癖卻嫌男子濁，風魔惟倩女兒窩。補天不入媧皇選，墮落終無夢覺時。

（笑賈政）父書能讀性偏迂，生長侯門一腐儒。豈必小心非謹慎，其如大事亦糊塗。家疎防範驕頑子，政拙催科縱惡奴。中夜無眠長太息，有人圍燭正呼盧。

（笑王夫人）未曾聞教女中師，生性愚柔祇自持。冶色不妨中婦豔，閒情猶道幼兒癡。室家相瀆羣居日，帷薄忘嫌少小時。悟得園林春意鬧，亡羊已悔補牢遲。

（笑王熙鳳）　中外齊稱女丈夫，貪財恃色一時無。多緣刻薄遭巫蠱，徒有詼諧惑祖姑。小字驚人曾是鳳，內庭工媚已如狐。錦衣絕少相憐意，搜索黃金脅病軀。

（笑賈瑞）　花前一見笑相迎，錯認無情作有情。未見多金如季子，可曾冠玉似陳平。寒風入骨深宵立，寃債纏身孽病成。紅粉骷髏終不悟，牀頭寶鑑手猶擎。

（笑薛蟠）　誰錫嘉名是霸王？野心直合號豺狼。千金不惜輸雙陸，一飲還須累十觴。負性似牛殊蠢蠢，喪家如犬亦茫茫。尤憐斷袖平生癖，爲飽尊拳識柳郎。

（笑花襲人）　偶聞戲語故生嗔，暗脫青衣備下陳。漏洩春光緣底事，引開情竇竟何人。傾心似覺非爭寵，惑主原來善效顰。嫁得優伶是嘉耦，不曾終棄紫羅巾。

（笑夏金桂）　地實寒微性又狂，一分顏色二分妝。奸謀狡猾通妖婢，好語殷勤誘小郎。誰道鳥媒終失計，巧將鴆毒竟親嘗。不知夫壻囹圄裏，曾否偸彈淚兩行。

（笑趙姨娘）　分居卑賤性愚柔，穢褻行蹤老未休。怯膽每緣熙鳳墮，褊心空望彩雲投。生兒不肖徒流毒，有女能賢反似仇。孽鏡台前須借問，道婆何事爲卿謀？

（笑妙玉）　一般溷迹在紅塵，何事偏稱檻外人？泥濕未沾風裏絮，梅開已逗意中春。夢魂忽作王孫配，海島終隨賊子身。空色因緣卿若悟，豈愁猿馬竟難馴。

（笑傻大姐）　滿園春色不關情，一味懵騰獨有卿。脂粉隊中休妬寵，金釵册上本無名。丁香未解同心結，菡萏何知並蒂生。卻憶繡囊親拾取，鴛鴦笑指是妖精。（雪坪主人自笑）　短詠長吟夜不休，爲誰歡喜爲誰愁？舞衫歌扇鐙前影，玉帶烏紗水上漚。墨海新封文字伯，管城兼領醉鄉侯。狂生自笑鍾情甚，酣臥無端夢綺樓。（《悼紅吟草》抄本）

周綺

【題紅樓夢十首（余偶攖微疾，兀坐小樓，几淨窗明，無以消遣。適案頭有《紅樓夢》小說，展卷數翻，爲之失笑。是將人情世態寓於粉跡脂痕，較之耐庵《水滸》尤爲痛快。蓋大觀園情事，淋漓盡致者固多，而未盡然者亦復不少。爰賦十詩，以廣其意，雖畫蛇添足，亦以假當眞。稿甫脱，不覺神思困倦。正假寐間，忽見一古衣冠者揖余而言曰：「子一閨秀也。弄月吟風，已乖母教，乃作《紅樓夢》詩乎？」余一時難與辨論，遂謂之曰：「君之言誠是。然樂而不淫，哀而不傷，詩之本教也。夫子删詩，國風爲始，豈有爲瓜李之嫌耶？恐言之彬彬，行仍昧昧，不能自反，引入迷津，遂放浪而無涯涘矣。」言未竟，᷊然而醒，但聞桂香入幕，梧葉搖風，　樓頭澹月微雲，撩人眉黛而已。時道光乙未仲秋十日也。）】

（黛玉焚詩）　不辨啼痕與墨痕，無情火斷有情根。者宵果應燈花讖，他日空憐蜀鳥魂。　慧業已隨人遯世，癡鬟休爲竹開門。鴨鑪獸炭寒如水，剩得心頭一縷温。

（香菱學詠）　花前月下自凝眸，寸寸柔腸寸寸搜。著意個中誠足惜，處身如此不關愁。　眠餐好在吟成後，啼笑都從夢裏頭。知否苦辛天報汝，芳名非仗可兒留。

（湘雲醉眠芍藥）　席翻脂粉醉飛觴，酒力難支近夕陽。無限春風困春睡，不勝紅雨覆紅妝。倘非玉骨還宜暖，幸是冰肌未凝涼。一種癡憨又嬌怯，畫工要畫費平章。

（晴雯死領芙蓉）　一現優曇命太輕，臨題那得不憐卿。便填癡誄難償恨，眞做花神始稱名。素願何嘗形色笑，平生端的誤聰明。從來此事銷魂最，已斷塵緣未斷情。

（青女素娥李紈悲黛玉）　月中霜裏擬翩翩，姊妹班頭掌翰仙。定爲淸才多白眼，豈宜紅粉淡青年。情雖有爲情應篤，病到無辜病最憐。竹自迎人人寂寂，嘻吁獨我淚潸然。

（冰寒雪冷慧婢恨怡紅）　妬花風雨瘁花姿，義憤偏鍾小侍兒。果易分明仍一夢，信難憑準是相思。怡紅意氣能無恨，湘館情懷爲甚癡？幾許傷心何處訴，自教呆立不多時。

（二姐遭賺墮計）　花是丰姿月是神，東君應不負終身。傷心漫怨庸醫藥，委曲難通妬婦津。未必無情歸幻境，定然有恨隔凡塵。紅顏大抵多如此，腸斷千秋命薄人。

（平兒被打含情）　究未呼天剖素胸，淚紛紛咽屈重重。好花風總憑空妬，閒草春多不意逢。薄責原非長恨事，無言確是有情鍾。羨卿心底分明甚，要學夫人却易容。

（妙玉聽琴警悟）　機微領略不言中，一曲絲桐忍聽終。好夢未醒長恨客，美人已定可憐蟲。從前枉受情癡累，此後都歸色相空。無限傷心成獨想，餘音任付月溟濛。

（鴛鴦殉主全貞）　芳心遲早固難勝，待得人歸付幅綾。爲日之多豈所願，此身以外更何憑？休憐碎玉銷香恨，應愧沽名釣譽稱。竟可夢中先醒夢，金釵十二有誰能？（載錢泳《辛壬集》，附刻）

姜　皋等

【紅樓夢圖詠(節錄)】(通靈寶石、絳珠仙草)姜　皋　媧皇一笑春濛濛，五文星骨飄太空。碧絲縛繭天無功，深山如人泣露紅。攜手荒雲一爾汝，夜夜心期拜牛女。明月三生玉自温，春風百種花同語，羅帕灰飛夢不圓，瓊樓冷綠催行煙。芳情不死億萬年，含靈結怨通眞僊。

(警幻仙子〔沁園春〕)顧　恆　恨窟情天，雨覆雲翻，豈有盡期。記高唐一枕，眞原是假；遊仙兩度，我竟爲誰！斟酌悲歡，裁量恩怨，風月憑伊好護持。釵鈿冷，有彩雲一曲，說盡相思。　蛾眉憔悴如斯，看花落何能返故枝？嘆鶯歌燕舞，量金難買；紅愁綠慘，織淚成絲。收拾殘棋，仍還故我，蝴蝶芳魂乍醒時。雲中笑，問茫茫世界，可要情癡？

(黛玉)孫　坤　英皇夜汎紅絲瑟，寒入瀟湘波孕蘭質。承淚幽篁點點斑，一生盡是含愁日。卿家少小問妝樓，薄命梨花不耐秋。故國高堂俱早世，外家戚里盛通侯。迢迢一旦香車至，蘭錡繁華照天地。長日雖邀掌上憐，西風誰識心中事？名園春色到璚臺，稚蝶嬌鶯作隊來。賞月不關金屈戌，酹花爭泛玉交杯。衆中別有關心處，宜笑宜嗔總無據。紅燭宵深憶過尋，綠窗晝靜同低絮。從來幽恨已難禁，從此閒愁日又深。當戶每憎鸚舌喚，斷腸唯譬鳳箎吟。閨中女伴稱詩格，漫許才華世無敵。誰道風批月抹詞，無非粉泣珠啼跡。雨過雕欄取次行，落紅滿逕又傷情。封泥爲築埋香塚，殺粉親書瘞玉銘。歸來日日無言坐，慵病殘妝強梳裹。意緒唯應獨自知，淚絲時背旁人墮。一點孤燈黯綺櫳，輕魂容易逐罡風。笙歌何處金堂沸，環珮今宵繡閣空。平泉回首傷遺事，草死紅心愁滿地。瘦影伶俜望不來，夕陽猶鎖叢篔翠。

（寶釵）羅鳳藻　豔冠羣芳擁絳紗，風流嫵媚暈朝霞。瑤宮仙蕊知多少，此種端推第一花。

泥人風韻本天然，秀色明明若可餐。解識芳闌眞竟體，阿儂剛服冷香丸。

宮麝新頒一串金，濃香染袖貯深深。一雙玉腕白於雪，忍俊有人情不禁。

一種溫柔偏蘊藉，十分渾厚恰聰明。檀奴何福能消受，空賺紅顏誤此生。

（探春）武念祖　千金聲價不羈才，伉爽人宜秋爽齋。綺閣賢名兼婦職，芳園韻事騁吟懷。玫瑰刺手香偏好，甘蔗旁生味轉佳。只惜匆匆悲遠嫁，封侯夫壻在天涯。

（史湘雲〔綺羅香〕）張問陶　褥設芙蓉，筵開玳瑁，玉斝仙露爲酒，小院重簾，扶出一枝花瘦。悄不管石磴雲窩，漫贏得粉融香透。殿春芳婪尾杯深，扶頭眠起睡痕逗。　藏鈎猶記裏底，爭奈花陰拂處，新涼偏驟。軟立東風，約略夢回時候。更何人羅襪春鈎，熨不醒蝶裙痕皺。鏡鸞開，重理嬌鬟，者番喧笑口。

（妙玉〔菩薩鬘〕）袁　桐　玉容卻與梅花瘦，圍棋小劫禪心逗。香火有前因，傳箋檻外人。　烹茶容小坐，知己誰堪數，弦外有餘音，孤聽指法深。

（王熙鳳）武念祖　倜儻風流四座驚，金閨獨許占才名。解圍慣博諸郎粲，戲綵常怡大母情。不避嫌疑原脫略，便招猜忌只聰明。傖奴中酒眞狂瘈，百犬何勞更吠聲。

（李紈）高崇瑚　隻影常時掩素幬，稻香生愛境淸幽。蘆花亭外空如雪，惆悵何人共白頭。

丱角嬌兒玉不殊，秋燈課讀月明孤。評詩吟社羣花笑，豈獨昭容賞夜珠。

（鴛鴦）羅鳳藻　繡闥珠幃擁壽薎，女貞花傍一枝鮮。癡情合證情天果，豔色偏空色界緣。銀燭半枯孤月冷，紅羅三尺寸心堅。宮中寄語諸同伴，願作鴛鴦不羨仙。

（可卿）羅鳳藻　管領情天第一人，雪膚花貌玉精神。塵緣易醒繁華夢，幻境先抽色相身。過眼濃春憐草草，關心小字喚眞眞。偎班覓得金鴛替，從此瑤宮證上因。

（香菱）高崇瑚　翦紅刻翠費尋思，風動琅玕聽講時。郎主新豐鬥雞去，空房月冷獨吟詩。

（晴雯）瞿應紹　桃花扇底慣呼來，破竹聲中暈靨開。極盡温存如我意，太因嬌好被人猜。空留針線悲當日，能得芙蓉笑幾回。冷指環和長指爪，只愁濁玉未同灰。

（平兒）沈耀鈐　蝦鬚條脫綺羅身，偏傍癡兒供笑嚬。却憶怡紅深院靜，殘脂賸粉也移人。粉淚盈盈拭曉妝，菱花鏡影碧紗旁，侍兒也算承恩寵，公子歸時鳳匹凰。

（紫鵑〔鳳凰臺上憶吹簫〕）劉　樞　竹徑調鸚，花陰温藥，三生並住瀟湘。奈玉人多恨，生小離鄉。爲說故山風景，休眷戀，又怕心傷。同消受，葬花春短，夢雨秋涼。休忘正經主意，願玉鏡團圝，早下温郎。甚零星繡線，淚漬紅香。到底因緣沒分，只少箇金玉相當。都看破夢痕泡影，便上慈航。

（襲人）羅鳳藻　一種奴星備小星，粲花妙舌慣將迎。嘉肴特賜偏承寵，羅帕深藏早締盟。郎貌自然饒嫵媚，妾身從此始分明。人生一死譚何易，却笑癡兒誤用情。

（寶玉）瞿應紹　青埂峯頭容再遊，分明身世此紅樓。還容富貴閒人到，尙有情天冊子留。十載經銷幾粉黛，一心破作兩恩仇。出門大笑從今去，掃却平生萬種愁。

（又〔長相思〕）袁　桐

說多情，未多情，每到多情情轉輕，相思沒正經。人通靈，玉通靈，金玉姻緣到底成，累伊空淚零。（光緒五年刊本）

黃昌麟

【紅樓二百詠（節錄）】（賈寶玉）　妄作佯狂意態時，至今人尚笑君癡。滿腔夙夜憑誰訴，惟有青天明月知。

（林黛玉）　瑜亮同時數亦奇，懨懨心病著香肌。恨填滄海鮫流淚，鐵鑄無成錯咎誰？

（薛寶釵）　低徊自悔爲誰蒙，金玉因緣一夢中。富貴不堪回首問，千秋事業付東風。

（史湘雲）　水流花放得天眞，柳絮隨風恐絆人。香國醉餘三徑夢，蘧蘧猶自認前身。

（探春）　磊落襟期不自誇，才華長此壓羣邪。詩壇韻事誠千古，風味居然學謝家。

（李宮裁）　畫荻徽聲繼自今，冰霜堅凛擁寒衾。最難生長繁華境，明月梅花是妾心。

（王熙鳳）　朱顔玉貌迴超塵，頻笑無端妄向人。巾幗英雄誰得似？漢家呂雉是前身。

（秦可卿）　海棠春睡畫圖開，漫捲珠簾步綠苔。懊惱稱名人不識，夢魂誰喚祝英台？

（紫鵑）　大事無成奈若何，俠骨怎肯受風流？忠誠戀主堅如鐵，求到鬚眉得幾多。

（香菱）　亭亭夙具雅人骨，自沐春風智慧開。紅袖樓頭秋月冷，夢魂夜夜上詩台。

（平兒）　委曲維持會轉旋，福田長此種年年。知卿自是屠龍手，瘁海波平瀁月圓。

（晴雯）　素年金屋傍春台，不管人間半點埃。補罷雀裘迷曉夜，誰知禍水自天來？

（鴛鴦）　黨援勢敗知回首，權寵無門懼禍身。一死不旌卿節烈，只緣畏嫁白頭人。

（襲人）　奸雄自古用心長，媚主偏能混善良。臥榻不容人鼾睡，恐驚妖氣蔽和光。

（妙玉）　獨抱孤芳自賞音，無端慾火夢中侵。凡根未斷情難斷，大海汪洋爾洗心。（一九一七年石竹山房石印本）

盧先駱

【紅樓夢竹枝詞】　媧皇不補奈何天，放下瑤臺女謫仙。不合大荒山下過，好姻緣是惡姻緣。

朱門富貴好繁華，處處樓臺面面花。底把灌愁河畔水，一齊都付與兒家。

湘館淒涼夜正孤，茜紗窗外月模糊。拚將兩眼相思淚，酬得郎恩一半無。

風調何人似可卿，前身疑是許飛瓊。無端偷試陽臺夢，唐突人前喚小名。

底事蛾眉不解顰，情天孽海渺無垠。黃金不打葳蕤鎖，妬煞蘅蕪院裏人。

教郎莫灌漏壺水，教郎莫看自行船，水自東流船自去，相親相近總無緣。

撥斷冰絃淚欲傾，無人得見此時情。生憎窗外千竿竹，不是風聲即雨聲。

姊妹何人數獨先，花家娘子自神僊。近來新得夫人寵，不共傍人領月錢。

瓊瑤池館玉樓臺，月殿雲宮四面開。鼓樂忽驚紅袖亂，門前齊報鳳輿來。

新詩盡許獻風流，紅葉何時出御溝。怕說麝香珠一串，承恩偏是寶丫頭。

人日纔過日幾天，明宵又是月團圓。上房傳會花燈節，預辦青銅賞戲錢。

滿堂簫鼓月當頭，一齣新聲演《醉樓》。漏盡銅壺歸不得，太君眞個解風流。

斑衣學舞戲紅羅，譃浪無心惹趣多。一笑喧闐齊拍手，可人終讓鳳哥哥。

慵整花鈿對鏡臺，宮花一朶鬢邊開。煙鬟新帶朝雲色，知是高唐夢裏來。

卻下重帷會所私，炕屏那惜借玻璃。癡兒若解儂情態，便是低頭一笑時。

會芳園裏暫相親，路入桃源認不眞。一枕相思憔悴死，可憐風月鏡中人。

秦家小子太憨生，絕世温柔玉性情。不是同車恩義重，也教分愛到鯨卿。

倚託良媒亦自憐，淡妝縞素一嬋娟。綺羅隊裏神仙客，誰是風流邢岫煙！

蓮花巧舌讓人多，艾艾何心字舛訛。試問眼前諸姊妹，阿誰曾不愛哥哥？

嬌癡小婢絕聰明，解把陰陽細品評。拾得麒麟私撮合，兒家亦是解風情。

瑤林貝闕望分明，凸碧堂前雨乍晴。最好春光是三月，暖香塢裏放風箏。

滴翠臙脂拂絹初，亭臺細寫大觀圖。多卿一管描花筆，祗恐蛾眉畫不如。

藕榭菱洲一帶疏，曉妝妬煞木芙蕖。癡郎貪看池中影，故倚闌干欲釣魚。

桂花作艇玉爲堂，新打蘭橈七尺長。一陣香風花裏過，無人知是駕船娘。

為郎扮作小漁婆，儂着青篷郎着簑。郎自撐篙儂把舵，與郎照影到恆河。

窗下無人私語時，對郎調戲笑郎癡。近來學得參禪訣，究竟何如總不知。

東風昨夜夢天涯，曉起扶欄數落花。儂命也同花命薄，飄零一樣是無家。

繡簾風細裊遊絲，綵筆分填柳絮詞。妾願如絲郎似絮，便隨風去莫相離。

綠陰庭院鎖青苔，紅樓前年燕子來。春色不關人意緒，斷腸莫問李宮裁。

絲絲鬢髮膩於油，一線紅潮枕畔收。匿笑回身向郎抱，碧紗窗下共梳頭。

銷金繡幔紫檀床，錦被濃薰百合香。多謝穿衣三尺鏡，燈前夜夜照鴛鴦。

無多恩愛便情深，宮粉新分白玉簪。妾自有夫郎有婦，與郎暗裏結同心。

薰籠倦倚兩情依，金玉良緣是也非。一語醋人禁不得，看他獃雁一雙飛。

香肩並倚坐筠牀，軟語嬌羞啐玉郎。任是麝蘭薰透骨，爭如林子洞中香。

笑煞檀郎沒事忙，朝朝尋豔復尋香。叮嚀莫似顛狂蝶，又逐東風過別牆。

三尺紅綃寄恨書，小詩題罷淚如珠。可憐秋水葡萄眼，多恐鮫人泣不如。

小楷臨摹點畫工，綠窗費盡許多功。行間眞解知誰是，畢竟心同手亦同。

毒手誰防暗箭多，無端簧舌起風波。祗因孽海情魔重，休怨龍鍾馬道婆。

嬌喘如絲強自支，郎心祗許妾心知。神仙那有相思藥，枉煞行時王太醫。

巾箱寵愛日無多，三寸桐棺掩面過。不獨傷心尤二姐，本來娘子是閻羅。

銀壺濁酒夜三更，爲訪襄王犯露行。立盡蒼苔冰透骨，蝌郎底事太無情。

連天爆竹響迷離，金字牌銜列繡旗。一路珮環聲不斷，香車齊會祭宗祠。

美景良辰二月天，相邀姊妹斂金錢。明朝正是花朝節，傳說堂前拜壽筵。

芳草青青水蔚藍，一鞭游騎出城南。問郎繫馬誰家樹，莫是燒香水月庵！

鎮日蟾宮鎖不開，紫雲何自降瑤臺。金釵斜拔書薔字，惹得巫山暮雨來。

阿姨風度自翩翩，不在梅邊在柳邊。值得堂前身一死，風流幾個似湘蓮。

蓼汀一帶碧波流，燈影衣香水面浮。簫鼓聲聲人不見，龍船划過紫菱州。

花家門巷夜尋歡，錦繡成圍玉作團。一騎連忙驅馬去，許多紅袖捲簾看。

梨香院宇結芳鄰，一樹花光白似銀。麥飯紙錢寒食節，箇中亦有斷腸人。

晝永閒庭繡幔開，殘棋一局小徘徊。回頭錯落枰心子，笑問郎從何處來。

雨水雨兒霜降霜，費儂辛苦幾年藏。郎情但解冷香好，那識溫柔別有香。

冰麝無心更檢挑，鉛華不御自妖嬈。口搽茉莉纖纖粉，添上薔薇薄薄硝。

口滴櫻桃一點工，避人調笑唾殘絨。教郎細向唇邊看，新買臙脂紅不紅。

松花衫子綠鸚哥，綵線盤金繡不多。病體卻嫌蟬翼重，阿婆還有軟煙羅。

櫳翠庵前樹似霞，爲郎偷贈一枝花。含情笑脫袈裟道，可吃千紅一窟茶！

活火金爐獸炭銷，繡衾不暖坐深宵。北風一夜瓊瑤雪，齊脫湘裙換紫貂。

猩紅笠子太嬌生，雪裏梅花一朵輕。不是郎心偏錯愛，薛家姊妹本多情。

翠線條條手自抽，與郎細補雀金裘。花針若箇贏人巧，偏是燒香總斷頭。

淹淹扶喘別朱門，寃枉何人爲剖分！同住紅樓雲雨地，偏無好夢到晴雯。

一面匆匆死別時，紅綾襖子淚如絲。傷心爲製《芙蓉誄》，訴向花前知不知。

翠被憐香事已非，年年空憶夢魂歸。殯宮落盡棠梨雨，忍學飄零扇子飛。

偶向花前踐宿盟，太湖石畔證三生。無心失落香囊袋，驚醒巫山夢不成。

雪羅衫子稱身裁，朵朵梨花月下開。雲板一聲車馬亂，饅頭菴裏送靈來。

繡衾留意夢温存，曉日臨窗未啓門。昨夜不知春雨過，杏花紅遍稻香村。

綴錦樓前草似茵，小鬟傳信踏青春。教郎莫到葬花處，滿地殘紅愁煞人。

六幅湘裙污石榴，爲尋芳草鬥風流。儂家贏得夫妻蕙，姊妹何人是並頭。

冰梅小几饌陳初，爲賞良辰樂自如。傳到太君親赴宴，齊來花下接肩輿。

酒兵隊裏女將軍，跌宕風騷總不羣。除卻尤家三妹子，更無人敵史湘雲。

芍藥陰中晝正長，避人扶醉入高唐。落花不管春狼藉，飛上羅裙分外香。

鸚鵡螺杯鏤絳霞，融酥茶點様新花。熊蹯雞跖嘗應遍，添上冰盤哈密瓜。

村語撩人亦雅馴，筍蔬風味自天眞。於今難買蛾眉笑，老老原來是解人。

寶鏡玲瓏映碧紗，枝枝照見滿頭花。擕蝗一嚼渾無事，醉眼矇矓拜親家。

太平鼓子響鄰鄰，文鳳求凰一曲新。筵上忽飛紅雨過，傳花剛到太夫人。

飛盞流觴小令工，濃歌豔曲滿筵紅。阿儂看過《西廂記》，編出牙牌便不同。

蜂腰橋畔柳如煙，編箇花籃郎枕邊。妾貌如花眉似柳，教郎常似伴儂眠。

私語無端入耳聽，惹人情竇太零星。欲嫌蝴蝶眞多事，勾引儂來滴翠亭。

玲瓏新樣小荷湯，捧向櫻唇勸共嘗。小語問郎滋味好，可知還有唾花香！

絲絲冰線綰通靈，聯卻梅花絡子輕。試向枕邊親問訊，小名眞不愧鶯鶯。

雲箋半幅手親裁，小楷蠅頭寫麝煤。忙煞一秋詩興好，海棠開罷菊花開。

冰雪聰明慧性存，絳珠仙草本靈根。外婆若問阿誰好？絕妙詞原是外孫。

瓣香新祀女先生，一卷唐詩口授成。好把社中添一座，甄家娘子亦風情。

凹晶館外桂初芬，紫蟹肥時酒半薰。不敢持螯郎會否？妾心亦似卓文君。

金塘水滿睡初酣，風雨無端折畫欄。驚散鴛鴦無好夢，何人不怨趙堂官。

香車百兩別鄉關，碧海歸寧有夢還。回首可憐歌舞地，一天風雨望家山。

一朵鮮花色有香，縱然有刺亦何妨。不因摒擋抒才幹，誰信鴉巢出鳳凰。

寄語檀郎莫更癡，從今了却舊相思。洞房昨夜新人笑，正是顰兒死別時。

瑤臺悵望返雲車，愁聽鸚哥喚倒茶。何處朝雲何處雨，絳珠宮裏是兒家。

高情枉自夢梨花，赦老風流也不差。三尺紅綾人斷送，阿爺眞箇誤兒家！

雛鳳誰憐鎩羽翎，十三學織便零丁。聘錢十萬無人借，憔悴河邊織女星。

緇衣初換道家妝，薄命眞成枉斷腸。歲歲春花與秋月，可憐愁煞惜姑娘。

轉眼鶯花委逝川，藍田蕪盡玉成煙。傷心林下人歸去，庭院春深泣紫鵑。

掌花人去淚空彈，花氣猶含露未乾。不是茜紗羅一幅，肯教便益蔣琪官。

夢入怡紅往事空，伯勞飛燕各西東。金簪落井無尋處，更把何人換小紅。

絕可人憐是五兒，病中細與訴相思。海棠萎盡垂絲樹，賸有章臺柳一枝。

明珠一碎鏡埋塵，碧瓦成堆曲沼湮。一夜西風花落盡，傷心豈獨賈迎春。

訪舊休招素女魂，不堪重問大觀園。沁芳橋下桃花水，盡是情蟲血淚痕。

誰人辛苦爲分明，翠被憐香夜夜情。堪笑風流傻大姐，一雙猷眼看妖精。

悼玉悲金也自疑，傷紅惜翠總情癡。寧榮兩府人多少，占得清名是石獅。

詩成亦自笑予癡，鏤血鐫腸苦費思。誰把江郎書恨筆，爲儂傳遍竹枝詞。

紅牙拍碎暗傷神，過眼鶯花莫認眞。喚醒紅樓酣睡客，回頭便是急流津。（同治八年願爲明鏡室刊本）

張新之

【評石頭記成作七律三章以誌喜】　說石頭經廿四春，龍沙萬里上鯤身。櫂聲鞭影都圓夢，雪送花迎各助神。　斬斷六根原是假，歸來一笑却成眞。　借觀義畫尊麟筆，腐史於今有後塵。

名教扶持自問難，談情書上著鉛刀。平生差可斯吾信，未死居然此事完。古月一輪含妙象，梅花數點破春寒。闢開兒女全忠孝，人獸關頭豁大觀。心血於焉用斗量，筆花生彩墨花香。獨燃一炬成秦火，横掃浮雲見太陽。著論不隨無鬼没，問年原比鍊都長。老身杯酒同詩祭，事業欣欣託渺茫。（《妙復軒評石頭記》，抄本，卷末）

汪淑娟

【題石頭記（沁園春）】何處紅樓，幾日西風，嬌顔悴零。悔輕輕羅帊，打伊獃雁；些些詩句，教熟籠鸚。不及芙蓉女兒墳上，猶受怡紅一哭情。堪傷處，是絳珠有淚，頑石無靈。秋窗風雨淒清，問絮果蘭因是怎生。算瀟湘一夢，了完公案；袈裟半襲，救了神瑛。只怪桃花和它柳絮，恁把憑空識作成。癡兒女，被聰明兩字，斷送伊行。（《曇花集》，咸豐三年刊本）

鄭蘭孫

【宗友石囑題其友人畫紅樓夢歌伶紈扇（減字木蘭花）】卽空卽色，幻境荒唐人不識。恨海情天，黄土朱顔儘可憐。韶華難駐，幾個聰明能覺悟？曲度雲屏，多少紅樓夢未醒！（《蓮因室詞集》，光緒元年刊本）

朱作霖

【題紅樓夢】慧鏡千秋照，癡情萬古消。花空留幻影，月自麗清宵。木石緣俱誤，葫蘆樣孰描？其如

人未悟，猶慕董嬌嬈。(《紅樓文庫》，載一九一五年《小說新報》第一年第十一期)

【讀紅樓夢偶書】　花夢久不作，情史時繹之。偶溫《石頭記》，愈讀意愈癡。慨懷天地間，要是情維持。江河古不廢，殆有淚點滋。事即涉兒女，忠孝實所基。情至文愈至，淚枯墨落遲。惟有情淚人，能爲絶妙詞。癡男一何慕，怨女一何悲？世事深閱歷，至理推盛衰。榮落頃刻間，好把黃粱炊。境即託諸幻，事亦未足疑，其文更幽雋，氣靜神彌怡。但見花鳥笑，誰知宮羽移？草蛇而灰線，令我費尋思。憶有此書來，八十年於茲。苦無解事人，卓立筆一枝，爲渠開生面，顆顆珠探驪。嗟予抱情癖，擬書混沌眉，有志恨未逮，一編聊自私。敢僭蕭樓名，空爲賢者嗤；即爲賢者嗤，勿示鄉里兒。(載同上第一年第十二期)

扈斯哈里氏

【觀紅樓夢有感】　眞假何須辨論詳，斯言渺渺又茫茫。繁華好是雲頻幻，富貴無非夢一場。仙草多情成怨女，石頭有幸作才郎。紅樓未卜今何處，荒址寒煙悵夕陽。

紅樓一夢警迷人，名利場中莫認眞。十二金釵今已杳，幾堆白骨掩香塵。

青埂峯前一石頭，攜來偏自落紅樓。絳珠有草隨緣化，離恨天中不了愁。

幻境虛成一段緣，紅樓奇事古今傳。半生灑點相思淚，不免魂歸離恨天。

是是非非地，空空色色天，紅樓如一夢，警世悟禪緣。(《繡餘小草》，光緒二十九年上海書局石印本，卷二)

黃金臺

【紅樓夢雜詠(節錄)】(賈寶玉)　仙丹佛性悟眞詮，彈指韶華十九年。遮莫名心消未盡，歸途尙泛孝廉船。

(林黛玉)　玉顏憔悴帶啼容，夢到西廂月下逢。底事花神欠公道，海棠無福配芙蓉。

(薛寶釵)　何物妖僧斬豔情，神瑛使者返蓬瀛。禁他二十如花貌，寡鶴單凰了一生。

(史湘雲)　愛壻風華並玉山，青鸞遽返白雲間。天公事事無全美，薑橘傷心劉令嫺。

(王熙鳳)　啼妝纔罷劍眉橫，烈烈南風報五更。屈指十年專寵愛，不堪昭信殺昭平。

(秦可卿)　太虛幻境一裴徊，萬豔同杯醽綠醅。阿姊昨宵招宴去，爲言有客在陽臺。

(探春)　瑤池仙杏倚雲栽，預卜金吾貴壻來。休怨東風三萬里，清明遙望曲江隈。

(李紈)　燕子樓前夕照虛，稻花香處老農居。半生畫荻丸熊苦，難得佳兒愛讀書。

(香菱)　寂寞梨花帶雨零，河東獅吼不堪聽。古今薄命人人惜，前有翾風後小青。

(襲人)　金箱留着茜香巾，曾否前生未了因。從古艱難惟一死，桃花廟內是何人？

(晴雯)　枉住人間十六年，紅綃帳裏短姻緣。而今拜接花宮詔，留得芙蓉誄一篇。

(鴛鴦)　孤燈冷淡月淒淸，最是無情勝有情。竟伴慈雲歸海上，鴛鴦兩字誤稱卿。

(平兒)　僥倖偷香蝶意癡，惱他枕底裏青絲。一番軟語柔情處，即在深顰淺怒時。

（紫鵑）　瀟湘斑竹淚痕枯，多少温情慰小姑。猶怕癡兒無實意，戲言來歲返姑蘇。

（妙玉）　無意敲棋松石間，妙公容易出禪關。藕絲若取金刀斬，紅汗何須溼玉顔。（光緒三年申報館版《癡說四種》本）

楊維屏

【紅樓夢戲詠】　眼語眉言巧入時，此身不信屬男兒。揣摩閨態温存慣，閱歷柔鄉解脱遲。玉鏡盟虚消鯽墨，錦鞋夢杳負烏絲。可憐訴盡傷心事，侍婢無情總未知。（寶玉）

涼雲罨碧護瀟湘，竹暈斑斑點淚光。病肺釀成秋瘦損，癡心幻出夢荒唐。琴牀彈怨絃先斷，花塚埋愁土亦香。一語寄卿應解恨，薛靈芸是寡鴛鴦。（黛玉）

弱骨豐肌笑語工，靈心八面鬥玲瓏。羣花盡入牢籠裏，絶豔偏存闇淡中。合德生來香竟體，阿難歸去色成空。瓊箱怕檢金訶子，鴛眼模糊玉筯紅。（寶釵）

森森瑤圃出瓊芝，通脱如君信不羈。一枕甜香嬌滯酒，四圍軟玉冷鏖詩。邀來白社談方縱，創出春燈謎亦奇。一事定饒祟蝦蛄，愛更裝束學男兒。（湘雲）

劉家諸妹總天人，瀟灑三娘最出塵。酒地花天供笑詠，竹頭木屑見精神。芳心私卜漁竿穩，暈頰羞看酒令新。莫道明珠生老蚌，一枝紅占杏林春。（探春）

算到黄粱夢醒時，大都薄命怨蛾眉。誰知橄欖回甘味，轉在梅花耐冷姿。早歲離鸞悲寡女，中年綴

鳳羡佳兒。泥金同捷孤歸去，却笑逃禪阿叔癡。（李紈）

千緡子母權難盡，一枕神遊夢易闌。不是小憐能續命，女床無地可棲鸞。（熙鳳）

手飛霹靂口翻瀾，閨閣論才此大難。不識字偏工詠絮，最驚人是忍焚蘭。

化夢易闌。

瑶臺會上許飛瓊，錯被人間認小名。洛浦通詞多恍惚，巫山入夢轉分明。睡酣棠頰春猶淺，信斷桃花病已成。家世由來是情種，延年顏色亦傾城。（可卿）

水淫棋隱與詩仙，併作優曇一現緣。薝蔔靜依三寶地，梅花香證四禪天。飛來野鶴無同調，夢醒宫鶯劇可憐。不繡鴛鴦偏繡佛，惱人最是戒珠圓。（妙玉）

獨得瑶池阿母憐，雙成明慧冠羣仙。有緣秦女私攜手，無賴洪崖肯拍肩。鴉髻拚裁雲縷膩，猩脣羞吮口脂鮮。涅槃會散歸何處，不是情天是佛天。（鴛鴦）

閒情我欲問連波，大婦何如小婦和。金屋衾裯當夕少，瑶池姊妹受恩多。別營丹穴藏雛鳳，私出朱提葬翠娥。却羡百花生日日，泥人顏色酒微酡。（平兒）

玉京多事謫青琴，藩溷飄零弱不禁。鬥草愁看花並蒂，耽詩算有月知音。温柔偏落癡兒手，宛轉難回妬婦心。惆悵石榴裙解後，採菱池畔散秋陰。（香菱）

美人姿態俠心腸，參透情禪換佛裝。帳底離魂憐倩女，花前冷眼看蕭郎。漫留照影方銅鏡，苦護盛詩古錦囊。雛燕無歸孤雁去，雕籠愁對雪衣娘。（紫鵑）

纖腰束素髻鬆鴉，憨態靈心兩足誇。孔雀恨無連愛縷，芙蓉原是斷腸花。生非媚蝶人還妬，唱到哀蟬月不華。猶記晚凉新浴罷，扇聲拉雜笑聲譁。（晴雯）慣將軟語激秦嘉，博得閨中衆口誇。誰識小心能竊玉，不須絶色便稱花。多情欲效鴛鴦死，轉念翻憐燕子差。羨煞鄭櫻桃有福，紅巾親拭守宫砂。（襲人）（一九一二年雲悦山房刊本）

李嫈

【冬夜閲紅樓夢作】　如此寒天雁影低，一鉤新月挂樓西。挑燈看盡《紅樓夢》，淚溼羅巾不忍題。（載費善慶、薛鳳昌《松陵女子詩徵》，一九一九年華萼堂版，卷六）

廷奭

【紅樓八詠】（林黛玉）　多愁善病太憨癡，香淚偷彈却爲誰？情感無知小鸚鵡，學儂低詠葬花詩。
（薛寶釵）　蘅蕪心地亞瀟湘，才貌偏羞姊妹行。蝴蝶引人飛不見，避嫌驚煞小紅娘。
（史湘雲）　孰入紅香亂舞杯，雲兒豪氣絶塵埃。笑拚爛醉嬌無力，一枕春酣卧綠苔。
（賈探春）　結社先將雅會興，豔于桃李冷于冰。小童譏誚誠多事，帶刺之花亦美稱。
（李紈）　靜處孀娥欲斷魂，含愁課子稻香村。老農翻作佳人號，夕照桑麻深閉門。
（王熙鳳）　言語尖酸頗自豪，殺人無血笑中刀。死抛孤女誰憐憫？狠舅奸兄計亦勞。
（邢岫煙）　寄人籬下自知難，惹得羣奴白眼看。試數圍爐聽雪處，座中唯有客衣單。

(妙玉) 伴佛紅顔一念差，庵名櫳翠是兒家。誰從非想非非想，幻出空中色相花？(《未弱冠集》，同治二年孏雲窩刊本，卷四)

潘孚銘

【紅樓百美詩】 椒殿恩榮渥(元妃)，萱闈福祚昌(賈母)；宜家嫻靜好(王夫人)，警世演荒唐(警幻仙姑)；金玉前緣誤(寶釵)，蘋蘩內則詳(尤氏)；承愉鸚舌巧(鳳姐)，矢志鵠音傷(李紈)；私語銷銀燭(四兒)，新盟訂海棠(探春)；瓊葩開並蒂(李紋綺)，彩筆紀千行(彩明)；淒惻芙蓉誄(晴雯)，娉婷茉莉妝(平兒)；良姻希附鳳(傅秋芳)，雅謔笑攜蝗(劉老老)；鳧氅徵仙品(薛寶琴)，鵑啼悼壻鄉(迎春)；魂難招露井(金釧)，夢竟覓蘭房(秦可卿)；慧鏡層層障(妙玉)，禪燈藹藹光(惜春)；旅愁淹淑女(邢岫煙)，歸信誑癡郎(紫鵑)；介壽聯雙美(喜鸞、四姐兒)，稱名應七襄(巧姐)；贈硝懷舊侶(蕊官)，鬥草擾離腸(荳官)；秋月詩人榻(香菱)，春風仲子牆(司棋)；醉顔眠芍藥(史湘雲)，清淚灑瀟湘(黛玉)；忿積拌爭柳(春燕)，情移慣畫薔(齡官)；倩容欣一顧(嬌杏)，嘉禮侍三商(雪雁)；舞趁鞦韆索(佩鳳、偕鸞)，書傳傀儡場(葵官)；伶官寒食紙(藕官)，梵宇合歡牀(鶴仙、沁香)；鼠竊模糊遺(墜兒)，鸞交邂逅藏(萬兒)；詼諧銜生命(小螺)，嫵媚炫戎裝(姽嫿將軍)；簟拭蘭湯膩(碧痕)，衣沾桂蕚香(秋紋)；添妝脂粉具(素雲)，倚立佩環鏘(繡鳳、繡鸞、彩鳳)；賞雨浮鸂鶒(寶官、玉官)，牽絲引鳳凰(雛鳳)；偕行旋白璧(青兒)，留盼羨紅裳(紅衣女)；曲度秋宵豔(文花)，神游雪徑涼(若玉)；陳詞樓啓鑰

(豐兒)，宣令座飛觴(鴛鴦)；杯茗看爭歠(智能)，廚肴瞯秘藏(蓮花)；投箋來款款(翠墨)，問扇去皇皇(靚兒)；楓露空遺憾(茜雪)，苓霜不諱贓(彩雲)；屬垣聽隱約(小鵲)，觀海詠蒼茫(眞眞國女)；飲恨金無跡(尤二姐)，全貞劍有鋩(尤三姐)；風箏飄蛺蝶(嫣紅)，冰練殉鴛鴦(張金哥)；菊獻花盤麗(碧月)，梅編彩線長(鶯兒)；珠期還合浦(彩霞)，雲早試巫陽(襲人)；笑雜疏欞外(寶蟾)，羞含短榻旁(柳五兒)；知交嗟賦鵩(可人)，往事鑒亡羊(良兒)；繾綣縈綃帕(小紅)，憨癡認繡囊(傻大姐)；藏珍兒陷妹(入畫)，感義女悲娘(寶珠)；水月涵眞性(芳官)，茶蘼殿衆芳(麝月)；夭桃偏減色(茄官)，叢棘更生芒(秋桐)；妙謫頤能解(翠縷)，訛傳口未防(侍書)；飛蚨憑爾賜(佳蕙)，彙鳳向誰償(繡橘)；蓋篋聊分檢(翡翠、玻璃)，纔居鎮自忙(二丫頭)；歌喉流綺席(雲兒)，忠節弔迴廊(瑞珠)；花露嬌慵畫(綺霞)，蓮羹喜共嘗(玉釧)；霜螯滋戲謔(琥珀)，脂虎逞強梁(夏金桂)；演劇鬟眉古(艾官)，撩人意態狂(多姑娘)；撫絃膠幸續(胡氏)，舒悅影徐颺(春纖)；搆訟夫貽戚(周瑞女)，言歸母待將(檀雲)；佳音潛問訊(小霞)，噩夢細論量(彩屏)；薦枕情何迫(貴兒媳婦)，操戈氣易揚(善姐)；買糕通絜語(小蟬)，潑醋惹餘殃(鮑二家姐)；醱奠羈蕭寺(鸚鵡、鸚哥)，追隨過別廂(銀蝶)；擊蒙頻飭戒(珍珠)，覽勝偶倘佯(翠雲)；蝶使憐纖弱(文杏)，鴛儔歎逝亡(藥官)；乞錢呼較便(銀姐)，迻券任堪當(笑兒)；身擬彰文繡(小吉祥)，名同衍吉祥(同喜、貴)；趨蹌陪御輦(抱琴等)，鼓吹奏華堂(文官等)。

(抄本)

闕名

【紅樓百美吟】 鳳藻歸寧頌（元春），菱洲感應箚（迎春）；紅香人共愛（探春），狷介我猶憐（惜春）；年占羣芳長（李紈），威操兩府權（鳳姐）；絳珠賫永恨（黛玉），金鎖締良緣（寶釵）；璀璨鳧裘擁（寶琴），沉酣藥砌眠（湘雲）；消寒温舊學（巧姐），乍暖脱輕綿（岫煙）；曾擬王昌聘（李紋），尤知道韞賢（李綺）；攢金三雅設（尤氏），贈佩九龍懸（尤二姐）；憤拔雙鋒劍（尤三姐），羞稱並蒂蓮（香菱）；小名驚叔嘆（秦氏），悄語引郎顛（平兒）；願作吾兄伴（喜鸞），常依大母前（四姐）；鸞膠絃代續（胡氏），貝葉句同聯（妙玉）；匪石心難轉（鴛鴦），爲雲迹易遷（襲人）；情因擿環動（金釧），忿以啜羹蠲（玉釧）；直道伸寃柳（彩雲），風聞告慧鵑（雪雁）；拈針衾畔勇（晴雯），理髮鏡中妍（麝月）；寶絡孜孜結（鶯兒），歸期特特傳（紫鵑）；幽歡泉石後（司棋），快辯畫簾前（侍書）；金鳳爭應急（繡橘），麒麟解更玄（翠縷）；亭中交帕密（小紅），堂上賜衣鮮（秋紋）；素影依紈扇（素雲），清輝傍稻田（碧月）；能言鶯睆睆（鸚哥），妙舞影涎涎（春燕）；呷醋嘲汗顇（琥珀），添衣送坎肩（豐兒）；椒房理徽軫（抱琴），藕榭護丹鉛（入畫）；坐客談何謔（銀蝶），家公聽恐偏（小鵲）；燭權呼爾剪（四兒），茗合爲卿煎（茜雪）；湘館春微露（春纖），蕉窗墨細研（翠墨）；黠能窺主短（寶蟾），寵不讓人先（秋桐）；傾耳愁談佛（彩屏），驚心要遇仙（五兒）；似蘭尤娬媚（佳蕙），比玉更便娟（珍珠）；臉向深閨秀（文杏），情縈舊約堅（彩霞）；可兒嗟早逝（可人），卍字喜相連（萬兒）；履樣嬌慵畫（綺霞），廚羞索亦譞（蓮花兒）；戟轅潛探信（小霞），鳳閣獨司箋(彩明)；小草重台茂(臻兒)，游絲到處牽(多姑娘)；深宵吹尺八(佩鳳)，春院戲秋千(偕鸞)；粉面嬌堪撲(嫣紅)，歌喉溜的圓(文花)；茶爲公子捧(智能)，令借女兒喧(雲兒)；私饋參軍酒(金桂)，迎將大令船(嬌杏)；攀姻賴荆樹(傅秋芳)，輟紡訝絲鞭(村二姑)；綽約優婆塞(沁香)，娉婷謝自然(鶴仙)；薔薇花寄念(齡官)，茉莉粉招愆(芳官)；記曲聲低度(荳官)，含春態自嫣(蕊官)；假鴛悲此夕(藕官)，天鳳感當年(藥官)；清畫黄裳麗(葵官)，薰風翠袖翩(艾官)；衫烘茅舍日(紅衣人)，鬟染柳村煙(青兒)；救壻求良策(周瑞女)，延賓治喜筵(賴大女)；奇才能賦海(眞眞國女)，纖手欲擎天(林四娘)；寂寞閒齋壁(畫中人)，荒唐古廟塤(若玉)；夢魂留幻影(兼美)，空色悟眞詮(警幻)。(抄本)

丁嘉琳

【紅樓夢百美吟】　貴擅椒房寵(元春)，追隨禁掖邊(抱琴)；淚應酬宿債(黛玉)，玉合配良緣(寶釵)；誤適中山日(迎春)，欣歸鎮海年(探春)；劫身離世慘(妙玉)，剪髮靜修虔(惜春)；守志能安拙(李紈)，持家獨攬權(鳳姐)；瓶梅眞入畫(寶琴)，裀藥正酣眠(湘雲)；失却棉衣舊(岫煙)，吟成麗句鮮(李紋)；偶甄琴瑟好(李綺)，慕賈姓名宣(傅秋芳)；訪妹微嫌露(尤氏)，呼卿乳字傳(可卿)；劍揮神颯爽(尤三姐)，珮解意纏綿(尤二姐)；侑酒歌方歇(雲兒)，煎湯命遽捐(金桂)；含羞留井落(金釧)，殉烈燕梁懸(鴛鴦)；學草詩三首(香菱)，哀蓉誄一篇(晴雯)；倩梳明鏡裏(麝月)，侍浴晚燈前(碧痕)；共許游園景（四姐），相留祝壽筵（喜鸞）；理妝公子喜（平兒），避聘老嫗憐（巧姐）；侍豔皈依切（紫鵑），從優態度翾（襲人）；餘灰驚膽怯（藕官），遺帨惹心牽（小紅）；厚賞藏瑤篋（入畫），幽期寄錦箋（司棋）；結束絲絡密（鶯兒），轉得紡車圓（二丫頭）；辯論多譏諷（侍書），陰陽發妙詮（翠縷）；同生癡語戲（蕙香），回顧巧姻聯（嬌杏）；節感情郎重（金哥），人稱孝女賢（寶珠）；隔窗言最砳（秋桐），觸柱性彌堅（瑞珠）；昧鐲驅除易（墜兒），因茶放逐便（茜雪）；潛逃行詭祕（智能），錯愛貌嬋娟（柳五兒）；攛鳳難緘口（繡橘），借鴛孰比肩（琥珀）；贈贓誠可鄙（彩雲），私狎亦殊妍（萬兒）；拜賜辭嘲褻（秋紋）；扶嬌義愧鵑（雪雁）；對牌時記註（彩明），倚檻且俄延（豐兒）；曲唱秋涼夜（文花），簫吹月午天（佩鳳）；遠音聆管笛（文官），深院樂鞦韆（偕鸞）；墨筒邀賓往（翠墨），香囊兆禍連（傻大姐）；畫薔思繾綣（齡官），換粉誌殷拳（芳官）；裝演投書慣（葵官），奔忙報信專（小鵲）；嘗羹怒容息（玉釧），瀹茗恨詞填（彩霞）；晾帕風迎戶（春纖），抽柴雪滿田（若玉）；受笞曾訴屈（春燕），索扇竟招愆（靚兒）；積毀逢脂虎（善姐），消閒墮紙鳶（嫣紅）；乘機衷直懟（艾官），激氣狀如顛（荳官）；素絹尋何早（碧月），紅塵念未蠲（彩屏）；關懷偷白璧（良兒），脱手數靑錢（佳蕙）；聽使階初掃（小蟬），聞聲幔急搴（定兒）；借裳徒啓齒（小吉祥），送果枉垂涎（寶蟾）；品待縹緗貯（翡翠），珍宜綵線穿（珍珠）；桂油須擦遍（小螺），花樣想描全（綺霞）；笑靨龍檀影（檀雲），輕鬟似篆煙（篆兒）；村姑誇淡冶（青兒），廚婢肆喧闐（蓮花兒）；燦爛飛還舞（鸚鵡），晶瑩照欲然（玻璃）；古今悲大夢（癡夢仙），願證太虛仙（警幻）。（《悟石軒石頭記集評》本）

西園主人

【紅樓夢本事詩（節錄）】（林黛玉）　花朝十二記東京，儂正芳辰此日生。鴻案不知光已接，燕窩爭說雪無情？古詩李杜重教讀，小楷鍾王代寫成。最怪冥昇來慶壽，蕊珠有記是新名。

（薛寶釵）　閒向怡紅院內行，芭蕉鶴睡夢雙清。生辰愛聽山門曲，婚禮偏稱木石盟。代史作東惟吃蟹，議郎伴讀只留鶯。梧桐葉落分離日，奪壻何如計未成！

（賈探春）　海棠開時異非常，家道明知是不祥。皮到歸錢防手剝，贓誰偸玉肯身藏。費工鞋願爲兄做，召將符偏替姊忙。自己沒人關痛癢，有何好處淚雙行。

（李紈）　封君未老已成名，專爲平兒抱不平。地給園租由我取，等分年例比誰盈。春燈製謎人三個，雙陸承歡局一枰。猶幸絳珠仙去日，瀟湘送死泣顰卿。

（王熙鳳）　小覷同行慣逞能，雀兒旺處擇飛騰。謔言常帶三分笑，巧意歡多一味承。蜜採百花籤有識，事兼兩府病羞稱。可憐風月留眞鑑，錯認桃源路許乘。

（秦可卿）　舊擅風情第一關，太虛人不住巫山。寺中輿櫬勞珠守，夢裏姻緣警石頑。佳婦自應頒紫誥，小名誰解喚紅顏？三春景盡勞勞語，月下依稀綠鬢鬟。

（史湘雲）　最憐襁褓一身孤，兒女情懷我獨無。高枕煙霞名士號，醉眠芍藥美人圖。鴨頭雅謔偏同韻，鹿肉生燒自下廚。小婢陰陽窮詰問，雌雄麟佩兩相符。

(妙玉)　折梅心獨許怡紅，禮佛休言色相空。拜帖書箋稱檻外，情魔揖盗入庵中。棋敲蓮漏三更夢，琴聽瀟湘一曲終。掃雪烹茶多韻事，最嫌此老母蝗蟲。

(香菱)　梅花小痣認眉心，對雪何堪詠抱衾。草門夫妻羞不害，棒遭風雨暴難禁。自憐被拐無眞姓，最喜從師解苦吟。閨内幸多知己友，獃郎有妹兩釵琴。

(鴛鴦)　偶絶鴛鴦誓不回，趨炎阿嫂莫爲媒。新姨怪爾詞多戲，冷石勞他睡自推。髮絞絲絲和淚泣，牌宣一一喜筵開。聞香項脖憑誰撫，底事枯腸竟望梅？

(平兒)　非特生辰邢薛同，壽筵重揖有怡紅。避貓半日難生氣，抹蟹傍邊竟使空。大婦依稀如夏桂，小星安肯效秋桐。行權市意當威主，才德卿兼拜下風。

(紫鵑)　瀟湘鎭日侍相思，主疾難同雪雁知。留鏡情牽回館夜，鋪牀語戲遞茶時。任他隨嫁鶯分色，惱爾瞞婚鳳主持。一領緇衣今禮佛，鸚哥莫誦葬花詩。

(晴雯)　芙蓉神祭是耶非，豔骨灰看一炬飛。撕扇情因買翠笑，補裘病已褪紅肥。茶憐解渴同甘露，襖贈同心換裏衣。白璧自知完璞抱，虚名二字幾噓唏。

(花襲人)　詩曾花氣記分明，莫喚珍珠舊有名。讒間姻緣林下美，偸嘗雲雨夢中情。吃脂屢勸郎多病，護玉先知妾不貞。報道怡紅人去也，茜羅帶已訂三生。

(寶玉)　癖愛胭脂半顆偸，怡紅人是解温柔。多情待贈麒麟珮，餘痛常留孔雀裘。金鎖三生添懊惱，黛山一枕伴嬌羞。塵根打破諸緣盡，頑石休言不點頭。(《悟石軒石頭記集評》本)

【紅樓夢金陵十二釵本事詞】（林黛玉（調寄喜遷鶯））　絳珠仙草，本生長靈河，有何煩惱？劫歷紅樓，身依湘館，偏是萱椿全槁。病骨瘦原強起，還淚愁多難掃。可憐獨，盼御溝紅葉，執柯月老。何物妖僧道？金玉同文，壻奪通靈寶。青埂峯前，情根舊種，今日斷癡焚稿。雁悔來賓何及，鵑恨思歸應早。此心苦，聽離魂喚玉，幾聲你好！

（薛寶釵（調寄乳燕飛））　大雪豐年裏，有名花，色才俱美，穠非桃李。豔冠羣芳卿知否，淸露芙蓉並峙。煞費苦調停公子，邢尹當時原羞見，恨同生瑜亮終誰死。宮內賜，氤氳使。鴛鴦刺繡期連理。送奸雄，花心籠絡，雲情俯視。金鎖三生天已定，一片温柔人喜。況王薛風姨月姊，始願從心眉舉案，勸蕭郎奮志攻經史。秋試後，不歸里。

（史湘雲（調寄高陽臺））　白臂舒衾，青絲溜枕，美人圖更難描。酒飲粗狂，不防頰泛紅潮。繡茵芍藥當春夢，醉欲眠，人並花嬌。問情懷何有，非儂辜負春宵。庭前鹿肉初燒。看杜門大嚼，抱腹元枵。趁取豪時，搶聯詩句瓊瑤。麒麟佩合婚姻券，任怡紅，釵黛誰調。不相關，金玉文同，木石魂消。

（妙玉（調寄五綵結同心））　香推國色，人學枯禪，清涼莫認仙家。非俗還非畸，閒風月時開笑口梅花。鐘聲櫳翠晨初動，瓶儲水雪積瓊葩。誰知道蝗蟲劉老，也來同品新茶？瀟湘聽琴三闋，正翩翩公子，並立寒紗。鐵檻人分祝齡，前日箋帖自寫龍蛇。如何一局棋敲後，竟成邢鼎走丹砂？幾度情魔揮不去，蒲團枉自咨嗟。

（秦可卿（調寄菩薩蠻慢））　春風旖旎，問太虛仙境，卿何有姊。悵夢裏警幻姻緣，冀頑石點頭，羣芳成髓。救我狂呼，怪小字無人喚起。想巫山神女，夢行雲行雨正如此。病原細窮脈理，觀海棠春睡，圖成落水。只落得當日恩贈卿卿，是禁尉龍封，泥金書紫。魂魄曾來，竟不入芙蓉帳裏。囑孀娘，三春將盡，非常有喜。

（探春〔調寄燭影搖紅〕）秋爽開齋，好花開到三春候。趙家飛燕本生親，氣別薰蕕臭。紅杏乘龍佳耦，看羞顏籤拋翠袖。婚姻遠嫁，骨肉分離，怡紅眉皺。手積牀頭，兒嬉物囑風爐購。玫瑰刺手又含香，家政萱堂授。積弊新興除舊，結詩社無忝閨秀。大觀園檢，一掌嬌嗔，狂奴面就。

（李紈〔調寄春從天上來〕）寡鵠孤鴻，歎羅綺紅樓，玉鏡台空。稻香村裏，畫荻丸熊，讀書閒課兒童。任當時妯娌，有脂虎巾幗雄風。喜相推作風流社主，月旦詩翁。闊度太平宰相，喜一戰南陽，捷報蘭叢。湘館淒涼，絳珠仙去，蘅卿獨送臨終。丹霄音樂香繚繞，曲奏雲中老孤桐。洞房花燭，未去怡紅。

（元春〔調寄鳳凰台上憶吹簫〕）節正元宵，人來天上，大觀樂奏更衣。任至親骨肉，叩拜賢妃。正是聖恩錫類，廣孝治，歸省庭闈。人爭仰，宮除鳳藻，輦擁鸞旗。依依，這回聚首，欣愛弟吟詩，頗有靈機。念當年教字，昔比今非。更喜薛林兩妹，眞個是字字珠璣。園中景，從今莫教，寂寞芳菲。

（迎春〔調寄滿庭芳〕）厚重無文，寡言習靜，春色深鎖侯門。晴煙同住，未共話晨昏。太上一篇感應，閒披讀香爇茶温。菱洲畔，金釵纍鳳，珠櫝空存。完婚當此際，同心喜結，郎面呼孫。誰知道中山辜負深恩。狠性無情惡獸，襟袖上時染啼痕。歸寧日，寃家諱說，一載斷情魂。

（惜春〔調寄玉漏遲〕）　桃花悲薄命，須知自古紅顏難老。三春景盡，彼岸回頭應早。圖繪大觀富貴，到今日空留畫稿。權翠好，青燈古佛，蛾眉休掃。曾記蓮漏敲棋早。明月清風，同伊懷抱。蓼花軒，寂靜無人輕造。悃悵妙公歷劫，孽根淨一天煩惱。尤物嫂，何如紫鵑同道？

（王熙鳳〔調寄飛雪滿羣山〕）　智賺淫尤，侯門深入，安排巧計秋桐。事兼兩府，喪儀停寺，雙雙誰與車同？最憐傾溺糞，置死地，薔蓉夾攻。却原來是骷髏粉黛，風月鑑當中。都盡道，笑言藏利刃，丈夫巾幗，亂世奸雄。饅頭納賄，殺人如草，看鴛頸杜鵑紅。儘百花蜂採，金銀窟，仇深怨叢。冰山已化，大觀月夜感魂通。

（巧姐〔調寄東風齊着力〕）　七夕秋期，雙星歡會，巧取兒名。明珠掌上，祟送月三更。休說花容似母，翻列傳女慕幽貞。最堪恨，負良惡舅，貪利奸兄。密計早排成，逢女俠，蝗蟲劉老來城。荒村避跡，誰不愛卿卿？却喜周郎入泮，同心乞一紙年庚。留餘慶，當年濟困，鳳鳥含情。（西園主人《紅樓夢本事詩》，附錄）

王猗琴

【讀紅樓夢傳奇口占】　賈字當頭莫認眞，塵緣夢境兩無因。分明一管生花筆，幻出羣芳卅六人。

花開只合豔三春，姊妹迎探一院新。九十春光容易過，抛書應有惜春人。

瀟湘孤館莫相依，竹淚當年染帝妃。鵑婢外家親付與，聲聲叫道不如歸。

葬花即是葬顰卿，神祭芙蓉句改明。讖語新詩隨意寫，桃花柳絮兩同情。（載西園主人《紅樓夢本事詩》，附錄）

王素琴

【讀友蘭姊題紅樓夢傳奇詩偶成】　美人自古稱林下，十二金釵第一人。最苦伶仃攜小婢，外家竟作雁來賓。

杜鵑湘館一知心，鎮日薰香侍繡衾。叫道不如歸去好，勝他鸚鵡解詩吟。

神瑛底事沒歸期，辜負姻緣金玉詞。解得遼西驚妾夢，明明黄姓有鶯兒。

小妾甄家歸日蓮，好花眞箇是應憐。須知被拐香零落，人抱衾裯雪一天。（載同上）

胡壽萱

【讀石頭記偶占】　寶玉分明有兩人，如何言賈不言甄？只因幻境非眞境，榮府通靈故細陳。

黛釵國色兩傾城，瑜亮原來又並生。讀到瀟湘焚稿日，負心轉自恨神瑛。

一窗風雨獨悲秋，公子知心爲解愁。何事瞞婚來設計，高堂偏聽鳳丫頭。（載同上）

謝桐仙

【讀紅樓夢傳奇漫成七絶六首並柬呈猗琴姊妹霞裳壽萱兩女史】　湘江雲影碧無痕，情史何多怨女魂？春燕自憐身作客，《紅樓》一部敍侯門。

子弟原來紈袴風，怡紅身在綺羅叢。階前蘭玉非眞品，誰與甄家寶樹同？

情文自古兩相生，二字晴雯特喚名。江管花生三十六，枝枝葉葉說傾城。

分明兒女話情眞，弟是情鍾姊可親。無奈彩雲容易散，秋紋淡作薄情人。

讒從暗裏襲無形，人是花言最易聽。誰料此身同腐草，珍珠一粒付優伶。

設計瞞婚假鳳鸞，雙雙喜氣滿庭闌。無知雪婢來桃代，眞個今朝歹雁看。（載同上）

莫惟賢

【讀紅樓夢傳奇偶感】《紅樓》一部特言情，情有可親喚可卿。尤物從來爲禍水，名花畢竟要傾城。湘江灑淚妃原死，杜宇思歸婢借名。寄語聰明嬌女子，莫將幻境認三生。（載同上）

姜雲裳

【偶讀紅樓夢傳奇並孟徽叔芳仲嘉季英四小姑題詞率成四絕以博一笑】青埂何人識此峯，女媧剩石本無蹤。只因演說巫山夢，雲雨紅樓分外濃。

册定三生薄命司，笑他奪壻暗爭持。絳珠一死神瑛去，雪冷空閨悔已遲。

多少名花百美香，彈琴獨記一瀟湘。大觀塵世知音少，檻外人來辨羽商。

合歡酒本爲顰卿，偏是蘅蕪把盞傾。詠菊當年知伏線，謀婚雪意早分明。（載同上）

蔣如洵

【紅樓夢雜詠(節録)】　大荒山下石千年，字蹟斑斕四面鐫。相伴瑶台諸女謫，媧皇待補奈何天。

一登名路一離塵，種種機關説賈甄。始信文章通造化，至今閨閣有傳人。

離合悲歡一霎空，繁華自古説怡紅。也知世事都如夢，不獨情天孽海中。

草木知情石點頭，重重公案結紅樓。新詩譜入山鄉曲，消盡人間萬古愁。(光緒三年申報館版《癡説四種》本)

徐慶治

【紅樓夢排律(節録)】(賈寶玉神游太虚境得游字)　不信蓬萊境，偏將寶玉留。神從清晝倦，夢向太虚游。日照銷金帳，雲籠集翠裘。仙疑逢警幻，鄉似到温柔。色界空如此，情禪悟得不？氤氳蝴蝶使，縹緲鳳鸞儔。但假尻輪便，非關角枕幽。何時攜短袖，共訪廣寒秋。

(警幻仙曲演紅樓夢得仙字)　一覺風流夢，欣逢警幻仙。紅樓翻麗曲，碧落演塵緣。慾海終當度，迷津亦可憐。金釵歌十二，玉宇徹三千。拍誤君須顧，情深我未捐。羣靈飛佩集，數闋貫珠圓。過眼銷脂粉，驚心聽管絃。霓裳新奏樂，人想大羅天。

(埋香塚黛玉泣殘紅得殘字)　獨向花前泣，花紅奈又殘。愁埋香片片，戲築塚團團。寂寞休撾鼓，淒涼莫倚欄。手鋤芳草盡，心比老梅酸。馬鬣封三尺，蛾眉恨一般。顔留屏上好，淚滴土中乾。荷鍤蜂聲繞，掀簾蝶夢闌。青春容易逝，我欲覓還丹。

（不了情暫撮土爲香得情字）　此恨焉能了，偷閒暫出行。焚香渾不語，撮土若爲情。貌比花難久，愁如草易萌。掬來纖手便，拈處寸心明。漫訝鴻泥換，何須麝火縈。丹忱通一瓣，白首誤三生。掃地會尋夢，摶沙竟負盟。芳魂原可返，我欲到蓬瀛。

（俏丫鬟抱屈夭風流得流字）　丫鬟雖濟濟，俏麗獨風流。夭折因含屈，飄零總抱羞。爍金千古恨，埋玉一生休。命歎紅顏薄，神從碧落游。蛾眉招衆忌，虎口迫人投。閨閣工謠諑，泉臺積怨尤。泥中詩易續，海上藥難求。異日魂重返，芙蓉作蹇修。

（美優伶斬情歸水月得伶字）　斬斷三心縛，空空水月形。無情歸佛氏，有美屈優伶。乍脫梨園籍，初翻桂宇經。傳燈參妙諦，慧劍發新硎。白業眞詮得，紅塵幻夢醒。光明開世界，曠達契神靈。色相沾泥絮，行蹤逐浪萍。好抛絃與管，懺悔守巾瓶。

（苦絳珠魂歸離恨天得歸字）　離恨天何在？香魂去繡幃。絳珠徒自苦，黄土不同歸。病骨知誰瘞，芳心與世違。年華嗟逝水，院落泣斜暉。縹緲神先往，凄涼淚獨揮。回頭空色相，撒手破愁圍。弱草三生證，名花一樣飛。乘鸞來幻境，金石悔前非。

（病神瑛淚灑相思地得瑛字）　灑盡相思淚，還將病骨撑。不堪來舊地，無那是神瑛。回首歡難續，傷心睡未成。斑添修竹溼，愁和落花縈。小謫應憐我，長眠最慟卿。支離慵舉步，寂寞暗吞聲。怨恨空千古，姻緣誤一生。蕊官仙可證，握手訴癡情。（光緒三年申報館版《癡説四種》本）

何鏞

【瑀琈山房紅樓夢詞（節錄）】（子夜題綃（鳳啣盃））　何事無端揮鳳管，題不了許多幽怨。縱溼遍鮫綃，絳珠淚債何能滿？癡夢久，啼難喚。　覩瘡痍，腸已斷，緣羅巾又增一半。待訴向新詩，新詩有限情無恨。更神往，怡紅院。

（午牀推枕（漁家傲））　燕語鶯啼銷永晝，瀟湘翠竹千竿秀，欲得卿卿開笑口。卿知否？恐教睡損鳶肩瘦。　枕上鴛鴦前日繡，無猜兩小長廝守，小語喁喁無作有。休辜負，任他欹枕金釵溜。

（殘春泣帚（謝池春慢））　韶光消盡，催過了清明節。仄徑雨飛紅，遠樹煙籠碧。燕乳雙拋翦，鶯老空調舌。歎芳菲留不得，問天何事，斷送春歸急？　頻擕花帚，抹地裏都收拾。不是爲春悲，是爲紅顏泣。花落儂能葬，人老誰相惜？心百轉，腸九折，那堪花外，杜宇猶啼血！

（宵雨貽鐙（慶春澤））　疏漏催春，孤檠伴病，此中誰是知音？戴笠披蓑，偏勞冒雨相尋。瑤階雲暗蒼苔滑，怎教人不警芳心！且消停，點取玻璃，送出花陰。　自憐身似鐙花瘦，更秋風秋雨，憔悴而今。無數情懷，祗餘無限沈吟。櫻脣未啓桃生頰，描不盡款款輕輕。別無言，剛道歸途，善保千金。

（花檻調鸚（憶帝京））　璇閨鎮日閒歌嘯，鸚䳇前頭深曉。舞看雪衣輕，睡愛金籠好，偸得葬花詩，宛轉珠喉巧。　長歎處形神維肖，又勾起情懷多少。異夢三更，眞經一卷，除卿更有誰知道？想也解傷春，偏記傷春調。

（綺筵擘蟹（菩薩蠻））　秋深籬菊香初透，持螯合佐杯中酒，怕底性兒寒，金膏不敢餐。　詩成旋燬稿，一笑情多少。回首望瀟湘，秋風竹影長。

（撲蝶攜紈（唐多令））　羅袖惹東風，春駒滿眼中，看雙雙緩度花叢。滴翠亭邊閒撲取，飛故故，去匆匆。　指顧若相逢，輕盈入手空，恨繁英遮住秦宫。嬌汗淫淫情怯怯，人面映，杏花紅。

（驅蠅執拂（殢人嬌））　雲母屏風，水精簾幌，銷永晝輕眠一晌。個人獨伴，鮫綃翠帳，更麈尾，輕驅營營擾擾。　睡語模糊，夢中情況，禁不住此心搖漾。沈沈香篆，重重花幛，又豈料，窗前有人悵望。

（餌丸療疾（醉春風））　曉起慵臨鏡，傷春逢舊證。顰眉非是效西施，病，病，病！丁字簾前，辛夷花外，敗人詩興。　怕底刀圭猛，揉損羣芳影。香丸祇合伴梨花，冷，冷，冷！玉蕊芬流，銀霜寒沁，不堪持贈。

（脫釧移情（蘇幕遮））　麝珠香，鸞袖舉，一笑盈盈，玉臂清暉露。擲向君懷憑看取。忽地神癡，默默渾無語。　逗輕嗔，挑薄怒，爲底環肥，一語招花妬。記否沈吟仙壽句？璧合珠聯，脈脈深情注。

（幻境雲蹤（番槍子））　幻境眞假渾難測，幻裏有眞時，甜鄉黑。只怕疑雨疑雲，楚王宫裏漏春色。待要不相思，如何得？　況復萬豔同杯，千紅一窟，怎不教多情銷魂魄？只道天上人間，易成歡會永比翼。豈意夢醒時，長離別。

（鴛鴦截髮（陽關引））　寶髻天然矗，對鏡韻如玉。盈盈態度，眞無愧文鴛目。奈風波平地，不禁雙蛾蹙。又豈甘，深深款款住金屋。　別有傷心恨，塡難足。快休饒舌，終不羨此庸福。看臨風一翦，遽失雲鬟綠。不信呵，拚將一死，免摧辱。

（三姐吞劍（芳草渡））　昨日裏，早笑訂同盟，喜諧仙侶。奈變生平地，無端蹴損紅雨。離恨天莫補，歎知音何處？手把着一劍晶瑩，默默無語。　非誤，此心耿耿，不逐桃花流水去。可知道腔中熱血，生生爲誰注？冷心冷面，拚一死勾殘鴛簿。只爲也，洗出清名萬古。

（金釧輕生（贊成功））　一言禍水，斷送殘紅，脂消粉褪去忽忽。轆轤聲裏，狠藉嬌容。姤花驟雨，總在春中。　柔腸百折，幽怨千重，傷心默默恨忡忡。井中春水，井上梧桐。妾心古井，可訴東風。

（司棋情死（上陽春））　遮遮掩掩，漏洩春消息。何事繡香囊，藏不住多般春色？箇人何處，待與訂同盟，偏遇着死冤家，弄做生離別。　春山一寸，無數愁堆聚。本是爲情癡，却不道癡情斷絕。蓬山萬里，陡地竟相逢，既不能生同衾，死則當同穴。

（警幻司情（洞仙歌））　多情多愛，便多愁多怨。離恨紛紛教誰管。太虛天，有箇仙女司情，都記得，人世情長情短。　癡男並怨女，暮哭朝啼，一縷柔腸總難斷。孽海遍天涯，欲渡迷津，須早使風回舵轉。但願那紅樓夢全醒，莫等絳珠宮，淚珠還滿。（光緒五年申報館版屑《玉叢談》三集本）

夢癡學人

【夢癡說夢集古詩】（題曹雪芹先生紅樓夢）　清鐘聲遠漏聲長，春靄行雲溼楚鄉。法雨故教新潤澤，婆心終是爲人忙。

天風吹我到江城，萬戶無聲犬不驚。可惜許多平旦氣，都從夢裏誤平生。

（甄士隱夢幻識通靈，賈雨村風塵懷閨秀）　一氣分形本自然，圓明覺性合先天。誰知一落風塵後，萬劫千生墮業淵。

（賈夫人仙逝揚州城，冷子興演說榮國府）　赤龍黑虎各西東，四象交加戊己中。復姤自此能運用，金丹誰道不成功？

（託內兄如海薦西賓，接外孫賈母惜孤女）　金公本是東家子，送在西鄰寄體生。認得呼來歸舍養，配將姹女作親情。

（薄命女偏逢薄命郎，葫蘆僧判斷葫蘆案）　不識陽精及主賓，知他那個是疎親。房中空閉尾閭穴，誤殺閻浮多少人。

（賈寶玉神遊太虛境）　休施巧僞爲功力，認取他家不死方。壺內旋添延命酒，鼎中收取返魂漿。

（警幻仙曲演紅樓夢）　生平好善訪仙翁，十萬黃金撒手空。深謝至人傳妙訣，出山尋侶助元功。

（賈寶玉初試雲雨情）　饒君聰慧過顏閔，不遇眞師莫強猜。只爲金丹無口訣，教君何處結靈胎？

（劉老老一進榮國府）　大藥修元有易難，也知由我亦由天。若非修行積陰德，動有羣魔作障緣。

（送宮花賈璉戲熙鳳，寧國府寶玉會秦鍾）　調和鉛汞要成丹，大小無傷兩國全。若問眞鉛是何物，蟾光終日照西川。

（賈寶玉奇緣識金鎖，薛寶釵巧合認通靈）　未煉還丹莫入山，山中內外盡非鉛。此般至寶家家有，自是愚人識不全。

以上四卦，書目八回，集仙詩，解仙書，聊明百餘年沉埋受謗之寃。至於以詩解書，猶解而不解，不解而解，能解者自解，不能解仍不能解也。故謂之《説夢》。（《夢癡説夢》，光緒十三年管可壽齋刊本，後編）

林孝箕等

【紅樓詩借（節錄）】（僧道合詠）　步虚天半御長風，絮果蘭因指點中。色已成空何有相，頑猶聽講況於聰。千場公案頭頭了，一片婆心我我同。普願衆生醒塵夢，大家攜手上崆峒。

大笑西來洩化工，形骸放浪萬緣空。雙雲偶爾停天上，片石何來走袖中？佛骨仙心俱不二，癡魂怨魄倘來同。茫茫覺後黄粱夢，絶倒人間亡是公。

（賈寶玉神遊太虚幻境）　夢裏行雲一晌間，蓬萊清淺幾時還。情天豈是神仙界，巫峽今爲撮合山。茎草前身修慧果，名花豔福共華鬘。閒愁倘恨瀟湘隔，靈瑟聲悽淚雨潸。

洞天流水隔塵寰，招手仙娥下碧山。一枕海棠貪好夢，三生金粟現華鬘。荆台幻想都如此，洛浦奇緣豈等閒。指點鏡花卿不悟，翻從福地啓情關。

（賈寶玉續南華經）　成趣何曾涉筆差，莫嘲公子浪塗鴉。情禪有味翻藍本，色界俱空轉法華。塵夢偶然醒絮果，舌根依樣捲蓮花。後來解問邯鄲枕，學步如君算慣家。

（賈寶玉夢見甄寶玉）　鴻雪因緣遇合初，無端夢轂聚羊車。樓台燕燕曾相識，色相花花總子虚。依樣葫蘆依畫本，借人臥榻幻華胥。分明一派源頭水，流出山來便不如。

（賈寶玉登科）　授枕邯鄲覺夢時，風塵餘地借揚眉。縱輸靈運生天早，終勝方干及第遲。富貴不堪殘局戀，文章猶許九重知。錦衣肯與緇衣換，中有閒情一段癡。

到得蓬山叔不癡，秋風高折桂林枝。黄粱富貴遊仙日，寸草功名報母時。千佛有經蓮座證，十年無相芋魁知。博浪一中飄然往，大索何處得是兒？

（賈寶玉還玄）　東海揚塵幾劫灰，十年神悟返蓬萊。生存回首傷華屋，死別呑聲負玉台。人有情根皆佛性，石無離恨亦天才。廬山此日還眞面，多謝吾師說法來。

一拂蕭然去不回，情關盡處即蓮台。十年春夢消殘話，四壁秋波證慧才。此日綵雲憐獨往，三生流水悟重來。西歸畢竟心難慰，紫玉成煙已化灰。

（嫠孀）　依人那有揚眉日，暮暮朝朝喚奈何！平地風波生感易，故鄉煙月上心多。菱花莫寫愁中照，螺子難描病後蛾。只恐檀郎甘效汝，一生長作苦維摩。

（林黛玉葬花）　明朝燕子定誰家，一鍤春愁付落花。湘水已枯斑竹淚，青山未買素馨斜。桐琴焦尾眞同命，錦瑟華年轉自嗟。冷眼人情似蜂蝶，散場各各覓生涯。

（風月寶鑑）　枯髏變相警癡人，放大光明轉法輪。洛浦陰陽離復合，廬山面目假非眞。物華脫手終歸趙，情種銷魂尚感甄。我願爲刀偏引鏡，六根淸淨斬紅塵。

（通靈玉）　白璧留瑕却不嫌，磨礱有術即鍼砭。三生福慧根源在，一片聰明色相兼。混沌訛將靈竅鑿，崑岡護此劫灰炎。他年反璞歸眞去，化作金身丈六嚴。

（絳珠草）　銜結恩深只涕零，葳蕤心事尚通靈。早知南國多紅豆，豈止花田有素馨。未斷色根重歷劫，相逢情種兩忘形。仙姿肯伍閒桃李，合證蘭因叩玉扃。

（詠警幻仙姑）　消除五百年前案，第一重天望杳冥。羣玉山頭分部署，衆香國裏管娉婷。良緣有牒教鴛補，短夢無情喚蝶醒。當日天公如我作，不令錦瑟怨湘靈。

（題十二金釵畫册）　美人影子託毫尖，饞眼郎君太不廉。祕錄搜從鴻寶枕，神編剔遍象牙籤。羣芳轉瞬辭僧孺，一夢回頭悟子瞻。福慧齊修能幾箇？焚香展對淚痕添。

（悼紅軒弔曹雪芹先生）　病蟲餘血此書函，感慨名場淚滿衫。粉黛空傳花史筆，文章只博稗官銜。依人左計紅蓮幕，託命窮途白木鑱。世態炎涼都歷遍，無聊楮墨寫酸鹹。

（跛道人好了歌）　萬事人間總惱公，遙深寄託一篇中。聽來白石頑應點，熟罷黃粱夢已通。富貴到頭朝露盡，神仙招手暮雲空。歌傳兩字堪千古，倘與晨鐘喚醒同。

仙音兩字唱玲瓏，覺路金繩仗迺公。殘局可收何繫戀，亂絲能斬定英雄。參來轉語三乘外，喚醒迷途四大中。從此火坑成解脫，曉人如汝不癡聾。

萬事收場曲已終，人間何處不途窮？桶如脫底言皆旨，棒到當頭色是空。參透世情孤偈外，喚回塵夢衆生中。分明滿拍滄桑感，唱罷山花落晚風。

（賈寶玉聽曲悟禪）　衣鉢分明示我師，石頭點後了無疑。不圖優孟衣冠戲，却具曹娥絶妙辭。按拍漫拈紅豆子，收場何待落花時？生天靈運先成佛，多謝蓮台一闋詞。菊部歸來忽自悲，拈花欲學佛低眉。道心已熟參梅子，詞譜雖香謝荔支。好事到頭猶未晚，大家撒手莫相思。鏡台無賴雙中表，又阻塵埃拂拭時。（題紅樓夢曲後）鈞天鳳管奏新腔，十二金釵隊隊雙。仙子豔吟青玉案，美人嬌擁碧紗窗。散花半是歸香國，敲板都非唱大江。畢竟聞歌能覺夢，黃粱一枕曉鐘撞。（題石頭記後）有情終是無情物，掩卷相思淚滿衫。綺業難消風月債，蛾眉忍抱芷蘭讒。天雖可補愁仍在，石不能言恨亦銜。多事後人爭續尾，濫觴文字判仙凡。豈有塵心尚入凡，頭頭是道色根芟。懷才自恨天難補，得意何須闕再銜？蝴蝶千場消幻夢，法華一卷悟空函。木犀香徹西歸路，我願同回苦海帆。風人筆墨寓機緘，好把愁根次第芟。才子回頭空富貴，大家撒手各仙凡。紅塵已出名韁脫，碧海難填怨石銜。今日洛陽論紙價，數金珍重購琅函。（光緒十五年刊本）

孫桐生

【編纂石頭記評蕆事奉和太平閑人之作即步原韻】　紅爐點雪妙回春，不絕微言繫此身。才擅千秋歸說部，胸羅六籍鑄經神。狐窮秦鏡原非幻，面識廬山始是眞。匱沒翻將名氏隱，高懷何止出風塵。情窟翻身亦大難，因情識性得金丹。一家注疏憑誰解時人有謂評語牽強傅會者，不知理非紬繹不顯，道非參悟不明，深者見深，淺者見淺，若漫無所見，強作解事，妄生擬議，猶夏蟲不可語冰，何足怪也，萬古綱常若個完？風月鑑空兒女散，褒誅氣凛雪霜寒。十年心血編排盡，作述如何等量觀。芥納須彌豈易量，文壇一瓣爇心香。參禪不祖王摩詰，問道誰師魏伯陽？敢以爲山虧一簣，由來作史重三長。儒門亦有傳燈法，不涉虚無墮渺茫。（《繡像石頭記紅樓夢》，光緒七年臥雲山館刊本，卷末）

王　墀

【增刻紅樓夢圖詠】（絳珠仙草、通靈寶石）　精衞有靈塡恨海，媧皇無計補情天。琪花瑤草今何處？還結三生未了緣。

（賈赦、賈璉）　有生剛愎與柔邪，強弱機關付一家。欲弔鴛鴦七十二，東風開遍斷腸花。

（賈敬）　丹汞誰知是禍胎，學仙西去訪蓬萊。漢家講盡長生術，秋雨飛熒泣露台。

（賈珍）　生來富貴亦何求，聲伎繁華著意搜。若許墉茨拚掃却，豪家子弟儘風流。

（賈芸）　園亭水木自清華，管領羣芳信足誇。一霎西風無賴甚，等閒吹落隔牆花。

（賈芹）　座上旃檀信手焚，憑空法雨降繽紛。野狐不是禪家種，也許皈依叩佛雲。

（賈環、趙國材）　檮杌凶頑無恥之，奴才也賦渭陽詩。而翁少子偏憐愛，合是傳心趙左師。

（賈代儒、賈瑞）　翩翩風雅襲儒名，涇渭何從辨濁清？昏暮乞憐遭糞溺，薰蕕到底未分明。

（薛蟠）　生長豪華不識愁，祖宗開業霎時休。霸王情性狂且習，不是風流是下流。

（邢大舅、王仁）　情話相投戚與親，葭莩氣誼計雷陳。同心言自如蘭臭，可惜無言竝二人。

（詹光、程日興、單聘仁）　鼎足相依共主賓，羈棲豪族乞憐頻。何如稷下鷄鳴客，猶脱秦關虎口人。

（張友士）　青囊世術貴相仍，此道須求三折肱。知病還知心底事，專家和緩足傳燈。

（蕙香）　居然強項誓捐軀，巾幗鬚眉愧丈夫。本是戲言成鐵案，原來此罪莫須無。

（賴大）　問舍求田慣竊財，豚肥牛瘠事由來。世家破落奴欺主，費盡黄金築債台。

（焙茗）　分花蒔竹伴清吟，小小青衣擅寵深。妙處爲憐解人意，儘探風月主家心。

（潘又安）　慚愧男兒具俠腸，繡囊何物便招殃？知仁觀過春秋志，猶是當年王彦章。

（板兒）　煙花撩亂如無覩，金粉沉迷蠢不知。那有古風守懷葛，聰明人自誤情癡。

（馬婆）　行魘抄經事若何，馬婆幻術託降魔。敗亡千古原同轍，左道愚人此輩多。

（甄士隱）　生公説法現全身，爝火何分幻與眞？象齒焚身人莫悟，枉勞苦口指迷津。

（賈雨村）　書生本色半清寒，宦況升沉亦可嘆。此是當年長樂老，登場韡板耐人看。（光緒八年點石齋石印本）

朱瓣香

【讀紅樓夢詩（節錄）】（警幻仙子）　檢點繁華錦繡場，胭脂公案費平章。九天遍散相思種，不管玉樓人斷腸。

（怡紅玉子）來從太虛幻境來，去向太虛幻境去。一生閒恨爲多情，到底情多無着處。

（薛蘅蕪）似此良緣似此終，成何草草去匆匆。寄聲天上瀟湘子，莫再情深葬落紅。

（絳珠仙子）如花仙子辭瑤闕，隨花謫下瀟湘月。春盡花飛淚易乾，和花同葬清香骨。

（蕉客）片帆嫋嫋別情初，雲水家鄉入夢疎。爲問故園諸姊妹，桃花詩社近何如？

（史枕霞）海棠花裏夢中身，瀟灑蛾眉迥出塵。一樣有金緣不在，人間零落兩麒麟。

（檻外人）晚鐘聲裏韶華好，滿地落英人未掃。燈火蒲團坐五更，綠窗春盡紅梅老。

（王熙鳳）放誕風流算此才，錦心花貌竟成灰。若將青史評紅粉，無術都緣不學來。

（李宮裁）韶華閒裏占來多，蘆雪亭邊幾載過。相伴小姑針線外，聽兒深夜試吟哦。

（鴛鴦）女兒心性肯模糊，不受紅塵半點汚。百丈游絲粘未得，梅花應悔識林逋。

（秦可卿）一笑相逢夢裏人，夢中猶記留人處。剛疑好夢送卿來，忽又夢惡催歸去。

（香菱）薄命生來類轉蓬，漫隨門草夕陽紅。無端贏得夫妻蕙，花底榴裙解晚風。

（紫鵑）認取窗前舊茜紗，今朝重疊淚痕加。癡心肯守瀟湘竹，羞殺怡紅院裏花。

（平兒）道儂憔悴減容光，每謝殷勤勸晚妝。插得蘭花羞並蒂，自憐身屬冶遊郎。

（晴雯）來是清淨女兒身，去是清淨女兒骨。今夜海棠院裏人，明宵紅藕花間月。

（襲人）嬃娘死去郎花燭，公子不歸儂上頭。郎肯負心儂負義，紅羅金鎖各恩仇。

（小瀟湘妃子）鵑姐蘭質同芳，蓮心獨苦，絳珠得子，雖死猶生，情種如卿，無雙有兩，請字之曰小瀟湘妃子。更香閣之名，僕原無謂，襲犟仙之號，卿亦何慚！瀟湘館一青衣耳，難得情眞竟若是。換取怡紅公子貽，定應解爲犟卿死。
昨朝春去悲花落，今夜秋來怨雨淋，覓得惺惺人兩個，犟卿淚眼紫鵑心。
瀟湘無主奈餘生，一片青燈未了情。早乞長齋依繡佛，怡紅從此記前盟。
卿爲誰苦腸都斷，儂更卿憐魂已銷。癡心描取吟牋裏，自爇名香拜此嬌。（《四悔草堂詩草別存》，載一九一八年《小說季報》第一集）

看雲主人

【紅樓夢百美合詠七言排律五十韻】　牡丹絕豔冠羣芳（寶釵），芍藥花裀醉納涼（湘雲）。夜月禪心撩櫳翠（妙玉），秋風病骨泣瀟湘（黛玉）。恩光枉自承西苑（元春），情種先教赴北邙（可卿）。生別離牽羈客雁（探春），惡姻緣註撲人狼（迎春）。畫圖好景描雙管（惜春），懷古新詩賦十章（寶琴）。蘭閣濃情風月鑑（熙鳳），蘆庭韻事雪梅觴（李紈）。團欒佳節重孫慶（胡氏），寂寞孤村弱女傷（巧姐）。四美釣游閒倚沼（李紋），八旬祝嘏始登堂（四姐）。寒衣盡典憐貧女（岫煙），旨酒分貽魅小郎（夏金桂）。龍珮調情歡蕩子（尤二姐），鴛鋒瀝血碎蕭娘（尤三姐）。流螢織巧工編謎（李綺），化鶴倉皇獨理喪（尤氏）。同族喜聯兄妹愛（喜鸞），通家幸附姓名揚（傅秋芳）。梅花巧製同心結（鶯兒），蓮葉親嘗可口湯（玉釧）。留盼寒儒同富貴（嬌杏），談諧癡婢論陰陽（翠縷）。坡前笑看籃編柳（春燕），花外悲吟字畫薔（齡官）。早爲點茶逢怒氣（茜雪），偶因送桂慰歡腸（秋紋）。閒梳寶髻春生鏡（麝月），戲浴香湯水浸床(碧痕)。水月優婆欣剃度(芳官),雨雲神女試偸嘗(襲人)。石榴裙底情中意(香菱),秋蕙釵頭哭後妝(平兒)。作意故遺紅粉帕(小紅),何心誤拾繡香囊(司棋)!送硝竊喜拈堤柳(蕊官),奉東相邀賦海棠(翠墨)。強欲通媒因勢逼(彩霞),何堪作媵代人忙(雪雁)。一泓碧水窺窅井(金釧),三尺紅綃冩畫梁(鴛鴦)。投鼠賊瞞玫瑰露(彩雲),囚鸞寃訴茯苓霜(柳五兒)。假兒執紼心悲切(寶珠),殉主歸泉志激昂(瑞珠)。索扇無端蒙誚責(靚兒),買糕何意直輕狂(小蟬)。斯花合配斯人管(晴雯),是主還宜是婢襄(侍書)。翡翠妝奩春正滿(翡翠),玻璃酒盞樂無疆(玻璃)。蝦鬚小竊情難掩(墜兒),鷄子閒爭氣自張(蓮花兒)。榆蔭堂前隨主婦(偕鸞),稻香村內奉孤孀(素雲)。誤聞消息傳言報(小鵲),暗助機關迫命亡(善姐)。檀板歌喉殘月落(文官),鞦韆舞態好風颺(佩鳳)。不堪重話鍾情事(紫鵑),未肯隨登禮佛場(彩屏)。禁魘陰謀藏腹劍(趙姨娘),凶殘妬意挺唇槍(秋桐)。誨淫計竟三番設(寶蟾),買豔金將八百償(嫣紅)。問爾何來傳襪履(入畫),憐他無處借衣裳(小吉祥)。紙錢私酒含情淚(藕官),卍字空徵入夢祥(萬兒)。鬥草謔談翻積水(荳官),捧梅侍立望平岡(小螺)。深宵定伴吟哦苦(臻兒),悄地偏饒口舌強(文官)。偶問失衣遭絮聒(篆兒),高歌鬧簡聽鏗鏘(葵官)。閨中哭證纍金鳳(繡橘),廊下欣觀洛水鴦(寶官)。寧府相隨離伴侶(茄官),深宮幸入奉君王(抱琴)。教人傳語描花様(綺霞),嗔爾前名唤蕙香(四兒)。鐵檻寺中增帳惘(周姨娘),梨香院內恣迴翔(同喜、貴)。芳姿不減珍珠串(珍珠),豔質應凝琥珀光(琥珀)。索帕淸晨看謔浪(碧月),送衣寒夜慼恓惶(豐兒)。康成家賴知書婢(彩明),荀令香分挾瑟倡(雲兒)。定證佛緣傳觸法（沁香、鶴仙），無端兒戲老柔鄉（智能）。英雄墓古芳名遠（可人），兒女情癡別恨長（藥官）。粉蝶過牆聲悄悄（銀蝶兒），殢人好夢在高唐（警幻仙姑）。（載《紅樓夢廣義》，卷下）

東香山人

【紅樓夢百美合詠五言排律五十韻】　情重司香尉（寶玉），楓宸奉帝宣（元春）。短緣嵌鎖誤（寶釵），愁貌葬花癡（黛玉）。有意求梅萼（寶琴），甘心傍竹籬（李紈）。終風吟未慣（迎春），好景畫偏遲（惜春）。燒鹿花間宴（湘雲），鞭鸞柳外棋（探春）。鑑形中婦豔（熙鳳），感夢小名知（可卿）。螢火工廋語（李綺），漁竿動綺思（李紋）。子錢留券在（岫煙），丁字隔簾窺（尤氏）。名重閨中秀（傅秋芳），人稱檻外畸（妙玉）。傳情雙玉珮（尤二姐），絕命十香詞（尤三姐）。願慰賢兄寂（喜鸞），同依祖母慈（四姐）。新人看手爪（胡氏），織女理機絲（巧姐）。玉刻嫦娥字（夏金桂），珉鐫婉嫿詩（林四娘）。模糊遺帕日（小紅），僥倖洗妝時（平兒）。金線裁縫跡（晴雯），筠籃製作奇（鶯兒）。鑒釵符語讖（金釧），完璧許心期（鴛鴦）。眉語人雙影（麝月），心盟鏡半規（紫鵑）。生同丁卯日（四兒），笑辨甲辰雌（翠縷）。蓮葉嘗新味（玉釧），桃花悵古祠（襲人）。鴛鴦雙塚烈（張金哥），鸂鶒一池嬉（寶官、玉）。細語輕裙解（香菱），同心雜佩貽（司棋）。妙情湯共浴（碧痕），泣態髮初披（芳官）。身擬投懷燕（春燕），遲徊綰柳枝（柳五兒）。音空隔葉鸝（齡官）。折奸言侃侃（侍書），娛老意怡怡（同喜、貴）。掩映穿花徑（柳五兒），遲徊縮柳枝（蕊官）。曲聽金縷記（文花），人倚玉簫吹（佩鳳）。房老恩光減（周姨娘），都知酒政推（雲兒）。妖淫工媚惑

（寶蟾），巫蠱逞陰私（趙姨娘）。計簿頻簪筆（彩明），孀閨自奉匜（碧月）。敲針吟杜甫（素雲），掣扇問王摘（靚兒）。挾纊臨衣笥（秋紋），湔裙戲水湄（荳官）。秋千花欲顫（偕鸞），尺一簡初持（翠墨）。將嫁憐之子（紅衣女），聞名屬可兒（可人）。爭端糕字起（小蟬），吉夢卍紋遺（萬兒）。殉主情何切（瑞珠）？依人樂不疲（雪雁）。得來蕉下鹿（傻大姐），證彼櫝中龜（繡橘）。村豔憐西子（二丫頭），茶經斥黨姬（茜雪）。無心參佛果（彩屏），何幸覿天儀（抱琴）。錢數河間女（佳蕙），燈傳法喜尼（沁香、鶴仙）。量珠欣買豔（嫣紅），納履易招疑（入畫）。婢等桓公賞（秋桐），奴知穎士隨（臻兒）。迴頭徵俊眼（嬌杏），當面認啼眉（琥珀）。鸞鳳恩同擅（繡鸞、鳳），鶺鴒狀可嗤（善姐）。三偷機漸露（彩雲），二卵賦先治（蓮花兒）。攏髻宜烏帽（文官），燂湯近翠帷（豐兒）。黏花天女定（智能），偎玉美人肌（多姑娘）。鵲語傳偏謬（小鵲），鳩媒苦莫辭（彩霞）。欲通青鳥信（小霞），春夢採華芝（警幻仙姑）。

（載《紅樓夢廣義》，卷下）

闕名

【大觀園影事十二詠】（寶釵撲蝶） 紛飛蛺蝶繞樓台，暖逐東風撲幾回。扇影亂搖忙玉腕，粉痕斜溜溼香腮。偶因遊戲閒消遣，豈爲迷藏暗捉來。却怪亭中私語久，防人忽把綺窗開。

（黛玉葬花） 遠離丘墓附姻親，蓬梗飄零惜此身。況復經過寒食節，更敎愁殺斷腸人。有緣玉骨歸香土，無主芳心泣暮春。底事紅顏同薄命？問花花亦悄含顰。

（湘雲眠石）　宴罷羣芳酒滿巵，雲根小憩力難支。碧縈苔篆侵雙鬢，紅沁花香入四肢。醉態矇矓身欲化，春情約略夢先知。偶聞啼鳥微驚覺，扶起還應倩侍兒。

（寶琴立雪）　新詩詠罷散空庭，微步衝寒酒半醒。雪裏裘披痕粲粲，風前玉立影亭亭。泥人一笑舒眉黛，伴汝雙丫抱膽瓶。更有梅花顏色好，都應寫照入丹青。

（晴雯補裘）　熏籠斜倚鬢蓬鬆，手把裘裳子細縫。未抱衾裯心已碎，強拈鍼線力還慵。劇憐衣上餘金縷，何意人間斷玉容。他日啓箱重認取，不勝惆悵對芙蓉。

（小紅遺帕）　年來心事漸知愁，手帕遺忘何處求。感帨無聲誰拾取，沾巾有淚自雙流。秋波斜睨曾留約，春夢微酣尙帶羞。差幸小鬟能解意，隔窗私語訴綢繆。

（藕官焚紙）　逢場作戲歷年年，優孟衣冠亦偶然。豈料癡心成幻想，錯疑結髮締良緣。魂銷夜月埋香玉，腸斷春風泣紙錢。撲朔迷離渾莫辨，鸞膠今尙續新絃。

（玉釧嘗羹）　憶調阿姊惱高堂，強送杯羹暗自傷。欲藉柔情消彼恨，姑將巧說賺先嘗。懷疑試辨膏腴味，徼倖微沾口澤香。爲問噙丹人在否，一經回首轉淒涼。

（齡官畫薔）　忽聞花外發哀音，知是何人帶淚吟？身隔雲霞難識面，眼隨波礫亦關心。畫成依樣文無異，事若書空怪轉深。急雨飛來渾不覺，相呼始訝各霑襟。

（香菱鬥草）　豔陽天氣草繽紛，圍坐庭前喜結羣。姊妹喧呼皆雅謔，夫妻名色本新聞。狂風亂撲揎紅袖，積雨微沾涴茜裙。却笑東君情太熱，惜花別具意殷勤。

（平兒藏髮）　行李歸家著意看，伊誰剪髮贈新歡？浪交原是癡郎錯，表記須將大婦瞞。詭說同心機善變，僅存把鼻罰從寬。如何乘間反來奪，深恐留藏作禍端。

（鶯兒結絡）　倚床斜坐態盈盈，費盡工夫組織精。玉舞雙肩看秀削，絲抽十指任縱横。花園已覺翻新樣，絮女猶憐話小名。更把柳條輕折取，編籃餘技亦聰明。（抄本）

邱煒萲

【紅樓夢分詠絶句（節錄）】（賈寶玉）　生生死死散鴛鴦，撒手方知夢一場。翻笑漢皇徒重色，温柔鄉誤白雲鄉。

聰明福澤此生中，擁翠多情易悼紅。濃到盡頭清到骨，人間何處拾流風？

（林黛玉）　天人誰不愛顰兒，忙殺曹家筆一枝。洛浦湘江均縹緲，感甄何地莫陳思？

埋香人正怨東風，埋玉無端又落紅。試問花叢誰得似？可憐無語夕陽中。

（薛寶釵）　等是依人却有家，銀屏夜永月痕斜。應愁李代桃僵日，對此當初姊妹花。

正了相思共壻鄉，單棲竟抱冷鴛鴦，一番合德温馨過，底遜旃檀好道場？

（史湘雲）　百花叢裏出羣難，佔斷豪情便大觀。一事更饒眞道味，也談經濟學儒酸。

枕霞舊友署頭銜，醉臥花茵興不凡。清絶秋宵驚鶴夢，閒將燕語鬥呢喃。

（賈探春）　劉家三妹此娟娟，一擱留痕尚凛然。今日憑城狐善祟，懊儂無笏擊當前。

聰明原仗福能消，嫁杏風和到六朝。京國有園縈別夢，齋留秋爽雨瀟瀟。

（李宮裁）一般家世出侯門，秋水無塵玉不温。人自種花儂種稻，稻香風過綠成村。

耐得酸辛解得歡，盟推牛耳課熊丸。誰云優德才偏拙，如此才眞覺大難。

（王熙鳳）絶大才華絶妙言，可憐家政出私門。一朝塵海醒春夢，弱息煢煢不自存。

花簪宮樣倚東床，茗啜春風坐桂堂。又向人天歡喜地，優婆夷證妙蓮香。

（平兒）體態温柔性格沉，饒將俠骨報知音。世間忌主尋常有，可惜韓彭昧用心。

星光把爾當夫人，彩鳳隨鴉一愴神。解識爲容膏沐意，殷勤奩畔小郎身。

（香菱）好因緣是惡因緣，天上維摩總悟禪。請汝上場煩汝下，全書關鍵一英蓮。

遭逢原類俏平兒，另具憨情繫我思。大好石榴裙解處，喁喁鬥出草枝枝。

（秦可卿）管領情天小劫身，二分明月十分春。若將花品論人品，輕薄桃夭合等倫。

一從月缺不能圓，繐帳風悲盡愴然。知否歸魂方出夢，白頭原不到嬋娟。

（鴛鴦）鴛鴦待闕自分明，並命拚教一命輕。他日眞靈圖位業，瑤池會上董雙成。

弋人何篡蜺埃塵，未共鴻毛視等倫。堂上成行七十二，半傷折翼墮芳因。

（紫鵑）春深別院正吹簫，嗚咽殘釭伴寂寥。從此東風任開落，梨花無主等閒飄。

慣將輭語激癡郎，往事低徊一斷腸。留得此身歸佛去，綠雲如幄冷瀟湘。

（晴雯）敢將公子繡新絲，補得裘成力不支。瘦到腰圍無一尺，此情惟有夜燈知。

夫容草木斷腸同，苦記深閨笑語工。和汝晚涼牀上坐，親撕紈扇博驚鴻。

（襲人）燕子筵前罷蹴花，驚心已是夕陽斜。何當迴首春風日，爭似秋來未有家。

亦思同命學鴛鴦，一着誰教誤窘鄉。籠絡國人多善術，如何不自計收場？

（妙玉尼）濃色濃香總擅場，不將閒日繡鴛鴦。一從抛撇蒲團去，碧海青天何處鄉？

未是停雲去御風，天生孤潔落塵中。嬋娟雪月長相憶，檻外梅花獨染紅。（光緒二十六年刊本）

謝兆珊

【紅樓夢歌】青埂峯頭古松秋，下有靈石枕仙流。風雨一朝忽飛去，走入紅樓作幻遊。聞說紅樓多權勢，椒房貴戚通侯第。賈氏富貴實無倫，金陵望族傳家世。朱門朝暮響鈿車，畫戟東南開玉繫。北靖東平俱契交，五侯七貴同襟袂。侍僕都行中禁儀，美人盡學內家製。蘭閨不負好時光，佳兆偏生銜玉郎。私教丫環籠蟋蟀，愛看姊妹繡鴛鴦。玉郎明媚眞堪羨，多情獨把胭脂戀。鬥茗還宜櫳翠庵，好花常護怡紅院。外家阿妹態難描，宜喜宜嗔百囀嬌。萬種情懷風雨夕，埋香塚畔哭紅橋。翩翩素質輕霞綺，俏影如在瑤天裏。有時多病轉憐人，壓住鮫綃嬌不起。歌管樓台入紫雲，六朝金粉總繽紛。幽篁獨伴瀟湘子，香草長作蘅蕪君。寧府新婦多才思，陽台乍醒宮花賜。嬌鳳時詼曼倩諧，雲鴉欲譚羅敷媚。秋月春風正可人，年年桃李笑三春。奢華不數珊瑚枕，嬌懶常嫌翡翠茵。才人鳳藻推阿姊，錦繡重添花上蕊。恩重頻催賜省親，賦就《關雎》慕麟趾。自此榮寧福祚多，九天欵唾五雲和。鬥雞走馬憐紈袴，蹴踘彈棋怯綺羅。怡紅公子多閒日，花影婆娑調清瑟。鸞巾乍繫怕郎羞，雀裘偷補憐卿密。壽祝羣芳夜宴開，纖歌縵舞小蓬萊。瓊漿玉液人間出，麟脯鸞醪天上來。牡丹亭畔警風月，那堪春困幽情發。解語曾憐小妹嬌，戲詞欲把癡郎罰。茜紗窗內月斜窺，多情只隔綠罘罳。亞欄不障儂衣薄，卍字方思郎佩宜。素女情深花月夜，海棠社起秋心暇。蘭性眞成昔日蘇，絮才不減當時謝。戛玉敲金女少陵，繡幄琴書圍香麝。西風一夜忽澎湃，霏霏釀出瓊瑤界。恰好香閨料峭人，妝點嬌寒入詩語。仙娃騎蝶出神都，公子來看豔雪圖。香夢羅浮憐絳影，橫斜透出一枝孤。璇花飄散梵王殿，侍兒無力怯寒顫。獨有仙姝檻外人，步虛唱徹來清宴。秋冬春夏總笙歌，年復年兮奈若何！綺閣有人皆豔質，迷樓無處不香窩。凹碧堂前開家宴，天倫樂敍多欣忭。畫鼓催殘芍藥盃，洞簫歌冷桃花扇。豈知異兆感淒清，斜風一拂陽和變。恨殺嬌鬟抱屈歸，一花先萎嫣紅片。翠鈿銀篋慘不收，鴛衾寂寞倍添愁。春宵從此少歡喜，芳徑頻來空倚徙。命薄佳人鸚鵡詞，情深公子芙蓉誄。怪事旋聞婢僕謠，太君十月賞花妖。花妖未落賢妃逝，報道君王爲輟朝。邢王惶悚多憂慄，誰知奇禍通靈失。招吉欲成金玉緣，深情不障蘭閨質。兩心相印轉相疑，舊事分明記阿誰？移花換柳來奇計，兩處幽懷兩不知。鶼鶼竟折雙飛翮，無月無花春脈脈。淚痕還盡護花人，焚藁斷情了奇癖。可憐玉樹正交枝，恰是紅顏絕命時。香魂一縷飛蝴蝶，恨血啼鵑處處悲！鶯離燕折寒香骨，瘦影長埋水雲窟。合歡人正戀重衾，幽魂空咽清秋月。淚血頻呑紫篠煙，玉郎魂斷未成眠。相思不到稠桑地，悽楚難登離恨天。披襟獨步尋芳麓，啼痕猶染多情竹。聽說天寒陰雨時，夜夜瀟湘聞鬼哭。癡郎尙覓意中人，海枯石爛人難復。酸風未散醉魂驚，驟生平地風波速。彈章一挂玉成瑕，錦緹承旨搜侯家。剎那興替人間事，無邊禍患來天地。絶塞催成遠別離，空閨少婦憐如意。一時家運忽凋零，太君亦證遊仙位。禍及空門玉質流，骷髏血染美人淚。怪孽重重病骨侵，寒鴉夜叫來狐魅。幽房鬼火暗青銅，蘭徑無人夕照紅。三春已去阿鳳死，僅餘燐影返西風。大觀園內多秋草，零釵猶在裙腰道。紅粉朱顏色半隕，青燈古佛人將老。芳徑誰人去踏春，畫堂飛盡舞衣塵。玉魂嫵孈鶯花散，織女機絲怨恨頻。癡情公子覓華靚，碧落黄泉兩無影。一片精誠警幻憐，感此重遊太虛境。渺渺茫茫猶預時，眞人大士來相警。花枝約略是耶非？參空水月悟禪機。裙釵有册前因定，脂粉無緣大限違。再回人世還眞性，《秋水》《南華》明幻鏡，披髮慨然歸大荒，秋闈戰罷紅塵淨。忙裏春秋覺海空，千江冷月照青楓。黄粱未熟邯鄲道，碧草全昏玳瑁櫳。君不見長生殿館娃宮，賸有寒鴉咽暮風。榮華今古皆如此，盡在紅樓一夢中。（載《紅樓夢分詠絶句》，卷首）

恩 煦

【題前紅樓夢傳後】 金陵兒女事非眞，妙筆傳來恍面親。十二釵都傾國色，幽閑我獨愛顰顰。

蘅蕪花燭成歡夕，風雨瀟湘絶命時。莫恨姻緣乖木石，較來死別勝生離。（《鋤雪草堂詩草》，抄本）

徐枕亞

【紅樓夢餘詞（節錄）】（東風齊著力（黛玉葬花））　客館愁孤，芳園春鬧，一霎淸明。錦囊獨荷，破曉冒寒行。好把亂紅掃盡，埋香玉，爲卜佳城。東風裏，三生癡夢，一種深情。　魂也幾時醒？從此後綠蔭深院無鶯。一坏荒土，草色可憐青。腸斷詞成淚盡，念身世儂亦飄萍。天涯遠，蘭因絮果，總付沈冥。

（烏夜啼（寶釵拂蠅））　夢中金玉無憑。睡初醒，恰被玉人低喚，似微譍。　情深注，蟲飛暑，舉香肱。只恐除他，這裏少青蠅。

（大江東去（探春徵社））　無邊情景，又葦白蓼紅，涼秋天氣。正值稻香村釀熟，多謝一緘遙寄。分展雲箋，安排玉盞，拚個閒吟醉。海棠寒豔，詩成字字香淚。　却喜姊妹多才，風庭月榭，佔盡風流事。說甚詞壇雄樹幟，合讓金釵十二。只恨人間，忽忽聚散，佳會淒涼易。名園人去，舊游回首難記。

（浪淘沙（湘雲詠絮））　簾捲晚芳時，狼藉花飛，斷腸人寫斷腸詞。別有惜花心事苦，立盡斜暉。　離緒滿天涯，舊夢今非，行雲流水又成疑。長似此時春亦好，只是將離。

（憶漢月（紫鵑試玉））　十五鴉鬟輕狡，故把語言顚倒。從今往事可全抛，歸去江南春好。　此情終不解，忽驀地惹將煩惱。賺人有意話輕挑，急得癡郎呆了。

（鵲橋僊（晴雯補裘））　衾寒如許，魂搖欲絕，強把金針拈弄。可憐病到十分深，還只道身輕情重。　芳心已死，他時認取，一霎飛花短夢。卿卿遺恨是聰明，未補得情天一縫。

（雪花飛（李紈評詩））　舉起稻香社主，居然香限銅爐。吟罷嬌喉細細，重費躊躇。　繡閣知心好，秋窗才調孤。合讓瀟湘第一，偏督蘅蕪。

（憶秦娥〔襲人試夢〕） 夢昏昏，者番初沐主恩新。主恩新，此時如水，後日如雲。 愛郎年少解温存，芙蓉帳底試芳春。試芳春，不知狐媚，竟是何人？

（西江月〔寶玉悟情〕） 分定果然分定，情癡到底情癡。他人自有淚珠兒，却要自家賠淚。 不見何由生惱，無緣只得相離。茫茫因果總難知，一樣葬花心事。

（點絳唇〔平兒理妝〕） 護惜名花，殷勤力向妝臺效。一羣嬌鳥，只對春風笑。 道是多情，眞個情深妙。緣何巧，得親玉貌，替把菱花照。

（琴調相思引〔熙鳳悟籤〕） 白壁黃金太入迷，心機使盡現神機。此時方悟，祗惜已嫌遲。 身外有身知道否，夢中說夢更何爲？三春忙過，蜂怨蝶愁時。

（萬里春〔妙玉感弈〕） 子聲遲速，驀地心懸鴻鵠。却分明不是棋奩，是相思一局。 彈指深情覺，多事向歡場馳逐。到頭來收拾殘枰，正紅樓夢熟。

（鷓鴣天〔鴛鴦殉主〕） 雙宿雙飛夢早醒，輕生畢竟勝偷生。君看紅袖多情怨，我羨青衣得盛名。 立志定，戀恩誠，無情中自有深情。石頭記盡談情語，第一情人要算卿。

（風蝶令〔香菱易裙〕） 閒耍癡彌甚，紛爭樂未休，等閒沾溼錦裙愁。幸遇多情公子，爲卿謀。 微褪纖腰瘦，輕彈玉指柔，背人偷換半含羞。臨去一聲多謝，幾回頭。（載一九一二至一九一三年《小說月報》第三卷第四至十二期）

徐畹蘭

【偶書石頭記後】　情天同是謫仙人，兩小無猜鎮日親。記否碧紗廚裏事，戲呼卿字作犨犨？又送春歸感歲華，阿儂生小恨無家。傷心一樣同飄泊，淒絶東風葬落花。菊花香裏快飛觴，鬥韻分箋粉黛場。試問清才誰冠首，當時獨讓病瀟湘。涼月模糊香不温，懶調鸚鵡掩重門。窗前悔種千竿竹，贏得斑斑漬淚痕。藥爐茶鼎篆煙浮，風雨幽窗一味秋。知否多情天亦妬？罰卿消瘦罰卿愁。兒家因果自家知，作繭春蠶自縛絲。了盡相思還盡淚，三生誤煞是情癡。梨花落盡不成春，夢裏重來恐未眞。漫道玉郎眞薄倖，空門遯跡爲何人？（《鬘華室詩選》，宣統二年《香豔叢書》六集本）

鶴　睫

【紅樓夢本事詩】　荒山萬劫泣神瑛，此錯媧皇自鑄成。若使當時補天去，大千世界總多情。靈河岸上儘棲遲，偏把枯根挹露滋。廢棄牢騷容易遣，最難擺脱是情絲。從此紅樓幻境開，生生死死總堪哀。不知青埂峯前事，何與人間薛夜來？辭巢乳燕語啁啾，生小依人不自由。多謝阿婆珍惜意，喚儂領取一生愁。

一腔幽怨鎖雙眉，惜别牽衣淚暗垂。回首揚州好明月，絳珠草作寄生枝。
似曾相識在前生，繡幙初開一見驚。最是晶瑩冠上玉，照儂眼底倍分明。
門前新駐七香車，戚里迎來貌似花。瑜亮心情邢尹恨，一齊都付與兒家。
法曲歌殘韻繞梁，神瑛悔不記宫商。若教譜入梨香院，早醒紅樓夢一場。
異樣温柔畫不成，甜香一陣撲簾旌。高唐夢境迷離甚，洩漏春光唤小名。
軟語温存傍鏡臺，搴帷欲去唤重回。低頭一笑傳心事，準擬今宵赤鳳來。
春風一晌鬢雲鬆，插到宫花頰暈紅。記得黄昏還有約，累他好夢太匆匆。
芳園邂逅逗情芽，一枕相思病已加。妄想本來君自誤，昌宗兄弟似蓮花。
病榻前宵密語來，一聲雲板夢驚回。個中别有難言意，生最知心死最哀。
村舍風光照眼新，纅車聲裏見風神。閒花雖好休留戀，不是金釵册上人。
花底秦宫窈窕身，温柔腼腆不勝春。憐君纔折菩提果，又把餘桃贈與人。
承恩新拜女尚書，雨露濃時骨肉疏。愁絶日斜芳宴散，宫人催上紫鸞車。
低帷暱枕夢初闌，懷袖氤氲氣似蘭。一種天然芳竟體，笑人常噉冷香丸。
一語微嗔悄掩門，良宵又費幾温存。淚痕灑到郎懷袖，半是嬌憨半感恩。
不向名場勸著鞭，知心第一此蟬娟。笑他流水桃花性，偏有箴規到枕邊。
枕函皓腕玉玲瓏，向曉輕移錦被中。須識檀奴珍惜意，繡簾輕颺一絲風。

一縷青絲入繡幃，癡兒隨處惹芳菲。海棠儘有春消息，怎禁楊花到處飛！
春晝初長午夢醒，隔牆人唱《牡丹亭》。曲中寫出儂心事，愁倚花鋤掩淚聽。
美人竟似賈長沙，疑謗偏多枉自嗟。愁絕麝香珠一串，深宮竟不屬兒家。
漫說年來眼欲枯，有人相伴淚如珠。藕紗衫子痕猶藉，抵得鮫綃一半無？
葬到貞魂水亦香，桃根宛轉恨難忘。怪郎不諒蓮心苦，偏把荷羹儘勸嘗。
水樣心情玉樣姿，平生誤煞幾蛾眉？知名更有閨中秀，待到花風欲盡時。
無聊心緒怨東風，恰與瀟湘意態同。一縷情絲關定分，眼中無地置怡紅。
朱門事事總豪華，歸向田園儘足誇。轉眼重來人事改，一天風雨送名花。
大絃激切小絃哀，雨露雷霆順受來。花自含愁春自笑，今宵徼倖傍妝臺。
記否前番細品茶，含情微笑脫袈裟。東風此際渾無賴，開徧優曇一樹花。
驚人奇論破鴻濛，人物千秋一埽空。一種平生眞學問，調和粉白漉脂紅。
姽嫿歌成格調遒，檀奴詩筆儘風流。閨中不敢矜才思，要讓蛾眉出一頭。
一入侯門蓄意深，葳蕤鎖子鑄黃金。絳芸夢裏眞唐突，道破瑤光奪婿心。
孟光案已接梁鴻，賺得卿卿入箇中。猜忌深時轉親切，女兒心事古梟雄。
珍裘凫靨雪中披，王母瑤池雨露私。不是玉臺先受聘，還愁合德奪昭儀。
金鑪獸炭火微烘，寒到人間錦繡叢。一色貂裘猩血染，雪花都作可憐紅。

五字長城脫口工，此才巾幗幾人同。可憐心力都拋錯，悔不銷磨詩社中。

強扶嬌喘度鴛鍼，補到裘完病已深。灑徧芙蓉花上淚，可能償得此時心。

花竹名園布置新，蘅蕪出手小經綸。漫云輕預人家事，繡到鴛鴦已許身。

依人情事總孤悽，荆布華貂福不齊。妾自安貧郎守禮，侯門無此好夫妻。

十二雲璈法曲終，一羣嬌鳥出樊籠。個人偏是無消息，一架薔薇卧晚風。

話到將離淚似珠，夢魂怕聽說姑蘇。耽驚第一蘅蕪院，如此鴛鴦折得無？

知心小婢語淒淸，如此關懷淚欲傾。命薄如花春不管，五更愁絕杜鵑聲。

落花風裏紙錢吹，死別生離一念癡。觸我平生惆悵事，瓣香遙酹水仙祠。

不惹情魔大是難，詩懷磊落酒腸寬。藥欄自是游仙夢，莫作高唐一例看。

勳裔巍科地望崇，金丹一粒萬緣空。可憐褒鄂高門第，撞壞纖兒一手中。

韓虢相依儼一家，生來尤物太夭斜。九龍玉佩鴛鴦劍，斷送人家姊妹花。

欲把餘春謝蹇修，連枝棣鄂老温柔。無端繫著堤邊柳，累得花開不並頭。

仙心俠骨好風神，揉碎桃花悟宿因。早爲怡紅開覺路，片帆先渡急流津。

羅網輕渡淚眼枯，罡風一夕隕蘼蕪。買絲欲繡桓家婦，我見猶憐況老奴。

憔悴風姿病已成，送春天氣惱春情。可憐開到桃花社，已是陽關煞尾聲。

感帨無聲怕吠尨，愛河一夕起驚瀧。紅樓多少癡兒女，生死鴛鴦祇一雙。

無端謠諑起深宵，病骨難禁積毀銷。多少高唐新舊夢，美人偏說水蛇腰。
衆芳國裏鬥暄妍，幾個宮砂臂上鮮。留得女兒淸淨體，芙蓉花伴絳珠仙。
是誰下石誤兒家？涇渭郎心自不差。一自蓉城人去後，總無心緒對桃花。
琢玉凝脂掌上身，殢人酒態不勝春。袈裟一著禪心定，勝過蒲團幻想人。
已把羅巾換一回，場頭又唱占花魁。不堪紅拂他年事，併入楊公眼底來。
桂花香裏斂瓊筵，笛韻悠揚隔水傳。一種淒涼天籟現，人間好月不常圓。
倉庚療妬總無靈，風動扉開恰有情。都是箇人身外影，鏡中照出倍分明。
生小飄零不自由，兒夫棒下欠溫柔。天生一種嬌憨性，但解吟詩不解愁。
噩夢思量恨不禁，夢中情事眼前臨。可憐滴盡淒惶淚，難挽瑤池阿母心。
打窗落葉助淒涼，弓影杯蛇此恨長。一念未灰心不死，更扶愁病理新妝。
非時花放競疑猜，且向樽前玩賞來。情到深時轉癡絕，海棠莫是爲儂開。
薰天貴勢武安家，大好芳園日易斜。爛縵紅香春意盡，一枝先殞上陽花。
本來心事嫉蛾眉，箇裏機關妙轉移。不是子蘭工貝錦，懷王未必棄湘纍。
居然接木暗移花，消息瞞天一手遮。已覺夭桃勝穠李，親情況是五侯家。
也知鶼鰈命相俱，辛苦爭來亦太愚。我爲巫臣翻舊語，玉郎未必世間無。
消息驚聞到盡頭，尚餘半面強勾留。平生萬種酸辛意，哭不能休一笑休。

春蠶到死悔留絲，淒絕叢殘一炬時。此意他年郎會否？愁郎重見斷腸詩。

千愁萬恨總成眞，往事回頭倍愴神。爲問明年花落後，東風可憶葬花人？

女兒心事細參詳，就裏情絲各短長。若使前盟偕木石，蘅蕪應不似瀟湘。

一個禪門一夜臺，聲聲別鵠更堪哀。誤人都是龍鍾嫗，演出情天慘劇來。

仙樂風吹鶴馭斜，絳珠宮闕是兒家。東風原是多情種，苦向啼鵑問落花。

湘館前盟足愴神，靈芸也是意中人。知君如醉如癡日，祇爲躊躇去住身。

一笑拈花已悟禪，繡幃祇是強迴旋。可憐幾卷《參同契》，竟作《房中樂》一篇。

餘情猶自戀芳華，妙合催成傾刻花。僥倖絳芸軒裏夢，春風未逗牡丹芽。

寒宵絮語意盈盈，風致芙蓉一樣清。開到楝花春事盡，東風臨去尙多情。

錦衣牙爪太鴟張，調護周全感二王。知否不祥先自兆，芳園抄檢繡春囊。

爰書未減荷恩慈，撲面風沙出塞時。一事知君忘不得，北堂屏後好花枝。

漏盡更闌掩曲房，鮫綃三尺引紅妝。兒家已被饞篠誤，忍見梨花壓海棠。

櫳翠庵空月影孤，傳來消息總模糊。儂家慣淪梅梢雪，應有冰心浸玉壺。

記得名園景物摹，綠窗渲染幾工夫。丹青未竟蓬蒿滿，淚漬塵封一幅圖。

畫理禪機子細推，一龕佛火送蛾眉。阿兄會有相逢日，記取靈山證果時。

瀟湘夢醒泣啼鵑，大可寒心木石緣。悟徹情關方入道，笑他庵主是癡禪。

機關算盡慘離魂，轉爲聰明喪宿根。卿去試教迴首望，和風麗日稻香邨。

移巢接葉護雛鶯，事到艱難俠義生。轉怪顰卿語輕薄，可知世有女程嬰！

花枝嬌小苦依劉，風雨漂搖萬斛愁。領略田家風味好，天孫祇合嫁牽牛。

不爭當夕不言功，辛苦周旋幾載中。巢覆卵完家再造，閨中今見狄梁公。

要挽兒夫出世心，殷勤勸讀伴更深。茫茫此恨憑誰訴，桂子香中寡鵠吟。

膩粉柔脂伴一生，浮雲富貴不關情。臨行織出《登科記》，修到神仙轉近名。

悲歡離合總前緣，苦縛蠶絲十九年。萬劫知君心不悔，靈山會上更纏綿。

竹杖芒鞵脫劫塵，大荒山下證前身。祇愁半世孤鸞淚，又種來生未了因。

空閨娣姒淚交流，一樣燒香總斷頭。話到兩家嬌小妹，這般慧福幾生修！

才地心情第一流，海疆安穩送歸舟。家山無限傷心事，莫向芳園溯舊遊。

回首繁華綺夢醒，嫣紅姹紫散零星。不堪紙醉金迷地，夜夜陰房鬼火青。

當年禁臠執先嘗？竟趁東風過別牆。我爲斯人寬一格，桃花原不耐冰霜。

天然作合茜羅巾，豈爲花殘減却春。話到絳芸軒裏事，一般俱是受恩身。

老去蒼頭兩異材，依人廢棄總堪哀。醉中漫罵閒中臥，寫出英雄本色來。

疑雨疑雲別有神，深文淺說總非眞。一言欲向怡紅問，眞個銷魂有幾人？

典册高文謝不如，却將妙筆仿《虞初》。《南華》幽渺《離騷》豔，一樣才人感憤書。（一九一五年有正書局

石印本)

姚肖堯

【紅樓雜詠】 沁香橋畔草萋萋,恨滿花堤花滿谿。一自埋香成塚後,却教鸚鵡背人啼。(葬花)
欲斬情魔不自持,此心難遣侍兒知。願和血淚成灰燼,分付東風莫浪吹。(焚稿)
綠苔堦畔漾芳暉,紈扇花前意緒違。任爾思花不思草,夕陽影裏妬雙飛。(撲蝶)
塵世何來檻外人?鐘聲歇處感芳辰。可憐待解相如渴,斷送三生未了因。(品茗)
恩倖無端敢妄求,生來命薄未曾修。縱教着手成蝴蝶,終勝齊紈泣素秋。(撕扇)
畫地成書易着魔,繁華轉眼盡消磨。一泓秋水和春雨,我亦聞歌喚奈何。(畫薔)
負累情絲不自由,病中還補雀金裘。從今露下芙蓉冷,添得秋江一段愁。(補裘)(載《紅樓雜著》,抄本)

沈慕韓

【紅樓百詠(節錄)】(青埂峯石) 絮果蘭因事渺然,粉零玉隕夢如煙。花能常好心拚醉,海縱無涯衞可填。情重自應推作聖,愁多只恐礙昇仙。分明來去都成幻,不向三生叩宿緣。
(絳珠仙草) 靈根一自謫泥塗,瘦小堪憐說藐姑。仙卉豈同凡卉盡,血花拚與淚花枯。萬重幽怨同儷繭,百事輸人合茹荼。鞞返九天春有主,不將遺恨弔蒼梧。

（警幻仙子）　九霄環珮下塵埃，幾度晨鐘喚不回。飛絮跡隨流水去，落花魂化美人來。綺羅豈盡生前夢，粉黛都成劫後灰。好證菩提還本性，鸞飄鳳泊總堪哀。

（茫茫大士）　温柔鄉裏築愁城，喚醒癡頑佛力撑。洛浦湘纍原是夢，木魚玉盌總含情。償完淚債魂應化，悟到空花恨可平。桂院飛香明月夜，猛芟宿孽返神清。

（渺渺眞人）　重返媧皇離恨天，涅槃揮麈共談禪。石根莫證三生果，曇影終歸一現緣。寶鏡塵昏菱蝕彩，紅樓夢渺月飛煙。還從佛座温情火，斬淨情根即是仙。

（賈寶玉）　萬種纏綿萬種癡，生生死死說相思。若求璧合珠連日，除是花枯淚盡時。茜帳魂銷妃子恨，蓉城腸斷美人詞。槐黃秋捷卿休憶，若問歸期未有期。

（林黛玉）　帶得愁根斂翠顰，淚痕點點漬羅巾。魂同秋冷吟殘月，身似花飛泣暮春。病到深時容病懶，情能死處見情眞。誰教瑜亮生斯世，恨結心頭氣不伸。

（薛寶釵）　才華文藻說蕭娘，魂染蘅蕪體自香。絕豔如花存冷澹，幻緣似夢倏凄涼。早工結託殷勤態，深解周旋粉黛場。情斷故人遺婢嫁，一生惟有負瀟湘。

（史湘雲）　生來豪邁出風塵，曼倩襟懷妙語新。絮起吟爭諸美席，月明腸斷六朝春。鶴肩半袒林間影，鸞彩中沈鏡裏人。撲朔迷離渾莫辨，木蘭原是女兒身。

（李紈）　芳年早自賦離鸞，別後音容想像難。質冷豈爭桃李豔，節堅能傲雪霜寒。風臨燕樹心雖喜，淚漬熊丸力已殫。垂老痛解緣底事，祉閒吟歇百花殘。

（王熙鳳） 金釵斜壓鬢蟠雲，放誕風流最出羣。舌燦蓮花迷五色，心藏機械刻三分。生前奇妒鴛鴦譜，刼後空傷蛺蝶裙。雛鳳飄零憐弱息，定知幽怨鬱孤墳。

（賈探春） 三娘才調見英奇，桃李容顔冰雪姿。投簡聯吟先啓社，片言判事怎停棋。花明海國妖知警，月黯湘雲淚不支。豈是榮寧應衰歇，此身竟使屬蛾眉。

（秦可卿） 一枝濃豔冠羣芳，身世優曇早散場。夢入巫峯迷蛺蝶，魂飛洛浦幻鴛鴦。聽來小字情猶膩，葬到深山土亦香。如此風華終寂寂，自應哭煞紫薇郎。

（鴛鴦） 參透情天證佛天，可憐紫玉忽縈煙。鳳鸞本是凌霄種，狙獪應無俗世緣。顧我萍蹤能自定，勞他絮語惡相牽。瑤池會上重回首，清淚頻揮阿母憐。

（香菱） 謫將塵世豈堪論，未證菩提淨六根。一縷素絲空抱怨，半簾冷月豁吟魂。寃遭薏苡憐終白，閒抱衾裯夢不温。最是石榴裙解後，菱歌消歇黯秋痕。

（平兒） 護他雛鳳與桐蔭，俠骨丹忱自足欽。難得奇方醫婦妒，慣將軟語試郎心。青鸞駕返輸金帛，玉女星明釋繡衾。却羨百花齊放豔，美人顔色酒痕深。

（晴雯） 臨歧灑淚對牽牛，菱鏡光殘影莫收。小織雀裘難補恨，輕捐紈扇却含愁。身如柳絮原無主，命帶桃根不耐秋。爲賦楚些招未得，曼卿豔福結同儔。

（襲人） 茜羅一幅舊温存，篋底尋來也是恩。香夢驚回癡蝶影，柔鄉伴住落花魂。愛河枉道盟無負，洛浦空歸淚有痕。輕拂宮砂泥郎笑，羞將往事共評論。

（紫鵑）　獨饒俠骨伴癡鬟，遍地涼雲月一彎。有淚拚從知己竭，無情端恨阿郎頑，經參貝葉依禪座，露乞楊枝度世間。舊夢不堪回首想，天心底事忌紅顏。

（妙玉）　寺名櫳翠淡煙籠，身處林園粉黛叢。子夜不禁禪座冷，春情偏鬥佛燈紅。魂依癡蝶迷窗外，身逐飛花墮劫中。清淨地爲歡喜地，漫疑羽化返空濛。

（曹雪芹）　活虎生龍筆一枝，僵蠶垂死祗餘絲。墨花常自翻靈舌，絮語都臻絕妙辭。放眼情天容我輩，空填恨海笑癡兒。香痕着處愁痕結，風雨瀟瀟繫夢思。（載一九一四至一九一六年《小説叢報》第二期至第三年第三期）

劉玉華

【花朝讀紅樓夢説部感林黛玉而作】　韻絕瀟湘子，羣芳共誕辰。可憐雙淚眼，空剩一孤身。花謝還能發，人亡不可親。嗟余同薄命，況對斷腸春。（載一九一四年《香豔雜誌》第二期）

徐　蕙

【讀紅樓夢傳奇感而有作】　淚灑瀟湘只自知，秋窗譜出雨風詞。簾前鸚鵡工偷聽，最可憐兮喚玉時。

（載一九一四年《香豔雜誌》第三期）

王紉佩

【閲紅樓夢傳奇有作】 悲歡轉瞬等浮漚，一部傳奇記石頭。境闢太虚原是幻，傷心人尙夢紅樓。

瀟湘院落接怡紅，一局圍棋一著空。流盡淚珠人各散，千秋一對可憐蟲。

如花人泣葬花詩，腸斷春風獨立時。今古茫茫同此恨，人天何處問顰兒？（載一九一四年《香豔雜誌》第八期）

嬾蝶

【紅樓雜詠】（黛玉） 魔幻遷年年，花殘月缺天。早知香夢誤，嫁與自行船。

（寶釵） 太上不言情，三生石證盟。何堪花燭夜，剌剌唤顰卿！

（晴雯） 兒女亦英雄，情絲一縷中。雀裘留手澤，曾不寄禪叢。

（襲人） 公子賦仙遊，琵琶别抱秋。回思雲雨夢，記否舊風流？（載一九一五年《小説新報》第一年第八期）

卷六

梁啓超

【譯印政治小說序(節録)】　中士小說，雖列之於九流，然自《虞初》以來，佳製蓋鮮。述英雄則規畫《水滸》，道男女則步武《紅樓》，綜其大較，不出誨盜、誨淫兩端，陳陳相因，塗塗遞附，故大方之家每不屑道焉。雖然，人情厭莊喜諧之大例既已如彼矣，彼夫綴學之子，黌塾之暇，其手《紅樓》而口《水滸》，終不可禁。且從而禁之，孰若從而導之？善夫南海先生之言也，曰：僅識字之人，有不讀經，無有不讀小說者。故六經不能教，當以小說教之；正史不能入，當以小說入之；語錄不能諭，當以小說諭之；律例不能治，當以小說治之。天下通人少而愚人多，深於文學之人少而粗識之無之人多。六經雖美，不通其義，不識其字，則如明珠夜投，按劍而怒矣。孔子失馬，子貢求之不得，圉人求之而得，豈子貢之智不若圉人哉？物各有羣，人各有等，以龍伯大人與僬僥語，則不聞也。今中國識字人寡，深通文學之人尤寡，然則小說學之在中國，殆可增《七略》而爲八，蔚四部而爲五者矣。(載《清議報》一八九八年第一册)

【論小說與羣治之關係(節録)】　抑小說之支配人道也，復有四種力：一曰熏。熏也者，如入雲煙中而爲其所烘，如近墨朱處而爲其所染，《楞伽經》所謂「迷智爲識，轉識成智」者，皆恃此力。人之讀一小說也，不知不覺之間而眼識爲之迷漾，而腦筋爲之搖颺，而神經爲之營注，今日變一二焉，明日變一二焉，刹那刹那，相斷相續，久之而此小說之境界遂入其靈台而據之，成爲一特別之原質之種子。有此種子故，他日又更有所觸所受者，旦旦而熏之，種子愈盛，而又以之熏他人，故此種子遂可以徧世界。一切器世間、有情世間之所以成，所以住，皆此爲因緣也，而小說則巍巍焉具此威德以操縱衆生者也。二曰浸。熏以空間言，故其力之大小存其界之廣狹；浸以時間言，故其力之大小存其界之長短。浸也者，入而與之俱化者也。人之讀一小說也，往往既終卷後，數日或數旬而終不能釋然。讀《紅樓》竟者，必有餘戀，有餘悲；讀《水滸》竟者，必有餘快，有餘怒。何也？浸之力使然也。等是佳作也，而其卷帙愈繁、事實愈多者，則其浸人也亦愈甚。如酒焉，作十日飲，則作百日醉。我佛從菩提樹下起，便說偌大一部《華嚴》，正以此也。三曰刺。刺也者，刺激之義也。熏浸之力利用漸，刺之力利用頓；熏浸之力在使感受者不覺，刺之力在使感受者驟覺。刺也者，能使人於一刹那頃忽起異感而不能自制者也。我本藹然和也，乃讀林冲雪天三限，武松飛雲浦厄，何以忽然髮指？我本愉然樂也，乃讀晴雯出大觀園，黛玉死瀟湘館，何以忽然淚流？我本肅然莊也，乃讀實甫之琴心酬簡，東塘之眠香訪翠，何以忽然情動？若是者，皆所謂刺激也。大抵腦筋愈敏之人，則其受刺激力也愈速且劇，而要之，必以其書所含刺激力之大小爲比例。禪宗之一棒一喝，皆利用此刺激力以度人者也。此力之爲用也，文字不如語言，然語言力所被不能廣、不能久也，於是不得不乞靈於文字。在文字中，則文言不如其俗語，莊論不如其寓言，故具此力最大者，非小說末由。四曰提。前三者之力自外而灌之使入；提之力自内而脱之使出，實佛法之最上乘也。凡讀小説者，必常若自化其身焉，入於書中而爲其書之主人翁。讀《野叟曝言》者必自擬文素臣，讀《石頭記》者必自擬賈寶玉，讀《花月痕》者必自擬韓荷生若韋癡珠，讀《梁山泊》者必自擬黑旋風若花和尚。雖讀者自辯其無是心焉，吾不信也。夫既化其身以入書中矣，則當其讀此書時，此身已非我有，截然去此界以入於彼界，所謂華嚴樓閣，帝網重重，一毛孔中萬億蓮花，一彈指頃百千浩劫，文字移人，至此而極。然則吾書中主人翁而華盛頓，則讀者將化身爲華盛頓；主人翁而拿破崙，則讀者將化身爲拿破崙；主人翁而釋迦、孔子，則讀者將化身爲釋迦、孔子，有斷然也。度世之不二法門，豈有過此？此四力者，可以盧牟一世，亭毒羣倫，教主之所以能立教門，政治家之所以能組織政黨，莫不賴是。文家能得其一，則爲文豪；能兼其四，則爲文聖。有此四力，而用之於善，則可以福億兆人；有此四力，而用之於惡，則可以毒萬千載。而此四力所最易寄者，惟小説。可愛哉小説！可畏哉小説！（載《新小説》一九〇二年第一號）

别士

【小説原理（節録）】　人之所以樂觀小説之故既明，作小説當如何下筆亦可識，蓋作小説有五難：一、寫小人易，寫君子難。人之用意，必就己所住之本位以爲推，人多中材，仰而測之，以度君子，未必即得君子之品性；俯而察之，以燭小人，未有不見小人之肺腑也。試觀《三國志演義》，竭力寫一關羽，乃適成一驕矜滅裂之人；又欲竭力寫一諸葛亮，乃適成一刻薄輕狡之人。《儒林外史》竭力寫一虞博士，乃適成一迂闊枯寂之人。而各書之寫小人，無不栩栩欲活。此君子難寫、小人易寫之徵也。是以作《金瓶梅》、《紅樓夢》與《海上花》之前三十回者，皆立意不寫君子。若必欲寫，則寫野蠻之君子尚易，如《水滸》之寫武松、魯達是，而文明之君子則無寫法矣。

二、寫小事易，寫大事難。小事如吃酒、旅行、姦盜之類，大事如廢立，打仗之類。大抵吾人於小事之經歷多，而於大事之經歷少。《金瓶梅》、《紅樓夢》均不寫大事。《水滸》後半部寫之，惟三打祝家莊事能使數十百人一時並見於紙上，幾非《左傳》、《史記》所能及，餘無足觀。《三國演義》、《列國演義》專寫大事，遂令人不可嚮邇矣。

三、寫貧賤易，寫富貴難。此因發憤著書者以貧士爲多，非過來人不能道也。觀《石頭記》自明。

四、寫實事易，寫假事難。金聖嘆云，最難寫打虎、偷漢。今觀《水滸》寫潘金蓮、潘巧雲之偷漢均極工，而武松、李逵之打虎均不甚工。李逵打虎，只是持刀蠻殺，固無足論；武松打虎，以一手按虎之頭於地，一手握拳擊殺之。夫虎爲食肉類動物，腰長而軟，若人力按其頭，彼之四爪均可上攫，與牛不同也。若不信，可以一貓爲虎之代表，以武松打虎之方法打之，則其事之能不能自見矣。蓋虎本無可打之理，故無論如何寫之，皆不工也。打虎如此，鬼神可知。《水滸》寫宋江遇玄女事，實是宋江說謊，均極工。

五、敍實事易，敍議論難。以大段議論羼入敍事之中最爲討厭，讀正史紀傳者無不知之矣。若以此習加之小說，尤爲不宜。有時不得不作，則必設法將議論之痕跡滅去始可。如《水滸》吳用說三阮撞籌，《海上花》黄二姐說羅子富，均有大段議論者。然三阮傳中必時時插入吃酒、烹魚、撑船等事，黄二姐傳中必時時插入點煙燈、吃水煙、叫管家等事，其法是將實景點入，則議論均成畫意矣。不然，刺刺不休，竟成一《經世文編》面目，豈不令人噴飯？（載《繡像小說》一九〇三年第三期）

飲冰等

【小說叢話（節錄）】　英國大文豪佐治賓哈威云：「小說之程度愈高，則其寫內面之事情愈多，寫外面之生活愈少，故觀其書中兩者分量之比例，而書之價值可得而定矣。」可謂知言。持此以料揀中國小說，則惟《紅樓夢》得其一二耳，餘皆不足語於是也。（瑟齋）

聖嘆乃一熱心憤世流血奇男子也，然余於聖嘆有三恨焉：一恨聖嘆不生於今日，俾得讀西哲諸書，得見近時世界之現狀，則不知聖嘆又作何等感情。二恨聖嘆未曾自著一小說，倘有之，必能與《水滸》、《西廂》相埒。三恨《紅樓夢》、《茶花女》二書出現太遲，未能得聖嘆之批評。（平子）

《水滸》、《紅樓》兩書，其在我國小說界中，位置當在第一級，殆爲世人所同認矣。然於二者之中評先後，吾固甲《水滸》而乙《紅樓》也。凡小說之最忌者曰重複，而最難者曰不重複，兩書皆無此病矣。唯《紅樓》所敍之人物甚複雜，有男女老少貴賤媸妍之別，流品既異，則其言語舉動事業自有不同，故不重複也尚易；若《水滸》則一百另八條好漢有一百另五條乃男子也，其身份同是莽男兒等也，其事業同是強盜等也，其年紀同是壯年等也，故不重複也最難。（以下曼殊）

《金瓶梅》之聲價當不下於《水滸》、《紅樓》，此論小說者所評爲淫書之祖宗者也。余昔讀之，盡數卷，猶覺毫無趣味，心竊惑之。後乃改其法，認爲一種社會之書以讀之，始知盛名之下必無虚也。凡讀淫書者，莫不全副精神貫注於寫淫之處，此外則隨手披閱，不大留意，此殆讀者之普通性矣。至於《金瓶梅》，吾固不能謂爲非淫書，然其奥妙絶非在寫淫之筆，蓋此書的是描寫下等婦人社會之書也。試觀書中之人物，一啓口則下等婦人之言論也，一舉足則下等婦人之行動也，雖裝束模倣上流，其下等如故也，供給擬於貴族，其下等如故也。若作者之宗旨在於寫淫，又何必取此粗賤之材料哉？論者謂《紅樓夢》全脱胎於《金瓶梅》，乃《金瓶梅》之倒影云，當是的論。若其回目與題詞，眞佳絶矣。

《紅樓夢》一書係憤滿人之作，作者眞有心人也。著如此之大書一部，而專論滿人之事，可知其意矣。其第七回便寫一焦大醉罵，語語痛快。焦大必是寫一漢人，爲開國元勳者也，但不知所指何人耳。按第七回「尤氏道：『因他從小兒跟着太爺出過三四回兵，從死人堆裏把太爺背了出來，得了命；自己挨着餓，却偷了東西給主子吃；兩日沒水，得了半碗水給主子喝，他自己喝馬溺。不過仗着這些功勞情分，有祖宗時，都另眼相待』」，以上等句，作者决非無因而出。倘非有所憤，尤氏何必追敍許多大功，曰：「把太爺背了出來，得了命。」可知無焦大則不但無此富貴，則亦無此人家。既敍其如此之大功，而又加以「不過仗着」四字，何其牽強！又觀焦大所云：「欺軟怕硬，有好差使派了別人。必是督撫、海關等缺。二十年頭裏的焦大爺眼裏有誰？別説你們這一把子的雜種們。你們作官兒，享榮華，受富貴。你祖宗九死一生掙下這個家業，到如今不報我的恩，反和我充起主子來了。」字字是血，語語是淚。故屢次禁售此書，蓋滿人有見於此也。今人無不讀此書，而均毫無感觸，而專以情書目之，不亦誤乎？

（以下平子）

《紅樓夢》之佳處在處處描摹恰肖其人。作者又最工詩詞，然其中如柳絮、白海棠、菊花等作，皆恰如小兒女之口吻，將筆墨放平，不肯作過高之語，正是其最佳處。其中丫鬟作詩，如描寫香菱詠月，刻劃入神，毫無痕迹，不似《野叟曝言》羣妍聯吟，便令讀者皮膚起粟。怡紅在園中與姊妹聯詠諸章往往平庸，蓋實存不欲壓倒諸姊妹之意；其在外間之作有絕佳者，如「滴不盡相思血淚」一曲，誠絕唱也。曲云：「滴不盡相思血淚拋紅豆，開不完春柳春花滿畫樓，睡不穩紗窗風雨黃昏後，忘不了新愁與舊愁。嚥不下玉粒金波噎滿喉，照不盡菱花鏡裏形容瘦，展不開的眉頭，捱不明的更漏。呀！恰便似遮不住的青山隱隱，流不斷的綠水悠悠。」

《紅樓夢》爲底是專說滿人之憑據，其不必深求而可知者，則盡在於敍次婦女裝束形體，舉無一語涉及裙下故也。舉世風俗，自南唐來，小人下達久矣。凡小說寫佳人者，無一不以雙纏爲貴，甚至崔鶯爲唐時人，楊妃爲女道士，《西廂》、《長生》兩傳奇儘力附會其纏足。才子筆墨尚且爾爾，何況庸俗之里巷評話，有不以王昭君爲小脚、趙飛燕爲行纏者耶？其意殆謂非纏足而不貴，因不惜重誣古人，以快己脣舌而媚里巷耳目也。又誰知天演推嬗，新理日明，至年來有天然足之徽號。詞章家如袁子才，生在雍乾時，可謂頗具自由哲學思想，不爲俗拘者矣。飲食則鄙翅參，動作則拒龜筮；笑道籙之長生，譏佛徒之小乘；不堪輿而興作，不齋醮而祈禳。星命無權，旁删枝葉；文章無派，專主性靈。漢宋門戶之俱非，八比小楷之不屑。而其愼取婦容也，端在膚如凝脂，自然素足，吾輩以今日之眼光觀他，可稱先識。獨至摭其所爲詩歌，猶未敢顯然以素足入詠、提倡天然之美者，何也？毋亦識有餘而膽仍未足，究爲一輩之盲論所禁壓耶！調查其詩話，有載江南某女士口號云：「三寸金蓮自古無，觀音大士赤雙趺。不知作俑從何始，始自人間賤丈夫。」又其小說有紀某生夢入冥中，見纏足婦呼冤訟控李後主，閻摩罰使製履，又安知詩非袁子所自作，夢非袁子所自託，以寫其胸中不平之意？此亦良心發現，言本由衷之一證也。然有幾多素足好典故，可引不引，偏引一外夷無稽之觀音大士，夢中迷離之閻摩老子，亦適成其爲女子見識，小說文章，而不足爲袁子自己理論之據。此無他，皆由袁子理不勝欲，壁壘不堅之弊耳。故其尺牘訕友取妾必取小脚爲小人下達，而彼屏風粲粲，閨門粥粥，有所謂方姬、金姬、陶姬、鍾姬等等者，屢見諸寄懷詩，其大脚者乎，其小脚者乎，都無明文，曖曖昧昧，想均不脱小人下達之範圍而已。其至粤也，雜詩中有「青唇吹火拖鞋出，難近都如鬼手馨」之語，詩話復重引之，是明譏素足以諧俗矣。余謂其壁壘不堅，良非太過。以袁子先識之人物，尚不免俗，餘子可知，公等碌碌更可知。曹雪芹雖非碌碌者，以著如許之大部書，專寫旗人，不但正叙無一語及足，連副叙及又副叙亦無一語及之，是亦膽識不足，等於餘子之譏，無可爲解謗者也。次《紅樓夢》而作者，尚有俞仲華《蕩寇志》、某閩人《花月痕》二書，脂光粉豔，劍舞釵飛，號稱一時之雋。《蕩寇志》書中上上人物爲陳麗卿，《花月痕》書中上上人物爲薛瑤華。而麗卿對伊姻黨女眷語，自承己足與男子無異，百數十回內並未誤用到三寸金蓮之套談以犯及麗卿者，而麗卿之婉孌嬌憨，俏俊神情，曾不少損；薛瑤華馳馬試劍，好爲男子妝，著者特加六寸膚圓之譽以表揚之，數十回內着一瑤華，只覺巾幗神飛而鬚眉反形文弱。觀於麗卿、瑤華出色當行，爲《蕩寇志》、《花月痕》增重，益嘆曹雪芹囁嚅其辭，終屬劉郎不敢題糕，長留後人話柄也。友人潘蘭史與余同情，曾有句云：「解識膚圓光緻緻，憐香吾獨愛冬郎。」此僅搬字遇紙，作冬郎之詩評耳。必如作麗卿、瑤華傳者，始稱正面文字，爲天然足生色。庚子、辛丑聽雨樓主人在上海《消閒報》詩鐘當社，特出《天然足》請人屬句，鬥角鉤心，必多可觀，惜余未見。若以詩而論，則吾友邱菽園《明妃曲》長古中有一聯云：「鸞文大脚雙珠勒，雉尾峨冠五彩鞶。」題某姬像近體中有一聯云：「不著鴉頭膚細緻，閒拖金齒跗丰妍。」眞能寫得其佳處出也。纏身與素足，看似猥瑣之事，然於進種改良、轉移習俗問題煞有關係，是以維新士夫都不等閒置之。近且上煩詔誥，着官吏之奉行。他如日本博覽會坊，幾成國際談判，因吾國女界一重要之研究的也。故當提倡素足，誘之使勸，其道尤於詞章、小說、評話、傳奇爲宜。苟《紅樓夢》著者二百年前早知此義，極力表章，踵而尤者，當變國俗，又豈止如袁子之燭照、陳辥之鳳麟也哉！（昭琴）

吾國之小說，莫奇於《紅樓夢》，可謂之政治小說，可謂之倫理小說，可謂之社會小說，可謂之哲學小說、道德小說。何謂之政治小說？於其敍元妃歸省也，則曰：「當初既送我到那見不得人的去處。」於其敍元妃之疾也，則曰：「反不如尋常貧賤人家，娘兒兄妹可常在一塊兒。」原書讀後，詞句已忘，一時案頭又無此書可以對證，故皆約舉其詞，非原文也，讀者諒之，下同此。而其歸省一回題曰「天倫樂」，使人讀之蕭然颯然，若淒風苦雨起於紙上，適與其標名三字反對。《紅樓夢》標題最不苟，有正反二種，如《苦絳珠魂歸離恨天》，其正標名也，《賢襲人嬌嗔箴寶玉》、《賢寶釵小惠全大體》，其反標名也。此類甚多，不遑枚舉，餘可類推。絶不及皇家一語，而隱然有一專制君主之威在其言外，使人讀之而自喻。而其曲曰：「喜榮華正好，恨無常又到，眼睜睜把萬事全拋。蕩悠悠芳魂消耗，望家鄉路遠山高，故此向爹娘夢裏相尋告：兒命已入黃泉，天倫呵，須要退步抽身早。」大觀園全局之盛衰實與元妃相終始，讀此曲，則咨嗟累欷於人事之不常，其意已隱然言外矣。此其關係於政治上者也。曰：「寶玉只好與姐姐妹妹在一處」，曰：「於父親伯叔都不過爲聖賢教訓，不得已而敬之」，曰：「我又沒個親姊妹，雖有幾個，你難道不曉得我是隔母的？」寶玉對黛玉語而書中兩陳綱常大義，一出於寶釵之口，一出於探春之口，言外皆有老大不然在。中國數千年來家族之制與宗教密切相附，而一種不完全之倫理乃爲鬼爲蜮於青天白日之間，日受其酷毒而莫敢逆。凡此所陳，皆吾國士大夫所日受其神祕的刺衝，雖終身引而置之他一社會之中，遠離吾國社會種種名譽生命之禁網，而萬萬不敢道，且萬萬無此思想者也。而著者獨毅然而道之，此其關於倫理學上者也。《紅樓夢》一書，賈寶玉其代表人也，而其言曰：「賈寶玉視世間一切男子皆惡濁之物，以爲天下靈氣悉鍾於女子。」言之不足，至於再三，則何也？曰：此眞著者疾末世之不仁，而爲此言，以寓其生平種種之隱痛者也。凡一社會，不進則退，中國社會數千年來，退化之跡昭然，故一社會中種種惡業無不畢具。而爲男子者，日與社會相接觸，同化其惡風自易；女子則幸以數千年來權利之衰落，閉置不出，無由與男子之惡業相熏染。雖別造成一卑鄙齷齪、絕無高尚潔純的思想之女子社會，而其猶有良心，以視男子之胥戕胥賊，日演殺機，天理亡而人欲肆者，其相去尤千萬也。此眞著者疾末世之不仁，而爲此以寓其種種隱痛之第一傷心泣血語也；而讀者不知，乃羣然以淫書目之！嗚呼，豈眞嗜腐鼠者之不可以翔青雲耶！何沉溺之深，加之以當頭棒喝而不悟也！然吾輩雖解此義，試設身處地，置我於《紅樓夢》未著、此語未出現以前，欲造一箇單直捷之語以寫社會之惡態，而警笑訓誡之，欲如是語之奇而賅，眞窮我腦筋不知所措矣。且中國之社會，無一人而不苦者也。置身其間，日受其慘，往往躬受之而躬不能道之。今讀《紅樓夢》十二曲中，凡寫一人，必具一人之苦處。夢寐者以爲褒某人，貶某人，不知自著者大智大慧、大慈大悲之眼觀之，直無一人而不可憐，無一事而不可嘆。悲天憫人而已，何褒貶之有焉？此其關於社會上者也。而其尤難者，則在以哲學排舊道德。孟子曰性善，荀子曰性惡，此爭辯二千年不能明。吾以爲性決非惡者，特今日而言性善則又不可。何則？未至於太平之世，率性而行，動生抵觸，於是別設一道德學以範圍之。故違性之物也，而在文明未達極點之時，則不可不謂之善。然人性又自然之物也，終不能屈杞柳爲桮棬，於是有觸即發，往往與道德相衝突。而世之談道德學者，誦其成文，昧其原理，且所謂道德學者，不能離社會而孤行也，往往與其羣之舊俗相比附。於是，因此而社會之慘苦壁壘反因之而益堅。而自然之性又慣趨權利，而與其爲害之物相抵觸。於是紛亂之跡終不可絕，而道德之勢力入人之深，幾以爲天然不可踰之制，乃相率而加其軼於外者以大逆不道之名。凡開闢以來，合塵寰之紛擾，殆皆可以是名之，固非特中國爲然也。吾無以名之，名之曰人性與世界之抵觸。此義在中國罔或知之，唯老莊實宣其藴，而拘墟之俗士反羣起而議之，不知謂其說之不可行則可，謂其理之不可存則不能也。今觀《紅樓夢》開宗明義第一折曲曰：「開闢鴻濛，誰爲情種？都只爲風月情濃。」其後又曰：「擅風情，秉月貌，便是敗家的根本。」曰

「情種」，曰「敗家的根本」，凡道德學一切所禁，事之代表也。曰「風月情濃」，曰「擅風情，秉月貌」，人性之代表也。誰爲情種，只以風月情濃故。敗家根本，只以擅風情、秉月貌故。然則誰爲敗道德之事？曰人性故。欲除情種，除非去風月之濃情而後可；欲毋敗家，除非去風情月貌而後可。然則欲毋敗道德，亦除非去人性而後可。夫無人性，復何道德之與有？且道德者，所以利民也，今乃至戕賊人性以爲之，爲是乎，爲非乎，不待辨而明矣。此等精鋭嚴格之論理，實舉道德學最後之奥援、最堅之壁壘一拳搥碎之，一脚踢翻之，使上窮碧落下黄泉，而更無餘地以自處者也。非有甚深微妙之哲學，未有能道其隻字者也。然是固可以爲道德學咎乎？曰不可。彼在彼時，固不得不爾也。且世變亦繁矣，後之視今猶今之視昔，《紅樓夢》者不能預燭將來之世變，猶創道德學者不能預燭《紅樓夢》時之世變也。特數千年無一人修改之，則大滯社會之進化耳。而奈何中國二千年，竟無一人焉，敢昌言修改之哉！而曹雪芹獨毅然言之而不疑，此眞使我五體投地，更無言思擬議之可云者也。此實其以大哲學家之眼識，摧陷廓清舊道德之功之尤偉者也。而世之人顧羣然曰：「淫書，淫書！」嗚呼！戴綠眼鏡者，所見物一切皆綠；戴黄眼鏡者，所見物一切皆黄。一切物果綠乎哉？果黄乎哉？《紅樓夢》非淫書，讀者適自成其爲淫人而已。(以下俠人)

評《紅樓夢》者十餘家，支離滅裂，無一能見其眞相，而尤謬者，乃至羣焉以甄寶玉爲一佳人。夫此書固明明言之曰：「都説是金玉良緣，俺只念木石前盟。」全書言金玉、木石者尤屢見不一見，此書固言木石，非演金玉也。甄寶玉者何？眞寶玉也，玉也；賈寶玉者何？假寶玉也，石也。著者之意明白如此，而評者昧昧焉，縱全無腦筋，亦何至若是！

甄寶玉乃一極通世故之人，賈寶玉乃一極不通世故之人。著者憤世之心於此可見，亦足見《紅樓夢》爲社會小說之一端也。

吾國近百年來有大思想家二人：一曰龔定庵，一曰曹雪芹，皆能於舊時學術社會中別樹一幟。然二人皆老學派也。定庵名爲學佛，實則老學甚深，其書中亦屢言老聃。吾國社會中，凡上等思想人，其終未有不入老派者，實非社會之福也，其故可思矣。

孔子曰：「我欲託之於空言，不如見之於行事之深切著明也。」吾謂此言實爲小說道破其特別優勝之處者也。孟子曰：「聞伯夷之風者，頑夫廉，懦夫有立志；聞柳下惠之風者，鄙夫寬，薄夫敦。」凡人之性質無所觀感，則興起也難；苟有一人焉，一事焉，立其前而樹之鵠，則望風而趨之。小說者，實具有此種神力以操縱人類者也。夫人之稍有所思想者，莫不欲以其道移易天下，顧談理則能明者少，而指事則能解者多。今明著一事焉以爲之型，明立一人焉以爲之式，則吾之思想可瞬息而普及於最下等之人，實改良社會之一最妙法門也。且孔子之所謂見諸行事者，不過就魯史之成局加之以褒貶而已，材料之如何固繫於歷史上之人物，非吾之所得自由者也。小說則不然，吾有如何之理想，則造如何之人物以發明之，徹底自由，表裏無礙，直無一人能稍掣我之肘者也。若是乎由古經以至《春秋》，不可不謂之文體一進化；由《春秋》以至小說，又不可謂之非文體一進化。使孔子生於今日，吾知其必不作《春秋》，必作一最良之小說以鞭辟人類也。不寧惟是，使周秦諸子而悉生於今日，吾知其必不垂空言以詔後之人，而咸當本其學術作一小說以播其思想、殖其勢力於社會，斷可知也。若是乎語孔子與施耐庵、曹雪芹之學術行誼，則二人固萬不敢幾；若語《春秋》與《紅樓夢》、《水滸》之體裁，則文界之進化，其階級固歷歷不可誣也。

小說之所以有勢力於社會者，又有一焉，曰堅人之自信力。凡人立於一社會，未有不有其自信力以與社會相對抗者也。然衆寡之勢不敵，故苟非鴻哲殊勇，往往有其力而守之不堅，久之且消磨焉，淪胥焉，以至於同盡。夫此力之所以日澌滅者，以舍我之外皆無如是之人也。苟環顧同羣而有一人焉與吾同此心，同此理，則欣然把臂入林矣，其道且終身守之而不易矣。子曰：「德不孤，必有鄰。」蓋謂此也。古人所以獨抗其志，遯然不與俗偶者，雖無並世之儔，而終必有一人焉先我而立於簡册之上，職是故也。小說作，而爲撰一現社會所亟需而未有之人物以示之，於是向之懷此思想而不敢自堅者，乃一旦以之自信矣。苟不知歷史之人，將認其人爲眞有；苟知有歷史之人，亦認其書之著者爲並世曠世、心同理同、相感之人也。於是此種人之自信力遂因之益堅，始焉而蓄之於心，繼焉而見之於事。苟有流於豪暴者，人訾其強横無理，彼固以魯智深、武二哥自居也。苟有溺於牀笫者，人訾其纏綿無志，彼固以林黛玉、賈寶玉自居也。既引一書中之人爲同情之友矣，則世人雖如何非毁之，忠告之，其言終不能入，其心終不可動。有時以父母師長之力強禁之，禁其身不能禁其心也。舍其近而暱其遠，棄其實而麗於虚，雖曰爲常人之所駴乎，然水流溼，火就燥，雲從龍，風從虎，物各從其類也。此固心理問題，而非算術問題也。故爲小說者，以理想始，以實事終；以我之理想始，以人之實事終。

不寧惟是，小說者，固應於社會之熱毒，而施以清涼散者也。凡人在社會中所日受慘毒而覺其最苦者二：一曰無知我之人，一曰無憐我之人。苟有一人焉，於我躬所被之慘毒悉知悉見，而其於評論也，又確能爲我辯護而明著加慘毒於我者之非，則望之如慈父母、良師友不啻矣，以爲窮途所歸命矣。且又不必其侃侃而陳之，明目張膽以爲我之強援也，但使其言在此而意在彼，雖昌言之不敢，而悱惻沈摯，往往於言外之意表我同情，則或因彼之知我而憐我也，而因曲諒其不敢言之心；因彼之知我者以知彼，且因知彼者以憐彼，而相結之情乃益固。故有暴君酷吏之專制，而《水滸》現焉；有男女婚姻之不自由，而《紅樓夢》出焉。雖峨冠博帶之碩儒，號爲生今之世，反古之道，守經而不敢易者，往往口非梁山而心固右之，筆排寶黛而躬或蹈之，此無他，人心之所同，受其慘毒者往往思求憐我知我之人，著者之哀哀長號以求社會之同情，固猶讀者欲迎著者之心也。故一良小說之出世也，其勢力殆如水銀瀉地，無孔不入，日月有明，容光必照。使人無論何時何地而留有一小說焉以監督之，而慰藉之，此其力眞慈父母、良師友之所不能有，而大小說家之所獨擅者也。此無他，聖經賢傳之所不能詔而小說詔之，稗官史籍之所不能載而小說家載之，詩歌詞曲之所不能達而小說達之，則其受人之歡迎，安得不如泥犂獄中之一光明線也？其有一種之特別勢力也，以其爲一種之特別文學也。

書名往往好抄襲古人，亦是文人一習。小說家尤甚：有《紅樓夢》，遂有《青樓夢》；有《金瓶梅》，遂有《銀瓶梅》；有《兒女英雄傳》，遂有《英雄兒女》；有《三國志》，遂有《列國志》；傳奇則《西廂記》之後，有

《西樓記》，復有《東樓記》、《東閣記》。他如此者，尚不可枚舉。（浴血生）

中國小說起於宋朝，因太平無事，日進一佳話，其性質原爲娛樂計，故致爲君子所輕視，良有以也。今日改良小說，必先更其目的，以爲社會圭臬，爲旨方妙。抑又思之，中國小說之不發達猶有一因，即喜錄陳言，故看一二部，其他可類推，以致終無進步，可慨可慨。然補救之方必自輸入政治小說、偵探小說、科學小說始，蓋中國小說中全無此三者性質，而此三者尤爲小說全體之關鍵也。若以西例律我國小說，實僅可謂有歷史小說而已；即或有之，然其性質多不完全。寫情小說，中國雖多，乏點亦多。至若哲理小說，我國尤罕。吾意以爲哲理小說實與科學小說相轉移，互有關係：科學明，哲理必明；科學小說多，哲理小說亦隨之而夥。故中國小說界僅有《水滸》、《西廂》、《紅樓》、《桃花扇》等一二書執牛耳，實小說界之大不幸也。自今以往，必須以普及一法，始可以去人人輕視小說之心。

中國小說非單簡的，所長實在此處。（定一）

友人邱菽園嘗語余以《紅樓夢》之妙，其實寶、黛兩人情魔癡恨，盡由一誤字逼拶出來。豈惟寶、黛，外此如小紅之於芸兒，齡官之於賈薔，三姐之於湘蓮，彩雲之於賈環，亦各有一段誤會之情魔癡恨，演出空靈妙文，凡以爲寶、黛作正反面陪客也。其寫寶、黛兩人互相誤會，幾有大書特書不一書之概，總無一處雷同。雖爲騰挪布局，排比大部文字，然非此無以達其情使深，拗其筆使曲，故謂善狀誤會之事實，則即善用深曲之文心，可也。余曰：「如公言，《紅樓夢》一書直可改題爲《紅樓誤》矣。」邱君爲之莞然。越時，邱君復詰余《兒女英雄傳》、《花月痕》兩小說內容如何，余笑曰：「兩下半皆不佳者也。然公意固不在此，公意仍在《紅樓夢》。《紅樓夢》後半亦何嘗佳？鄙見敍至黛玉焚稿、神瑛灑淚那兩回，便可斗然而止。或云曹雪芹原本只八十回，以後四十回爲高蘭墅所續，語殊不信。微論全書百二十回文筆一律，無補綴痕，試想方敍至八十回之事實，是可以止而止者耶？曹雪芹爲底禿豪而擱筆？必如九十八回，乃眞可以止矣。」邱君首肯者再。余又曰：「《兒女英雄傳》、《花月痕》兩書，一則自承與《紅樓夢》爭勝，一則暗點從《紅樓夢》脫胎。今觀其敍事，頗與公拈誤之一字訣似有悟入，是亦知欲爲情書布局，不從誤處生情，情便不深，文便不曲矣。惟《兒女英雄傳》以何玉鳳爲主人翁，而張金鳳、安龍媒其上上人物也；《花月痕》以韋癡珠爲主人翁，而韓荷生、劉秋痕、杜采秋其上上人物也。作者只許數子以誤，而別無閒筆以寫他人之誤，其矜重此誤耶，抑才情有限而不能兼顧他人之誤耶？信是，則曹雪芹才大如海，雙管齊下，左縈右拂，可爲極說部之能事。昔金聖嘆評點施耐庵《水滸傳》，以武松打虎，李逵亦打虎，武松鬧酒，魯智深亦鬧酒，武松殺嫂，石秀亦殺嫂，武松刺配，林冲亦刺配，事事相犯，事事不相犯，推服傾倒，奉爲奇文妙文。若曹雪芹著《紅樓夢》，屢屢描畫各人之誤，例之寶、黛，或皆有一體，或具體而微，而實仍不使其片詞單義有厭複犯重之病者，聖嘆見之，其推服傾倒又更何如？宜公稱謂善狀誤會之事實，則即善用深曲之文心矣。」余語至此，邱君更端詰之曰：「夫《紅樓夢》既以疊傳誤會之情爲優，若鄉人冷紅生近日所譯法國小說《茶花女遺事》，固情書逸品也，何以描畫誤字反不及《兒女英雄傳》、《花月痕》之屢，不嫌冷淡耶？」余曰：「凡情誤會，必屬兩面，而《茶花女遺事》在亞猛自誤，馬克不誤，獨寫一個，所謂翻空易奇，故不必多費筆墨，多用旁襯，而戞戞生新，自高出於《兒女英雄傳》、《花月痕》兩書之爲有意摹倣《紅樓夢》者矣。特是誤之一訣，無論何種情書，仍不能背，寖假而《茶花女遺事》撇去此層誤字公案，平鋪直敍，豈非味同嚼蠟！曹雪芹早窺此秘，自出手眼，昔昔翻新，所以情書部中，奪席五十。公今特地普爲拈出，雖雪芹亦當畏公，而聖嘆曾所未喻矣。」邱君大笑。（昭琴）（載《新小説》一九〇三年第七號至一九〇四年第十二號）

報　癖

【説小説（節録）】　自曹雪芹《石頭記》出現後，大受社會之歡迎，紙貴洛陽，名馳東島。而吾國一般操觚之士心焉羡之，不慮貽譏，亦靦然續貂而學步，後先疊出，名目漸繁如《風月夢》、《紅樓再夢》、《紅樓重夢》、《紅樓綺夢》、《紅樓圓夢》、《續紅樓夢》、《後紅樓夢》、《疑紅樓夢》、《疑疑紅樓夢》之類。試調查其内容，非紀瀟湘館主之返魂，即稱怡紅公子之還俗，況言詞錯雜，事跡荒唐，陳陳相因，毫無特色，較之曹著，不啻天淵，似俚似文，殊乖體例。有如此之好材料，而運用不得其當，良可惜已！前乙巳《鳩江日報》亦刊有《大紅樓題解》一種，然原書未獲一覩，僅於題解中求之，究不審其結構之若何。要之，以上諸作，其失曹本之眞相，固無庸解決者也。南海吴趼人先生，近世小説界之泰斗也，靈心獨具，異想天開，撰成《新石頭記》，刊諸滬上《南方報》。其目的之正大，文筆之離奇，眼光之深宏，理想之高尚，殆絶無而僅有。全書凡四十回，以寶玉、焙茗、薛蟠三人爲主腦，未涉及一薄命兒，而先生亦現身説法，爲是書之主人翁。書中之老少年，先生之化身也。而其所發明之新理，千奇百怪，花樣翻新，大都與實際有密切之關係，循天演之公例，愈研愈進，愈闡愈精，爲極文明極進化之二十世紀所未有。其描模社會之狀態，則假設名詞以隱刺中國之缺點，冷朝熱駡，酣暢淋漓。試取曹本以比較之，而是作自佔優勝之位置。蓋舊《石頭》豔麗，新《石頭》莊嚴；舊《石頭》安逸，新《石頭》動勞；舊《石頭》點染私情，新《石頭》昌明公理；舊《石頭》寫腐敗之現象，新《石頭》揚文明之暗潮；舊《石頭》爲言情小說，亦家庭小說，新《石頭》係科學小說，亦教育小說；舊《石頭》兒女情長，新《石頭》英雄任重；舊《石頭》銷磨志氣，新《石頭》鼓舞精神；舊《石頭》令閱者癡，新《石頭》令閱者智；舊《石頭》令閱者入夢魔，新《石頭》令閱者饒希望；舊《石頭》令閱者淚承睫，新《石頭》令閱者喜上眉；舊《石頭》浪子歡迎，新《石頭》國民崇拜；舊《石頭》如曇花也，故富貴繁華一現即杳，新《石頭》如泰岳也，故經營作用亙古長存。就種種比例以觀，而二者之性質、之體裁、之損益既已劃若鴻溝，大相徑庭，具見研公之煞費苦思，大張炬眼，個中眞趣，閱者其亦能領悟否乎？(載一九〇六年《月月小說》第一卷)

天僇生

【論小說與改良社會之關係(節錄)】　吾嘗謂《水滸傳》則社會主義之小說也；《金瓶梅》則極端厭世觀之小說也；《紅樓夢》則社會小說也，種族小說也，哀情小說也。著諸書者，其人皆深極哀苦，有不可告人之隱，乃以委曲譬喻出之。讀者不知古人用心之所在，而以誨淫與盜目諸書，此不善讀小說之過也。近年以來，憂時之士以爲欲救中國，當以改良社會爲起點；欲改良社會，當以新著小說爲前驅。此風一開，而新小説之出現者幾乎汗牛充棟，而效果仍莫可一睹，此不善作小説之過也。有此二因，而吾國小説界遂無絲毫之價值。雖然，以此咎小説，是因噎廢食之道也。（載一九〇七年《月月小説》第一卷第九期）

【中國歷代小説史論】天僇生既隳塵球，歷寒暑二十有奇，榜其門曰痛心之齋，銘其室曰憂患之府，極人世所歡欣慕思之境，舉不之好，而獨嗜讀書。舉四千年之書史，發其扃讀之，則亦有好有不好，而獨大湊其心思智慧以讀小説。既編爲史，復從而論之，曰：王者之跡熄而《詩》亡，《詩》亡而後《春秋》作。仲尼因百二十國寶書而作《春秋》，其恉隱，其詞微，其大要歸於懲惡而勸善。仲尼歿而微言絶，《春秋》之恉不襮白於天下，才士惆焉憂之，而小説出。蓋小説者，所以濟《詩》與《春秋》之窮者也。薦紳先生視小説若洪水猛獸，屏子弟不使觀。至近世新學家，又不知前哲用心之所在，日以迻譯異邦小説爲事，其志非不善，而收效寡者，風俗時勢有不同也。吾以爲欲振興吾國小説，不可不先知吾國小説之歷史。自黄帝藏書小酉之山，是爲小説之起點。此後數千年，作者代興，其體亦屢變。晰而言之，則記事之體盛於唐。記事體者，爲史家之支流，其源出於《穆天子傳》、《漢武帝内傳》、《張皇后外傳》等書，至唐而後大盛。雜記之體興於宋。宋人所著雜記小説，予生也晚，所及見者已不下二百餘種，其言皆錯雜無倫序，其源出於《青史子》。於古有作者，則有若《十洲記》、《拾遺》、《洞冥記》及晉之《搜神記》，皆宋人之濫觴也。戲劇之體昌於元。詩之宫譜失而後有詞，詞不能盡作者之意而後有曲。元人以戲曲名者，若馬致遠，若賈仲明，若王實甫，若高則誠，皆江湖不得志之士，恫心於種族之禍，既無所發抒，乃不得不託浮靡之文以自見。後世誦其言，未嘗不悲其志也。章回、彈詞之體行於明、淸。章回體以施耐庵之《水滸傳》爲先聲，彈詞體以楊升庵之《廿一史彈詞》爲最古。數百年來，厥體大盛，以《紅樓夢》、《天雨花》二書爲代表；其餘作者，無慮數百家，亦頗有名著云。

嗚呼！觀吾以上所言，則中國數千年來小說界之沿革略盡於是矣。吾謂吾國之作小說者皆賢人君子，窮而在下，有所不能言、不敢言而又不忍不言者，則姑婉篤詭譎以言之。即其言以求其意之所在，然後知古先哲人之所以作小說者，蓋有三因：

一曰憤政治之壓制。吾國政治出於在上，一夫爲剛，萬夫爲柔，務以酷烈之手段以震盪摧鋤天下之士氣。士之不得志於時而能文章者，乃著小說以抒其憤，其大要分爲二：一則述已往之成跡，若《隋唐演義》、若《列國志》諸書，言民怒之不可犯，溯國家興亡盛衰之故，使人君知所懼；一則設爲悲歌慷慨之士，窮而爲寇爲盜，有俠烈之行，忘一身之危而急人之急，以愧在上位而虐下民者，若《七俠五義》、《水滸傳》皆其倫也。

二曰痛社會之混濁。吾國數千年來，風俗頽敗，中於人心，是非混淆，黑白易位。富且貴者，不必賢也，而若無事不可爲；貧且賤者，不必不賢也，而若無事可爲。舉億兆人之材力，咸戢戢於一範圍之下，如羊豕然。有跅弛不羈之士，其思想或稍出社會水平線以外者，方且爲天下所非笑，而不得一伸其志以死。既無可自白，不得不假俳諧之文以寄其憤。或設爲仙佛導引諸術，以鴻冥蟬蛻於塵壒之外，見濁世之不可一日居，而馬致遠之《岳陽樓》、湯臨川之《邯鄲記》出焉，其源出於屈子之《遠游》。或描寫社會之汚穢濁亂貪酷淫媟諸現狀，而以刻毒之筆出之，如《金瓶梅》之寫淫，《紅樓夢》之寫侈，《儒林外史》、《檮杌閒評》之寫卑劣。讀諸書者，或且訾古人以淫冶輕薄導世，不知其人作此書時皆深極哀痛，血透紙背而成者也，其源出於太史公諸傳。

三曰哀婚姻之不自由。夫男生而有室，女生而有家，人之情也。然憑一父母之命，媒妁之言，執路人而強之合，馮敬通之所悲，劉孝標之所痛，因是之故，而後帷薄間其流弊乃不可勝言。識者憂之，於是構爲小說，言男女私相慕悅，或因才而生情，或緣色而起慕，一言之誠，之死不二，片夕之契，終身靡他。其成者則享富貴，長子孫；其不成者則拚命相殉，無所於悔。吾國小說以此類爲最夥，老師宿儒或以越禮呵之，然其心無非欲維風俗而歸諸正，使內無怨女，外無曠夫焉已耳。

由是以言，而後吾國小說界之價值與夫小說家之苦心，乃大白於天下。吾嘗謂吾國小說雖至鄙陋不足道，皆有深意存其間，特材力有不齊耳。近世翻譯歐美之書甚行，然著書與市稿者大抵實行拜金主義，苟焉爲之，事勢既殊，體裁亦異，執他人之藥方以治己之病，其合焉者寡矣。今試問萃新小說數十種，能有一焉如《水滸傳》、《三國演義》影響之大者乎？曰無有也。萃西洋小說數十種，問有一焉能如《金瓶梅》、《紅樓夢》册數之衆者乎？曰無有也。且西人小說所言者舉一人一事，而吾國小說所言者率數人數事，此吾國小說界之足以自豪者也。

嗚呼！吾國有翟鏗士、託而斯太其人出現，欲以新小說爲國民倡者乎？不可不自撰小說，不可不擇事實之能適合於社會之情狀者爲之，不可不擇體裁之能適宜於國民之腦性者爲之。天僇生生平無他長，惟少知文學，苟幸而一日不死者，必殫精極思著爲小説，借手以救國民，爲小説界中馬前卒。世有知我者，其或恕我狂也！（載一九〇七年《月月小説》第一卷第十一期）

【中國三大家小説論贊】　茫茫宇宙，哀哀衆生，其生也烏，其死也貉。於此世界中，無端而有皇王帝霸、興亡成敗之業，生老病死、悲歡離合之跡，智愚賢否、忠佞邪正之殊，爲存爲殁，刹那刹那，憂苦畏怖，陷頂投踵於此五濁世界之苦海中。嗚呼！生至促也，化至速也，當乎此時，其思想有能高出社會水平線以外者，厥惟小説家。是以天僇生生平雖好讀書，然不若讀小説，讀小説數十百種，有好有不好；其好而能至者，厥惟施耐庵、王弇州、曹雪芹三氏所著之小説。

特達之士，喆巇之才，知人命之至速也，束身砥行，思樹功伐，垂令名，勞思焦慮以赴之。其卒也，則或求之而得，則或求之而不得。至於求之而不得，見夫邪曲之害公也，頑嚚之蔽明也，憂讒畏譏，懼終其身無可表襮，乃不得已遁而爲小説。吾國數千年來爲小説者不下數百，求其與斯旨合者，時則有若施氏之《水滸傳》。施氏少負異才，自少迄老，未獲一伸其志，痛社會之黑暗而政府之專横也，乃以一己之理想構成此書。設言壯武慷慨之士，與俗有所迕，憤而爲盜，其人類皆有非常之材，敢於復大仇，犯大難，獨行其志，無所於悔。生民以來，未有以百八人組織政府而人人平等者，有之，惟《水滸傳》。施耐庵而生於歐美也，則其人之著作當與拍拉圖、巴枯寧、託爾斯泰、迭蓋司諸氏相抗衡。觀其平等級，均財産，則社會主義之小説也；其復仇怨，賊汚吏，則虚無黨之小説也；其一切組織無不完備，則政治小說也。阮小五之言曰：「若有人識得俺時，水裏水裏去，火裏火裏去」；又曰：「英雄儘有，只是俺不曾遇着。」觀乎此，則知耐庵者不惟千古之思想家，亦千古之傷心人也。時則有若王氏之《金瓶梅》。元美生長華閥，抱奇才不可一世，乃因與楊仲芳結納之故，致爲嚴嵩所忌，戮及其親，深極哀痛，無所發其憤。彼以爲中國之人物、之社會皆至汚極賤，貪鄙淫穢，靡所不至其極，於是而作是書，蓋其心目中固無一人能少有價值者。彼其記西門慶，則言富人之淫惡也；記潘金蓮，則傷女界之穢亂也；記花子虛、李瓶兒，則悲友道之衰微也；記宋蕙蓮，則哀讒佞之爲禍也；記蔡太師，則痛仕途黑暗、賄賂公行也。嗟乎！嗟乎！天下有過人之才人，遭際濁世，把彌天之怨，不得不流而爲厭世主義，又從而摹繪之，使並世者之惡德不能少自諱匿者，是則王氏著書之苦心也。輕薄小兒以其善寫淫媟也寶之，而此書遂爲老師宿儒所詬病，亦不察之甚矣。時則有若曹氏之《紅樓夢》。曹氏向居明相國珠邸中，時本朝甫定鼎，其不肖者往往憑藉貴族因緣以奸利，貪侈之端乃不可僂指數。曹氏心傷之，有所不敢言、不屑言，而又不忍不一言者，則姑詭譎游戲以言之，若有意，若無意。聞滿洲某巨公，當嘉慶間其爲江西學政也，嘗嚴禁賈人不得售是書，犯者罰無赦，又語人曰：「《紅樓夢》一書譏刺吾滿人至於極地，吾恨之刺骨」，則此書之宗旨可知。海寧王生常言此書爲悲劇中之悲劇，於歐西而有作者，則有如仲馬父子、謝來、雨苟諸人，皆以善爲悲劇，聲聞當世，至於頭緒之繁，篇幅之富，文章之美，恐尚有未迨此書者。蓋此書非苟焉所能讀也，必富於厭世觀者始能讀此書，必深通一切學問者始能讀此書，必富於哲理思想、種族思想者始能讀此書。世人讀之而不解，解矣而不能盡作者之意，則亦猶之乎不讀也。由是以觀小說，至此三書，眞有觀止之嘆矣。吾國小說非無膾炙人口在此三書外者，然如《三國演義》，非不竭力聯貫也，而文詞鄙陋不足稱；如《野叟曝言》，如《西游記》，其篇幅非不富，其思想非不高也，然《野叟曝言》事事在人意外，而此三書則語語在人意中，至《西游記》之記事更如於輪舟中觀山水，頃刻即逝，更無復來之時。餘子自鄶，更不足道。

今冬病居無偶，頗悉心力，加之研求。既撰編告天下，並綴述爲贊，將以揚曩賢之心，昭示來許。詞曰：茫茫坤輿，上黟下黷，獰飆崩尶，妖眚蔽谷。天誕魁彥，以惠亞陸，奪幟而舞，頓豁眯目。譎諫主文，砭頑訂惑，綴爲贊辭，更世留矚。昔在腐遷，傳彼遊俠，戠戠施公，厥紹往伐。維元之季，政以賄成，賢豪蔽時，甘汚厥身，嗚乎我公，古之傷心。宋郎材高，戴氏行速，武楊坒袂，摧狡維獨，人式崪峒，風高代北。雙眼淚盡，九閽夢懸，古有同情，洛陽少年。沛國淪馭，官與盜同，峨峨相臣，靑詞蔽聰。維彼元美，身遻厥殃，書以告哀，目擊心傷。刻僂回奸，摹繪淫媟，物無匿形，筆可代舌。緜歷千禩，炯鑒永昭，昊穹靡私，罔有逭逃。珞珞雪芹，載一抱素，八斗奇才，千秋名著。維黛之慧，維寶之癡，天乎，天乎，天乎！而至於斯。兒女情多，郎君筆媚，薛工春愁，林漬秋淚。蘭露心抽，梨雲夢碎，子建而還，罔可與儷。於古有作，伊維《春秋》，實惟三公，乃承厥旒。於何藏之？配以玉牒；於何哭之？灑以淚血。維山可崩，維水可竭，吾詞與書，奕禩匙滅。（載一九〇八年《月月小說》第二卷第二期）

黄摩西

【小説林發刊辭（節録）】　昔之於小説也，博弈視之，俳優視之，甚且酖毒視之，妖孽視之，言不齒於縉紳，名不列於四部。古之所謂小説家，與今大異。私衷酷好，而閲必背人；下筆誤徵，則羣加嗤鄙。雖如《水滸傳》、《石頭記》之創社會主義，闡色情哲學，託草澤以下民賊奴隸之砭，龔自珍之《尊隱》是耐庵注脚，假蘭芍以塞黍離荆棘之悲者《石頭記》成於先朝遺老之手，非曹作，亦科以誨淫誨盜之罪，謂作者已伏冥誅，繩諸戒色戒鬥之年，謂閲者斷非佳士。即或賞其奇瑰，强作斡旋，辨忠義之眞僞，區情慾之貞淫，亦不脱情，無當本旨，《水滸》本不諱盜，《石頭》亦不諱淫。李贄、金喟强作解事，所謂買櫝還珠者；《石頭》諸評，更等諸鄶下矣。餘可知矣。（載一九〇七年《小説林》第一期）

蠻

【小説小話（節録）】　小説之描寫人物，當如鏡中取影，妍媸好醜令觀者自知。最忌攙入作者論斷，或如戲劇中一脚色出場，横加一段定場白，預言某某若何之善，某某若何之劣，而其人之實事未必盡肖其言。即先後絶不矛盾，已覺疊床架屋，毫無餘味。故小説雖小道，亦不容着一我之見。如《水滸》之寫俠，《金瓶梅》之寫淫，《紅樓夢》之寫豔，《儒林外史》之寫社會中種種人物，並不下一前提語，而其人之性質身份若優若劣，雖婦孺亦能辨之，眞如對鏡者之無遁形也。夫鏡，無我者也。

語云：「神龍見首不見尾」，龍非無尾，一使人見，則失其神矣。此作文之秘訣也。我國小說名家能通此旨者，如《水滸記》耐庵本書止於三打曾頭市，餘皆羅貫中所續，今通行本則金采割裂增減施羅兩書首尾成之，如《石頭記》《石頭記》原書鈔行者終於林黛玉之死，後編因觸忌太多，未敢流布。曹雪芹者，織造某之子，本一失學紈袴，從都門購得前編，以重金延文士續成之，即今通行之《石頭記》是也。無論書中前後優劣判然，即續成之意恉亦表顯於書中。世俗不察，漫指此書爲曹氏作，而作《後紅樓夢》者且横加蛇足，尤可笑焉，如《金瓶梅》此書相傳出王世貞手，爲報復嚴氏之《督亢圖》，要無左證。書實不全，卷末建醮託生一回荒率無致，大約即《續金瓶梅》者爲之。中間亦原缺二回。見《顧曲雜言》。如《儒林外史》編末爲一傖牵連補綴而成，已見原書敍述中，茲不具論，如《兒女英雄傳》原書終於安驥簡放烏里雅蘇台大臣，皆不完全，非殘缺也，殘缺其章回，正以完全其精神也。即如王實甫之《會眞記》傳奇，孔雲亭之《桃花扇》傳奇，篇幅雖完，而意思未盡，亦深得此中三昧，是固非千篇一律之英雄封拜、兒女團圓者所能夢見也。

古來無眞正完全之人格，小說雖屬理想，亦自有分際，若過求完善，便屬拙筆。《水滸記》之宋江、《石頭記》之賈寶玉，人格雖不純，自能生觀者崇拜之心。若《野叟曝言》之文素臣，幾於全知全能，正令觀者味同嚼蠟，尚不如神怪小說之楊戩、孫悟空騰拏變化，雖無理而尚有趣焉。其思想之下劣，與天花藏才子書及各種盲辭中王孫公子、名士佳人之十足裝點者何異？彼《金瓶梅》主人翁之人格可謂極下矣，而其書歷今數百年，輒令人嘆賞不置，此中消息，惟熟於盲腐二史者心知之，固不能爲賦六合、嘆三恨者之徒言也。

賈寶玉之人格亦小說中第一流，蓋抱信陵君、漢惠帝之隱衷者也。或曰：「書中《西江月》兩首醜詆寶玉，可謂至矣，其人格之可珍者安在？」曰：「君自不善讀《紅樓夢》耳，所謂但看正面而不看反面者也。全書人物皆無小說舊套出場詩詞，獨寶玉有之，非特重其爲主人翁，全書宗旨及推崇寶玉之意悉寓於此。其詞云：『無故尋愁覓恨，有時如傻如狂』，言寶玉性情獨醒獨清，不與世俗浮沉，而舉國皆狂，則以不狂爲狂也。『縱然生得好皮囊，腹内原來草莽』，好皮囊謂有膏粱紈袴之皮囊，而其性則與山林之士無異。『潦倒不通庶務，愚頑怕讀文章』，不通庶務便謂之潦倒，怕讀文章便謂之愚頑，而庶務文章之外，雖有奇行卓見，概謂之偏僻乖張，世人肉眼所見往往如是。故續云：『行爲偏僻性乖張，那管世人誹謗』，所謂舉世非之而不加懲者也。『富貴不知樂業，貧窮難耐凄涼』，不樂富貴，豈有難耐貧窮者？反言難耐，謂其一簞一鉢，自尋極樂世界，與政老之束手無措、璉二爺之仰屋咨嗟者迥乎不同。『可憐辜負好時光，於國於家無望』，此二句皆當貼寶玉一面說，謂但憐韶光之易逝，而鄙科第若土苴，棄勳閥如敝屣，無所希望於家國也。『天下無能第一，古今不肖無雙』，此二句之崇拜寶玉幾於孔氏之稱泰伯爲至德，堯爲無能名矣。何也？蓋天下之所謂能者，不過能通庶務而已，更進則能讀書博高第而已，更進則能歷九命之榮，膺五等之封而已，最上則文死諫、武死戰，能博青史之虛名而已，臧與穀之亡羊一也。所謂肖者，就賈氏一門而論，政則腐，赦則傖，敬則誕，代儒則酸，珍則聚麀，璉則歸猳，將奚肖乎？即寧、榮二公，固爲從龍俊傑，而警幻雲雨，出之家教（警幻語寶玉，寧、榮二公囑其引寶玉歷飲饌聲色之幻，蓋微詞也），祖武亦豈易繩哉？寶玉之無能不肖，正所以爲天下古今第一人格也。『寄言紈袴與膏粱，莫效癡兒形狀』，莫效，莫能效也，言世之紈袴膏粱非特不能效寶玉之眞際，即形狀亦莫能彷彿也。詆寶玉乎？贊寶玉乎？無待辨矣。然寶玉平生亦只有瀟湘一人知己，亦世所謗爲偏僻乖張者。滔滔者皆賈天祥之徒，又惡足以知寶玉？又惡足以讀《紅樓夢》？」

小說固有文俗二種，然所謂俗者另爲一種語言，未必盡是方言。至《金瓶梅》始盡用魯語，《石頭記》仿之，而盡用京語。至近日則用京語者，已爲通俗小說。（載一九〇七至一九〇八年《小說林》第一卷第一至四、六、八至九期）

侗生

【小說叢話（節錄）】　英人哈葛德所著小說不外言情，其書之結構非二女爭一男，即兩男爭一女，千篇一例，不避雷同，然細省其書，各有特色，無一相襲者。吾國施耐庵所著《水滸》，相類處亦夥。即以武松論，性質似魯智深，殺嫂似石秀，打虎似李逵，被誣似林冲，然諸人自諸人，武松自武松，未嘗相犯。曹雪芹所著《石頭記》，所記事不出一家，書中人又半爲閨秀，閨秀之結果又非死即苦，無一美滿。設他手爲此，不至十回，必致重複，曹氏竟紆徐不迫，成此大文。其佈局如常山率然，首尾互應；如天衣無縫，無隙可尋。尤妙者，寫黛玉一身，用無數小影，黛玉與小影固是二人，即小影與小影亦不少複。可見中西小說家每能於同處求異。同處能異，自是名家。蓋不深思則不異，不苦撰又不得異，深思而苦撰，其不爲名家者幾希？（載一九一一年《小說月報》第二年第三期）

管達如

【說小說（節錄）】 今試一觀乎吾國之社會，則各種人所具有之心理，殆無一非小說之反映也。彼士人之孜孜矻矻、窮年不倦者，何爲乎？由有十年窗下、一舉成名等狀元宰相之小說以爲之誘導也。彼深於迷信者所以甘擲無量數之資財以獻媚於神佛者，何爲乎？由有爲善獲福、爲惡獲禍、天堂地獄諸小說爲之誘導也。彼綠林豪客、市井武夫，所以好勇鬥狠，一言不合，白刃相仇，殺人越貨，恬不爲怪者，何爲乎？由有《水滸傳》、《施公案》、《七俠五義》等小說爲之誘導也。青年男女，纏綿床笫，春花秋月，消磨豪氣，甚至爲踰牆穿穴之行，而曾不以爲恥者，何故乎？由其有《紅樓夢》、《西廂記》諸書以爲之誘導也。凡若此者，悉數難終，舉其一二，可以類推矣。夫小說者，社會心理之反映也。使社會上無此等人物，此等事實，則小說誠無由成。然社會者，又小說之反映也。因有小說，而此等心理益綿延於社會。然則社會也，小說也，殆又一而二、二而一者矣。

小說之所以具有若是之魔力者，何也？曰：吾固言之矣，小說者，社會心理之反映也。天下惟本爲其心理所造成之物，則其契合也愈易而益愈深。小說之所以能具有魔力，即是道也。夫人類之心理，不甚相遠者也。一人所以爲苦痛者，必衆人同以爲苦痛；一人所以爲快樂者，必衆人同以爲快樂。雖各人之主觀觀察不能盡同，然必有其一部分相同者。又此等號爲主觀觀察不同之人，苟就其所謂不同者而更推之，亦必有其相同之一點。夫如是，則人類之喜怒哀樂初不甚相異。夫人類之性質，向上者也。惟其向上也，故無論何時，均不能以其現在所處之境爲滿足，必求一更上之境以滿足其慾望。而社會上之組織，則又時時足以阻礙人類之進行，使之不能滿足其慾望者也。故人類之對於社會，必不能無觖望不平之時，不平則鳴，而著述之事興焉。小說者，亦著述中之一種也。如專制之淫威，人所同惡者也。雖惡之而無如之何，然其惡之之情固未嘗或忘也。於斯時也，而有若《水滸傳》者出，助陋塞不平之英雄以張目，而排斥社會上種種有權力之人，則其爲社會所歡迎，無待言矣。又如婚姻之不自由，亦人所同惡者也。雖惡之而無可如何，然其惡之之心亦未嘗或忘也。於斯時也，而有若《紅樓夢》者出，助一般之癡男怨女以張目，而排斥阻礙其愛情者之非，則其爲社會所歡迎，又無待言矣。夫人類之性質，樂羣者也。唯其樂羣也，故必時時求同情之人於社會。此同情之人，不必其能助我也，但使其與我同樂，與我同患，即欣然引爲同調，把臂入林矣。小說者，社會上之一人自鳴其所苦痛，自述其所希望，以求同情於社會者也。讀小說之人，則同具此等之心理，欲求同情之人於社會，而尚未能得者也。一朝相遇，欣然如舊相識，而其關係遂永久固結而不可離，宜矣。抑小說之作用，又有一焉，曰堅人之自信功。夫人類者，樂羣之動物也。惟其樂羣也，故苟有所懷，必不敢輕於自信，必環顧同羣，求有一人焉，其所懷抱與吾相同者，然後敢自信其所見之不誤。孔子曰：「德不孤，必有鄰。」蓋謂此也。夫小說之所倡道，大抵與現社會之是非相反者也。惟其與現社會之是非相反也，故同具此理想者，必不敢輕於自信，必環顧同羣，求有一人焉，其所懷抱與吾相同者，然後敢自信其所見之不誤，而其素所懷抱之理想乃能見之於行事。小說者，即對於社會上此等之人而與之以援助之力者也。夫人孰敢爲殺人鬻貨之事，以干犯社會之秩序者？然有一《水滸傳》以援助之，則儼然以魯智深、武二哥自居矣。人孰敢爲踰牆穿穴之行，以干犯名教者？然有一《紅樓夢》以援助之，則儼然以賈寶玉、林黛玉自居矣。不惟藉此爲口實以抵抗世人之譏評，抑其心亦不以其所行者爲非矣。又不惟行之者不以爲非，即世人之譏評之者亦從而宥恕之矣。蓋個人之對於社會也，常有一種之責任心，而社會之對於個人也，亦常有一種之制裁力。此責任心與制裁力所附之以行者，爲社會上所號稱之正義。正義非一成不變者也，時時發見其不便，則亦時時可以修改之。而修改之先，必有一二人焉，大聲疾呼，以發見其不便。發見之而爲衆所贊成焉，則舊日之所謂正義者因之而廢；發見之而爲衆所不贊成焉，則其說廢，而舊日之正義仍通行於社會。而此等新說能得衆人之贊成焉否，則於其說出見以後，社會上之人能否默認此說，而其行爲評論隨之而生變化與否覘之。然人類之性情既不甚相遠，則一人之所以爲苦痛者，必衆人同以之爲苦痛；一人之所以爲快樂者，必衆人同以之爲快樂。則此等新說又十之九能得社會之贊成者也。此小說之所以能深入人心，使其人之行爲性質隨之而生變化者也。

如右所述，則小說之勢力殆如水銀瀉地，無孔不入，而其功用，則雖至嚴密之法律，至精微之宗教，殆不足以勝之。亦可謂偉大矣。夫天下萬事萬物無不可利用者。小說之勢力偉大如此，利用之則可以得福，不能利用之則將以召禍，又可斷言矣。（載一九一二年《小說月報》第三年第八期）

眷秋

【小說雜評】　余自幼嗜閱小說，徒取其足怡情而已。及漸長，知社會之情狀非一端，變幻百出，莫可究詰，而各方面皆有特殊之點，非躬入其羣不得而悉，而種類繁複，即欲事事躬親，亦不可得，惟小說爲能窮形盡相。蓋著者所處之地位不同，各就其習見之事述之，則一種社會之內容具見，故益肆力於此。流覽既久，頗有所感觸，隨興所至，拉雜記錄，得若干條。

古之小說，記風俗歷史及遺事往行者多，可以補子史之所不詳，故能成一家。自唐人始好爲幽幻怪異之談，資爲談助，然其文辭淡雅，猶足以霑溉後學。後此所謂小說則用章回體裁，行文率以俗語，昔之評話而已。至近數年所譯他國之小說，雖屬文言，而體裁迥異，亦不能與古之小說並論也。

吾國近代小說指評話類自以《石頭記》、《水滸》二書爲最佳。兩書皆社會小說，《水滸》寫英雄，《石頭記》寫兒女，均能描摹盡致，工力悉敵，然互相持較，亦各有優劣可言。以文章論，《水滸》結構嚴整，用字精警；《石頭記》則似冗長，不免脫沓散渙之病。《水滸》於每一人出現，必先就其一身敍述歷史，似列傳體，故線索穿插，易於尋討。《石頭記》於一人出現，惟略敍其履歷，不追述以前經過之事，書中所述事體首尾一貫，毫無間斷，其線索穿插皆伏於文字中，非細心鉤稽不可知，即作者自己亦難檢點；往往前後矛盾，令讀者茫無頭緒，似涉於太晦，然亦篇幅過長，且有不得已之苦衷，遂至如此，不足爲大詬病也。《水滸》寫人物各有面目，絕不相混；《石頭記》寫諸人亦各有不同處。然《水滸》所述一百八人不外乎奇傑之士，雖其人之賦性或有特殊，善惡剛柔、妍媸文野不同，然其大致皆懷抱憤恨不平之氣，思得一逞，遂不惜流爲盜賊，故雖謂之一流人可也；如地煞七十二人中，則有特長者更少，益無從分別。《石頭記》則包羅萬象，無所不有，自名士閨媛以至卜巫僕媪之流，數百餘人莫不有其特長，一人之事斷不能易爲他人所作，此眞千古小說中之大觀，迥非《水滸》之囿於一部分者所可及矣。

故以結構論，《水滸》較《石頭記》嚴整有法；以描摹人情及社會狀態論，則《水滸》遜《石頭記》遠甚。《水滸》僅以一事見長；《石頭記》則如百川匯海，人間萬事莫不具備，自宮闈閥閱至閭閻蓬蓽，以及醫巫星相、花木農佃、博徒蔑片之流，皆躍然紙上。作者生平所觀察之社會，多能言之有故，非可勉強爲之。後之學《紅樓》者，往往競述瑣屑之事，自矜博雅，而按之事實，相差殊遠，眞可謂不量力矣。

世之讀《水滸》者多喜其痛快淋漓，爲能盡豪放之致。《水滸》之敍事雄快，令人讀之塊磊俱消，自是其長處，然《水滸》之能冠古今諸作者正不在此，實以其思想之偉大，見地之超遠，爲古今人所不能及也。吾國數千年來行專制之政，壓抑民志，視爲故常。小說之寓言諷社會，率皆陳陳相因，以忠君愛國爲宗旨。即敍述亂君賊臣之事，其結局亦不能爲完滿之誅伐。自非有應運之君代興，則絕不敢一言斥及天子；若賊臣之誅，則除假手於君主之外，無他策。至於蚩蚩小民，遭逢亂世，備受千災五難，雖未嘗不爲之太息詠嘆，而歸罪於君相之言實不多覯。施耐庵乃獨能破除千古習俗，甘冒不韙，以廟廷爲非，而崇拜草野之英傑，此其魄力思想眞足令小儒咋舌。民權發達之思想在吾國今日獨未能普及，耐庵於千百年前獨能具此卓識，爲吾國文學界放此異彩，豈僅以一時文字之長見重於後世哉？

小說中之《水滸》、《石頭記》，於詞中可比周、辛。《石頭記》之境界惝怳，措語幽咽，頗類清眞，其敍黛玉之滿懷幽怨，抑鬱纏綿，便不減美成《蘭陵王》、《瑞鶴仙》諸作。《水滸》之雄暢沉厚，直逼稼軒，讀《北固亭懷古》及《別茂嘉十二弟》之詞，乃令人憶及林敎師、武都頭。文字之感人如此，會心人當不以爲訾言。

詞以能造曲咽之境者爲正宗，故清眞集千古之大成；若稼軒詞境，自非有幼安之才力實未易學，雖以迦陵之學辛，猶未能盡得其神，下此何足論數。小說之趣味與詞頗近，故《石頭記》可作千古模範；《水滸》則非有耐庵之才，冒冒然爲之，必失於粗獷，不可讀矣。後世之學《紅樓》者，如《花月痕》等書，雖蹊逕不高，尙不失爲怡情小品，若《粉妝樓》、《綠牡丹》之類，則庸劣不可寓目。後之作者當知所取法也。

《水滸》與《石頭記》，其取境絕不同。《水滸》簡樸，《石頭記》繁麗；《水滸》剛健，《石頭記》旖旎；《水滸》雄快，《石頭記》縹緲；《水滸》寫山野英夫，《石頭記》寫深閨兒女；《水滸》忿貧民之失所，故爲豪傑吐氣；《石頭記》痛風俗之奢靡，故爲豪戚貴族箴規：其相反如此。然兩書如華岳對峙，並絕千古。故小說必自闢特別境界，始足以動人。後世作者輒以蹈襲前人門徑爲能，自謂善於摹仿，宜其平庸無味，不值一顧。

好書不厭百回讀，小說之佳者尤令人久讀不倦。余於《石頭記》幾每歲必讀一過，而偶一開卷，輒有新感觸，自覺趣味無窮，他書乃無此樂。若近日之譯本小說，舍《茶花女軼事》外，大都千篇一律，一覽之後，束之高閣，永不復憶及矣。

余常謂著書至於小說，最爲難事。必先十年讀書，繼之以徧遊通都大邑、名山勝水，以擴展胸襟，觀察風俗，然後閉戶潛心，酌定宗旨，從事撰述，不責程功之期，隨興所至，偶然下筆，雖至數歲始得殺青，亦無不可，然後其書成，乃有可觀。若今之作者，率爾操觚，十日五日，便已成篇，天機既已汩沒，安有佳製！文字遺漏，錯簡百出，自誇其神速，而不知全屬糟粕。小說本爲怡情之物，既非人間所日用之需，堆砌成作，徒禍棗梨，果何取乎！

《水滸》發揮作者之理想，故憑虛構造，雖假前人之事跡演成，其舉動一切悉由自主，且所託係前代，故處處直書，毫無諱飾，以所發之感慨全係無形中一種不平之氣，無可顧忌也。《石頭記》紀當時之秘史，事跡人物全有着落，不敢顯指時代，則幻爲無稽之言，然隱語陽秋亦足觸忌，故深文曲筆務求其晦，粗心讀之，幾不知所謂。故書中所指之人至今不能斷定，而措語離奇者亦永無明解之一日矣。

讀《石頭記》者當分數派，有喜其言情者，有謂其能明空幻之旨者，有謂其善寫社會狀態者，有據以討究清初之秘史者，此皆有得之言。更有薰心富貴者，則徒好書中所紀衣飾飲饌、園亭陳設，則俗目耳。《石頭記》於人情風俗及男女情愛與色空諸旨，自不能謂非書中要議，然據篇首所云：「滿紙荒唐言，一把辛酸淚，都云作者癡，誰解其中味」，則作者之傷心懷抱具見言外，則書中暗指當時秘事實無可疑，惜無人能一一證明之耳。《石頭記》楔子後開篇第一句即用「當日地陷東南」六字，試問欲紀姑蘇，與地陷有何關係，非指明末南都之陷而何？以此推之，則所紀皆福王被虜以後諸事，故甄士隱出家時曲文中又有「從此後眞方唱罷假登場，反認他鄉是故鄉……到頭來都是爲他人作嫁衣裳」等語，嘆靦顏事仇者之無恥也。嗚呼！異族之辱，黍離之痛，所感深矣！（載一九一三年《雅言》第一期）

夢　生

【小說叢話（節錄）】　讀小說不如評小說，以欲評小說，才肯用心細細讀，方有趣味，不然，任他讀了若干遍，未得一點好處。

小說最好用白話體，以用白話方能描寫得盡情盡致，之乎也哉一些也用不着。

或謂小說不必全用白話，白話不足發揮文學特長，爲此說者必是不曾讀過小說者，必是不曾領略得小說興味者。

小說難作處全在白話，白話小說作得佳者便是小說中聖手。

小說之爲好小說，全在結構嚴密，描寫逼眞，能如此者，雖白話亦是天造地設之佳文。

中國小說最佳者，曰《金瓶梅》，曰《水滸傳》，曰《紅樓夢》，三部皆用白話體，皆不易讀。《水滸傳》寫豪傑義氣，《紅樓夢》寫兒女私情，《金瓶梅》則寫奸盜邪淫之事，故《水滸》、《紅樓》難讀，

《金瓶梅》尤難讀。能讀此三書而能大徹大悟者，便是眞能讀小說書人，便是眞能讀一切書人。《金瓶梅》是異樣妙文，《水滸》、《紅樓》亦是異樣妙文，吾無從軒輕，而吾亦不必強爲軒輕。吾所謂能讀小說者，非粗識幾字，瞭解其中事實如何如何也。善讀小說者賞其文，不善讀小說者記其事；善讀小說者是一副眼光，不善讀小說者又是一副眼光。《水滸》評的好，《金瓶》評的亦好，聖嘆以眞能讀小說之眼光指示天下讀者不少。聖嘆評小說得法處，全在能識破作者用意用筆的所在，故能一一指出其篇法、章法、句法，使讀者翕然有味。評《紅樓》者，即遠不如。

我欲評此三書，第一當先評《金瓶梅》，以《金瓶梅》第一難讀，又第一難評故。（載一九一四年《雅言》第一年第七期）

瓶　庵

【中華小說界發刊辭（節錄）】　凡事不能有利而無害。自說部發達，其勢力遍於社會，於是北人以強毅之性濡染於《三國》、《水滸》諸書，南人以優柔之質寖饋於《西廂》、《紅樓》等籍，極其所至，狹邪傾心接席，輒自托於寶玉、張生；屠沽攘臂登台，亦比跡於李逵、許褚。摹仿泰西形式，花冠雪服，結婚竟可自由；崇拜虛無黨員，炸彈手槍，廣座居然暗殺。慕隱形易容之術，胠篋何妨；信祭寶門法之談，揭竿遽起。豔情本以醒世，而戀愛益深；神怪本屬寓言，而迷信增劇。小說界務循正軌，取鑑前車，力矯往昔之非，稍盡一分之責。雖然，見仁見智，視乎其人，爲毀爲譽，期於定論，亦何敢妄自誇誕，見誚於大方哉？（載一九一四年《中華小說界》第一年第一期）

成　之

【小說叢話（節錄）】　小說所描寫之社會，較之實際之社會，其差有二：一曰小，一曰深。何謂小？謂凡描寫一種人物，必取其淺而易見者爲代表，描寫一種事實，必取其小而易明者爲代表也。如寫壯健俠烈之氣，則寫三軍之帥可也，寫匹夫之勇亦可也，而在小說，則寧取匹夫之勇。寫纏綿悱惻之情，則寫忠臣義士、憂國愛君如屈靈均、賈長沙之徒可也，寫兒女生死相戀愛如賈寶玉、林黛玉亦可也，而在小說，則寧寫一賈寶玉或林黛玉。何者？前者事大而難見，後者事小而易明；前者或令人難於想像，後者則多屬於直觀的故也。……

小說所描寫之事實在小，非小也，欲人之即小以見大也。小說之描寫之事實貴深，非故甚其詞也，以深則易入，欲人之觀念先明確於一事，而因以例其餘也。然則小說所假設之事實，所描寫之人物，可謂之代表主義而已，其本意固不徒在此也。欲證吾說之確實，請舉《紅樓夢》以明之。

《紅樓夢》之爲書，可謂爲消極主義之小說，可謂爲厭世主義之小說，而亦可謂爲積極的樂觀的之小說。蓋天下無純粹之積極主義，亦無純粹之消極主義。積極之甚者，表十分之滿足於此，必有所深惡痛絕於彼；消極之甚者，表極端之厭惡於此，即有所欣憙歡愛於彼。自一端言之，主義固有積極消極之分；合全局而觀之，猶此好惡，猶此欣厭，祇有於此於彼之別，斷無忽消忽長之事也。明乎此，乃可以讀《紅樓夢》。

《紅樓夢》中之人物爲十二金釵。所謂十二金釵者，乃作者取以代表世界上十二種人物者也；十二金釵所受之苦痛，則此十二種人物在世界上所受之苦痛也。此其旨具於第五回之《紅樓夢曲》。此曲之第一節爲總合諸種之苦痛而釋其原因，其末一節述其解免之方法，其中十二節則歷述諸種人物所受之苦痛，亦即吾人生於世界上所受之種種苦痛也。今試釋其旨如下：

開闢鴻濛，誰爲情種？都只爲風月情濃。奈何天，傷懷日，寂寥時，試遣愚衷。因此上，演出這悲金悼玉的《紅樓夢》。

此第一節，述種種苦痛之原因也。《紅樓夢》一書，以歷舉人世種種苦痛，研究其原因，而求其解免之方法爲宗旨，而全書大意悉包括於此十四折《紅樓夢曲》之中，實不啻全書之概論也。此折又爲十四折曲之總冒，述人世種種苦痛之總原因，兼自述作書之意也。

人生世上，種種苦痛，其總原因果何在乎？作《紅樓夢》者，以爲此原於人有知苦樂之性故也。蓋境無苦樂，固有甲所處之境，甲以爲苦，易一人以處之，則覺其樂者矣；又有今日所處之境，在今日視之以爲苦，而明日視之，則以爲樂者矣。同一事也，在此遇之則爲苦，而在彼遇之則爲樂矣，足見苦樂非實境，所謂苦樂者實人心所自造也。然則所謂種種苦痛者，吾人身受之，不能視爲四周環境之罪，而當自歸咎於其心矣。此折曲爲本書開宗明義第一章，爲下十三折曲之總冒，實不啻全書之總冒，故特揭明其義也。曰「情種」，缺憾二字之代表也，曰「風月情濃」之情字，人心之代表也，言自有世界以來，人生在世，何以有此種種之苦痛乎，皆由人有知苦樂之性故也。「奈何天，傷懷日，寂寥時」九字，代表作者所處之境界，言作者身處此世界，亦有其所遭遇種種之缺憾，亦有其求免缺憾之情，並欲求凡具此缺憾者同免其缺憾，因作此書也。自「奈何天」以下凡二十七字，爲作者自述著書本旨之言。

《紅樓夢》第一回云：「女媧氏煉石補天之時，於大荒山無稽崖煉成高十二丈、方二十四丈頑石三萬六千五百零一塊，只用了三萬六千五百塊，剩下一塊未用，棄在青埂山下。誰知此石自經煅煉，靈性已通，因見衆石俱得補天，獨己無材不堪入選，遂自怨自嘆，日夜悲啼慚愧。一日，正當嗟悼之際，有一僧一道遠遠而來，至石下，席地而坐。見一塊鮮明瑩潔美玉，且又縮成扇墜大小，可佩可拏，那僧托於掌上，道：『形體到也是個寶物了！還只沒有實在好處，須得再鐫上數字，使人一見便知是奇物方妙，然後好攜你到隆盛昌明之邦，詩禮簪纓之族，花柳繁華之地，温柔富貴之鄉，去安身樂業。』石頭聽了，喜之不盡，問道：『不知賜了弟子那幾件奇處，又不知攜了弟子到何地方，望乞明示。』那僧笑道：『你且莫問，日後自然明白的。』說著，便袖籠了這石，同那道人飄然而去。」又云：「西方靈河岸上三生石畔有絳珠草一株，赤瑕宮神瑛使者日以甘露灌溉，始得久延歲月。後來既受天地精華，復得雨露滋養，遂脱草胎木質，得換人形，僅成女體，終日遊於離恨天外，飢則食蜜青菓爲膳，渴則飲灌愁海水爲湯。只因尚未酬報灌溉之德，故其五内便鬱結成一段纏綿不舒之意，常說我無此水還他，他若下世爲人，我也同去走一遭，但把我一生所有的眼淚還他，也償還的過了。」此兩段文字，與此折曲同意。女媧氏乃開闢以來之代表，曰女媧氏所造石，言人性原於自然，與有生以俱來也。曰「自怨自嘆，日夜悲啼慚愧」，言人之生係自願入世使然，設不願入世，本無人得而強之也。一僧一道，父母之喻。佛說人之生也，由本身業力與父母業力相合而成。靈石之自怨自嘆，日夜悲啼慚愧，則自造之業力也；僧與道忽欲鐫以數字，攜之入世，則父母所造之業力也。自造之業力與父母所造之業力相合而後成人，二者缺一，即不能成其爲人。如此石不自怨自艾，人孰得而攜之？抑此僧道不忽動其攜之之心，此石雖日日自怨自嘆，亦焉得而入世哉？此爲推究吾人之所自來，實不啻讀一則精妙之原人論也。絳珠草，喻人；絳紅色，珠爲淚之代名詞，絳珠猶言紅淚也。神瑛使者，喻地，亦即以爲世界之代表。絳珠草藉神瑛使者之灌溉而後長成，言人藉世界而後能生存，無世界則無人也。還淚，言人既居於此世界之上，則有種種之情慾，種種之苦痛，不能漠然無情。夫絳珠草之淚何自來乎？即神瑛使者所灌溉之水也。水也，淚也，一而二、二而一者也。人之情何自來乎？世界之培養使之也。設無世界，則無人；無人，則亦無情矣。猶之無神瑛使者之培養，則無絳珠草；無絳珠草，則無淚也。然而淚也，即甘露也；人情，即苦痛也。欲去淚，除非去甘露而後可；欲去苦痛，亦除非除去其愛戀之情而後可。設絳珠能以所受於神瑛之甘露反還之，則亦無淚；人能視世界上種種之快樂如無物，則亦無所謂苦痛矣。此言苦樂同原，欲去苦當先去樂也，所謂大解脫，於後十四折再說之。

都道是金玉良緣，俺只念木石前盟。空對著山中高士晶瑩雪，終不忘世外仙株寂寞林。嘆人間美中不足今方信，

雖然是齊眉舉案，到底意難平。

此節言入世之苦，終不如出世之樂也。金玉良緣喻入世，木石前盟喻出世；山中世外，幾於顯言其意；嘆人間美中不足，情見乎詞矣。

此節言人與人羣之苦也。人生於世，不能離羣而獨立，近之則有父母兄弟妻子朋友，遠之則有社會上直接間接與接爲構之人。要而言之，人生於世，無論何人皆不能與人無關係，而世界之上又無論何人皆與我有關係者也。然而此等與我有關係之人，必不能盡如吾意可知也。豈但不能盡如我意，必一一皆有不如我意之處可知也。然則吾人與之並處，復何法以解免苦痛哉？夫使人之相處也，只有彼此相順悅之情，而絶無互相拂逆之意，豈不大樂，世界又豈不大善，而無如其不能也。而其所以不能然者，又非出於人爲，而實出於天然，與人之有生以俱來，欲解除之而不得者也。然則不能解脫，復何法以免除苦痛乎？夫人與人相處之不能純然相願欲也，此實世界上一切苦之總根原也，故此章首言之。夫婦爲人倫之始，故借以爲喻。嘆人間美中不足今方信，縱然是齊眉舉案，到底意難平，言人旣入世，則其與人相處也，必不能純乎彼此相願樂，實無可如何之事也。

一個是閬苑仙葩，一個是美玉無瑕。若說沒奇緣，今生偏又遇著他；若說有奇緣，如何心事終虛話？一個枉自嗟呀，一個空勞牽挂。一個是水中月，一個是鏡中花。想眼中能有多少淚珠兒，怎經得秋流到冬，春流到夏！

此言人生世界所處之境不能滿足，亦出於天然，而無可如何也。人生環境，可分爲二：一爲有情的，彼亦有知識情感如吾者也；一爲無情的，我有知而彼無知，我有情而彼無情，如草木土石、風雲雨露是也。有情的之環境不能盡如吾意，上節既言之，此節則言無情的之環境亦不能盡如吾意也。閬苑仙葩，即絳珠草，喻人；美玉，即神瑛使者，喻地，亦以喻一切無情之環境也。人生世上，四圍無情之物，若天地，若日月，若風雲雨露，若土石草木，與我相遇，不爲無緣，其如終不能盡如吾意何！所謂天地之大，人猶有所憾也，故曰「若說沒奇緣，今生偏又遇著他；若說有奇緣，如何心事終虛話」也。枉自嗟呀，空勞牽掛，言徒感苦痛，終無補於事。水中月，鏡中花，言無論如何，吾所希望於四周之環境者，其目的必不能達也。眼中能有多少淚珠兒，怎禁得秋流到冬，春流到夏，言人生在世，受此種種之苦痛，其何以堪乎？此即言人生在世，對於四周之無情物，必不能盡如吾意之苦痛。男女爲愛情中之最緜密者，故借以爲喻也。本書寫寶玉、黛玉處處難合易離，亦即此意。

本折下云：「寶玉聽了此曲，散漫無稽，不見得好處。」言此二折爲指人生在世，對於一般之苦楚而言之，非專指一人一事也。

喜榮華正好，恨無常又到。眼睜睜把萬事全拋，蕩悠悠芳魂消耗。望家鄉路遠山高，故此向爺娘夢裏相尋告；兒命已入黃泉，天倫呵，須要退步抽身早。

第四折，悼人命之不常也。人生在世，有生必有死，人人好生而惡死，而人人不得不死，此實事之無可如何者也。人生在世，有種種樂事，死則隨之以俱盡矣。本書寫榮國府一切繁華富貴，及元妃死，則一敗塗地，澌滅以盡，喻此意也。榮國府一切繁華富貴，即人生在世種種樂事之代表，此曲之所謂天倫也。凡人生在世，一切樂境，不能久長之苦，亦俱包括於內。

一帆風雨路三千，把骨肉家園，齊來拋閃。恐哭損殘年，告爺娘休把兒懸念；自古窮通皆有命，離合豈無緣？從今分兩地，各自保平安。奴去也，莫牽連。

第五折，悼生離之苦也。人生在世，莫不有愛戀之情，爲愛戀之情之反對者，則分離也。分離有二種：一爲生離，一爲死別。生離之苦，去死別一間耳。上章言死別之苦，此章則言生離之苦也。窮通皆有命，離合豈無緣，言其事出於自然而無如何。曰命，曰緣，皆事之本體之代表也。愛戀之情，不獨對於有情物有之，即對於無情物亦有之。曰骨肉，有情物之代表也；曰家園，無情物之代表也。

襁褓中父母歎雙亡，縱居那綺羅中，誰知嬌養？幸生來英豪闊大寬宏量，從未將兒女私情略縈心上，好一似霽月光風耀玉堂。廝配得才貌仙郎，博得個地久天長，準折得幼年時坎坷情狀。終久是雲散高唐，水涸湘江。這是塵寰中消長數應當，何必枉悲傷？

第六折，言人生在世，自然與苦痛以俱來，除大解脫，決無解免之方，破養生達觀之論也。人之持達觀養生之論者，謂人生在世，一切境界，惟吾所名，吾名之爲苦則苦，名之爲樂則樂，彼憔悴憂傷以自殘其生者，實不善尋樂耳。信如是，則人之生也，不必與憂患以俱來，而除大解脫外，亦可有解除憂患之法矣。然實不然也。故本書特寫一湘雲，與黛玉境遇相同，而其所以自處者不同，然其結果，亦卒無不同，以曉之。夫黛玉之所以自殘其生者，以其無英豪闊大寬宏量也，以其兒女私情縈於身上也。設其所以自處者，一如湘雲，則雖處逆境，固亦可以求福而免禍矣。謂黛玉所處之境遇，不如湘雲，因而不能自解免耶？則湘雲所處之境，固亦與黛玉同也，所謂襁褓中父母歎雙亡，縱居那綺羅中誰知嬌養也，而一則憔悴憂傷以死，一則廝配得才貌仙郎，博得個地久天長，準折得幼年時坎坷情狀，寧非一則有英豪闊大寬宏量，而一則無之之故乎！然則若湘雲者，可謂自求多福，若黛玉，是自求禍也。此持達觀養生之論者之說也。然其說果然乎？使湘雲而果得福，黛玉而果得禍，則其說誠然矣。今觀湘雲，雖廝配得才貌仙郎，而終久是雲散高唐，水涸湘江，地久天長仍未博得，幼年時坎坷亦未必折得也。然則若黛玉者，亦未必爲求禍之道，而若湘雲者，亦未必爲求福之道也。要之，人生在世，一切憂患，實與有生而俱來，欲解免之，除大解脫外，決無他法。若恃一切彌縫補苴之術以救之，則除却此方面之憂患，而他方面之憂患又來矣，所謂塵寰中消長數應當也。蓋既在塵寰之中，則必不能免於此禍也。

氣質美如蘭，才華馥比仙。天生成孤僻人皆罕。你道是啖肉食腥羶，視綺羅俗厭，却不知太高人愈妬，過潔世同嫌。堪歎那青燈古殿人將老，孤負了紅粉朱樓春色闌。到頭來依舊是風塵骯髒違心願，好一似無瑕白璧遭泥陷，又何須王孫公子歎無緣。

第七節，歎正直之不容也。民生而有欲，欲者亂之源也。然使人人共知縱欲爲致亂之源，而特立一法以預防之，法既立，則謹守而莫之違，則雖不能去亂之源，而亦未始不可以弭亂之跡。而無如人之性，往往好逞一己之欲，雖因此而召大亂，貽害於人，貽害於天下後世，勿恤也。盈天下之人皆如此，而忽有一人焉，知縱欲爲致亂之道，特倡一救亂之法，躬行之，而欲率天下之人以共由焉，豈惟不爲人所歡迎，反將以爲此人之所爲於我之縱欲之行實大不便，舉天下而皆如是人之所爲，則我之欲將無復可以縱恣之機會也，必排斥之，毀謗之，戮辱之，使之無地自容而後已。此從古以來，聖賢豪傑，所以苦心救世，而世卒莫之諒也。孔子之伐檀削跡，耶穌之釘死於十字架，摩訶末之逋逃奔走，不得安其居，皆是道也。盜憎主人，民怨其上，其謂此矣。此開闢以來，賢聖雖多，迄於今日，天下卒不治也。然而此等賢聖之人，則眞可悲矣，立妙玉爲之寫照也。

肉食綺羅，縱欲之代表也。盈天下之人皆好縱欲，然亦有秉性獨厚，知此等事爲致亂之道，而深惡之者。男女居室，人之大欲存焉，而佛說視橫陳時味同嚼蠟，蓋爲此也。使天下此等人日多，人人慕而效之，天下寧不大治？而無如其不能，豈惟不能，又必排斥之，毀謗之，戮辱之，使之無地自容而後已。夫人生於世，但使無害於人，其好與人從同，抑好與人立異，此本屬於各人之自由。雖使其所好者果爲誤謬焉，而彼亦一是非，此亦一是非，尙不便以我之所謂是者強彼以爲是，我之所謂非者強彼以爲非也。況明知彼之所爲者爲善，我之所爲者爲惡，特以其不便於我故，必欲強彼與我從同，否則排斥之，毀謗之，戮辱之，使之不能自立，此眞豺虎之所不爲，而人獨爲之者也。然茫茫世界，此等人實居多數，賢人君子復何地以自處哉？「太高人愈妬，過潔世同嫌」十字，蓋深悲之也。

仁人君子既不能行其道以救世，並欲獨善其身而亦不可得，其可悲爲何如！而以前之修己立行，備嘗諸苦，果何爲也哉？寧非徒勞，徒自苦乎！說到此，不免聯想而及於厭世主義，故曰：「堪歎那青燈古殿人將老，孤負了紅粉朱樓春色闌。到頭來依舊是風塵骯髒違心願，好一似無瑕白璧遭泥陷，又何須王孫公子歎無緣。」言早知在此等惡濁社會中，終無賢人君子獨善其身之地步，則前此之立名砥行，備嘗諸苦，割棄諸樂，又何爲乎？倘不如及時行樂之爲得計也，所謂早知如此何必如此也。其意悲矣！

此節言凡修入世之法者，欲率其道以救天下，而卒無補於事，徒苦其身，以見欲救天下者，非修出世法，盡除衆苦之根源不可也。由此意觀之，則堯、舜、湯武與盜跖同耳，莊周所由有齊物之論也。

中山狼，無情獸，全不念當日根由。一味的驕奢淫逸貪歡媾，覷著那侯門豔質同蒲柳，作踐的公府千金似下流。歎芳魂豔魄，一載蕩悠悠。

第八節，傷弱肉強食也。欲爲亂源，然徒有欲而無力以濟之，天下猶未至於亂也。而無如天下之生人也，既賦之以好亂之性，復畀之以濟亂之力，而又不能使人人所有之力皆相等，於是強者可凌暴弱者以逞其欲，弱者則哀號宛轉而無可如何，此實天下最不平之事也。本書的寫一迎春，以爲之代表也。

驕奢淫佚貪歡媾，言強者之縱欲也。其下二句，言強者之蹂躪弱者也；末二句，歎弱者之無所依恃也。中山狼，無情獸，痛詆強者之詞，蓋此等人實爲召亂之罪魁。夫人之所以異於禽獸者，以其知有禮義也。徒縱欲而殺人，試問與禽獸何異！則雖稱之爲獸，亦不爲過也。全不念當日根由者，從舉世昏蒙無識之中，而特提醒其本性之詞。蓋恃強凌弱，實爲致亂之道。天下亂，強者亦有不利焉，而苦於其徒縱目前之欲，莫肯念亂也。使知深觀治亂之源，稍計遠大之利，則必知吾之所爲者爲召亂之道，害人即所以自害，而戢其欲矣。而苦於其莫肯遠觀深計也，此則本性之昧使之然也，故特提醒之。

將那三春看破，桃紅柳綠待如何？把這韶華打滅，覓那清淡天和。說甚麼天上天桃盛，雲中杏蕊多，到頭來誰見把秋捱過？只見那白楊村裏人嗚咽，青楓林下鬼吟哦，更兼的連天衰草遮墳墓。這的是昨貧今富人勞碌，春榮秋謝花折磨。似這般生關死劫誰能躲？聞說道西方寶樹喚婆娑，上結着長生果。

第九折，傷有知識者之苦，而破自謂深識者之謬也。一切現象，皆由心造，無所謂有，亦無所謂無，無所謂苦，亦無所謂樂。自執著者言之，以無爲有，然後有所謂苦樂矣。其執著不同者，其所謂苦樂亦不同，而其不離苦樂之見，則一也。夫既不離苦樂之見，而又不能以衆人之所苦者爲苦，所樂者爲樂，則他人之處世也，爲一甘苦哀樂更起迭陳之境，而是人則無所往而不苦耳。何則？是人之智識，既高出於衆人，則衆所見爲樂者，彼未必能見爲樂。然既未能跳出於苦樂之境，則人之見爲苦者，彼仍不能不以爲苦也，是有苦而無樂也。古今來憂深慮遠之賢君相，傷時感遇之文人，多血多淚之畸士，多愁多怨之少女，皆屬此類。本書特寫一惜春，以爲之代表也。

此等人之誤謬，在誤認世界一切現象爲實有，與衆人同，而其觀察此現象也，則衆人之所見在此面者，彼之所見必適在彼面。如見一花也，人方賞其春榮，彼則預傷其秋謝；見一人也，人方欣其昨貧今富，而彼則但傷其勞碌。夫見爲春榮，而秋謝在即，則春榮固非眞，然凡世間秋謝之物，無一不經春榮而來，春榮既非眞，秋謝又安知非假？昨貧今富誠爲可欣，勞碌亦誠可傷，與勞碌以求富，毋寧不富也，是富無可欣也，然富無可欣，勞碌又何可傷乎？凡此皆所謂以子之矛陷子之盾者也。要之，此等人之所見，實亦與衆人同，不過一在此面，一在彼面耳。以此而笑衆人，眞所謂以五十步笑百步也。

此曲全文皆比較此等人所見與衆人之異同，末二句則指出此等人之誤謬。蓋衆人惟誤認世界爲實有，故有所謂苦樂，此等人亦誤認世界爲實有，故亦有所謂苦樂，特衆人所謂苦樂者，皆在世界之中，而此等人則認世界爲苦，而欲求樂於世界之外耳。猶之一則厭昨貧而求今富，惡秋謝而樂春榮，一則視貧富榮謝皆爲苦境，而別歆西方之長生寶樹也。

機關算盡太聰明，反算了卿卿性命！生前心已碎，死後性空靈。家富人寧，終有個家亡人散各奔騰。枉費了意懸懸半世心，好一似蕩悠悠三更夢。忽喇喇似大廈傾，昏慘慘似燈將儘。一場歡喜忽悲辛，歎人世終難定！

第十折，歎權力執著之苦也。人之執著，有種種之不同，而權力亦爲執著之一，質而言之，則好勝而已矣。《史記·律書》：「自含血戴角之獸，見犯則校，而況於人！懷好惡喜怒之氣，喜則愛心生，怒則毒螫加，情性之理也。」實能道出權力執著之起原。蓋人之好爭鬥好勝，樂爲優強者，實亦出於天性也。此等性質，所以與爭奪相攘有別者，彼則因有其所欲之物，不與人爭奪則不能得，故與人爭，爭奪其手段也，所爭奪之物則其目的也；此則並無所求之目的物，不過欲顯我之權力優強於人，使人服從於我而已。蓋一爲物質上之欲望，一爲精神上之欲望也。此等欲望，不徒對於人有之，對於物亦有焉；不徒對於有知之物有之，對於無知之物亦有焉。如吾人對於自然之花木竹石，輒好移易其位置，變更其形狀是也。質而言之，則欲使吾身以外之物，服從於吾之意思而已，所謂權力執著也。此等執著，人人有之，而其大小，則相去不可以道里計。欲爲聖賢豪傑，傳其名於後世，爲萬人所欽仰，權力執著之最大者也；次之則欲爲帝王將相，伸權力於一時，使天下之事，事事皆如吾意以處置之，若亞力山大、成吉思、拿坡崙，其最著也；又次之，則凡欲炫榮名於一時，張權勢於一方，睚眦殺人，蓄謀報怨，亦皆是也；下至匹夫匹婦，無才無德，猶欲閉門自豪，雄長婢僕焉。嗟乎！權力執著之害大矣。人而無此執著，則苟有菽粟如水火，含哺而嬉，鼓腹而遊，未始不可致極隆盛之治也。而無如人於物質的欲望之外，又有其精神的權力之欲望，既遂生存，又求發達，而其所謂發達者，既包含一「我爲優強者，欲使人服從於我」之條件於其中。夫我欲爲優強者，誰甘爲劣弱者？我欲使人服從於我，人亦欲使我服從於彼，而爭奪起矣。雖有聖人，能給人之求，養人之欲，使人人物質上之欲望無不滿足，而天下亦無太平之望矣。此眞無可如何之事也。然此等人，日執著於權力，終其身唯權力之趨，而究其歸宿，何所得乎？試問權力加於人，使我身外之物無不服從於我之意思，究亦何所得乎？試一反詰之，未有不啞然自笑者也。此等人於己一無所得，而徒放任其性，以醞釀天下之亂源，不亦愚乎！本書特寫一王熙鳳，以爲之代表也。曰「機關算盡太聰明，反算了卿卿性命」，深閔其愚，而反復戒警之也。

權力執著之人，不徒欲伸張自己之權力也，亦有時執著於事，謂此事必如此則可，如彼則否，因出全力以爭之，必欲使之如此。而夷考其實，則此事如此本與如彼同，或反不及如彼之善，又或如此雖善於如彼，而因吾出強力以使之如此故，如此即變爲不善，而如彼反變爲善者有之矣，而當其執著於事，不暇計及也。此等性質，其最小而易見者，即吾人好移花木竹石等之位置而變更其形狀，足以代表之矣；其大者，若聖賢豪傑之必欲治國平天下，亦此執著之性之誤之也。本文云：「家富人寧，終有個家亡人散各奔騰。枉費了意懸懸半世心，好一似蕩悠悠三更夢。」言事之如彼如此，初無所別，執著焉而必欲使之如此者，其目的必不能達也。

執著於事之人，其人格不可謂之不高尙。設使天下之人，皆漫無主張，事如此則聽之，如彼則聽之，則凡事皆無改良進步之希望，而人生之痛苦將永不能除矣。惟有此等人，強指事實之此面爲善，彼面爲不善，硬將此一面之不善移之於彼一面，其究也，雖於其不善之本體毫無所損，而人類究亦因之以抒一時之苦痛焉，或避大害而趨小害焉。如醫者覩人痛苦至極時，則以麻醉劑施之。麻醉劑於病之本體毫無所損也，然而人類因此而得以輕減其痛苦之負擔，以徐竢病之恢復，亦不啻增長其對於病之抵抗力也。但此等療法，視爲對證療法則可，逕視爲原因療法則誤矣。彼執著於事者，覩國政之苛暴，則欲易之以和平，傷風俗之頽敝，則欲矯之以廉隅，其所圖亦何嘗不是！然以是爲一時之計則可，以是爲永久之圖則誤也。蓋苛暴有苛暴之弊，和平有和平之弊，頽靡有頽靡之弊，廉隅亦有廉隅之弊。以和平與廉隅爲矯正苛暴頽靡之手段，可也；必謂和平與廉隅爲絶對之善，苛暴與頽靡爲絶對之惡，不可也。此所謂執著也。有此執著，故凡能治國安民之人，同時亦必有其所及於社會之惡影響，猶藥物之能治病者，同時亦必有其對於身體之惡影響也。其故由執著於事，不知事實之本相，而誤以其一端爲至善，一端爲至惡故也。此由未知大道故也。故本文結筆，特爲之明揭其旨以曉之，曰「歎人世終難定」者，言人世無絕對之善，亦無絕對之惡。既言世法，則只有補偏救弊之方，決無止於至善之道。執著於一端，而傾全力以赴之者，其目的必不能達；即達之，亦必有意外之惡結果，爲吾人所不及料者，來相侵襲也。

留餘慶，留餘慶，忽遇恩人；幸娘親，幸娘親，積得陰功。勸人生濟困扶窮，休似俺那愛銀錢、忘骨肉的狠舅奸兄。眞是乘除加減，上有蒼穹。

第十一支，歎福善禍淫之說之不足恃也。因果之理，最爲精深，顧其說與世俗福善禍淫之說絕不相同。福善禍淫之說，謂人之善不善，天必報之於其身，或於其子孫，或於其來生，顧其事不能與人以共見也。夫造善因，得善果，造惡因，得惡果，毫髮不爽，如響應聲，其理豈容或忒！顧其理太深，非人人所能共喻。仁人君子，欲藉是以防民之爲非，而苦於其理之深而難曉也，則變其說，以期人人之共曉，是即世俗所傳福善禍淫之說也。顧其說既變，即其理實非眞，而其事遂不能盡驗。世之桀黠者，以其無有左證，知其說之出於僞託也，遂悍然決破其藩籬，而仁人君子恃以防民爲非之術又窮矣。夫使天然因果之理，能如世俗所造福善禍淫之說，一一實見於眼前，使人有所畏而不敢爲非，其事豈不甚善！而無如天然因果之理，又不能如此。使仁人君子欲利用之而且窮於術也，此又事之無可如何者也。本節即慨歎世俗福善禍淫之說之不驗，而仁人君子防民之術之窮，通篇皆反言以明之。曰「乘除加減，上有蒼穹」，正是歎實際之世界，不能有一蒼穹，監臨其上，爲之乘除加減耳！故巧姐之名曰巧，言此等事可偶一遇之而不能視爲常然，欲以是爲救世之術，冀免除人生之苦痛，終不能也。

鏡裏恩情，更那堪夢裏功名！那美韶華去之何迅！再休提繡帳鴛衾。只這戴珠冠，披鳳襖，也抵不了無常性命。雖說是人生莫受老來貧，也須要陰隲積兒孫。氣昂昂頭戴簪纓，光燦燦胸懸金印，威赫赫爵祿高登，昏慘慘黃泉路近。問古來將相可還存？也只是虛名兒，與後人欽敬。

第十二支，歎執著於富貴利祿者之苦也。人之執著不一端，而執著於富貴利祿，凡人世之所謂快樂者爲最多數。夫富貴利祿，則何快樂之有？然而耳好淫聲，目迷美色，身體樂放佚，而心思即慆淫，凡世俗之所謂快樂者，非富貴利達則不能得之也，此人之所以惟富貴利祿之求也。且求富貴利祿者，豈特謂是爲快樂之所在，吾欲快樂，故求之云耳，甚且視爲人生之本務焉。如彼讀書之人，窮年矻矻，以應科舉，豈特歆其食前方丈，侍妾數百，堂高數仞，榱題數尺之樂，亦謂苟因科舉，博得一官，則可以耀祖榮宗，封妻廕子，爲宗族交遊光寵，人生之本務固當如是也。此則慾望的執著與道德的執著合而爲一，執著之上又加執著矣。其執著愈深，其迷而不復乃愈甚也，若李紈則其人也。夫人之所以有此執著者，何也？究其原，亦曰以心靈爲肉體之徇而已矣。夫使舉心靈以徇肉體，而其結果，果可以得快樂焉，亦復何惜，而無如其終不能也。其不能若之何，則此曲之本文言之矣。曰「只這戴珠冠，披鳳襖，也抵不了無常性命」，言肉體之所謂快樂者多端，舉心靈以徇之，竭全力以赴之，終不能盡得也。夫使得其一端，而其餘之苦痛，即可以因之而銷弭焉，則亦何嘗非計，而無如其不能也。得其一端，則又有他種之快樂誘吾於前焉，吾更竭全力以赴之，而未能必得也；即得之，而他種快樂之誘吾於前者又如故，則是竭吾生之力以求快樂，而終無盡得之日也。快樂終無盡得之日，即苦痛終無盡免之時，而罄吾之全力以求之，反忘當下可得之快樂，不亦愚乎！曰「氣昂昂頭戴簪纓，光燦燦胸懸金印，威赫赫爵祿高登，昏慘慘黃泉路近」，言無論何種快樂，皆有苦痛乘乎其後也。夫有苦痛乘乎其後，則非眞快樂也，而傾全力以求之，不尤愚乎！曰「問古來將相可還存？也只是虛名兒，與後人欽敬」，言此等快樂絕非實體，傾全力以求之，到頭來必一無所得，勸其不知來，視諸往也。曰「雖說是人生莫受老來貧，也須要陰隲積兒孫」，言吾人之靈魂爲永久之體，軀殼特暫時寄頓之所，舉靈魂以徇軀殼，實爲不值也。曰「老來貧」，軀殼之所謂苦痛之代表也；曰「兒孫」，永久之靈魂之代表也。本節憫世人沈溺於肉體之所謂快樂，而舉靈魂以徇之，久之且忘靈魂與俗體之別，大聲疾呼，以警醒之也。

畫梁春盡落香塵。擅風情，秉月貌，便是敗家的根本。箕裘頹墮皆從敬，家事消亡首罪寧，宿孽總因情。

第十三折，破世俗是非之論，齊物之意也。人世上之事，無所謂善，亦無所謂惡。如殺人，惡也，殺殺人之人，則謂之善矣；淫，惡也，淫而施之於夫婦，則爲善矣。然殺人與殺殺人之人，不得不同謂之殺也；淫於外與淫於夫婦之間，不得不同謂之淫也。今禁殺人，而特設士師以殺殺人之人，則殺人之本性猶未去也；禁人淫，特防遏之，使但行於夫婦之間耳，則淫之本性亦未除也。殺人之本性未去，則亦可移之以殺法律所保護之人；淫之本性未除，則亦可移而行之於夫婦之外。謂殺殺人之人，較善於殺非殺人之人，則可矣，逕謂殺人爲善，則不可也；謂淫於夫婦之間，較善於淫於夫婦之外，則可矣，逕謂淫於夫婦之間爲善，則不可也。且殺殺人之人之性，與殺人之性同原，則殺人惡，殺殺人之人亦惡也；淫於夫婦之間之性，與淫於夫婦之外之性同原，則淫於夫婦之外惡，淫於夫婦之間亦惡也。而世俗必指其一爲善，其一爲惡，則執著焉，而其性之本體彌不去矣。其性之本體不去，則有時用之於此一端，有時必用之於彼一端矣。故殺人之禍，士師召之也；淫風之盛，婚姻之制爲之也。果有一邦焉，無殺人之禍，則其邦亦必無士師矣；孩提之童，不知淫於夫婦之外，又寧知淫於夫婦之間乎？及其既知淫於夫婦之間，又寧能禁之，使不知淫於夫婦之外乎？故曰「聖人不死，大盜不止，剖斗執衡，而民不爭」也。世俗必指其一端爲善，一端爲惡，而不知兩端之同因中心而得名，是猶謂刀爲善而謂其殺人爲惡也，是保存其物之體而欲其作用之不顯也，是置水於日光之下而欲其毋化汽也，其可得乎？故本節深曉之也。曰「畫梁春盡落香塵」，喻自然；「春盡香塵落」，物理之自然，非人之所能爲也。曰「風情」，曰「月貌」，曰「情」，皆人性之代表也。曰「敗家」，曰「箕裘頹墮」，曰「家事銷亡」，皆世俗所指爲罪惡之代表也。曰「宿孽」，人之所以爲惡之原因也。言人之所以爲惡者，其原因亦出於本性。欲拔除爲惡之根原，非空諸所有，得大解脫不可，否則爲惡之本體尙存，雖能移而用之於他一端，於其本體實無絲毫之損，不得謂之眞善也。

爲官的家業凋零，富貴的金銀散盡；有恩的死裏逃生，無情的分明報應；欠命的命已還，欠淚的淚已盡：冤冤相報豈非輕，分離聚合皆前定。欲知命短問前生，老來富貴也眞僥倖。看破的遁入空門，癡迷的枉送了性命。好一似食盡鳥投林，落了片白茫茫大地眞乾淨！

第十四折，總結，教人以免除苦痛之法也。因果之理，如響應聲，毫髮不爽，故本節極言之。「爲官的家業凋零，富貴的金銀散盡」，言人與軀殼關係甚暫，終有脫離之時。「有恩的死裏逃生，無情的分明報應」，「寃寃相報豈非輕，分離聚合皆前定。欲知命短問前生，老來富貴也眞僥倖」，極言因果之不爽。「老來富貴也眞僥倖」，言人有以因果之理論之，應得惡果，而忽得善果者，此非眞果，尚有惡果在其後。蓋因果之來，恆爲曲綫而非直綫，故人不能覺其驗，而因果之毫髮不爽，亦正於此見之。蓋世人所謂某人應得善果，某人應得惡果者，往往非精確之論，使因果而悉如人意以予之，則不足以昭其正當矣。曰「欠命的命已還，欠淚的淚已盡」，言以前所造之因，終有歷盡其果之日，但當愼造今後之因也。曰「看破的遁入空門，癡迷的枉送了性命」，言能大解脫者，即能免除一切苦痛，而不然者，徒造惡因，自受其惡果爾。曰「好一似食盡鳥投林，落了片白茫茫大地眞乾淨」，言萬法皆空，勸人之勿有所執著也。

《紅樓夢》一書，幾於無人不讀，亦幾於無人不知其美者，顧特知其美耳，未必能知其所以美也。不知其所以美，而必強爲之說，此謬論之所由日出也。以前評《紅樓夢》者甚多，予認爲無一能解《紅樓夢》者，而又自信爲深知《紅樓夢》之人，故借論小說所撰之人物爲代表主義，一詮釋之。深明哲理之君子，必不以予言爲穿鑿也。

或謂：「子之說《紅樓夢》則然矣，然《紅樓夢》爲最高尚之書，書中自無一無謂之語，其所撰之人物皆有所代表，宜也，彼庸惡陋劣之小說，安能與《紅樓夢》相提並論，即安得謂其所撰之人物皆有所代表乎？」曰：「否。其所代表之人物有善惡，其主義有高低，則有之矣，謂其非代表主義則不可也。如戲劇然，飾一最高尚之人，固爲代表主義，飾一最卑陋之人，亦爲代表主義也。」然則必欲考《紅樓夢》所隱者爲何事，其書中之人物爲何人，寧非笨伯乎！豈惟《紅樓夢》，一切小說皆如此矣。

或問曰：「小說所描寫之人物爲代表主義，而其妙處則在小在深，既聞命矣。然盈天下皆事實也，任何一種事實皆足以爲一種理想之代表者也。吾人苟懷抱一種理想，將從何處捉一事實來以爲之代表，且焉知此種事實實爲此種理想最適之代表乎？得毋選擇事實亦自有法，而其適否即爲小說之良否所由判乎？」應之曰：「凡人之悟道，恆從小處入，恆從深處入。如吾前言，《紅樓夢》之寫一林黛玉、一賈寶玉，所以代表人生世間無論何事不能滿意也。故其言曰：『歎人間美中不足今方信』，情見乎詞矣。夫人生世上，不能滿足，實凡事皆然，不獨男女之際也。然終不若男女之際，其情爲人人所共喻，且沈摯足以感人。故選擇一賈寶玉、一林黛玉以爲之代表，實此種理想最適之代表也。然必謂作《紅樓夢》者游心四表，縱目八荒，於諸種現象博觀而審取之，然後得此一現象以爲之代表，則亦斷非事實。夫人之情，不甚相遠也。大抵讀書者以爲易明之事，著書者亦以爲易明，讀書者對之易受感觸之事，著書者對之亦易受感觸，所異者，情感有厚薄，智力有淺深，常人知其一不知其二，賢知之人則能因此而推之彼，合衆現象而觀其會通耳，此所謂悟道也。然其後雖於各種現象無所不通，而其初固亦自事之小而易見者、感人最深者悟入，則欲舉此種理想以詔人，而求一事實焉以爲之代表，固無待於他求，即舉吾向所從悟入之事實以爲之材料可矣。此其理並通於詩，作詩者因物生感，即詠物以志其感，初不聞於所感之物之外又別求一物焉以代表其感想也。故吾嘗謂善讀小說者，初不必如今之人屑屑效考據家之所爲，探索書中之某人即爲某人，某事即隱某事，以其所重者本不在此也。即如《紅樓夢》，今之考據之者亦多矣，其探索書中之某人即爲某人，某事即爲某事，亦云勤矣。究之，其說者仍在若明若昧之間。予於此書僅讀一過，亦絕未嘗加以考據，然敢斷言所謂十二金釵者必實有其人，且其人必與書中所描寫者不甚相遠。何也？使十二金釵而無其人，則是無事實也。無事實，雖文學家何所資以生其想像？無想像，則選擇變化，皆無所施，而美的製作，又曷由成哉？使其眞人物而與書中所述之人物大相遠也，則是著者於所從悟入之事實之外，又別求一事實，以爲其理想之代表也，此亦決無之事也。然則小說所載之事實，謂爲眞亦可，謂爲僞亦可。何也？以其雖爲事實，而無一不經作者之想像變化；雖經作者之想像變化，而仍無一不以事實爲之基也。然則屑屑考據某人之爲某人、某事之爲某事何爲？彼未經作者選擇變化以前之某人某事，皆世間一事實而已矣。世間一事實，何處不可逢之，而必於小說中求之乎？是見雀炙而求彈、聞鷄之時夜而求卵也，可謂智乎！」（載一九一四年《中華小說界》第一年第三至八期）

納　川

【小說叢話（節錄）】 每一種著名小說，必有爲之續貂者，大是惡習。所謂本欲愛人，適足害之。觀續《紅樓》三種，豈不令寶、黛短氣耶！

小說好處，以能少用冠首字樣爲佳如張甲曰、李乙曰之類。即以《西游》一節而論：「行者將八戒揪住問道：『甚麽山？』八戒道：『石頭山。』『甚麽洞？』『石頭洞。』『甚麽門？』『釘釘鐵葉門。』」此節後四句不必加以冠首字樣，而讀者便知爲行者問、八戒答也。若俗手爲之，便加許多「行者問道」、「八戒答道」字樣，豈非累贅！此惟《水滸》、《西游》、《金瓶梅》、《紅樓夢》有之，其餘殊不多觀。案此種翦裁法不獨言語時用之，即一舉一動亦須去其冠首字樣，試取《左傳》、《國策》、《史記》等讀之可悟。後人於此等處不知删汰，致令一部小說所刻人名佔全書三分之一，大是弊病。

《紅樓夢》，世家現形記也；《品花寶鑑》，紈袴現形記也；《儒林外史》，名士現形記也；《不可說》，偉人現形記也。（載一九一六年《中華小說界》第三卷第六期）

解弢

【小說話（節錄）】 山藴寶藏，光澤外洩，礦師爭入，求之未得，斯時也，知此山必有礦，而究不知其礦穴之所在，於是攀厓墜谷，搜巖剔穴，雖異寶未獲，而奇景已大增其眼福矣。今世之讀《紅樓》者，乃大類是。爭謂其底裏有極大之秘密，爲世之所樂聞者，皆欲首先探出，供餉社會，以鳴奇功。推敲字句，參校結構，恍惚迷離，妄加比附，人持此說，紛然聚訟，迄未有一貫之發明，鉗息衆喙。然從事於此者，仍爬羅剔抉，辛苦不捨，良由其文字有大足動人者在。不然，雖有珍秘之聞，而蒙以拙劣之文字，正如西子蒙不潔，人皆掩鼻而過之矣。

余於京都肆上，得抄本《石頭記》三册，與通行本多有不同處：晴雯之表嫂即多姑娘；柳五兒之死在晴雯之先；芳官戴皮冠，反著狐裘，寶玉呼之爲耶律匈奴，後音轉爲野驢子。此類尚多，今不復省記。初欲付印行世，以册本過少未決。辛亥秋，忽忽旋里，置之會舘中，今遂失矣。惜哉！

章回小說，吾推《紅樓》第一，《水滸》第二，《儒林外史》第三。

寫美人以《紅樓》、《聊齋》爲最擅長。然二者相較，《紅樓》尚不及《聊齋》色相之夥。

四時之景，冬景最易寫，秋景次之，春則易寫而難工，最難者爲夏景。《紅樓》一書，四景皆備，且各時復分初、盛、末三節，無不逼肖，舉不勝舉，細心者一覽即得之。茲略舉數回，餘可三反也。《柳葉渚邊嗔鶯叱燕》，寫出春光之明媚；齡官畫薔，晴雯撕扇，寫夏日之靜寂；《風雨夕悶製風雨詞》、《凹晶舘聯詩悲寂寞》，寫秋夜淒涼；《琉璃世界白雪紅梅》，寫冬景之奇麗。除此書而外，寫冬景之佳者，《水滸傳·林教頭風雪山神廟》，《鬼山狠俠傳》之白人失牛，《旅行述異》之罷獵飲至，皆可喜。

《名伶小傳》論徽劇鬚生分三派。以小說況之，《紅樓》似譚叫天，《水滸》似孫菊仙，《儒林外史》似汪大頭。

小說中寫美人愛情，足爲世界美人情種之模範者，吾華則推《紅樓》之黛玉，歐西則推《茶花女遺事》之馬克。然吾見《莊諧選錄》載有《茶花女眞本》一則，始知馬克之癡情爲仲馬之飾辭；又見《紅樓夢索隱》，知黛玉即董白，亦一失節之蕩婦。以此例推，茫茫天壤，那有眞情？文人弄筆，虛造華胥國、烏托邦、大同世界而已。

《紅樓》寶玉受打，爲一大關鍵。受打之先，寶玉、黛玉時相諷譏口角；受打之後，互相賓禮。所以然者，在詩帕之傳遞耳。此回情節，猶赴岸之波，層層相追逐，不達彼岸不止。發端於寶玉、湘雲談話，黛玉竊聽，聽至「林姑娘不說這些混賬話」，已感知己於無涯。至寶玉出來，爲黛玉眼淚所逼，已逼出心肝之語，而作者不爲傷雅之筆，故作狡獪，以襲人送扇爲解脫。既出而受打，歸臥怡紅，夢中復驚牀頭之哭，露淚淋浪，不能不逼出手帕之贈。此後二人相遇，其言語概可想矣，復何口角諷譏之有哉？余於十四歲時，已見及此。

作小說須獨創一格，不落他人之窠臼，方爲上乘。若《西遊記》、《封神演義》、《金瓶梅》、《儒林外史》、《水滸傳》，皆能獨出機軸者。外此如《七俠五義》、《鏡花緣》，亦差可自豪，但爲力弱矣。《紅樓》則鎔化羣書之長，而青出於藍者也。

俗語云：「無奇不成書，無巧不成書。」是矣。然作者處處設奇，則又嫌其不近情理，此乃作書最困難之境。然能者故意設奇，而復能使之入情入理，令閱者不見斧鑿之痕，則天衣無縫矣。《紅樓》寶玉娶親一事，實千古奇聞，而自上數回層層節節看來，覺其勢有必至，理有固然，並不見其奇。試掩卷而思之，國喪家孝，新郎癲狂，而史主鳳謀，欺孫瞞子，作鬼裝神，偸梁換柱，是何等事耶？而作者竟能使閱者一概忘之，是眞奇矣！《兒女英雄傳》於十三妹卻婚允婚一回，費盡力氣以模倣之，終不能至。

寶玉娶親一回，揭去新人蓋頭，退立發傻，此筆微細極矣，使粗心者爲之，寶玉必遽而喊鬧。試思寶玉此時，決不料及其祖母以此等事欺之也，故驚駭疑訝，恍如入夢。若立時喊鬧，必其預有所聞，方爲合理。

描寫人物，一人有一人之口吻，絶不相混。舊推《水滸》、《紅樓》，吾謂《綠野仙蹤》頗擅此長。

小説之擅長處，在能瑣屑。夫記事空闊，則蹈於平庸，使人易忘。若點綴一二瑣事，使閲者如在旁親見，則永留腦際，拂之不去矣。《嘆血酬恩記》，警兵在馬上，於靴上劃自來火吸菸；《煙水愁城錄》，野人月夜守壘門者，見叢草微動，佇立凝視，以小石投之；此類甚夥。吾國小説，惟《紅樓》能擅此技，然類乎白話耳。周秦之文尚矣；《左傳》哀公六年，鮑子曰：「女忘君之爲孺子牛而折其齒乎？」是尤傑出之句。求之唐宋而下蓋寡，惟老杜之詩中時或有焉。

刻畫物狀，亦推西籍。《拊掌錄・睡洞篇》狀羣鴿云：「有側目視空者，亦有納首於翼，企單足而立者，或上下其頸呼雌者，咸仰陽集於屋頂。」又《耶穌生日篇》記羣童云：「余寒戀重衾不即起，忽聞門外有童子靴聲，似商略一事，少須歌聲發矣。余竊起披衣，立啓其扉，見一羣天眞爛漫之童子，每至一客之門，必縱聲歌。余開戶驟，童子愕然，遂不能歌，皆停立翹食指，微微撩其脣，狀至羞澀，且偸眼覷余。忽爾舉足同奔，捷如飄風而去。甫轉屋隅，聞同聲曰：『吾輩逃矣！』」《嘆血酬恩記》記童子哭云：「以手拭目，然猶覺目前青紅交雜作圓圈。」此種筆墨，惟妙惟肖。吾中籍雖《紅樓》之細膩，亦不及此。

《紅樓夢》通行本有護花主人、大某山氏、太平閑人之評話，傖野糊塗，不值一笑。唯護花主人之列贊，頗雋妙可讀。

《紅樓夢》之探春，賤視其所生，避之惟恐不及，趨炎附勢，矯作正直，吾甚惡之。

薛蟠之死，吾謂寶釵殺之也。薛、賈至戚，榮、寧之勢焰薰天，何至因區區一店役之命案，以致論抵？且只有薛姨媽託王夫人求賈政，而璉、鳳一方面直若罔聞，設非十分不得已，何至以關節干賈政，是必寶釵暗賄熙鳳，使之不聞矣。至以誤傷論減，申詳到部，京師衙署，賈氏關節，較外省更易入手，而竟駁翻，其亦璉、鳳之故歟？至薛蟠在囚，薛姨媽每思子傷心，寶釵輒以大義相勸，初聞似甚有理，細按之，兄妹天性，竟一淚不垂，其可惡也亦甚矣！是不但懷發覆之恨，且欲吞其巨產歟？

《紅樓》之疑案夥哉！如賈璉行二，而未聞其有兄。賈琮爲賈璉之弟，而若有若無。史侯爲賈母之姪，而終未臨存其姑。賈靜與賈赦爲同曾祖兄弟，而王熙鳳大鬧寧國云：「親大爺的服未滿，就娶媳婦，是甚麽規矩？」諸如此類，不可勝舉。

寫奸雄之才可愛，無過《紅樓》之寫王熙鳳。外此《大俠紅蘩蕗》寫舒務林之發令捕紅蘩蕗，斬釘截鐵，聲聲振耳；《蟠蓮郡主傳》寫蛶蒲窪之誘供，機詐百出，玩人掌上，尤以誘倭朋爲最有神。可畏哉！可愛哉！

吾讀之而垂淚者，爲《紅樓》寶玉受打，王夫人、賈母、賈政互相問答一節，而於王夫人哭賈珠，李紈亦哭一筆，出淚尤多。吾思之而傷心者，爲《蟠蓮郡主傳》收場一回，攝政王遙瞻香車已遠，呼曰「蟠蓮吾兒，吾兒蟹蓮」二語，傷心尤甚。

歷古傷心之事，莫過情天孽海之中，人亡物在，撫景傷情。傳此之筆，莫過蟹蓮郡主，歸彼故庵。水塘荷葦之中，孤庵寥落，推窗四望，闃寂無鄰；觸目興懷者，惟有伊人潛來之幽徑，與夫當年之景物而已。蟹蓮之情，古今恆有之；蟹蓮之境，今古所無也。玄宗淒涼南內，柳葉芙蓉，畢竟宮花寂寞，遜彼野庵，即寶玉淚灑瀟湘，斑竹搖怨，亦惟瞻彼茜窗，偶一臨之耳。嗟夫蟹蓮，何以堪此乎？

小說附圖善矣。然《紅樓》之太虚幻境金陵十二册，若《推背圖》然，是書中應有之圖，而現行本均付缺如，是亦書坊之一大缺漏。《孽海花》王石谷之《長江萬里圖》，亦當補印。

小說敍人物登場，極難見長，不失之平庸，即失之笨拙。施耐庵深得斯中三昧，出魯達、林冲、李逵、石秀，不費力而不平庸；出史進、石勇、劉唐、張横，突兀而不笨拙。若《紅樓》之出賈赦、賈政、賈璉、賈珍，又爲一種神筆，只於冷子興口中遙遙一點，至黛玉入賈府之後，方歷落登場，使閲者如久識其人，渾忘其於何時因何事而出者。是乃文章之化工，不易法效者也。

《紅樓》薛蟠之女兒酒令，妙在其第三句太好。使俗手爲之，必四句一律，反覺平板無趣。

小說起首結尾，要有數法：一神龍見首不見尾法，《水滸》、《西廂》是也；二首尾照應法，《紅樓》是也；三乾龍無首法，歐美作者多用之，吾國未之見也。

有以禪喻書法者，吾則以禪喻小說。《儒林外史》如來禪也；《金瓶梅》菩薩禪也；《綠野仙蹤》祖師禪也。至《紅樓》則兼有之矣。

《水滸》，當於廣廳大廈，臥竹床，搖葵扇而讀之。《紅樓》，當明窗淨几，焚香供花而讀之。《金瓶梅》，當臥錦帳繡幄中讀之。《桃花扇》，當登山臨水而讀之。《哈氏蠻荒》，當雪夜圍爐讀之。《聊齋誌異》，當於月下讀之。包探案，當於汽車輪船中讀之。

有指北京什刹海謂即紅樓大觀園之故基者，不知其何所本？

《紅樓》一書，異本極多，見諸記載者，約五六種，蓋皆悼紅軒改刪十次之未定本也。由此推想其原書，資材必極珍秘，而文字必不甚佳，不然何需此勞勞哉！雪芹先生，蓋深悉其底裏者也。

吾謂《紅樓》一書，儘教發明家搜出底裏，決不能如斯之豔麗纏綿。反不如就此飾辭，認假爲眞，反覆尋繹，悱惻而有味也。是故董白自董白，黛玉自黛玉，歷史自歷史，《紅樓》自《紅樓》，發明自發明，批評自批評，離之具美，合之兩傷。知言者當不斥吾爲謬論也。

讀《紅樓》有左袒寶釵、譏誚黛玉者，其言曰：「寶釵雖爲奸雄，然總可立身應變；黛玉縱情任性，不至身名俱裂不止。」其言固不徒爲釵、黛而發，亦疾夫世之不自圖存者爾。雖然，縱黛玉之量，亦止於其一生淪落而已。縱寶釵之量，其不荼毒天下，遺害萬世者幾希！

門人王鴻志，字梅骨，讀書頗能得間，余觀其日記一則云：「余讀《紅樓夢》，見寶玉受打，全家鼎沸；賈璉受打，只於平兒口中述及之，因知其祖母之心，有屬有不屬也。」

文章令雅俗共賞，誠非易事，若《紅樓》可爲能盡其長。上至碩儒，不敢加以鄙詞，下至負販，亦不嫌其過高。至《儒林外史》，則俗人不能讀矣，故流傳絕少。

凡續編之書，概無佳作，如《紅樓》、《水滸》、《聊齋》諸後續者是也。斯有三原因：一、一書有一書之宗旨，其文即成，其義已足，勿庸辭費矣，續之適成蛇足。二、識高筆健者，必自起爐竈，斷不屑因人而熱，故續人書者，率皆不才也。三、書非家傳戶誦者，亦無人肯作牛後，被續之書，概爲犖犖名著，是以不易與之頡頏也。

吾國昔無社會小說，故於貧家狀況，多未述及，雖《儒林外史》，其中亦不多見，唯述范進家，爲覼縷盡致。餘則《紅樓》之王狗家，《金瓶梅》之常峙節家而已。反觀迭更司之書，則眞可謂窮極色相。

燈謎、酒令、詩詞、歌謠、對聯、匾額，爲小說之點綴物，《紅樓》及《品花寶鑑》所用最夥。然二書均以酒令爲最佳，若《紅樓》之燈謎極庸俗不堪。

《紅樓》不演正人，然特寫一包勇。是蓋懼閱者讀一百二十回之長文，已如身歷其境，爲放僻邪侈之氣所薰陶，岌岌乎流而忘反，失卻本來面目，幾不知世界之上尚有所謂正人君子者，故借包勇渾樸忠正之氣以振刷之。

先君最愛讀《紅樓》，二十年手不釋卷，論賈政看寶玉課文，看題後仰首而思，然後看文一筆云：「此乃老荒思題之上下截也。」是非深於制義者，不易看出作者之用心。

梁節庵曰：「《紅樓》之寶玉指淸世祖，賈赦、賈政、王夫人、邢夫人四人合演多爾袞，撮其名姓之音義，曰攝政王刑，謂多爾袞沒籍也」云云。《紅樓夢索隱》，吾未窺其全豹，寶玉指淸世祖，固已言之矣，至攝政王刑四字，不知亦有此發明否？

《尸櫝記》曰：「見絕世姿，淡漠視之，深負造物。」斯語如出賈寶玉之口。

《紅樓》羣婢命名爲他書所不及，《聊齋》諸美人重字微多。

《水滸》如燕市屠狗，慷慨悲歌；《封神》如倚劍高峯，海天長嘯；《紅樓》如紅燈綠酒，女郎談禪；《聊齋》如梧桐疏雨，蟋蟀吟秋；《桃花扇》如流水高山，漁樵閒話；《七俠五義》如五陵裘馬，馳騁康莊；《儒林外史》如板橋霜跡，茅店雞聲；《茶花女》如巫峽哀猿，三聲淚下；《品花寶鑑》如玉壺春醉，曉院鶯歌；《新齊諧》如劇場三花，插科打諢。

寫風雨之佳文，無過《紅樓》之秋窗風雨夕，及薄倖郎開首一章。

論小說者常以耐讀之遍數定書之高下，是乃極好之標準也。然亦有時或爽。即如《紅樓》百讀不厭，無論矣，《水滸》只須三四遍，《儒林外史》反有六七遍之意味。

《紅樓》寫尤三姐嫁柳湘蓮，自定婚以至失蹤一段，筆墨草率迫促，神情惝怳迷離，比之全書之細密，儼若另出一手。

寫專制朝廷威嚴，莫過《紅樓》，而賈政由江西糧道回京陛見一回，尤爲出色。足與媲美者，爲《孽海花》于敏召見一回。至《水滸》寫宋徽宗，有意調侃，當作別論。獨《野叟曝言》之寫宋仁宗，直如三家村之農戶，與《劉大人私訪》說乾隆一樸傖野，實不知朝廷爲何物。

寫富貴家氣象，除《紅樓》外，即推《品花寶鑑》。《儒林外史》亦個中人，特未盡力鋪張。至《野叟曝言》之寫文素臣家，猶其寫朝廷也，實未窺見富貴家之門戶。「三世仕宦，才曉得穿衣吃飯。」寒士作書，切勿說富貴話，使人齒冷。

白話小說用方言，當附以官話詮釋，不然他方人讀之，不解其趣。《紅樓夢》寶玉受打，黛玉獨立花陰，遙望往怡紅院看視者，久不見王熙鳳，心中納悶道：「如何他不來看寶玉？便是有事纏住了，他必定也是要來打個花胡哨，討老太太、太太的好。」「打花胡哨」一語，謂忽忙急遽，旋入旋出也。吾知南人讀此，不曉其義者多矣。尙憶在武昌時，同學某君讀《紅樓》，至王熙鳳和解寶、黛二人口角，擕之至賈母前云：「我說他們不用人費心，自己就會好的。老祖宗不信，一定叫我去說和。我及至到那裏要說和，誰知兩個人倒在一處，對賠不是，對笑對說的，倒像黃鷹抓住鷂子的脚，兩個都扣了環了。」不解「扣環」二字。以余爲北人，詢余作何解。余謂謂十指交叉也。《孽海花》一段蘇州話，必爲趣語，惜北人不曉其意。昔在保陽，見《上海花演義》一書，喜其筆簡而意足，而純用上海土語，苦於不能瞭解。

有謂《紅樓》之寶釵乃暗指高江村者。觀《簷曝雜記》金豆荷囊之伎倆，實類寶釵之化身，說者當不無所見。

中國作小說者，愛說三教歸一，謂儒釋道同一理也，如《蕩寇志》、《木蘭奇女子傳》是也。且有以此等傖語誣蔑《紅樓》者。

蘆雪亭喫鹿肉一段，句句有刺，未染指者，惟黛玉一人。

賈政夫婦皆愚而忍，然賈政事事令人笑，王夫人事事令人惡，而膚視之，又似寬宏仁人也。作者之筆，何其神哉！

政老可笑之處多矣，而元妃省親，政老於簾外背誦一段駢儷古文，尤其生色。忽發一豪興，欲聯合海内小說名家，組織一小說審定會，甄選五部之善本，次第之高下，各彙爲叢書，俾後之閲者，知所注意，不致爲無價值之作，枉耗其心目之力，而後之作者，亦有所矜式，是固有功於世之舉也。惟以人微言輕，不克荷此號召之任，兹就一隅之瞽論，假定其等第，以請教於高明。甲等三種：第一《紅樓夢》，第二《水滸傳》，第三《儒林外史》。乙等八種：《西遊記》，《封神演義》，《金瓶梅》，《品花寶鑑》，《隋唐演義》，《七俠五義》，《兒女英雄傳》，《鏡花緣》。丙等二種：《花月痕》，《蕩寇志》。

文章有歇後法，皆由歇後詩脱胎而來。如《紅樓》之寫頑童鬧書房，先將創立義塾之始，寫得整整齊齊。《官場現形記》寫兩欽差查辦浙江，於初進省時，寫鐵面無私的神氣，嚇人欲死。此皆爲以下作反跌之地步。龔定厂《干祿新書序》，亦用此法。

吾國記夢之作無佳文。蓋國人莫不以夢爲兆，非兆夢，則不筆之於書。既以夢爲兆，則夢境必首尾整齊，與實事不甚相遠。夫尋常夢境，概如天上浮雲，倏衣倏狗，又似波底屋樹，散碎婆娑，終無具體跡象，歷久不變滅者，求其能肖之筆，當搜之海外，然今尚未得也。《紅樓》太虚幻境第二夢略有似處。

自今而往，章回小說，不易有佳作。蓋章回之書，非在四五十萬字以上，則不易受人歡迎。如此大書，倉卒爲之，決不能完善。造意謀篇，起稿芟潤，至速非數載不爲功。《紅樓》至披閱十載，增删五次，原稿且不計焉。《蕩寇志》、《鏡花緣》皆將近十年。昔人窮困不得志，乃閉戶著書，以洩一生之牢騷。加以出版不易，其書大率於作者死後若干年，方能行世，故作者無汲汲求名謀利之心，得優遊删潤，以求盡美盡善。今則不然。朝甫脱稿，夕即排印，十日之内，遍天下矣。作者孰不好當世之名，雖自知瑕疵尙夥，而迫不及待，急付書坊，藉以廣聲譽，得潤資，雖林琴南氏以文名者，尙不免此病，他更無論矣。

吾幼年讀唐詩，至元稹聞白樂天左降江州司馬一首末二句：「垂死病中驚坐起，暗風吹雨入寒窗。」即怪其何以不用傷感語作結，而以寫景作結？繼而細思之，無論用若何傷感語，總不及暗風吹雨之傷神。今恍然知其故矣。蓋寫悽慘悲涼之局，最妙以當時景物爲收煞。蓋閱者之感覺已隨作者之筆端入於幻境，與書中身受悽慘之局者同一迷惘，並不自覺其悲，忽然精神爲景物所提出，方知己乃置身事外，而回首局内婉轉哀悽之人，益慨然灑淚。此又如長夜鬨飲之徒，愈醉飲愈豪，及忽開門見曙光，爲晨風所吹，始恍然知飲已過多矣，豪興一衰，酒力發作，天旋地轉，乃仆於地；戰陣肉薄，生死須臾之際，身當其境者，並不知所謂痛苦驚懼，及戰罷幸生，回顧伙伴横尸，而水流花落，柳曳鳥啼，自樂其樂，此時之痛苦感傷之情，決非頃間血光劍影之下所能發者也。《紅樓》寶玉聞黛玉死，即時神出乎舍，皇皇追赴泉路，吾知閲者靈魂，此時亦緊隨寶玉之後，窺其所往，且代之張皇四顧，以偵黛玉之蹤跡形影。及寶玉驚於塊石之擊，返魂入殼，張目而視，惟見案上紅燈，窗前皓月，依然錦繡叢中，繁華世界，不禁一切付之無可奈何，惟有長嘘垂淚而已，而閲者靈魂，此時亦返於寶玉榻前，與之同聲一歎，此時之悲涼，過於張皇泉路時蓋萬倍不啻也。其於苦絳珠魂歸離恨天也，亦用「竹梢風動，月影移牆」八字作結，殆非人境，神乎其技矣。

尙有似此者，如秦可卿之死，現夢於王熙鳳，逮熙鳳夢覺，聞雲板四響，正是喪音，此筆令人毛髮皆豎。（一九一九年一月中華書局版）

冥飛等

【古今小說評林（節錄）】小說可以長篇爲主體（章回小說），長篇尤以白話爲宜。文言長篇，如《三國志》之白描淺說，尙不及半白話之《石頭記》也。

小說筆法之佳妙者，以意在語言文字之外，耐人尋味者爲神品。此境在各小說中不可多得如《石頭記》《瀟湘館春困發幽情》一回，寶玉窺窗時。以語言作作有芒，及彼此發語針鋒相對者爲能品如《石頭記》《意綿綿靜日玉生香》一回，黛玉之調侃寶玉。其平鋪直敍者爲下。

《紅樓夢》一書，最能寫兒女子癡怨之情。此種癡怨之情之所表示，恰只有撚酸吃醋四字。昔胡潤芝謂《紅樓夢》一書，敎壞一般官場，只曉得撚酸吃醋，狐媚子霸道。其言似謔，而實則斷定官場之醜態矣。

狐媚子霸道之發生，實亦由於撚酸吃醋。蓋撚酸吃醋者，己未到，則患人之得之；己既得，尤患人之奪之。狐媚子霸道者，未得時，凡所以求其得之者，匪所不至；既得時，凡所以保其不失者，亦匪所不至。總而言之，只是患得患失之一個私心而已。

爭權者必同僚之官，爭產者必同父之子，爭寵者必同夫之婦。蓋其人希望中之利益，此盈則彼昃，此昃則彼盈，不能兩全，而人情又無不喜盈而惡昃，斯爭端起矣。故官僚之志在專政權，婦女之志在專房之寵，其所以求達其目的者，各逞其手段以赴之，而雙方所進行之路線，一至於交互之點，遂發生衝突矣。

嫉妬之性，男女皆有之，而女子爲獨甚。故此種嫉妬之性可謂之普通之女性，撚酸吃醋即由此種女性所發揮。充此種女性之量，其所注意之目的物，能取得至高無上之所有權，則可以犧牲其生命以殉之，而不之悔。其在男女之際，當愛情縈注時，而觸發此種之女性，而妬而癡，則撚酸吃醋焉；而妬而悍，則狐媚子霸道焉。故此種女性之表示，自可認愛情最爲專注之一種故《紅樓夢》可謂爲言情之書，而實不能謂爲高尚純潔貞一之愛情之標準故《紅樓》之言情只寫得癡兒女之一部分。

愛情爲流動之物，人人同具此情，而人人不能保守此情而不貳，則以人心最善於變幻，其愛情可以倏注倏移，倏眞倏假。故以人類愛情而比較之，當然以小兒女彼此相戀之情爲眞切，爲專一。蓋凡人最初之愛情一本其天然之知識，苟有所注，其映入腦筋者甚深，且幼穉之年於一切機巧變詐尙非所習，故其用情可以有癡之一境，由癡而怨，固男女間必不可免之事實。蓋愛情苟有專注，則惟恐其人之負我，我意一有所拂，即不免於怨矣。

寫癡情最難，寫小兒女癡怨之情更難，以其所托物而表示其情者，往往在語言之外。《紅樓》作者，乃以撚酸吃醋者寫之，其聰明不可及，其體會小兒女之心腸者更不可及。書中寫黛玉癡怨處，無往不有撚酸吃醋之意，亦無往而不有小孩子氣，蓋癡無不妬，怨無不嫉也。爲之一一提出，比互觀之，則作者之用筆巧妙處，用心深刻處，歷歷可見。

第七回，周瑞家的替薛姨媽送宮花，最後送與黛玉，黛玉冷笑道：「我就知道別人不挑剩下的，也不給我。」此言雖尖利，然實在是小孩子話。

第八回，寶玉與寶釵互認金鎖寶玉時，林黛玉搖搖擺擺的來了，一見寶玉，便笑道：「嗳喲！我來的不巧了。」接着說：「早知他來，我就不來了。」語意太顯明，眞是小孩子口沒遮攔的話。雖然仗着小聰明，能够自圓其說（「要來是一齊來，要不來一個也不來。今兒他來，明兒我來，如此間錯開了來，豈不天天有人來了，也不至太冷落，也不至太熱鬧。」），究竟口太快了，足見其胸無城府。

第九回，寶玉上學去，忙至黛玉房中來作辭，嘮叨了半日，方抽身去了，黛玉忙叫住了，問道：「你怎麽不辭辭你寶姐姐來？」其酸意自在言外。

第十七回，賈政小廝解去寶玉所佩荷包扇袋，黛玉疑其將己所做荷包也給了人，便鉸破寶玉所囑做而未完之香袋。此正是小孩子鬥氣的辦法。

第十九回，黛玉冷笑道：「難道我也有什麽羅漢眞人給我些奇香不成？我有的不過是那些俗香罷了！」又道：「我有奇香，你有暖香沒有？」又道：「蠢才，蠢才！你有玉，人家就有金來配你；人家有冷香，你就沒有暖香？」是爲撚酸吃醋的正筆，而語語不脫孩子氣。

第二十四回，史湘雲來了，寶玉正和寶釵玩笑，便一齊來至賈母這邊，黛玉問寶玉那裏來，寶玉說在寶姐姐家，黛玉冷笑道：「我說呢！虧在那裏留住了，不然早就飛來了。」酸意刻骨，而仍是小孩子話。其後賭氣回房，寶玉前往溫存，明說出疏不間親、後不僭先等語，黛玉啐道：「我難道叫你疏遠，我成了什麼人了！我爲的是我的心。」寶玉道：「我也爲的是我的心，你難道就知道你的心，絕不知道我的心不成？」此以見其用情眞摰，不遑掩飾處。

第二十八回，元春賞端午節禮，寶玉因所賜與寶釵同樣，故叫紫鵑來拿去與黛玉揀選留下，黛玉不揀退回，及遇寶玉詢問，隨口說：「我是比不得寶姑娘什麼金、什麼玉的，我們不過草木之人罷了！」此可見黛玉妬寶釵者甚深，無時無地不留意。此次恰非寶玉自動，故其言詞甚輕。及寶玉聞之發誓道：「除去別人說什麼金、什麼玉，我心裏要有這個想頭，天誅地滅，前世不得人身。」黛玉因其非出於自動也，故不與之辯駁。及寶玉又道：「我心裏的事，也難對你說，日後自然明白。除了老太太、老爺、太太這三個人，第四個就是妹妹了。要有第五個人，我也起個誓。」黛玉道：「你也不用起誓，我很知道你心裏有妹妹，但只是見了姐姐，就把妹妹忘了。」蓋癡妬之情，不禁衝口而出矣。

二十八回之末，黛玉因寶玉要看寶釵的紅麝串，故以獃雁調侃之，以手帕作勢拋向寶玉臉上，其情可想。

第二十九回，多情女情重更斟情一段，遂結束以上各回小孩子鬥氣之行動語言，其癡妬之情不復明寫，然怨嫉之蘊於中者彌深矣。

男女間之愛情假者多而眞者少，故眞正之愛情最不易寫。寫撚酸吃醋，以表示其專注之愛情，固是作文者一種烘托之法，然寫鳳姐之妬而悍不若寫黛玉之妬而癡之眞摯也，寫寶釵妬而陰險不若寫黛玉之妬而直質之眞率也。故《紅樓》作者，於寫黛玉撚酸吃醋處，無一筆不是從女孩兒家心坎中搜剔而出。

男女間之愛情因年事而不同，《紅樓》作者最能於此等處着筆。其寫寶玉、黛玉兩人之情，年各不同，是眞能揣摩兒女子心理者。

寶玉始見黛玉而砸玉，是即愛根之萌動處。小孩子氣彌甚，其用情亦彌篤。

黛玉之用情處，除上述種種撚酸吃醋之表示外，至二十九回（《多情女情重更斟情》）後，而一變其小孩子氣，至四十五回（《金蘭契互剖金蘭語》）後，而一變其妬忌之心。蓋其時身世之感深忧於中，已無暇爭妍取憐，逞強好勝矣。

小孩子之鬥氣，夾雜以撚酸吃醋之意味，則其文其事，尤爲妙不可階。如二十二回，湘雲說小戲子像黛玉，寶玉向湘雲使個眼色，湘雲叫翠縷收拾衣包道：「明早就走，還在這裏做什麽？看人家的嘴臉！」寶玉忙分辯道：「好妹妹，你錯怪了我。林妹妹是個多心的人。別人分明知道，不肯說出來，皆因怕他惱。誰知你不防頭，就說了出來，他豈不惱！我怕你得罪了人，所以纔使眼色。你這會子惱了我，豈不辜負了我！若是別個，那怕他得罪了十個人，與我何干呢？」湘雲搖手道：「你那花言巧語，別望着我說！我原也不如你林妹妹。別人拿他取笑都使得，只我說了就有不是。我原不配說他。他是主子小姐，我是奴才丫頭，得罪了他了。」寶玉急的說道：「我倒是爲你，爲出不是來了。我要有壞心，立刻化成灰，教萬人踐踏。」湘雲道：「大正月裏，少信口胡說這些沒要緊的惡誓。胡說歪話，說給那些小性兒行動愛惱人會轄治你的人聽去，別教我啐你！」此一段言詞已經妙絕，豈知下文黛玉對寶玉之詞更加靈妙乎？原文如下：寶玉道：「凡事都有個緣故，說來人也不委曲。好好的就惱了，到底是爲什麽？」黛玉冷笑道：「問的我倒好，我也不知爲什麽。我原是給你們取笑的。拿着我比戲子，給衆人取笑。」寶玉道：「我並沒有比你，也並沒有笑你，爲什麽惱我呢？」黛玉道：「你還要比！你還要笑！你不比不笑，比人家比了笑了的還利害呢。」又道：「這一節還可恕。你爲什麽又和雲兒使眼色，這安的是什麽心？莫不是他和我頑，就自輕自賤了。他是公侯的小姐，我們原是貧民家的丫頭。他和我頑說，如我回了口，豈不是他自惹輕賤！你是這個主意不是？你却也是好心，只是那一個不領你的情，一般也惱了。你又拿我作情，倒說我小性兒行動愛惱人，你又怕他得罪了我。我惱他，與你何干？他得罪了我，又與你何干？」此種言詞，以較盲左述鄭莊公對許叔之言，及呂相絕秦之書，無其深曲；以較腐史報任安書，及李陵答蘇武書，無其痛快也。

《紅樓》文字細膩處爲他書所不及，蓋所寫者皆水做的骨頭之女孩兒，不容其不存氣兒煖了吹化了薛姑娘，氣兒大了吹倒了林姑娘之心也。

《紅樓》寫兒女子之情，有人人意中之所有、人人筆下之所無之處。如第十九回，意綿綿靜日玉生香一段，已極其温馨旖旎矣。而二十六回，瀟湘館春困發幽情一段，其寫寶玉信步走入瀟湘館，覺得一縷幽香從碧紗窗中暗暗透出，耳内忽聽得細細的嘆了一聲道：「鎮日家情思睡昏昏」，其後走入房内，見黛玉星眼微餳、香腮帶赤云云。女孩兒家懷春情態躍然紙上，是謂寫生妙手。

《西廂記妙詞通戲語》一回，寶玉道：「我就是個多愁多病的身，你就是那傾國傾城的貌。」是爲第一次唐突黛玉。《瀟湘館春困發幽情》一回，寶玉對紫鵑道：「好丫頭，若與你多情小姐同鴛帳，怎捨得你疊被鋪床。」是爲第二次唐突黛玉。

寶釵陰險狠毒，以黛玉之穉氣，當然不是對手。蓋黛玉多心，乃無手段；寶釵多心，手段又辣故也。寶釵心計之工，手段之辣，其一爲籠絡襲人，代做寶玉活計；其二爲金釧兒死，出其新做之衣，與之裝裹，以討王夫人之好；其三借黛玉隨口說出《西廂記》、《牡丹亭》詞句之故，而以花言巧語解其疑癖，使之不防；其四滴翠亭撲蝶，得聞小紅墜兒私語，而嫁禍於黛玉；其五黛玉死後，不許寶玉得見其遺物；其六急於遺嫁雪雁；其七紫鵑非自己呼喚則不來。凡此者，皆作者有心寫寶釵成爲面熱心冷之人也。

探春心靈手敏，作者寫來恰是一極有作爲之人，然全書女子皆不及也。

書中所寫規矩禮節，皆八旗世族中家法。近今淸室雖亡，而八旗世族中人，對於此等規矩禮節，仍不少變。乃有謂探春對於生母太無情義者，是其人毫不知八旗世族中之習慣者也。滿人有世僕之制，主僕之分極嚴。所納之妾，如係僕家之女，其看待自較所納平民之女不同。故趙國基死，探春只能援老例賞以二十兩，而襲人之母，則可以賞四十兩，以其爲外頭人也。至於平時之禮節，子女在父母前可以有坐位，妾在家長及主婦前無坐位；媳婦在翁姑前亦無坐位，孫及孫女則可以有坐位。蓋妾本以婢蓄，身分自低，若媳婦則在尊長前，不能不循卑幼之禮也。惟媳婦之年老者始有命坐之特典，妾則始終不能蒙此特典也。

《閱微草堂筆記》言：有世家子納其僕女爲妾，僕不願，無如何也。其後妾生女而美，其主聞之，亦納爲妾，世家子不願，亦無如何也。此可見滿俗世僕之制之一斑。淸制：滿人上奏稱奴才，亦世僕之證。今人於掌故漫不留心，對於古人所作之書妄加評駁，多見其不知量也。

尹文端繼善之母張氏，妾也，乾隆帝封爲一品夫人。文端之父操杖大詬其子，張夫人跪求乃免。此事見袁簡齋所作尹太夫人受封記。蓋世家大族，嫡庶之禮極嚴，原非窮措大所能夢見也。

許《紅樓》者甚多，而皆有其見解，見仁見智，互有得失，此亦操觚者之常情也。獨近日坊間有一書，名曰《紅樓夢索隱》者，其牽強附會，武斷舞文，爲從來所未有，可笑之至也。

董小琬之爲董鄂妃，未始不可存此一說。若必欲指董鄂妃爲董小琬，已不免膠柱鼓瑟之譏。（蓋小說中除歷史小說外，均當以寓言目之。必求其人其事以實之，是亦不善讀古人書者矣。）乃今於小琬之外，又牽入一劉孀，已屬支離牽強，然以時代考之，則其強拉胡扯，猶爲近情。乃不謂於嫂叔逢五鬼等事，又牽及康熙諸子爭奪大位，然猶曰曹雪芹所增補也。至於賈太君抹骨牌，乃硬派孝莊后亦愛抹骨牌，而舉清季宮闈秘史中所載孝欽與宮眷賭錢之事以證之。豈知宮闈秘史、南巡秘紀（索隱多引用之）諸書是否可以傳信，似尙待他人爲之著一部索隱，而後可以證實其書之非向壁虛造，而今之索《紅樓》之隱者偏奉爲金科玉律，不亦淺陋無識之至乎！

純粹之白話小說以《儒林外史》爲最，蓋其他之書無不有文言及俗話官話夾雜其中者也。

長篇小說中，有以俗話爲白話者，如《金瓶梅》是也；有以官話爲白話者，如《兒女英雄傳》是也；有白話而夾雜以文言者，如《紅樓夢》中之「鳳尾森森，龍吟細細」等詞是也；有白話而夾雜以俗話者，如《水滸》中之「干鳥麼」、「干呆麼」等語是也。其完全白話之小說，予生平實未之有見。其俗話、官話、文言較少者，似不得不推《儒林外史》爲首屈一指。純粹之白話，不獨了字、呢字、哩字、的字、麼字、嗎字等類之語助詞不可多用，若北方之普通話不能通行南方，南方之普通話不能通行北方者，如爸爸、爹爹、你老、老板、堂客、師母等類之名詞亦宜少用，即紅東東、綠悠悠、甜滋滋等類之形容詞亦不許亂用也。今舉《儒林外史》一段以爲標準：「五河縣有什麼人物？就只有彭鄉紳。五河縣有什麼出產？就只有個彭鄉紳。五河縣那個有學問，就是奉承彭鄉紳。五河縣那個有才情，就是專會奉承彭鄉紳。却有一件事，人家還怕，是與鹽商方家對親。可有一件事，人家還親熱，是大捧的銀子拿出去買田。」此種盤空生硬語，是爲白話之正宗，蓋行之全國，傳之後世，無有人病其費解者也。（冥飛）

《紅樓夢》是無上上一部言情小說，硬被一般刁鑽先生揮灑其考證家之餘毒，謂曰暗合某某事。於是順治帝也，年大將軍也，一切鬼鬼怪怪，均欲爲寶玉等天仙化人之化身，必置此書於齷齪之地而後快，此眞千古恨事也。嘗見陳蛻庵所著《憶夢樓石頭記泛論》，其開宗明義第一章曰：「嘗怪世人牽引《石頭記》附於感時事、慨身世之列，必爲作者所唾棄。千古言情，推此一書，警幻所謂閨閣中可爲良友，誠不誣也。嘅自巫山雲雨，誤屬登徒，靖節閑情，托之亡國，幾不許玉臺有新詠，僅僅得此，又從而奪之。彼警幻且不忍怡紅獨爲增光，奈何一人讓而天下不與於仁耶？況琉璃硯匣，翡翠筆牀，豈爲鬚眉濁物設乎？」快人快論，實獲我心。然感時事、慨身世二者，蛻庵猶不許牽強，若硬以鬚眉濁氣撞入大觀園，冒名頂替，是直當餉以老拳矣。

《紅樓夢》中王一貼醫士曾有療妬湯一方：「用極好的秋梨一個，二錢冰糖，一錢陳皮，水三碗，梨熟爲度，每日清晨，吃這麽一個梨，吃來吃去就好了。……一劑不效，吃十劑；今日不效，明日再吃；明日不效，吃到明年。橫豎這三味藥都是潤肺開胃，不傷人的，甜絲絲的，又止咳嗽又好吃。吃過一百歲，人橫豎要死去，還妬什麽？那時就見效了。」其言頗有深趣。嗟夫！自有婚姻制度，即不能無妬，而療妬之方，除至橫豎要死時，別無可療之方。其毒如此，是可畏矣！

賈寶玉問王一貼妬病方子，鑑於夏金桂之妬也。但寶玉「亦曾過來見過金桂，舉止形容也不怪厲，一般是鮮花嫩柳，與衆姊妹不差上下，焉得這等樣情性，可爲奇事，因此心下納悶」。夫寶玉之所以納悶者，女子胡爲而妬也。嗟夫，女子豈好妬哉？惡劣之婚姻夫婦制度，迫之使然也。故夏金桂舉止形容並不怪厲，鮮花嫩柳，與衆姊妹不差上下，其所以有此奇特之性情者，因衆姊妹尚未嫁人，而夏金桂已嫁與薛大哥，配非其偶，不得不假妬之一字以發揮其牢騷耳。

女子中未嘗無英雄，但處此婚姻夫婦制度之束縛中，男女又不平等，不能於他處有所作爲，抒其懷抱，亦惟有制服丈夫，以快一時之意而已。此之謂英雄之妬，爲妬中之最可畏者，夏金桂是也，王熙鳳尤是也。

一部《紅樓夢》一百二十四回，無非痛陳夫婦制度之不良，故其書絕未提出一對美滿夫婦，而所言者俱是婚姻苦事。吾人不必綜觀全書，即閱第五回太虛幻境《紅樓夢》十二支唱詞原稿，如《終身誤》所云：「縱然是齊眉舉案，到底意難平」，是言夫婦制度之足以誤人終身也。又如《枉凝眉》一段：「若說沒奇緣，今生偏又遇着他；若沒有奇緣，如何心事終虛話」，夫誰致之，一至於此！是又夫婦制度爲梗也。他如元春之入宮册妃，於歸省時說：「當日既送我到那不得見人的處去」，迎春之誤嫁中山狼，及夏金桂之鬧閨閫、尤二姐之賺入大觀園、尤三姐之自刎、晴雯之被逐，以至於金釧投井、藕官焚紙、齡官畫薔、鴛鴦殉主、妙玉入魔、襲人再嫁、司棋殉潘、五兒抑鬱、香菱受苦、紫鵑悲憤、四兒配人、芳官出家，一切好女兒，其精神上肉體上所受之痛苦，皆由夫婦制度直接間接所餽送而來。此曹雪芹所以寫荒唐言，灑辛酸淚，而慨嘆不已也。即間或寫及史湘雲女壻甚好，然而下半部書內不寫其夫壻姓名，結縭不久又爲新寡，是亦雖有若無，況結果亦不佳乎！寶琴與梅翰林兒子雖是一對好夫婦，然在一百十八回書內，王夫人口中也不過説「聽見説是豐衣足食」而已，並未有何等眞正之幸福。探春嫁與周家，固然甚好，然是三姑娘有本事、有能幹博來者，不能一例論。巧姐後作田家婦，是患難中急不暇擇，雖無大不好處，然亦可憐矣。故予敢曰：「一部《紅樓夢》，均爲傷嘆夫婦制度之不良而作也。」

或曰：「如子所述，《紅樓夢》亦不過説不自由結婚之苦，子何得因此而推翻夫婦制度耶？」余曰：「余當倩寶哥哥來作證。第七十七回，周瑞家的拉司棋出去後，寶玉恨道：『奇怪，奇怪！怎麼這些人，只一嫁了漢子，染了男人的氣味，就這樣混賬起來？』又第七十九回，迎春出嫁，要賠四個丫頭過去，寶玉跌足道：『從今後這世上又少五個清淨人了！』又本回書中，薛蟠説親，寶玉對香菱道：『只聽見吵鬧了這半年，今兒有説張家的好，明兒又要李家的，後兒又議論王家的。這些人家的女兒，他也不知造了什麼罪，叫人家好端端的議論。』又第一百回，探春出嫁，寶玉哭道：『這些姐姐妹妹，難道一個都不留在家裏，單剩我作什麼？』又百〇六回，史湘雲出嫁，寶玉發了一回怔道：『爲什麼人家養了女兒，到大了必要出嫁？』如是種種，均有至理含於言外，尤以嘆少清淨人及爲什麼大了要嫁二語爲尤沉痛。此眞大千世界一切善男子善女子所不可解者也。嗟夫！『誰有父母，誰無父母，棄我父母，事人父母』，古樂府以是詠不嫁之節女，是則姐姐妹妹都不留在家裏，又豈姐姐妹妹所願也，亦不過相沿之夫妻婚姻逼之不得不如此而已。故一百回中，寶玉大哭之後，經寶釵解釋，雖有道理，只是心上不知道怎麽纔好』，及後掙出一句傷心話強說道：『我都明白，只是心裏鬧得慌。』明白者何？蓋明白夫婦制度之不良也。此時雖猶有含而未吐之語，及至湘雲出嫁，一天一天，更過不得，遂直行道出爲什麽要嫁一語，作一總結，以點明其不贊成夫婦制度之本旨。後之人讀其書而哭泣而悲痛，奈何乃不能得其三昧，以發揮其意義，爲一切未來之善男善女造福乎？嗟夫！負曹雪芹，負賈寶玉矣。」

讀《紅樓夢》人每每於寶釵不能無慊詞，即九十八回書中寶玉亦硬說：「老爺給我娶了林妹妹過來，怎麽被寶姐姐趕了去了？他爲什麽霸佔住在這裏？」護花主人評曰：「一個趕字，又加霸佔二字，定得寶釵罪案。」雖然，余何忍罪寶釵哉！寶釵之心如何不可知，但說伊定欲死林妹妹以爲快，則萬無此理，而彼且不任其過也。自逐晴雯起以至絳珠歸天止，其中二十回書中，字裏行間，亦僅見有賈母、王夫人、熙鳳、薛姨媽、襲人等不是處，以致逼成此變。彼寶釵者，出閨成大禮之時，書中屢言「他受委屈」、「好像不願意似的」、「後來便自垂淚」、「也沒得說的」種種無可如何之詞，皆是極力迴護寶釵處。蓋寶釵一弱女子，縱有奪壻之心，亦不能獨具奪壻之力。彼不解事之賈母、王夫人，或亦別有用意。與其罪寶釵則不恕，罪賈母、王夫人則不情，何如罪夫婦制度，猶不失爲講社會主義者之論調乎！

善哉，明齋主人之總評曰：「人憐黛玉一朝奄忽，萬古塵埃，穀則異室，死不同穴，此恨綿綿無絕。余謂寶釵更可憐，纔成連理，便守空房，良人一去，絕無眷顧，反不若齎恨以終，令人憑弔於無窮也。要之，均屬紅顏薄命耳！」此語可謂善於體諒女子，仁者之言也。但余於其下敢再贅一句曰：「要之，均屬夫婦制度之爲害耳！」嗚呼！

原書，大某山民亦有評曰：「黛玉氣斷之時，即寶釵成婚之候。新房熱鬧，滿堂合奏笙簫；舊院淒涼，半空亦有音樂。夫笙簫者，生所同也；音樂者，死所獨也。黛玉亦何慊乎寶釵！」此語與余情死得眞正之愉快一語，頗有符合處。嗟夫！結婚者，生所同也；情死者，死所獨也。明齋主人所謂「反不若齎恨以終，令人憑弔於無窮」者，何又與余憑弔拿破崙之語相同乎！嗚呼！黛玉宜無恨矣。

又第百十八回，寶玉向鶯兒笑道：「果然能够一輩子是丫頭，你這個造化比我們還大呢！」夫做一輩子丫頭，有什麽造化哉？不嫁人而已，不爲夫婦制度所束縛、受痛苦而已。豈有他哉！又襲人亦無大壞處，寶玉對鶯兒說：「他是靠不住的。」何以謂之曰靠不住？以襲人後來嫁人也。襲人何以嫁人？因其究竟沒有在老爺太太跟前回明算是寶玉屋內人，若是老爺太太打發出去，死守着叫人笑話也。質言之，婚姻問題上發生之難以自處之問題，不得不嫁也。讓一步言，襲人未經老爺太太認是寶玉屋裏人，正好另嫁他人，不受夫婦制度節義上之束縛，得以自求其幸福，未始非襲人之幸。然此無形中夫婦制度節義上之問題，終與襲人以難以自處之痛苦，而此痛苦且又正發生於他種之正當婚姻問題，是豈襲人之罪哉！蓋亦夫婦婚姻制度之罪也。苟無此制度，則襲人決無有種種難以自處不快之觀念，即後來另寄情於蔣玉函，亦不足以惹起後人之厭棄也。雖然，苟眞無夫婦制度者，又焉有《紅樓夢》？故余曰：《紅樓夢》有感於夫婦制度之不良而作也。

寶玉與寶釵，其初未嘗不相憐相愛，然結婚之後，乃格格不相入，非寶玉之罪，亦非寶釵之罪，乃夫婦制度之罪也。因有夫婦制度，寶釵所以負傾軋黛玉之冤，而寶玉遂以痛心夫婦制度者，而不得不移恨於寶釵矣。寶釵寃哉！

男女愛情與夫婦制度絕不發生關係，但相沿既久，無論二女爭一男，二男爭一女，苟不能與情敵爭此純潔之愛情，遂不得不假力於夫婦制度，而以種種卑劣之手段爲奪壻逼嫁之舉，以快其私慾於一時。然其後苟發露此興訕造訕之秘密，則伉儷之間頓生惡感，而箎簹遂成仇敵。即或一方面之心仍不少變，必求其情人與我同好，轉移其性，然於事奚益，亦不過以精赤之心包裹頑石而已。寶玉、寶釵之事，可以鑒矣。反言之，如眞無夫婦制度，男女之結合全恃愛情，則縱有相妬相爭之事，然所爭之點不出於愛情以外，情薄者自處於失敗之地位，無可爭也，亦無可妬也。質言之，即爭亦無益，妬亦無益也。寶釵雖黠，終不能移寶玉之心，而大觀園姊妹衆多，亦無有能如林黛玉能得寶玉純一之愛情者，是可知矣。反是，因有夫婦制度，而所謂金錢也，勢力也，門楣也，禮俗也，父母之命也，媒妁之言也，均起而爲男男女女相爭相妬之焦點。有眞愛情者乃轉而無幸，是豈人之所堪受耶？嗚呼寶玉，乃以此故而求幸福於做和尙之一去矣！

中國舊小說頗善言情。最佳者如《石頭記》，然亦不過言兒女之情耳。其餘如《西廂記》等，則已開才子佳人戀愛之濫觴，使後之作者，千篇一律，接踵而起，令人生厭。雖唐人說部中，其間不無英雄愛情、天人愛情之描寫，惜無長篇大作，不足以爲小說之大觀；而《聊齋》樂仲一則，點綴佛菩薩愛情，恰得其正，又惜於哲理少有推闡，不足以饜吾望。近來林畏廬譯司各得之《劍底鴛鴦》，敍英雄之愛情，又譯森彼得之《離恨天》，敍天人之愛情，吾無間然。然以此益嘆吾國文學之不振也。且自新譯小說行世，一時報館先生，書坊食客，亦多摹仿西風，自爲說部。最初則有改良小說社之風流史、爛汚史各作，學《金瓶梅》、《耶蒲緣》既不似，較《後紅樓》、《續紅樓》亦不見佳，但其與《大紅袍》諸書同爲下等社會所嗜，則未嘗不足爲此等人一開眼界，又何必加以誚責。民國二年，徐子枕亞有《玉梨魂》之作，其敍述固才子之愛情，而詩篇乃不亞於《花月痕》。夫《花月痕》雖嘗以多詩取厭，而其寫情亦頗有獨到處；《玉梨魂》事實寥寥無幾，非其類也。偶集得駢句若干，近體詩若干，如《平山冷燕》所爲，而尚不及《燕山外史》之純粹，乃大得時人所嘆賞，遂開一專用駢句詞詩堆垛才子愛情小說之怪風。而學之者，才且不及枕亞，偏欲以其拙筆寫一對無雙之才子佳人，甚至以歪詩劣句汚之，使天下人疑才子佳人乃專作此等歪詩者，寧非至可痛心之事耶！（海鳴）

藥死社會，一部《紅樓夢》已足，湘西曾子松喬建議四大奇書，斥《金瓶梅》而進《紅樓夢》。以文字言之，曹雪芹以詞人之筆寫兒女瑣事，直如鏤月穿雲，團花簇錦，無《金瓶梅》之穢褻，有《西廂記》之溫柔，中國言情小說可稱極軌。且中間描寫人物，亦如耐菴之《水滸》，一人有一人之性情，同是尖酸險詐，而黛玉與晴雯不同，寶釵與襲人又不同。人謂耐菴撰《水滸》，憑空畫三十六人於壁，老少男女不一其狀，每日對之刻畫，故能形神俱化。吾不知曹雪芹之撰《紅樓》，壁上畫了多少美女，故能一手寫來不着類筆也。追配耐菴，非不允當。但其晉入柔靡，青年男女不善讀者不少。不敢以文字尊雪芹，當以世道人心抑雪芹，如此證古，庶可無愧也。

《紅樓夢》不拙於文字而拙於言情，不拙於言情而拙於言委瑣之情。雖中間夾敍社會亦有獨到之筆，而描寫豪門聲勢恍如身歷其境，結尾一味淒涼，尤爲說家創例，然其貽害青年實非淺鮮。一部大著作，被不善讀者讀之，以遭非議。雪芹有知，當飲恨於地下也。

小說有正反兩解。何謂反？作者警世之心，恆露於言外，其文於惡人得意時寫得聲勢赫然，幾如鍋湯之沸，令人不可向邇，殆至威勢既去，乞丐路狗亦得而侮之，而作者亦不過略綴幾句，俾讀者知天道好還而正理不磨。此類小說，於社會極有效力。何謂正？純從好人着想，而於歹人則不過略舉歷史，其劣跡既未暴露，倏焉而置之典刑，反令讀者訝爲報應太酷。此種小說，用意非不至善，然以《大學》、《中庸》教村兒，即能句逗，亦疙疸腔耳。由前之說，《三國志》、《水滸》、《紅樓》其較勝者也。《三國》不薄曹操一句，而紅逼宮一齣慘劇，惟曹氏有此消受。《水滸》寫強暴惡霸幾乎炙手可熱，惜被山上人兩拳一脚，打得音信全無。《紅樓夢》更加奇妙，連主人翁都不是好人，昔時氣淩萬乘，結果不如一農家女，其勸懲之妙實有翻陳出新者在也。下至《薛家將》、《楊家將》、《岳傳》等，寫正面居多，故移易社會之魔力亦漸小。近時小說家則又不然：反寫者純以反面爲正，無句不成齷齪語；正寫者則如行尸走肉，無一點活氣。以反爲正者，孺子不可教也。至於正寫之手筆，其心地本明白，其眼光亦敏速，其上下古今之小說尤參閱得多，何以畏首畏尾，變成虛怯之症，則以無膽量故也。余故嘗曰：惟施耐菴有膽量，能把二潘穢態寫得一筆不落。至曹雪芹，已藏頭露尾矣。若《金瓶梅》，則以反爲正，主懲戒而益以誨淫，不可訓也。

《紅樓夢》，通俗小說中極細膩之能事者也，而吾謂其詞句不雅馴。其較著者，爲寶玉與湘雲談話，有「林姑娘不說這些混賬話」一句。寶玉一錦繡公子，綺羅叢人，如何温文，如何爾雅，疑非其口吻也。余幼時喜駡「娘煞」，屢遭嚴庭斥責；次兄喜羞人面孔，嚴庭亦屢戒不宜。余家非豪貴也，而家庭規範猶如是，況寶二哥哉？父教嚴，門風謹，鶯聲燕語，把男子氣都銷盡，不識混賬二字從何處學得，豈從焦大口中聽來者耶？余說一笑話，要是此一種口吻，上海舞台中可編得《紅樓夢》佳劇多種，飾寶玉者李桂芳、陳嘉祥，皆極稱職之人才也。此是雪芹失檢之筆。

小說之主腦，在啓發智識而維持風化。啓發智識猶易事也，維持風化則難乎其難，是非有確切之倫理小說足以感動人心，而使愚夫愚婦皆激發天良不可。顧倫理小說極難措筆。偏於莊重，則如城隍廟之皂隸，令見者望而卻走，雖口口聖賢，句句經傳，自以謂闡發無遺，於世道無小補也。偏于烘染，則失之油滑，必貽吃葷念佛之譏，而閲者亦無可注意，是標爲倫理，而與不倫不理一類也。中國各古本中，無論何種小說，於倫理二字卻都有價值。《三國》譚、尙相爭，丕、植相逼，孫堅之謀嫁妹，春香之告黃奎，是反寫也；曹后責兄，梟姬哭江，趙雲拒趙範之嫂，桓侯墮麥城之血，是正寫也。《水滸》武行者故事，大義凛然，令讀者起敬心，起畏心，而莽暴如李逵，亦善事老母，有春秋專諸之風，此尤難得者也。《紅樓夢》於倫理關係多從反面烘托，而冷子興演講一場尤如寒夜鐘聲，驚人夢醒，焦大醉駡數語尤反寫得妙，以見不倫不理者，家奴亦得而欺之。雪芹雖不言倫理，而倫理固未嘗不注重焉。他如《隋唐全傳》、《東周列國志》、《兒女英雄傳》諸書，雖著筆不多，而正反兩面，面面俱到，蓋作小說者，其心中固有一維持風化之成見在焉。

哲廬嘗謂予：「《紅樓夢》一書，社會小說也，亦家庭小說也。夾寫政治，多皮裏陽秋，而核其全局，則爲言情之正宗。作者於駢文詩詞，皆臻上乘，而星相醫卜，儒道僧俗，亦能約略言之。小說家具藝之博，殆莫過於曹雪芹矣，受社會歡迎，固其所也。操觚之士，慕其獲利之厚，靦顔續貂，强爲邯鄲之步。後先迭出，名目繁多，如《風月夢》、《紅樓再夢》、《紅樓圓夢》、《續紅樓夢》、《後紅樓夢》、《疑紅樓夢》、《疑疑紅樓夢》、《大紅樓夢》、《綺樓重夢》、《大紅樓題解》等，爲書不下數十餘種，核其情節，無非爲黛玉吐氣，重諧好事而已。在作者之心，恨天人之不平，必令有情人都成眷屬，固與關漢卿之《續西廂》同一未能免俗之見解也。然而造意呆板，措詞荒傖，形容至於穢褻，尤以《綺樓重夢》爲最不堪。試問曹雪芹有此手筆否？有此口吻否？」其言頗中《後紅樓》諸書弊病。藝術思想，每況愈下，中國之所以日弱也。小説家亦凜之乎！

人謂《西遊記》處處有禪機，余謂《紅樓》亦何嘗處處非禪機。無論寫何種熱鬧事，寫何種興會事，轉眼即成幻景，特讀者偏於所好耳。

小說寫夢，實落常套，且於闢除迷信四字，尤不相宜。中國小說，無一書不說夢。《三國志》、《水滸》，夢在夾裏，此上乘者也。《紅樓夢》等，夢在開頭，此下乘者也。《西廂》不寫夢，而夢語獨多，此超以象外者也。西洋小說，其意境多超脫，然寫夢亦無好手筆。吾作小說，本一夢書也。我有如何宗旨，即不妨任我所言。無論我之言也，言自我也，無一而非夢也。夢書寫夢，正好戲上加戲。求其適當者少，流爲蛇足者多。與其不能爲全書關鎖，毋寧絶筆不寫夢，免有弄巧反拙之弊。善言易者不言易，小説固善夢者也，何夢之可言？（箸超）

作小説莫難於楔子。楔子莫佳於《水滸》，《桃花扇》亦恰到好處。《紅樓夢》不欲落人窠臼，故輕輕以「此開卷第一回也」下筆，可見作者抱負不凡。

《紅樓夢》作者疑係吳梅村，或出於數遺老手筆，而梅村其一也。

醉心《紅樓夢》者，往往尋疤覓疵，挑剔書中情節，亘二百年而未有已。不知原書經曹雪芹披閲十載，增删五次，曹氏胸羅八斗，心細於髮，其紕漏處必有紕漏之所以然者。試問搖筆弄舌諸君，有曹氏之才否，推敲十年否？知乎此，當亦爽然自失矣。吾友老儒鄧狂言，曾得曹氏删稿於藏書家，於原書多所發明，知作者於河山破碎之感，祖國沈淪之痛，一字一淚，爲有清所禁，曹氏恐湮沒作者苦心，爰本原書增删，隱而又隱，插入己所聞見，即流傳至於今者是也。其紕漏處均是絶大關鍵，惜後人吠影吠聲，不特厚誣作者，抑且唐突古人矣。不才願鄧君公諸世人，饜息衆囂也。若某君話小説，至疑原本不佳，故經曹氏增删，直夢囈矣。

《隨園詩話》中老人自云：「《紅樓夢》中大觀園者，即余之隨園也。」此老可謂臉厚。

竊以各種小説，以社會小説爲可貴。英國社會改進之功，識者許却爾司·迭更司與有力焉。寫一種階級之社會，如《水滸》之寫官吏之腐敗焉，劇盜之横行焉，是刺官迫平民鋌而走險之强盜社會之一種情狀也。如《紅樓夢》之寫世族之家之齷齪焉，驕奢淫佚焉，是刺官宦家庭鮮克有禮之情狀也。如

《留東外史》之寫學生之沉湎焉，亡命客之放浪焉，是刺留東一部分之學界情狀也。如《廣陵潮》之寫社會之迷信焉，學究之守舊焉，是刺清末國初揚州社會之情狀也。以上各書，優劣雖有不同，而描寫一時代一種之社會，固淋離盡致矣。嗚呼！世界愈進化，作奸愈益進，安得寫生妙手，一一鑄鼎象奸，昭示來茲乎？（太冷生）（一九一九年五月民權出版部版）